Jonathan Kellerman

Die Tote im Griffith Park

JONATHAN KELLERMAN

Die Tote im Griffith Park

Roman

Aus dem Amerikanischen
von Christoph Hahn

MANHATTAN

Die Originalausgabe erschien unter dem Titel
»Billy Straight«
1999 bei Random House, New York

Umwelthinweis:
Dieses Buch und der Schutzumschlag
wurden auf chlorfrei gebleichtem Papier gedruckt.
Die Einschrumpffolie (zum Schutz vor Verschmutzung)
ist aus umweltfreundlicher und recyclingfähiger PE-Folie.

Manhattan Bücher erscheinen im Goldmann Verlag,
einem Unternehmen der Verlagsgruppe Bertelsmann GmbH

2. Auflage

Satz: IBV Satz- und Datentechnik GmbH, Berlin
Printed in Germany · Graphischer Großbetrieb Pößneck
ISBN 3-442-54502-1

Für Faye
Im Mittelpunkt steht immer Faye.

»Aber eine ist meine Taube, meine Reine;
die einzige ist sie.«

Das Hohelied Salomos 6,9

1

Im Park bekommt man einiges zu sehen.

Aber nicht so was, wie das, was ich heute nacht zu sehen bekommen habe.

O Gott, o Gott ...

Ich wünschte mir, daß es nur ein Traum war, doch ich war wach und roch Chilifleisch und Zwiebeln und Kiefern.

Zuerst kam der Wagen auf den Parkplatz gefahren. Sie stiegen aus und sprachen miteinander, und er packte sie, als würde er sie umarmen. Ich dachte, sie würden gleich anfangen sich zu küssen, und ich wollte mir das ansehen.

Dann – ganz plötzlich – machte sie ein komisches Geräusch. Sie quietschte vor Überraschung wie ein Hund oder eine Katze, auf die jemand draufgetreten ist.

Er ließ sie los und sie fiel hin. Dann ging er neben ihr in die Knie, und sein Arm bewegte sich ganz schnell auf und ab. Ich dachte, er prügelt auf sie ein, was schon schlimm genug gewesen wäre, und überlegte die ganze Zeit, ob ich vielleicht irgendwas tun sollte. Aber dann hörte ich noch etwas, ein kurzes schnelles Geräusch, das irgendwie feucht klang, so wie beim Metzger im Stater Brothers, daheim in Watson, wenn er Fleisch kleinhackt – *tschack, tschack, tschack.*

Er hörte nicht auf, sein Arm bewegte sich immer wieder auf und ab.

Mir blieb der Atem stehen. Mein Herz raste. Meine Beine waren kalt. Und dann wurden sie naß und heiß.

Ich pißte mir in die Hose wie ein blödes Baby.

Das *tschack, tschack* hörte auf. Er stand auf. Groß und breit stand er da und wischte sich die Hände an seiner Hose ab. Er hatte irgendwas in seiner Hand, und er hielt es weit weg von sich.

Er schaute sich nach allen Seiten um. Schließlich blickte er in meine Richtung.

Konnte er mich sehen, oder hören – oder *riechen*?

Er schaute sich weiter um. Am liebsten wäre ich weggerannt, aber ich wußte, daß er mich dann hören würde. Andererseits, wenn ich blieb, wo ich war, saß ich unter Umständen in der Falle. Aber wie sollte er mich hinter den Felsen sehen können? Die Felsen sind wie eine Höhle ohne Dach, einfach nur mit Spalten, durch die man hindurchschauen kann. Deswegen habe ich mir diese Stelle auch als einen meiner Stützpunkte ausgesucht.

Mein Magen fing an zu rebellieren, und ich wünschte mir so sehnlichst wegzurennen, daß meine Beinmuskeln zu zittern begannen.

Ein Windstoß fuhr zwischen die Bäume und wirbelte den Geruch von Kiefernnadeln und Pisse hoch.

Würde der Wind das Einwickelpapier von dem Chiliburger erfassen und damit rascheln? Würde er mich riechen?

Er schaute sich noch immer um. Mein Magen tat höllisch weh.

Mit einemmal sprang er auf, rannte zurück zum Wagen, stieg ein und fuhr weg.

Ich wollte gar nicht hinsehen, als er unter der Laterne an der Ecke des Parkplatzes vorbeifuhr, wollte das Nummernschild nicht lesen.

PLYR 1.

Die Buchstaben brannten sich in mein Gedächtnis. Warum hatte ich hingeschaut?

Warum?

Ich sitze immer noch hier. Meine Casio zeigt ein Uhr zwölf morgens.

Ich muß weg von hier, aber was ist, wenn er nur in der Gegend herumfährt und wieder zurückkommt? Nein, das wäre Blödsinn, warum sollte er das machen?

Ich halte es nicht mehr aus. Sie liegt da unten, und ich rieche nach Pisse und Fleisch und Zwiebeln und Chili. Ein richtiges Abendessen vom Oki-Rama unten am Boulevard, dem Chinesen, der nie lächelt oder einem in die Augen schaut. Zwei Dollar achtunddreißig habe ich dafür bezahlt, und jetzt würde ich es am liebsten wieder rauskotzen.

Meine Jeans fangen an zu kleben und zu jucken. Rüberzugehen zu dem Klo auf der anderen Seite des Parkplatzes ist viel zu gefährlich ... wie der Arm immer wieder rauf und runter gezuckt ist! Als ob er einfach nur einen Job erledigt hätte. Er war nicht so groß wie Moron, aber er war groß genug. Sie hat ihm vertraut, ließ sich von ihm umarmen ... was hat sie bloß angestellt, daß er so wütend wurde ... kann's sein, daß sie noch *am Leben* ist?

Nein. Völlig unmöglich.

Ich horche aufmerksam, ob sie irgendwelche Geräusche macht. Nichts zu hören, nur der Freeway auf der Ostseite des Parks und der Verkehrslärm vom Boulevard. Nicht viel Verkehr heute nacht. Manchmal, wenn der Wind nordwärts bläst, hört man die Sirenen von Krankenwagen, Motorräder und hupende Autos. Die Stadt ist allgegenwärtig. Im Park sieht's aus wie auf dem Land, aber ich kenne den Unterschied.

Wer ist sie? – Vergiß es. Ich will's gar nicht wissen.

Was ich wirklich will, ist, alles, was sich heute nacht hier abgespielt hat, zurückspulen.

Dieses quietschende Geräusch, das sie gemacht hat – als ob er ihr die Luft abgesaugt hätte. Ganz sicher ist sie ... hinüber. Aber was, wenn *nicht*?

Selbst wenn sie nicht tot ist – lange wird's nicht mehr dauern. Bei dem ganzen Gehacke. Außerdem, was könnte ich schon für sie tun? Mund-zu-Mund-Beatmung – und dabei mein Gesicht in ihr Blut drücken?

Und was ist, wenn er währenddessen zurückkommt?

Kann's sein, *daß* er zurückkommt? Das wäre ziemlich bescheuert, aber vor Überraschungen kann man nie sicher sein. Sie hat's am eigenen Leib erfahren.

Ich kann ihr nicht helfen. Ich muß das hier alles vergessen.

Ich werde noch zehn Minuten hier sitzen bleiben – nein, fünfzehn. Also gut, zwanzig. Dann packe ich meinen ganzen Kram aus Stützpunkt zwei zusammen und ziehe um.

Wohin? Stützpunkt eins, oben beim Observatorium ist zu weit weg. Genauso wie Nummer drei und Nummer vier, obwohl Nummer drei ganz gut wäre, weil da ein Fluß in der Nähe ist, wo ich mich waschen kann. Bleibt also nur Stützpunkt Nummer fünf, das Farngestrüpp hinter dem Zoo mit seinen vielen Bäumen. Ist ein bißchen näher, aber in der Dunkelheit immer noch ein ganz schöner Marsch.

Andererseits ist er auch am schwersten zu finden.

Also gut, dann zu Nummer fünf. Ich und die Tiere. Das ganze Geschrei und Gebrüll und der Krach, wenn sie sich gegen ihre Käfige werfen – besonders gut einschlafen kann man dabei nicht, aber heute nacht werde ich vermutlich sowieso nicht schlafen können.

In der Zwischenzeit bleibe ich erst mal hier sitzen und warte.

Und bete.

Vater unser im Himmel, wie wär's, wenn's von jetzt an keine Überraschungen mehr gäbe?

Nicht daß beten mir jemals was genützt hätte, und manchmal frage ich mich, ob es da oben wirklich jemanden gibt, zu dem man beten kann, oder einfach nur die Sterne – riesige Gasbälle in einem leeren schwarzen Universum.

Dann mache ich mir Sorgen, daß ich Gott lästere.

Vielleicht gibt es ja wirklich eine Art Gott da oben; vielleicht hat er mich schon oft gerettet und ich hab's nur nicht gemerkt, weil ich zu doof bin. Oder ich bin ein Mensch, der einfach nicht gut genug ist, um ihm dafür dankbar zu sein.

Vielleicht hat mich ja *heute nacht* Gott gerettet und dafür gesorgt, daß ich hinter den Felsen gewesen bin und nicht draußen im Freien.

Aber wenn der Mann mich gesehen hätte, als er auf den Parkplatz gefahren ist, hätte er sich's vielleicht anders überlegt und ihr nichts getan.

Also hat Gott *gewollt,* daß sie …

Nein, er wäre einfach woanders hingefahren und hätte es dort getan … egal.

Für den Fall, daß du mich gerettet hast, Gott, danke.

Für den Fall, daß du da oben bist, hast du irgendwas vor mit mir?

2

Montag, fünf Uhr morgens.

Als die Meldung im Polizeipräsidium von Hollywood eintraf, schob Petra Connor zwar schon eine ganze Weile Überstunden, hatte aber nichts gegen ein bißchen Trubel einzuwenden.

Am Sonntag hatte sie außergewöhnlich ruhig geschlafen, von acht Uhr morgens bis vier Uhr mittags, ohne von Alpträumen und Gedanken an zerfetztes Hirngewebe, leere Gebärmütter und andere unvorstellbare Dinge geplagt zu werden. Als sie aufwachte, war es Nachmittag, und freundlich, und sie hatte das Licht genutzt und eine Stunde an ihrer Staffelei verbracht. Anschließend, nach einem halben Pastramisandwich, einer Cola und einer heißen Dusche, war sie zum Revier gefahren, um sich ein letztes Mal auf die Lauer nach einem Verdächtigen zu legen.

Sie und Stu Bishop rollten kurz nach Einbruch der Dunkelheit vom Parkplatz und kreuzten durch die Nebenstraßen, ohne sich um kleinere Straftaten zu kümmern; es gab Wichtigeres zu tun. Sie suchten sich eine geeignete Stelle aus und saßen schweigend da, während sie ein Apartmenthaus auf der Cherokee Avenue observierten.

Normalerweise plauderten sie miteinander, so daß sie bei aller Langeweile trotzdem noch so etwas wie Spaß hatten. Doch in letzter Zeit benahm Stu sich seltsam, wirkte abwesend, verschlossen, und es schien, als ob sein Job ihn kaum noch interessierte.

Vielleicht lag es an den fünf Tagen Totentanz.

Petra war genervt, aber was konnte sie schon tun – er war der Dienstältere von beiden. Sie beschloß, sich nicht weiter darum zu kümmern und dachte an die flämischen Gemälde im Getty Museum. Was für Pigmente, schier unglaublich, und dieser Einsatz von Licht!

Zwei Stunden lang saßen sie sich die Hintern platt, ohne daß etwas passierte, doch kurz nach zwei Uhr morgens zahlte ihre Geduld sich aus, und wieder einmal war ihnen ein schwachsinniger, aber dennoch gerissener Mörder in die Falle gegangen.

Nun saß sie Stu gegenüber an ihrem zerschrammten Metallschreibtisch, erledigte den restlichen Papierkram und überlegte, ob sie in ihre Wohnung zurückfahren und vielleicht noch ein paar Skizzen machen sollte. Sie war nach den vergangenen fünf Tagen wie aufgeladen mit Energie, während Stu einen völlig erschlagenen Eindruck machte, als er mit seiner Frau telefonierte.

Es war eine warme Juninacht, noch einige Stunden bis Sonnenaufgang, und es war großer Zufall, daß sie beide am Ende einer überaus unterbesetzten Totentanz-Schicht noch im Büro waren.

Petra war seit genau drei Jahren Detective. Die ersten achtundzwanzig Monate hatte sie in der Abteilung Autodiebstahl gearbeitet und vor acht Monaten zur Mordkommission gewechselt, wo sie zusammen mit Stu die Tagesschicht übernommen hatte.

Ihr Partner war Familienvater und hatte schon neun Dienstjahre hinter sich. Die Tagschicht paßte zu seinem Lebensstil und seinem Biorhythmus. Petra war schon von Kindesbeinen an ein Nachtmensch, noch bevor sie nachts wachlag und die Künstlerin in ihr sich von den tiefblauen Mitternachtsstunden inspirieren ließ.

Schon lange vor ihrer Ehe, in der sie von Nicks ruhigem Atem in den Schlaf gelullt wurde.

Nun, da sie allein lebte, liebte sie die Schwärze der Nacht mehr als je zuvor. Schwarz war ihre Lieblingsfarbe; als Teenager hatte sie nie etwas anderes getragen. War es da nicht seltsam, daß sie sich nie um eine Nachtschicht bemüht hatte, seit sie die Polizeiakademie abgeschlossen hatte?

Lediglich die dienstlichen Pflichten brachten einen gelegentlichen Schichtwechsel mit sich.

Wayne Carlos Freshwater kroch nachts aus seinem Loch, um in den Seitenstraßen von Hollywood Gras, Crack und Pillen aufzutreiben und Prostituierte umzubringen. Es gab einfach keine Möglichkeit, ihn am hellichten Tag zu schnappen.

Über einen Zeitraum von sechs Monaten hatte er vier Straßenmädchen erwürgt, von denen Petra und Stu wußten – die letzte eine sechzehnjährige Ausreißerin aus Idaho, die er in einen Müllcontainer zwischen der Selma und der Franklin Avenue geworfen hatte. Keine Stichwunden, doch ein Taschenmesser mit seinen Fingerabdrücken, das am Tatort gefunden wurde, führte zur Fahndung nach Freshwater.

Es gehörte schon eine unglaubliche Blödheit dazu, das Messer zu verlieren, doch es war keine große Überraschung. Die Akten über Freshwater besagten, daß er von seiten der Behörden zweimal einem Intelligenztest unterzogen und ein IQ von dreiundachtzig und einundneunzig festgestellt worden war. Was immer noch ausgereicht hatte, um der Polizei eine ganze Weile immer wieder durch die Lappen zu gehen.

Männlich, schwarz, sechsunddreißig Jahre alt, einsachtundsechzig, fünfundsechzig Kilo, in den letzten Jahren mehrfach verhaftet und verurteilt, zum letzten Mal wegen schweren Totschlags in Tateinheit mit versuchter Vergewaltigung, was ihm zehn Jahre in Soledad eingebracht hatte – aber natürlich hatte er nur vier davon absitzen müssen.

Das Polizeifoto mit dem üblichen abgestumpften Gesichtsausdruck von jemandem, den die ganze Prozedur langweilt.

Selbst als sie ihn schnappten, sah er noch gelangweilt aus. Keine plötzlichen Bewegungen, kein Fluchtversuch, er stand einfach da in dem stinkenden Hausflur, die Pupillen trübe, und machte einen auf cool. Erst als die Handschellen zuschnappten, weiteten sich seine Augen, und er schaltete um und tat schrecklich überrascht.

Was hab ich angestellt, Officer?

Das Seltsame an ihm war, daß er in der Tat *unschuldig* wirkte. Weil sie wußte, daß er eher klein war, hatte Petra einen vor Testosteron berstenden Napoleon erwartet, doch was nun vor ihr stand, war ein mickriger kleiner Wicht mit einer mickrigen kleinen Michael-Jackson-Stimme, der außerdem gut angezogen war. Brandneue Preppy-Klamotten von Gap, die möglicherweise geklaut waren. Später erzählte ihr der Gefängnisaufseher, daß Freshwater unter seiner gebügelten Khakihose Damenunterwäsche getragen hatte.

Die zehn Jahre in Soledad hatte er sich eingehandelt, weil er eine sechzig Jahre alte Großmutter in Watts erwürgt hatte. Als Freshwater entlassen wurde, war er gefährlicher denn je, und es dauerte nur eine Woche, bis er wieder dort weitermachte, wo er aufgehört hatte, nur, daß er mit noch mehr Brutalität zu Werke ging.

Großartiges System. Petra rief sich Freshwaters dämliches Erstaunen in Erinnerung, um sich ein Lächeln abringen zu können, während sie den Bericht abschloß.

Was hab ich'n angestellt?

Du warst ein ungezogener, böser Junge.

Stu telefonierte noch immer mit Kathy: Dauert nicht mehr lange, dann bin ich zu Hause, Schatz. Gib den Kindern einen Kuß von mir.

Sechs Kinder, da war einiges an Küssen zu verteilen. Petra hatte schon mal mit angesehen, wie sie sich vor dem Abendessen vor Stu aufgereiht hatten – platinblonde Haare, Hände und Fingernägel blitzsauber.

Sie hatte eine ganze Weile gebraucht, bis sie die Kinder anderer Leute anschauen konnte, ohne dabei daran zu denken, wie nutzlos ihre eigenen Eierstöcke waren.

Stu lockerte seine Krawatte. Sie sah ihn an, doch er wandte seinen Blick ab. Ihm würde es vermutlich ganz guttun, wenn sie wieder die Tagschicht übernahmen.

Mit siebenunddreißig war Stu acht Jahre älter als Petra, sah aber aus wie Anfang dreißig. Er war schlank, machte einen netten Eindruck und hatte gewelltes blondes Haar und haselnußbraune Augen mit einem goldenen Schimmer. Die beiden hatten sich ziemlich schnell die Spitznamen Ken und Barbie eingefangen, obwohl Petra diejenige mit den dunklen Locken war. Stu hatte ein Faible für teure, konservative Anzüge, weiße Hemden mit Manschetten, geflochtene Hosenträger aus Leder und Seidenkrawatten mit Streifenmuster. Es gab im ganzen Revier keine Dienstpistole, die häufiger geölt wurde als seine, und außerdem war er auch noch Mitglied der Schauspielergewerkschaft, weil er des öfteren kleinere Rollen in Fernsehkrimis übernahm. Im letzten Jahr war er zum Detective-III aufgestiegen.

Ein kluger Kopf, ehrgeizig und gläubiger Mormone; er und seine hübsche Frau Kathy wohnten mitsamt dem halben Dutzend Lausemädels auf einem über viertausend Quadratmeter großen Grundstück in La Crescenta. Stu war Petra ein großartiger Lehrer gewesen – keine Spur von Sexismus oder persönlichem Seelenmüll und dabei immer ein guter Zuhörer. Wie Petra war er von seiner Arbeit besessen, angetrieben von dem Ehrgeiz, möglichst viele Verhaftungen vorweisen zu können. Ein Traumpaar. Bis vor einer Woche. Was war bloß los?

Vielleicht wollte er nur diplomatisch sein. Schon am ersten Tag ihrer Zusammenarbeit hatte er sie darüber aufgeklärt, daß er sich überlegte, ob er sich nicht um einen Schreibtischposten bemühen sollte. Zum Lieutenant aufsteigen.

Vielleicht bereitete er sie ja auf seinen Abschied vor, aber andererseits hatte er dieses Thema seither auch nicht wieder angeschnitten.

Petra fragte sich, ob er nicht sogar noch ein höheres Ziel ins Auge gefaßt hatte. Sein Vater war ein erfolgreicher Ophthalmologe, und Stu war in einem riesigen Haus in Flintridge aufgewachsen – Surfen auf Hawaii, Skifahren in Utah, er war an Luxus gewöhnt.

Captain Bishop, Deputy Chief Bishop. Sie konnte ihn sich gut vorstellen, wie er in ein paar Jahren aussehen würde – leicht ergraute Schläfen, Fältchen wie Cary Grant, den Liebling der Presse spielend, aber immer gründliche Arbeit leistend, denn er hatte nicht nur eine glänzende Fassade, sondern auch Substanz.

Mit Freshwater hatten sie einen dicken Fisch an Land gezogen. Warum schien es ihn gar nicht zu kümmern?

Zumal er derjenige war, der den Fall gelöst hatte. Auf die altmodische Tour. Trotz seines Saubermanngehabes hatte er in seinen neun Dienstjahren jede Menge Erfahrungen über das Leben auf der Straße gesammelt und sich einen ganzen Stamm von Informanten herangezogen, die mit den Schattenseiten des Lebens bestens vertraut waren.

Und so kam es, daß im Falle Freshwater gleich zwei seiner V-Männer fündig wurden und ihm meldeten, daß der Hurenmörder hochgradig cracksüchtig war, nachts auf dem Boulevard geklaute Sachen verkaufte und sich seinen Stoff in einer leerstehenden Wohnung auf der Cherokee besorgte. Und, um noch eins draufzusetzen, lieferten sie ihm die genaue Adresse inklusive der Nummer des Apartments und die Standorte, wo die Wachposten der Drogenhändler Schmiere standen.

Stu und Petra hatten sich drei Nächte lang auf die Lauer gelegt. In der dritten schnappten sie Freshwater, als er das Gebäude durch einen Hintereingang betrat, und es war Petra, die ihm die Handschellen anlegte.

Zarte Handgelenke. *Was hab ich 'n angestellt, Officer?* Sie lachte kurz, und ihre eleganten Künstlerhände füllten die völlig unzureichenden Spalten des Formulars aus.

In dem Augenblick, als Stu den Hörer auflegte, klingelte Petras Telefon. Sie hob ab, und der Sergeant von der Zentrale im Erdgeschoß sagte: »Barbie, rate mal, was passiert ist. Gerade kam ein Anruf rein von den Rangers aus dem Griffith Park. Eine tote Frau auf einem Parkplatz, vermutlich ein hundertsiebenundachtziger Fall. Und den habt ihr jetzt am Hals.«

»Welcher Parkplatz?«

»Der am östlichen Ende, hinter einer der Picknickzonen. Sollte eigentlich abgesperrt sein, aber du weißt ja, was das nützt. Ihr nehmt einfach den Los Feliz Boulevard, wie wenn ihr zum Zoo fahrt, aber anstatt weiterzufahren zum Freeway, biegt ihr ab. Ein Streifenwagen ist schon vor Ort und außerdem noch ein Wagen von den Park-Rangers. Geht nach Code zwei vor.«

»Sicher, aber warum ausgerechnet wir?«

»Warum ihr?« Der Sergeant lachte. »Sieh dich doch mal um. Siehst du sonst noch jemand außer dir und Kenny? Bedank dich bei der Stadtverwaltung.«

Sie legte auf.

»Was gibt's?« fragte Stu. Der Knoten an seinem Carroll-&-Company-Schlips saß wieder perfekt, ebenso seine Frisur. Aber er war müde. Unübersehbar müde. Petra sagte ihm, was passiert war.

Er stand auf und knöpfte sein Jackett zu. »Also, los dann.«

Kein Jammern und kein Meckern. So etwas gab es bei Stu nicht.

3

Ich packe meine Sachen aus Stützpunkt Nummer zwei in drei Lagen Plastikfolie aus der Reinigung und klettere den Hügel hinter den Felsen hinauf in den Wald. Ich stolpere andauernd und falle hin, denn ich traue mich nicht, meine Taschenlampe anzumachen, bevor ich nicht tief im Wald bin, aber es macht mir nichts aus – Hauptsache weg von hier.

Der Zoo ist meilenweit weg; es wird noch eine Ewigkeit dauern, bis ich da bin.

Ich schreite voran wie eine Maschine, der nichts weh tut, und denke immer daran, was er mit ihr gemacht hat. Nicht gut. Ich muß das aus dem Kopf kriegen.

Zu Hause, in Watson, habe ich immer Listen aufgestellt, wenn ich Ärger mit Moron hatte oder sonst irgendwas schiefgelaufen war – nur um meinen Geist mit etwas zu beschäftigen. Manchmal hat's funktioniert.

Also los: Die Präsidenten in der Reihenfolge ihrer Amtszeiten – Washington, Adams, Jefferson, Madison, Monroe, Quincy Adams, Jackson, Martin Van Buren ... der kleinste Präsident.

Scheiße, schon wieder hingefallen. Ich stehe auf. Gehe weiter.

Damals, in Watson, hatte ich ein Buch über die Präsidenten, herausgegeben von der Kongreßbücherei. Auf dickem Papier mit tollen Fotos und dem offiziellen Siegel des Präsidenten auf dem Umschlag. Ich hab es damals in der vierten Klasse bekommen, als ersten Preis im President-Bee-Wettbewerb. Ich hab's bestimmt fünfhundertmal gelesen und versucht, mir vorzustellen, ich wäre George Washington, der ein ganz neues Land zu regieren hat, oder Thomas Jefferson, ein herausragendes Genie, ein Erfinder, der mit fünf Stiften gleichzeitig geschrieben hat.

Selbst Martin Van Buren, der klein war, aber trotzdem der Boß von allen.

Bücher wurden von dem Augenblick an zum Problem, in dem Moron eingezogen ist. Er hat es gehaßt, wenn ich gelesen habe – besonders, wenn sein Motorrad kaputt war oder Mom kein Geld für ihn hatte.

Der kleine Scheißer mit seinen Scheißbüchern denkt wohl, er is' schlauer als der Rest der Welt.

Nachdem er eingezogen war, mußte ich in der Küche sitzen, während er und Mom auf meiner Bettcouch rumsaßen und Fernsehen schauten. Eines Tages, als ich gerade an meinen Hausaufgaben saß, kam er in den Wohnwagen, voll unter Strom stehend. Ich hab's ihm an den Augen angesehen und daran, daß er immer nur im Kreis rumgelaufen ist und seine Hände zu Fäusten geballt und wieder ausgestreckt hat und dabei dauernd so knurrende Geräusche von sich gegeben hat. Die Hausaufgaben waren einfache Rechenaufgaben, noch nicht mal Algebra. Ganz leicht. Mrs. Annison hat mir nicht geglaubt, als ich ihr erzählt habe, daß ich das schon konnte, und deshalb hat sie mir den gleichen Kram aufgegeben wie dem Rest der Klasse. Ich habe die Aufgaben ganz schnell gelöst und war schon fast fertig, als Moron sich eine Dose Bohnendip aus dem Kühlschrank genommen und angefangen hat, ihn mit den Fingern zu essen. Ich hab ihn angeschaut, aber nur für einen kleinen Moment. Er hat den Arm ausgestreckt, mich an den Haaren gezogen und mir mit dem Mathebuch auf die Finger geschlagen. Dann hat er meine Schulhefte und meine anderen Bücher genommen und sie zerrissen – einschließlich des Mathebuchs *Denken mit Zahlen*.

Er sagte: »Fick diesen Scheiß!«, und dann hat er es in den Müll geschmissen. »Und jetzt beweg deinen verfickten Arsch, du kleine Schwuchtel, und mach dich hier mal 'n bißchen nützlich ...«

Meine Haare haben nach Bohnen gestunken, und am nächsten Tag war meine Hand so geschwollen, daß ich meine Finger nicht bewegen konnte und ich sie in die Tasche gesteckt habe, als ich Mrs. Annison erzählt habe, daß ich das Buch verloren hatte. Sie saß an ihrem Pult, aß Knuspermüsli und korrigierte Arbeiten. Sie machte sich gar nicht die Mühe aufzuschauen, sondern sagte nur: »Nun ja, Billy, dann wirst du wohl ein neues kaufen müssen.«

Ich konnte Mom nicht nach dem Geld fragen, also habe ich nie ein anderes Buch bekommen, konnte keine Hausaufgaben mehr machen, und meine Noten in Mathe wurden immer schlechter. Ich dachte immer, irgendwann würde Mrs. Annison oder sonst jemand sich wundern, aber es ist nichts dergleichen passiert.

Ein andermal hat Moron meine Zeitschriftensammlung zerrissen, die ich aus dem Müll anderer Leute gefischt hatte, und fast alle Bücher, die mir gehörten, auch das über die Präsidenten. Und als ich dann endlich die Bibliothek auf der Hillhurst Avenue ausfindig gemacht hatte, war das eines der ersten Bücher, nach denen ich gesucht habe. Ich habe auch eins gefunden, aber es war anders. Das Papier war nicht so dick, die Fotos nur schwarzweiß. Aber trotzdem interessant. Daraus habe ich gelernt, daß William Henry Harrison sich gleich nach seiner Wahl eine Erkältung zugezogen hat und gestorben ist.

Pech für den ersten Präsidenten mit Namen William.

Es funktioniert. Mein Kopf ist klar. Aber mein Herz und mein Magen fühlen sich an, als würden sie verbrennen. Also weiter: Taylor, Fillmore, Pierce ... James Buchanan, der einzige Präsident, der nie geheiratet hat – hat sich bestimmt ganz schön einsam gefühlt im Weißen Haus, obwohl er vermutlich auch so genug zu tun hatte. Vielleicht war er ja auch ganz gern allein. Kann ich gut verstehen.

Lincoln, Johnson, Grant, McKinley.

Noch ein *William* als Präsident. Ob es wohl jemanden gab, der ihn Billy genannt hat? Na ja, so wie er auf dem Bild aussah – Glatze, verkniffene Augen, miese Laune – glaub ich eher nicht.

Mich hat nie jemand William genannt, außer die Lehrer am ersten Schultag, und selbst die sind bald zu Billy übergegangen, weil die anderen Kinder über *William* immer gelacht haben.

Billy Ziegenbock, Billy, der Ziegenbock.

William Bradley Straight.

Ein ganz normaler Name, nichts Besonderes, aber immer noch besser als einiges andere, das ich mir hab anhören müssen.

Tschack, tschack ...

Hoppla – gestolpert, aber nicht hingefallen. Stützpunkt Nummer fünf ist immer noch ziemlich weit weg. Es ist warm heute nacht. Ich wollte, ich könnte meine Kleider ausziehen und nackt zwischen den Bäumen hindurchlaufen wie ein wildes, starkes Tier, das weiß, wo es hingehört … ich atme zehnmal tief durch, damit mein Herz zur Ruhe kommt.

… besser. Also noch mehr Listen. Tropische Fische: Platys, Guppys, Anglerfische, Kofferfische, Picassofische. Ich hatte nie ein Aquarium, aber in meiner Zeitschriftensammlung hatte ich alte Ausgaben von *Tropenfische im Heimaquarium,* und beim Anblick der Bilder schwirrte mir der Kopf vor Farben.

Eine Sache, um die sich die ganzen Fischartikel immer wieder drehten, daß man echt vorsichtig sein mußte, wenn man sich ein Aquarium zulegte, und immer Bescheid wissen mußte, was man da vor sich hatte. Oscars und Arowanas fressen alle anderen Fische auf, wenn sie groß genug sind, und wenn die Arowanas richtig groß werden, versuchen sie, die Oscars zu fressen. Goldfische sind am friedlichsten, aber sie sind auch am langsamsten und werden andauernd gefressen.

Mein Magen brennt immer noch, als ob da jemand drin wäre und an mir nagt … atmen … Tiere, die einem im Park begegnen: Vögel, Eidechsen, Eichhörnchen, ab und zu Schlangen. Die ignoriere ich.

Für Menschen gilt das gleiche.

Nachts sieht man manchmal durchgedrehte Obdachlose mit Einkaufswagen voller Gerümpel, aber die bleiben nie lange. Außerdem Mexikaner in tiefer gelegten Autos, die laut Musik hören. Aber die halten nur drüben bei den Eisenbahngleisen. Dann noch Junkies, klar, wir sind ja in Hollywood. Ich hab schon ein paarmal gesehen, wie sie hergefahren kamen, sich an einen der Picknicktische gesetzt haben, als ob's gleich was zu Essen gäbe, und sich dann die Ärmel hochgekrempelt, die Nadel reingejagt und ins Leere gestarrt haben.

Wenn das Dope sich im Blut verteilt, seufzen sie und nicken mit dem Kopf und schlafen ein, und sie sehen aus wie jemand, der einfach nur dasitzt und ein Nickerchen hält.

Manchmal parken 'ne ganze Menge Pärchen am Rande des Parks, auch Schwule. Sie unterhalten sich, knutschen rum und rauchen – die Zigaretten kann man von weitem sehen, sie sehen aus wie kleine orangefarbene Sterne.

Alle haben ihren Spaß.

Und genauso, dachte ich, wär's auch bei *denen* von heute nacht.

Irgendwer schneidet immer die Kette von der Absperrung durch, und die Ranger brauchen Wochen, bis sie sie wieder reparieren. Die Bullen fahren hier nicht sehr häufig Patrouille, schließlich sind die Park-Rangers dafür zuständig. Der Park ist riesig. In der Bücherei habe ich ein Buch gefunden, in dem stand, er ist viertausendeinhundert Acres groß. Darin stand außerdem, daß der Park eine seltsame Entstehungsgeschichte hat: Ein durchgedrehter Kerl namens Colonel Griffith hat versucht, seine Frau umzubringen, und er mußte das Grundstück an die Stadt abtreten als Gegenleistung dafür, daß er nicht ins Gefängnis wanderte.

Vielleicht liegt es ja daran, daß Frauen hier kein Glück haben ...

Sechshundertvierzig Acres machen eine Quadratmeile, und bei viertausendeinhundert kommt da einiges zusammen. Ich weiß, wovon ich rede, denn ich bin den größten Teil davon zu Fuß abgelaufen.

Manchmal machen die Rangers auch eine Pause und rauchen und unterhalten sich. Vor ein paar Wochen haben zwei Rangers, ein Mann und eine Frau, kurz nach Mitternacht bei der Picknickzone geparkt. Sie sind ausgestiegen, haben sich auf die Motorhaube gesetzt, sich unterhalten und irgendwann angefangen zu lachen. Dann haben sie sich geküßt. Ich konnte hören, wie sie immer schneller geatmet haben, habe gehört, wie sie »Mmmm« gesagt hat, und ich dachte mir, daß sie's gleich miteinander treiben würden. Aber dann hat die Frau ihren Kopf weggezogen und gesagt: »Komm schon, Burt. Wenn uns hier jemand sieht.«

Burt hat erst mal gar nichts gesagt, und dann: »Spielverderber.« Aber er hat gelacht, und sie hat auch angefangen zu lachen. Sie haben noch ein bißchen mehr rumgeknutscht und sich ein bißchen befummelt und sind dann wieder in den Wagen gestiegen und weggefahren. Ich vermute, daß sie die Sache mit dem Sex nicht vergessen haben, sondern vermutlich nur damit gewartet haben bis Feierabend und dann irgendwo anders hingefahren sind, um es dort zu machen. Vielleicht zu einem von ihnen nach Hause oder in eins der Motels am Boulevard, wo man die Zimmer stundenweise mieten kann und die Prostituierten davorstehen und warten.

Mittlerweile halte ich mich von den Motels fern, aber als ich noch neu hier war, hat eine von den Prosties – eine fette Schwarze mit glänzenden Shorts und einem schwarzen Spitzentop mit nichts drunter – versucht, sich an mich ranzumachen.

Sie hat immer wieder gesagt: »Komm her, Kleiner.« Es hat sich angehört wie *»kommeekleinää, kommeekleinää«*. Dann hat sie ihre Bluse hochgezogen und mir eine von ihren schwarzen Riesentitten gezeigt. Ihre Brustwarze war ganz schlaff und groß und lila wie eine frische Pflaume. Ich bin weggerannt, und ihr Lachen hat mich verfolgt wie ein Hund, der einem Huhn hinterherjagt.

Irgendwie hab ich mich ihretwegen hinterher aber auch ganz gut gefühlt, die Tatsache, daß sie wohl annahm, ich würde es bringen. Obwohl ich glaube, daß sie mich vielleicht nur veräppelt hat. Ich kann mich noch an ihre Brustwarze erinnern, wie sie sie auf mich gerichtet hat, so als ob sie sagen wollte: Hier nimm sie, lutsch mal dran. Ihr Mund stand weit offen, und ihre Zähne waren riesengroß und weiß.

Sie hat sich vermutlich über mich lustig machen wollen, oder sie brauchte halt wirklich dringend Geld und hätte es mit jedem gemacht. Die meisten Prosties sind Junkies oder Crackheads.

Wie diese beiden Rangers gelacht haben – es klang ein bißchen so, wie die Nutte gelacht hat.

Gibt es so was wie ein *Sex-Lachen*?

Wie ein Kind behandelt zu werden hat zwei Seiten. Wenn man in einen Laden geht und Geld dabei hat, ist es egal, ob man vor den Erwachsenen dran ist oder nicht – die Erwachsenen werden immer zuerst bedient. Noch problematischer sind der Boulevard und all die Seitenstraßen voller Spinner und Perverslinge, die nur darauf aus sind, Kinder zu vergewaltigen. Einmal habe ich in einer Seitenstraße ein Magazin gefunden mit Bildern von Perversen, die's mit Kindern treiben – ihnen ihre Schwänze in den Arsch stecken oder in den Mund. Manche von den Kindern haben geweint, andere sahen ganz verschlafen aus. Die Gesichter von den Perversen kann man nicht sehen, nur ihre haarigen Beine und ihre Schwänze. Lange Zeit danach hatte ich noch Alpträume davon – diese Kinder, der Blick in ihren Augen. Aber andererseits habe ich dadurch auch gelernt, vorsichtig zu sein.

Es ist mir schon ein paarmal passiert, daß irgendwelche Burschen – sogar am hellichten Tag – an mir vorbeigefahren sind und mit Geld gewedelt haben oder mit Schokoriegeln und manchmal sogar mit ihren Schwänzen. Ich ignoriere sie, und wenn sie sich nicht verpissen, renne ich weg. Früher, wenn ich schlecht drauf war, weil ich nichts gegessen hatte oder mich eine Nacht mit Alpträumen rumgeschlagen hatte, habe ich ihnen 'nen Stinkefinger gezeigt, bevor ich weggerannt bin. Aber vor einem Monat hat dann so 'n Kerl versucht, mich mit seinem Wagen plattzumachen. Er hat mich nicht erwischt, aber seitdem strecke ich den Finger nicht mehr raus.

Man kann einfach nicht sagen, was zu Problemen führt. Vor einer Woche hatten zwei Kerle einen Unfall auf der Grover, nichts weiter als eine kleine Beule in dem vorderen Auto, aber der eine Typ ist ausgestiegen, einen Baseballschläger in der Hand, und hat dem anderen Kerl die Windschutzscheibe zerdeppert. Dann ist er auch noch auf den anderen los, doch der ist weggerannt.

Und dann sind da noch die Spinner, die alles und jeden anbrüllen und rumschreien, und die ganze Nacht lang hört man Schüsse. Ich hab schon Typen gesehen, die sind am hellichten Tag rumgelaufen mit ausgebeulten Taschen, wo gut und gern Knarren drinstecken konnten.

Der einzige Tote, den ich je gesehen habe, war einer von den alten Säcken mit den Einkaufswagen. Er hat in einer Seitenstraße gelegen, den Mund aufgesperrt, als würde er schlafen, aber seine Haut war schon ganz grau, und zwischen seinen Lippen krabbelten Fliegen. Ganz in der Nähe war der Müllcontainer, den ich ausräumen wollte, aber ich hab nur noch gemacht, daß ich wegkam, keinen Appetit mehr. In der Nacht bin ich mit einem fürchterlichen Hunger aufgewacht und dachte mir, daß es ganz schön blöd war, mich davon so mitnehmen zu lassen. Der Kerl war sowieso schon alt.

Wenn ich genug zum Essen auftreibe, fühle ich mich vollgepumpt mit Energie. Wenn ich renne, ist das als ob ich einen Düsenantrieb hätte – keine Schwerkraft, keine Grenzen.

Manchmal verfalle ich beim Rennen in einen Rhythmus, und es ist wie ein Beat in meinem Kopf, *babumm, babumm*. Geradeso als könnte nichts mich aufhalten. Wenn das passiert, *zwinge* ich mich, einen Gang runterzuschalten, denn es ist zu gefährlich, wenn man vergißt, wer man ist.

Außerdem mache ich immer dann langsamer, wenn ich in den Park gehe. Schon lange vorher. Ich schaue mich immer um, damit ich sicher sein kann, daß niemand mich beobachtet. Und dann biege ich ganz gemächlich ab, geradeso als würde ich in einem der riesigen Häuser am Fuß des Parks wohnen.

Eines der Bücher, die Moron zerrissen hat, war von einem französischen Wissenschaftler namens Jacques Cousteau, über Kraken und Tintenfische. In einem Kapitel ging es darum, daß Kraken ihre Farbe der Umgebung anpassen können. Ich bin zwar kein Krake, aber ich weiß, wie ich mich fast unsichtbar machen kann.

Ich nehme mir Sachen. Aber deshalb bin ich noch lange kein Dieb.

Ich habe das gleiche Krakenbuch noch einmal in der Bibliothek gefunden, mir ausgeliehen und wieder zurückgebracht.

Das Buch über die Präsidenten habe ich mitgenommen und behalten.

Aber es war sowieso neun Monate her, seit es zum letzten Mal von jemandem ausgeliehen worden war, das stand jedenfalls auf der Karte, die hinten drinlag.

Die Bibliothek daheim in Watson war ein Witz, nichts weiter als ein Laden neben der Kriegsveteranenhalle, die niemand je benutzt hat. Außerdem war sie die meiste Zeit geschlossen. Die Frau hinter dem Tresen hat mich immer angeschaut, als ob ich irgendwas klauen wollte, was ich aber komischerweise nie getan habe.

In der Bücherei auf der Hillhurst haben sie auch so eine Alte, aber die sitzt meistens in ihrem Büro rum, und diejenige, die sich um die Bücher kümmert, ist eine hübsche, junge Mexikanerin mit ganz langen Haaren. Sie hat mich mal angelächelt, aber ich habe sie ignoriert, und das Lächeln ist ihr aus dem Gesicht gerutscht, als ob ich es runtergerissen hätte.

Ich kann keinen Bibliotheksausweise bekommen, weil ich keine Adresse habe. Also wende ich folgenden Trick an: Ich gehe einfach rein und tue so, als wäre ich eins von den Kindern aus der King Middle School, das Hausaufgaben zu machen hat. Ich setze mich an einen der Tische und lese oder schreibe eine Weile – normalerweise Mathematikaufgaben. Dann gehe ich nach hinten zu den Regalen.

Eines Tages werde ich das Präsidentenbuch wieder zurückbringen.

Selbst wenn ich es behalten würde, würde es niemandem auffallen. Glaube ich jedenfalls.

Ein *Vorteil,* wenn man aussieht wie ein harmloses Kind, ist, daß man manchmal in einen Laden reingehen und sich Sachen einfach nehmen kann, ohne daß es jemand merkt. Ich weiß, daß das eine Sünde ist, aber ohne was zu essen stirbt man, und Selbstmord ist auch eine Sünde.

Außerdem – vor Kindern haben die Leute keine Angst, jedenfalls nicht vor weißen Kindern. Wenn man also jemanden nach Kleingeld fragt, ist das Schlimmste, was einem passieren kann, daß er einen blöde anmacht. Aber was sollen sie zu mir schon sagen? Such dir 'ne Arbeit, Kleiner?

Eine Sache habe ich damals in Watson gelernt: Mach die Leute nervös, und du bist derjenige, der eins auf die Nase bekommt.

Also hat Gott mir vielleicht einen Gefallen getan, als er mich ein bißchen klein für mein Alter gemacht hat. Obwohl ich irgendwann auch mal ganz gern größer werden würde.

Mom hat mich, bevor sie immer trauriger wurde, manchmal unters Kinn gefaßt und gesagt: »Schau ihn dir an. Sieht aus wie ein Engel. Ein richtiger kleiner *Putto.*«

Ich hab's *gehaßt.* Es klang so *schwul.*

Manche von den Kindern, die in den Magazinen vergewaltigt werden, sehen aus wie Engel.

Man kann einfach nicht sagen, was sicher ist. Ich gehe allen Leuten aus dem Weg, und dafür ist der Park wie geschaffen – viertausendeinhundert Acres und der größte Teil davon nichts außer Ruhe und Frieden.

Danke, spinnerter Mr. Griffith.

Die Art und Weise, auf die er versucht hat, seine Frau umzubringen, war, ihr ins Auge zu schießen.

4

In acht Monaten hatte Petra einundzwanzig andere Mordfälle bearbeitet, von denen einige ziemlich hartes Kaliber gewesen waren. Doch nichts davon war mit diesem hier vergleichbar. Nicht mal die Hochzeit von Hernandez.

Diese Frau war buchstäblich zerfetzt worden. Nicht nur blutüberströmt, sondern förmlich *überzogen* mit Blut wie Obst in Schokoladenhülle. Die Vorderseite ihres Kleides war eine einzige rote Masse, aus der an manchen der Schnittstellen im Stoff glänzende graue Wülste aus Gedärmen herausquollen. Das seidige Material war im Hinblick auf eventuelle Spuren oder Rückstände nicht sonderlich vorteilhaft. Das Blut würde ein weiteres dazu tun, Spuren zu verwischen – wie sollte man von der Haut Fingerabdrücke nehmen? Blieb noch ihr Schmuck – wenn der Mörder ihn angefaßt hatte.

Als Petra und Stu am Tatort ankamen, war es noch dunkel. Sie wurden empfangen von grimmigen Gesichtern, regem Geknister aus diversen Funkgeräten und einer blinkenden Symphonie von Blaulichtern. Sie ließen sich von den Rangers, die die Leiche gefunden hatten, Bericht erstatten und warteten auf den Sonnenaufgang, um einen genaueren Blick auf das Opfer zu werfen.

Das Blut war zu einer rötlichbraunen Masse getrocknet, die den Körper und den umgebenden Asphalt bedeckte und in kleinen Rinnsalen über den Parkplatz geströmt war. Manche der Lachen waren immer noch klebrig.

Petra stand neben der Leiche, machte sich eine Zeichnung von der Umgebung und der Toten und listete die Wunden auf, die sie erkennen konnte. Es waren mindestens siebzehn, und das nur auf der Vorderseite.

Sie beugte sich hinab und ging möglichst nah heran, um das zerschundene Fleisch zu untersuchen, ohne dabei irgendwelche Spuren zu vernichten: Die Unterlippe war fast völlig abgetrennt, das linke Auge nur noch ein rubinroter Brei. Sämtliche Verletzungen waren auf der linken Seite.

Wenn du dein zartes Kind jetzt sehen könntest, Dad.

Sie hatte schon einundzwanzig Leichen in Augenschein genommen, aber der Anblick dieser hier im Sonnenlicht drehte ihr den Magen um. Und dann wurde sie von etwas noch Schlimmerem gepackt: dem Schmerz des Mitgefühls.

Armes Ding. Armes, armes Ding, wie konnte dir so was nur passieren?

Nach außen hin ließ sie sich nichts anmerken. Niemand, der sie beobachtet hätte, hätte irgend etwas anderes als reine Effizienz vermutet. Man hatte ihr schon einmal gesagt, daß sie einen effizienten Eindruck machte. Damals war es ein Vorwurf gewesen, den Nick ihr entgegengeschleudert hatte. Er hatte ihr damit zu verstehen geben wollen, daß Kompetenz nicht sexy war. Was hatte der Kerl ihr gegenüber nicht für einen Schrott dahergeredet! Warum hatte sie nicht gemerkt, was Sache war?

Sie mochte es, wenn man sie für geschäftsmäßig hielt. Hatte ein Geschäft gefunden, das ihr gefiel.

Vor einem Monat hatte sie einen Frisörsalon auf der Melrose Avenue betreten und den unwilligen Stylisten angewiesen, ihre schwarzen Haare um fünfzehn Zentimeter zu kappen, und was dabei herauskam, war eine überaus pflegeleichte Kurzhaarfrisur.

Stu war es sofort aufgefallen. »Sehr vorteilhaft.«

Sie war der Ansicht, daß die Frisur ziemlich gut zu ihrem schmalen, blassen Gesicht paßte.

Ihre Kleider suchte sie mittlerweile unter praktischen Gesichtspunkten aus. Solide Hosenanzüge, die sie bei Lochmanns und Robinsons-May im Schlußverkauf ergattert und zu Hause so abgeändert hatte, daß sie perfekt zu ihrer schlanken Figur paßten. Die meisten waren schwarz – so wie heute – doch sie hatte auch eine paar marineblaue, einen schokoladenbraunen und einen graphitfarbenen.

Sie trug Lippenstift von MAC, tiefrot mit einem Hauch von Braun, ein wenig Lidschatten und Mascara. Keinen Gesichtspuder; ihre Haut war weiß und ebenmäßig wie Schreibmaschinenpapier. Keinen Schmuck. Nichts, woran ein Verdächtiger sie hätte packen können.

Das Opfer trug allerdings Gesichtspuder.

An den Stellen, die nicht von einer tiefroten Schicht bedeckt waren, konnte Petra deutliche Spuren von Rouge, Puder und Mascara erkennen, das etwas stärker aufgetragen war als bei ihr selbst – jedenfalls an dem einen Auge, das unverletzt geblieben war.

Das zerstörte Auge war nur noch eine blinde Höhle, dunkelrot wie eine Süßkirsche, der Augapfel zusammengefallen wie zerknittertes Zellophan, aus dem ein Teil der gallertartigen Masse des Glaskörpers auf die Nase troff.

Hübsche Nase, zumindest dort, wo sie keine Stiche und Schnitte aufwies.

Das rechte Auge war weit aufgerissen, blau und von einem Schleier überzogen. Dieser trübe *Totenblick*. Unmöglich, den nachzumachen – es gab nichts, das so aussah.

Seelenwanderung ... Und was bleibt zurück? Eine leere Hülle, nicht mehr als eine abgestreifte Schlangenhaut.

Mit künstlerischer Präzision setzte sie die Untersuchung des Leichnams fort und bemerkte einen kleinen, aber tiefen Schnitt in der linken Wange, der ihr zuvor entgangen war. Nummer achtzehn. Sie konnte die Leiche nicht umdrehen, bevor der Fotograf fertig war und der Leichenbeschauer sein Okay gegeben hatte. Die endgültige Zahl der Verletzungen würde erst der Pathologe feststellen, sobald er den Leichnam auf seinem Untersuchungstisch hatte.

Sie fügte ihrer Zeichnung die Wunde auf der Wange hinzu. Man konnte nie wissen – das Leichenschauhaus war ein Taubenschlag, und auch Ärzte machten Fehler.

Stu stand mit dem Leichenbeschauer – einem älteren Mann namens Leavitt – zusammen. Die beiden unterhielten sich in ernstem, aber entspanntem Ton. Keine geschmacklosen Witze und Frotzeleien, wie man sie in Kriminalfilmen zu sehen bekam. Die echten Detectives, denen Petra begegnet war, waren in der Regel ganz normale Typen – relativ aufgeweckt, geduldig, beharrlich – und hatten wenig gemeinsam mit den knallharten Burschen aus dem Kino.

Sie versuchte hinter die blutige Hinterlassenschaft zu schauen und einen Eindruck zu bekommen, was für ein Mensch das wohl gewesen sein mochte, der diesem Gemetzel zum Opfer gefallen war.

Die Frau wirkte jung, und Petra war sich ziemlich sicher, daß sie gut ausgesehen hatte. Selbst in diesem üblen Zustand, auf einen Parkplatz gekippt wie ein Sack Müll, ließen sich ihre feinen Züge noch erkennen. Sie war nicht groß, doch ihre Beine, die man bis zur Mitte der Oberschenkel sehen konnte, waren lang und schlank. Ihre Taille wirkte schmal in dem kurzen schwarzen Seidenkleid. Üppiger Busen – unter Umständen Silikon. Schon seltsam, wenn Petra in diesen Tagen eine schlanke Frau mit einem gesunden Brustumfang sah, unterstellte sie sofort das Werk eines Chirurgen.

Keine Anzeichen für irgendwelche außergewöhnlichen Flüssigkeitsverluste im Torso, obwohl sich das bei all dem Blut nur schwer feststellen ließ. Überhaupt, was passierte mit einem Silikonbusen, wenn er aufgeschlitzt wurde? Wie sah Silikon überhaupt aus? Seit acht Monaten war sie nun bei der Mordkommission, aber die Frage hatte sie sich noch nie gestellt.

Die Strumpfhose war zerrissen, doch es sah aus, als rührte dies vom Asphalt her. Keine offensichtlichen Anzeichen eines Sexualverbrechens, weder eine entsprechende Körperhaltung noch sichtbare Samenspuren um den zerschundenen Mund oder die Beine.

Volles Haar, eine richtige Mähne. Honigblond, fachmännisch gefärbt, der Ansatz an ein paar Stellen nachgedunkelt, aber dennoch hübsch. Das Kleid war aus Jacquard und handbestickt. Es war verrutscht und um die Schultern gebauscht, so daß Petra das Schildchen am Kragen lesen konnte. Armani Exchange.

Die glänzenden Gegenstände, von denen Petra hoffte, daß sich darauf eventuell Fingerabdrücke finden ließen, waren ein Diamantarmband mit geschliffenen Steinen in einer ganz hübschen Größe am linken Handgelenk, ein mit Saphiren und Diamanten besetzter Cocktailring, eine goldene Lady-Rolex und ein Paar zierliche Diamantohrstecker.

Kein Ehering.

Und auch keine Handtasche, folglich fiel eine schnelle Identifizierung des Opfers erst mal flach. Wie war sie nur hier gelandet? Ein Rendezvous? Löwenmähne, Minikleid – ein Callgirl, das mit der Aussicht auf einen Extrabonus auf die Straße hinausgelockt worden war?

Die Handtasche war weg, aber der Schmuck war ihr nicht abgenommen worden. Die Uhr allein war schon mindestens drei Riesen wert. Also kein Raubüberfall. Außer wenn der Räuber noch dämlicher war als die Deppen, die gemeinhin die Straßen unsicher machten, und er nur die Handtasche genommen hatte und in Panik geraten war.

Nein, das ergab keinen Sinn. All diese Verletzungen deuteten weder auf Raub noch auf Panik hin. Dieses Dreckstück hatte sich Zeit gelassen.

Und sich vielleicht die Handtasche gegriffen, um einen Raubüberfall vorzutäuschen, ohne dabei an den Schmuck zu denken?

Sie stellte sich den Täter vor, wie er voller Wut immer wieder auf das Opfer einstach. Tiefe Wunden, keine Schnittwunden infolge von Abwehrreaktionen, doch solche Abwehrverletzungen waren seltener, als man dachte, und ein Mann, der auch nur einigermaßen groß genug war, würde wenig Probleme gehabt haben, eine so zierliche Frau wie diese zu überwältigen.

Es konnte aber genausogut darauf hindeuten, daß sie ihn kannte.

Allein die Anzahl der Stiche und Verletzungen ließen diesen Schluß zu.

War die blonde Frau überrumpelt worden?

Durch Petras Kopf schoß eine schnelle Abfolge von Zeitrafferaufnahmen. Sie würgte die Bilderflut ab. Es war zu früh, um irgendwelche Theorien aufzustellen.

Herrgott, sah das scheußlich aus. Als wäre sie von einem Raubtier angefallen worden. Petra vermutete, daß der massive Bauchschnitt, infolgedessen die inneren Organe zerfetzt worden waren, den Tod verursacht hatte, obwohl das Gesicht so übel zugerichtet war, als hätte es sich um eine Strafaktion gehandelt.

Eine Frau förmlich auszuweiden und dann zu versuchen, ihre Schönheit zu zerstören; was für starker Haß steckte dahinter, eine wahre *Explosion* von Haß.

Etwas *Persönliches*. Je länger Petra darüber nachdachte, desto mehr leuchtete ihr diese Vermutung ein. Was für eine Beziehung konnte zu *so etwas wie dem hier* führen? Ehemann? Freund? Irgend etwas, das sich als *Liebhaber* bezeichnen ließe?

Eine losgelassene Bestie.

Petra streckte ihre Finger und steckte die Hände in die Taschen ihres Hosenanzugs. DKNY, Ausverkauf bei Saks, extraleichter Crêpe, pechrabenschwarz. Und bequem, deshalb hatte sie ihn getragen, als sie Freshwater aufgelauert hatten.

Das Kleid der Frau hatte einen leichten Blauton. Blauschwarz aufgeweicht in rostrotem Wasser.

Zwei Frauen in Schwarz; die Trauerzeremonie hatte begonnen.

Stu unterhielt sich noch immer mit Leavitt, und Petra blieb bei der Leiche, als hätte sie es sich zur Aufgabe gemacht, sie zu bewachen.

Wachestehen für eine leblose Hülle?

Als kleines Mädchen in Arizona hatte sie im Sommer immer wieder Exkursionen zusammen mit ihrem Vater und ihrem Bruder Dick unternommen und dabei eine Vielzahl von abgestreiften Häuten gefunden. Sie hatte die Hinterlassenschaft von Echsen und Schlangen, die aussahen wie aus Spitze gearbeitet, gesammelt und versucht, sie zu flechten und Schmuckbänder daraus zu machen. Doch sie waren in ihren Händen zu Staub zerfallen, und so fing sie allmählich an, die Reptilien selbst als etwas Zerbrechliches zu betrachten, was sie weniger furchterregend machte.

Aber dennoch wurde sie noch jahrelang von ihnen in ihren Träumen verfolgt. Ebenso von Skorpionen, Luchsen, Eulen, warzigen Kröten, fliegenden Insekten, Schwarzen Witwen und dem anscheinend endlosen Strom von Kreaturen, die von der Interstate-Autobahn herübergewandert kamen.

Armer Dad, verurteilt zu stundenlangen nächtlichen Sitzungen, in deren Verlauf er Geschichten und dämliche Witze erzählen und hektische Suchrituale abhalten mußte – und das alles, damit sein jüngstes Kind endlich einschlief und er als alleinerziehender Vater auch einmal seine Ruhe hatte.

Als ihn dann endlich niemand mehr nervte, was hat er da wohl mit seiner Zeit angefangen?

So wie sie ihren Vater kannte, verwandte er jede Minute auf die Korrektur von Seminararbeiten und der Arbeit an einem Lehrbuch, das er nie beendete. Und zur Belohnung genehmigte er sich ein großes Glas Chivas. Sie wußte, daß er in seinem Nachtschränkchen eine Flasche aufbewahrte und daß er häufig Nachschub holte, doch sie hatte ihn nie richtig betrunken gesehen.

Kenneth Connor, Professor für physikalische Anthropologie, ohne herausragende Reputation, zwischenzeitlich von Alzheimer zum Fossil gemacht und vor zwanzig Monaten relativ jung gestorben. Sie konnte sich noch an den Tag erinnern: Sie war einem gestohlenen Mercedes bis nach Mexiko hinunter nachgejagt, als die Zentrale ihr den Anruf des Krankenhauses durchstellte. Zerebraler Vorfall. Die schönere Bezeichnung für Schlaganfall, wobei der Neurologe vermutete, daß Dads Gehirn infolge von Verkalkung angegriffen war.

Dad hatte sich auf die Genetik von wirbellosen Tieren spezialisiert, doch er sammelte Panzer, Häute, Schädel, Knochensplitter und andere organische Antiquitäten, bis ihr winziges Haus am Rande des Highways vor Phoenix vollgestopft war mit leblosen Überbleibseln und Gerümpel und roch wie ein verlassenes Museum. Er war ein freundlicher Mensch gewesen, ein fürsorglicher Vater. Petras Mutter war bei ihrer Geburt gestorben, doch Dad hatte ihr gegenüber niemals auch nur einen Augenblick lang irgendwelchen Groll gehegt, obwohl sie sicher war, daß er irgend etwas in dieser Richtung empfinden mußte. Sie selbst hatte sich jedenfalls bestraft, war zu einem wilden, zornigen Teenager geworden, der so lange Streit mit Dad vom Zaun brach, bis er sich gezwungen sah, sie auf ein Internat zu schicken, wo sie in ihrer Opferrolle schwelgen konnte.

In seinem Testament hatte er verfügt, daß er verbrannt werden wollte. Sie und ihre Brüder hatten sich diesem Willen gebeugt und mitten in der Nacht seine Asche über einem Tafelberg verstreut.

Jeder hatte darauf gewartet, daß einer der anderen etwas sagen würde.

Schließlich war es Bruce, der das Schweigen brach. »Es ist vorbei. Er hat seinen Frieden. Hau'n wir endlich ab, zum Teufel.«

Dad, der Gewebesammler, reduziert auf graue Partikel. Vielleicht würde eines Tages, in Millionen von Jahren, irgendein Archäologe auf ein Molekül von Kenneth Connor stoßen und daraus Hypothesen ableiten, wie das Leben im zwanzigsten Jahrhundert wohl gewesen sein mochte.

Und nun war da *dieser* Klumpen totes Fleisch, der frisch und erbärmlich zu ihren Füßen lag.

Petra schätzte das Alter der Frau auf fünfundzwanzig bis dreißig. Viel älter jedenfalls nicht, dafür war die Haut an Kinn und Hals zu straff, und soweit sie sehen konnte, gab es auch keine Liftingnarben hinter den Ohren.

Schöne Wangenknochen, soweit man das vom Anblick der rechten Gesichtshälfte her beurteilen konnte. Die gesamte linke Seite war nur ein scharlachroter Brei. Der Mörder war vermutlich Rechtshänder, und der Kopf war nach rechts gekippt, als er auf sie einstach.

Mit Ausnahme von Freshwater waren alle ihre einundzwanzig bisherigen Fälle mehr oder weniger Routinekram: Schießereien in Bars, einzelne tödliche Messerstiche, Schlägereien. Bescheuerte Männer, die andere bescheuerte Männer umbrachten.

Der häßlichste Fall war die Hernandez-Hochzeit, die sich an einem Samstag in einer Kriegsveteranenhalle an der Grenze zum Revier von Rampart abgespielt hatte. Der Bräutigam hatte beim Hochzeitsempfang den Vater der Braut umgebracht, indem er ihm mit einem Küchenmesser mit Perlmuttgriff den Bauch vom Brustbein bis zum Schambein aufschlitzte und ihn vor den schreckensstarren Augen seiner achtzehnjährigen, gerade angetrauten Frau und hundert weiteren Leuten regelrecht *filetierte.*

Tolle Flitterwochen.

Petra und Stu fanden den Bräutigam, der sich im Baldwin Park versteckt hatte, verhafteten ihn und lieferten ihn ab. Er war ein neunzehnjähriger Gärtnergehilfe. Das Messer hatte er in einem Sack Düngemittel im Heck des Lieferwagens seines Chefs versteckt. Idiot.

Guck mal, Dad, ich hab den Fall gelöst, ganz ohne Gänsehaut.

Sie stellte sich das überraschte Lächeln ihres Vaters vor angesichts der kometenhaften Laufbahn, die sein zitterndes, ängstliches Mädchen eingeschlagen hatte.

Effizient.

Sie schmeckte die Morgenluft. Süß; man konnte die Kiefern riechen. Plötzlich hatte sie genug vom Warten. Es juckte sie förmlich, etwas zu tun oder etwas herauszukriegen.

Endlich verabschiedete sich Stu von Leavitt und trat hinter die Absperrung auf den Teil des Parkplatzes, wo die Wagen von Polizei und Leichenbeschauer standen. Akribisch wie er war, erteilte er den Männern von der Spurensicherung Anweisungen, was zu tun und zu lassen war, und was sie zur Analyse ins Labor bringen sollten. Der Leichenbeschauer machte sich schließlich auf den Weg, während seine Leute zurückblieben und in ihrem Kleinbus wummernde Rapmusik hörten.

Alle warteten auf den Fotografen und die Hundestaffeln, damit die Leiche abtransportiert und die Hunde das oberhalb des Parkplatzes gelegene Waldareal durchkämmen konnten.

Stu sprach mit einem Beamten in Uniform. Er bewegte kaum die Lippen, während sein Profil geradezu edel im Sonnenlicht erstrahlte.

Chief Bishop. Falls er nicht vorher eine große Rolle beim Film bekam.

Sie waren seit zwei Wochen Partner, als er seine Brieftasche gezückt hatte, um für ihren Lunch bei Musso und Frank zu bezahlen, und bei dieser Gelegenheit war ihr die Mitgliedskarte der Schauspielergewerkschaft aufgefallen, die neben einer Vielflieger-Visa-Karte steckte.

»Du bist Schauspieler?«

Sein keltischer Teint rötete sich, und er klappte die Brieftasche zu. »Reiner Zufall. Die sind vor ein paar Jahren ins Revier reinmarschiert, als sie auf dem Boulevard *Murder Street* gedreht haben, und wollten ein paar richtige Cops als Statisten. Sie haben mich so lange genervt, bis ich schließlich ja gesagt habe.«

Petra konnte es sich nicht verkneifen: »Und wann gibt's einen Zementabdruck von deinen Händen und Füßen?«

Der Ausdruck in Stus swimmingpoolblauen Augen wurde weicher. »Du glaubst nicht, was für ein dämliches Business das ist, Petra. Unglaublich selbstbezogen. Weißt du, wie die sich selbst nennen? Die *Industrie.* Als ob sie Stahl herstellen würden.« Er schüttelte seinen Kopf.

»Was für Rollen hast du gespielt?«

»Kleinere Nebenrollen, wo ich einfach nur durchs Bild laufe. Ich muß noch nicht mal einen Zeitplan umstellen. Die meisten Dreharbeiten sind nachts, und wenn ich dann noch in der Stadt bin, komme ich eh schneller nach Hause, weil ich nicht ewig auf dem Freeway im Stau stehe. Ich verliere also noch nicht mal Zeit dabei.«

Er grinste. So sehr er auch versuchte, die Angelegenheit herunterzuspielen, er erreichte nur das Gegenteil, und beide wußten es.

Petra lächelte ihn verschmitzt an. »Hast du 'nen Agenten?«

Stu wurde puterrot.

»Also ja?«

»Wenn man in dem Geschäft arbeitet, braucht man einen, Petra. Da wimmelt es von Haien, und die zehn Prozent sind es wert, wenn man jemanden hat, der sich mit denen herumschlägt.«

»Schon mal eine Sprechrolle gehabt?« Petra hatte wirkliches Interesse an der Sache, aber gleichzeitig auch Schwierigkeiten, ein Lachen zu unterdrücken.

»Wenn du ›Stehenbleiben, du Drecksack, oder ich schieße!‹ als Sprechen bezeichnest.«

Petra trank ihren Kaffee aus, und Stu befaßte sich mit seinem Mineralwasser.

»Und wann schreibst du dein eigenes Drehbuch?«

»Also wirklich, jetzt reicht's aber«, antwortete er, während er seine Brieftasche erneut aufklappte und das Geld herausnahm.

Doch schon in der nächsten Woche übernahm er eine Rolle als Statist draußen in Pacoima. Jeder in L.A. – selbst ein geradliniger Kerl wie Stu – wollte etwas Außergewöhnliches sein.

Außer Petra. Sie war, nachdem sie ein Jahr am staatlichen College in Tucson absolviert hatte, nach Kalifornien gekommen, um am Pacific Art Institute zu studieren, wo sie einen Abschluß in Bildender Kunst mit Schwerpunkt Malerei machte. Als sie ins Berufsleben trat, hatte sie schon einen Ehemann, mit dem sie Tisch und Bett teilte. Nick hatte einen prima Job als Autodesigner im General-Motors-Zukunftslabor, während sie lediglich ein Taschengeld verdiente, indem sie Zeitungsannoncen illustrierte und ein paar ihrer Gemälde in einer Co-op-Galerie in einem Einkaufszentrum in Santa Monica verkaufte, wobei allerdings nicht mehr heraussprang als das Geld für Farbe und Pinsel. Eines Tages fiel es ihr wie Schuppen von den Augen: Das war das Ende der Fahnenstange; großartige Veränderungen würde es von nun an nicht mehr geben. Aber wenigstens hatte sie Nick.

Dann spielte ihr Körper nicht mehr mit, und Nick zeigte, was wirklich in ihm steckte beziehungsweise was nicht, nämlich eine Seele – und sie stand mit einemmal da, vor den Kopf geschlagen, am Boden zerstört und allein. Eine Woche nachdem er sich abgeseilt hatte, brach jemand in ihr Apartment ein und stahl die wenigen wertvollen Dinge, die sie besaß, einschließlich Pinsel und Staffelei.

Sie versank für zwei Monate in Depressionen, bis sie sich schließlich eines Abends im November aus dem Bett hievte und ziellos in der Stadt herumfuhr. Sie fühlte sich schlapp, wie betäubt und wehrlos und dachte, sie sollte vielleicht etwas essen. Ihre Haut sah furchtbar aus und sie hatte Haarausfall, hungrig war sie nicht; allein bei dem Gedanken an Essen wurde ihr schon schlecht. Auf dem Wilshire Boulevard machte sie kehrt, um nach Hause zu fahren, als ihr Blick in der Nähe von Crescent Hights auf ein Plakat fiel, mit dem das Los Angeles Police Department, kurz LAPD, um Nachwuchs warb. Zu ihrem eigenen Erstaunen schrieb sie sich die gebührenfreie Nummer auf.

Sie brauchte zwei Wochen, bis sie sich schließlich zu dem Anruf durchrang. Die Polizeikommission erklärte, daß das Department angewiesen worden war, verstärkt Frauen anzuwerben. Ihr wurde ein warmer Empfang bereitet.

Hatten sie beim Eintritt in die Polizeiakademie noch Zweifel geplagt und der Gedanke, daß all dies nur ein dämlicher, völlig unverständlicher *Fehler* war, so mußte sie zu ihrer eigenen Überraschung feststellen, daß sie wirklich Gefallen an der Sache fand. Selbst das Fitneßprogramm, bei dem sie lernte, daß sie weniger ihre Kraft als ihre Beweglichkeit einsetzen mußte, um die Hürden zu nehmen. Statt sich mit Kraftmeierei abzuquälen, stellte sie fest, daß sie gute Reflexe hatte und ein natürliches Talent, Hebelkräfte einzusetzen, um im Mann-gegen-Mann-Kampf den Gegner unschädlich zu machen.

Sie mochte selbst die Uniform.

Nicht die lächerliche Kadettenuniform mit hellblauem Hemd und marineblauer Hose, sondern die richtige, ganz marineblaue. Absolut seriös.

Ausgerechnet sie, die so vielen ihrer »faschistischen« Internatsschüler wegen ihrer Rangordnungshörigkeit den Kopf gewaschen hatte, empfand schließlich so etwas wie Zuneigung zu ihrer Uniform.

Unter den Jungs in ihrer Klasse an der Akademie gab es etliche verhinderte Sportskanonen, die ihre Uniformen hauteng hatten schneidern lassen, damit ihre Bizeps, Deltoide und Latissimi auch bloß gut zur Geltung kamen.

Die Jungsversion des Push-up-BH.

Eines Nachts gab sie einer plötzlichen Regung nach und änderte ihre Uniform an der alten, zerschrammten Singer-Nähmaschine, die sie aus Tucson mitgebracht hatte und die zu den wenigen Dingen gehörte, die die Einbrecher ihr gelassen hatten.

Petra war knapp einssiebzig groß und wog neunundfünfzig Kilo, sie hatte schlanke Beine, eine jungenhafte Taille, breite Schultern, einen Hintern, den sie für zu flach hielt, und einen kleinen, aber *natürlichen* Busen, mit dem sie sich nach all den Jahren endlich angefreundet hatte. Da sie als einziges Mädchen mit vier Brüdern und einem Vater aufgewachsen war, hatte sie es für ziemlich nützlich gehalten, Nähen zu lernen.

Die meiste Arbeit machte sie sich mit dem Hemd, denn es beulte sich am Bauch aus, und bei diesen Hüften brauchte sie etwas, das die *Figur* betonte. Das Resultat ihrer Arbeit betonte ihre schlanke Silhouette, ohne sie übertrieben zur Schau zu stellen.

Nach ihrem Abschluß war sie noch glücklicher, obwohl sie niemanden zur Graduationsfeier eingeladen hatte, da sie noch immer unsicher war, was ihr Vater und ihre Brüder wohl denken mochten.

Nachdem sie den ersten Monat ihres Probejahres absolviert hatte, ließ sie die Katze aus dem Sack und erntete allseits großes Erstaunen, doch keinerlei Ablehnung. Aber zu dem Zeitpunkt hatte es sie ohnehin schon gepackt.

Sämtliche Aspekte der Polizeiarbeit machten ihr Spaß. Sich fit halten, in der Gegend herumfahren, der Morgenappell, die Schießübungen. Sogar der Papierkram, denn wenn sie eines im Internat gelernt hatte, dann waren es Arbeitsdisziplin und korrektes Englisch, wodurch sie den Sportskanonen einiges voraus hatte, die gequält an ihren Bleistiften herumkauten angesichts der Probleme, die ihnen Syntax und Interpunktion bereiteten.

Innerhalb von achtzehn Monaten machte sie ihren Detective-I.

Und erwarb sich damit das Recht, eine leblose Hülle zu bewachen.

Ein neuer Wagen stieß zu den anderen auf dem Parkplatz, ein Kleinwagen mit dem Wappen des Departments an der Tür. Eine Polizeifotografin stieg aus, eine professionelle Polaroidkamera in der Hand. Sie war jung, in etwa so alt wie das Opfer, trug lässige Kleider und hatte langes Haar, das eine Spur zu schwarz war. Im einen Ohr hatte sie vier, im anderen zwei Löcher – nur Löcher, keine Ohrringe. Außerdem ein ebenmäßiges Gesicht, hohlwangig, auf beiden Seiten einen Aknepickel und kampflustig funkelnde Generation-X-Augen.

Als sie auf die Leiche zuschritt, konstruierte Petra eine hypothetische Biographie von ihr: Wie Petra war auch sie ein künstlerischer Typ, der sich irgendwann praktischen Überlegungen gebeugt hatte. Wenn sie nachts ausging, zog sie sich vermutlich schwarze Klamotten an, rauchte Gras und trank Stingers in den Bars auf dem Sunset Strip, wo sie mit gescheiterten Rockmusikern rumhing, die nicht die geringste Ahnung hatten, was sie eigentlich machte.

Sie klappte ihre Kamera auf, blickte nach unten und sagte: »Mein Gott, ich weiß, wer das ist!«

Petra fragte »Wer?« und winkte ihm gleichen Augenblick schon Stu herbei.

»Ich weiß nicht, wie sie heißt, aber ich weiß, wer sie ist. Die Frau von Cart Ramsey. Oder vielleicht mittlerweile auch seine Exfrau. Ich hab sie vor ungefähr einem Jahr im Fernsehen gesehen. Es war eine von diesen Skandalsendungen über Leute aus dem Showbiz. Sie hat Ramsey hingestellt wie ein völliges Arschloch.«

»Sind Sie sicher, daß sie es ist?«

»Hundert Prozent«, sagte die Frau mit einem ärgerlichen Unterton. Ihre Kennmarke wies sie als Susan Rose, Photo-I aus. »Das ist sie, glauben Sie mir. Sie hat erzählt, sie sei mal Schönheitskönigin gewesen, und Cart Ramsey ist ihr bei einer Mißwahl begegnet – mein Gott, sehen Sie sie mal an, was für ein krankes *Dreckschwein!*« Die Hand, in der sie die Kamera hielt, krampfte sich zusammen, und der schwarze Kasten zitterte.

Stu kam herbei, und Petra wiederholte, was Susan Rose gesagt hatte.

»Sind Sie sicher?« fragte er.

»Herrgott noch mal. Ja. Ganz sicher.« Susan begann, in schneller Folge eine Reihe von Fotos zu schießen, wobei sie jedesmal die Kamera ruckartig nach vorn schob wie eine Waffe. »In der Fernsehshow hatte sie ein blaues Auge und mehrere Blutergüsse. Verfickter *Mistsack!*«

»Wer?« fragte Petra.

»Ramsey. Auf dessen Konto geht das hier doch wohl, oder?«

»Cart Ramsey«, sagte Stu tonlos, und Petra fragte sich einen Augenblick lang, ob er schon mal in Ramseys Serie mitgespielt hatte. Wie hieß sie noch mal? *The Adjustor* – der Aufräumer, Kämpfer für die Gerechtigkeit. Er spielte einen heldenhaften Privatdetektiv, der sich der Probleme der Unterdrückten und Entrechteten annahm.

Wäre das nicht gar zu nett?

Susan Rose zog eine Filmkassette aus der Kamera und ließ sie in ihre Tasche fallen. Petra sagte: »Danke, wir lassen das überprüfen. Lassen Sie sich unterdessen nicht von der Arbeit abhalten.«

»Sie ist es, glauben Sie mir«, sagte Susan Rose gereizt. »Kann ich sie umdrehen? Mit der Vorderseite bin ich fertig.«

5

Zwei Stunden bin ich jetzt schon gelaufen. Ich stolpere nicht mehr so viel.

Wie er auf sie eingestochen hat.

PLYR 1. Es gibt eine Bar namens »Players« auf dem Boulevard, wo die ganzen Zuhälter rumhängen. Vielleicht nennen sie sich ja so, weil sie nur Quatsch machen und nicht richtig arbeiten.

Bei dem, was er mit ihr gemacht hat, muß ich an etwas denken, das ich in Watson gesehen habe – auf einem dieser trockenen Felder hinter den Orangenhainen.

Zwei Hunde gingen aneinander vorbei. Einer war weiß mit braunen Flecken und hatte lauter Muskeln wie ein Pitbull, aber nicht ganz. Der andere war ein großer schwarzer Köter, der nicht richtig laufen konnte. Der weiße Hund wirkte ganz friedlich, als ob er glücklich und zufrieden wäre, es schien fast so, als würde er lächeln. Vielleicht war das der Grund, warum der schwarze Hund anfangs auch keine Angst vor ihm zu haben schien. Auf einmal drehte sich der weiße Hund einfach um, ohne zu bellen oder sonstwas, sprang auf den schwarzen Hund drauf und packte ihn mit seinen Zähnen am Hals. Er ruckte ein paar mal hin und her, und der schwarze Hund war tot. So schnell ging das. Der weiße Hund hat den schwarzen nicht gefressen oder sein Blut geleckt oder sonstwas, sondern er hat einfach nur mit seinen Hinterbeinen kurz im Dreck gescharrt und ist weitergegangen, als hätte er seine Arbeit getan.

Er *wußte* ganz genau, daß er stark war und Macht hatte.

Ich habe mich geirrt. Ich bin noch nicht so nahe dran, wie ich dachte. Meine Füße wiegen einen Zentner, und allmählich komme ich mir blöd vor, weil ich im Park wohne, und sage mir, daß das kein besonders schlauer Entschluß war.

Aber was gibt's denn sonst noch? So was wie das Melody

Anne? Das ist ein Haus auf der Selma Avenue, ein kleines Stück vom Boulevard entfernt. Ausgebrannt nach einem Feuer, die Fenster mit Brettern vernagelt. 'ne Menge Kids übernachten da, und nachts sieht man manchmal, wie sie ältere Kerle da mit reinnehmen. Manchmal sieht man sogar, wie sie den alten Säcken in der Gasse vor dem Haus einen blasen. Jungs und Mädels.

Ich würde mich eher umbringen, als so was zu machen. Selbstmord ist eine Sünde, aber so zu leben ist ebenfalls eine Sünde.

Ich schaue auf die Casio: vier Uhr vier morgens. Allzuweit kann es nicht mehr sein. Egal wie viele Listen ich auch ausprobiere, mein Kopf ist voll mit schrecklichen Bildern. Männer, die Frauen weh tun, Hunde, die andere Hunde umbringen, Flugzeuge, die explodieren, Kinder, die aus ihren Schlafzimmern entführt werden, sogenannte Drive-by-Schießereien – Schußwechsel aus vorbeirasenden Autos – überall Blut.

Ich denke an Mom und sehe statt dessen Moron, und jetzt muß ich daran denken, wie er sie andauernd Nutte genannt hat, und sie hat es einfach so über sich ergehen lassen und nur dagesessen.

An schlechten Tagen hat er sie geschlagen. Ich hab dann immer meine Augen zugemacht, mit den Zähnen geknirscht und versucht, mich sonstwohin zu beamen. Lange Zeit konnte ich nicht verstehen, warum sie ihn bei uns hat wohnen lassen. Dann ist mir aufgegangen, daß sie denkt, sie wäre nichts wert, weil sie keine Schulbildung hat, und er nur das ist, was sie verdient hat.

Kennengelernt hat sie ihn im »Sunnyside«. Dort gabelt sie all die Verlierer auf, die sie mit nach Hause bringt. Sie hat damals nicht mehr dort gearbeitet, ist aber immer noch hingegangen, um zu trinken, Fernsehen zu schauen und mit den Jungs am Billardtisch zu schäkern.

Die anderen Verlierer sind nie lange geblieben und haben sich um mich nicht gekümmert. Die erste Nacht, als sie Moron mitgebracht hat, hat er den ganzen Wohnwagen vollgestunken mit seinem Körpergeruch und dem Motorradöl. Die beiden haben sich bekifft. Ich war draußen auf der Schlafcouch, habe die Joints gerochen, die sie gequalmt haben, und gehört, wie sie lachten und dann, wie das Bett gequietscht hat. Ich habe mir die Finger in die Ohren gesteckt und mir die Decke über den Kopf gezogen.

Am nächsten Morgen kam er nackt ins vordere Zimmer, seine Shorts in der Hand. Am ganzen Körper schlabberige, tätowierte Fettwülste. Ich hab so getan, als würde ich schlafen. Er hat die Tür aufgemacht, gegrunzt, seine Shorts angezogen und ist nach draußen gegangen, um zu pissen. Als er fertig war, hat er *»Yeah«* gesagt, den Schleim aus seinem Hals hochgezogen und gerotzt.

Auf dem Rückweg zu Moms Bett ist er gestolpert und mit seinem Knie auf meinem Kreuz gelandet. Es war ein Gefühl, als würde ein Elefant mich zerquetschen; ich bekam keine Luft mehr. Er kam wieder zurück, ging in die Küche, hat sich eine Schachtel Capt'n Crunch geschnappt und sich die Cornflakes in den Mund geschüttet, wobei das meiste danebenging.

Ich hab so getan, als würde ich aufwachen. Er hat gesagt: »O Mann, ein Balg. Zur Hölle, Sharla, du hast nich' gesagt, daß du 'n *Balg* hast.«

Aus dem Schlafzimmer kam Moms Lachen. »So viel geredet ham wir ja auch nicht, oder, Cowboy?«

Moron lachte ebenfalls und streckte dann die Hand aus zum Abklatschen. Seine Fingernägel hatten schwarze Ränder, und seine Finger waren so groß und rot wie Hot Dogs.

»Motor Moron, Kumpel. Wer bist du?« Für so 'nen fetten Kerl hatte er eine ziemlich hohe Stimme.

»Billy.«

»Billy was?«

»Billy Straight.«

»Ha, gleicher Nachname wie sie – hast also keinen Daddy. War wohl 'n beschissener kleiner Unfall, hmm?« Ich ließ meine Hand sinken, doch er packte sie, drückte sie kräftig und tat mir dabei absichtlich weh, um zu sehen, ob ich mir was anmerken ließ. Ich habe ihn ignoriert.

»Sind das deine Cornflakes, Kumpel?«

»Irgendwie schon.«

»Na dann, Pech für dich.« Darüber hat er dann richtig lachen müssen.

Mom kam rein und kicherte mit ihm. Aber in ihren Augen lag dieser traurige Blick, den ich schon so viele Male gesehen hatte.

Tut mir leid, Schatz, was soll ich machen?

Ich beschütze sie ja auch nicht, also, denke ich, sind wir quitt.

Er knuffte mich heftig gegen den Arm. »Motor Moron, kleiner Kumpel. Friß sie bloß nicht alle auf.« Er warf mir die Cornflakesschachtel hin, ging zum Kühlschrank und griff sich ein Bier und Salsasoße.

»Hast du Chips da, Alte?«

»Klar, Cowboy.«

»Dann beweg deinen Arsch und mach mir 'n Dip klar.«

»Wird erledigt, Cowboy.«

Sie nennt alle Verlierer, die sie nach Hause bringt, »Cowboy«.

Moron dachte, er wäre völlig einmalig. »Rauf in den Sattel, Baby, und weiter geht's im Galopp!«

Motor Moron. In Wirklichkeit hieß er Buell Erville Moron. Da kann man schon verstehen, warum er sich unbedingt einen Spitznamen zulegen mußte, und wenn's auch so ein dämlicher war. Ich weiß das von seinem Führerschein, der erstens abgelaufen und zweitens voll ist mit Lügen. Also, zum Beispiel, daß er einszweiundneunzig groß ist, dabei ist er allenfalls einsdreiundachtzig. Und daß er fünfundneunzig Kilo wiegt, wo er mindestens hundertdreißig Kilo schwer ist. Auf dem Bild hat er einen dicken roten Bart. Zu dem Zeitpunkt, als Mom ihn mit nach Hause gebracht hat, hatte er die Kinnpartie und den Schnurrbart abrasiert und nur noch riesige Koteletten drangelassen, die nach der Seite abstehen und echt dämlich aussehen.

Er trägt jeden Tag die gleichen Klamotten: fettige Jeans, stinkende schwarze Harley-T-Shirts und Stiefel. Versucht einen auf Hell's Angels zu machen oder auf Outlaw Biker, aber er hat keine Gang, und sein Bock ist nichts weiter als eine rostige alte Schrottmühle, die die meiste Zeit nicht mal läuft. Alles, was er macht, ist, neben dem Trailer an dem Ding rumzubasteln, sich vollaufen zu lassen, Talkshows anzuschauen und fressen, fressen, fressen.

Und die Schecks von der Fürsorge und der Sozialhilfe zu verjubeln. Dabei ist das Geld von der Fürsorge im Grunde genommen mein Geld. Denn er ist Hilfe für Familien mit abhängigen Kindern. Also mein Geld.

Wenigstens bin ich nicht mehr abhängig.

Als ich ungefähr fünf war, da hat Mom sich verändert. Sie war nie besonders gebildet, aber sie war vorher irgendwie glücklicher, hatte sich die Haare mit dem Lockenstab zurechtgemacht, Make-up getragen und sich immer wieder anders angezogen. Mittlerweile läuft sie nur noch in T-Shirts und Shorts rum. Sie ist zwar nicht richtig fett, aber doch schon ein bißchen wabbelig, und ihre Haut ist nur noch bleich und rauh.

Früher hat sie während der Woche im »Sunnyside« gearbeitet und nur am Wochenende getrunken und einen draufgemacht. Ich mache ihr keinen Vorwurf – ihr Leben war absolut kein Zuckerschlecken. Mit vierzehn hat sie als Obstpflückerin in den Plantagen angefangen; mich hat sie mit sechzehn gekriegt. Jetzt ist sie achtundzwanzig, und ihr fehlen schon ein paar Zähne, weil sie kein Geld hat, sie in Ordnung bringen zu lassen.

Sie hat keine großartige Schulbildung genossen, weil ihre Eltern auch schon Obstpflücker waren und immer der Arbeit hinterhergezogen sind. Außerdem waren sie Alkoholiker und haben von Bildung nicht viel gehalten. Sie kann kaum lesen und schreiben, und ihre Grammatik ist auch nicht besonders, aber ich habe deswegen nie was gesagt; es hat mir nichts ausgemacht.

Neun Monate, bevor sie mich bekommen hat, sind ihre Eltern bei einem Autounfall ums Leben gekommen. Ihr Vater war besoffen. Sie kamen aus Bolsa Chica, wo sie im Kino gewesen waren, und auf dem Rückweg ist er kurz vor Watson von der Route 5 runtergerauscht und auf einen Hochspannungsmast geprallt.

Mom und ich sind x-mal mit dem Bus an der Stelle vorbeigefahren. Jedesmal sagte sie: »Da ist der verdammte Mast«, und rieb sich die Augen.

Sie ist deswegen nicht mit verunglückt, weil sie lieber mit ein paar Erntearbeitern gefeiert hat, als mit ihren Eltern ins Kino zu fahren.

Sie hat mir die Geschichte immer wieder erzählt, besonders, wenn sie betrunken oder bekifft war. Und dann hat sie immer neuen Kram dazugedichtet: Die Party war in einem schicken Restaurant, und es waren außerdem noch ein paar hohe Tiere von der Gewerkschaft da. Dann war es manchmal ein Rendezvous zwischen ihr und irgend so einem reichen Gewerkschaftsheini, und sie hatte ganz tolle Sachen an und »sah echt heiß aus«. Und wenn sie dann richtig in Fahrt kam, hat sie erzählt, wie gut der Typ aussah und wie gebildet er war. Ein richtiges Genie und außerdem Rechtsanwalt.

Eines Nachts war sie mal völlig breit, und dann hat sie dieses große Geständnis abgelegt: Der reiche Typ war angeblich mein Vater.

Ihre Version vom Aschenbrödel. Nur daß sie nie in den Palast eingezogen ist.

Es wäre schon cool, einen Vater zu haben, der reich und gebildet ist und auch noch gut aussieht. Aber ich weiß, das ist alles nur Stuß. Wenn er wirklich Geld hätte, warum würde sie dann nicht versuchen ranzukommen?

Wenn sie so drauf war, hat sie manchmal alte Fotos von sich rausgekramt und mir gezeigt, wie sie aussah, als sie noch schlank war und hübsch und volles, schwarzes Haar hatte, das ihr bis über den Hintern reichte.

Von dem wunderbaren reichen Typen hat sie keine Fotos. Was für eine Überraschung.

Irgendwann hat sie Moron die Geschichte mal erzählt, und er hat nur gesagt: »Hör bloß auf mit dem Scheiß, Sharla. Du hast eine Million Arschlöcher gefickt und kannst dich an keins mehr erinnern.«

Darauf hat Mom nichts geantwortet, und Morons Gesicht wurde immer finsterer, und er hat zu mir rübergeschaut, und eine Minute lang dachte ich, er würde auf mich losgehen. Aber statt dessen hat er nur gelacht und gesagt: »Wie willst du je wissen, welches verführerische Augenfunkeln verantwortlich ist für dieses kleine Stück Scheiße?«

Mom hat gelächelt und an ihren Haaren rumgefingert. »Ich weiß es halt, Buell. Eine Frau *weiß* so was.«

Da hat er ihr eine geknallt. Mit dem Handrücken. Sie ist gegen den Kühlschrank gekracht, und ihr Kopf ist nach hinten weggekippt, als würde er gleich abfallen.

Ich habe am Tisch gesessen und gerade das bißchen gegessen, was er mir von einer Riesendose Hormel Chili noch übriggelassen hatte, und plötzlich spürte ich, wie es in mir richtig brannte vor

Angst und Zorn, und ich schaute mich nach etwas um, das ich mir hätte schnappen können. Doch die Messer waren zu weit weg, am anderen Ende der Küche, und seine Pistole lag unter seinem Bett, und da stand er mir im Weg.

Mom hat sich dann aufgesetzt und angefangen zu weinen.

»Hör auf mit dem Scheiß«, sagte er. »Halt endlich die Fresse.« Und wieder hat er die Hand gehoben. Diesmal bin ich aufgestanden, und er hat mich gesehen, und mit einemmal wurden seine Augen ganz schmal. Er wurde rot wie Ketchup, atmete schwer und kam auf mich zu. Vielleicht hat Mom versucht, mir zu helfen, oder vielleicht wollte sie sich nur selber helfen, aber plötzlich saß sie auf seinem Schoß, schlang ihre Arme um ihn und sagte: »Klar, Süßer, du hast recht. Das ist alles nur Stuß, absoluter Scheiß. Ich hab keinen blassen Schimmer. Tut mir leid. Ich werd dich nie wieder mit so 'nem Stuß zulabern, Cowboy.«

Er wollte sie schon abschütteln, aber dann hat er sich's anders überlegt und gesagt: »Den Scheiß mußt du dir echt abgewöhnen.«

Mom sagte: »Da geb ich dir voll recht. Und jetzt komm, Süßer, wir fahren mit deinem Bock in die Stadt und machen einen drauf.«

Er antwortete nichts. Schließlich sagte er: »Erste Sahne, verdammt noch mal.« Dann schaute er zu mir herüber, leckte ihr übers Gesicht und glitt mit seiner Hand unter ihr Oberteil.

Er bewegte seine Hand ganz, ganz langsam im Kreis herum.

»Machen wir doch gleich *hier* einen drauf, Süße«, sagte er und fing an ihr das Oberteil auszuziehen.

Ich bin aus dem Wohnwagen gerannt und hörte, wie er lachte und sagte: »Sieht aus, als hätten wir den Kleinen von dem feinen Pinkel ganz *scharf* gemacht.«

Und dann fing er an, mir immer mal wieder die Hand zu quetschen, mir ein Bein zu stellen oder mich in den Arm zu kneifen. Als er sah, daß er damit durchkam, ging er dazu über, mir aus irgendwelchen dämlichen Gründen eine zu scheuern, zum Beispiel, wenn ich ihm nicht schnell genug ein Solei brachte. Mir hat der Kopf davon gedröhnt, und ich konnte stundenlang nicht richtig hören.

Die schlimmste Zeit des Tages war immer dann, wenn ich von

der Schule nach Hause kam. Dann saß er gewöhnlich vor dem Wohnwagen und schraubte an seinem Motorrad herum. »Hey, du Abspritzer von ’nem Geldarsch! Mach, daß du herkommst!«

Der Wohnwagen hatte nur den einen Eingang, und er stand genau davor, und deshalb blieb mir nichts anderes übrig als zu gehorchen.

Manchmal hat er mich schikaniert und manchmal wieder nicht – was aber fast noch schlimmer war, weil ich dann die ganze Zeit darauf wartete, daß es irgendwann passierte.

Sohnemann vom feinen Pinkel, elender Drecksbalg, eingebildeter Schnösel, du Arschloch, glaubst wohl, du bist schlauer als alle anderen.

Dann fing er an mit den Werkzeugen. Er hielt mir einen Meißel unters Kinn, steckte meinen Daumen in eine Schraubzwinge und zog sie an, bis nur noch der Knochen im Weg war, und er schaute mir dabei immer in die Augen, um zu sehen, was ich wohl machen würde.

Ich habe mir große Mühe gegeben, weder meine Augen noch irgendeinen anderen Körperteil zu bewegen. In der Zwinge zu stekken war in etwa so ein Gefühl, wie wenn man sich den Finger in einer Schublade eingeklemmt hatte, nur daß das wenigstens schnell vorbei war – das hier hat gepocht und gepocht. Ich konnte mir gut vorstellen, wie meine Knochen zersplitterten und brachen und nie wieder heilen würden.

Um dann das ganze Leben mit gebrochenen Händen geschlagen zu sein und von allen »Klaue« genannt zu werden.

Beim nächsten Mal war es ein Schraubenzieher. Er kitzelte mir damit das Ohr und tat so, als würde er ihn mit dem Handballen reinrammen. Dann lachte er und sagte: »Scheiße, danebengehauen.«

Ein paar Tage später hatte ich plötzlich das Sägeblatt von seinem Messer im Nacken, und ich konnte die Zähne ganz deutlich spüren. Es war, als würde ein Tier mich beißen.

Danach konnte ich nicht mehr richtig schlafen. Ich wachte nachts andauernd auf, und morgens tat mir das Gesicht weh, weil ich die ganze Nacht über die Zähne zusammengebissen hatte.

Warum bin ich nicht einfach rübergeschlichen, habe mir eine Pistole geschnappt und ihn erschossen?

Zum einen hatte ich wohl Angst, daß er aufwachen und sich die Pistole zuerst schnappen würde. Und selbst wenn ich ihn erschossen hätte, wer hätte mir denn geglaubt, daß ich allen Grund dazu hatte? Ich wäre im Gefängnis gelandet und auf ewig ruiniert gewesen; selbst wenn ich irgendwann mal rausgekommen wäre, wäre ich immer noch ein Exsträfling gewesen und hätte nicht mehr wählen dürfen.

Ich fing an, mir zu überlegen, ob ich abhauen sollte. Das, was dann den Ausschlag gegeben hat, ist an einem Sonntag passiert. Die Sonntage waren immer am schlimmsten, denn dann saß er den ganzen Tag nur rum, soff, rauchte Gras und schluckte Pillen, während er sich Rambo-Videos anschaute. Und es dauerte nie lange, bis er sich selbst wie Rambo fühlte.

Mom war in der Stadt, um Lebensmittel einzukaufen, und ich versuchte zu lesen.

Er sagte: »Mach, daß du herkommst, verdammt noch mal.« Und als ich kam, lachte er, brachte eine Drahtschere zum Vorschein und zerrte mir Hose und Unterhose runter. Er steckte meinen Schwanz zwischen die Klingen, den Sack auch.

Billy-ohne-Eier.

Ich hätte beinahe losgepinkelt, aber ich habe mich mit aller Gewalt beherrscht, denn wenn ich ihn naßgemacht hätte, hätte er sie ganz sicher abgeschnitten.

»Der Sohnemann vom feinen Pinkel hat nur ’nen *Kleinen,* oder was?«

Ich stand da und versuchte, gar nichts zu empfinden. Ich wünschte mir nur, ich wäre irgendwo anders. Listen, Listen; aber nichts hat funktioniert.

Er sagte: »Schnippschnapp, jetzt singst du bald im Chor vom Papst.«

Er leckte sich die Lippen. Und dann ließ er los.

Zwei Tage später, als die beiden im »Sunnyside« waren, habe ich den ganzen Wohnwagen nach Geld abgesucht. Zuerst war alles, was ich gefunden habe, Kleingeld im Wert von achtzig Cents, das unter den Sofakissen lag. Ich war schon kurz davor, den Mut zu verlieren, und überlegte mir, ob ich ohne Geld überhaupt wegkonnte. Und dann gab’s das Wunder im Badezimmer – Geld, das

Mom in einer Tampaxschachtel unter dem Waschbecken im Bad versteckt hatte. Ich nehme an, sie hat Moron auch nie ganz vertraut und sich überlegt, daß er dort wohl nie nachschauen würde. Vielleicht hatte sie ja auch das Gefühl, sie würde in einer Falle stecken, und wollte eines Tages abhauen. Falls ich ihre Pläne vermasselt habe, tut es mir leid, aber sie hat ja immer noch das Geld von der Fürsorge, und außerdem waren es meine Eier, die zwischen den Klingen der Drahtschere gesteckt haben, und wenn ich länger geblieben wäre, hätte er mich vielleicht umgebracht. Weswegen sie sich dann ganz elend gefühlt hätte und was ihr vermutlich auch einigen Ärger eingebracht hätte, wegen Vernachlässigung ihres Kindes oder so was.

Indem ich abgehauen bin, habe ich ihr also eigentlich einen Gefallen getan.

In der Tampaxschachtel steckten insgesamt hundertsechsundzwanzig Dollar.

Ich habe das Geld in zwei Gefrierbeutel gesteckt, *diese* wiederum in eine Papiertüte, die ich mit vier Gummibändern umwickelt und in meine Shorts gestopft habe. Ich konnte weder Bücher noch allzu viele Kleider mitnehmen, deswegen habe ich meine bequemsten Sachen in eine andere Papiertüte gepackt, mir die Casio umgeschnallt und bin hinaus in die Nacht marschiert.

Im Wohnwagenpark gibt es keine Laternen, sondern nur das Licht, das aus den Wohnwagen herausscheint, und um diese Zeit waren die meisten Leute schon im Bett, deswegen war es schön dunkel. Es ist nicht wirklich ein Park, sondern einfach nur ein Acker neben einem Gehölz mit alten, knorrigen Orangenbäumen, die der Wind schon halb abgesägt hat und die keine Früchte mehr tragen, und außerdem gibt es nur noch eine lange, kurvige Straße, die zum Highway führt.

Ich bin die ganze Nacht lang den Highway entlanggelaufen, habe mich dabei immer auf dem Grasstreifen gehalten und bin soweit wie möglich von der Fahrbahn weggeblieben, damit die Autos und Lastwagen mich nicht sehen konnten. Das meiste waren Lastwagen, die vorbeigerauscht sind und jedesmal einen Privatsturm entfacht haben. Ich muß etwa zwölf Meilen weit gelaufen sein, denn auf dem Schild in Bolsa Chica stand, daß es so weit ist bis Watson. Aber meine Füße haben mir nicht so doll weh getan, und ich habe mich frei gefühlt.

Der Busbahnhof war zu, denn der erste Bus nach L.A. fuhr erst um sechs Uhr morgens. Ich habe gewartet, bis irgendein alter Mexikaner hinter den Schalter kam, und er hat vierzig von meinen Tampax-Dollars genommen, ohne auch nur den Kopf zu heben. Ich habe mir auf dem Busbahnhof eine Brioche und eine Milch gekauft und außerdem noch ein *Mad*-Heft am Zeitungsstand. Ich war als erster im Bus und habe mich in die letzte Reihe gesetzt.

Alle anderen waren Mexikaner, meistens Arbeiter, bis auf ein paar Frauen, von denen eine schwanger war und die ganze Zeit auf ihrem Sitz rumgerutscht ist. Der Bus war alt, und es war heiß, aber ziemlich sauber.

Der Fahrer war ein alter weißer Kerl mit einem Gesicht voller Falten und einem Hut, der ihm zu groß war. Er kaute Kaugummi und spuckte zum Fenster hinaus; anfangs ging's noch ziemlich langsam voran, aber als wir erst mal in Fahrt gekommen waren lief's dann ganz gut, und einige der Mexikaner packten Essen aus.

Wir fuhren an ein paar Gebrauchtwagenhandlungen am Rand von Bolsa Chica vorbei, wo die ganzen Windschutzscheiben das weiße Licht reflektiert haben wie Spiegel. Dann kamen ein paar Erdbeerfelder, die mit Plastikbahnen abgedeckt waren. Wenn ich daran vorbeigefahren bin, hat sie immer gesagt: »Strawberry Fields, genau wie in dem Lied.« Ich habe kurz an sie gedacht, aber mich gleich gezwungen, damit aufzuhören. Nach den Feldern kam nichts mehr außer der Straße und den Bergen.

Kurze Zeit später kamen wir an der Stelle vorbei, wo Moms Eltern von der Straße abgekommen sind. Ich habe sie mir noch einmal genau angeschaut und dann zugesehen, wie sie im Heckfenster verschwunden ist. Dann bin ich eingeschlafen.

6

Stu nahm Petra beiseite. »Cart Ramsey. Falls es stimmt.«

»Sie schien sich ganz sicher zu sein.«

Er warf einen kurzen Blick auf Susan Rose, die ihr Stativ gerade wieder in den Wagen lud. »Sie sieht aus, als würde sie kiffen, aber sie klingt einigermaßen überzeugend.«

»Mein erster Gedanke beim Anblick von dem Blutbad hier war, daß es jemand gewesen sein muß, der das Opfer kannte.«

Stu runzelte die Stirn. »Ich rufe jetzt gleich Schoelkopf an und lasse mir ein paar Anweisungen geben. Hast du eine Ahnung, wo Ramsey wohnt?«

»Nöö. Ich dachte, du vielleicht.«

»Ich? Warum - ach so.« Ein dünnes Lächeln. »Nein, in seiner Serie hab ich nie mitgemacht. Hast du sie je gesehen?«

»Nie. Er spielt einen Privatdetektiv, stimmt's?«

»Eher so was wie ein Ein-Mann-Rache-Kommando. Er regelt den Kram, den die Polizei nicht hinkriegt.«

»Zauberhaft.«

»Grausig, selbst an Fernsehstandards gemessen. Lief anfangs auf einem großen Sender, wurde abgesetzt, anschließend unabhängig weiterproduziert, und hat dann irgendwelche Geldgeber gefunden. Ich glaube, die Serie gehört Ramsey.« Er schüttelte den Kopf. »Gott sei Dank haben die nie bei mir angefragt. Kannst du dir vorstellen, was für einen Spaß so ein F. Lee Bombast dabei hätte?« Er verzog die Lippen, und es sah aus, als würde er jeden Moment ausspucken, doch er drehte Petra den Rücken zu.

»Was genau ist denn so furchtbar an der Serie?« fragte sie.

Er wandte sich wieder zu ihr um. »Hölzerne Dialoge, schwache Handlung, oberflächliche Charaktere und Ramsey kann nicht schauspielern. Noch mehr? Läuft samstags spätnachts, weshalb der Sender vermutlich nicht allzuviel dafür hinlegen muß.«

»Das heißt, Ramsey ist nur 'n x-facher Schmalspurmillionär.«

Stu hakte seinen Daumen in den Hosenträger und betrachtete Lisa Ramseys Leichnam, der mittlerweile zugedeckt worden war. »Daß sie Ramseys Ex ist, ist ein gefundenes Fressen für die Medien. Während ich Schoelkopf anrufe, kannst du bitte zu Mrs. Rose gehen und sie bitten, daß sie ihre Klappe hält, bis die Chefs ihren Senf dazugegeben haben.«

Bevor sie antworten konnte, war er auch schon auf dem Weg zum Auto. Am anderen Ende des Parkplatzes wedelte ein uniformierter Polizist aufgeregt mit den Armen, und sie liefen beide rasch dorthin.

»Das hab ich da drüben gefunden.« Der Cop deutete auf ein paar Sträucher in der Nähe der Einfahrt. »Ich hab's nicht berührt.«

Eine schwarze Handtasche aus Straußenleder.

Ein hochgewachsener, junger Beamter von der Spurensicherung namens Alan Lau streifte sich ein Paar Handschuhe über und untersuchte den Inhalt. Kompaktpuder, Lippenstift von MAC; Petra wurde dabei leicht flau im Magen. Kleingeld, eine schwarze Geldbörse aus Straußenleder, darin Kreditkarten, einige davon auf den Namen Lisa Ramsey, andere auf Lisa Boehlinger. Ein kalifornischer Führerschein mit einem Foto von einer umwerfenden Blondine. Lisa Lee Ramsey. Dem Geburtsdatum zufolge war sie siebenundzwanzig Jahre alt. Einsfünfundsechzig, zweiundfünfzig Kilo; das paßte zu der Leiche. Adresse am Doheny Drive – ein Apartment in Beverly Hills. Kein Papiergeld.

»Ausgeräumt und weggeworfen«, sagte Petra. »Ein Überfall, oder zumindest soll es so aussehen.«

Stu gab keinerlei Kommentar ab, sondern machte sich erneut auf den Weg zum Wagen, während Lau anfing, den Inhalt der Handtasche einzutüten. Petra ging zurück zu dem Leichnam. Susan Rose stand in der Nähe der Füße und stülpte gerade den Deckel auf die Linse der Kamera.

»Fertig«, sagte sie. »Soll ich sonst noch was knipsen?«

»Vielleicht die Hügel da oben«, sagte Petra. »Wir warten noch auf die Staffel mit den Hunden. Kommt drauf an, was die finden.«

Susan zuckte die Achseln. »Ich werde sowieso bezahlt.« Sie griff unter ihr schmutziges Sweatshirt und zog eine Halskette hervor und fing an, damit herumzuspielen.

Gitarrenpicks an einer Stahlkette. Ein Volltreffer, was Detective Connors Spürsinn betraf.

»Sie machen Musik?« fragte Petra.

Susan schaute verwirrt drein. »Ach das. Nein, mein Freund ist in 'ner Band.«

»Was für Musik?«

»Alternative. Mögen Sie so was?«

Petra versuchte, ihr Lächeln nicht zu breit geraten zu lassen, und schüttelte den Kopf. »Kein Ohr dafür.«

Susan nickte. »Ich kann eine Melodie nachsingen, aber das ist auch schon alles.«

»Hören Sie«, sagte Petra. »Noch mal danke, daß Sie die Leiche identifiziert haben. Sie hatten recht.«

»Klar hatte ich recht. War aber keine große Sache – Sie hätten das ziemlich schnell rausgekriegt.« Die Fotografin wollte aufbrechen.

»Eins noch, Susan: *Wer* sie ist, macht die Lage nur noch komplizierter. Wir wären Ihnen also dankbar, wenn Sie mit niemandem darüber reden würden, bis wir eine Strategie für den Umgang mit der Presse entwickelt haben.«

Susan befingerte ihre Halskette. »Klar, aber bei so jemandem spricht sich das schneller rum, als Sie *sinnloser Mord* sagen können.«

»Haargenau. Wir haben nur ganz wenig Spielraum. Detective Bishop telefoniert gerade mit der Chefetage und versucht rauszufinden, was zu tun ist. Wir müssen außerdem Cart Ramsey informieren. Haben Sie eine Ahnung, wo er wohnt?«

»In Calabasas«, sagte Susan.

Petra starrte sie ungläubig an.

Die Fotografin zuckte die Achseln. »Das war auch in dieser Klatschsendung. So was wie *Zu Hause bei den Reichen und Berühmten*. Sie saßen im Whirlpool und tranken Champagner, hinter ihnen ein kleiner Golfrasen. Sie hatte einen Badeanzug an für 'ne Mißwahl oder so was, und dann kamen die Aufnahmen, nachdem er sie verdroschen hatte, sie mit einem blauen Auge und 'ner aufgeplatzten Lippe. Sie wissen schon – vorher, nachher.«

»Eine Schönheitskönigin«, sagte Petra.

»Miß irgendwas. Sie haben Bilder von ihr gezeigt, wie sie Saxophon spielt. Na ja, da sieht man, wohin ihr Talent sie gebracht hat – hey, da sind die Hunde!«

Zwei Beamte der Hundestaffel, einer mit einem Schäferhund, der andere mit einem braunen Labrador, ließen sich von Stu Anweisungen geben und stiegen den Abhang oberhalb des Parkplatzes hinauf.

Captain Schoelkopf war in einer Besprechung im Parker Center, aber Stu schaffte es, sich durchstellen zu lassen. Als Schoelkopf erfuhr, um wen es sich bei dem Opfer handelte, stieß er einen Schwall von Flüchen aus, die in dem Ratschlag gipfelten, »bloß keine Sch ... zu bauen« (soweit Stus gereinigte Fassung). Doheny Drive war, was die polizeilichen Zuständigkeitsbereiche anging, ein ziemliches Verwirrspiel, denn er führte durch L.A., Beverly Hills und West Hollywood. Doch zum Glück stellte sich heraus, daß Lisas Apartment zum Gebiet des LAPD gehörte, und es wurden informierte Beamte dorthin beordert. Das Hausmädchen war bei der Arbeit, und man hielt sie erst einmal fest. Da sie nicht wußten, ob weitere Angehörige existierten, mußten sich Stu und Petra zunächst darum kümmern, den Exgatten zu verständigen.

Im Augenblick jedoch beobachteten sie, wie die Hunde schnüffelnd im Kreis herumliefen und sich methodisch den Hügel hinaufarbeiteten in Richtung eines dichten Waldes aus Zedern, Bergahorn und Kiefern, der sich hinter einigen Ansammlungen von Felsblöcken ausbreitete. In der Mitte des Abhanges lag eine Gruppe von runden, glänzenden Findlingen, von denen einige mit Graffiti versehen waren. Der Labrador lief voraus, doch beide Hunde bewegten sich schnell nach einem bestimmten Bewegungsmuster aufeinander zu.

Gab's da oben irgendwas? fragte sich Petra. Und wenn schon. Das hier war schließlich der Griffith Park – hier mußten haufenweise menschliche Gerüche herumwehen. Aus dem gleichen Grund war es auch sinnlos, Reifenabdrücke vom Parkplatz zu nehmen, denn der Asphalt war ein Riesengemälde aus schwarzem Gummi.

Bald würden sie sich auf den Weg nach Calabasas machen. Zuständigkeitsbereich des Sheriffs. Was die Sache noch mal eine Idee komplizierter machte.

Cart Ramsey. Was für ein Name – das mußte ein Künstlername sein. Vermutlich hieß er in Wirklichkeit Ernie Glutz oder so ähnlich – jedenfalls irgendwas, das verheerende Folgen für das Mr. Eisenkinn-Image hätte.

Sie schaute kaum fern, doch ihr war so, als ob sich Ramsey schon jahrelang immer mal wieder auf dem Bildschirm herumprügelte. War nie groß rausgekommen, aber anscheinend doch relativ gut beschäftigt.

Vom Typ her eher weichlich, hatte sie immer gedacht. War er zu einer Brutalität in diesem Ausmaß fähig? Oder waren das alle Männer unter den gegebenen Umständen?

Ihr Dad hatte ihr einmal erzählt, daß es eine Lüge war, daß nur Menschen Morde begingen. Schimpansen und andere Primaten taten das genauso – manchmal nur, um zu dominieren, in anderen Fällen ohne einen offensichtlichen Grund. Waren also blutige Morde ein von der Norm abweichendes Fehlverhalten oder einfach nur grundlegende Primateninstinkte in einer extremen Ausdrucksform?

Sinnlose Überlegungen, die nur dazu gut waren, die Zeit totzuschlagen. »Hirnwichserei« nannte ihr Bruder Bruce das immer. Er war zwar nicht der älteste der Connor-Jungs, doch er war der größte, stärkste und aggressivste. Mittlerweile Elektronikingenieur bei der NASA in Florida, hielt er alles, was nicht mit Maschinen zu messen war, für Voodoo-Zauber.

Als sie damals der Familie gestanden hatte, daß sie neuerdings Polizistin war, hatten Dick, Eric und Glenn völlig verwundert Glückwünsche gestammelt und sie gebeten, auf sich aufzupassen. Bruce hingegen hatte gesagt: »Cool. Geh raus und bring ein paar von den bösen Buben für mich mit um.«

Der Beamte mit dem Schäferhund trat hinter dem vorderen Ende einer Felsgruppe hervor und rief: »Das hier sehen Sie sich besser mal an.«

Die Felsen waren von Natur aus U-förmig, wie eine enge Höhle. Die Felsblöcke selbst ragten fast zweieinhalb Meter in die Höhe, und dort, wo sie aneinanderstießen, gab es, unsichtbar von unten, kleine Spalten und Ritzen, durch die Petra den Parkplatz klar und deutlich sehen konnte.

Wir geschaffen als Aussichtspunkt für einen Beobachter.

Und es war jemand hiergewesen, der etwas beobachtet hatte, und zwar vor nicht allzu langer Zeit.

Der Boden des U war ein weiches Bett aus Blättern. Petra war zwar kein Forstbeamter, aber selbst sie konnte den Abdruck auf den Blättern als menschliche Silhouette erkennen. In der Nähe lag ein zerknittertes Stück gelbes Papier, das an manchen Stellen dunkelbraun und durchsichtig geworden war, wo es sich mit Fett vollgesogen hatte.

Einwickelpapier. Krümel von irgend etwas, das aussah wie Hackfleisch.

Der Schäferhund hatte außerdem einige Streifen Salat erschnüffelt, die zwischen trockenen Blättern lagen und kaum verwelkt waren.

Petra roch an dem Einwickelpapier. Chilisoße. Hatte hier jemand letzte Nacht Tacos zum Abendbrot gegessen?

Dann schnüffelte der Hund ganz aufgeregt in einer Ecke der Höhle herum, und Stu rief den Mann von der Spurensicherung herbei, um die Stelle zu überprüfen.

»Vermutlich Körperflüssigkeit«, sagte der Hundeführer. »So benimmt er sich nur, wenn er Körperflüssigkeiten riecht.«

Alan Lau kam herbei. Petra fiel auf, daß er nervöse Hände hatte.

Ein paar Minuten später hatten sie die Ergebnisse des mobilen Labors: »Urin. Auf diesen Blättern da.«

»Urin von einem Menschen?«

»Von einem Menschen oder einem Affen«, sagte Lau.

»Na ja«, sagte Stu, »wenn nicht zufällig ein Schimpanse aus dem Zoo ausgebrochen ist und sich unterwegs noch was zu Essen gekauft hat, kann man mit einiger Sicherheit davon ausgehen, daß der Urin von einem Homo sapiens stammt.«

Lau verzog das Gesicht. »Wahrscheinlich. Sonst noch was?«

»Irgendwelche anderen Flüssigkeiten?«

»Blut zum Beispiel?«

»Irgendwas, Alan.«

Lau zuckte zurück. »Bisher nicht.«

»Dann überprüfen Sie das. Bitte.«

Lau nahm seine Arbeit wieder auf und sammelte mit einem Tupfer Flüssigkeits- und Bodenproben, die er gleich analysierte. Susan Rose wurde herbeigerufen, damit sie Fotos von der Felsformation machte. Petra fertigte sich außerdem noch eine Zeichnung an und schlenderte davon.

Obwohl allenthalben nach wissenschaftlichen Methoden vorgegangen wurde, war sie es, die die nächste Entdeckung machte.

Etwa sieben Meter oberhalb der Felsen, wo sie das Terrain absuchte, weil es für sie ohnehin nichts zu tun gab und die Hunde schon weitergezogen waren.

Es war ihnen allerdings etwas entgangen, das halbverdeckt von Blättern und Kiefernnadeln auf dem Boden lag: ein Farbtupfer unter der grünbraunen Schicht.

Rot. Zuerst dachte sie: noch mehr Blut, oh, oh! Dann beugte sie sich hinab und sah, worum es sich in Wirklichkeit handelte. Suchend blickte sie sich nach Stu um.

Er stand wieder beim Auto und telefonierte mit seinem Handy – mit dem kleinen, das sein Vater, der pensionierte Augenchirurg, ihm zu Weihnachten geschenkt hatte. Petra winkte Lau herbei. Er untersuchte die nähere Umgebung des roten Gegenstandes, fand jedoch nichts, während Susan Aufnahmen machte. Beide gingen wieder, und Petra streifte sich ein Paar Handschuhe über und hob ihn auf.

Ein Buch. Dick, schwer, mit festem Einband. Letzterer war irgendwann in rotem Kunstleder erneuert worden. Auf dem Buchrücken war die Registriernummer einer Bibliothek.

Unsere Präsidenten: Der Lauf der amerikanischen Geschichte.

Petra schlug es auf. Öffentliche Bibliotheken von L.A., Zweigstelle Hillhurst, Distrikt Los Feliz.

Die Ausleihkarte steckte noch im Umschlag. Nicht sonderlich gefragt, der Wälzer. Sieben Stempel in vier Jahren, der letzte stammte von vor neun Monaten.

Gestohlen? Ausgemustert? Sie wußte, daß die Bibliotheken ihren Bestand regelmäßig ausdünnten, denn in ihren Tagen als verhungernde Künstlerin waren ihre Regale voll gewesen mit großartigen Remittenten.

Sie blätterte die Seiten durch. Kein Ausmusterungsstempel, aber das bewies noch gar nichts.

Petras geistiges Auge funktionierte mit einemmal wie eine Kamera. Hatte sich hier ein Obdachloser mit Interesse an amerikanischer Geschichte einen netten kleinen Naturlesesaal eingerichtet, wo er nach Herzenslust lesen, Tacos verspeisen und im Freien pinkeln konnte, nur um dann Zeuge eines Mordes zu werden?

Andererseits wies das Buch keinerlei Fettflecken auf, so daß unter Umständen gar keine Verbindung zu der Person bestand, die hinter der U-förmigen Felsformation kampierte.

Konnte aber auch sein, daß Mr. Taco ordentliche Tischmanieren hatte.

Selbst wenn es *sein* Buch war, hatte das noch nichts zu sagen. Nichts deutete mit Gewißheit darauf hin, daß er sich genau zu dem Zeitpunkt hier aufgehalten hatte, als Lisa Ramsey abgeschlachtet worden war.

Nichts außer der Tatsache, daß der Urin *frisch* war. Lau zufolge nicht älter als zwölf Stunden, und nach Dr. Leavitts Schätzungen war der Mord zwischen Mitternacht und vier Uhr morgens passiert.

Ein Zeuge oder der Mörder selbst? Der Unhold aus den Hügeln, der sich hinter den Felsen versteckt hatte und nur auf das perfekte Opfer wartete.

Susan Rose hatte die logische Vermutung angestellt, daß Ramsey, der prügelnde Ehemann, als Tatverdächtiger Nummer eins anzusehen war, doch man mußte auch andere Theorien in Erwägung ziehen.

Doch was hatte Lisa Boehlinger-Ramsey mitten in der Nacht in den Griffith Park geführt? Und wo war ihr Auto? Geklaut? War Raub letzten Endes doch das Motiv?

Würde jemand, der so erbarmungslos war, überhaupt ein Motiv brauchen?

Das Verbrechen eines Irren? Warum hatte er dann das Geld genommen? Und warum nicht den Schmuck?

Irgendwas paßte da nicht zusammen. Sie konnte sich einfach nicht vorstellen, daß eine Frau wie Lisa nachts allein in den Park kam – total aufgestylt, vollbehangen mit Schmuck und nichts weiter am Leib als dieses kleine Schwarze.

Das Ganze roch nach einem Rendezvous. Sie war abends ausgegangen und hatte einen Umweg gemacht. Oder war gezwungen worden, einen Umweg zu machen. Warum? Von wem? Irgendeine schnelle Nummer?

Wollte sie Drogen kaufen? Da gab es in L.A. wesentlich einfachere Möglichkeiten.

Eine Verabredung mit dem Mörder? Hatte er sie mit Absicht hierhergefahren?

Wenn Lisa mit einem Mann ausgegangen war, dann hatte vielleicht jemand die beiden zusammen gesehen.

Eines war allerdings sicher: Wenn es eine Verabredung gewesen war, dann war der Glückliche jedenfalls kein Einzelgänger, der alte Bücher aus der Bibliothek las, Tacos aß und hinter Felsen pinkelte.

Jemand, der im Park schlief, ohne Innenklo – das roch nach Obdachlosem.

Ein moderner Höhlenmensch, der seinen Platz hinter den Felsen bewachte und mit einer Duftmarke versah?

Ein Platz, von dem aus er den Mord aus der ersten Reihe beobachten konnte.

Vielleicht hatte er sich auch aus *Angst* vollgepinkelt.

Als er alles mit ansah.

Als er zwischen den Felsbrocken hindurchschaute und den Mord *mit ansah*.

7

Jetzt bin ich aber wirklich bald da. Mittlerweile ist die Sonne aufgegangen, und ich fühle mich völlig ungeschützt – wie ein Zielobjekt in einem Videospiel, irgendwas Kleines, das aufgefressen wird.

Ich kann unendlich lange laufen, wenn ich muß. Außer zu Fuß gehen habe ich in L.A. noch nichts anderes gemacht.

Der Bus hat mich in einem Busbahnhof voller Leute und Echos abgesetzt. Draußen hatte der Himmel eine seltsame graubraune Farbe, und die Luft roch bitter. Ich hatte keinen blassen Schimmer, wohin ich gehen sollte. In der einen Richtung gab's nur Gebäude, die aussahen wie Fabriken, außerdem Stromleitungsmasten und Lastwagen, die hin und her fuhren. Die ganzen Leute schienen in die andere Richtung zu gehen, also bin ich ihnen gefolgt.

Soviel Lärm und Krach, und alle haben immer nur starr geradeaus geschaut. Von der Hauptstraße führten immer wieder irgendwelche Gassen ab, die vollstanden mit Mülleimern und in denen es von komischen Typen wimmelte, die mit dem Rücken an den Häuserwänden lehnten. Einige von denen haben mich mit kalten Augen angeschaut, als ich vorbeigegangen bin. Ich bin drei Blocks weit gegangen, bevor ich gemerkt habe, daß einer von denen mir gefolgt ist, und zwar einer, der echt durchgeknallt aussah, mit Lumpen um den Kopf.

Er sah, daß ich ihn bemerkt hatte und kam immer schneller auf mich zu. Ich bin losgerannt und habe mich in die Menge geschlagen. Ich spürte, wie die achtundsechzig Dollar in meinen Shorts herumgeschüttelt wurden, doch ich habe es mir verkniffen, sie anzufassen oder auch nur hinzuschauen. Alle waren größer als ich, und ich konnte kaum sehen, was weiter vorn los war. Trotzdem habe ich mich immer weiter durchgeschlängelt, andauernd »Entschuldigung, Entschuldigung« gesagt, und schließlich, zwei Blocks weiter, hat er aufgegeben und kehrtgemacht.

Mein Herz hat gerast, und mein Mund war ganz trocken. Immer mehr Leute drängten sich auf dem Gehsteig, größtenteils Mexikaner und ein paar Chinesen. Einige der Restaurants hatten Schilder in Spanisch, und in einem riesigen Kino mit goldenen Schnörkeln über der Anzeigetafel lief ein Film mit dem Titel *Mi Vida, Mi Amor.* Ein paar Typen mit Imbißkarren verkauften Fruchteis, Churros und Hot Dogs, und mir wurde der Mund ganz wäßrig. Ich fing an, mich zu fragen, ob ich träumte oder ob ich in einem fremden Land war.

Ich bin weitergelaufen, bis ich zu einer Straße kam, wo die Häuser neuer und sauberer aussahen. Das schönste von allen Gebäuden trug den Namen »College Club«. Dort waren die Flaggen der USA und Kaliforniens aufgezogen und davor stand ein rosagesichtiger Kerl in grauer Uniform und Mütze, der die Arme über der Brust verschränkt hielt. Als ich vorbeiging, machte er ein verdrießliches Gesicht, als hätte ich gerade gefurzt oder sonst was Ekliges gemacht. Doch dann kam ein langes schwarzes Auto vorgefahren, und mit einemmal war er nur noch ein Diener, der zum Wagen gestürzt ist, um die Tür aufzumachen und einen weißhaarigen Mann in einem blauen Anzug zu fragen: »Oh, wie geht es Ihnen heute, Sir?«

Ich kam zu einem kleinen Park, der ganz hübsch aussah, mit einem Springbrunnen und ein paar bunten Statuen, aber als ich näher kam, sah ich, daß auf den Bänken noch mehr komische Typen rumsaßen. Gleich daneben war ein Haus mit der Aufschrift »Museum für Kinder«, aber es waren keine Kinder da, die hineingingen. Ich war müde und hungrig und durstig, und ich wollte von meinem Tampax-Geld nichts ausgeben, bevor ich nicht einen Plan hatte.

Ich setzte mich an den Rand der Wiese und versuchte, mir einen zurechtzulegen.

Ich war nach L.A. gekommen, weil es die nächste richtige Stadt war, die ich kannte, doch die einzigen Gegenden, von denen ich gehört hatte, waren Anaheim, wo Disneyland ist, Beverly Hills, Hollywood und Malibu. Anaheim war vermutlich weit weg, und außerdem, was gab es da außer Disneyland? Über Hollywood hatte ich mal was im Fernsehen gesehen, und da hieß es, daß es immer noch jede Menge Kids gab, die wegen der Filmstars dorthin kamen und sich nichts als Ärger einhandelten. In Beverly Hills gab's nur reiche Leute, und so wie der Kerl in der grauen Uniform ausgesehen hatte, konnte ich mir ausrechnen, daß ich da auch nicht sicher war.

Blieb also noch Malibu, doch das war der Strand – und kein Versteck weit und breit.

Vielleicht wäre ja irgendwas *in der Nähe* von Hollywood gar nicht so schlecht. Ich war ja nicht wie die anderen Kids, die dachten, das Leben wäre ein Film. Alles, was ich wollte, war, in Ruhe gelassen zu werden und niemanden um mich herum zu haben, der meinen Schwanz in eine Drahtschere steckte.

Ich saß da eine ziemlich lange Zeit und dachte, daß es verrückt von mir gewesen war, einfach abzuhauen. Wo sollte ich denn leben? Was sollte ich essen; wo würde ich schlafen? Im Augenblick war das Wetter noch einigermaßen, aber was würde im Winter passieren?

Aber es war zu spät, um wieder zurückzugehen. Mom hätte das mit dem Geld rausgekriegt, und würde mich für einen Dieb halten. Und Moron … Mir drehte sich der Magen um, daß es richtig weh tat. Ich dachte plötzlich, die anderen Leute würden mich anschauen, aber als ich mich umgesehen habe, war's doch nicht so. Meine Lippen fühlten sich wieder an wie Sandpapier. Sogar meine Augen waren ganz ausgetrocknet. Sogar das Blinzeln tat weh.

Ich stand auf, weil ich dachte, es wäre am besten, einfach weiterzugehen. Dann sah ich zwei Leute, die händchenhaltend durch den Park kamen – ein Junge und ein Mädchen, zwischen zwanzig und fünfundzwanzig. Sie trugen beide Jeans, hatten lange Haare und sahen ganz locker aus.

Ich sagte: »Entschuldigung«, lächelte und fragte, wo Hollywood lag – und Malibu, nur um auf Nummer Sicher zu gehen.

»Malibu, hm«, sagte der Junge. Er hatte einen kleinen Fusselbart, und seine Haare waren länger als die von dem Mädchen.

»Meine Eltern sind da drin«, sagte ich und deutete auf das Museum. »Mit meinem kleinen Bruder, aber mir war's da zu langweilig. Sie haben versprochen, daß sie mit mir zum Strand fahren und nach Hollywood, wenn wir's finden.«

»Woher kommst du denn?« fragte das Mädchen.

»Kinderhook, New York.« Das erste, was mir in den Sinn kam.

»Ach so, also Hollykaputt ist ungefähr fünf, sechs Meilen in die Richtung – nach Westen –, und der Strand ist in der gleichen Richtung fünfzehn Meilen dahinter. Kinderhook, hm? Ist das 'ne kleine Stadt?«

»Äh-hm.« Ich hatte keinen Schimmer. Alles, was ich wußte, war, daß Martin Van Buren dort geboren worden war.

»Kommst du von 'ner Farm?«

»Nicht ganz, wir wohnen in 'nem Haus.«

»Oh«, sie lächelte wieder, diesmal noch breiter als vorher, und schaute den Kerl an. Der machte einen gelangweilten Eindruck. »Also, sag deinen Eltern aber, daß Hollykaputt echt abgedreht ist; da laufen alle möglichen Spinner rum. Paß besser auf, ja? Tagsüber und wenn deine Eltern dabei sind, sollte alles kein Problem sein. Aber nachts auf keinen Fall, hab ich recht, Chuck?«

»Klar«, sagte Chuck und betastete seinen kleinen Bart. »Wenn du hinfährst, sieh dir das Wachsfigurenmuseum auf dem Hollywood Boulevard an, kleiner Kumpel. Das ist ziemlich cool. Und das Chinese Theater, hast du da schon mal von gehört?«

»Klar«, sagte ich. »Das ist doch da, wo die ganzen Filmstars ihre Hände und Füße in den Zement drücken.«

»Ja«, sagte der Kerl und lachte. »Und ihren Grips in den Gulli.«

Sie lachten und gingen weiter.

Ich wollte den Bus nehmen, doch beim ersten Mal, als ich einstieg, sagte mir der Fahrer, daß ich passendes Kleingeld haben müßte, also bin ich wieder ausgestiegen und habe mir ein Wassereis mit Limettengeschmack gekauft, um Geld zu wechseln. Aber das war ganz in Ordnung, denn danach hatte ich endlich keinen Durst mehr und außerdem einen süßen Geschmack im Mund. Eine halbe Stunde später kam wieder ein Bus, und ich hatte passendes Kleingeld, wie jemand, der hierhergehörte.

Der Bus hielt andauernd an, und außerdem war ziemlicher Verkehr, so daß der Himmel durch die getönten Scheiben graurosa aussah. Schließlich rief der Fahrer: »Hollywood Boulevard.«

Es sah gar nicht so großartig anders aus als die Gegend, aus der ich gerade kam: alte Gebäude mit Läden, die billig aussahen, und Kinos. Außerdem der gleiche Lärm. Wogen von Lärm, die nie aufhörten. Watson hat auch seine Geräusche – Hunde, die bellen, Lastwagen, die über den Highway rumpeln, Leute, die schreien, wenn sie sauer sind. Aber die Geräusche sind unterschiedlich, man kann sie einordnen. Hier, in L.A., ist alles ein dicker Brei.

Im Wohnwagenpark konnte ich nachts umherstreifen und in die Fenster schauen. Ich hab sogar schon Leute beim Sex beobachtet – nicht nur junge, sondern auch alte mit wabbeliger Haut und weißen Haaren, wie sie unter der Bettdecke herumgerutscht sind, die Augen zu, den Mund auf, aneinandergeklammert wie Ertrinkende. In den Obstbaumplantagen kannte ich Stellen, wo es immer still war.

Hollywood sah nicht aus wie ein Ort, an dem man Stille finden konnte, aber jetzt war ich nun mal da.

Ich lief den Hollywood Boulevard hinunter, immer Ausschau haltend nach den Durchgeknallten, vor denen Chuck mich gewarnt hatte, doch ich wußte gar nicht, wie die genau aussahen. Ich sah eine dicke große Frau mit riesigen Händen, die in Wirklichkeit ein Mann war, na ja, das war schon ziemlich eindeutig; außerdem Teenager mit Haaren wie Hahnenkämme und schwarzem Lippenstift; noch mehr Besoffene, von denen manche Einkaufswagen durch die Gegend schoben; schwarze Leute und braune, Chinesen und was sonst noch alles. Die Restaurants verkauften Sachen, von denen ich noch nie gehört hatte, Gyros zum Beispiel, oder Schawarma und Oki-Dogs. In den Geschäften gab es Kleider, Kostüme, Masken, Souvenirs, Getthoblaster und sexy Unterwäsche für Mädchen.

Jede Menge Bars. Eine von ihnen hieß »The Cave«. Davor stand eine ganze Reihe Harleys, und die Typen, die darin verkehrten, waren fett und eklig und liefen in den gleichen Klamotten rum wie Moron. Bei ihrem Anblick allein hat's mir schon den Magen umgedreht. Ich hab gemacht, daß ich weiterkam.

Ich sah einen Hamburgerstand, der einigermaßen normal aussah, aber der Kerl da drinnen war ein Chinese, der nicht mal den Kopf gehoben hat, als ich vor ihm stand. Mit einer Hand hat er Fleisch gebraten, und sein Gesicht war halb verdeckt von Rauch und Qualm.

Zwei Dollar und zweiundvierzig Cent für einen Hamburger. Ich konnte kein Geld ausgeben, bis ich einen Plan gemacht hatte, aber ich hab's immerhin geschafft, mir ein paar Tütchen Ketchup zu schnappen, die auf dem Tresen lagen. Ich bin hinter einem Haus in Deckung gegangen, habe sie aufgerissen und den Ketchup rausgenuckelt. Dann bin ich weitergegangen bis zu einer Straße, die Western Avenue hieß, und dort bin ich rechts abgebogen, weil ich in der Ferne ein paar Berge gesehen habe.

Um dort hinzukommen, mußte ich an einem Pornokino vorbei, das an der ganzen Vorderseite mit X-en – alles war eXtra eXtra eXtragroß – nur so vollgekleistert war und mit Plakaten von blonden Frauen mit großen, offenen Mündern. Danach kam eine Reihe mit total runtergekommenen Häusern, wo die Fenster mit Brettern vernagelt waren. Ich habe Frauen gesehen, die in ganz knappen Shorts in Telefonzellen standen und sich gegenseitig Zigaretten gereicht haben, während irgendwelche Kerle in der Nähe rumhingen und geraucht haben. Die Berge sahen ganz hübsch aus, und mittlerweile war die Sonne schon hinter ihnen verschwunden, und ein orangegelber Schimmer breitete sich über den Gipfeln aus wie ein Hut aus geschmolzenem Kupfer.

Einen Block weiter mußte ich die Straßenseite wechseln, weil eine Gruppe von Teenagern mit den Fingern auf mich zeigte und lachte. Ich kam an einer weiteren Seitenstraße vorbei. Hier gab's keine spinnerten Alkis, nur eine ganze Reihe von Müllcontainern und die Hintertüren von Geschäften und Restaurants. Ein verschwitzter, fetter Kerl in einer fleckigen Schürze kam aus einem Schuppen namens »La Fiesta« und hielt in beiden Armen Pakete mit Brot, das in Plastik verpackt war. Er warf sie in einen Container und ging wieder rein.

Ich wartete darauf, daß er zurückkommen würde, doch nichts passierte. Dann schaute ich mich um, um sicher zu sein, daß mich immer noch niemand beobachtete und ging zu dem Container. Um einen Blick hineinwerfen zu können, mußte ich auf einen Karton steigen, der nicht gerade einen stabilen Eindruck machte, und gleichzeitig die ganzen Fliegen verscheuchen. Oben angekommen, war der Geruch einfach widerwärtig. Das Brot lag auf einer Schicht aus vergammeltem Gemüse mit braunen Rändern, nassem Papier, Fleischfetzen und Knochen und einigen rohen, weißen Fettklumpen. Kleine weiße Würmer krochen überall auf dem Fleisch herum, das schlimmer stank als ein toter Hund. Aber das Brot sah noch ganz sauber aus.

Es waren Hot-Dog-Brötchen, immer noch in Plastik verpackt. Vermutlich alt. Leute, die in Restaurants gehen, wollen alles immer superfrisch haben. Einmal – das einzige Mal –, als Mom und Moron und ich in ein Restaurant gegangen sind – es war ein Dennys in Bolsa Chica –, hat Moron sein Brathähnchen zurückgehen lassen, weil es angeblich schmeckte wie »aufgewärmte Scheiße«. Die Bedienung hat den Geschäftsführer gerufen, und der hat Moron erklärt, daß er solche Ausdrücke unterlassen soll. Moron ist aufgestanden, um klarzumachen, daß er größer war als der Manager, und Mom hat ihn die ganze Zeit am Arm festgehalten und gesagt: »Laß gut sein, Cowboy, laß gut sein, komm schon.« Schließlich hat der Manager erklärt, wir könnten unser Essen zum Mitnehmen umsonst haben, wenn wir nur gehen würden.

Ich griff in den Container und schnappte mir zwei Päckchen mit Brötchen. Beinahe wäre ich in das Ding reingefallen, und mein T-Shirt habe ich mir außerdem dreckig gemacht.

Aber ich hatte die Brötchen, und sie waren sauber. Nachdem ich mich noch mal umgeschaut hatte, bin ich ganz weit in die Gasse reingegangen, hab mir ein dunkles Fleckchen zwischen zwei Müllcontainern gesucht, wo ich dann das erste der Päckchen aufgerissen und in eins der Brötchen hineingebissen habe.

Klar, es war ein bißchen trocken und zäh, aber beim Kauen wurde es aufgeweicht, und nach dem dritten Bissen schmeckte es allmählich auch süßlich. Doch dann fiel mir wieder der Geruch aus dem Müllcontainer ein, und ich mußte würgen.

Ich stand auf, ging hin und her, atmete tief durch und redete mir ein, daß alles nur Einbildung war – daß ich mir nur vorzustellen brauchte, dies wären selbstgebackene Brötchen, frisch aus dem Ofen, gebacken von einer liebevollen Mutter aus dem Werbefernsehen, die übers ganze Gesicht strahlte.

Ein bißchen hat es geholfen. Der Rest von dem Brötchen hat zwar nicht mehr besonders gut geschmeckt, aber zumindest habe ich es herunterbekommen. Doch zurück zu den Bergen.

Je höher ich kam, desto steiler wurde die Straße, und schließlich kam ich an Häusern vorbei. Gepflegte Rasen, alle möglichen Bäume, Pflanzen und Blumen – aber kein einziger Mensch war zu sehen. Mittlerweile, nach vier Monaten in L.A., habe ich mich daran gewöhnt. Die Leute hier bleiben in ihren vier Wänden, besonders bei Nacht, und jeder, der sich nach Einbruch der Dunkelheit noch draußen rumtreibt, ist aller Wahrscheinlichkeit nach ein Einbrecher oder so was.

Oben angekommen, machte die Western Avenue eine Biegung und ging über in eine andere Straße, den Los Feliz Boulevard, und dort waren die Häuser *richtig groß*, umgeben von hohen Mauern mit verschnörkelten Eisentoren, und überall standen Palmen und Kiefern. So wie da muß es wohl damals gewesen sein, als die ganzen Filmstars in Hollywood gelebt haben.

Die Berge waren noch immer weit weg, aber vor ihnen lag eine riesengroße, gepflegte Grünfläche mit Leuten, die auf Decken lagen, und einige von denen schliefen sogar trotz des ganzen Verkehrslärms. Hinter der Wiese standen massenhaft Bäume.

Ein Park.

Ich wartete, bis der Verkehr nicht mehr so heftig war, und rannte über die Straße.

GRIFFITH PARK stand auf dem Schild.

Der einzige Park in Watson ist ein vertrockneter kleiner Platz in der Stadtmitte, mit einer Bank, einer alten Kanone und einer Messingtafel, auf der steht, daß sie all den Männern gewidmet ist, die im Krieg gefallen sind. Das hier war was ganz anderes. Einfach riesig. Man konnte sich glatt darin verlaufen.

8

»Interessant«, sagte Stu, als er von dem Buch aus der Leihbücherei hörte. Doch er klang zerstreut.

Er hatte die ganze Zeit telefoniert, und nun steckte er sein Handy wieder in die Tasche. »Streifenpolizisten aus West L.A. sind bei Lisa Ramseys Hausmädchen, denn ihr Apartment gehört nicht mehr zu Beverly Hills, sondern liegt ein paar Blocks außerhalb. Das Hausmädchen hatte am Sonntag frei, und sie ist gerade erst zurückgekommen. Lisa hat nicht in ihrem Bett geschlafen, ihr Porsche steht nicht in der Garage, also sieht es so aus, als wäre sie irgendwohin gefahren, wo sie sich entweder mit dem Mörder getroffen hat und zu ihm in den Wagen gestiegen ist, oder sie wurde entführt. Als erstes müssen wir zu Ramseys Haus in Calabasas rausgurken, um ihn zu verständigen, und dann wieder zurück, um das Hausmädchen zu vernehmen. Ramsey war nicht in seinem Büro im Studio, und die Vorschrift besagt, daß wir jedweden Versuch unternehmen müssen, um ihn persönlich zu informieren. Er wohnt in einer von diesen eingezäunten Siedlungen mit Eisentor und Wachmann vornedran; ich habe die Adresse.«

Sie gingen zu ihrem weißen Ford. Stu war heute dran mit Fahren, und er setzte sich hinters Steuer.

»Calabasas gehört zum Revier der beigen Hemden«, sagte Petra, als er den Wagen anließ. Er fuhr langsam. Wie üblich. Langsamer als jeder andere Polizist, dem Petra je begegnet war.

»So beige wie 'n Nachrichtensprecher«, bekräftigte Stu. »Schoelkopf hat den Obersheriff in Malibu rausklingeln lassen, um ein paar Grundregeln festzulegen, aber angesichts der Tatsache, daß ein Fall mit hundertsiebenundachtziger Code vorliegt, haben sie das Spielfeld den Jungs von der Mordkommission aus der Innenstadt überlassen. Zuständig für den Fall sind wir, aber sie wollen dabei sein, wenn wir Ramsey verständigen, denn sein Haus liegt in ihrem Zuständigkeitsbereich, und sie wollen nicht den Eindruck machen, als wären sie aus dem Rennen. Zwei Beamte von der Mordkommission werden vor dem Tor auf uns warten.«

»Von der Innenstadt nach Calabasas ist es ein ganz schönes Stück«, sagte Petra. »Also glauben sie anscheinend *doch,* daß sie den Fall bearbeiten?«

»Wer weiß. Vielleicht können sie uns ja helfen.«

»Indem sie beispielsweise Akten über frühere Gewaltausbrüche von Ramsey gegenüber seiner Frau aufarbeiten?«

»Zum Beispiel. Oder sonst was.«

Als sie zu dem Abschnitt der Straße kamen, der vom Park zum Freeway fünf führte, erzählte Stu: »Schoelkopf hat mir einen Vortrag gehalten, wie ich ihn seit meinen Anfängertagen nicht mehr gehört habe: Auf keinen Fall ohne ausdrückliche Erlaubnis das Gelände betreten, nicht über Mauern klettern, behandelt ihn unbedingt wie einen gramgebeugten Ex und nicht wie einen Verdächtigen. Keinerlei Durchsuchungsmaßnahmen, geht noch nicht mal aufs *Klo,* wenn das als Durchsuchung ausgelegt werden kann. Stellt keine Fragen, die einen Verdacht gegen irgend jemanden nahelegen, denn dann müßt ihr dem Kerl seine Rechte verlesen, und ich will nicht mal eine Andeutung, daß er der Tat verdächtigt wird.«

»Was ist mit dem Video von der Fernsehsendung, können wir uns das besorgen?«

»Nicht mal das, weil es ein eindeutiges Zeichen für einen Verdacht wäre.«

»Also, komm schon. Das ist doch jedermann zugänglich«, sagte Petra.

Stu zuckte die Achseln.

Petra fragte: »Und wann dürfen wir endlich Nachforschungen anstellen?«

»Wenn wir mehr wissen.«

»Aber es ist uns nicht erlaubt, nach mehr zu suchen.«

Stu schenkte ihr ein schmallippiges Lächeln.

Petra sagte: »Und der ganze Aufstand nur deshalb, weil Ramsey ein Prominenter ist?«

»Willkommen im Land der Verrückten. Ich liebe meinen Job.«

Bis vor kurzem war das wirklich so gewesen. Was war nur los mit ihm?

Er fuhr auf den Freeway in Richtung Norden. Nach etwa einer Meile fragte Petra: »Was ist mit dem Buch und dem Einwickelpapier? Ein potentieller Zeuge?«

»Wenn derjenige, der da gegessen und/oder gelesen hat, zufällig zum gleichen Zeitpunkt dagewesen ist, als Lisa umgebracht wurde. Meine Religion schreibt mir vor, an Wunder zu glauben, aber ...«

»Und/oder?«

»Es könnte sich ja auch um zwei verschiedene Personen handeln. Selbst wenn es nur eine ist, so deutet die Szenerie ziemlich eindeutig auf einen obdachlosen Mann oder eine Frau hin. Lau sagt, der Abdruck des Körpers war eher klein.«

»Eine Pennerin«, stellte Petra fest.

»Wer auch immer, er/sie hat nicht den Notruf gewählt, und das deutet – falls tatsächlich jemand anwesend war – auf einen gewissen Mangel an staatsbürgerlichem Pflichtbewußtsein hin. Ich würde jedenfalls nicht die Luft anhalten und warten, bis dieser jemand von selbst angetanzt kommt.«

»Ziemlich viele von den Pennerinnen leiden unter Schizophrenie«, sagte Petra. »Zeuge eines Mordes zu werden ist ohnehin schon eine ziemlich beängstigende Angelegenheit, aber für jemanden, der sowieso schon nicht mehr ganz richtig tickt ...«

Stu erwiderte nichts. Petra ließ ihn eine Weile fahren, bis sie sagte: »Ich habe mir schon überlegt – ich weiß, es klingt weit hergeholt – aber was ist, wenn dieser jemand hinter den Felsen Lisa umgebracht hat?«

Er dachte darüber nach und rasselte dann die gleichen Bedenken herunter, die Petra schon gekommen waren.

»Außerdem«, fügte er hinzu, »bin ich ganz deiner Meinung, was den ersten Eindruck angeht: die Gesichtsverletzungen, das Übermaß der Gewalt – all das läßt auf Leidenschaft schließen, auf jemanden, den sie kannte. Wenn das stimmt, was unsere Susi Knipsberger gesagt hat, von wegen, daß Ramsey Lisa zusammengeschlagen hat, dann paßt er allerdings ins Bild.«

»Aber wir dürfen ihn nicht wie einen Verdächtigen behandeln.«

»Doch, wir *können* ihm auf den Zahn fühlen, indem wir die mitfühlenden Staatsdiener spielen, während wir ihn vom Tod seiner Ex unterrichten. Was einer der Gründe ist, weshalb ich froh bin, daß du dabei bist. Er ist ein Schauspieler – ein schlechter zwar, aber selbst schlechte Schauspieler können ihre Gefühle besser verbergen als irgendein Durchschnittsmensch.«

»Was hat das mit mir zu tun?« fragte Petra.

»Du kommst Leuten ziemlich gut auf die Schliche.«

Aber nicht dir, dachte sie.

Kurz nachdem sie auf die Hundertvierunddreißig gefahren waren, steckten sie auch schon in einem Stau.

Was nichts Besonderes war, und wann immer Petra in einem Stau steckenblieb, stellte sie sich die fliegenden Autos der Zukunft vor – jene VWs mit Wunderpropeller, die in einem alten Heft von *Popular Mechanics* aus Dads Sammlung angekündigt worden waren.

Es machte sie verrückt, einfach nur herumzusitzen, und das wußten sie beide. Stu war ein so besonnener Fahrer, daß einem manchmal der Kragen platzen konnte.

»Wir könnten die Standspur nehmen«, sagte sie.

Das hatte er schon hundertmal gehört, und so reagierte er nur mit einem schwachen Lächeln.

»Wir könnten zumindest des Blaulicht und die Sirene anschalten«, fügte sie hinzu.

»Sicher«, sagte er, während er den Schalthebel der Automatik auf Parken stellte und den Motor abschaltete. »Wir könnten auch unsere Kanonen ziehen und uns den Weg freischießen ... also, mit welcher Masche sollen wir Ramsey angehen?«

»Auf die mitfühlende Tour, wie du schon gesagt hast. Am besten wir bringen gleich Tempotaschentücher mit für seine Krokodilstränen.«

»Krokodil«, sagte er. »Also bist du zu dem Ergebnis gekommen, daß er's war.«

»Wenn Mormonen spielen würden, worauf würdest du dein Geld setzen?«

Er nickte, drehte den Kopf zur Seite, um ein Gähnen zu unterdrücken, und sie krochen eine Viertelmeile weiter, bis sie erneut stehenblieben. Petra rieb sich die Augen, und hinter ihren Lidern flackerten zwei Kaleidoskope auf. Kopfschmerzen im Anmarsch. Sie mußte lernen, mit Frustrationen besser umzugehen.

»Jetzt arbeite ich schon jahrelang in Hollywood, und ich hatte noch nie einen Mordfall, in den ein Prominenter verwickelt war. Einmal beinahe – bei diesem alten Kerl Alphonse Dortmund. Ein deutscher Charakterdarsteller, der emigriert war und meistens irgendwelche Nazis in Filmen über den Zweiten Weltkrieg gespielt hat. Wurde in seinem Apartment auf der Gower Avenue erdrosselt. Das war vielleicht eine Müllhalde. Der Kerl hatte schon seit Jahren nicht mehr gearbeitet, nur noch getrunken und sich völlig gehenlassen. Ein paar Streifenbeamte, die wegen üblen Geruchs gerufen worden waren, haben ihn gefunden. Mit allen vieren ans Bett gefesselt, komplizierte Knoten.«

»Sexuelle Asphyxie?«

»Das war auch mein erster Gedanke, aber da lag ich falsch. Wie sich herausstellte, hat er sich einen Fünfzehnjährigen vom Boulevard aufgegabelt, ihm gezeigt, wie er ihn festzurren soll, und der Junge hat das Spielchen einfach weitergetrieben, ihn erstickt und das Apartment ausgeräumt.«

»Wie habt ihr den Jungen geschnappt?«

»Was glaubst du wohl?«

»Er hat damit angegeben.«

»Und zwar vor jedem, der ihm über den Weg gelaufen ist. Mein damaliger Partner – Chick Reilly – und ich sind zu den üblichen Plätzen, haben uns mit den üblichen Leuten unterhalten, und *alle* wußten Bescheid. Wir kamen uns vor wie die letzten Dorfdeppen.« Er lachte. »Gott sei Dank sind die meisten von denen Idioten.«

»Ich frage mich, wie schlau Ramsey ist«, sagte Petra. »Kann's einen speziellen Grund geben, warum er nicht in seinem Büro ist?«

»Du denkst, er ist schon abgehauen? Nein, das können wir nicht ohne weiteres annehmen. Er dreht im Augenblick nicht. Die ganzen Folgen für dieses Jahr sind schon im Kasten.«

»Nur von seiner oder für sämtliche Serien?«

»Die wichtigen«, sagte Stu. »Kann sein, daß er Tennis spielt oder in seinem Whirlpool vor sich hin dümpelt. Oder daß er in einem Privatjet nach Südfrankreich sitzt.«

»Das wäre aber ungünstig.«

»Allerdings. Hey, vielleicht sollten wir uns ja doch den Weg freischießen.«

Fünfundvierzig Minuten später nahmen sie die Abfahrt zur Calabasas Road und fuhren auf einer kurvenreichen Strecke Richtung Norden in die Berge von Santa Susanna. Die sanften geschwungenen Hänge waren bewachsen mit Eichen, die den Fortschritt überlebt hatten. Die Bäume waren hochempfindlich gegen ein Übermaß an Wasser, und Hunderte von ihnen waren infolge der künstlichen Bewässerung abgestorben, bevor es jemand gemerkt und Maßnahmen zu ihrem Schutz ergriffen hatte.

Für Brände war die Gegend ebenfalls ein gefundenes Fressen, wußte Petra, sie rasten durch das trockene Buschwerk und die Chaparal-Bäume und verschlangen die großen vanillegelben Häuser im retrospanischen Stil, die unter den betuchten Einwohnern von West Valley der letzte Schrei zu sein schienen. Egal, wieviel Geld auch in sie hineingesteckt wurde, sie sahen immer »retro« aus und weiter nichts.

Stu und Petra passierten diverse Anwesen in Vanillegelb – einige davon durch Tore abgeriegelt. Pferdekoppeln mit Doppelgatter, kleine Einzäunungen neben Tennisplätzen und Swimmingpools samt Felsen und Wasserfall. Die Luft war gut, die Grundstücke großzügig bemessen, und sobald man den Freeway einmal hinter sich gelassen hatte, herrschte Ruhe. Doch für Petra wäre das nichts gewesen, das wußte sie genau. Zu weit weg von Buchhandlungen, Kinos, Museen – dem wenigen, was L.A. an Kultur zu bieten hatte. Außerdem viel zu ruhig. Abgeschnitten vom pulsierenden Leben der Großstadt.

Ganz abgesehen von der ganzen Fahrerei. Zwei Stunden Lebenszeit, die man tagtäglich damit zubrachte, die weißen Striche auf der Hundertvierunddreißig zu betrachten und sich dabei zu überlegen, ob dies wohl Erfolg bedeutete.

Calabasas war sehr beliebt unter denen, die Petra, insgeheim ein verkappter Snob, die denkfaulen Reichen nannte: Sportler, Rockstars, Leute, die über Nacht ein Vermögen gemacht hatten – und Schauspieler wie Ramsey. Leute, die viel Freizeit hatten und dem

Sonnenschein mit der Haltung Hautkrebs-was-ist-das begegneten.

Petra hatte den Verdacht, daß zuviel Freizeit Probleme mit sich brachte. Erst vor kurzem hatte das Parker Center ein Memo verschickt, in dem vor weißen Teenagern aus dem Valley gewarnt wurde, die versuchten, den Jugendgangs aus der Innenstadt nachzueifern. Was sollten die Kids hier draußen auch tun, außer sich Ärger einzuhandeln?

In ihren lang zurückliegenden Künstlertagen hatte sie oft Tagträumen nachgehangen, was wohl passieren würde, wenn sie jemals groß rauskam – zwanzigtausend pro Bild, keine kommerziellen Jobs mehr. Die Hälfte des Jahres in L.A., die andere Hälfte in London. Dazu war es natürlich nie gekommen. Sie hatte zwölf Stunden am Tag mit Skizzen und Layouts verbracht, um so zu tun, als ob sie ihren eigenen finanziellen Beitrag zu ihrer Ehe leistete, und Nick sagen zu können, daß das, was er verdiente, sein Geld war. Wie ehrenhaft. Wie dämlich.

»Da sind wir«, sagte Stu.

RanchHaven thronte auf einem mit rotgoldenen Mohnblumen bepflanzten Hügel. Hohe verschnörkelte Tore mit rosa Säulen, und hinter den schmiedeeisernen Gitterstäben befanden sich die größten Landgüter, die sie bisher gesehen hatten, großzügig verstreut auf riesige Grundstücke. Ein Dodge ohne polizeiliche Kennzeichnung parkte etwa zwanzig Meter vor dem Tor am Straßenrand. Der Wagen war bis auf diverse Antennen so unspektakulär, daß er ebenso wie der Ford von Petra und Stu sofort auffiel.

Sie hielten dahinter, und zwei Männer stiegen aus. Einer war Latino, fünfundvierzig Jahre, einsfünfundsiebzig, stämmig mit einem riesigen schwarzen Schnurrbart bis zum Kinn und einer Krawatte voller Vögel und Blumen. Sein Partner war ein Weißer, viel jünger, ebenso groß, aber dreißig Pfund leichter, ebenfalls mit Oberlippenbehaarung, doch jene war kurz geschnitten und gelblichgrau. Beide trugen graue Sportjacketts und schwarze beziehungsweise marineblaue Hosen. Der Schlips des weißen Detectives war schmal und kastanienfarben, und er hatte ein angenehmes, jungenhaftes Gesicht, das man beinahe hübsch hätte nennen können.

Die beiden stellten sich als De la Torre und Banks vor. Allgemeines Begrüßungszeremoniell, soweit alles nett und freundlich.

»Was ist denn genau passiert?« fragte De la Torre.

Stu lieferte eine Kurzfassung.

»Häßlich«, sagte Banks.

Petra fragte: »Hat Ihr Boß Ihnen nicht Bescheid gesagt?«

Banks schüttelte den Kopf. »Uns hat man nur gesagt, Ramseys Frau wäre umgebracht worden, aber nicht auf welche Weise. Die Anweisung lautete, hierherzukommen und auf Sie zu warten. Man hat uns außerdem gesagt, daß es nicht unser Fall ist, sondern daß wir nur dabeisein sollen, damit es hinterher nicht heißt, wir wären nicht dabeigewesen. Wo ist es passiert?«

»Im Griffith Park.«

»Da war ich letzten Sonntag erst mit meinen Kindern – im Zoo«, sagte Banks und schüttelte den Kopf. Er schien ein bißchen mitgenommen, und Petra fragte sich, wie lange er wohl schon bei der Mordkommission war.

»Glauben Sie, er war's?« sagte De la Torre.

Stu erklärte: »Wir wissen nur, daß er sie letztes Jahr verprügelt hat und sie sich kurz danach haben scheiden lassen.«

»Das kann aber ziemlich riskant für Sie werden – aus mehreren Gründen.«

»Eines ist jedenfalls sicher«, sagte Stu. »Es war kein durchgeknallter Straßenräuber. Megawunden, Megawut. Jemand hat das Geld aus ihrer Handtasche genommen, aber die Kreditkarten und ihren Schmuck dagelassen. Wir vermuten, es war jemand, den sie kannte, oder – weniger wahrscheinlich – ein Sexualtäter. Wer auch immer es war, er ist entweder mit ihrem Wagen weggefahren, oder er hat sie in seinem hingebracht.«

»Was für ein Auto ist sie gefahren?« fragte Banks.

»Porsche 911 Targa, vier Jahre alt, schwarz. Wir haben ihn schon auf die Fahndungsliste gesetzt.«

»Es gibt Leute, die würden allein dafür schon jemanden umbringen.«

»Vielleicht«, sagte Stu. »Aber zwei dutzendmal auf sie einstechen, nur für einen Wagen? Wer macht sich schon die Mühe?«

Ein paar Sekunden lang herrschte Schweigen.

»Bargeld, keine Juwelen«, sagte De la Torre. »Ein versuchtes Täuschungsmanöver? Schon mal die Serie von Ramsey gesehen? Ich schon. Einmal. Stinkt zum Himmel.«

Petra sagte: »Es wäre gut zu wissen, ob er hier in der Gegend schon mal Ärger gemacht hat.«

»Wir können uns ja mal bei den Anwohnern umhören«, sagte Banks und schenkte ihr ein kurzes, rätselhaftes Lächeln.

»Das wäre prima.«

»Also, wie genau wollen Sie vorgehen?« fragte De la Torre. »Ich meine, so wie's aussieht, sind wir doch nur der Knabenchor, und da wollen wir Ihnen doch nicht das große Solo vermasseln.«

»Das ist nett«, sagte Stu.

»Also, wie sieht der Plan aus?«

Stu schaute Petra an.

»Wir halten uns bedeckt«, sagte sie. »Behandeln ihn nicht wie einen Verdächtigen, lassen nichts erkennen, was darauf hindeutet, daß wir den Fall jetzt schon in eine bestimmte Richtung lenken.«

»Ramsey ist Schauspieler, also müssen wir alle eine große Show abziehen – ist diese Stadt nicht einfach klasse?« sagte Banks. »Also gut, wir halten uns im Hintergrund, sind diskret. Glaubst du, du kriegst das hin, Hector?«

De la Torre zuckte die Achseln und sagte: »Ich nicht wissen«, mit einer Stimme wie Speedy Gonzales.

»Hector ist ein Intellektueller«, erklärte Banks. »Hat letzten Sommer einen Abschluß an der Universität gemacht und glaubt jetzt, sich eine eigene Meinung bilden zu dürfen.«

»Einen Abschluß in was?« fragte Petra.

»Kommunikationswissenschaften.«

»Er glaubt, daß er irgendwann als Sportmoderator beim Fernsehen landet«, sagte Banks. »Oder als Wetterfrosch. Gib ihnen mal den Wetterbericht, Hector.«

De la Torre lächelte gutgelaunt und schaute zum Himmel. »Hochdruck trifft auf Tiefdruck, fällt und stößt auf Mitteldruck, was möglicherweise zu leichtem Niederschlag führt. Außerdem, Schauspieler, die ihre Frauen schlagen, führen möglicherweise zu Mord.«

Die beiden Zivilfahrzeuge fuhren zu den rosa Säulen und hielten an. Die Tore waren überzogen von einer grünen Pseudopatina. An der linken Seite waren eine Sprechanlage angebracht und ein Schild mit der Aufschrift LIEFERANTEN. Sieben Meter hinter dem Tor die Einfahrt hinauf stand ein Wachhäuschen.

Stu lehnte sich zum Fenster hinaus und drückte auf den Sprechknopf. »Polizei, für Mr. Cart Ramsey.«

Der uniformierte Wachmann streckte seinen Kopf heraus und kam auf sie zu. Stu zeigte seine Polizeimarke, und als das Tor aufglitt, konnte Petra an der Körpersprache des Wachmanns erkennen, daß er bereit war, mit ihnen zu kooperieren.

»Kann ich Ihnen helfen?« sagte er. Er war schon älter, hatte einen Kugelbauch, tiefe Sonnenbräune und viele Falten. Sein Haar war sandfarben. Er trug ein Walkie-Talkie und einen Schlagstock, aber keine Pistole.

»Wir müssen mit Mr. Ramsey sprechen«, sagte Stu. »Eine Privatangelegenheit. Ich nehme an, Sie wissen, wie großen Wert Mr. Ramsey und seine Nachbarn auf Privatsphäre legen.«

Der Wachmann riß die Augen weit auf. »Aber sicher doch.«

»Dann können wir also auf Ihre Diskretion zählen, Officer ... Dilbeck?«

»Aber sicher, sicher – soll ich bei ihm anrufen und Sie anmelden? Das ist die übliche Prozedur.«

»Nein, danke«, sagte Stu. »Ich möchte Sie sogar bitten, das nicht zu tun. Sagen Sie, Officer, hat Mr. Ramsey RanchHaven heute schon mal verlassen, oder ist er zurückgekommen?«

»Nicht während meiner Schicht – die fängt um elf an.«

Normalerweise hätte Stu ihn jetzt fragen müssen, wer Nachtdienst gehabt hatte. Statt dessen sagte er: »Danke. Wie kommen wir zu ihm?«

»Fahren Sie weiter geradeaus, und nehmen Sie dann die erste links, die Rambla Bonita. Dann weiter den Berg rauf bis ganz nach oben, und da ist es dann. Das große rosa Ding, genau wie diese Säulen.«

»Rosa«, wiederholte Petra.

»So rosa wie's nur eben geht. Als er's gekauft hat, war's noch weiß, aber er und seine Frau haben's neu anstreichen lassen.«

»Hat Ramsey deswegen je Probleme gehabt?«

»Nicht daß er mir davon erzählt hätte. Aber er redet ja sowieso nicht viel. Wie der Typ, den er spielt – Dack irgendwas.«

»Hart und schweigsam?« fragte Petra.

»So kann man's sagen.« Dilbeck machte einen Schritt zur Seite.

Als sie am Ende der ersten Steigung angelangt waren, sagte Petra: »Na, das paßt doch, oder? Es sind immer die Schweigsamen.«

9

Der Park hat mich aufgenommen wie einen Freund. Und ich lernte.

Beispielsweise, um welche Zeit die Rangers ihre Patrouillenfahrten machten, und wie man ihnen aus dem Weg ging. Welche Restaurants das frischeste Essen wegwerfen und wie man, wenn man im Dunkeln operieren mußte, Ärger vermied, wenn man in den Müllcontainern fischte.

Wer welche Leute waren.

Die Typen auf der Western Avenue waren Drogenhändler, und die wollten nur eines: daß man sie in Ruhe ihre Geschäfte machen ließ. Also hielt ich mich auf der anderen Straßenseite. Nach ungefähr einem Monat kam einer von ihnen über die Straße auf mich zu, sagte »Schlaues Bürschchen« und gab mir fünf Dollar.

Ich lernte, wie man Sachen organisiert.

Wenn man den Los Feliz weit genug nach Osten läuft, hören die hübschen Häuser irgendwann auf, und es gibt nur noch Apartments. Sonntags verkaufen die Leute, die in den Apartments wohnen, ihren Kram auf dem Rasen vor ihren Häusern, und wenn man wartet, bis der Tag schon fast vorbei ist, kann man Sachen ganz besonders billig kriegen, weil sie sich nicht die Mühe machen wollen, ihren Krempel wieder einzupacken.

Ich habe mir für einen Dollar eine grüne Decke gekauft, die nach nassem Hund roch, und einen Schlafsack für drei. Außerdem habe ich den Kerl mit dem Schlafsack überreden können, mir noch ein Taschenmesser mit drei Klingen, davon ein Schraubenzieher, dazu zu gegeben – für umsonst.

Manchmal haben mich die Leute, die ihren Kram verkauften, schräg angesehen – in etwa so: Wie kommt's, daß ein kleiner Junge sich Unterwäsche kauft? –, aber mein Geld haben sie sich nie durch die Lappen gehen lassen.

Ich habe mir eine Taschenlampe gekauft, zwei Päckchen Batterien, ein paar alte T-Shirts und ein rundes Sofakissen, das hart war wie Stein und völlig verrottet. Totale Geldverschwendung.

Im ersten Monat habe ich vierunddreißig Dollar von meinem Tampax-Geld ausgegeben. Dazu kamen die fünf von dem Drogenhändler, blieben also siebenundfünfzig Dollar. Ich habe die Stützpunkte Nummer eins bis fünf gefunden und meinen Kram darauf verteilt.

Ich lernte, wann es besser war zu lächeln und wann nicht. Wen ich besser anschaute und wen ich lieber ignorierte. Ich stellte fest, daß Geld eine Sprache ist.

Ich machte Fehler. Aß verdorbenes Essen und wurde krank, einmal richtig schlimm, drei Tage lang habe ich nur gekotzt, mit Fieber und Schüttelfrost, und ich dachte, ich müßte sterben. Zu dem Zeitpunkt war ich in einer Höhle in Stützpunkt drei, die ich mir mit Käfern und Spinnen teilte, und mir war alles egal. Am dritten Tag bin ich vor Sonnenaufgang rausgekrochen und habe meine Kleider im Bach gewaschen. Meine Beine waren so schwach, daß ich dachte, mir tritt jemand andauernd in die Kniekehlen. Allmählich ging's mir besser, aber seitdem habe ich oft Bauchschmerzen.

Ich lernte einiges über Prosties und Zuhälter, und ich sah Leute, die in den Seitenstraßen Sex hatten, meistens Frauen, die auf dem Boden knieten und irgendwelchen Typen einen lutschten, die sich nicht bewegten, sondern nur stöhnten.

Mir war klar, daß ich mich um Bildung bemühen mußte, wenn ich jemals so viel Geld zusammenbekommen wollte, daß niemand mich ausnutzen konnte. Aber wie sollte ich das anstellen, wenn ich im Park wohnte?

Die Antwort darauf war: Bring dir selbst alles bei – das hieß, besorg dir Schulbücher, such dir eine Schule. Eine Junior High School, denn in Watson war ich in der siebten Klasse, obwohl ein Schulpsychologe aus Bakersfield mir irgendwann mal ein paar Aufgaben gestellt und gemeint hatte, ich könnte die Siebte überspringen, wenn Mom ein paar Formulare unterschreiben würde. Sie sagte zwar, sie würde es machen, hat sie dann aber doch nicht. Und dann hat sie die Formulare verschlampt, und der Psychologe hat nie wieder nachgefragt, und so bin ich weiter in die siebte

Klasse gegangen, wo ich mich, wenn ich nicht an irgendwelche ganz anderen Sachen dachte, so langweilte, als wäre mein Hirn aus Holz.

In einer Telefonzelle habe ich die Gelben Seiten gefunden und mit in den Park genommen, wo ich dann nach SCHULEN gesucht habe. Es waren keine Junior High Schools aufgelistet, und das hat mich stutzig gemacht. Also habe ich am nächsten Tag das Schulamt angerufen, meine Stimme so tief verstellt wie's ging und gesagt, ich wäre gerade nach Hollywood gezogen und würde eine Junior High School für meinen zwölfjährigen Sohn suchen.

Die Frau am anderen Ende sagte: »Einen Moment, Ma'am«, und ließ mich erst mal eine Ewigkeit in der Leitung hängen. Dann war sie wieder dran und sagte: »Thomas Starr King Middle School auf der Fountain Avenue«, und gab mir die Adresse.

Gegen Mittag bin ich dorthin marschiert. Wie sich herausstellte, war die Schule etwa zwei Meilen von Stützpunkt drei entfernt. Die Gegend war ziemlich heruntergekommen, und die Schule war ungeheuer groß – jede Menge rosa Gebäude mit strahlend blauen Türen, ein riesiger Hof, der von hohen Zäunen umschlossen war. Von der anderen Straßenseite aus habe ich die Lage gepeilt und herausbekommen, daß die Schule um ein Uhr zu Ende war, als haufenweise Schulkinder vom Gelände geströmt sind, die gelacht haben und sich gegenseitig schubsten. Mir hat es schier die Kehle zugeschnürt.

Schulschluß um ein Uhr – das hieß, ich konnte den ganzen Nachmittag rumlaufen, ohne aufzufliegen.

Ich machte mir einen Stundenplan: Morgens würde ich mich waschen und essen, was immer ich in der Nacht zuvor fürs Frühstück gebunkert hatte. Außerdem würde ich lesen und lernen und die Stützpunkte abklappern, um sicherzugehen, daß niemand die Sachen gefunden hatte, die ich versteckt hatte. Am Nachmittag würde ich mir neues Essen besorgen und was ich sonst noch so brauchte.

Ich ging wieder zurück zur King Middle School – diesmal während der großen Pause um zehn Uhr. Die Kinder waren alle auf dem Hof, und die Lehrer, die ich sah, unterhielten sich miteinander. Ich bin durch eines der Tore geschlüpft und herumgelaufen, als würde ich dazugehören. Es gab zwei verschiedene Materialräume, wo die Bücher aufbewahrt wurden.

Ich mußte achtmal vorbeikommen, um alles aufzutreiben, was ich brauchte.

Es war leicht. Wer würde schon auf die Idee kommen, daß ein Kind sich Bücher klauen würde?

Ich habe mir die Schulbücher für die siebte, die achte und neunte Klasse geholt, außerdem Bleistifte und Schreibpapier. Englisch, Geschichte, Naturwissenschaften und Mathe bis zur Algebra.

Ohne die Ablenkung durch irgendwelche Halbstarken oder Moron konnte ich mich prima konzentrieren; es dauerte nur zwei Monate, bis ich all die Bücher durch hatte. Selbst Algebra, was ich vorher nie gehabt hatte und einen ziemlich schwierigen Eindruck machte – die ganzen Buchstabensymbole, die ich anfangs nicht verstanden habe –, aber der Anfang war nur Wiederholung, und dann habe ich mich einfach Seite für Seite vorgearbeitet.

Die Vorstellung von Variablen hat mir gefallen, etwas, das für sich allein keine Bedeutung hat, aber jede Identität annimmt, die man wollte.

Das allmächtige X. Ich sah mich selbst als der X-Boy – nichts, aber gleichzeitig alles.

Eines Nachts habe ich die ganzen Schulbücher wieder zurückgebracht zur King School und sie an den Zaun gelegt. Außer das Algebrabuch, denn ich wollte weiter Gleichungen üben. Ich wußte, daß ich meinen Geist beschäftigen muß, weil er sonst nachließ, aber ich hatte die Nase voll von Schulbüchern und wollte so was wie Ferien. Eine andere Art von Wissen – Enzyklopädien, Biographien von Leuten, die Erfolg gehabt hatten. Mein Präsidentenbuch fehlte mir.

Keine Abenteuergeschichten, keine Science Fiction; Sachen, die nicht wahr sind, interessieren mich nicht.

Ganz in der Nähe vom Los Feliz Boulevard habe ich eine Bibliothek gefunden, nur ein paar Blocks die Hillhurst hinunter – ein seltsames Gebäude ohne Fenster, mitten in einem Einkaufszentrum. Drinnen gab es einen großen Raum mit farbenprächtigen

Postern von fernen Städten, die so aussehen sollten wie Fenster, und es saßen nur ein paar alte Leute herum, die Zeitungen lasen.

Ich war ordentlich angezogen und hatte das Algebrabuch dabei samt Bleistift und Papier und einem Rucksack. Ich setzte mich an einen Tisch in der Ecke, weit weg vom Eingang, tat so, als würde ich Gleichungen lösen, und verschaffte mir einen Überblick über den Laden.

Die Frau, die anscheinend die Chefin war, war alt und sah ziemlich griesgrämig aus – wie die Bibliothekarin in Watson, doch sie blieb immer vorn und telefonierte die meiste Zeit. Die junge Mexikanerin mit den ganz langen Haaren kümmerte sich um die Buchausleihe, und ihr bin ich wohl auch aufgefallen, denn sie kam irgendwann mal zu mir rüber, lächelte und fragte, ob ich Hilfe brauchte.

Ich schüttelte meinen Kopf und machte weiter mit meinen Gleichungen.

»Ah«, sagte sie mit einer ganz sanften Stimme. »Mathehausaufgaben, hm?«

Ich habe die Achseln gezuckt und sie einfach völlig ignoriert. Da hat sie aufgehört zu lächeln und ist weggegangen.

Das nächste Mal, als ich reinkam, hat sie versucht, meine Aufmerksamkeit zu erregen, aber ich habe mich nicht um sie gekümmert, und danach hat sie mich auch ignoriert.

Schließlich bin ich ein- bis zweimal pro Woche vorbeigekommen, immer nach ein Uhr, habe zuerst meine seltsamen Hausaufgaben erledigt und dann die Regale durchforstet, bis ich irgendwas gefunden hatte, um zwei Stunden zu lesen.

Manchmal habe ich in der Zeit ein ganzes Buch geschafft. In der dritten Woche bin ich auf *haargenau* das gleiche Jacques-Cousteau-Buch gestoßen, das ich auch zu Hause hatte, und da dachte ich: Hier bin ich richtig.

Kurz danach habe ich auch das Präsidentenbuch gefunden. Das war das erste, das ich mitgenommen habe. Es ist das einzige, das ich behalten habe, und ich weiß immer noch nicht genau, warum. Ich habe wirklich supergut darauf achtgegeben, es sogar in Plastikfolie aus der Reinigung eingeschlagen. Also war es kein wirkliches Verbrechen.

Trotzdem fühlte ich mich mies deswegen. Ich habe mir immer gesagt, daß ich eines Tages, wenn ich erwachsen bin und Geld habe, der Bibliothek Bücher spenden würde. Manchmal habe ich mich allerdings auch gefragt, ob ich es noch so lange durchhalte und ob ich es überhaupt schaffe, erwachsen zu werden.

Jetzt, nach dem, was ich gesehen habe, kommt mir alles so ungewiß und unsicher vor. Vielleicht ist es auch an der Zeit, den Park zu verlassen. Doch wo soll ich denn hin?

Mein Fuß bleibt an einem Stein hängen, aber ich halte das Gleichgewicht – endlich, hier ist Nummer fünf, der Geruch vom Zoo weht durch die Farnsträucher. Zeit, sich zu verstecken, sich auszuruhen und nachzudenken.

Ich muß mir mal ein paar *ernsthafte* Gedanken machen.

10

Beim Anblick von Ramseys Haus fiel Petra ein Seminar in Architekturgeschichte ein, und sie versuchte, sich eine Gattungsbezeichnung zu überlegen. Verwirrtes spanisches Pseudopalladianisch? Postmoderner mediterraner Eklektizismus? Harter-Hecht-Hazienda?

Ein Riesenhaufen Stuck.

Das Gebäude thronte auf einer Bergspitze, die so steil war, daß Petra sich fast den Hals verrenken mußte, um die höchste Stelle zu sehen. Rosa, wie der Wachmann versprochen hatte, einen rosigen Schimmer dunkler als die Säulen hinter einer weiteren Reihe von Säulen und Toren – ein Käfig im Käfig. Die von mexikanischen Fächerpalmen gesäumte Auffahrt zum Haus war mit einem Prägemuster versehen, damit sie wie mit Lehmziegeln gepflastert wirkte. Vor dem Haus parkte ein glänzender schwarzer Lexus.

Sie fuhren bis zum Tor, und nun sah Petra, daß der schräg abfallende Kasten vor dem Haus mindestens so groß war wie ein halber Fußballplatz. Das Haus hatte zweieinhalb Stockwerke, wobei die halbe Etage von einem Glockenturm über den doppelten Eingangstüren aus Eiche eingenommen wurde. Darin hing eine echte Glocke, die aussah wie eine Nachbildung der Unabhängigkeitsglocke in Philadelphia. Die Flügel des Gebäudes standen in obskuren Winkeln zueinander, wie bei einem Truthahn, der zu lange in der Röhre gebraten hatte und aus dem Leim gegangen war. Es gab jede Menge seltsam geformte Fenster, manche davon mit Bleiverglasung, andere mit Milchglas. Die Eisengeländer der Veranden und Balkone waren mit Grünspan besetzt, und die Dachziegel waren mit einer künstlichen rotgoldenen Patina überzogen, um sie älter wirken zu lassen. Rechts von den Eisentüren war eine fünftürige, extratiefe Garage. Platz für die Limousine, die Ramsey vom Studio gestellt bekam, vermutete Petra.

Weit und breit kein anderes Haus. Der Bergkönig.

Hinter dem Haus ragten weitere Palmen hervor, deren struppige Kronen sich über das Dach erhoben wie ein New-Age-Irokesenschnitt. Petra bemerkte Pferdegeruch, doch sie konnte nirgendwo welche sehen. Die Santa-Susanna-Berge schimmerten kreideblau in der Ferne. Eichen gab es hier keine. Zu viele Sprinkler.

Stu hielt den Ford neben der Gegensprechanlage an. »Seid Ihr bereit, Ihr Botschafter des Unheils?«

»Allerdings.«

Er drückte die Klingeltaste. Einen Augenblick lang passierte gar nichts, dann sagte eine Frauenstimme: »Jaa?«

»Mr. Ramsey, bitte.«

»Wer ist da?«

»Polizei.«

Stille. »Moment.«

Es verging eine lange Minute, in der Petra einen Blick auf den Wagen des Sheriffs warf. Hector De la Torre saß am Steuer und sagte etwas, das sie nicht verstehen konnte. Banks hörte zu, doch er bemerkte Petra und winkte ihr, aber genau in diesem Augenblick trat eine kleine, stämmige Lateinamerikanerin in einer weißrosa Uniform aus der Doppeltür, kam ihnen den halben Weg auf der Einfahrt entgegen und starrte sie an. Sie war etwa fünfzig bis sechzig Jahre alt, hatte auffällige O-Beine und trug ihr Haar straff zurückgekämmt in einem Knoten. Ihr Gesicht war so dunkel und starr wie bei einer Bronzebüste. Sie drückte auf den Knopf der Fernbedienung.

Die Tore schwangen auf, und die Wagen fuhren auf das Grundstück. Alle vier Detectives stiegen aus. Die Luft war gut fünf Grad wärmer als in Hollywood, und nun erblickte Petra links vom Haus ein Areal mit Pfosten und Pfählen – eine Koppel. Ab und zu wanderten braune Pferdesilhouetten durch das Blickfeld.

Trockene Hitze; es war, als hätte sie Sand in den Augen. In nördlicher Richtung hing ein Flugzeug über den Bergen. Ein Krähenschwarm erhob sich wie eine Wolke aus einer Gruppe von Ahornbäumen und löste sich dann wie in Panik unter großem Gekrächze auf.

»Ma'am«, sagte Stu und zeigte der Haushälterin seine Marke.

Sie starrte ihn an.

»Ich bin Detective Bishop, und dies ist Detective Connor.«

Keine Antwort.

»Und Sie, Ma'am?«

»Estrella.«

»Den Nachnamen bitte, Ma'am.«

»Flores.«

»Arbeiten Sie für Mr. Ramsey, Miß Flores?«

»Ja.«

»Ist Mr. Ramsey hier, Miß Flores?«

»Er spiele die Golf.«

Sie wirkte verängstigt, dachte Petra. Illegal eingewandert? Wenn Ramsey nicht gerade vorhatte, sich um ein öffentliches Amt zu bewerben, brauchte er sich nicht die Mühe zu machen, ihre Arbeitspapiere zu überprüfen, von daher konnte es gut sein, daß sie illegal war.

Oder vielleicht doch etwas anderes? Wußte sie irgendwas? Über Probleme im Hause Ramsey? Ob und wann er letzte Nacht eventuell das Haus verlassen hatte und wieder zurückgekehrt war? Petra notierte sich den Namen der Frau und versah ihn mit einem Sternchen: auf jeden Fall noch einmal vernehmen.

Sie klappte ihren Notizblock zu und lächelte. Estrella Flores nahm es nicht zur Kenntnis.

»Mr. Ramsey ist also nicht da?« fragte Stu.

Wenn dem so war, dann stand es im Widerspruch zu der Aussage des Wachmannes.

»Nein. Hier.«

»Er ist hier?«

»Ja.« Die Frau runzelte die Stirn.

»Er spielt Golf, hier?«

»Die Golf hinter die Haus.«

»Er hat seinen eigenen Trainingsplatz«, sagte Petra, die sich daran erinnerte, was Susan Rose ihr über den Fernsehauftritt erzählt hatte.

»Können wir dann bitte mit ihm sprechen, Miß Flores?«

Die Frau warf einen kurzen Blick auf die beiden Sheriffs, die ein paar Meter entfernt standen, und dann auf die weit geöffneten Türen zum Haus. Die Wände und Fußböden im Inneren des Hauses waren cremefarben, wie Petra schon von hier aus feststellen konnte.

»Woll'n Sie reinkommen?«

»Nur mit der Erlaubnis von Mr. Ramsey, Ma'am.«

Verwirrung.

»Warum gehen Sie nicht und sagen Mr. Ramsey, daß wir hier sind, Miß Flores?«

Petra lächelte ihr erneut zu. Und das wirkte Wunder. Estrella Flores wackelte auf ihren O-Beinen zurück ins Haus.

Kurz darauf kam Cart Ramsey aus dem Haus gerannt, gefolgt von einem blonden Mann.

Der Serienheld trug ein grellgrünes Polohemd, Jeans und Joggingschuhe. Für einen Mann seines Alters – Petra schätzte ihn auf fünfundvierzig bis fünfzig – hatte er sich gut gehalten. Einsfünfundachtzig, neunzig Kilo, breite Schultern, schmale Hüften, flacher Bauch, stramme Taille, keine Schwimmringe. Schwarzes, gelocktes Haar, fernsehkompatible Sonnenbräune.

Das kantige Kinn.

Der Schnurrbart. Wie hieß noch mal der Typ, den er spielte? Dack Price.

Sein Begleiter war in etwa gleich alt, ebenso groß, hatte die gleichen Footballspielerschultern, doch ein breiteres Becken. Vom Erscheinungsbild schon eher typisch für einen Mann mittleren Alters: Der Bauch wölbte sich verräterisch über dem Gürtel, die Wangen waren nicht mehr ganz straff, die Brust wackelte beim Laufen. Das helle Haar, das hinten etwas länger gehalten war, lichtete sich allmählich – auf der Schädeldecke schimmerte die rosa Kopfhaut bereits durch. Er trug eine schwarze Sonnenbrille mit kleinen runden Gläsern. Sein langärmeliges, leuchtendblaues Seidenhemd war ein paar Nummern zu groß, und seine schwarze Bundfaltenhose aus Baumwolle spannte im Bund. Ramsey ließ ihn locker hinter sich, und als er den Polizeiwagen erreichte, atmete er ganz normal.

»Polizei? Was gibt's?« Seine Stimme war tief wie im Fernsehen.

Stu zeigte ihm seine Marke. »Ich bedaure sehr, Sir, aber wir haben unangenehme Neuigkeiten für Sie.«

Ramseys blaue Augen flackerten, er zwinkerte, und plötzlich erstarrte sein Blick. Das Blau war sehr blaß und stand in einem dramatisch wirkenden Kontrast zu seiner vor Gesundheit strotzenden Gesichtsbräune, obwohl Petra bei genauerem Hinsehen feststellte, daß sein Haar eine Idee zu schwarz war, um echt zu sein, die Haut trocken und großporig und die Nase überzogen von erweiterten Äderchen, die aussahen wie kleine Spinnenbeine. Zu viele Wodkas in der Garderobe? Oder der Tribut an unzählige Schichten von Make-up?

»Was für Neuigkeiten? Wovon reden Sie?« In Ramseys Stimme mischte sich Panik.

»Ihre Exfrau –«

»Lisa? Was ist passiert?«

»Ich fürchte, sie ist tot, Sir.«

»Was!« Ramseys Augen quollen aus ihren Höhlen, seine mächtigen Hände ballten sich zu Fäusten, und seine Bizeps schwollen an. Petra setzte eine mitfühlende Miene auf, während sie unauffällig nach Kratzern oder blauen Flecken auf seinen Armen Ausschau hielt. Nichts. De la Torre und Banks taten das gleiche, doch der Schauspieler bemerkte es nicht. Er krümmte sich zusammen und hielt sich eine Hand vors Gesicht.

Der große blonde Mann in dem blauen Hemd kam keuchend angelaufen. Seine Sonnenbrille war verrutscht. Auch seine Haare waren eine Spur zu blond, vermutlich ebenfalls getönt. »Was ist los, Cart?« Ramsey gab keine Antwort.

»Cart?«

Ramsey sprach mit vorgehaltener Hand. »Sie ... Lisa.« Seine Stimme versagte zwischen den beiden Worten.

»Lisa?« sagte der blonde Mann. »Was ist mit ihr?«

Ramsey ließ die Hand sinken und drehte sich zu ihm um. »Sie ist *tot,* Greg! Die sagen, sie ist *tot*!«

»Oh, mein Gott – was – wie –« Gregs Mund schnappte nach Luft wie ein Fisch, als er die Detectives anschaute.

»Sie ist tot, Greg! Das hier ist *echt*!« brüllte Ramsey, und einen Augenblick lang sah es so aus, als ob er gleich ausholen und dem blonden Mann einen Schlag verpassen würde.

Statt dessen drehte er sich abrupt um und starrte die Polizisten an. Vor allem Petra. »Sind Sie sicher, daß sie es ist?«

»Ich fürchte ja, Mr. Ramsey.«

»Wie können Sie – ich kann gar nicht – sie – wie? Das ist doch verrückt – wo? Was ist passiert? Was zum Teufel ist passiert? Hatte sie einen Unfall, oder was?«

»Sie ist ermordet worden, Mr. Ramsey«, sagte Petra. »Sie wurde heute morgen im Griffith Park gefunden.«

»Ermordet?« Ramsey zuckte zusammen und bedeckte die untere Gesichtshälfte, diesmal mit beiden Händen. »Jesus, Herrgott – Griffith Park – was zum Teufel hat sie *dort* gemacht?«

»Das wissen wir nicht, Sir.«

Das wäre eigentlich das Stichwort für Ramsey gewesen, doch der Schauspieler sagte nur: »Heute morgen? O Gott, ich kann es einfach nicht glauben!«

»Heute am frühen Morgen, Sir.«

Ramsey schüttelte den Kopf wieder und wieder. »Griffith Park? Ich verstehe das nicht. Was sollte sie da am frühen Morgen machen? Ist sie – wie ist sie ...«

Der blonde Greg trat zu Ramsey und tätschelte ihm die Schulter. Ramsey schüttelte ihn ab, doch der andere Mann reagierte gar nicht – aus Gewohnheit?

»Laß uns reingehen, Cart«, sagte er. »Sie können uns die Einzelheiten ja auch drinnen erzählen.«

»Nein, nein, ich muß das wissen – ist sie erschossen worden?« fragte Ramsey.

»Nein, Sir«, sagte Stu. »Erstochen.«

»Herrgott.« Ramsey sackte ein kleines Stück weiter zusammen. »Wissen Sie, wer es *getan* hat?«

»Noch nicht, Sir.«

Ramsey rieb sich mit einer Hand den Kopf. Leberflecken, bemerkte Petra. Aber eine große, kräftig wirkende Hand. Finger dick wie Zigarren, mit kräftigen, kurzgeschnittenen Nägeln.

»Ach Scheiße! *Lisa!* Ich kann's nicht glauben! Oh, Lisa, was zum Teufel hast du nur *gemacht?*« Ramsey drehte den Detectives den Rücken zu, machte ein paar Schritte und krümmte sich zusammen, als ob er sich gleich übergeben würde, doch dann verharrte er in dieser Stellung. Petra sah, wie ihm ein Schauer über den breiten Rücken lief.

Der blonde Mann ließ seine Hände sinken. »Ich bin Greg Balch, der Businessmanager von Mr. Ramsey –«

Plötzlich wirbelte Ramsey herum. »Hatte es irgendwas mit Drogen zu tun?«

Ein kurzer Moment des Schweigens, dann sagte Stu: »Hatte Mrs. Ramsey ein Drogenproblem?«

»Nein, nein, liegt schon eine Weile zurück – sie ist eigentlich – war gar nicht mehr Mrs. Ramsey. Wir haben uns vor sechs Monaten scheiden lassen, und sie hat ihren Mädchennamen wieder angenommen. Wir sind als Freunde auseinandergegangen ... aber wir hatten nichts mehr miteinander zu tun.« Wieder bedeckte er sein Gesicht und fing an zu weinen. Tiefe, sonore Schluchzer. Petra konnte nicht sehen, ob sie mit Tränen garniert waren.

Balch nahm Ramsey in den Arm, und der Schauspieler ließ sich von ihm ins Haus führen. Die Detectives gingen hinterher. Einen Augenblick später, als Ramsey wieder Blickkontakt zu ihnen suchte und Petra in die Augen schaute, stellte sie fest, daß seine Augen trocken waren, der Blick fest, das Weiße ungetrübt und die himmelblauen Iriden klar.

Im Haus roch es nach gebratenem Speck. Das erste, was Petra auffiel, nachdem sie sich vom Anblick der fünf Meter hohen Decke und den Wagenladungen von Kunstmüll in einer Flut von cremefarbenen Möbeln erholt hatte – man konnte sich des Eindrucks nicht erwehren, in ein riesiges Faß Buttermilch getaucht worden zu sein –, war die Garage mit den fünf Toren, die man durch eine Glaswand sogar von innen bewundern konnte. Doch wenn dies eine Garage war, dann war da Vinci ein Comiczeichner.

Über fünfzehn Meter breit und sieben Meter tief, mit weißgetünchten Wänden, hochglanzpoliertem schwarzem Granitfußboden und Quarzlichtbeleuchtung. Fünf Stellplätze, doch nur vier davon waren besetzt. Keine Limousine, nur Sammlerstücke: Ein tomatenroter Ferrari Roadster mit einer Schnauze wie ein Haifisch; ein graphitgrauer Porsche Speedster mit Startnummern an der Tür; ein Rolls-Royce in Schwarz und Kastanienbraun mit wunderbar geschwungenen Kotflügeln, einem gigantischen, protzigen Kühlergrill aus Chrom und einer Kühlerfigur aus Kristall, vermutlich von Lalique; darüber hinaus ein frühes, strahlendblaues Corvette Cabrio-Modell, wahrscheinlich aus den Fünfzigern – im Blau wie das Seidenhemd des Managers Greg Balch.

Auf dem fünften Stellplatz stand nur eine mit Kies gefüllte Abtropfwanne.

An den Wänden hingen gerahmte Rennplakate und Airbrush-Darstellungen phallusförmiger Autos.

Stu und die Sheriffs blieben stehen, um sich das Ganze anzuschauen. Männer und Autos. Petra gehörte allerdings zu den Frauen, die dieses Syndrom verstanden. Vielleicht lag es an ihren vier Brüdern, vielleicht war es ihr Sinn für Ästhetik, die Tatsache, daß sie Funktionalität als Kunst zu würdigen wußte. Einer der Gründe, warum sie mit Nick so gut zurechtgekommen war, lag darin, daß sie es verstanden hatte, seinem Ego zu schmeicheln, ohne sich dabei verstellen zu müssen. Sie hatte es absolut ehrlich gemeint. Der Scheißkerl hatte zwar keine Seele im Leib, aber er konnte absolute Meisterwerke zaubern. Das Größte für ihn war der 67er Stingray, der Höhepunkt des Designs, wie er es nannte. Als Petra ihm eröffnete, daß sie schwanger war, schaute er sie an wie einen Ford …

Greg Balch, der Ramsey in den nächsten Raum geleitete, war schon ein paar Schritte voraus, als sich die Detectives von der Glaswand losrissen. Balch setzte Ramsey auf ein dick gepolstertes Zweiersofa mit cremefarbenem Seidenbezug, und der Schauspieler saß gramgebeugt da, als würde er beten – den Kopf gesenkt, die Hände ineinander verschränkt auf seinem rechten Knie, die kräftigen Halsmuskeln angespannt.

Die vier Detectives nahmen ihm gegenüber auf einem drei Meter breiten Sofa Platz, nachdem sie diverse pastellfarbene Zierkissen so verteilt hatten, daß sie sich setzen konnten. Eines der Kissen landete schließlich auf De la Torres breitem Schoß, der mit seinen braunen Stummelfingern auf dem glänzenden Stoff herumtrommelte. Banks saß schweigend da und rührte sich nicht. Ein Couchtisch, der aus einem Granitblock mit einer Glasplatte bestand, markierte die Zone zwischen Ramsey und den Cops. Balch zog sich einen Stuhl heran.

Petra ließ ihren Blick durch den Raum schweifen. Er war von einer geradezu grotesken Größe. Sie nahm an, daß es sich um das Wohnzimmer handelte. Von hier aus blickte man in drei weitere, ebenso höhlenartige Räume, jeder davon ausgestattet mit übergroßen Möbeln in bläßlichen Farben, Accessoires aus gebleichtem Holz und riesigen, absolut furchtbaren, in Pastellfarben gehaltenen abstrakten Gemälden an den Wänden. Durch die Glastüren sah sie Palmen und Rasen, einen Swimmingpool aus Naturstein mit Wasserfall sowie einen Golfplatz mit vier Löchern, dessen Gras fast bis auf die Wurzeln heruntergemäht und nahezu grau war.

Die Golf. Zwei chromblitzende Schläger lagen auf den Grasstoppeln; hinter dem war die Pferdekoppel mitsamt einer hübschen rosa Scheune.

Wo war Fahrzeug Nummer fünf? Versteckt, so daß es in aller Ruhe saubergemacht und von Blutspuren gereinigt werden konnte?

Und sie konnten noch nicht einmal danach fragen. Dabei hatte sie gesehen, wie lange die Männer von der Spurensicherung brauchten, um einen Wagen gründlich zu untersuchen. Wenn die Nachforschungen jemals in ein Stadium traten, wo sie einen Durchsuchungsbefehl erwirken konnten, würden sie mehrere Tage lang ein großes Team von Beamten brauchen, allein für Ramseys Autos.

Sie ließ den Blick wieder zu der Pferdekoppel schweifen. Heuballen, die fein säuberlich aufgestapelt waren. Zwei Pferde, die herumtollten – eines weiß, das andere braun. Sie stellte sich Lisa auf dem weißen vor, in einem maßgeschneiderten Jackett und speziell angefertigten Reithosen. Ihr wallendes honiggelbes Haar.

Konnte die Frau überhaupt reiten? Sie wußte nichts über sie.

Zwei Pferde. Vier Autos. Und eine Wanne voll Kies. Was stand normalerweise auf dem *leeren* Stellplatz?

Ramsey saß weiterhin gramgebeugt und schweigend da. De la Torre, Banks und Stu betrachteten ihn eingehend, bemüht, es sich nicht allzusehr anmerken zu lassen. Balch machte den Eindruck, als sei ihm nicht ganz wohl in seiner Haut. Er, der Helfer, der nicht wußte, wie er helfen sollte. De la Torre schaute wieder zu den Autos hinüber. Das Gesicht mürrisch, ganz nüchtern, und doch in der Lage, die blitzenden Chromteile, den glänzenden Lack, das gewienerte Leder und die lakritzschwarzen Reifen auf sich wirken zu lassen. Banks bemerkte es und lächelte. Dann schaute er zu Petra, fing ihren Blick auf und lächelte ein wenig breiter.

Stu saß einfach nur da. Man muß wirken wie eine leere Tafel, sagte er immer. Derjenige, den man verhört, soll die Leerstellen füllen. Vielleicht fiel ihm der Umgang mit Ramsey ja leicht, weil er dessen Auto-Manie nicht teilte. Jedenfalls hatte er Petra gegenüber davon nie etwas an den Tag gelegt. Privat fuhr Stu einen weißen Chevy Suburban mit zwei Kindersitzen und Spielzeug, das überall verstreut lag. Petra war ein paarmal in den Genuß einer Fahrt im Familienwagen der Bishops gekommen, als sie mit ihnen zum Essen gegangen war – wenn man den Transport von sechs Kindern zu »Chuck E. Cheese« essen gehen nennen konnte. Die Videospiele hatten ihr allerdings Spaß gemacht. Sie mochte diesen Kinderkram ...

Sie stellte fest, daß sie ihren flachen Bauch betastete, nahm die Hände weg und richtete ihre Aufmerksamkeit wieder auf Ramsey.

Dessen schwarze Locken schwangen im Takt mit seinem Kopf, den er noch immer schüttelte, als wollte er sagen, das kann doch nicht sein. Petra hatte das schon oft miterlebt. Leute, die das Unfaßbare von sich wiesen. Oder so taten als ob. Dieser Kerl hier war ein Fernsehdetektiv. Schauspieler betrieben Recherche; er mußte einfach die Maschen kennen.

Greg Balch tätschelte Ramsey wieder die Schulter. Der Businessmanager sah noch immer aus wie ein hilfloser Lakai.

Petra beobachtete Ramsey ein wenig länger. Dachte, was ist, wenn er sauber ist? Was ist, wenn es wirklich der Große Unbekannte gewesen ist?

Dann rief sie sich in Erinnerung, daß er Lisa verprügelt hatte. Seinen Lebensunterhalt damit bestritt, in andere Rollen zu schlüpfen.

Sie betrachtete die riesigen, formlosen Zimmer. Wohnzimmer eins, Wohnzimmer zwei, Wohnzimmer drei – wie viele Wohnzimmer brauchte ein Wolf?

Schließlich richtete Ramsey sich auf und sagte: »Danke, daß Sie vorbeigekommen sind ... ich denke, dann werde ich mal ihre Eltern anrufen ... o Gott ...« Er warf die Hände in die Höhe.

»Wo wohnen ihre Eltern?« fragte Stu.

»Cleveland. In einer Vorstadt, Chagrin Falls. Ihr Vater ist Arzt. Dr. John Boehlinger. Ich habe mit ihnen seit der Scheidung nicht mehr gesprochen.«

»Ich kann sie anrufen«, sagte Stu.

»Nein, nein, es sollte jemand sein, den sie ... machen Sie das normalerweise? Ich meine, ist das die übliche Vorgehensweise?«

»Jawohl, Sir.«

»Oh.« Ramsey atmete tief ein und ließ die Luft wieder entweichen, während er sich mit dem kleinen Finger das Auge wischte. »Nein, das sollte trotzdem ich erledigen ... obwohl ... das Problem ist, wir stehen nicht gerade – Lisas Eltern und ich. Seit der Scheidung. Sie wissen, wie das ist.«

»Spannungen?« fragte Stu.

»Ich weiß nicht, ob ich das Ganze nicht noch schlimmer mache, wenn ich jetzt anrufe – ich meine, ich weiß gar nicht, welche Rolle ich in dem Ganzen hier spiele.« Ramsey wirkte ziemlich elend. »Offiziell, meine ich. Wir sind nicht mehr verheiratet, habe ich da überhaupt noch eine offizielle Rolle?«

»Inwiefern?« fragte Stu.

»Sie identifizieren, Arrangements treffen – wissen Sie ... Lisa und ich ... wir haben uns geliebt und respektiert, aber wir waren ... getrennt.« Und wieder schossen seine Hände in die Höhe. »Was rede ich da für einen Quatsch, ich höre mich garantiert an wie ein Idiot. Und wer gibt schon einen *Scheiß* auf Arrangements!« Ramsey klatschte mit der Hand gegen eine Palme. Er drehte sich nach rechts und ließ sein markantes Profil sehen.

Was für ein Kinn, dachte Petra. In seiner Welt waren Liebe und Respekt gleichbedeutend mit einem blauen Auge und einer aufgeplatzten Lippe. Seine Unterlippe begann zu zittern, und er biß darauf. *Konnte es sein,* daß er nur eine Show abzog?

Sie sagte: »Es wäre sehr hilfreich, wenn Sie uns ein wenig mehr über Lisa erzählen könnten, Sir.«

Ramsey wiegte sich leicht hin und her und starrte sie an. Petra glaubte, einen neuen Ausdruck in seinen Augen aufblitzen zu sehen – Analyse, kalte Berechnung, eine gewisse Härte –, doch schon eine Sekunde später war er verflogen, und Ramsey sah wieder ganz gramgebeugt aus, so daß Petra sich fragte, ob sie sich das alles nur eingebildet hatte.

In der Zwischenzeit hatten Ramseys Augen einen feuchten Glanz bekommen. Er sagte: »Sie war ein tolles Mädchen; wir waren fast zwei Jahre lang verheiratet.«

»Wie war das mit den Drogen, Sir?« fragte Petra.

Ramsey schaute Balch an, doch der blonde Mann zuckte nur die Achseln.

»Keine große Sache«, sagte Ramsey. »Ich hätte eigentlich gar nichts sagen sollen. Das letzte, was ich will, ist, daß die Medien davon Wind bekommen und sie in den Dreck ziehen als – Herrgott, das *werden* sie aber, oder? Au *Scheiße*! Es ist lächerlich, sie war nicht wirklich süchtig, sondern hat einfach nur ...«

Er schaute auf seinen Schoß.

»Sie haben ganz recht, Sir«, sagte Petra. »Früher oder später wird es herauskommen, folglich können Sie uns die Fakten gleich nennen. Drogen und Gewalt hängen eng miteinander zusammen, wenn Sie also so gut wären, uns zu sagen ...«

Wieder veränderte sich der Ausdruck in seinen Augen, und Petra war sicher, daß er sie musterte. Ob die anderen Detectives das wohl bemerkten? Wenn ja, dann ließen sie sich nichts anmerken: De la Torre blickte wieder verstohlen auf die Autos, und sowohl Stu als auch Banks saßen einfach nur da und wirkten völlig unverbindlich.

Petra betastete ihre Haare und schlug die Beine übereinander. Ramseys Blick blieb auf ihr Gesicht gerichtet, doch er zwinkerte kurz, als der schwarze Crêpestoff raschelte. Petra ließ ihren Fuß baumeln.

»Da gibt's eigentlich nichts zu erzählen«, sagte er.

»Es war nichts Großartiges«, sagte Greg Balch. Auch er hatte blaue Augen, doch wirkten sie in unmittelbarer Nähe zu Ramsey blasser und trübe. »Lisa hatte ein kleines Koksproblem, das ist alles.«

Ramsey stierte ihn an. »Verdammt noch mal, Greg!«

»Warum sollen sie's nicht wissen, Cart?«

Ohne den Blick von ihm zu wenden, atmete Ramsey tief durch. »Schon gut, schon gut. Im Grunde genommen war es das Kokain, das unsere Ehe ruiniert hat. Obwohl, wenn ich ehrlich bin, der Altersunterschied auch eine Rolle gespielt hat. Ich gehöre zu einer anderen Generation, für die ›eine Party feiern‹ bedeutet, daß man zu einer Party geht und tanzt. Ich trinke gern in Gesellschaft, aber das war's dann auch schon. Lisa nahm ganz gern mal eine Nase – Herrgott, ich kann nicht glauben, daß sie *weg* ist!«

Er wollte schon wieder die Hände vors Gesicht schlagen, und Petra sprach ein wenig lauter, um ihn davon abzuhalten.

»Wie alt war Lisa, Mr. Ramsey?«

Sein Blick hob sich, schwenkte hinunter auf ihre Knie und dann wieder hinauf zu ihrem Gesicht. »War«, sagte er. »*War* ... ich kann einfach nicht glauben, daß es von jetzt an immer *war* heißen wird ... sie war siebenundzwanzig, Detective ...«

»Connor.«

»Siebenundzwanzig, Detective Connor. Ich bin ihr vor vier Jahren bei der Wahl zur Miß Entertainment begegnet. Ich führte durch die Veranstaltung, und sie war Miß Ohio. Sie spielte Saxophon und hatte eine tolle Stimme. Wir sind ein paarmal ausgewesen, haben dann ein Jahr lang zusammengelebt und schließlich geheiratet. Dann scheiden lassen. Es war für uns beide das erste Mal ... ich denke, wir hätten wohl mehr Übung gebraucht ... gibt es sonst noch was? Denn das hier ist ...« Er rieb sich das Gesicht. »Ich fühle mich hundeelend, ich muß einfach *allein* sein.«

»Männer«, sagte Balch. »Können wir Mr. Ramsey nun ein wenig Ruhe gönnen?«

Ramsey rieb sich das Genick. Die Farbe war aus seinem Gesicht gewichen, und er starrte nur noch verstört vor sich hin.

Petra redete leise auf ihn ein: »Es tut mir leid, Sir, ich weiß, daß dies sehr anstrengend für Sie ist. Doch manchmal ergeben sich gerade in Streßsituationen überaus wertvolle Hinweise, und ich weiß, Sie wollen, daß wir den Mörder Ihrer Frau finden.«

Sie sagte Frau, nicht Exfrau, nur um zu sehen, ob Ramsey sie korrigieren würde.

Das tat er nicht, sondern er nickte nur schwach.

Balch wollte etwas sagen, doch Petra schnitt ihm das Wort ab: »Haben Sie irgendeine Idee, wo Lisa ihre Drogen herbekommen hat, Mr. Ramsey?«

»Nein. Ich will nicht den Eindruck entstehen lassen, als wäre sie süchtig gewesen. Sie hat ab und zu eine Nase genommen, nur so zum Spaß. Soweit ich weiß, hat sie nie was gekauft, sondern sich immer nur was spendieren lassen.«

»Von wem?«

»Keine Ahnung. Das war nicht meine Welt.« Ramsey richtete sich auf. »In der *Industrie* ist es kein Problem, irgendwelches Pulver aufzutreiben. Das brauche ich Ihnen ja wohl nicht zu erzählen. Gibt es irgendwas im Zusammenhang … mit dem, was passiert ist … weswegen Sie denken, es könnte mit Drogen zu tun haben?«

»Nein, Sir. Wir stehen mit unseren Ermittlungen erst am Anfang.«

Ramsey runzelte die Stirn und stand abrupt auf. Balch machte es ihm nach und trat plötzlich neben seinen Boß.

»Entschuldigen Sie bitte, aber ich muß mich *wirklich* mal ausruhen. Ich bin gerade erst von einer Ortsbesichtigung in Tahoe zurückgekommen. Ich habe zwei Tage lang kaum geschlafen, im Flugzeug Drehbücher gelesen, und dann mußte ich für Greg noch ein paar Papiere unterschreiben, so daß wir beide ziemlich früh die Waffen gestreckt haben. Und jetzt das, Herrgott.«

Er präsentierte ein lückenloses Alibi, ohne daß ihn jemand danach gefragt hätte, dachte Petra. Erschöpft, aber am nächsten Morgen schon wieder frisch und munter und spielt *die Golf.*

Alle vier Detectives saßen da und hörten aufmerksam zu. Keiner sagte etwas. Niemand durfte Ramsey auf den Zahn fühlen.

Balch brach das Schweigen. »Es waren zwei lange Tage. Wir sind beide ins Bett gekippt wie nasse Säcke.«

»Sie sind über Nacht geblieben, Mr. Balch?« fragte Petra, wohl wissend, daß sie sich auf gefährlichem Terrain bewegte. Sie warf Stu einen kurzen Blick zu. Er nickte kaum merklich.

»Jawoll. Das mach ich ab und zu. Ich wohne in den Rolling Hills Estates, und wenn ich erledigt bin, ist mir die Fahrt manchmal zuviel.«

Ramseys Augen waren glasig. Er starrte auf den Boden.

Stu nickte Petra erneut zu, und alle vier Detectives erhoben sich. Stu reichte Ramsey seine Karte, die dieser in die Tasche steckte, ohne einen Blick darauf zu werfen. Gemeinsam gingen sie zur

Tür. Mit einemmal bemerkte Petra, daß Ramsey neben ihr stand. »Dann rufen Sie also bei Lisas Eltern an, Detective?«

»Ja, Sir.« Obwohl Stu derjenige gewesen war, der das Angebot unterbreitet hatte.

»Dr. John Everett Boehlinger. Ihre Mutter heißt Vivian.« Er gab Petra die Nummer und blieb bei ihr stehen, während sie sie notierte. Balch und die anderen Detectives waren schon ein paar Meter weiter, kurz vor der gläsernen Garagenwand.

»Chagrin Falls, Ohio«, wiederholte sie.

»Komischer Name – Verdruß-Fälle – nicht? Als ob jeder, der dort wohnt, es bitter bereuen würde. Lisa ging es jedenfalls so; sie hat L.A. geliebt.«

Petra lächelte. Ramsey erwiderte ihr Lächeln.

Er taxierte sie. Nicht als Cop, sondern als Frau. Der gramgebeugte Exehemann nahm sie mal eben kurz unter die Lupe.

Es war nicht so, daß sie diesen Verdacht bei allem und jedem gehabt hätte. Petra betrachtete sich selbst nicht als Gottes Geschenk an die Männerwelt, doch sie wußte, wann jemand sie abschätzte.

»L.A. war wie geschaffen für Lisa«, sagte Ramsey, als sie weitergingen. »Sie war vollkommen hingerissen von der ganzen Energie.«

Sie kamen an die Glaswand. Petra streckte ihre Hand aus. »Danke, Sir. Es tut mir leid, daß Sie all dies mitmachen mußten.«

Ramsey ergriff ihre Hand, hielt sie einen Augenblick lang fest und drückte sie. Ein trockener, fester Händedruck. »Ich kann immer noch nicht glauben, daß es wirklich passiert sein soll. Es ist so unwirklich – wie ein Drehbuch.« Er biß sich auf die Lippen, schüttelte den Kopf und ließ ihre Hand los. »Wahrscheinlich werde ich gar nicht schlafen können, aber ich sollte es wenigstens versuchen, bevor die Aasgeier einfallen.«

»Die Presse?«

»Das ist nur eine Frage der Zeit – Sie werden meine Adresse oder Telefonnummer doch nicht weitergeben, oder?«

Bevor Petra antworten konnte, rief er Balch zu: »Sag dem Wachmann, daß niemand auch nur in die Nähe des Grundstücks kommen darf. Ruf gleich an!«

»Klar doch.« Balch machte sich aus dem Staub.

Petra berührte die Glaswand, zog die Augenbrauen in die Höhe und tat so, als wäre sie schwer beeindruckt von den Autos.

Ramsey zuckte die Achseln. Für einen Mann mittleren Alters hatte er die Kleine-Jungs-Rolle noch ganz gut drauf. »Man sammelt Spielsachen, um dann irgendwann festzustellen, daß sie doch nicht soviel bedeuten.«

»Trotzdem«, sagte Petra. »Ist ja nichts verkehrt daran, hübsche Sachen zu besitzen.«

Ramseys blaue Augen zuckten. »Schon möglich.«

»Welches Baujahr ist der Ferrari?«

»Dreiundsiebzig«, sagte Ramsey. »Daytona Spider. Hat mal einem Ölscheich gehört; ich hab ihn bei einer Auktion ersteigert. Muß jede Woche zur Inspektion, und eine Stunde hinterm Steuer ist schon tödlich fürs Kreuz, aber er ist ein echtes Kunstwerk.«

In seiner Stimme schwang ein gehöriges Maß an Begeisterung mit, und als ob er es selber merkte, verzog er plötzlich das Gesicht und schüttelte erneut den Kopf.

Petra versuchte möglichst unbeschwert zu klingen, als sie fragte: »Und was steht da auf dem freien Platz normalerweise?«

»Mein Wagen fürs Alltagsleben.«

»Der Lexus?«

Er schaute hinüber zur Eingangshalle, wo sich die drei übrigen Detectives versammelt hatten. »Nein, der gehört Greg. Ich hab einen Mercedes – danke für Ihre Freundlichkeit, meine Damen und Herren. Und danke, daß Sie Lisas Eltern verständigen. Ich begleite Sie nach draußen.«

Die beiden Polizeiwagen verließen das Wohngelände und glitten durch eine ruhige Seitenstraße. Stu fuhr solange, bis das bebaute Gebiet zu Ende war, und winkte den Sheriffs zu, daß sie rechts ranfahren sollten. Als die beiden ausstiegen, rauchte De la Torre.

»Der Kerl gibt sich doch glatt selbst ein Alibi«, sagte er. »War die ganze Nacht zu Hause mit dem guten alten *Greg*. Und der ganze Scheiß von wegen, er weiß nicht, welche Rolle er spielt.«

»Das«, sagte Banks, »könnte der Versuch sein, eine gewisse Distanz zwischen sich und dem Geschehen zu schaffen. Sowohl unseretwegen als auch seiner Gefühlswelt zuliebe.«

»Möglich wär's.« Stu schaute Petra an.

Sie sagte: »Klingt alles ziemlich interessant, vor allem, wie er das Thema Drogen ins Spiel gebracht hat, und zwar als erstes. Und dann, als *wir* uns darüber unterhalten wollen, tut er plötzlich so, als wäre er Gott weiß wie bedacht auf ihren Ruf.«

»Der Kerl hat doch Dreck am Stecken, daß es nur so zum Himmel stinkt«, sagte De la Torre. »Sein Alibi geht mir schwer auf den Senkel. Ich meine, da wird einem die Frau aufgeschlitzt, man hat nichts damit zu tun, die Cops kommen, um einen zu benachrichtigen – hat man da das Bedürfnis, denen zu erzählen, daß man in der Mordnacht früh ins Bett gegangen ist?«

»Stimmt«, sagte Petra. »Nur daß wir hier einen Fall von Gewalt in der Ehe haben, der schon früher durch die Medien gegangen ist. Er weiß, daß er über kurz oder lang unter die Lupe genommen wird, und hat guten Grund, schon mal vorzubauen.«

»Trotzdem«, sagte De la Torre, »mir ist das Ganze einen Zacken zu gelackt. Der Kerl spielt in einer Krimiserie und denkt wahrscheinlich, er kennt alle Tricks.« Er stieß ein Grunzen aus und zog erneut an seiner Zigarette.

Petra dachte daran, wie Ramsey sie gemustert hatte und schließlich an ihrer Seite stand. Von den anderen hatte keiner diese Tatsache erwähnt. Sollte sie es tun? Überflüssig.

»Ich hasse Polizeiserien«, sagte De la Torre. »Diese Arschgeigen brauchen gerade mal drei Werbeunterbrechungen, und schon haben sie die bösen Buben geschnappt. So was kratzt an meinem Selbstwertgefühl.«

»Er spielt keinen Polizisten«, sagte Banks. »Er ist Privatdetektiv. So 'n Macho-Wohltäter, der den Leuten hilft, wenn die Polizei versagt.«

»Noch schlimmer.« De la Torre zupfte an seinem Schnurrbart.

»Er hat viele Tränen vergossen, aber als er Balch angewiesen hat, den Wachmann anzurufen, klang er ziemlich sachlich«, sagte Banks. »Die Frau ist noch nicht mal kalt, da versucht er schon, seinen Hintern vor der Presse zu retten.«

»Hey«, sagte De la Torre, »der Kerl ist ein beschissener *Star.*« Er blies eine Rauchwolke in Richtung Boden. »Also … was können wir für euch beide tun?«

»Überprüfen Sie die örtlichen Akten, und sehen Sie nach, ob es noch weitere Vorfälle von häuslicher Gewalt gibt – oder was immer mit ihm zu tun hat«, sagte Stu. »Aber ohne großes Getöse, zumindest derzeit. Wir können uns nicht leisten, daß auch nur der Anschein entsteht, gegen ihn würde ermittelt.«

»Und was war das eben? Ein Kondolenzbesuch von vier Detectives?«

»Aber klar doch.«

»Und er kauft uns das ab?«

»Vielleicht. Er ist an Sonderbehandlungen gewöhnt.«

»Okay«, sagte Banks. »Wir blättern ein paar Akten durch und sehen zu, daß wir nicht allzuviel Aufsehen erregen. Sonst noch was?«

»Mir fällt im Moment nichts ein«, sagte Stu. »Aber jeder Vorschlag ist willkommen.«

»Mein *Vorschlag* ist«, sagte De la Torre, »daß wir uns in euren Kram nicht einmischen, in die Kirche gehen und für euch beten. Denn das hier wird absolut kein Zuckerschlecken.«

Petra sagte: »Dann beten Sie mal schön. Wir nehmen jede Hilfe dankend an.«

Banks lächelte ihr zu. »Ich habe gesehen, wie Sie sich mit ihm an der Glaswand unterhalten haben. Hat er gesagt, was das fünfte Auto ist?«

Petra betrachtete einen kurzen Moment lang seine Augen. »Seine Alltagskutsche. Ein Mercedes.«

»Glauben Sie, daß jetzt Schwamm und Tiefenreiniger aufgefahren werden?«

»Möglich wär's«, sagte Petra. »Bei dem ganzen Blut wäre es schon möglich, daß irgendwas zurückgeblieben ist.«

»Irgendwelche Abdrücke von Schuhen am Tatort?«

»Nichts«, sagte Stu. »Er hat es irgendwie geschafft zu vermeiden, in das Blut *hineinzutreten*.«

»Das heißt, er hat ein paar Schritte rückwärts gemacht. Oder sie von sich weggestoßen. Was beides darauf hindeutet, daß er darauf vorbereitet war.«

Stu kniff die Lippen zusammen und dachte über diese Bemerkung nach. »Ich würde den Mercedes auch gern auf die Fahndungsliste setzen, aber ohne jeden Beweis sind uns die Hände gebunden.«

»Was ist, wenn der Kerl aus seiner Fernsehserie gelernt hat?« fragte De la Torre. »Irgendeine High-Tech-Methode, mit der man den Wagen richtig sauber kriegt. Diese Promis haben doch immer irgend jemanden, der hinter ihnen den Dreck wegschafft. Jemand von der Straße, der Manager, der Agent oder irgend so 'n Typ, der im Gästehaus übernachtet, was weiß ich – aber, hey, was jammere ich groß rum? Es ist Ihr Fall. Viel Glück.«

Allgemeines Händeschütteln, und die Sheriffs waren verschwunden.

»Die schienen ganz in Ordnung zu sein«, sagte Petra.

Sie gingen zurück zu ihrem Ford. Als Stu den Wagen anließ, sagte sie: »Bin ich Ramsey zu sehr auf die Pelle gerückt?«

»Ich hoffe nicht.«

»Was hältst du von den ganz heißen Schlitten?«

»War vorauszusehen. Die Leute in der Traumfabrik wollen immer nur das Beste vom Besten.«

Er klang wütend.

»Glaubst du, er war's?«

»Vermutlich. Ich werde die Familie benachrichtigen, wenn wir zurück sind.«

»Das kann ich auch machen«, sagte Petra, die mit einemmal das dringende Bedürfnis verspürte, mit Lisas Familie in Kontakt zu treten. Mit *Lisa* in Kontakt zu treten.

»Nein, kein Problem.« Er fuhr los. Sein gestärkter Hemdkragen war speckig geworden, und seine blonden Barthaare sprossen wie Stroh. Sie hatten beide schon seit mehr als vierundzwanzig Stunden keinen Schlaf mehr gehabt. Petra fühlte sich ganz gut.

»Aber es macht mir wirklich nichts aus, Stu. Ich rufe sie an.«

Sie wartete darauf, daß er widersprechen würde, doch statt dessen sackte er ein wenig in sich zusammen und sagte: »Sicher?«

»Ganz sicher.«

»Du hast im Fall Gonzales und Chouinard die Angehörigen verständigt. Und Chouinard war ja wohl kein Vergnügen.«

Dale Chouinard war ein Bauarbeiter, der vor dem Eingang einer Kneipe auf dem Cahuenga Boulevard totgeprügelt worden war. Petra hatte seiner vierundzwanzigjährigen Witwe mitgeteilt, daß ihre vier Kinder unter sechs Jahren nun Halbwaisen waren. Sie hatte gedacht, sie hätte die Angelegenheit ganz gut im Griff, hatte die Frau getröstet und im Arm gehalten, während sie sich den Kummer vom Leib schluchzte. Doch dann, in der Küche, war Mrs. Chouinard plötzlich ausgerastet und auf Petra losgegangen. Beinahe hätte sie ihr ein Auge ausgestochen.

Petra sagte: »Wenigstens kann mir am Telefon keiner eins überbraten.«

»Es macht mir wirklich nichts aus, das zu erledigen, Petra.«

Doch sie wußte, daß es nicht so war. Er hatte es ihr gesagt, ganz zu Anfang ihrer Zusammenarbeit. Dies war der Teil der Arbeit, den er am meisten verabscheute. Und wenn sie ihm dies nun abnahm, würde er in ihr vielleicht endlich den perfekten Partner sehen, der sie ohnehin war, und damit rausrücken, was ihm auf der Seele lag.

»Ich erledige das, Partner. Wenn's dir recht ist, rede ich auch mit dem Hausmädchen?«

»Dem von Lisa?«

»Ich dachte eigentlich an das von Ramsey, wenn ich es schaffe, sie aus dem Haus zu manövrieren, ohne daß dadurch gleich ein Verdacht auf Ramsey fällt. Aber Lisas Hausmädchen kann ich auch übernehmen.«

»Mit dem von Ramsey warte lieber noch«, sagte Stu. »Das ist zu brenzlig.« Er zog seinen Notizblock heraus und blätterte ihn durch. »Lisas Haushälterin heißt Patricia ... Kasempitakpong.« Er sprach den vertrackten Namen sehr langsam aus. »Wahrscheinlich Thailänderin. Die Streifenpolizisten sind im Augenblick bei ihr, aber wenn sie unbedingt gehen will, können die sie nicht daran hindern, das nächste Flugzeug nach Bangkok zu nehmen. Oder den *National Enquirer* anzurufen.«

»Ich fahre hin, sobald ich mit der Familie telefoniert habe.«

Er gab ihr die Adresse am Doheny Drive.

Sie sagte: »Ganz schön kooperativ von den Sheriffs, daß sie uns bei Ramsey die Leitung überlassen haben.«

»Nach der ganzen schlechten Presse, die die beiden Departments in der letzten Zeit bekommen haben, ist vielleicht jemand schlau geworden.«

»Kann sein.« Letzten Monat war der Sheriff in die Schlagzeilen geraten, nachdem diverse Mörder versehentlich freigelassen, die Insassen des Bezirksgefängnisses auf Kosten der Steuerzahler mit Feinschmeckerkost abgefüttert worden und Millionen von Dollars irgendwo unauffindbar versickert waren. Ein halbes Jahr zuvor waren einige Deputies erwischt worden, als sie außerhalb der Dienstzeit bewaffnete Raubüberfälle verübten, und ein Neuling war nackt und bedröhnt in der Nähe des Reviers von Malibu aufgegriffen worden.

Stu sagte: »Bei der Adresse fällt mir noch ein, daß sie nur ein paar Blocks von ›Chasens‹ entfernt ist. Das reißen sie ja jetzt ab, um ein Einkaufszentrum zu bauen.«

»Na, so was«, sagte Petra. »Da können wir ja gar nicht mehr mit den Promis zu Abend essen, Partner.«

»Ich bin sogar mal dagewesen«, sagte er. »Hab die Sicherheitsvorkehrungen bei einem Hochzeitsempfang geleitet. Die Tochter von 'nem wichtigen Anwalt aus der Unterhaltungsbranche hat geheiratet, und es hat nur so gewimmelt von Stars.«

»Ich wußte gar nicht, daß du so was machst.« *Auch noch machst.*

»Schon Jahre her. Meistens war's völlig nervend. Aber da bei ›Chasens‹ war's ganz in Ordnung. Zu Essen gab's auch was. Chili, Spareribs, Steak. Spitzenladen. Richtig mit Stil und Klasse. Das Lieblingsrestaurant von Reagan … also gut, du nimmst das thailändische Hausmädchen und benachrichtigst die Eltern. Ich versuche ein paar Typen aus der Filmbranche diskret über Ramsey auszuhorchen, rufe bei der Zulassungsstelle wegen des Mercedes an und erkundige mich noch mal bei dem Leichenbeschauer und der Spurensicherung, bevor ich nach Hause fahre. Wenn die noch mit irgendwelchen brauchbaren Hinweisen aufwarten, lasse ich's dich wissen. So weit, so gut?«

»Ich rufe die Telefongesellschaft an und lasse mir Lisas Anrufe raussuchen.«

»Gute Idee.«

Standard-Prozedur.

»Stu, wenn Ramsey der Täter ist, wie können wir ihn festnageln?«

Keine Antwort.

»Was ich eigentlich sagen will, wie stehen die Chancen, daß unsere Lebensqualität sich durch so was wie das hier verbessert? Und wie tun wir unser Bestes für Lisa?«

Er fummelte spielerisch an seinen Haaren herum und richtete seine Krawatte.

»Laß uns einfach einen Schritt nach dem anderen machen«, sagte er schließlich. »Und unser Bestes geben. Das sage ich meinen Kindern auch immer, wenn's um die Schule geht.«

»Haben wir in diesem Fall nicht mehr drauf als Kinder?«

»In gewisser Weise.«

11

Das Affengeschrei ist am schlimmsten. Es ist erst sechs Uhr morgens, und trotzdem beschweren sie sich schon.

In vier Stunden macht der Zoo auf. Ich bin schon hier oben gewesen, wenn alles voller Leute war und eigentlich nur Lärm zu hören war, aber manchmal kann man auch einzelne Wörter aufschnappen, zum Beispiel kleine Kinder, die nach irgendwas jammern. *»Ein Eis!« – »Ich will zu den Löwen!«*

Wenn Menschen im Zoo sind, geben die Tiere Ruhe, aber nachts toben sie sich richtig aus – die Affen veranstalten vielleicht ein Gekreische – und da ist noch was, klingt ganz tief, irgendwas Schweres, Müdes, vielleicht ein Nashorn. Als ob es sagen wollte: *»Laßt mich hier raus! Wir hängen hier nur fest wegen der Menschen; Menschen sind voll für den Arsch!«*

Wenn sie jemals rauskämen, würden die Fleischfresser sofort über die Pflanzenfresser herfallen und über die Langsamen und die Schwachen, und sie würden sie umbringen und fressen.

Vor ungefähr einem Monat habe ich den Stacheldrahtzaun um den Zoo mal genau untersucht und bin ganz oben, oberhalb von »Afrika«, zu einem Tor gekommen. Auf dem Schild stand ZUTRITT NUR FÜR ZOO-PERSONAL. TÜR IMMER GESCHLOSSEN HALTEN. Es hing auch ein Schloß vor der Tür, doch jemand hatte es offengelassen. Ich habe es abgenommen, bin durch das Tor marschiert und habe es wieder davor gehängt, und auf einmal stand ich auf einem Parkplatz voller hellbrauner Buggies, mit denen die Leute vom Zoo in der Gegend herumfahren. Auf der einen Seite vom Parkplatz standen ein paar Gebäude, die nach Tierdung rochen, mit Zementböden, die gerade erst mit dem Schlauch abgespritzt worden waren. Auf der anderen Seite waren mächtige Pflanzen und ein Durchgang mit einem weiteren Schild: UNBEFUGTEN IST DER ZUTRITT VERBOTEN.

Ich tat so, als würde ich dazugehören, und marschierte einfach in den Zoo hinein, kletterte in den begehbaren Vogelkäfig mit all den anderen Leuten, sah kleine Kinder, die jammerten. Dann habe ich mir den ganzen Zoo angesehen. War ein echt schöner Tag, und ich habe die ganzen Schilder gelesen, auf denen einem erklärt wird, in welchem natürlichen Lebensraum die Tiere leben, was sie essen und welche Tierarten bedroht sind. Im Reptilienhaus habe ich eine Königskobra gesehen. Niemand hat mich komisch angeschaut. Zum ersten Mal seit langer Zeit fühlte ich mich entspannt und normal.

Ich hatte ein bißchen von dem Geld aus meinem Bündel mitgenommen und kaufte mir eine gefrorene Banane, eine Portion Popcorn mit Karamel und ein Coke. Ich habe zu schnell gegessen und bekam Magenschmerzen, aber das machte mir nichts aus; es war, als ob sich die Wolken in meinem Kopf gelichtet hätten und auf einmal ein Stückchen blauer Himmel durchschimmerte.

Vielleicht probiere ich heute ja wieder, mich reinzuschleichen.

Vielleicht lieber nicht. Ich muß sichergehen, daß ich nicht auch irgendwann zu den bedrohten Arten gehöre.

Ich kann nicht aufhören, an diese Frau zu denken, und was der Kerl mit ihr gemacht hat.

Grausig, grausig, wie er sie umarmt hat, und dann *tschack, tschack*. Warum kommt man nur dazu, so was zu machen?

Warum läßt Gott so was *zu*?

Mein Magen rebelliert, und ich atme fünfmal tief durch, um ihn wieder zu beruhigen.

Obwohl ich die ganze Nacht lang gelaufen bin, haben meine Füße anfangs gar nicht so weh getan, aber jetzt werden mir die Turnschuhe allmählich eng. Ich ziehe sie aus, die Socken ebenfalls. Ich muß wohl wachsen; denn in letzter Zeit spannen die Schuhe immer mehr. Sind ja auch alt, immer noch die gleichen, mit denen ich hergekommen bin; die Sohlen sind an manchen Stellen schon ganz dünn, fast schon durchgescheuert.

Ich lasse ein bißchen Luft an meine Füße, wackle mit den Zehen, und dann rolle ich meine Plastikfolie auseinander.

Ahh … das tut gut.

In Stützpunkt fünf gibt es kein Wasser zum Waschen. Wäre das nicht abgefahren, jetzt einfach in den Zoo zu gehen, in das Seelöwenbassin zu springen und darin rumzutoben? Die Seelöwen würden garantiert ausflippen, weil sie nicht wüßten, was abgeht – ich muß mich richtig beherrschen, um nicht laut loszulachen.

Ich stinke nach Pisse. Ich hasse es zu stinken. Ich will nicht wie einer von diesen Pennern mit den Einkaufswagen werden; die kann man schon riechen, wenn sie noch einen Block weit weg sind.

Ich habe immer gerne geduscht, aber ab dem Zeitpunkt, als Moron eingezogen ist, war das heiße Wasser immer alle. Nicht, weil er es aufgebraucht hat. Mom wollte gut riechen für ihn und hat sich immer eine halbe Stunde lang geduscht und danach mit Parfüm eingesprüht und sich aufgedonnert.

Warum wollte sie ihn beeindrucken? Warum wollte sie überhaupt mit den ganzen *Verlierern* zusammensein?

Ich habe einige Zeit damit zugebracht, mir darüber Gedanken zu machen, und bin immer wieder nur zu dem einen Ergebnis gekommen, nämlich, daß sie sich selbst nicht besonders gut leiden kann.

Ich *weiß*, daß das stimmt, denn wenn sie irgendwas kaputtmacht oder ihr irgendwas danebengeht – wenn sie sich zum Beispiel beim Beinerasieren schneidet –, dann schimpft sie mit sich selbst und putzt sich richtig fies runter. Ich hab sie schon ein paarmal nachts heulen hören, wenn sie betrunken oder bekifft war, und mitgekriegt, wie sie sich selber runtergemacht hat. Als Moron eingezogen ist, kam das nicht mehr so oft vor, weil er ihr gedroht hat, daß er ihr eine scheuert.

Früher bin ich dann immer ins Schlafzimmer gegangen, hab mich neben sie gesetzt, ihr den Kopf gestreichelt und gesagt: »Was ist los, Mom?« Aber sie hat sich immer weggedreht und nur gesagt: »Nichts, gar nichts.« Und sie hat sich so sauer angehört, daß ich's irgendwann aufgegeben habe.

Eines Tages bin ich drauf gekommen, daß sie wegen *mir* weint. Weil sie mich bekommen hat, ohne daß es geplant war, und weil sie versuchen mußte, mich großzuziehen und dabei gemerkt hat, daß sie das nicht besonders gut hinbekam.

Ich war der Grund für ihre Traurigkeit.

Ich habe mir darüber viele Gedanken gemacht und bin zu dem Ergebnis gekommen, daß mir eigentlich nur eine Möglichkeit blieb: so viel wie möglich zu lernen, damit ich eine ordentliche Karriere machen konnte und in der Lage war, für mich und für sie zu sorgen. Und wenn sie sah, daß ich gut vorankam, würde sie sich selbst nicht mehr für einen solchen Versager halten.

Die Sonne steht jetzt hoch am Himmel und scheint heiß und orangefarben durch die Bäume. Ich bin hundemüde, aber ich kann beim besten Willen nicht schlafen. Zeit, die Plastikfolie auszurollen.

Ich benutze Plastikfolie aus der Reinigung, um meine Sachen darin einzuwickeln und sie vor Regen und Schmutz zu schützen. Auf jeder Folie ist eine Warnung aufgedruckt, daß Babys darin ersticken können, weswegen sie vermutlich auch so dünn und leicht zu zerreißen sind. Aber wenn man sie dreimal zusammenfaltet, sind sie wirklich stabil und hervorragend als Schutzhülle geeignet. Ich finde sie meistens im Müll und bewahre sie zusammengerollt in allen fünf Stützpunkten auf – unter den Felsen, in meiner Höhle, überall.

Das Gute an Stützpunkt fünf ist der Baum: ein riesiger Eukalyptus mit runden, silbrigblauen Blättern, die riechen wie Hustenbonbons. Ich weiß, daß es ein Eukalyptus ist, weil ich bei dem einen Mal im Zoo zum Koalagehege gegangen bin und darin genau die gleichen Bäume standen mit einem Schild EUCALYPTUS POLYANTHEMUS: SILBERDOLLAR-GUMMIBAUM. Auf dem Schild stand, daß die Koalas Eucalyptus polyanthemus fraßen und nichts weiter zum Überleben brauchten, und ich fragte mich, was wohl passieren würde, wenn ich irgendwann mal morgens im Stützpunkt fünf festsitzen würde und nichts zu essen hätte außer Bäume. Ich fragte eine der Tierpflegerinnen, und die lächelte und sagte, sie hätte keine Ahnung, aber sie würde Hamburger vorziehen.

Dieser spezielle Baum hat einen Stamm, der so dick ist, daß ich mit den Armen kaum herumfassen kann, und die Äste hängen bis auf den Boden und wachsen trotzdem weiter. Wenn man sich darunter stellt, ist es, als wäre man in einer silberblauen Wolke, und versteckt hinter den Ästen, gleich neben dem Stamm, ist ein dicker, großer, flacher Felsbrocken. Er sieht schwerer aus als er ist, und ich kann ihn hochstemmen und irgendwas darunterklemmen, wie beim Reifenwechsel. Es hat nicht allzu lange gedauert, bis ich genug Erde darunter weggeschaufelt hatte, um ein Loch zu graben, das ich als Versteck benutzen kann. Wenn man den Felsen dann wieder runterläßt, ist er wie Deckel oder eine Falltür.

Ihn jetzt hochzuheben, fällt mir ein bißchen schwerer als sonst, die Arme tun mir weh, weil ich meinen Kram aus Stützpunkt zwei die ganze Nacht mit mir herumgeschleppt habe. Aber ich nehme einen der Schuhe, um den Felsen hochzuhalten, und ziehe meinen Krempel für Stützpunkt fünf darunter hervor. Alles in Plastik eingewickelt: zwei Calvin-Klein-Unterhosen, die ich letzte Woche auf dem Los Feliz Boulevard bei einem dieser Vorgartenverkäufe ergattert habe. Sie sind zu groß, und im Bund steht mit Wäschetinte Larry R. Nachdem ich sie im Bach bei Fern Dell eingeweicht hatte, waren sie zwar grau, aber sauber. Dann noch eine extra Taschenlampe und zwei Batterien, eine ungeöffnete Packung Beef Jerky, die ich im Pink-Dot-Supermarkt auf dem Sunset Boulevard habe mitgehen lassen. Eine Anderthalbliterflasche Cola und eine ungeöffnete Packung Honey Nut Cheerios, die ich am nächsten Tag im gleichen Supermarkt gekauft habe, weil ich ein schlechtes Gewissen hatte wegen der Beef Jerkys. Außerdem noch ein paar alte Zeitschriften, die ich hinter dem Haus von irgendwem auf der Argyle Street gefunden habe – *Westways, People, Reader's Digest* – und der alte Karton mit dem Aufdruck KNUDSEN-EINPROZENTIGE MAGERMILCH, in dem ich meine Bleistifte, Kugelschreiber, Ordner, und das zusammengerollte Schreibpapier und den anderen Kram aufbewahre.

Auf der Milchtüte ist das Bild eines Jungen, ein Schwarzer namens Rudolfo Hawkins, der vor fünf Jahren entführt wurde. Das Bild wurde gemacht, als er sechs Jahre alt war, er trägt darauf ein weißes Hemd mit Schlips, und er lächelt, als wäre es sein Geburtstag oder sonst ein besonderer Anlaß.

Da steht, daß er von seinem Vater in Compton, Kalifornien, gekidnappt worden ist und sich jetzt aber möglicherweise in Scranton, Pennsylvania, oder Detroit, Michigan, aufhält. Ich habe mir immer wieder das Bild angesehen und mich gefragt, was wohl aus ihm geworden ist. Nach fünf Jahren geht es ihm vermutlich gar nicht so schlecht … wenigstens ist er mit seinem Vater zusammen und nicht in den Fingern von irgendeinem Perversling.

Vielleicht ist er auch wieder bei seiner Mutter in Compton.

Ich habe mir schon überlegt, ob Mom wohl nach mir sucht, aber irgendwie werde ich mir nicht darüber klar.

Als ich noch jung war – fünf, sechs –, hat sie mir immer gesagt, wie sehr sie mich liebt, und daß wir doch ein irres Paar sind, nur wir zwei gegen die Scheißwelt. Dann wurden ihre Trinkerei und die Kifferei immer heftiger, und sie hat sich immer weniger um mich gekümmert. Und als Moron bei uns eingezogen ist, war ich praktisch unsichtbar.

Also, würde sie wohl versuchen, mich zu finden?

Aber selbst wenn, würde sie wohl wissen wie, wo sie doch keine Bildung hat?

Moron würde garantiert Ärger machen. Er würde irgendwas sagen in Richtung von: »Scheiß auf den kleinen Wichser, Sharla. Ihm war's ja wohl auch schnurz, also scheiß drauf – und jetzt laß mal die Nachos da rüberwachsen.«

Aber auch ohne Moron kann ich mir einfach nicht vorstellen, wie Mom sich wohl fühlte. Vielleicht ist sie traurig, daß ich weg bin, vielleicht aber auch sauer.

Oder vielleicht ist sie ja auch erleichtert. Ich war ja nie geplant. Ich denke, sie hat aus ihren begrenzten Möglichkeiten noch das Beste gemacht.

Ich weiß, daß sie sich am Anfang wirklich gut um mich gekümmert hat, denn ich habe Fotos gesehen aus der Zeit, als ich noch ein Baby war – die bewahrt sie in einem Umschlag in einer Küchenschublade auf. Und ich sehe ganz gesund und glücklich aus. Wir beide. Es sind Weihnachtsfotos, sie hält mich vor einem Baum voller Lichter in die Höhe wie einen Pokal, und sie strahlt übers ganze Gesicht. So nach dem Motto: Hey, schaut mal, was *ich* zu Weihnachten bekommen habe.

Und Fotos von ihrem Geburtstag am zehnten August, da bin ich gerade mal viereinhalb Monate alt. Ich habe ein dickes, fettes Gesicht, rosa Backen und keine Haare. Mom ist blaß und dünn, und sie hat mich mit einem dämlichen blauen Matrosenanzug ausstaffiert. So breit wie sie da lächelt, habe ich sie nie wieder lächeln sehen, also muß sie wohl auch meinetwegen so glücklich gewesen sein – zumindest am Anfang.

Ihre Eltern sind ja bei einem Autounfall gestorben, bevor ich geboren wurde, und aus welchem anderen Grund würde sie sonst wohl so lächeln?

Auf der Rückseite der Fotos waren Aufkleber mit der Aufschrift HOSPIZ ZUM GUTEN HIRTEN, MODESTO, KALIFORNIEN. Ich habe sie danach gefragt, und sie hat gemeint, es wäre ein katholisches Heim gewesen, in dem wir, obwohl wir nicht katholisch waren, gewohnt haben, als ich ein Baby war. Als ich versucht habe, mehr aus ihr herauszubekommen, hat sie die Bilder zusammengerafft und weggepackt und gesagt, das wär nicht so wichtig.

In dieser Nacht hat sie lange geweint, und ich habe mein Jacques-Cousteau-Buch gelesen, um es nicht so mitzubekommen.

Aber damals muß ich sie wohl glücklich gemacht haben.

Genug mit diesem Blödsinn. Zeit, die Folien aus Stützpunkt zwei auseinanderzurollen. Also, los geht's: Zahnbürste und Colgate Gel, Gratisproben, die ich aus dem Briefkasten von irgend jemandem gefischt habe, es stand kein Name drauf, also haben sie auch niemandem gehört. Dann noch eine Unterhose, aus dem Mülleimer hinter einem der großen Häuser am Fuß des Parks, diverse Portionspackungen mit Ketchup und Mayonnaise aus Restaurants. Meine Bücher –

Nur ein Buch. Algebra.

Wo ist das Präsidentenbuch aus der Bibliothek? Das muß irgendwo in der Plastikfolie stecken; ich habe drei Lagen benutzt … nein, da ist es nicht. Ist es beim Auspacken rausgefallen? Nein. Hab ich es in der Nähe fallen lassen?

Ich stehe auf und schaue mich um.

Nichts.

Ich gehe den Weg, den ich gekommen bin, ein Stück weit zurück.

Kein Präsidentenbuch.

Es muß mir in der Dunkelheit irgendwo runtergefallen sein.

O nein. Scheiße. Ich wollte es doch irgendwann zurückbringen.

Jetzt bin ich ein Dieb.

12

Stu setzte Petra hinter dem Polizeigebäude ab und fuhr weiter.

An ihren Schreibtisch zurückgekehrt, rief sie die Fernsprechauskunft in Cleveland an, um für alle Fälle auch noch die Nummer von Dr. Boehlinger im Washington University Hospital zu bekommen. Die Privatnummer der Boehlingers war ebenfalls im Telefonbuch aufgeführt. Vielleicht waren die Leute in Chagrin Falls ja nicht so mißtrauisch.

Sie wählte die Nummer, und am anderen Ende meldete sich die Tonbandstimme einer Frau.

Wegen der Zeitverschiebung war es in Ohio schon Nachmittag. War Mrs. Boehlinger unterwegs, um Einkäufe zu machen? Petra würde ihr eine schöne Überraschung bereiten! Sie stellte sich Lisas Mutter vor, wie sie anfing zu schreien, zu schluchzen, und wie sie sich vielleicht sogar übergeben mußte.

Sie erinnerte sich an Ramseys vorgetäuschten Kummer, die beinahe trockenen Augen. Ein schlechter Schauspieler, der sich nicht mal ein paar Tränen abquetschen konnte.

Der Anrufbeantworter der Boehlingers gab einen Piepton von sich. Besser keine Nachricht hinterlassen. Sie legte auf und probierte es im Krankenhaus. In Dr. Boehlingers Büro war niemand zu erreichen, und über den Pieper erhielt sie auch keine Antwort.

Kaum erleichtert angesichts der Tatsache, daß ihr eine unangenehme Aufgabe lediglich vorübergehend erspart geblieben war, rief sie bei der Telefongesellschaft an und mühte sich mit zwei verschiedenen Sachbearbeitern ab, bis sie endlich an eine Stimme geriet, die ihr verständnisvoll erschien. Es würde jede Menge Papierkram notwendig sein, um eine Auflistung sämtlicher Telefonate von Lisa aus dem vergangenen Jahr zusammenstellen zu lassen, doch die Frau am anderen Ende versprach Petra, ihr Lisas letzte

Rechnung zuzufaxen, sobald sie sie gefunden hatte. Petra bedankte sich und fuhr dann zum Doheny Drive, um sich Lisas Haushälterin vorzunehmen, Patsy Irgendwas.

Der Sunset Boulevard war völlig verstopft, und so fuhr sie über den Cahuenga nach Süden bis zum Beverly Boulevard, wo es besser voranging. Während der Fahrt spielte sie eines ihrer Privatspielchen und bastelte sich vor ihrem inneren Auge ein Bild der thailändischen Haushälterin zusammen: jung, zierlich, hübsch, sprach kaum Englisch. Saß verschüchtert in einem weiteren cremefarbenen Zimmer, während die Cops einen auf wichtig und verschwiegen machten und ihr kein Wort darüber sagten, worum es ging.

Das Gebäude am Doheny Drive war zehn Stockwerke hoch und hatte die Form eines Bumerangs. Die Halle war klein, vier Wände mit goldgesprenkelten Spiegeln, ein paar Pflanzen und mehrere Stühle in nachgemachtem Louis-Quatorze-Stil, und wurde bewacht von einem jungen Iraner in einem blauen Blazer mit einem Namensschild, das ihn als A. Ramzisadeh auswies; ein Deputy des Sheriffs leistete ihm Gesellschaft. Petra zeigte ihre Dienstmarke und warf einen Blick auf die beiden Monitore der Videoüberwachungsanlage, die auf dem Empfangstresen standen. Schwarzweißaufnahmen von langen Fluren, in denen sich nichts rührte, und die alle paar Sekunden wechselten.

Der Wachmann schüttelte ihr kraftlos die Hand. »Furchtbar. Die arme Mrs. Boehlinger. So was würde nie passieren hier.«

Petra schnalzte mitfühlend mit der Zunge. »Wann haben Sie sie zum letzten Mal gesehen, Sir?«

»Ich glaube gestern – sie kommt von Arbeit sechs Uhr abends.«

»Und heute nicht?«

»Nein, bedaure.«

»Wie konnte sie dann das Haus verlassen, ohne daß Sie sie gesehen haben?«

»Jedes Stockwerk hat zwei Fahrstuhl. Einer vorne, einer an Rückseite. Der an Rückseite geht zu Garage.«

»Direkt bis zur Garage?«

»Die meisten Leute rufen an und lassen Auto hochbringen.«

»Aber Mrs. Boehlinger nicht.«

»Nein, sie immer selber fahren. Fahren bis ganz runter in Garage.«

Petra tippte auf einen der Monitore. »Wird die Garage von der Videoanlage auch erfaßt?«

»Sicher, sehen Sie.« Ramzisadeh deutete auf einen schwarzweißen Kameraausschnitt, der langsam über eine Reihe parkender Autos schwenkte. Ziemlich düstere Abstellplätze, in denen gelegentlich Chromteile oder Stoßstangen aufblitzten.

»Da«, sagte er.

»Haben Sie die Bänder noch?«

»Nein, gibt keine Bänder.«

»Also gibt es keine Möglichkeit festzustellen, um welche Uhrzeit genau Mrs. Boehlinger das Haus verlassen hat?«

»Nein, Officer.«

Petra ging zum Aufzug, und der Cop in der beigen Uniform folgte ihr. »Der war 'ne echte Hilfe, was?« Er drückte auf den Knopf. »Ganz oben. Nummer zehn-siebzehn.«

Die Tür zu Lisas Apartment war zu, aber nicht abgeschlossen, und als Petra eintrat, sah sie die Haushälterin auf der Kante einer Couch sitzen. Die physische Ähnlichkeit mit dem mentalen Bild, das sie von ihr entworfen hatte, war so groß, daß Petra beinahe das Gleichgewicht verloren hätte. Zehn Punkte auf der Leute-Einschätz-Skala.

Patricia Kasempitakpong war höchstens einsdreiundfünfzig groß, wog vielleicht fünfundvierzig Kilo und hatte ein hübsches, herzförmiges Gesicht, das zum Teil verdeckt wurde von einer dicken Matte stufig geschnittenen rabenschwarzen Haars. Sie trug ein beigefarbenes Strickoberteil aus Baumwolle, Bluejeans und schwarze Schuhe mit flachen Absätzen. Das Sofa war ebenso aufgebauscht wie jene im Haus von Cart Ramsey, jedoch war dieses nicht cremefarben. Hier war Petras Prophezeiungsorgie zu Ende.

Lisa Ramseys Apartment war eine einzige Farbstudie. Ein rotes und ein blaues Sofa mit Samtbezug und kleinen Troddeln, schwarz gebeizte Parkettböden, darüber ein Zebrafell, und zwar ein echtes. Der Kopf des Tieres zeigte auf eine schwarze Glasvase voller gelber Narzissen.

Soweit Petra es beurteilen konnte, war es ein kleines Apartment – die Küche nichts weiter als eine Nische aus weiß lackiertem Holz und grau gefliesten Arbeitsflächen. Die Decken waren niedrig und glatt. Im Grunde genommen nichts weiter als der übliche L.A.-Schuhkarton. Doch dank der Lage im zehnten Stock und den Schiebetüren aus Glas hatte sie eine atemberaubende Aussicht über die gesamte West Side bis zum Ozean. Hinter der Tür lag ein winziger Balkon. Keine Möbel, keine Topfpflanzen. Der Smog schwebte wie eine riesige Zigarre über dem Horizont.

Die beiden Streifenpolizisten genossen die Aussicht, und als Petra die Wohnung betrat, drehten sie sich nur kurz um, um ihre Marke in Augenschein zu nehmen. An der Wand hinter Patricia Kasemundsoweiter stand ein schwarzes Metallregal mit einer schwarzen Stereoanlage und einem Fernseher mit siebziger Bildschirm.

Keine Bücher.

In Ramseys Wohnung hatte Petra auch keine gesehen. Außer Apathie schien es keinerlei Gemeinsamkeiten als Basis für eine Beziehung zu geben.

Die harten Farbkontraste legten die Vermutung nahe, daß Lisa Pastelltöne irgendwann satt bekommen hatte. Oder daß sie ohnehin noch nie davon begeistert gewesen war.

Konnte es sein, daß es *Ramsey* war, der Cremefarben und Rosa für geschmackvoll hielt? Interessant.

Petra lächelte Patricia an, doch diese blickte nur starr vor sich hin. Petra ging zu ihr herüber und setzte sich.

»Hallo.«

Die Haushälterin war verängstigt, doch nach einer Weile wurde sie lockerer. Ihr Englisch war fließend, sie war in Amerika geboren. (»Quälen Sie sich bloß nicht mit meinem Namen; mich nennt sowieso jeder Patsy K.«) Sie arbeitete erst seit zwei Monaten für Lisa und hatte keine Ahnung, wie sie der Polizei behilflich sein konnte.

Und bei der einstündigen Befragung kam auch nichts Interessantes heraus.

Lisa hatte weder erzählt, warum sie Ramsey verlassen hatte, noch war die Geschichte mit den Prügeln, die sie von ihrem Mann bezogen hatte, zur Sprache gekommen. Sie hatte einmal erwähnt, daß er zu alt für sie war und daß es ein Fehler gewesen war, ihn zu heiraten. Das Hausmädchen schlief in einem extra Schlafzimmer, das eigentlich als Gästezimmer gedacht war, hielt die Wohnung in Schuß und erledigte Besorgungen. Lisa war eine prima Arbeitgeberin, sie zahlte immer pünktlich und war selbst ordentlich und sauber. Ein »absolut korrekter Mensch«.

Patsy K. hatte keine Probleme, Tränen zu vergießen.

Was den Ehegattenunterhalt anging, so erklärte die Haushälterin, daß Lisa einen monatlichen Scheck erhielt, und zwar von einer Firma namens Player's Management.

»Die Karte hängt am Kühlschrank.« Petra nahm sie. Eine Adresse am Ventura Boulevard in Studio City. Unten auf der Karte stand der Name Gregory Balch: Finanz- und Businessmanager. Ramsey ließ den Unterhalt durch seine Firma zahlen.

»Haben Sie 'ne Ahnung, wie hoch die Schecks waren?«

Patsy errötete, kein Zweifel, daß sie irgendwann einmal einen indiskreten Blick darauf geworfen hatte.

»Alles, was Sie uns sagen können, ist möglicherweise hilfreich«, sagte Petra.

»Siebentausend.«

»Im Monat?«

Kopfnicken.

Vierundachtzigtausend im Jahr. Genug, um die Miete zu zahlen und ein paar Rechnungen und einigen Spaß zu haben, aber keine große Summe, gemessen an Ramseys siebenstelligem Einkommen. Dennoch, so was konnte einen schon piesacken – Geld zu zahlen an jemanden, den man nicht mehr leiden konnte, jemand, der einen in einer landesweiten Fernsehsendung in den Dreck gezogen hatte.

So was sorgte für Spannungen, war aber bei weitem noch kein ausreichendes Motiv.

Lisa war also der Ansicht, daß er zu alt für sie war. Auch er hatte den Generationskonflikt erwähnt. »Haben Lisa und Mr. Ramsey miteinander telefoniert?«

»Nicht, daß ich es je bemerkt hätte.«

»Gibt es noch irgendwas, das Sie mir erzählen könnten, Patsy?«

Die Haushälterin schüttelte den Kopf und fing wieder an zu weinen. Die Streifenpolizisten auf dem Balkon betrachteten den Sonnenuntergang und machten sich nicht einmal die Mühe, sich umzuschauen. »Sie war nett. Manchmal waren wir fast wie Freundinnen – wir haben hier oben zusammen zu Abend gegessen, wenn sie nicht ausgegangen ist. Ich kann thailändisch kochen, und das mochte sie.«

»Ist Lisa viel ausgegangen?«

»Manchmal zwei-, dreimal in der Woche und dann manchmal wochenlang überhaupt nicht.«

»Wo ist sie hingegangen?«

»Das hat sie nie gesagt.«

»Absolut keine Ahnung?«

»Ins Kino, nehme ich an. Zu Vorabvorführungen. Sie war Cutterin.«

»Für wen hat sie gearbeitet?«

»Empty Nest Productions – die sitzen in den Argent Studios in Culver City.«

»Wenn sie ausgegangen ist, mit wem war sie dann unterwegs?«

»Mit Männern, nehme ich mal an, aber solange ich hier bin, hat sie niemals einen mit hochgebracht.«

»Sie ist nach unten gegangen, um sich mit ihnen zu treffen?«

Patsy nickte, und Petra sagte: »Aber, Sie nehmen an, daß es Männer waren.«

»Sie sah wunderbar aus. Sie war schon mal Schönheitskönigin.« Patsy warf einen kurzen Blick auf die Streifenbeamten auf dem Balkon.

»Während der zwei Monate, die sie hier gearbeitet haben, ist nie einer von den Männern, mit denen sie verabredet war, nach oben gekommen?«

»Ein Typ ist mal raufgekommen, aber ich weiß nicht, ob sie mit ihm was hatte. Sie hat mit ihm zusammengearbeitet. Ich glaube, sein Name war Darrell – ein Schwarzer.«

»Wie oft ist er hier oben gewesen?«

»Zweimal, glaube ich. Vielleicht hieß er aber auch Darren.«

»Wann war das?«

Patsy dachte nach. »Vor etwa einem Monat.«

»Können Sie ihn beschreiben?«

»Groß, ziemlich helle Haut – für einen Schwarzen, meine ich. Kurze Haare, ziemlich gut angezogen.«

»Bart, oder Schnurrbart?«

»Nein, ich glaube nicht.«

»Wie alt?«

»Ich denke mal, so um die Vierzig.«

Noch ein älterer Mann. Patsys Blick war ausdruckslos, die Ironie war ihr wohl entgangen.

Lisa auf der Suche nach ihrem Vater?

»Wie sah Lisas Arbeitsplan aus?«

»Sie hat zu sämtlichen Tageszeiten gearbeitet. Wann immer die sie gerufen haben, mußte sie auf dem Sprung sein.«

»Und Mr. Ramsey ist hier oben nie aufgetaucht?«

»Nicht, wenn ich hier war.«

»Und keine Telefonanrufe?«

»Lisa hat mit kaum jemandem telefoniert – sie mochte keine Telefone und hat es meistens ausgestöpselt, damit sie ihre Ruhe hatte.«

»Okay«, sagte Petra. »Und Ihr freier Tag ist der Sonntag?«

»Samstag abend bis Montag morgen. Als ich um acht Uhr hier ankam, war Lisa schon weg. Ich dachte, sie hätte vielleicht Nachtschicht. Und dann sind die Streifenbeamten hier aufgetaucht.«

Patsy saß mit steifem Oberkörper da und begann hin und her zu schaukeln. Sie hustete, verschluckte sich an ihrem eigenen Schleim. Petra holte ihr ein Mineralwasser aus dem kleinen weißen Kühlschrank. Darin lagen noch drei weitere Flaschen Pellegrino, frische Trauben, drei Packungen fettfreier Erdbeeryoghurt und Hüttenkäse. Schlankheitskost im Gefrierfach.

Patsy trank. Als sie die Flasche absetzte, sagte Petra: »Sie waren eine große Hilfe, vielen Dank noch mal.«

»Was immer … ich kann's noch immer nicht glauben …« Patsy wischte sich die Augen.

»Jetzt werde ich eine etwas unangenehme Frage stellen, aber es muß sein. Hat Lisa Drogen genommen?«

»Nein – sie – jedenfalls nicht, daß ich etwas davon bemerkt hätte.« Die Pellegrinoflasche zitterte.

»Patsy, das erste, was ich tun werde, nachdem wir unsere Unterhaltung beendet haben, ist, diese Wohnung von oben bis unten zu durchsuchen. Wenn hier irgendwelches Dope herumliegt, werde ich es finden. Mir persönlich ist es egal, ob Lisa Drogen genommen hat. Ich bin von der Mordkommission und nicht vom Drogendezernat. Tatsache ist aber, daß Drogen und Gewalt oft Hand in Hand gehen, und der Mord an Lisa war eine sehr gewalttätige Angelegenheit.«

»Aber es war nicht so«, sagte Patsy. »Sie war nicht süchtig. Sie hat gelegentlich mal was geschnupft, aber das war's dann auch schon.«

»Irgendwelche Drogen außer Kokain?«

»Nur 'n bißchen Gras.« Sie senkte den Blick. Konnte es sein, daß Lisa ihr Cannabis mit Patsy geteilt hatte? Oder daß die Haushälterin ihr welches geklaut hatte?

»Sie hat kaum was genommen«, beharrte Patsy. »Jedenfalls nicht regelmäßig.«

»Wie oft?«

»Ich weiß nicht – ich hab ihn nie mit eigenen Augen *gesehen,* den Koks.«

»Und was ist mit dem Gras?«

»Manchmal hat sie beim Fernsehen einen Joint geraucht.«

»Wo hat sie das Kokain genommen?«

»Immer in ihrem Zimmer. Und immer hinter verschlossener Tür.«

»Wie oft?«

»Nicht oft – vielleicht einmal in der Woche. Oder alle zwei Wochen. Ich weiß es auch nur deswegen, weil ich manchmal Pulver auf der Kommode gefunden habe. Und manchmal hat sie auch eine Rasierklinge draußen liegenlassen, und ihre Nase war ein bißchen rosa, und sie hat sich anders benommen.«

»Anders, wie?«

»Aufgedreht, wie unter Strom. Nicht durchgeknallt, einfach nur ein bißchen aufgedreht.«

»Mies gelaunt?«

Schweigen.

»Patsy?«

»Manchmal war sie davon ein bißchen launisch.« Die zierliche Frau krümmte sich zusammen. »Aber im Grunde genommen war sie absolut klasse.«

Petra änderte ihren Tonfall und redete wieder sanfter auf Patsy ein. »Also einmal in der Woche. In ihrem Zimmer?«

»Vor meinen Augen hat sie nie was genommen. Ich hab mit Drogen absolut nichts am Hut.« Patsy leckte sich die Lippen.

»Irgendeine Idee, wo sie ihre Drogen herhatte?«

»Keinen Schimmer.«

»Sie hat nie was davon erzählt?«

»Nie.«

»Und hier oben sind keine Drogendeals abgelaufen?«

»Nie. Auf keinen Fall. Ich dachte immer, das läuft im Studio.«

»Warum?«

»Weil die ganze *Industrie* verseucht ist. Das weiß doch jeder.«

»Hat Lisa Ihnen das erzählt?«

»Nein«, sagte Patsy. »Aber das hört man ja andauernd. Im Fernsehen beispielsweise, oder?«

»Okay«, sagte Petra. »Ich werde mich jetzt hier umsehen. Bitte warten Sie noch ein bißchen.«

Sie stand auf und schaute zum Balkon hinaus. Jenseits des Geländers war der Himmel in ein eigenartiges Saphirblau mit orangen Streifen getaucht. Die beiden Streifenbeamten waren von der Szenerie ganz gebannt. Plötzlich hörte Petra den Verkehrslärm vom Doheny Drive. Er war die ganze Zeit dagewesen, doch sie war zu sehr in die Arbeit vertieft gewesen, um ihn zu bemerken. Verhör-Hypnose.

Sie ging zunächst in Patsys Schlafzimmer, das kaum größer war als eine bessere Abstellkammer: ein Einzelbett, eine kleine Eichenkommode und ein passendes Nachtschränkchen. Kleider von Gap, Old Navy und Target. Ein tragbarer Fernseher stand auf der Kommode. Zwei Bücher über Kosmetik und eine alte Ausgabe von *People* in der Schublade des Nachtschränkchens.

Es gab nur ein Badezimmer, das beide Frauen sich teilten. Eng, mit schwarzweißen Fliesen und einer schwarzen Whirlpool-Wanne. Ein Blick in den Medizinschrank verriet Petra, daß Patsy wegen Hautreizung Cortison genommen hatte und daß Lisa von gelegentlichen Herpesinfektionen heimgesucht worden war, gegen die sie ein Antipilzpräparat verschrieben bekommen hatte. Keine Antibabypillen, aber die konnten auch in einer Schublade liegen. Ansonsten das normale Programm an rezeptfreien Mittelchen. Petra ging in Lisas Schlafzimmer.

Jenes war doppelt so groß wie das von Patsy, doch immer noch alles andere als großzügig bemessen. Insgesamt war dies eine recht enge Behausung. Vielleicht hatte Lisa ja der Sinn nach Einfachheit gestanden, um sich von der rosa Hazienda zu erholen.

Das Bett war ein schmales Doppelbett mit einer knallroten Satintagesdecke und schwarzer Bettwäsche. Schwarz lackierte Möbel, ein schwarzer Langlauftrainer in der Ecke, Parfümflaschen – Gio und Poison – standen auf der Kommode. Nackte Wände. Sehr ordentlich und sauber, wie Patsy gesagt hatte.

Die Drogen fand sie in der unteren Schublade der Schlafzimmerkommode. Weiße Brocken in einem Zellophanumschlag und ein Päckchen mit drei kleinen, sorgfältig gedrehten Joints, die zwischen Skipullovern, -hosen und anderen Wintersachen steckten. Auch hier keine Antibabypillen und auch kein Diaphragma. Vielleicht stand Lisa ja wirklich der Sinn nach Ruhe und Frieden.

Petra versah die Drogen mit Aufklebern und tütete sie ein, bevor sie die Streifenpolizisten vom Balkon herbeirief, ihnen das Kokain zeigte und sie bat, es zur Beweisaufnahme nach Hollywood zu bringen.

Auf der Kommode stand eine Schmuckschatulle voller glänzender Gegenstände. Das meiste davon Modeschmuck, außerdem eine zweireihige Zuchtperlenkette. Also hatte Lisa gestern ihre besten Stücke getragen. Eine heiße Verabredung? Petra arbeitete sich durch die darunterliegenden Schubladen.

Darin fanden sich Dessous von Victoria's Secret – sexy, aber nicht billig –, zwei dezent karierte Flanellnachthemden, weitere Unterwäsche aus Seide und Baumwolle, T-Shirts und Shorts, Pullover und Westen, drei Paar blitzsauber gereinigte Blue jeans französischer Herkunft, die bei Fred Segal auf der Melrose Avenue gekauft worden waren. Die Schrankwand enthielt Hosenanzüge, Kostüme, Kleider, Röcke und Blusen von Krizia, Versus und Armani

Exchance – alles in den Größen sechsunddreißig bis achtunddreißig.

Jede Menge Schwarz, ein bißchen Weiß, etwas Rot, ein Tupfer Beige und ein hellgrüner Wickelrock aus Jacquard, der aus dem ganzen herausstach wie ein Papagei in einem abgestorbenen Baum. Dreißig Paar Schuhe waren, die Spitzen nach vorn, in drei ordentlichen Reihen am Boden des Schranks aufgestellt. Die Pumps waren alle von Ferragamo, die sportlichen Schuhe von Kenneth Cole. Zwei Paar weiße Joggingschuhe von New Balance, eines davon fast brandneu.

In der Schublade des Nachtschränkchens fand Petra ein Citibank-Scheckbuch, ein Sparbuch der Home Savingsbank in Beverly Hills und, eingeklemmt in den Ordner mit den Kontoauszügen, die Visitenkarte eines Maklers Merill Lynch in Westwood, Morad Ghadoomian. Petra notierte sich den Namen und die Telefonnummer.

Dreitausend Dollar auf dem Girokonto, dreiundzwanzigtausend und ein paar Zerquetschte auf dem Sparbuch, auf das allmonatlich zwei auffällige Zahlungen eingingen: die siebentausend Ehegattenunterhalt und weitere dreitausendachthundert – vermutlich ihr Gehalt als Cutterin.

Zwei regelmäßige Abbuchungen pro Monat. Zweitausendzweihundert – das mußte die Miete sein – und zwölfhundert, von denen Petra annahm, daß es sich um Patsy K.s Gehalt handelte. Die sonstigen Ausgaben bewegten sich zwischen zwei- und viertausend pro Monat.

Über elftausend an Einnahmen pro Monat, Ausgaben in etwa fünf- bis sechstausend, da blieb doch ein hübsches Sümmchen übrig für ein alleinstehendes Mädchen. Die Steuern auf das Gehalt waren schon einbehalten. Die auf den Ehegattenunterhalt würden vermutlich noch mal einiges auffressen, und Koks und Designerklamotten waren auch nicht gerade billig. Aber angesichts der Tatsache, daß Lisa in der Lage gewesen war, dreiundzwanzigtausend Dollar auf die hohe Kante zu legen, vermutete Petra, daß ihr Drogenkonsum nicht allzu heftig gewesen war.

Gelegentlich mal eine Nase zu Hause. Vielleicht auch bei der Arbeit, spendiert von den Kollegen aus der Traumfabrik.

Als Gegenleistung wofür?

Ramsey war der Hauptverdächtige, aber es gab jede Menge Fragezeichen, die erst geklärt werden mußten.

Um halb vier war sie fertig; sie notierte sich den Namen einer Freundin in Alhambra, bei der Patsy K. vorübergehend unterkam, und wies die Streifenpolizisten an, ein Auge auf sie zu werfen, während sie ihre Habseligkeiten zusammenpackte.

Die nächsten zwei Stunden brachte sie damit zu, auf Lisas Etage und in den beiden unmittelbar darüber- und darunterliegenden von Tür zu Tür zu gehen, ebenso in den Gebäuden, die unmittelbar neben Lisas Apartmenthaus standen. Von den wenigen Leuten, die zu Hause waren, hatte niemand gesehen, daß Lisa am Sonntag abend oder am frühen Montag morgen weggefahren war, noch war jemandem der schwarze Porsche aufgefallen.

Halb sechs; Zeit, es noch einmal bei den Boehlingers zu probieren.

Warum hatte sie Stu das nicht überlassen? Die gute Samariterin. Er hatte nicht sonderlich viel Dankbarkeit gezeigt.

Am vernünftigsten wäre es gewesen, zum Revier nach Hollywood zurückzufahren und von dort aus zu telefonieren, um die Angehörigen zu verständigen, doch sie hatte keine Lust mehr aufs Büro und fuhr statt dessen zu ihrer Wohnung auf der Detroit Avenue östlich vom La Brea Park.

Zu Hause angekommen, warf sie ihr Jackett über einen Stuhl und stellte fest, daß sie dringend etwas Kaltes zu trinken brauchte. Doch statt sich um ihre eigenen Bedürfnisse zu kümmern, rief sie bei den Boehlingers an. In Cleveland war es mittlerweile Abend. Besetzt. Sie hoffte, daß nicht irgend jemand anderes die Familie zuerst erreicht hatte.

Sie nahm sich eine Dose Root Beer aus dem Kühlschrank, streifte sich die Schuhe ab und setzte sich an den Küchentisch. Dann überlegte sie, ob sie sich etwas zu essen machen sollte, doch sie hatte keinen rechten Hunger. Die sanft mahnende Stimme ihres Vaters hallte durch ihren Kopf. *Nahrung, mein kleines Tierchen. Man muß die Aminosäuren am Laufen halten.*

Er hatte sie von Kindesbeinen an allein aufgezogen und von daher ein Recht dazu, sich mütterlich aufzuführen. Es versetzte ihr einen schmerzhaften Stich, als sie daran dachte, auf welch grausame Art er langsam dahinvegetiert und gestorben war. Schnell verscheuchte sie das Bild aus ihrem Kopf, doch die Leere, die darauf folgte, war beinahe ebenso schrecklich.

Nahrung ... zwing dir ein Sandwich rein. Trockene Salami auf altbackenem Ciabatta, Senf und Mayo, ein bißchen Grünzeug – zum Beispiel eine saure Gurke. Alles klar, Futterpolizei!

Sie machte sich einen Teller zurecht, den sie jedoch nicht anrührte, sondern probierte es statt dessen ein drittes Mal bei den Boehlingers. Immer noch besetzt. Konnte es sein, daß der Fall jetzt schon durch die Nachrichtensendungen ging?

Sie schaltete den Fernseher ein und klickte sich durch die Programme. Nichts. Das Radio, fest eingestellt auf den Klassiksender, brachte nur eine Symphonie von irgendwem, während sie an ihrem Sandwich herumkaute.

Ihr eigenes kleines Apartment. Weniger als halb so teuer wie das von Lisa.

Anfangs hatten sie und Nick sich in West L.A. eine Wohnung geteilt, doch nach der Blitzhochzeit in Las Vegas hatten sie sich etwas wesentlich Größeres gemietet. Eine Galeriewohnung auf der Fountain Avenue unweit von La Cienega, in einem phänomenalen Haus im spanischen Stil mit Bleiverglasung, Parkettböden und einem Hinterhof mit Springbrunnen. Sie hatten mehr als genug Platz für ihre jeweiligen Arbeitsplätze, doch Nick bestand darauf, daß er Ellbogenfreiheit brauchte, und hatte das eigentliche Schlafzimmer für sich in Beschlag genommen.

Sie hatten ihr Zuhause nie möbliert, sondern immer nur aus Kisten und Kartons gelebt, auf einer Matratze in dem kleineren der Schlafzimmer geschlafen. Petras Staffelei und Farben waren schließlich unten in der Küche gelandet, wo die Fenster nach Osten hinausgingen. Das grelle Morgenlicht sperrte sie jedoch aus, indem sie die Jalousien herunterzog.

Nun stand ihre Staffelei im Wohnzimmer, und sie hatte noch immer kaum Möbel, doch was machte das schon? Sie war ohnehin selten zu Hause, nur zum Schlafen, und hatte nie Besuch.

Das dreistöckige Haus, in dem sie wohnte, lag nur ein Stück

weit südlich der Sixth Street; es war ein anheimelndes altes Gebäude mit dicken Wänden, hohen Decken mit Stuckverzierungen, Kronleuchtern und gewachsten Eichenböden, und die Kriminalität in der näheren Umgebung hielt sich in Grenzen. Für achthundert im Monat ein echtes Schnäppchen, denn die Vermieterin, eine taiwanesische Einwanderin namens Mary Sun, war ganz begeistert von der Vorstellung, eine Polizistin unter ihren Mietern zu haben. Wie hatte sie gesagt: »Diese Stadt, die ganzen Schwarzen, ganz schlecht.«

Die Museumsmeile war nur einen kurzen Spaziergang entfernt, ebenso die Galerien auf der La Brea Avenue; obwohl Petra bisher weder das eine noch das andere geschafft hatte.

Wenn sie einen Sonntag frei hatte, blätterte sie die Zeitungen durch nach Auktionen, Flohmärkten, Antiquitätenverkäufen und sogar Haushaltsauflösungen, wenn jene in guten Gegenden stattfanden.

Die Ernte bei solchen Gelegenheiten war allerdings eher mager. Die meisten Leute waren offensichtlich der Auffassung, daß ihr Müll kostbar sei, und Petra war eher am Stöbern als am Kaufen interessiert. Doch bei den paar Sachen, die sie dann doch gekauft hatte, hatte sie richtige Treffer gelandet.

Ein reizendes Bettkopfteil aus Eisen, vermutlich aus Frankreich, mit einer Patina, die man einfach nicht nachmachen konnte. Zwei Nachtschränkchen aus Birkenholz mit Blumenintarsien und gelblichen Marmorplatten. Die alte Frau, der Petra sie abgehandelt hatte, hatte behauptet, sie wären englisch, doch Petra wußte, daß sie aus Schweden kamen.

Ein paar alte Flaschen auf dem Fensterbrett in der Küche; eine Bronzestatue von einem kleinen Jungen samt noch kleinerem Hund, ebenfalls französisch.

Und das war auch schon alles.

Sie stand auf und stellte ihren Teller auf den Küchentresen. Die Kacheln waren sauber, aber alt und hatten an einigen Stellen schon Sprünge. Die Küche auf der Fountain war von Euro Range und mit Arbeitsflächen aus blauem Granit ausgestattet.

Kalte Arbeitsflächen.

Nick hatte zwei verschiedene Methoden entwickelt, um mit ihr zu schlafen. Plan A bestand darin, daß er ihr erzählte, wie sehr er sie liebte, wobei er sie sanft streichelte, manchmal zu sanft, doch sie beschwerte sich nie, und irgendwann schaffte er es dann doch, das richtige Maß an Druck auszuüben. Er küßte ihren Hals, ihre Augen, ihre Fingerspitzen, während er seine romantischen Elogen weiterspann – wie schön sie sei, etwas ganz Besonderes, und wie glücklich er sich schätzen durfte, mit ihr zu verschmelzen.

Plan B bestand darin, daß er sie auf den blauen Granit hinaufhievte, ihr den Rock hobschob und den Slip herunter und es gleichzeitig fertigbrachte, seinen Reißverschluß zu öffnen, seine Hände auf ihre Schultern zu legen und über sie herzufallen wie ein Feind.

Anfangs fand sie sowohl Plan A als auch Plan B toll.

Später verlor sie dann den Geschmack an Plan B.

Und noch später war Plan B alles, was sie wollte.

Plötzlich erschien ihr das, was von dem Salamibrot mit Senf und Mayo noch übrig war, wie eine Laborprobe. Sie schob den Teller von sich und nahm das Telefon zur Hand.

Diesmal antwortete die kultivierte Stimme eines Mannes mittleren Alters.

»Dr. Boehlinger?«

Distanziert, aber gelassen. Sie wußten also noch nicht Bescheid.

Petras Herz raste; wenn sie es der Mutter hätte sagen müssen, wäre das dann schlimmer gewesen?

»Doktor, hier ist Detective Connor vom Los Angeles Police De-«

»Lisa.«

»Sir?«

»Es geht um Lisa, hab ich recht?«

»Ich fürchte ja, Doktor. Sie –«

»Tot?«

»Bedauerlicherweise, Dok-«

»Guter Gott – verflucht noch mal, *verflucht noch mal,* der elende Drecksack, der gottverfluchte, elende Drecksack, dieser Drecksack!«

»Wer, Dok-«

»Wer schon? *Er,* dieses Stück Dreck, das sie *geheiratet* hat. Sie hat uns *gesagt,* daß er es gewesen ist, wenn ihr irgendwas zustoßen sollte – o Gott, meine Kleine! Guter Gott im Himmel! *Nein! Nein! Nein!«*

»Es tut mir leid –«

»Ich *bringe* ihn um. O Gott, nein, meine Kleine, mein armes kleines Mädchen.«

»Doktor«, sagte sie, doch er ließ sich nicht bremsen. Er tobte und fluchte und stieß Racheschwüre aus, ohne daß seine Stimme, was das Ganze noch gespenstischer machte, ihren kultivierten Tonfall verlor.

Schließlich ging ihm die Luft aus.

»Dr. Boeh-«

»Meine Frau«, sagte er ungläubig. »Sie ist heute abend unterwegs, bei dem verdammten Treffen der freiwilligen Krankenhaushelfer. Normalerweise bin *ich* derjenige, der unterwegs ist, und *sie* ist zu Hause. Ich *wußte,* daß Lisa sich seinetwegen Sorgen gemacht hat, aber wie konnte es nur *so weit* kommen?«

Er schwieg.

»Dr. Boehlinger?«

Keine Antwort.

»Sir. Geht es Ihnen nicht gut?«

Schweigen, dann ein leises, ersticktes *»Was?«,* und sie wußte, daß er weinte und versuchte, es zu überspielen.

»Wie bitte?« wiederholte er.

»Ich weiß, daß dies ein schrecklicher Zeitpunkt ist, Doktor, aber wenn wir uns unterhalten könnten, und wenn es nur für ein paar –«

»Ja, ja. *Unterhalten* wir uns. Zumindest solange, bis meine Frau nach Hause kommt – dann, mein Gott ... wie spät ist es – zwanzig vor elf. Ich bin selbst gerade erst nach Hause gekommen. Habe irgendwelchen Spinnern das Leben gerettet, während mein kleines –«

Petra zuckte zurück, so abrupt und laut und furchterregend war das Lachen am anderen Ende. Sie mußte ihn erst mal in geordnete Bahnen lenken, also sagte sie: »Sind Sie Chirurg, Sir?«

»Chirurg in der Notaufnahme. Ich leite die Notaufnahme des Washington U. Hospital. Wie hat er's gemacht?«

»Verzeihung?«

»Wie? *Auf welche Weise?* Hat er sie erwürgt? Normalerweise erschießen oder erwürgen Ehemänner ihre Frauen. Zumindest nach meiner Erfahrung – *wie zum Teufel hat er's gemacht?*«

»Sie wurde erstochen, Sir, aber wir wissen noch nicht, wer –«

»Aber klar wissen Sie das, Miß – ich habe Ihren Namen vergessen – Sie wissen ganz genau Bescheid. Ich *sage* es Ihnen, also wissen Sie Bescheid. *Er* war es. Zweifeln Sie keine verdammte Sekunde daran. Verschwenden Sie nicht Ihre Zeit damit, irgendwo anders rumzusuchen, greifen Sie sich einfach dieses Stück Dreck, und Sie haben den Fall gelöst.«

»Sir –«

»*Verstehen* Sie nicht, was ich Ihnen sage?« brüllte Boehlinger. »Er hat sie *geschlagen* – sie hat uns angerufen und uns erzählt, daß er sie geschlagen hat. Ein verdammter *Schauspieler.* Gerade mal eine Stufe über einer *Nutte*! Er war sowieso zu alt für sie, verdammt noch mal, und als er sie *geschlagen* hat, war das der Tropfen, der das Faß zum Überlaufen gebracht hat!«

»Was hat Lisa Ihnen über den Vorfall erzählt?«

»Der Vorfall?« Er tobte. »Er hat sich wegen irgendwas aufgeregt, hat dann ganz durchgedreht und sie geschlagen. Sie sagte, es käme im Fernsehen und wollte, daß wir es zuerst erfahren. Sie sagte, sie hätte Angst vor ihm – so was erlebe ich Woche für Woche in der Notaufnahme, aber wenn einem die eigene Tochter – Sie sagten, Sie seien Detective, richtig? Miß ...«

»Connor. Ja, Sir, das bin ich. Und ich weiß, was häusliche Gewalt ist.«

»Häusliche Gewalt«, sagte Boehlinger. »All diese politisch korrekte Scheiße. Dient nur dazu, die Dinge anders zu benennen. Es ist nichts anderes, als seine Frau zu verprügeln! Ich bin seit vierunddreißig Jahren verheiratet, und ich habe meiner Frau nie auch nur ein Haar gekrümmt! Zuerst macht er ihr den Hof wie ein Märchenprinz, dann verwandelt sich alles in die Hölle auf Erden, und er wird zu Mr. Hyde – sie hatte *Angst* vor ihm, Miß Connor. Sie ist fast wahnsinnig geworden vor Angst. Deswegen hat sie ihn auch verlassen. Wir haben sie angebettelt, sie soll doch wieder zurückkommen nach Ohio und nicht in Ihrem psychotischen

Sumpf da unten steckenbleiben. Aber sie wollte nicht, sie liebte Filme und ihre gottverdammte *Karriere*! Und jetzt sehen Sie, was sie davon hat – Himmelherrgott, mein kleines Baby, mein Baby, mein Baby, *mein Baby*!«

13

Sharla Straight fühlte sich kotzübel, sie saß noch immer halb stoned auf der Couch im vorderen Zimmer des Wohnwagens, während Buell »Motor« Moron kalten Rindseintopf aus der Dose aß und das letzte Bier austrank. Ihr taten immer noch alle Glieder weh. Er hatte sie hart rangenommen, von hinten, und sich dabei an ihren Pobacken festgekrallt. Ihre Gedanken wurden ein wenig klarer, und sie stellte sich Billys Gesicht vor.

Ihr süßer kleiner – Motor Moron grunzte und machte ihre Gedanken zunichte.

Er machte es gern auf diese Art, weil er dabei stehen konnte, ohne daß sein Gewicht auf seinen Händen lastete oder er sich das Kreuz verbiegen mußte. Die einzige Wohltat für sie war, daß ihr dabei der Anblick seines Gesichts erspart blieb.

Selbst von hinten roch er noch. Nach ungewaschenen Klamotten.

Ihr ganzes *Leben* roch nach ungewaschenen Klamotten.

Ihr tat der Kopf weh; Tequilla tat ihr nicht gut, speziell der billige Fusel, den Motor beim Stop & Shop holte. Bier war besser und Gras am allerbesten, denn dadurch rückte alles in weite Ferne, aber das Gras war ihnen ausgegangen, und er hatte das ganze Bier gesoffen wie eine Wildsau.

Er *war* eine Wildsau – ein großes, fettes, fieses Schwein – sogar noch größer als Daddy. Sie dachte daran, wie sich seine Fingernägel – seine rabenschwarzen Fingernägel – in ihre Hüften gegraben hatten, und hatte nur noch einen Gedanken: Alles Dreck, er ist dreckig, ich bin dreckig.

War es wirklich unausweichlich, daß sie so endete, oder gab es noch eine andere Möglichkeit?

Sie wußte es nicht, sie hatte schlicht und einfach keine Ahnung.

Die heiße, tote Schwüle, die den Wohnwagen füllte und sich Luft schimpfte, war erstickend. Das Stück Stoff, das sie über das kleine Fenster über dem Bett genagelt hatte, hatte sich zur Hälfte abgelöst und war heruntergeklappt, doch alles, was sie sehen konnte, war ein schwarzes Quadrat. Der ganze Wohnwagenpark schlief, es mußte schon spät sein – wie spät war's überhaupt?

Wie spät war es wohl dort, wo Billy war? Wenn er überhaupt irgendwo war und nicht –

Vier Monate waren schon vergangen seit jenem furchtbaren Tag, und wenn ihr die Erinnerungen hochkamen, versetzten sie ihr Stiche wie ein Messer.

Sie sorgte sich, daß er in irgendeinem Straßengraben liegen würde.

Oder von irgendeinem Perversling in Stücke geschnitten worden war.

Oder von einem Laster auf einer einsamen Straße überfahren. Der kleine, dünne, weiße Körper, so klein, er war immer so klein gewesen, außer als er ein Baby war und dieses dicke Gesicht hatte ... weil sie ihn gestillt hatte und gar nicht damit aufhören wollte, selbst als ihre Brustwarzen nichts mehr hergaben und anfingen zu bluten. Doch die Nonnen hatten sie gezwungen, damit aufzuhören, eine von ihnen, die Lange, deren Namen sie vergessen hatte, hatte ihr befohlen: »Jetzt ist Schluß, Mädchen. Du hast noch jede Menge Gelegenheit, Opfer zu bringen.«

Billy war weg. Sie hatte nahezu zwei Tage gebraucht, um sich bewußt zu machen, daß es wirklich so war.

Er war nicht da, als Motor und sie in jener Nacht nach Hause kamen, doch manchmal spazierte er allein durch die Gegend, und so schlief sie einfach ein und wachte erst am nächsten Morgen um zehn wieder auf und dachte, er wäre in der Schule. Als es am nächsten Tag dunkel wurde, wußte sie, daß etwas nicht stimmte, doch da war sie schon wieder bekifft und konnte sich nicht mehr rühren.

Am nächsten Morgen war niemand da, der ihr Pulverkaffee brachte, und ihr war klar, daß er nun *viel zu lange* weg war. Sie wurde von Panik gepackt, die ihr Stiche versetzte wie ein großes Messer, und sie stieß schrille Schreie aus – o nein, das kann doch nicht sein ... wo, warum, wer, warum?

Sie sprach es nie laut aus und ließ auch Motor nie spüren, was sie fühlte, überhaupt niemanden.

An dem Tag, nachdem Motor weggegangen war, setzte sie zum ersten Mal seit etwa einem Monat am Morgen einen Fuß vor den Wohnwagen. Die Sonne stach ihr in die Augen, sie stellte fest, wie schmutzig ihr Kleid war und daß einer ihrer Schuhe ein Loch hatte.

Sie suchte ganz Watson ab und lief herum, bis ihre Füße weh taten.

Es war ein echt heißer Tag, jede Menge Vögel waren unterwegs, Menschen, die sie nie gesehen hatte, Katzen und Hunde und noch mehr Menschen. Sie suchte jedes Feld ab und jede Obstpflanzung, die Läden, das Stop & Shop, das »Sunnyside«, sogar die Schule. Es konnte ja sein, daß er irgendwo anders übernachtet hatte und von dort aus zur Schule gegangen war, obwohl das auch keinen Sinn ergab – warum sollte er so was tun?

Aber es gab sowieso nix, das Sinn machte; sie hatte schon vor langer Zeit gelernt, gar nicht erst darauf zu warten.

Also lief sie weiter und weiter, suchte, hielt die Augen auf und schaute sich überall um. Sie kaufte eine Pepsi im Stop und ein Snickers, nur um auf Touren zu bleiben, die Erdnüsse gaben ihr die richtige Energie.

Sie fragte niemanden, ob er Billy gesehen hatte, sondern suchte nur überall nach ihm, denn sie wollte nicht, daß jemand dachte, sie sei eine schlechte Mutter.

Dem Sheriff sagte sie erst recht nichts, denn er würde vielleicht mißtrauisch werden und im Wohnwagen herumschnüffeln und dabei ihren Grasvorrat finden.

In jener Nacht erzählte sie Motor davon, und er sagte nur, daß man deswegen keinen Aufstand zu machen brauchte, so was passierte andauernd, Kinder rannten nun mal weg, verdammt noch mal. *Er selbst* war mit fünfzehn von zu Hause abgehauen, nachdem er vorher die Scheiße aus seinem Alten rausgeprügelt hatte, und war sie etwa nicht abgehauen? Jeder haute von zu Hause ab. Endlich hatte das kleine Stück Scheiße mal Mumm entwickelt.

Aber Billy, der doch erst zwölf war und auch noch viel jünger aussah, klein wie er war – das war doch nicht dasselbe wie bei ihr oder wie bei einem Brocken wie Motor, nie im Leben.

Tagsüber suchte sie die ganze Gegend ab. Niemand stellte Fragen, was sie da machte oder wo Billy war. Weder am ersten Tag, noch am zweiten, noch am dritten – nie. Nicht ein einziges Mal.

Vier Monate waren jetzt vergangen. Immer noch keine Fragen. Nicht von der Schule, nicht von den Nachbarn – und schon gar nicht von Freunden, denn Billy hatte nie Freunde. Das war vermutlich ihre Schuld, denn als Billy klein war, lebte sie mit ihm allein in einem Wohnwagen, der noch übler war als der hier, zusammen mit ein paar Leuten, an die sie bis heute lieber nicht denken mochte. Mann, war sie damals fertig gewesen; sie glaubte allerdings nicht, daß irgend jemand Billy was angetan hatte.

Er war immer so ein stilles Kind gewesen, selbst als Baby, so still und ruhig – man merkte kaum, daß er überhaupt da war …

Aus ihrem tiefsten Inneren stieg eine Tränenflut auf, sammelte sich hinter ihren geschlossenen Augenlidern, bis diese anschwollen, daß sie die Augen aufmachen mußte, um das Wasser herauszulassen.

Und als sie die Augen aufschlug, stellte sie beinahe überrascht fest, daß sie wieder zurück im Wohnwagen war. Alles war wie immer, sie sah die winzige Küche im trüben Licht, Motor, der sich den Bauch vollschlug, schmutzige Teller. Beschissen, noch beschissener, alles beschissen.

Wo war ihr kleiner Mann?

Einen Tag nachdem er verschwunden war, hatte sie einen Alptraum gehabt, daß er an einem feuchten, dunklen Ort steckte, in einer Folterkammer, irgendein Irrer hatte ihn sich geschnappt, als er durch die Obstbäume spaziert war – einer von den Typen, von denen man manchmal hört: Kerle, die sich in der Nähe von Schulen oder sonstwo rumtreiben, Kinder aufgabeln und alles mögliche mit ihnen anstellen und sie aufschlitzen. Schwitzend und schlotternd war sie aufgewacht, und ihr Magen brannte, als ob sie Feuer geschluckt hätte.

Motor schnarchte, während sie zuschaute, wie die Sonne den Stoffetzen vor dem Fenster heller werden ließ. Sie hatte solche Angst, daß sie sich nicht rühren konnte. Oder nachdenken. Und dann dachte sie an die Folterkammer, und ihr drehte sich der Magen um.

Sie rannte zum Klo und kotzte, wobei sie sich alle Mühe gab, leise zu sein, um Motor nicht aufzuwecken.

Eine Woche lang wachte sie jede Nacht schweißgebadet aus ihren Träumen auf und zwang sich, ruhig dazuliegen und kein Wort zu sagen, damit Motor nicht aufwachte.

Ihr war schlecht vor Angst und Schuldgefühlen, vor der Erkenntnis, was für ein furchtbarer Mensch sie war, die schlechteste Mutter auf der ganzen Welt, sie hätte überhaupt nie ein Kind bekommen sollen, es wäre besser gewesen, *sie selbst* wäre nie geboren worden, alles, was die Welt ihr verdankte, war Elend und Sünde, sie hatte es nicht besser verdient, als von einer Wildsau von hinten durchgerammelt zu werden …

Die Alpträume vergingen ab dem Zeitpunkt, an dem sie feststellte, daß ihr Tampax-Geld verschwunden war, und sie wußte, was passiert war.

Es war eine Flucht. Ein Plan.

Sie hatte eine halbe Ewigkeit gebraucht, um das Geld zu sparen, das sie vor Motor und all den Typen vor ihm versteckt hatte. Ihre eigene Notration.

Für was?

Für den Fall der Fälle.

Für den Fall, daß was?

Nichts.

Sollte Billy es ruhig haben. Besser so. Machen wir uns doch nichts vor, sie würde doch nie was damit anfangen. *Verdiente es auch nicht,* irgendwas damit anzufangen. Die schlechteste Mutter auf der ganzen Welt.

Vielleicht nicht unbedingt *die* schlechteste – dieses durchgeknallte Mädchen, das die zwei Babys in den See gefahren hatte, das war schlimmer. Und im Fernsehen hatte sie was über ein Mädchen gesehen, das mit ihrem Baby im Arm von einem Haus gesprungen war. Das war schlimmer.

Manche Leute verbrannten ihre Kinder oder schlugen sie – das kannte sie nur gar zu gut –, aber wenn sie sich mit so was vergleichen mußte, um einigermaßen gut dazustehen, dann war's mit ihr selbst auch nicht allzuweit her, oder?

Sie war schon ziemlich mies, das war die Wahrheit.

Kein Wunder, daß Billy nichts anderes übriggeblieben war als zu fliehen.

Sie selbst brachte das nicht fertig, dafür war sie nicht schlau genug, hatte sie nicht genug Mumm. Wie ihr Vater schon immer gesagt hatte: *Da oben hapert's halt.* Und dann hatte er sich mit der Hand vor die Stirn geschlagen.

Womit er sagen wollte, daß sie dämlich war oder komplett bescheuert.

Aber das war sie nicht, sondern nur …

Wenn sie nicht bekifft war, funktionierte es auch mit dem Denken.

Okay, mit dem Lesen hatte sie ziemliche Probleme, mit Zahlen auch, aber denken konnte sie, sie wußte, daß sie denken konnte. Sie verstand manchmal selbst nicht, was sie so alles machte, aber sie war nicht bescheuert oder verrückt. Nie im Leben.

Besser nicht nachdenken … aber wohin konnte Billy denn *geflohen* sein?

So klein und zierlich, wie er war.

Ist aber auch kein Wunder. Bei seiner Herkunft.

Seltsam, wie das passieren konnte. Normalerweise stand sie doch auf große Kerle. Groß wie Daddy. Richtige Brecher wie Motor und die anderen. Namen und Gesichter, die sie vergessen hatte – all diese High School Footballspieler und Wrestler, die mit ihr all das angestellt hatten, was Daddy haarscharf vermutete, aber nie beweisen konnte. Was ihn trotzdem nicht davon abgehalten hatte, ihr den Arsch zu versohlen.

Sie wollte es Daddy erklären: *Das hat mit Versautheit überhaupt nix zu tun. Aber wie soll man denn sonst an Leute rankommen, die Ziele haben?*

Daddy war niemand, dem man was erklärte.

Ziele … es war schon lange her, seit sie sich Gedanken über die Zukunft gemacht hatte.

Zu viele Jahre mit einem bitteren Beigeschmack.

Aus denen eine einzige wundervolle Nacht herausragte, das hübscheste kleine Baby, das man sich vorstellen konnte. Die Nonnen waren zwar reichlich mißmutig gewesen, aber sie hatten sie gut behandelt. Und dafür war sie ihnen dankbar, obwohl sie wußte, daß es ihnen lieber gewesen wäre, wenn sie das Baby weggegeben hätte.

Nie im Leben; was ihr gehörte, gehörte ihr ...

Die Erinnerung an Billys dralles Babygesicht war wie ein Griff in die Süßigkeitenkiste. Und ab und zu hatte man sich so was ja auch verdient, oder?

Diese eine Nacht, die Nacht, als –

Damals war sie soviel jünger, hübscher und schlanker gewesen. Sie hatte noch nach Mitternacht allein unter den Obstbäumen gelegen, *wollte* allein sein – vielleicht hatte Billy das von ihr!

Also hatten sie vielleicht wenigstens *etwas* gemeinsam!

Sie mußte lächeln, als sie an diese eine Nacht dachte und sich daran erinnerte, wie es gewesen war, *wirklich* etwas zu empfinden und zu fühlen.

Die Wärme zwischen ihren Schenkeln, am ganzen Körper, ihr Rücken auf dem harten Boden, der ihr aber nicht das geringste ausmachte.

Die Orangenbäume waren so grün wie Flaschenglas im Mondschein, schneeweiß mit Blütenblättern, denn es war gerade Zeit der Baumblüte, und die ganze Pflanzung roch süß und nach Sahne. Der Himmel wunderbar, dunkel mit einem Lichtkranz, weil der Mond so dick und fett und golden schien wie ein vor Butter triefender Pfannkuchen; das Licht schien aus ihm herauszutropfen.

Er hatte sie danach geküßt und gesagt, es täte ihm leid, aber er müßte los, und sie lag da, den sanft flatternden Rock noch immer hochgeschoben.

Dann spürte sie ein Zittern – ganz nah und deutlich, und schnell vorbeiziehende Wolken verdeckten den Mond.

Millionen von Zikaden schwärmten über die Plantage.

Sie hatte schon Geschichten darüber gehört, aber noch nie welche gesehen.

Und seitdem auch nie wieder welche gesehen.

Etwas Einmaliges.

Vielleicht war es nur ein Traum gewesen, war diese ganze Nacht nur ein Traum gewesen ...

Käfer, die *so* riesig waren – eigentlich hätte sie Angst haben sollen.

Doppelt so groß wie die glänzenden schwarzen Holzbienen, vor denen sie sich fast in die Hose machte, wenn sie plötzlich aus dem Nichts angebrummt kamen.

Die Zikaden machten sogar noch mehr Krach, es waren so viele, sie hätte eigentlich ganz starr sein sollen vor Angst.

Aber sie war es nicht. Sie lag einfach flach auf dem Rücken, fühlte sich behaglich und erfüllt von Weiblichkeit, ein dickes Päckchen Pollen und Honig, und sie schaute zu, wie sich die Zikaden über die Reihen der Orangenbäume senkten und sich dort niederließen, bis sämtliche Bäume der Pflanzung aussahen, als wäre sie in graubraune Decken gehüllt.

Was machen sie da? Die Blüten essen? Sich die winzigen grünen Orangen schmecken lassen, die bitter und hart waren wie Holz?

Aber nein. Mit einemmal waren sie alle weg, einfach abgerauscht zum Himmel und verschwunden wie ein Tornado aus einem Zeichentrickfilm, und die Bäume sahen genauso aus wie zuvor.

Die Nacht der Zikaden.

Zauberhaft, beinahe, als wäre es nie passiert.

War es aber doch. Dafür hatte sie schließlich den Beweis.

Wo war *Billy*?

14

LISA, DU KOKSERSCHLAMPE.

Tanz mit mir, und das kommt dabei heraus.

Tanz mir auf der Nase herum, und *das* kommt dabei heraus.

Oh, diese Freude.

Ode an die Freude – war das nicht von Bach?

Er haßte Bach. Im Krankenhaus, wo sie seine Mutter hingebracht hatten, als sie einen Footballhelm tragen mußte, da hatten sie Bach gespielt und allen möglichen Klassikscheiß.

Als Trost für die Patienten.

Patienten. In Wirklichkeit waren sie Insassen.

Lisa hatte versucht, ihm den Verstand zu rauben.

Versucht, ihm zu sagen, wo's lang ging.

Oh, dieser Ausdruck auf ihrem Gesicht ... tanz mit mir, Liebling.

15

Das Video mit dem Skandal um die Gewalt in der Ehe Ramsey lief in allen Elf-Uhr-Nachrichten: Lisa und Cart Ramsey, ein Paar wie aus dem Bilderbuch im blubbernden Whirlpool, dann beim Einlochen auf dem eigenen Grün hinter dem Haus und schließlich hoch zu Roß wie einst Roy Rogers und Dale Evans, zärtlich turtelnd für die Paparazzi. Lisa als Schönheitskönigin, Lisa als hinreißende Braut und dann der harte Gegenschnitt mit Nahaufnahmen von ihrem Gesicht nach den Prügeln, die sie bezogen hatte.

Reporter, die sich mit finsterer Miene über die Brutalität ausließen, auf die man angesichts der schweren Wunden schließen konnte, die die Tote aufwies. Gefolgt von einem Polizeisprecher namens Salmagundi, einem fotogenen Captain aus dem Parker Center, der sich über jede Menge Fragen ausließ, ohne sie jedoch zu beantworten.

Petra verfolgte das Ganze vom Küchentisch aus, wo sie über ein weiteres Sandwich gebeugt saß und sich verletzt fühlte.

Nachdem sie ihr Gespräch mit Dr. Boehlinger beendet hatte, hatte sie versucht zu malen: eine Wüstenlandschaft, an der sie schon seit Monaten arbeitete, Wirbel von Siena und Umbra, akzentuiert mit Acrarot und hauchzarten Tupfern von Lavendel – nostalgische Erinnerungsfetzen an die Ausflüge mit ihrem Vater. Während sie vorsichtig die Farben auftrug, war sie ganz sicher, daß alles zusammenpaßte.

Doch als sie dann ein paar Schritte von der Leinwand zurücktrat, sah sie nur noch Matsch, und als sie versuchte, es zu korrigieren, wirkten ihre Pinselstriche unbeholfen, als ob ihre Hände sich mit einemmal verkrampft hätten.

Sie reinigte die Pinsel, schaltete den Fernseher an und dachte an Dr. Boehlinger und die Mutter, die erst noch nach Hause kommen würde.

Wie war es wohl, wenn man ein Kind verlor? Ein richtiges Kind.

Wie war es wohl, wenn man ein Kind *hatte*? Die Pforten der Hölle taten sich auf, als sie daran zurückdachte, was es für ein Gefühl gewesen war, schwanger zu sein. Dieses nahezu erdrückende Gefühl, *bedeutend und wichtig* zu sein.

Mit einemmal weinte sie, daß die Tränen in Strömen liefen. Sie verlor völlig die Kontrolle über sich, nur eine leise Stimme aus einem entfernten Winkel ihrer linken Hirnhälfte rief sie zur Besinnung: Was zum Teufel ist in dich gefahren?

Allerdings, was war das?

Schluchzend atmete sie ein paarmal tief durch, bevor sie endlich aufhören konnte, und wischte sich roh mit einem Papiertuch über die Augen.

Lieber Gott, was für ein Schauspiel, ekelerregend. Da verlieren der arme John Everett Boehlinger und seine Frau einen Menschen, und du führst dich auf, als wäre das Ding, das du aus deinem Bauch entfernt hast, auch nur annähernd menschlich gewesen.

Ein traubengroßer Gewebeklumpen in blutiger Soße.

Eine blutige Masse, die in der Toilette trieb, während sie kotzend und krampfgeschüttelt vor der Schüssel kniete und Nick so sehr haßte, daß sie ihn hätte umbringen können – ihn umbringen dafür, daß er ihr gedroht hatte.

Und das *hatte* er; dessen war sie ganz sicher. Die Spannung, die kalte Ablehnung.

Sie im Stich lassen – genau das – so hatte er versprochen, würde er niemals tun. Sie hatte ihm klargemacht, daß allein sein die Hölle für sie wäre – allein sein, nachdem sie ohne Mutter aufgewachsen war und ihr Vater in einem Sanatorium in Tucson dahinvegetierte. Daß er sie nie, niemals im Stich lassen durfte.

Vielleicht hatte er es damals, als er sein Versprechen gegeben hatte, wirklich ernst gemeint.

Ein befruchtetes Ei hatte alles über den Haufen geworfen.

Ich dachte, wir wären uns einig, Petra! Wir haben doch verhütet, um Gottes willen!

Neunzig Prozent sicher ist nicht hundert Prozent, Schatz.

Und warum hast du nicht irgendwas benutzt, das verläßlicher ist?

Ich dachte, es wäre sicher genug – War das eine Entschuldigung? Bat sie etwa um Verzeihung?

Spitzenmäßig, Petra. Mach nur weiter so, und vermassel uns unser Leben! Wie konntest du nur so bescheuert sein?

Die Krämpfe waren so heftig, daß sie glaubte, sie würde in Stücke gerissen, und sie legte ihre Wange auf den kalten Porzellanrand der Toilette. Dann drückte sie die Spülung und lauschte dem alles mit sich nehmenden Gurgeln.

Allein und kaum in der Lage, sich auf den Beinen zu halten, fuhr sie zum Krankenhaus. Untersuchungen, Ausschabung, weitere Untersuchungen, drei Tage in einem Zweibettzimmer neben einer Frau, die gerade ihr viertes Baby zur Welt gebracht hatte. Zwei Jungs, zwei Mädchen, umringt von lautstark staunenden Angehörigen, die voller Begeisterung waren.

Zwei Wochen später kam eine Postkarte von Nick. Ein strahlender Sonnenuntergang über Wüstensand. Santa Fe. *Brauche Zeit, um über alles nachzudenken*. Sie sah ihn niemals wieder.

Petra stand vor einem riesigen Loch, das immer größer wurde; sie fühlte sich ausgehöhlt, ihre Widerstandskräfte schwanden. Es folgten weitere Krämpfe, Fieber, eine Infektion, und sie mußte erneut ins Krankenhaus.

Ambulante Nachbehandlung. Wieder auf den Stuhl, doch sie war so erledigt, daß ihr das auch schon egal war.

Dr. Franklins mitfühlende Anteilnahme. *Reden wir in meinem Büro darüber.* Tabellen und Bilder.

Sie konnte sich genausowenig konzentrieren wie damals in den gähnend langweiligen Gesundheitskursen am Internat und stellte sich dumm.

Was wollen Sie damit sagen? Daß ich unfruchtbar bin?

Franklin wandte seine Augen ab und blickte betreten auf den Fußboden. Genauso wie Verdächtige, wenn sie einem im nächsten Augenblick eine Lüge auftischten.

Das kann man nicht mit Bestimmtheit sagen, Petra. Es gibt heutzutage eine breite Palette von Möglichkeiten.

Sie hatte das Leben die Toilette runtergespült, und damit ihre Ehe.

Und dann schlitterte sie in eine berufliche Laufbahn voller Tote. Der Schmerz und das Leid anderer Leute riefen ihr permanent ins Bewußtsein, daß alles noch viel schlimmer kommen konnte – ihr ging es doch eigentlich ganz gut, oder? So nach dem Motto: je brutaler, desto besser. Immer nur her mit den Leichen.

Also, warum zum Teufel *weinte* sie jetzt? Es war Jahre her, seit sie zum letzten Mal geweint hatte.

War es dieser Fall? Der hatte doch noch gar nicht richtig angefangen; sie hatte noch keinerlei Gefühle für das Opfer.

Dann hörte sie Lisas Namen, und ihre brennenden Augen richteten sich schlagartig auf den Bildschirm, wo die Geschichte ausgewalzt wurde. Sie kam sich dämlich vor, hatte sich davon überraschen lassen – das war ja wohl unausweichlich! Und nun sahen Millionen von Zuschauern eine sechzig Sekunden lange Videoaufzeichnung, die sie und Stu sich nicht hatten anschauen dürfen.

Ob Stu es wohl gesehen hatte? Sie wußte, daß er früh zu Bett ging, speziell dann, wenn er Schlaf nachholen mußte. Falls er es nicht gesehen hatte, würde er Bescheid wissen wollen. Zumindest nahm sie das an.

Sie rief ihn zu Hause in La Crescenta an. Kathy Bishop war am Telefon, sie hörte sich bedrückt an.

»Hab ich dich aufgeweckt? Das tut mir leid –«

»Nein, Petra, wir sind wach. Wir haben's auch gerade gesehen. Ich geb dir Stu.«

Keine Spur von den üblichen Plaudereien. Normalerweise unterhielt sich Kathy ganz gern. Irgendwas war bei beiden nicht so wie sonst – Probleme in der Ehe? Unmöglich, die Bishops waren ein Ehepaar, wie es im Buche stand. Bitte, lieber Gott, raub mir nicht die letzten Illusionen.

Stu kam ans Telefon. »Ich hab gerade mit Schoelkopf telefoniert. Er sagte wortwörtlich: ›Wir wollen nicht, daß so eine Sch- wie mit O. J. Simpson noch mal passiert. Wir treffen uns in meinem Büro, morgen früh um acht!«

»Na, da steht man doch gern auf.«

»Aber ja. Wie war's mit den Eltern?«

»Ich habe mit dem Vater geredet. Er haßt Ramsey wie die Pest und ist ganz sicher, daß er es war.«

»Hat er irgendwelche Hinweise dafür geliefert?«

»Die Prügel. Außerdem sagt er, daß Lisa Angst hatte vor Ramsey.«

»Angst, weshalb oder wovor?«

»Hat er nicht gesagt.«

»Aha ... also gut, dann bis um acht.«

»Wie fandest du die Fernsehsendung?«

Schweigen. »Kann sein, daß sie eine Hilfe für uns ist. Ramsey wird dadurch de facto zum Verdächtigen, und die Führungsetage kommt vielleicht auf die Idee, daß wir ganz schön blöde dastehen, wenn wir ihm *nicht* auf den Zahn fühlen.«

»Da ist was dran«, sagte sie.

Schweigen.

»Okay, dann will ich dich nicht weiter aufhalten – nur noch eines: Dr. Boehlinger ist Chefarzt in einer Notaufnahme, also vermutlich jemand, der die Dinge in die Hand nimmt und die Initiative ergreift. Ich bin sicher, daß er und seine Frau ziemlich bald hier aufkreuzen. Er haßt Ramsey. Was ist, wenn er versucht, irgendwelche Schritte zu unternehmen, um die Sache auf Touren zu bringen?«

»Hmm«, meinte Stu, als ob es ihn nur am Rande interessierte. Die gleiche Reaktion wie in dem Augenblick, als sie das Buch aus der Bibliothek gefunden hatte. Oder lag sie einfach daneben? »Erzähl's dem Captain. Er ist so ein teilnahmsvoller Mensch.«

Dienstag, sieben Uhr siebenundfünfzig.

Edmund Schoelkopf wirkte eher südländisch als teutonisch. Er war klein und stämmig. Anfang fünfzig, hatte feucht glänzende schwarze Augen, volles, schwarzes, künstlich aussehendes Haar, das glatt zurückgekämmt war, eine flache, schmale Stirn, feine Lippen und einen hellbraunen Teint. Er trug zweireihige Anzüge, Armani-Imitate, und knallig-aggressive Krawatten. Man konnte ihn für einen ehemaligen Polizeibeamten halten, der in die Chefetage eines Sicherheitsdienstes übergewechselt war, doch er hatte sein ganzes Berufsleben lang nirgendwo anders gearbeitet als im LAPD, und dort würde er vermutlich auch bleiben, bis er die Altersgrenze für den Ruhestand erreichte.

Sein Büro machte nicht viel her – die übliche Mixtur aus Behördenmöbeln und Spenden der Gemeinde. Er ließ Stu und Petra sofort hereinkommen.

»Kaffee?« Seine Stimme war noch belegt und bewegte sich daher in noch tieferen, kaum menschlich zu nennenden Regionen. An den Wänden hinter ihm hingen die üblichen Diagramme und mit Stecknadeln übersäten Karten – Pegelstände einer Flut von Verbrechen, die man allenfalls eindämmen, aber nicht austrocknen konnte.

Der Kaffee roch angebrannt. Es wurde ohnehin von ihnen erwartet, daß sie dankend ablehnten, und das taten sie auch. Schoelkopf schob seinen Stuhl zurück und schlug die Beine übereinander, wobei seine Hosenbeine mit den rasiermesserscharfen Bügelfalten hochrutschten.

»Also, raus damit«, sagte er, der Bass nicht mehr ganz so sonor.

Stu lieferte ihm eine Zusammenfassung ihres Besuches bei Ramsey, und Petra berichtete ihm die Ergebnisse ihrer Unterhaltung mit Patsy K., der Durchsuchung von Lisas Apartment, den Befragungen der Nachbarn und der Benachrichtigung Dr. Boehlingers. Wenn man ihren Bericht hörte, so gewann man den Eindruck, daß sie wesentlich mehr getan hatte als Stu. Was auch der Fall war. Doch ihn schien das nicht weiter zu irritieren; er ließ seinen Blick durch den Raum schweifen. Schoelkopf machte einen leicht genervten Eindruck, selbst dann, als Petra davon berichtete, wie sie Lisas Drogenvorrat gefunden hatte.

»Der Vater behauptet, Ramsey war's, Sir«, sagte sie. »Er haßt ihn wie die Pest.«

»Ist das so verwunderlich? Aber egal ... also Sie nehmen sich den Schwarzen aus dem Studio noch mal vor – Darrell.«

»Wird erledigt. Was ist, wenn Dr. Boehlinger versucht, sich in die Angelegenheit einzumischen?«

Schoelkopfs schwarze Augen fixierten eine Stelle in der Mitte ihrer Stirn. »Darum kümmern wir uns dann, wenn's nötig ist. In der Zwischenzeit konzentrieren wir uns darauf, mehr Informationen an Land zu ziehen. Ich weiß, daß der ganze Kram im Labor ist, aber gibt es irgendwas, das uns so was Ähnliches wie einen *handfesten* Hinweis liefert?«

Petra wollte schon den Kopf schütteln, als Stu plötzlich sagte: »Petra hat etwas Interessantes gefunden. Ein Buch aus einer Bücherei, das ungefähr dreißig Meter von der Leiche entfernt lag. Außerdem gibt es diverse andere Hinweise, daß jemand vor nicht allzu langer Zeit in der Nähe des Tatorts gewesen ist. Es gibt dort eine Felsformation ...«

»Ich hab die Fotos vom Tatort gesehen«, unterbrach ihn Schoelkopf. »Welche weiteren Hinweise?«

Petras Hände krampften sich zusammen. Sie versuchte, Stus Aufmerksamkeit zu erregen, doch er blickte nur starr in Richtung des Captain. *Irgendwas Interessantes?*

Schoelkopf sagte: »Erzählen Sie mir was von den anderen Hinweisen, Barbie.«

»Einwickelpapier«, sagte sie. »Wie von einem Imbiß. Hackfleischkrümel, vielleicht von einem Taco. Und Urin auf den Felsen –«

Schoelkopf sagte: »Jemand, der gegessen, gepinkelt und gelesen hat? Was für ein Buch war das überhaupt?«

»Die Präsidenten der Vereinigten Staaten.«

Das schien ihn zu verärgern. »Erst vor kurzem ausgeliehen?«

»Nein, Sir. Vor neun Monaten.«

»Och nee – das hört sich doch an wie gequirlte Scheiße.« Er kippte seinen Kaffee herunter. Die Tasse dampfte. Garantiert eine schmerzhafte Angelegenheit. »Weshalb glaubt ihr, daß diese Person erst vor kurzem dort gewesen ist?«

»Das Fleisch war noch nicht vertrocknet, Sir.«

»Ein Fleischkrümel?«

»Mehrere Fleischkrümel. Hackfleisch.«

»Wie lange dauert es, bis Hackfleisch austrocknet?«

»Ich weiß es nicht, Sir.«

»Ich auch nicht, aber ich bin sicher, daß es von Fall zu Fall verschieden ist, je nachdem, wie hoch die Luftfeuchtigkeit, der Fettgehalt, die Temperatur oder was weiß ich noch alles sind. Was ist mit dem Urin?«

»Die Leute von der Spurensicherung sagen, es war –«

»Wir haben's hier mit einem Park zu tun«, sagte Schoelkopf. »Die Leute fahren da hin, essen was, spannen mal aus und pinkeln in die Gegend, wenn gerade niemand hinschaut – ganz in der Nähe sind doch auch Picknicktische, oder?«

»Nicht ganz in der Nähe, Sir. Diese Felsen –«

»Manchmal machen sich die Leute nicht die Mühe, ein Klo zu suchen – ist da ein Klo in der Nähe?«

»Gleich bei den Picknicktischen.«

»Die Leute sind faul – aber gut, ich verstehe, daß ihr an dem Hackfleisch und der Pisse einigen Gefallen findet, aber bei dem Buch habe ich den Eindruck, ihr seid auf dem falschen Dampfer. Es war nämlich *dunkel,* Barbie. Warum sollte da draußen in der Dunkelheit jemand herumsitzen und lesen?«

»Könnte sein, daß die betreffende Person schon vorher an Ort und Stelle gewesen ist und noch geblieben ist, als es schon dunkel war –«

»Wie bitte, irgendein politisch interessierter Intellektueller, der da rumsitzt und irgendwelche Geschichten über die Präsidenten liest – weiß Gott, warum, aber das sind doch alles Schleimbeutel. Und dabei ißt er was, macht mal kurz 'ne Pinkelpause und bettet sein müdes Haupt auf einen Felsen, wo er einschläft, um zufälligerweise genau zu dem Zeitpunkt aufzuwachen, wo er mit ansehen kann, wie das Mädchen aufgeschlitzt wird? Na prima. Also, wo ist er, euer Zeuge?«

»Wir haben nie behauptet, daß das Buch in irgendeiner Beziehung zu dem Essen steht«, sagte Petra. »Es wurde ein ganzes Stück weiter oben –«

»Hey«, sagte Schoelkopf, »vielleicht wollt ihr ein Geschenk vom Weihnachtsmann, auch gut. Aber so, wie's bis jetzt aussieht, war's *Ramsey,* der hinter den Felsen gesessen, dabei einen Burger verspachtelt und gepinkelt hat – und nur auf sie gewartet hat. Und als sie dann aufgetaucht ist, hat er sie angefallen.«

»Sir, so wie sie angezogen war, sah es eher nach einer Verabredung aus.«

»Eine Verabredung, mit wem?«

»Vielleicht mit Ramsey. Sein Alltagswagen, ein Mercedes, war jedenfalls nicht in der Garage, als wir bei ihm waren. Wenn man uns gestattet, Fragen zu stellen, können wir vielleicht herausfinden, wo er ist.«

Schoelkopf schoß in seinem Stuhl nach vorn. »Sie glauben nicht, daß man Ihnen das *gestattet*?«

Petra gab keine Antwort.

Stu sagte: »Man hat uns angewiesen, vorsichtig zu sein.«

»Und was zur Hölle ist daran verkehrt? Schon mal von Orenthal James Arschloch gehört? Dann wissen Sie ja, was mit Leuten passiert, die nicht vorsichtig sind.«

Schweigen.

Schoelkopf trank einen weiteren Schluck Kaffee, doch er blieb vornübergebeugt sitzen. »Sobald sich eine hinreichende Beweislage ergibt, leiten Sie entsprechende Maßnahmen ein. Gehen wir noch mal zurück zu Ihrem Szenario und nehmen an, daß sie irgendeine Verabredung hatte, die mit dem Treffen im Park endete. Ramsey, Drogen, oder irgendein verheirateter Kerl, mit dem sie's treibt. Oder meinetwegen jemand, mit dem sie durch die SM-Schuppen der Stadt zieht. Und sagen wir mal, euer *potentieller* Zeuge befand sich tatsächlich hinter dem besagten Felsen. Was für ein Zeuge pennt nachts im Park und pinkelt an die Felsen? Sieht einen brutalen Mord und ruft uns nicht an? Klingt nicht gerade nach 'nem vorbildlichen Staatsbürger.«

»Vielleicht ein Obdachloser«, gab Petra zu bedenken.

»Haargenau«, sagte Schoelkopf. »Jemand vom unteren Ende der Hühnerleiter, vielleicht geistesgestört. Kein normaler Mensch – niemand, der als Zeuge glaubwürdig wäre – würde sich nachts allein im Griffith Park herumtreiben. Was bedeutet, daß wir es mit einem Penner, einem Spinner oder sogar dem Mörder selbst zu tun haben. Zum Teufel noch mal, ich tippe auf so 'nen Schleimbeutel, der Bücher über die Präsidenten liest, aber bis Sie mir irgendeine konkrete Spur bringen, werde ich mich hüten, eine Suchmeldung über die Medien rauszugeben. In diesem Fall werden wir nämlich nicht wie die letzten Deppen dastehen.«

»Das hatte ich auch nicht von Ihnen erwartet, Sir«, sagte Petra.

Schoelkopf strich sich über die Oberlippe. Ob er wohl mal einen Schnurrbart gehabt hatte? »Okay, Sie wollen mir also sagen, daß wir einen feuchten Dreck haben. Lassen Sie alles vom Labor untersuchen – das Buch, das Essen und die Pisse – aber verbeißen Sie sich nicht, denn es ist gut möglich, daß nicht allzuviel dabei rauskommt. Finden Sie verdammt noch mal den Wagen des *Opfers*. Unterdessen habe ich mich in der wirklichen Welt umgetan und einiges für Sie getan: zum Beispiel dafür gesorgt, daß die Obduktion von einem *kompetenten* Pathologen durchgeführt wird und nicht von einem der üblichen Metzger. Ich habe Romanescu gebeten, die Obduktion persönlich zu überwachen, und er hat zugestimmt. Aber wer traut dem Kerl schon über den Weg – schließlich hat er für die Kommunisten gearbeitet. Das gleiche gilt für die Typen vom Labor: Ich habe Yamada gebeten, daß er sich der Sache annimmt, wir wollen schließlich nicht, daß durch irgendeinen Schlamassel nachher alles verbockt wird und noch mal so ein Trauerspiel dabei herauskommt wie im Falle Ihr-wißt-schon-wer. Was für die Medien ein gefundenes Fressen wäre – auf so was warten die doch nur. Die ersten Ergebnisse sollten bald vorliegen, also bleiben Sie dran. Was ich damit sagen will: Jedes Stückchen Faser und jeder Tropfen Flüssigkeit wird analysiert bis zum letzten Fitzelchen. Erzählen Sie mir nicht, daß in neunzig Prozent aller Fälle die Laboruntersuchungen nutzlos sind, das weiß ich selbst, aber wir müssen einfach alle Möglichkeiten nutzen. Außerdem weisen die Hände des Mädchens keine Wunden auf, die darauf hindeuten, daß sie sich gewehrt hat, was aber nicht heißen muß, daß sie überhaupt keinen Widerstand geleistet hat, folglich sollten wir darum beten, daß irgendwas hängengeblieben ist, ein elendes verdammtes Molekül irgendeiner Körperflüssigkeit, das uns eine Geschichte erzählt.«

Er kratzte sich mit dem Fingernagel über einen seiner Schneidezähne. »Keinerlei Kratzer an Ramsey, oder?«

»Nichts Sichtbares, Sir.«

»Nun denn«, sagte Schoelkopf. »Spekulieren Sie lieber nicht darauf, daß der Kerl in naher Zukunft sein Hemd auszieht.« Die schwarzen Augen senkten sich auf die Anzeige mit den Telefonanrufen. »Wenigstens spielt die Rassenfrage bis jetzt noch keine Rolle.«

»Bis jetzt, Sir?«

Schoelkopf ergriff die leere Tasse und starrte gedankenverloren hinein. »Dieser Schwarze, Darrell. Wäre das nicht wunderhübsch? Was wissen wir sonst noch über ihn?«

»Die Haushälterin hat gesagt, er hat mit Lisa zusammengearbeitet. Und daß er älter war als sie. So wie Ramsey.«

»Also will sie mit ihrem Vater ficken. Schreiben Sie eine Seminararbeit zum Thema Psycho einhunderteins.« Schoelkopf stellte die Tasse hin, starrte Stu und Petra an, um deren Blick gleich darauf wieder auszuweichen. »Nächster Punkt: Ramsey hat mich letzte Nacht um zehn Uhr angerufen – er selbst, höchstpersönlich. Nicht irgendein Anwalt. Die Vermittlung war glücklicherweise schlau genug, ihn durchzustellen. Zuerst hat er die Leidensmasche abgezogen und gesagt, daß er alles Erdenkliche tun wird, um uns zu helfen. Dann hat er mir die Geschichte mit der Gewalt in der Ehe aufgetischt. Sollte am gleichen Abend noch in den Nachrichten kommen – und er wollte mir erklären, daß es nur ein einziges Mal passiert ist: Er wolle sich nicht dafür entschuldigen, aber es sei wirklich nur einmal vorgekommen. In Wirklichkeit sei es so gewesen, daß sie ihn soweit getrieben hat, bis er ausgerastet ist. Er meinte, es wäre das Dümmste, was er je getan hat, und daß er sich deswegen schämt.«

Schoelkopf ließ seinen Finger in der Luft kreisen. »Und so weiter und so fort.«

»Er versucht nur, seinen Hintern zu retten«, sagte Stu. »Uns gegenüber hat er nichts von Gewalt in der Ehe erwähnt.«

»Er ist ein Star«, murmelte Petra. »Der hält sich mit den unteren Rängen nicht auf, sondern läuft gleich zum Chef.«

Schoelkopfs Gesicht verdunkelte sich. »Allerdings, der Mistkerl versucht's ganz offensichtlich auf die raffinierte Tour, ruft ohne Rechtsbeistand an. Für mich sieht das so aus, daß er sich für gerissener hält, als er wirklich ist. Wenn wir also irgendwelche beweiskräftigen Spuren finden, können wir ihm eventuell auf den Zahn fühlen. Was nicht heißt, daß wir Klartext mit ihm reden können, ohne daß er uns einen Anwalt hier anschleppt, der ihm rät, alle Schotten dicht zu machen – und das Ganze schneller, als Michael Jackson sich neue Gesichter zulegen kann. In der Zwischenzeit sind wir halt auch raffiniert. *Das* hab ich gemeint, als ich von *Kontext* gesprochen habe: ihm nicht zu früh auf den Pelz rücken, jeden Eindruck vermeiden, daß wir mit Scheuklappen an die Sache rangehen und uns auf einen Täter versteifen.«

»Der Fernsehbericht ...« warf Petra ein.

»Liefert euch einen guten Anlaß, sich mit ihm über alles mögliche zu unterhalten, doch gleichzeitig müßt ihr sämtliche Mordfälle überprüfen, die Ähnlichkeiten mit diesem aufweisen. Und zwar über einen Zeitraum von zwei – sagen wir lieber drei Jahren. Aus sämtlichen Revieren in der ganzen Stadt. Und zwar mit *präzisen* schriftlichen Berichten.«

Petra war wie vor den Kopf geschlagen. Das bedeutete endloses Aktenwälzen. Sie schaute zu Stu hinüber.

Er sagte: »Wie groß muß die Ähnlichkeit genau sein?«

»Fangt an mit Mädchen, die mehrfache Verletzungen aufweisen«, sagte Schoelkopf. »Mädchen, die in Parks umgebracht wurden, was immer, ihr seid die Detectives. Und stellt fest, ob irgendwelche bisher unbekannten Messerstecher in den Gegenden um den Park operieren, die nicht zum Stadtgebiet gehören, wie Burbank, Atwater. Vielleicht Glendale und Pasadena – genau, unter allen Umständen Glendale und Pasadena. La Canada, La Crescenta. Fangt mit denen an.«

Weder Stu noch Petra sagten ein Wort.

»Jetzt spielt nicht gleich die beleidigte Leberwurst«, sagte Schoelkopf. »Das ist eure Lebensversicherung. ›Ja, Herr Eiterbeutel von der Verteidigung, wir haben jede Ecke und jeden Winkel durchgestöbert, bevor wir Mr. Ramsey eingebuchtet haben.‹ Stellt euch mal zum Beispiel eure Gesichter in *Court TV* vor, und wie das beim alten Mark Fuhrman in Idaho ankommt. Ihr seid nämlich diejenigen, die den Kopf hinhalten müssen, solange uns der Fall nicht über den Kopf wächst und er zu den Typen vom Raubmord in Downtown weitergeleitet wird.«

»Was unter Umständen sowieso passiert«, sagte Stu.

Schoelkopf setzte ein mörderisches Grinsen auf. »Möglich ist alles, Ken. Das macht diesen Job so liebenswert.« Er begann, seine telefonischen Nachrichten durchzublättern.

»Wie gehen wir vor, was Ramsey betrifft?« fragte Stu. »Warten wir erst, bis wir all die ähnlichen Fälle durchgeackert haben, oder ist es uns gestattet, ihn uns jetzt schon vorzunehmen?«

»Schon wieder, *gestattet*? Glaubt ihr beiden, euch wird hier was aufgedrückt?«

»Wir versuchen nur, uns über die Regeln klarzuwerden.«

Schoelkopf blickte auf. »Die einzige Regel lautet: Stellt euch schlau an. Verdammt noch mal, ja, redet mit Ramsey. Wenn wir das *nicht* tun, drehen sie uns *daraus* einen Strick. Erledigt den anderen Kram halt auch. Aus diesem Grund hat Gott die Überstunden erfunden.«

Er nahm einen Zettel mit den Nachrichten und griff zum Telefonhörer, doch Stu rührte sich nicht von seinem Stuhl, und Petra folgte seinem Beispiel.

»Was die Hintergrundinformationen über Ramsey angeht, da habe ich einige Quellen in den Studios«, sagte er.

»Das kann unter Umständen problematisch werden«, erwiderte Schoelkopf und hob den Kopf. »Die Leute aus dem Filmgeschäft gelten als Arschlöcher mit 'nem losen Maul. Die Tatsache, daß Ihre Quellen was ausplaudern, ist doch ein Zeichen dafür, daß sie die Klappe nicht halten können, oder nicht?«

»Das trifft in jedem Fall zu, wo ...«

»Dies ist nicht jeder Fall.«

»Und was wird sie davon abhalten, sich mit der Presse zu unterhalten, Captain?« sagte Petra. »Was ist, wenn die Sensationsblätter anfangen, mit Geld um sich zu werfen und sich alle drum reißen, ihre Story loszuwerden? Machen wir dann nachts Sonderschichten vorm Fernseher?«

Schoelkopfs Schneidezähne gruben sich in seine Unterlippe. »Okay, nehmen Sie sich einen oder zwei von Ihren Verbindungsleuten vor, Ken«, sagte er, als ob Petra gar nichts gesagt hätte. »Aber seid euch über eines klar: Eure Leistung wird *beurteilt.* Redet mit diesem Schwarzen und stellt fest, was mit dem los ist. Und zwar lieber früher als später. Schönen Tag noch.«

16

Meine Augen sind geschlossen, und ich denke nach, da spüre ich es plötzlich. Ameisen krabbeln überall auf mir herum, wahrscheinlich haben sie die Honey Nuts gerochen. Ich springe auf die Füße, klatsche sie von mir runter und trampele so viele wie möglich platt. Wenn mir jemand zuschauen würde, würde er denken, ich bin verrückt.

Nach dem, was ich gesehen habe, fühle ich mich im Park nicht mehr allzu wohl, aber was bleibt mir sonst übrig? Einen Moment lang stelle ich mir vor, daß er mich aufstöbert, mich verfolgt und in die Ecke treibt. Er hat ein Messer, dasselbe wie damals, und er packt mich und sticht auf mich ein. Mein Herz springt der Klinge richtig entgegen.

Warum denke ich so was?

Es ist elf Uhr vierunddreißig am Vormittag. Ich muß auf andere Gedanken kommen. Ich schlage das Algebrabuch auf und löse Gleichungen im Kopf. Ich versuche zu essen – vielleicht ein Stück Beef Jerky –, und um eins gehe ich zu der Stelle am Zaun und schaue nach, ob das Schloß immer noch unverschlossen ist.

Geschafft. In »Afrika« ist absolut nichts los. Ich habe fünf Dollar in der Tasche; der Rest von meinem Geld ist eingepackt und unter der Erde vergraben.

Heiß ist es – der Sommer kommt früh. Jede Menge verschlafener Tiere, die meisten verstecken sich in ihren Höhlen. Kaum Leute unterwegs – ein paar Touristen, meistens Japaner, und junge Mütter mit Babys in Kinderwagen. Ich hab einen Schreibblock dabei und einen Bleistift, so daß es aussieht, als hätte ich hier irgendwas für die Schule zu tun. Hier draußen im Freien ist mein Gestank gar nicht mal so schlimm. Niemand schaut mich schräg an, und jemand hat mich sogar angelächelt – ein Touristenpärchen – ein

Mann und eine Frau, Amerikaner, alt, sehen ein bißchen schräg aus, mit jeder Menge Kameras und einem Plan vom Zoo, aus dem sie wohl nicht recht schlau werden. Vermutlich erinnere ich sie an ihren Enkel oder so.

Ich gehe weiter bis zum oberen Ende von »Afrika«. Die meisten der Tiere schlafen – ist mir aber egal, es ist einfach nur ein gutes Gefühl herumzulaufen, obwohl ich gar nicht muß. Eines der Nashörner ist draußen, aber es schaut mich nur fies an, und so gehe ich weiter zu den Gorillas.

Als ich da ankomme, ist der Teufel los.

Zwei von den jungen Müttern sind da, und sie sind schier am Ausrasten. Eine von ihnen reibt sich die Bluse ab und schreit nur: »O Gott, wie ekelhaft!« Die andere rollt ihren Kinderwagen zurück, so schnell sie kann. Dann rauschen beide in Richtung »Nordamerika«.

Ich sehe sofort, warum.

Scheiße. Überall auf dem Boden vor dem Zaun des Gorillageheges.

Fünf Gorillas sind draußen, von denen vier nur herumsitzen und sich kratzen oder schlafen, und einer steht da, in der typischen Gorillahaltung, vornübergebeugt, die Hände fast auf dem Boden. Es ist ein Weibchen. Die Männchen haben riesige Schädel und silberne Streifen auf dem Rücken.

Sie läuft ein bißchen herum, bleibt bei den anderen Gorillas kurz stehen, um zu sehen, was die so machen, dann kratzt sie sich und läuft weiter. Plötzlich beugt sie sich runter und hebt einen riesigen Klumpen Scheiße auf.

Und wirft damit.

Der Scheißeklumpen verfehlt meinen Kopf nur knapp und landet neben mir auf dem Boden, wo er in einer stinkenden Staubwolke explodiert. Etwas davon landet auf meinen Schuhen. Ich versuche es abzuschütteln, und schon kommt die nächste Ladung angeschossen. Und gleich danach noch eine.

»Du Idiot!« höre ich mich selbst schreien. Es ist aber niemand in der Nähe.

Das Gorillaweibchen verschränkt die Arme vor der Brust und schaut mich einfach nur an. Ich könnte schwören, daß es grinst, als hätte es gerade einen spitzenmäßigen Gorillawitz vom Stapel gelassen.

Dann zeigt es mit dem Finger auf mich. Und hebt noch einen Klumpen auf.

Ich mache, daß ich wegkomme. Die ganze Welt ist verrückt geworden.

An einem Automaten kaufe ich mir eine Limonade und spaziere weiter herum und trinke und hoffe, daß die staubige Scheiße währenddessen abgeht; ich habe die Nase echt voll von irgendwelchem Ekelkram.

Vielleicht gehe ich mal ins Schlangenhaus; da ist es kühl und schattig, und noch mal eine Königskobra zu sehen wäre nicht schlecht.

Am Eingang laufen mir wieder der Opa und die Oma von eben über den Weg, sie kommen gerade raus und lächeln mich an. Sie machen noch immer einen verwirrten Eindruck. Ich schlendere an den Boas und der Anakonda vorbei, an den Ottern und Echsen, Klapperschlangen, Vipern und Cobras. Eine Weile bleibe ich bei einem Albinopython stehen und schaue ihn mir an, wie er lang und fett daliegt mit seinen weißrosa Schuppen und den roten Augen.

Ob sich ihr häßliches blasses Gesicht wohl heute nacht in meine Träume einschleicht?

Das wäre gar nicht so schlecht, wenn ich sie dazu bringen könnte, PLYR 1 zu fressen.

Ich stehe da und stelle mir vor, ich wäre der Herrscher der Schlangenwelt, der mit den Reptilien durch seine geistigen Kräfte kommuniziert. Und den Albinopython herbeiruft und ihm befiehlt, sich um PLYR 1 zu wickeln, ihn zu zerquetschen und auszupressen wie eine Orange.

Und er weiß ganz genau, was mit ihm passiert. Das ist noch schlimmer, als einfach nur zu sterben. Wissen, was passiert.

Ein Stück weiter, am Rand des Zoos, gleich neben einem Spielplatz, den sie wohl für Kinder eingerichtet haben, denen die Tiere zu langweilig werden, ist ein Gemüsebeet mit einem Seil drumherum.

Mais und Bohnen und Tomaten. Auf dem Schild steht, das ist für die Tiere, damit sie was Frisches zu essen haben. Ich hab schon Schimpansen gesehen, die Mais gefressen haben, folglich machen Gorillas das auch, und das bringt mich auf eine Idee.

Ich mag Mais auch. Gekocht, bis er süß ist. Aber zu Hause hatten wir nie welchen. Einmal, als ich in der sechsten Klasse war, hat die Schule zum Erntedankfest ein Picknick auf dem Sportplatz veranstaltet – Truthahn, Mais und Süßkartoffeln mit Marshmallows für jeden, der bezahlt hatte. Alles war auf langen Tischen gestapelt, und Mütter in Schürzen haben das Essen verteilt. Ich bin in die Stadt gegangen, einfach nur, um es mir mal anzuschauen, obwohl ich kein Geld hatte, um mir irgendwas zu kaufen. Ich bin bis zum Schluß dageblieben, habe ein paar Vierteldollar gefunden, mit denen ich am Automaten gespielt habe, aber was zu Essen kam nicht in Frage – fünf Dollar.

Eine von den Müttern aus dem Schulverein hat allerdings gemerkt, wie ich den Mais angestarrt habe, und sie hat mir einen ganzen Kolben geschenkt. Er war gelb wie Löwenzahn und glänzte nur so vor Butter. Dazu gab's noch eine Truthahnkeule, die für eine ganze Familie gereicht hätte, so groß war die. Ich habe mich damit unter einen Baum gesetzt und gegessen, und das war das beste Erntedankfest, das ich je erlebt habe.

Vorsichtig gehe ich näher an das Gemüsebeet heran und schaue mich um.

Die Luft ist rein.

Schnell springe ich über das Seil, gehe direkt zu den Maispflanzen und breche drei Kolben ab, die ich mir in die Taschen stopfe. Sie schauen raus, deswegen ziehe ich mein T-Shirt drüber, springe wieder über das Seil, als wäre nichts gewesen, und gehe langsam weiter auf der Suche nach einem Klo.

Ich gehe in eine der Kabinen, mache die Tür zu, setze mich auf den Klodeckel und nehme einen der Maiskolben heraus. Dann schäle ich die Blätter ab und das haarige Zeug und frage mich, wie das wohl roh schmecken wird.

Ziemlich gut. Hart, mit Biß. Nicht annähernd so gut wie gekocht mit Butter, aber es hat diesen süßlichen Maisgeschmack. Zwei von den Maiskolben esse ich ziemlich schnell, beim dritten lasse ich mir mehr Zeit, kaue fest darauf herum und lasse kein Körnchen aus, und dabei lese ich die Schweinereien, die überall an die Wände geschmiert sind. Als ich fertig bin, lecke ich die abgenagten Kolben noch mal ab, wegen dem Geschmack, und werfe sie in die Ecke der Kabine. Dann pinkle ich erst mal und wasche mir am Waschbecken die Hände und das Gesicht, rolle mir die Hosenbeine hoch und wasche mir die Beine.

Mein Magen tut weh. Aber anders als sonst.

Überfressen. Ich rülpse.

Das war dein Mittagessen, Gorilla. Und jetzt ist es meins.

Rache ist so süß wie Mais!

17

Auf dem Rückweg zum Dienstraum sagte Stu: »Er hat sie nur ein einziges Mal verprügelt. Was für ein Kerl.«

»Und dann damit gleich zu Schoelkopf rennen, über unsere Köpfe hinweg«, sagte Petra, »Einfluß geltend machen.« Sie wollte sich kollegial verhalten, doch dann fragte sie sich, zum Teufel, warum? Lieber sagen, was man auf dem Herzen hat.

Sie blieb stehen und lehnte sich an einen Spind. »Warum hast du das Buch ins Spiel gebracht?«

Stu lehnte sich ebenfalls gegen den Spind. »Es war etwas Handfestes, und ich wollte uns seine üblichen Reden zum Thema Wunschdenken und Beweise ersparen.«

»Die gab's aber trotzdem.«

Er zuckte die Achseln.

»Er glaubt, das mit dem Buch ist Quatsch. Und du bist da seiner Meinung, oder?« fragte Petra.

Er richtete sich auf und rückte mit einer Hand den Knoten in seiner Krawatte zurecht. »Also für die Götterdämmerung am Horizont halte ich es auch nicht gerade. Aber im Labor werden sie's auf Fingerabdrücke untersuchen, und wenn es sich um einen Obdachlosen handelt, besteht die Möglichkeit, daß irgendwo eine Akte über ihn existiert und wir ihn finden können. Wenn nichts dabei herauskommt, stehen wir zumindest nicht schlechter da als vorher.«

Sie erwiderte nichts.

»Was ist los?« fragte Stu.

»Ich war wie vor den Kopf gestoßen, daß du das Buch einfach so ins Spiel gebracht hast.«

»Hey, selbst ich stecke manchmal voller Überraschungen.« Er vermied es, ihr ins Gesicht zu schauen, und ging weiter, ohne sich umzusehen, ob sie ihm folgte.

Petra blieb mit geballten Fäusten stehen. Dann fiel ihr wieder ein, wie kurz angebunden Kathy letzte Nacht am Telefon gewesen war. Wenn er zu Hause Probleme hatte, konnte sie nicht erwarten, daß das spurlos an ihm vorüberging. Also gut, reg dich ab, und konzentrier dich auf die Arbeit. Allerdings haßte sie Überraschungen.

Von den fünfundzwanzig anderen Detectives, die im Hollywood-Revier Frühschicht hatten, saßen sechs an ihren Schreibtischen und sortierten Karteifotos, tippten an den Computern herum, die vor kurzem erst gespendet worden waren und noch immer das eine oder andere Rätsel aufgaben, saßen murmelnd am Telefon oder lasen Kriminalromane. Alle schauten auf, als Petra und Stu den Raum betragen, und warfen den beiden mitfühlende Blicke zu.

Jeder Detective, der Krimis mochte, als er in den Polizeidienst eingetreten war, änderte seine Vorliebe ziemlich schnell. Der Fall Ramsey war ein Kriminalroman der übelsten Sorte. Der Dienstraum roch genauso wie das, was er war: ein fensterloser Schuhkarton, gewürzt mit vorwiegend männlicher Frustration.

Ein schwarzer Detective-II namens Wilson Fournier sagte: »Ich wußte gleich, daß ihr Spaß haben würdet, als der Chef heute früh reinkam und Kaugummi gekaut hat, nur daß er keinen Kaugummi im Mund hatte.«

Petra lächelte ihn an, und er widmete sich wieder seiner Kartei mit den Fotos jugendlicher Gangmitglieder. Stu saß schon an seinem Schreibtisch im hinteren Teil des Raumes. Ihrer stand genau gegenüber. Sie setzte sich hin und wartete.

»Was willst du bezüglich der ähnlichen Fälle unternehmen?« fragte Stu.

»Nicht viel.«

Er hakte seine Daumen in die Hosenträger. Seine 9-mm-Pistole steckte in einem Schulterhalfter. Petra trug ihre auf die gleiche Weise, doch davon tat ihr immer der Arm weh, und deshalb legte sie sie jetzt ab.

»So wie ich die Sache sehe«, sagte Stu, »haben wir zwei Möglichkeiten. Entweder wir gehen rüber ins Parker und wühlen uns eine Woche durch die Mikrofilme, und dann müssen wir immer noch rumtelefonieren, um Atwater, Burbank und Glendale und die ganzen anderen Randbezirke zu überprüfen. Oder wir erledigen alles telefonisch und rufen jedes Morddezernat an, das wir an die Strippe kriegen. Schoelkopf hat gesagt, über einen Zeitraum von zwei bis drei Jahren; machen wir also zwei daraus. Wenn wir Glück haben, haben wir innerhalb einer Woche alles abgegrast. Ich persönlich rede lieber mit Menschen aus Fleisch und Blut anstatt mich mit den Akten im Hauptrevier rumzuschlagen. Aber du kannst es dir aussuchen.«

»Fleisch und Blut«, sagte Petra. »Und in welcher Reihenfolge gehen wir vor? Soll ich zuerst rumtelefonieren oder lieber versuchen, diesen Darrell zu erreichen?«

»Teilen wir's uns so ein, daß wir uns vormittags mit den Altlasten herumschlagen und die richtige Arbeit für nachmittag aufheben.« Er schaute auf seine Uhr. »Du kümmerst dich um Darrell, und ich horche mich mal in den Studios um.«

Petras Blick durchquerte den Raum. »Wo wir gerade von Menschen aus Fleisch und Blut reden, können wir ja schon mal mit unseren Kollegen hier anfangen. Es ist zwar Zeitverschwendung, aber das ist alles andere ja auch.«

»Nächstenliebe beginnt in den eigenen vier Wänden. Also los.«

Sie stand auf, strich sich die Haare aus dem Gesicht und räusperte sich dramatisch. Drei der sechs Detectives hoben den Kopf.

»Meine Herren«, erklärte sie, und auch die übrigen drei unterbrachen ihre Arbeit.

»Wie Sie wissen, ist Detective Bishop und mir ein faszinierender Fall zugeteilt worden, der *so* faszinierend ist, daß wir Anweisung von oben bekommen haben, ganz besonders gründlich zu sein. Um sicherzugehen, daß der gesamte *Kontext* hinreichend ausgeleuchtet wird.« Gelächter. »Denn unsere Leistungen werden, Zitat: *beurteilt werden.*«

Finstere Mienen allenthalben.

»Detective Bishop und ich wünschen uns natürlich, gut abzuschneiden, und so bitten wir um Ihre Hilfe bei der Suche nach dem Unhold, der dieses abscheuliche Verbrechen begangen hat – der, wie sollte es anders sein, völlig unbekannt ist und bei dessen Suche mit äußerster Sorgfalt vorgegangen werden muß, um zu vermeiden, daß die Nachforschungen von Vorurteilen geleitet werden.«

Lächeln – sie wußten alle, was gemeint war. Petra beschrieb den Tatort, Lisas Wunden und sagte: »Irgendwelche einhundertsiebenundachtziger Fälle während der letzten zwei Jahre, die irgendwelche Ähnlichkeiten aufweisen?«

Kopfschütteln.

Ein Detective namens Markus sagte: »Wo war O. J. zum fraglichen Zeitpunkt?«

Gelächter.

»Ich danke Ihnen, meine Herren.« Unter leichtem Beifall setzte sie sich wieder auf ihren Stuhl.

Stu klatschte ebenfalls. Er machte mittlerweile wieder einen ganz guten Eindruck. Die blauen Augen hatten wieder ihren warmen Glanz. Vielleicht war es nur der Schlafmangel gewesen.

»Sechs können wir schon mal abhaken«, sagte er. »Bleiben nur noch ein paar hundert – wie wär's, wenn wir die Reviere der Länge nach aufteilen? Ich nehme die östlich von hier, und du machst die im Westen?«

Die Kriminalitätsrate war östlich von Hollywood ungleich höher – das hieß mehr Detectives, mehr Akten. Er lud sich selbst den Löwenanteil der Strafarbeit auf. Hatte er ein schlechtes Gewissen? »Du hast schon all die Studios; ich habe nur Darrell. Ich nehme den Osten«, bot Petra ihm an.

»Nein, ist schon in Ordnung«, sagte er. »Ich habe Kathy schon gesagt, daß sie nicht allzu bald mit mir zu rechnen braucht.« Er blinzelte schnell, als ob seine Augen brannten, und griff zum Telefon.

Eine Scheidung nach all den Jahren? Petra wollte ihn nicht sich selbst überlassen. Sie sagte: »Mittagspause, bevor wir getrennte Wege gehen? ›Musso und Frank‹?«

Er zögerte. Dann sagte er: »Klar, wir haben uns schließlich verdient.« Er wählte eine Telefonnummer und hielt mittendrin inne. »Jemand sollte außerdem die Sheriffs anrufen – De la Torre und Banks –, um rauszufinden, ob Lisa Anzeige erstattet hat, wegen Gewalt in der Ehe.«

»In den Nachrichten hieß es, daß sie nie offiziell Anzeige erstattet hat.«

»Na also«, sagte Stu. »Die Fernsehnachrichten sagen immer die Wahrheit.«

Sie rief bei der Downtown-Mordkommission an und fragte nach Hector De la Torre oder Detective Banks, an den Vornamen des jüngeren Detectives konnte sie sich nicht mehr erinnern - oder hatte er ihn gar nicht genannt? Banks kam ans Telefon und begrüßte sie unerwartet herzlich. »Wußte ich doch, daß Sie anrufen würden.«

»Aus welchem Grund?«

»Wegen der Nachrichten letzte Nacht. Leider habe ich bis jetzt noch nichts für Sie. Beim Revier in Agoura liegen keine früheren Beschwerden vor - noch nicht mal der Vorfall, mit dem sie an die Öffentlichkeit gegangen ist - sieht also ganz so aus, als hätte sie nie Anzeige erstattet.«

»Okay, vielen Dank.«

»War mir ein Vergnügen«, sagte er und klang nervös. »Bloß keine unnötige Konkurrenz zwischen den Abteilungen. Unsere Jungs haben Ihre letzten Monat beim Boxen geschlagen, von daher fühlen wir uns einigermaßen sicher ... jedenfalls haben Sie mein Mitgefühl. Der Bericht ist heute morgen in den Nachrichten übrigens wiederholt worden. Das Haus sah darin noch schicker aus als in Wirklichkeit. Das kleine Automuseum ist allerdings nicht erwähnt worden.«

War dieser Kerl gesprächig!

»Nur die Blasen vom Whirlpool, Pferde und Golf.«

»Irgendwie interessant«, sagte Banks. »Da kriegen die Leute das Leben auf einem silbernen Tablett serviert und schaffen's immer noch, alles zu vermasseln ... kann ich sonst noch was für Sie tun?«

»Um ehrlich zu sein, ja«, sagte sie, von einer plötzlichen Inspiration erfaßt. »Wenn Sie zufällig Zeit haben. Wir wurden angewiesen, sämtliche Akten nach ähnlichen Mordfällen in den letzten zwei Jahren zu durchforsten. Haben Sie einigermaßen problemlos Zugang zu den Daten des County?«

Banks lachte. »Wir sind hier in L.A., da ist nichts problemlos. Aber wir haben schon gelernt, auf zwei Beinen zu laufen, ohne mit den Händen über den Boden zu schrammen. Ähnliche Fälle soll heißen, irgendwelche Unholde, die unerkannt ihr Unwesen treiben? Warum?«

»Die Chefetage ist nervös.«

»Ach so, klar. Ich prüfe das für Sie nach.«

»Da bin ich Ihnen wirklich dankbar, Detective Banks.«

»Ron.«

»Das ist eine elende Plackerei, Ron. Da kann einiges auf Sie zukommen, reißen Sie sich bloß kein Bein aus.«

»Haben Sie eine Durchwahl?«

Sie gab sie ihm, und er sagte: »Ich nehme an, die Ähnlichkeiten beziehen sich auf den Tatort, die Art und die Anzahl der Verletzungen, die Vorgehensweise und spezielle Eigenschaften des Opfers. Ist am Tatort irgend etwas Außergewöhnliches aufgefallen, das ich wissen müßte?«

»Nein«, sagte sie. Mit gewissen Informationen wollte sie lieber nicht herausrücken. »Einfach nur das ganz normale Schlachtfest.«

»Okay. Ich melde mich dann, wenn sich irgendwas ergibt. Oder auch nicht.«

»Danke, Ron.«

»Kein Problem ... ähmm ... hören Sie, ich weiß, dieser Fall läßt Ihnen nicht viel Zeit, aber wenn Sie mal ausnahmsweise nichts zu tun haben ... ich meine, wenn Sie Lust hätten, sich mal zu treffen – vielleicht auf eine Tasse Kaffee ... wenn ich mich hier vergaloppiere, sagen Sie's einfach.«

Er druckste herum wie ein Schuljunge.

Jetzt wurde auch klar, warum er sie so herzlich begrüßt hatte.

Er war auch nicht nur ansatzweise ihr Typ – was immer das auch sein mochte. Sie konnte sich kaum an sein Gesicht erinnern, denn sie hatte sich die ganze Zeit auf Ramsey konzentriert. Hatte er einen Ehering getragen? Er *hatte* erwähnt, daß er mit seinen Kindern im Zoo gewesen war.

Wenigstens *hatte* er Kinder. Und *haßte* Kinder nicht.

Sie mußte zu lange geschwiegen haben, denn er meldete sich

wieder mit den Worten: »Hören Sie, es tut mir leid, ich hatte nicht vor –«

»Nein, nein, das ist schon in Ordnung«, hörte sie sich selbst sagen. »Klar doch, wenn sich alles ein wenig lichtet. Gern.«

Gott steh ihr bei.

18

Die Paragon Studios erstreckten sich über drei Blocks auf der Nordseite der Melrose Avenue, östlich von Bronson. Sie waren ein einziges Gewirr aus verblaßten braunen Türmen und Hangars aus Wellblech, alles umgeben von fünf Meter hohen Mauern – eines der letzten großen Filmstudios, das noch in Hollywood existierte.

Die Rokokotore am Eingang standen offen, und Stu Bishop versuchte trotz der Ängste und Sorgen, die in seinem Kopf herumwaberten wie dichter Smog, so sachlich und nüchtern zu wirken wie möglich, während er in seinem zivilen Polizeiwagen auf die Eingangskontrolle zurollte.

Zwei Lieferwagen standen vor ihm. Einer davon ließ sich mächtig Zeit.

Petra hatte das Revier vor ihm verlassen und ihren eigenen Wagen genommen.

Ihr Vertrauen in ihn hatte seit gestern nachgelassen.

Er konnte es ihr nicht verdenken, so wie er Schoelkopf das Buch aus der Bücherei zum Fraß vorgeworfen hatte, ohne sie vorher zu warnen. Einfach nur so, aus einer Laune heraus. War ihm das ganze Tohuwabohu in seinem Leben nun endgültig über den Kopf gewachsen?

Er mußte zugeben, daß er wirklich nicht glaubte, daß das Buch auch nur einen Pfifferling wert war. Er hatte Petra benutzt, um sich den Captain vom Hals zu halten. Aber Schoelkopf hatte trotzdem seine Predigt gehalten.

Predigten hatte Stu schon jede Menge über sich ergehen lassen. Von Lehrern und sonstigen Respektspersonen. Vom *Vater.* Dr. med. Eastin Bishop war nur dann richtig zu Hause, wenn er seiner schweigend dasitzenden achtköpfigen Kinderschar unantastbare Wahrheiten erklären konnte. Stu hatte auf diese Art von Autorität im Umgang mit seinen eigenen Kindern verzichtet und darauf vertraut, daß sie sich an Beispielen orientieren würden, in erster Linie an Kathys Vorbild. Kathy ... oh, lieber Gott.

Stu glaubte an einen gnädigen, verzeihenden Gott, doch er lebte sein eigenes Leben, als ob Gott ein strenger, unnachgiebiger Perfektionist war. Dies hatte ihn vorsichtig gemacht, und er ging der Sünde nach Möglichkeit aus dem Weg. Wieso mußte ausgerechnet jetzt, an diesem Punkt seines Lebens, alles zerbrechen?

Dämliche Frage.

Der zweite Lieferwagen passierte das Tor, und Stu fuhr vor. Den Wachmann, Ernie Robles, kannte er noch von den Dreharbeiten zu *L.A. Cop,* wo er vier Wochen lang als Statist (»sitzt stumm im Wachraum, tippt und telefoniert viel«) mitgemacht hatte. Ganz netter Kerl, unverkrampft, nie im Polizeidienst gewesen, schon seit Ewigkeiten Wachmann bei einer Privatfirma.

Er kritzelte gerade etwas in sein Notizbuch, als Stu anhielt und den Motor laufenließ.

»Hey, wie geht's, Detective Bishop! Schöner Tag, was?«

In der Tat. Warm und klar, der Himmel so blau wie eine dieser gemalten Hintergrundkulissen, die die Filmcrews verwendeten, um L.A. himmlisch wirken zu lassen. Stu war das noch gar nicht aufgefallen, aber er sagte: »Spitzenmäßig, Ernie.«

Robles nahm das Klemmbrett zur Hand. »Haben Sie 'ne Rolle? Wo?«

»Was glauben Sie?«

»Das *Cop* -Team? Die drehen doch gar nicht.«

»Nöö. Alles abgedreht für dieses Jahr. Aber ich muß jemanden treffen – oh, da fällt mir ein, das hier habe ich für Sie vom Revier mitgenommen.«

Er reichte Robles etwas, das aussah wie ein dünnes Hochglanzmagazin. In grellgelben Buchstaben mit rotem Rand prangte der Titel THE SENTINEL am oberen Ende des Titelblattes. Darunter war ein aufwendig gemachtes Foto einer gefährlich aussehenden USP Halbautomatik mit Schalldämpfer und Messingpatronen mit schwarzen Spitzen. Ein Werbemagazin von Heckler & Koch; die Dinger lagen stapelweise auf jedem Polizeirevier herum. Stu hatte das Heft durchgeblättert, als er an einer roten Ampel warten mußte. Diverse Artikel über Benelli Schrotgewehre, HK Training und die PSG – »ein Tausend-Dollar-Gewehr, das seinen Preis wert ist!« Stu wußte den Nutzwert von Waffen durchaus zu schätzen, doch er fand sie langweilig.

Robles war schon dabei, das Heft durchzublättern und betrachtete die Fotos.

»Frisch aus der Druckerpresse, Ernie.«

»Sehen Sie sich die mal an! Hey, Mann, vielen Dank.«

Stu fuhr weiter.

Er parkte den Wagen bei den Gebäuden von Element Productions, wo er keine Probleme hatte, Scott Wembley zu finden. Der Regieassistent trat gerade aus einem niedrigen Bungalow, der nicht viel hermachte, ließ seine langen Arme baumeln und leckte sich die Lippen.

Mittagszeit. Wembley war allein, vermutlich auf dem Weg zur Kantine.

Stu trat von hinten an ihn heran. »Hi, Scott.«

Wembley drehte sich um und blieb stehen. Sein langes, blasses Gesicht erstarrte. »Stu, hey.«

Wembley war, wie die meisten Regieassistenten, noch ein ziemlicher Jungspund, der nach ein paar Jahren Kunststudium an der Universität Berkeley mit einem Abschluß in den Schönen Künsten einen schlechtbezahlten Job ergattern konnte, in dem Überstunden und Schikanen an der Tagesordnung waren. Ein Job, der nichts bot außer einem beeindruckenden Titel und der Chance, Verbindungen zu knüpfen.

Wie so viele junge Leute litt er an einem Mangel an Rückgrat und Urteilsvermögen.

Die beiden schüttelten sich die Hände. Wembley trug die in der Filmbranche übliche Aufmachung: weite Jeans von Gap und ein übergroßes Karohemd mit Button-down-Kragen, das für das Wetter eigentlich zu warm wirkte – und zu teuer für sein Einkommen. Noch mehr wunderte sich Stu allerdings über die Edelstahl-Rolex an seinem Handgelenk.

Der Junge sah noch dünner aus als letztes Jahr. Mit seinem knochigen und auf eine gewisse Weise androgynen Gesicht hätte er gut in eine Calvin-Klein-Anzeige gepaßt. Pickel auf den Wangen. Das war neu.

Seine Handfläche fühlte sich weich, kalt und feucht an. Schweißperlen glitzerten auf Wembleys glatter Stirn. Ein Hemd, das zu warm war. Mit langen Ärmeln. Die Manschetten zugeknöpft.

Und dann noch die Augen ... Diese Pupillen. Der arme Scotty hatte absolut nichts dazugelernt.

Während des Monats, den Stu bei den Dreharbeiten zugebracht hatte, war Wembley sehr darum bemüht gewesen, sich gut mit ihm zu stellen, und hatte ihn unaufhörlich mit Fragen bombardiert, um zu erfahren, wie es auf der Straße *wirklich* zuging. Weil er ein Drehbuch schrieb, wie jeder, obwohl sein eigentlicher Traum war, ein zweiter Scorsese zu werden – es waren schließlich die Regisseure, die letztendlich das Sagen hatten.

Stu hatte ihm geduldig seine Fragen beantwortet, weil er die Kombination aus dem Elan der Generation X und grenzenloser Ignoranz irgendwie anrührend fand.

Dann, am letzten Freitag der Dreharbeiten, war er nach Drehschluß noch am Set geblieben, um etwas Papierkram zu erledigen und hatte einen leeren Aufnahmeraum als Büro benutzt. Plötzlich hörte er lautes Stöhnen, dem er nachging bis zu einer Ecke des riesigen Raumes, wo er Wembley, halb verdeckt von einigen Kulissenwänden, am Boden kauernd fand, eine Heroinspritze im Arm.

Der Junge hörte gar nicht, wie Stu näher kam. Er hatte die Augen geschlossen, seine Venen quollen wie Spaghetti aus seinem langen, knochigen Arm. Die Spritze war eine von diesen billigen Wegwerfdingern.

Stu blaffte ihn an: »Scott!« Und der Junge öffnete die Augen, um sich dem übelsten Szenario ausgesetzt zu sehen, mit dem ein Junkie konfrontiert sein kann. Er riß sich die Nadel aus dem Arm und warf sie zu Boden, wo sie aufprallte und den Beton mit einer milchigen Flüssigkeit vollsuppte.

»O Mann«, sagte Stu.

Wembley brach in Tränen aus.

Die Qual mit der Moral.

Am Ende rang sich Stu zu dem Entschluß durch, den Jungen

nicht festzunehmen, obwohl dies ein klarer Verstoß gegen die Vorschriften war: »*Wird ein Beamter Zeuge eines Verbrechens, so hat er ...*«

Er tat so, als würde er dem Jungen glauben, als Wembley ihm Stein und Bein schwor, es sei das erste Mal gewesen, und daß er es nur mal hatte ausprobieren wollen. Zwar deuteten weitere zwei Einstiche in seinen Armen darauf hin, daß dem nicht so war, doch waren beide schon leicht vernarbt, so daß Stu davon ausgehen konnte, daß der Junge nicht regelmäßig spritzte – noch nicht. Stu konfiszierte das Spritzbesteck, das er in Wembleys Bomberjacke fand, und warf es in einen Müllcontainer auf dem Studiogelände – wodurch er sich selbst wesentlich angreifbarer machte als Wembley, doch Gott sei Dank war der Junge nicht schlau genug, um das zu kapieren.

Er fuhr mit Wembley zu »Go-Ji's Coffee Shop« auf dem Hollywood Boulevard, schob den Jungen in eine Nische im hinteren Teil des Schuppens und füllte ihn mit starkem schwarzen Kaffee ab – was in Stus Augen im Grunde genommen ebenso eine Droge war wie Heroin. Dann zwang er den dämlichen Jungen, sich in dem heruntergekommenen Restaurant umzuschauen, damit er einen Eindruck gewann, wie fortgeschrittene Junkies aussahen.

Die Dosis in der Spritze war wohl nicht allzu stark gewesen, denn Wembley wirkte mit einemmal völlig fassungslos, und seine Augen wurden klar. Es konnte aber auch sein, daß der Adrenalinschub infolge seiner Angst das Opiat neutralisiert hatte.

Stu bestellte dem Jungen einen Hamburger und zwang ihn, diesen zu essen, während er mit aller Eindringlichkeit auf ihn einredete. Es dauerte nicht lange, bis Wembley ihm leise murmelnd seine traurige Biographie präsentierte – wie schrecklich es gewesen war, als Kind wohlhabender, mehrfach verheirateter Eltern in Marin County aufzuwachsen. Eltern, die sich weigerten, ihm Grenzen oder Beschränkungen aufzuerlegen. Die Einsamkeit nach dem Abschluß des College, die Entfremdung, die er empfand, und die Angst vor der Zukunft. Stu tat so, als würde er das alles ernst nehmen, während er sich gleichzeitig fragte, ob seine eigenen Kinder wohl auch so sein würden, wenn sie in das Alter kämen. Als eine Stunde vergangen war, leistete Wembley feierliche Eide auf die Enthaltsamkeit, die Nächstenliebe und die Treue zur Fahne.

Stu fuhr ihn zurück ins Studio. Der Junge sah aus, als würde er ihn am liebsten küssen, er sprühte vor Dankbarkeit wie ein kleines Mädchen, und Stu fragte sich, ob er zu allem Überfluß auch noch schwul war.

Nach diesem Vorfall ging Wembley ihm auf dem Set aus dem Weg. Aber das machte nichts. Er war Stu etwas schuldig, und zwar keine Kleinigkeit, und wenn der Junge den Kram nicht hinschmiß und wieder zurück nach Hause ging, würde Stu irgendwann auf ihn zurückgreifen.

Und dieser Zeitpunkt war nun gekommen. *Ta-daaa!*

»Schön dich zu sehen, Scott.«

»Gleichfalls.« Der Junge war ein elend schlechter Lügner. Sein Mund zitterte, er schniefte. Die Nase war rot. Und dann noch seine Augen. Blöder kleiner Idiot.

»Wie läuft's denn so?«

»Prima. Was kann ich für Sie tun, Detective?«

Stu legte seinen Arm um Wembleys knochige Schulter. »Um ehrlich zu sein, Scott, eine ganze Menge. Komm, wir suchen uns eine Stelle, wo wir uns unterhalten können.«

Er manövrierte Wembley zu einer Bank und sagte: »Ich brauche Informationen über Cart Ramsey. Vertrauliche Informationen.«

»Ich weiß auch nur das, was in den Nachrichten gelaufen ist.«

»Gibt's denn keine Gerüchte auf dem Gelände?«

»Warum sollte es?«

»Weil niemand soviel klatscht und tratscht wie die Leute aus der *Industrie*.«

»Na ja, wenn's Klatsch und Tratsch gibt, dann habe ich jedenfalls nichts davon mitbekommen.«

»Du willst mir sagen, daß niemand auch nur ein Wort verloren hat über Ramsey?«

Wembley biß sich in die Wangen. »Na ja … nur das, was alle hier erzählen.«

»Nämlich?«

»Er hat sie kaltgemacht.«

»Warum wird so was behauptet, Scott?«

»Er hat sie verprügelt, richtig. Vielleicht wollte er wieder was mit ihr anfangen, und sie hat nein gesagt.«

»Ist das deine Theorie oder die von jemand anders?«

»Die von allen. Ihre vielleicht nicht?« fragte Wembley. »Wenn's nicht so wäre, wären Sie wohl kaum hier.«

»Hat Ramsey einen gewissen Ruf?«

Wembley kicherte. »Nicht als Schauspieler – nein. Aber ich weiß nix über ihn. Die ganze Sache interessiert mich einen Scheiß.«

»Nun«, sagte Stu. »Das war vielleicht bis eben noch so. Aber ab jetzt wird es dich sogar sehr interessieren.«

19

Heute war ganz gut bis jetzt. Immerhin konnte ich mir den Mais unter den Nagel reißen und hatte ansonsten meine Ruhe. Ich gehe zurück zu Stützpunkt fünf und überlege mir, was ich tun soll.

Ich bin auf dem Weg zu dem Durchlaß im Zaun, da sehe ich jemanden winken.

Die zwei schrägen Alten. Stehen genau da, wo die Straße einen Bogen macht.

Der alte Kerl hält seine Kamera hoch. Beide winken und die Frau ruft: »Junger Mann? Könnten Sie uns einen Moment helfen?«

Ich will keine Aufmerksamkeit erregen, indem ich einfach davonlaufe oder mich irgendwie komisch benehme, deshalb gehe ich zu ihnen hin.

»Hey, Großer«, sagt der Alte. Sieht ein bißchen bescheuert aus, der Typ – in seinem Dodgers-T-Shirt mit Shorts und Socken und Schuhen und einem hellblauen Hut. Seine Haut ist richtig rosa und seine Nase ganz schrumpelig. Wie bei den Typen vom »Sunnyside«.

Seine Kamera ist riesig, sie steckt in einer großen schwarzen Tasche voller Gurte und Schnallen, und seine Frau hat auch so eine.

»Entschuldige, daß wir dich belästigen, mein Freund, aber du scheinst ein netter Kerl zu sein«, sagt er und strahlt mich mit seinen gelben Zähnen an.

»Danke, Sir.«

»Höflich«, sagt er und lächelt. »Nicht alle, die wir getroffen haben, sind höflich. Ich bin sicher, daß er es hinkriegt, Liebling.«

Er räuspert sich und tippt auf seine Kameratasche. »Das hier ist eine Nikon-Kamera aus Japan. Meine Frau und ich haben uns gefragt, ob du uns wohl einen Gefallen tun könntest und ein Foto von uns machst, damit wir eins haben, wo wir beide zusammen drauf sind.«

»Sicher.«

»Vielen Dank, Sohnemann.« Er greift in seine Hosentasche und nimmt einen Eindollarschein heraus.

»Sie brauchen mir kein Geld zu geben«, sage ich.

»O doch, mein Lieber, da bestehen wir drauf«, sagt die Frau, und obwohl ihre Augen hinter der Sonnenbrille verborgen sind, sehe ich, daß sich in ihrem Gesicht etwas verändert. Sie verzieht den Mund – nur für eine Sekunde. Als ob sie traurig wäre. Voller Mitleid. Als ob sie weiß, daß ich das Geld brauche.

Ich überlege mir, daß sie mir vielleicht noch mehr Geld gibt, wenn ich richtig arm aussehe, und deswegen mache ich mich noch ein bißchen krumm, aber sie tätschelt mir nur die Hand.

»Nimm das. Bitte.«

Ich stecke den Dollar in die Tasche.

»Na schön«, sagt er. »Dann sind wir jetzt im Geschäft!« Noch mehr Zähne. »Okay, Liebes, wo stellen wir uns am besten auf?«

»Genau da, wo wir gerade waren. Da ist die Sonne genau richtig.« Sie deutet auf eine Stelle und geht ein wenig weiter den Hügel hinauf, stampft mit dem Fuß auf und legt die Hand auf ihre eigene Kamera. Warum sie zwei Kameras brauchen, ist mir zwar schleierhaft, aber manche Leute trauen der Technik wohl nicht ganz über den Weg. Oder ihrem eigenen Gedächtnis. Sie wollen ganz sicher sein, daß sie alles festhalten, was sie sehen. Vielleicht, um die Fotos dann ihren Enkeln zu zeigen.

Die Frau trällert: »Okay!« Sie ist klein und dünn und trägt eine Männerjacke über ihrem Dodgers-T-Shirt und ihrer grünen Hose.

Er nimmt seine Kamera heraus, reicht sie mir und geht dann zu ihr und stellt sich neben sie. Die Kamera sieht teuer aus, und ich kriege zittrige Hände.

»Keine Angst«, sagt sie. »Ist ganz einfach. Und du machst doch einen ganz aufgeweckten Eindruck.«

Ich betrachte die beiden durch den Sucher. Sie sind zu weit weg, deswegen gehe ich näher ran.

»Ist schon alles eingestellt, Sohnemann«, sagt der Alte. »Du mußt nur auf den Knopf drücken.«

Ich drücke. Nichts passiert. Ich probiere es noch mal. Wieder nichts.

»Was ist los?« fragt er.

Ich zucke mit den Schultern. »Ich hab draufgedrückt.«

Sie ruft: »O nein. Hat sich's schon wieder verklemmt?«

»Ich sehe mal nach«, sagt er und kommt wieder runter. Ich gebe ihm die Kamera, und er dreht sie herum. »Oh, oh, schon wieder.«

»Heilandsakra«, sagt sie und stampft mit dem Fuß auf. »Ich hab dir doch gesagt, wir nehmen meine besser auch mit, man kann nie wissen. Wenn wir wieder zu Hause sind, gehst du sofort in den Laden und sagst dem Kerl, daß er sie diesmal richtig reparieren soll.«

Er lächelt mich betreten an – als ob er es nicht ausstehen kann, wenn sie ihn so rumkommandiert.

Sie kommt jetzt auch zu uns rüber. Sie riecht nach irgendeiner Seife. Er riecht nach Zwiebeln.

»Tut mir leid, Kleiner. Dauert nur 'n Moment«, sagt sie, macht ihre Kameratasche auf und holt ihre Kamera raus ... nein, irgendwas Großes, Schwarzes ... keine Kamera, sondern eine Pistole. Ich kann's nicht fassen. Mit einemmal rammt sie mir das Ding in den Bauch, so daß ich keine Luft mehr kriege, und sie drückt sie mir rein, als wollte sie sie glatt durch mich durchschieben. Mit der anderen Hand faßt sie mich am Genick. Sie packt richtig fest zu. So stark hat sie gar nicht ausgesehen. Aber sie *ist* stark. Und jetzt packt er mich auch und drückt mir die Arme in die Seiten.

Sie stehen links und rechts von mir, als ob sie meine Eltern wären und wir eine Familie wären, nur daß ich nicht atmen kann und sie mir weh tun. Und dann sagt sie: »Jetzt kommst du mit uns mit, du dreckiger Straßenbalg. Und wenn du auch nur eine falsche Bewegung machst, machen wir dich kalt. Glaub mir.«

Und dann lächelt sie wieder. Aber diesmal nicht aus Mitleid, sondern irgendwie anders – wie Moron, bevor er zu seiner Werkzeugkiste gegangen ist.

Sie führen mich zu dem Durchlaß im Zaun. Die kennen ihn auch – von wegen geheimer Schleichweg! Was bin ich für ein Idiot.

Ihr Gesicht ist wie eine Maske, aber er keucht heftig, aufgeregt, und sein Mund steht offen. Seine Haut ist rosa wie ein Radiergummi, der Zwiebelgeruch weht mir ins Gesicht, und sie zerren mich in Richtung Stützpunkt fünf, und er sagt: »Du kriegst jetzt 'ne *Abreibung*, Kleiner. So hast du's noch *nie* besorgt gekriegt.«

20

Petra blieb an ihrem Schreibtisch und rief ihre Kontaktperson bei der Telefongesellschaft an, um sich nach Lisas Telefonrechnungen zu erkundigen. Man versicherte ihr, das diese am gleichen Tag noch bei ihr eintreffen würden. Daraufhin machte sie sich daran, den notwendigen Papierkram für eine gerichtliche Verfügung zu erledigen, um Lisas weiter zurückliegende Telefonrechnungen ebenfalls einsehen zu können, und telefonierte dann mit dem Gerichtsmediziner und dem kriminaltechnischen Labor. Bislang lagen keine medizinischen Ergebnisse vor, weder an Lisas Kleidern, noch an ihrem Körper oder ihrem Schmuck waren Fingerabdrücke gefunden worden. Vielleicht hatte der Täter Handschuhe getragen, gab der Kriminaltechniker zu bedenken. Gestärkt mit einer Portion Kaffee aus dem Automaten, überprüfte Petra sämtliche Abschleppunternehmen, die im Auftrag der Polizei arbeiteten, und ackerte die Listen mit den gefundenen Autos durch. Lisas Porsche war nirgendwo aufgeführt.

Zeit, sich wieder an Schoelkopfs Strafarbeit zu machen. Sie hatte bereits mit einem Dutzend Detectives gesprochen und somit die Tagschichten von Van Nuys bis Devonshire abgegrast, und später noch West L.A. Nun nahm sie sich die Reviere im Bezirk Pacific vor.

Jedesmal die gleiche Reaktion: *Sie machen wohl Witze.*

Alle wußten, wer in diesem Fall der böse Bube war. Aber sie verstanden auch, warum die Chefetage sich diesmal besonders ins Zeug legte und Petra Extraarbeit aufhalste, und nachdem das erste Lachen verklungen war, erntete sie allenthalben Mitgefühl.

Doch heraus kam lediglich, daß es keine ähnlichen Fälle gab. In der Zwischenzeit drosch Cart Ramsey Golfbälle durch die Gegend, lümmelte in der Badewanne herum und genoß den Chromglanz seines Automuseums, während seine Exfrau auf der Bahre des Gerichtsmediziners lag und ihr Gesicht geschält bekam.

Der Mercedes war vermutlich nach einer ausgiebigen Behandlung mit Schrubber, Dampfstrahl und Staubsauger sauberer als ein Operationssaal.

Sie dachte an Lisas Leiche, dieses klaffende, mit Blut gefüllte Loch in der Bauchdecke, die herausquellenden Eingeweide, dachte daran, wie ihr Gesicht zugerichtet worden war, und sie fragte sich, was geschehen mußte, damit Liebe sich in *so etwas* verwandelte.

Konnte so was jedesmal passieren, wenn große Leidenschaft im Spiel war, oder war bei dem Kerl eine Schraube locker?

Was sich liebt, zerfleischst sich. Es hatte einen Moment gegeben – einen ganz kurzen Augenblick –, wo sie zu einem Mord fähig gewesen wäre.

Warum dachte sie immer wieder an die Vergangenheit?

Setz dich damit auseinander, Kleines.

Sie quälte sich selbst mit Erinnerungen.

Eine fünfundzwanzigjährige Kunststudentin, die so tat, als wäre sie cool, die in Wirklichkeit aber so bis über beide Ohren in Nick verliebt war, daß sie sich für ihn hätte in Stücke reißen lassen. Dieser Gefühlsrausch, eine Leidenschaft, wie sie sie noch nie zuvor empfunden hatte. Sex, bis sie nicht mehr laufen konnte. Das Bettgeflüster danach, wenn sie Schenkel an Schenkel nebeneinander lagen, während ihre Vagina noch immer zitterte.

Nick schien ein so guter Zuhörer zu sein. Es dauerte eine ganze Weile, bis ihr aufging, daß er nur deshalb schwieg, weil er nichts von sich selbst preisgeben wollte.

Sie hatte ihm alles erzählt: wie es war, ohne Mutter aufzuwachsen, welche irrationalen Schuldgefühle sie plagten, weil sie den Tod ihrer Mutter verursacht hatte. Wie sie ihren Vater so lange zum Wahnsinn getrieben hatte, bis er keinen anderen Ausweg mehr sah, als sie aufs Internat zu schicken. Wie es gewesen war, die Hälfte ihrer Jugend in muffigen Mehrbettzimmern zuzubringen, mit anderen Mädchen, die kicherten und rauchten, sich über Jungs unterhielten und manchmal masturbierten, wie Petra am Geraschel der Federbetten hören konnte.

Und Petra, das merkwürdige, stille Mädchen aus Arizona, lag

derweil einfach nur da und dachte darüber nach, daß sie ihre Mutter umgebracht hatte.

Dieses Geheimnis hatte sie Nick anvertraut, weil dies die wahre Liebe war.

Und eines Nachts hatte sie ihm ein neues Geheimnis erzählt: Rate mal, was, Liebling? Und dabei hatte sie sich den Bauch getätschelt.

Auf Verblüffung und Überraschung seinerseits war sie gefaßt – sogar darauf, daß er zunächst einmal ablehnend reagieren würde, doch sie wußte, daß er letztendlich doch dahinschmelzen würde, schließlich liebte er sie ja.

Seine Augen erstarrten, und er wurde bleich. Die schiere Wut. Er starrte sie über den Eßtisch hinweg an, und in seinem Blick lag eine Verachtung, die sie sich niemals hätte vorstellen können. Sie hatte ihm zur Feier des Tages sein Lieblingsessen gekocht, vielleicht, weil sie tief in ihrem Inneren wußte, daß er nicht vor Begeisterung sprühen würde. Vielleicht waren die Gnocchi mit Kalbfleisch und der Chianti Classico für zwanzig Dollar nur der Versuch gewesen, ihn zu bestechen. Und nun blieb all dies unberührt.

Er saß einfach reglos da und sagte kein Wort. Seine dünnen Lippen, deren Blutarmut sie irgendwann einmal für aristokratisch gehalten hatte, waren nur mehr der haßerfüllte Mund eines widerwärtigen alten Mannes.

Nick –

Wie konntest du nur, Petra!

Nick, Liebling –

Du, ausgerechnet du! Wie konntest du nur so dämlich sein – du weißt doch, was bei Geburten passiert!

Nick –

Leck mich!

Wenn sie in diesem Augenblick eine Pistole gehabt hätte …

Sie öffnete die Augen und stellte erst in diesem Moment fest, daß sie sie überhaupt geschlossen hatte. Der Lärm des Wachraumes umwaberte sie wieder, die übrigen Detectives waren alle in ihre Arbeit vertieft.

Genau das tat sie besser auch.

Sie griff wieder zum Telefon, darauf gefaßt, noch mehr Zeit zu verschwenden.

Doch vier Telefonate später wartete ein Detective aus der Pacific-Region tatsächlich mit etwas auf.

Es handelte sich um einen Fall, der schon drei Jahre zurücklag. Ein gutaussehendes blondes Mädchen war an der Südspitze von Venice in der Nähe des Yachthafens erstochen worden. Der Detective, der den Fall bearbeitet hatte, hieß Phil Sorensen, und er erzählte Petra: »Wissen Sie, als ich vom Fall Ramsey gehört habe, mußte ich sofort wieder daran denken. Doch unser Mädchen war eine Deutsche, eine Stewardeß bei der Lufthansa auf Urlaub, und die Hinweise, die wir hatten, deuteten auf einen Freund hin, einen Österreicher, der bei der Gepäckabfertigung arbeitete und wieder nach Europa verduftet ist, bevor wir uns mit ihm unterhalten konnten. Wir haben ihn von der österreichischen Polizei suchen lassen, eine Interpolfahndung veranlaßt, alles mögliche, aber wir haben ihn nie gefunden.«

»Weshalb ist er überhaupt in Verdacht geraten?« fragte Petra.

»Die Freundin, mit der das Opfer zusammen unterwegs war – auch eine Stewardeß –, hat erzählt, daß er unangekündigt in ihrem Hotelzimmer aufgetaucht ist und einen ziemlichen Aufstand gemacht hat, weil das Opfer – Ilse Eggermann hieß sie übrigens – aus Wien abgereist war, ohne ihm Bescheid zu sagen. Ilse hatte ihrer Freundin erzählt, daß sie sich oft stritten und ihr Freund leicht ausrastete, sie ziemlich hart anpackte und daß sie ihn in die Wüste geschickt hatte. Endgültig Schluß war dann, als sie irgendwann mit einem blauen Auge in der ersten Klasse arbeiten mußte. Trotzdem hat er es, als er dann in L.A. aufgetaucht ist, geschafft, sie dazu zu bewegen, daß sie mit ihm ausging. Sie haben das Hotel um neun Uhr abends verlassen. Sie – beziehungsweise ihre Leiche – wurde um vier Uhr morgens gefunden, auf einem Parkplatz in der Nähe von Ballona Creek. Wir haben ausfindig gemacht, welchen Flug der Freund genommen hatte – er war am Morgen zuvor mit der Lufthansa hergeflogen, auf Mitarbeiterrabatt. Kein Gepäck, außer Handgepäck, und er ist offenbar in keinem Hotel oder Motel in L.A. abgestiegen, denn es gibt keine Anmeldung auf seinen Namen.«

»Also hatte er von vornherein vor, nur kurz zu bleiben«, sagte Petra. »Er hat erledigt, was er vorhatte, und sich wieder aus dem Staub gemacht.«

»So sah's zumindest aus.« Sorensens Stimme klang schon etwas älter, sanft, und er sprach langsam, leicht zögernd. *Stewardeß,* nicht Flugbegleiterin.

»Was für Kleider trug Ilse, als Sie sie gefunden haben?« fragte Petra.

»Ein hübsches Kleid, dunkel – blau oder schwarz. Ich glaube schwarz. Sie war ein sehr hübsches Mädchen. Sah wirklich nett aus. Soweit man das beurteilen konnte.« Sorensen hustete. »Kein Sexualverbrechen. Man mußte kein Sherlock Holmes sein, um rauszukriegen, daß sie den Abend mit ihrem Freund verbracht hatte – Karl-Heinz Lauch hieß er. Der Ober vom ›Antoine's‹ am Pier in Redondo Beach, der sie beim Abendessen bedient hatte, konnte sich an die beiden erinnern, weil sie weder viel gegessen noch viel geredet haben. Und das Trinkgeld war wohl auch nicht gerade üppig. Wir haben damals vermutet, daß Lauch sich wieder mit ihr versöhnen wollte, es nicht geklappt hat, weshalb er ausgerastet und mit ihr irgendwo hingefahren ist, wo er sie umgebracht und liegengelassen hat. Was für ein Auto er gefahren hat, weiß ich auch nicht, denn wir konnten nie einen Mietwagen ausfindig machen, der auf ihn zugelassen war, und Freunde oder Bekannte hatte er, soweit wir feststellen konnten, in Kalifornien auch nicht.«

Sorensen war in der Zwischenzeit ein wenig lauter geworden. Dafür, daß der Fall schon drei Jahre zurücklag, hatte er eine Menge Details parat. Offensichtlich war ihm die Sache damals an die Nieren gegangen.

»Sie wurde um vier Uhr gefunden«, sagte Petra. »Irgendeine Ahnung, wann sie umgebracht wurde?«

»Die vermutliche Tatzeit war zwischen zwei und halb drei.«

Am frühen Morgen. Genau wie bei Lisa. Auf einem Parkplatz, abgeladen wie Müll. Und das Marschland von Ballona Creek war ein öffentlicher Park, wie Griffith. »Viele Stichwunden?«

»Neunundzwanzig – ein regelrechtes Blutbad. Was zu ihrem Freund passen würde. Wenn man noch in Rechnung stellte, daß er bereits früher gegen sie gewalttätig geworden war, schien die Angelegenheit ziemlich klar. Klingt das nicht ganz wie Ihr Fall?«

»In bestimmten Punkten gibt es Ähnlichkeiten, Detective Sorensen«, sagte Petra, ohne sich an ihrer Stimme anmerken zu lassen, daß der Fall eine haarscharfe Kopie ihres eigenen war.

»Na ja, Sie kennen ja diese Typen«, sagte er. »Die Frauenhasser. Neigen dazu, in bestimmte Verhaltensmuster zu verfallen.«

»Stimmt«, sagte sie. »Wo war dieser Lauch bei der Gepäckabfertigung?«

»Am Flughafen von Wien, doch seine Familie lebte in Deutschland. Nach dem Verbrechen ist er weder zu seiner Arbeit noch in seine Heimatstadt zurückgekehrt. Wir haben auch andere Fluggesellschaften überprüft, aber Fehlanzeige. Möglich, daß er seinen Namen geändert oder er sich ins Ausland abgesetzt hat. Wäre schön gewesen, mal rüberzufahren und sich persönlich umzuschauen, aber Sie wissen ja, wie groß die Chancen sind, der Spesenabteilung das Geld für eine Europareise aus dem Kreuz zu leiern. Also mußten wir uns auf die österreichische Polizei und die Deutschen verlassen, aber die waren an der Angelegenheit nicht übermäßig interessiert, schließlich war das Verbrechen ja hier passiert.«

»Wenn Lauch unter einem falschen Namen bei einer anderen Gepäckabfertigung arbeitet, hat er Anspruch auf Mitarbeiterrabatt«, sagte Petra. »Vielleicht fliegt er ja noch immer durch die Gegend.«

»Um schließlich mal wieder in L.A. zu landen und das gleiche noch mal durchzuziehen?«

»Ich hoffe natürlich nicht, Phil, aber nach dem, was Sie mir erzählen, sieht es so aus, als ob wir ihn noch mal überprüfen müßten. Könnten Sie mir seine Daten rüberfaxen?«

»Geben Sie mir eine Stunde«, sagte Sorensen. »Wär das nicht was? Jemand, der so abgebrüht ist. Natürlich müßten Sie erst beweisen, daß Lauch hier war, als das Ramsey-Mädchen umgebracht wurde, und Sie müßten außerdem eine Verbindung zwischen ihm und ihr nachweisen – während Sie in der Zwischenzeit noch den Gewalttätigkeiten des Ehemannes nachgehen müssen. Hört sich an wie 'ne Menge Spaß.«

»Da können Sie Gift drauf nehmen. Danke für Ihre Hilfe, Phil.«

»Hey«, sagte er. »Wenn Ihnen das auf eine wundersame Weise weiterhilft, dann ist mir auch geholfen. Es hat mich immer gestört, daß ich diesen Fall nicht abschließen konnte. Sie war ein wirklich hübsches Mädchen, und was er aus ihr gemacht hat, war ein Bild des Grauens.«

Es war ein Uhr mittags. Zeit, sich auf die Suche nach Darrell/Darren zu machen, dem Cutter. Doch nun wollte sie zuerst abwarten, bis das Fax mit den Angaben zu Karl-Heinz Lauch ankam.

Die Nachrichten im Falle Ilse Eggermann waren eine echte Überraschung gewesen, doch Sorensen hatte recht: Die Übereinstimmungen konnten als typisches Verhaltensmuster gedeutet werden, wie es in von Gewalttätigkeiten geprägten Beziehungen immer wieder auftrat. Es war die ewig gleiche alte Tragödie, wie bei Othello.

Oder einfach das statistische Zufallselement – suche, und du wirst finden. In einem Zeitraum von drei Jahren passierten in L.A. über dreitausend Morde. Wenn es da eine Übereinstimmung von zwei Fällen gab, war das noch kein Fall fürs Guinessbuch der Rekorde.

In der Zwischenzeit würde sie bei den restlichen Detectives des Pacific-Distrikts nachfragen, und es noch mal bei denen aus dem Valley-Distrikt probieren, die sie beim ersten Mal nicht erreicht hatte. Vielleicht sollte sie auch noch einmal bei Lisas Familie in Chagrin Falls anrufen, um ihnen erneut ihr Beileid auszusprechen und zu sehen, ob Mrs. Boehlinger diesmal zu Hause war. Außerdem konnte sie bei dieser Gelegenheit erfahren, wann die Eltern nach L.A. kommen würden, um sich anzusehen, was von ihrer Tochter übriggeblieben war.

Ob Mrs. Boehlinger Ramsey gegenüber wohl ebenso heftige Gefühle hegte wie ihr Ehemann?

Petra versuchte ihre eigenen Gefühle dem Kerl gegenüber zu sortieren: wie er gleich mit einem Alibi aufgewartet hatte, sie über Lisas Drogenprobleme ins Bild gesetzt und sich über Stus und Petras Köpfe hinweg direkt an Schoelkopf gewandt hatte. Die subtile Don-Juan-Masche, die er ihr gegenüber abgezogen hatte.

Das Ganze roch nach Egomanie und Narzißmus. Doch hieß das auch gleich, daß er völlig ausrasten würde, wenn er von einer Frau abgewiesen oder verärgert wurde?

Schwer zu sagen, doch ihrer Ansicht nach hatte Ramsey nichts getan, um diesen Verdacht zu zerstreuen. Trotz Ilse Eggermann war der Schauspieler noch immer der Hauptverdächtige.

Sie spielte ein mögliches Szenario in ihrem Kopf durch: Lisa hatte sich wie Ilse Eggermann – und wie so viele geschlagene Frauen – von ihrem Ex breitschlagen lassen, sich mit ihm zu treffen. Zur Wiederauffrischung der alten Leidenschaften, vielleicht aber hatte Ramsey auch mit dem Köder gewedelt, dem die wenigsten Frauen widerstehen können: der Gelegenheit, sich über alles auszusprechen.

Immerhin hatte es ja mal einen Zeitpunkt gegeben, als die Chemie zwischen beiden gestimmt hatte, und Chemikalien verschwanden nicht einfach von einem Tag auf den anderen, sie verflüchtigten sich langsam. Erinnerungen konnten selektiv sein, und Frauen gaben die Hoffnung nie auf, daß Männer sich irgendwann doch änderten.

Ein Treffen ... wo? Nicht in einem Restaurant – irgendwo im privaten Rahmen. Wo es romantisch war. Und wo man seine Ruhe hatte.

Nicht in dem Haus in Calabasas – zu riskant. Selbst wenn Greg Balch für seinen Boß log, hätte jemand das Treffen bemerken können – der Wachmann, ein Nachbar. Die Haushälterin.

Petra erinnerte sich daran, wie unruhig und nervös Estrella Flores gewesen war. Da sollte man unbedingt noch mal nachhaken, doch wie ließ sich das bewerkstelligen, ohne Ramsey aufzuscheuchen? Darüber hinaus gab es noch etwas, das unbedingt auf die Liste der dringenden Erledigungen gehörte: die Vernehmung des Wachmanns von RanchHaven, der in der fraglichen Nacht Dienst gehabt hatte. Daß das noch nicht passiert war, war ein gravierendes Versäumnis. Die Politik der diskreten Vorgehensweise streute schon jetzt Sand ins Getriebe.

Es gab so vieles zu tun ... Petras Gedanken schweiften zurück zu ihrem Letzte-Verabredung-Melodram. Wohin hätte Ramsey Lisa anläßlich des finalen Rendezvous wohl ausgeführt?

Hatte er noch ein Haus? Einen privaten Schlupfwinkel, wohin er sich an den Wochenenden zurückzog? Hatten nicht alle Schauspieler solche Wochenendhäuser?

Am Strand? In den Bergen? Arrowhead, Big Bear? Oder weiter nördlich – Santa Barbara, Santa Ynez. Eine eigene Ranch zu haben war bei den Typen aus der Traumfabrik schwer angesagt...

Wenn das Rendezvous am Strand stattgefunden hatte, dann wahrscheinlich in Malibu. Tosende Wellen, der weiche Sand, was konnte romantischer sein?

Sie machte sich eine Notiz, in sämtlichen verfügbaren Registern nach Grundstücken zu suchen, die Ramsey gehörten.

Bleiben wir erst mal beim Strand, sagte sie sich. Sie stellte es sich bildlich vor: Ramsey und Lisa auf einem dick aufgepolsterten Sofa in einer dieser Konstruktionen aus Holz und Glas am Strand. Champagner, Kaviar und Koks. Vielleicht auch noch ein malerisch knisternder Kamin. Und Ramsey, der seinen Charme spielen läßt.

Und Lisa, die sich darauf einläßt? Das kurze schwarze Kleid, dessen Saum immer höher die Schenkel hinaufrutschte? Die Chemie zwischen den beiden, angefacht von Fischeiern, Moët & Chandon und dem Besten, was Medellin zu bieten hat? Oder vielleicht ein anderer Anreiz: Geld. Lisa hatte zwar einen Job, doch den Löwenanteil ihrer Einnahmen verdankte sie Ramsey.

Liebe als käufliche Ware? Die ewig gleiche Geschichte? Es machte Petra traurig, doch dann sagte sie sich, daß es besser war, sich darüber kein Urteil anzumaßen. Wenn es ihr eigenes Telefon wäre, das in einer Nacht klingelte, in der die Einsamkeit und/oder Geilheit ganz besonders schlimm war, und am anderen Ende wäre Nick, der sagte: »Hey, Baby« – was würde *sie* tun?

Den Hörer aufknallen und sich wünschen, sie könnte irgendwas tun, damit dem selbstsüchtigen Wichser das Blut zu den Ohren rausspritzte?

Aber wieder zurück nach Malibu. Das Tosen der Wellen, die zärtlichen Erinnerungen, die Intimität, die förmlich in der Luft lag.

Und Ramsey macht einen Vorstoß.

Doch Lisa überlegt es sich mit einemmal anders, widersteht der Verlockung und läßt Ramsey abblitzen.

Ramsey kocht vor Wut, er würde sie am liebsten grün und blau schlagen. Doch als ihm wieder einfällt, wie sie beim letzten Mal an die Öffentlichkeit gegangen ist, reißt er sich zusammen und läßt sich eine Wut nicht anmerken.

Er bleibt ganz gelassen und fährt sie nach Hause.

Von Malibu zum Doheny Drive, das hieß über den Pacific Coast Highway bis zum Sunset oder auf dem Freeway durch das Tal und dann durch einen der Canyons. Aber anstatt nach Süden abzubiegen, fährt er weiter in östlicher Richtung, unter Umständen den Laurel Canyon bis runter zum Hollywood Boulevard und dann über die Western Avenue nach Los Feliz und rüber zum Griffith Park.

Um diese Zeit herrscht kaum Verkehr. Er fährt auf den Parkplatz. Lisa spürt, daß etwas nicht stimmt, und versucht zu fliehen.

Er will sie nur noch ein letztes Mal umarmen.

Und dann der Kuß aus Stahl.

Keine Vergewaltigung, sondern ein Orgasmus aus Blut.

Petras Gefühl sagte ihr, daß es haargenau so war.

Das Ganze hing aber davon ab, ob Gregory Balch in der Lage war zu lügen, ohne mit der Wimper zu zucken, wenn es um Ramseys Alibi ging.

Über Balch mußte sie demnach auch noch mehr in Erfahrung bringen. Bei Gelegenheit.

Genau wie über Ilse Eggermann und Karl-Heinz Lauch. Ein ganz ähnlich gelagerter Fall – kaum zu glauben. Sie malte sich aus, wie Schoelkopf grinsen würde, während Stu nur angewidert das Gesicht verzog. Als sie weggegangen war, hatte er nicht mal den Kopf gehoben, sondern nur ein halbherziges »Tschüs« gemurmelt.

Die Geschichte mit dem Buch aus der Bibliothek. Einfach so, aus heiterem Himmel. Stu war ehrgeizig und plante alles bis ins letzte Detail. Vielleicht ging es ihm gar nicht um seine Ehe; vielleicht war es vielmehr die Angst um seine Karriere – da bot sich ihm die Chance, zum Lieutenant aufzusteigen, und er wollte sie auch nutzen, aber just in diesem Augenblick bekam er einen Fall aufgehalst, bei dem er nur schlecht wegkommen konnte? Für Petra war es ein Fall wie jeder andere. Hing für Stu eventuell mehr davon ab?

Würde er sie hängenlassen? Sie über die Klinge springen lassen, wenn es notwendig war?

Seit acht Monaten waren sie zusammen unterwegs, sie hatten zusammen gegessen, Seite an Seite gearbeitet, und Stu hatte mit ihr ebensoviel Zeit zugebracht wie mit Kathy – manchmal sogar mehr. Und er war ihr niemals zu nahe gekommen, hatte sich ihr gegenüber keinerlei Zweideutigkeiten oder Anspielungen erlaubt.

Sie hatte gedacht, sie würde ihn kennen, aber acht Monate waren anscheinend doch keine so lange Zeit.

Sie und Nick waren zwei Jahre zusammengewesen. Etwa so lange wie Lisa und Ramsey.

Männer und Frauen ...

Einmal, als sie fünfzehn Jahre alt war und die Sommerferien zu Hause verbrachte, war sie nachts um eins aufgewacht. Es war eine dieser langen Nächte in Arizona, in denen sie sich alle möglichen Geräusche einbildete, bis sie schließlich feststellte, daß es nur der heiße Wüstenwind war, der am Haus vorbeistrich. Nervös und ruhelos trat sie hinaus auf den Flur und erblickte den vertrauten Lichtschimmer unter der Tür des Arbeitszimmers ihres Vater. Sie klopfte an und betrat das enge, in trübes Licht getauchte Zimmer, das vollgestopft war mit Überresten toter Kreaturen.

Ihr Vater saß zusammengesunken in seinem Eichenstuhl und starrte auf das leere Blatt in der Schreibmaschine. Als er sie sah, verzog er den Mund zu einem schlaffen Lächeln. Als sie näher trat, merkte sie, daß sein Atem nach Scotch roch, sah den trüben Schimmer in seinen Augen und beschloß mit einer Kaltblütigkeit, zu der nur Teenager fähig sind, die Situation auszunutzen und ihn dazu zu bringen, über das zu reden, wogegen er sich sonst immer sträubte: über die Frau, die gestorben war, als sie Petra zur Welt gebracht hatte.

Sie war sich darüber im klaren, daß sie ihm Schmerz bereitete, aber scheiß drauf, sie hatte ein Recht darauf, Bescheid zu wissen!

Und er erzählte, mit einer tiefen, schleppenden Stimme.

Anekdoten, Erinnerungen, wie der schlaksige Kenneth Connor und die umwerfende Maureen McIlwaine sich auf der Long-Island-Fähre begegnet waren und es Liebe auf den ersten Blick gewesen war. Die ewig gleichen Geschichten, doch sie sog sie förmlich in sich auf. Konnte gar nicht genug davon bekommen.

In jener Nacht saß sie, ohne sich zu rühren oder ein Wort zu sagen, zu seinen Füßen auf dem zerschrammten Holzfußboden, weil sie Angst hatte, daß auch nur die geringste Ablenkung ihn verstummen lassen könnte.

Schließlich versiegte sein Redefluß doch, und er schaute zu ihr hinab, schlug die Hände vors Gesicht und blieb so sitzen.

»Daddy –«

Seine Hände sanken auf seinen Schoß. Er sah so traurig aus. »Das ist alles, woran ich mich erinnern kann, Kleines. Deine Mutter war eine wunderbare Frau, aber ...«

Dann fing er an zu weinen und mußte sein Gesicht wieder vor ihr verbergen.

Männer weinten nie offen.

Petra ging zu ihm und umarmte seine breiten, knochigen Schultern. »Oh, Daddy, es tut mir so –«

»Sie war *wunderbar,* Kleines. So eine wie sie findet man nie wieder. Aber es war nicht alles eitel Sonnenschein. Es war nicht wie im Märchen.«

Er zog eine Schublade seines Schreibtischs auf und warf einen Blick hinein. Es mußte die Flasche sein, die er da betrachtete.

Als er sich wieder Petra zuwandte, waren seine Augen trocken, und er lächelte, doch es war kein Lächeln, das Petra kannte – weder das warmherzige, beschützende Lächeln noch sein herablassend sarkastisches Lächeln und auch nicht jenes milde, abgestumpfte und besoffene Lächeln, das sie immer gestört hatte und nun verstand.

Dieses Lächeln war anders – flach, hohl und erstarrt wie bei einer Statue. In der zehnten Klasse hatten sie im Englischunterricht das tragische Element durchgenommen, und sie war sicher, daß sie es hier vor sich hatte.

Es war ein Lächeln, aus dem die Niederlage sprach. So beängstigend war ein kurzer Blick auf die Ewigkeit.

»Daddy ...«

Er kratzte sich den Kopf, schüttelte ihn und zog sich eine verrutschte Socke über den blassen Knöchel. »Was ich sagen will, Süße, egal was ... ich denke, was ich sagen will, Kleines, ist, daß Männer und Frauen zwei verschiedene Spezies sind. Vielleicht spricht da der Anthropologe in mir, aber deswegen ist es nicht weniger wahr. Ein kleiner Fitzel DNA trennt uns voneinander – und was das komische daran ist: Das X-Chromosom ist dasjenige, das zählt. Das Y-Chromosom ist anscheinend zu nichts weiter nütze als Probleme – Aggressionen – zu verursachen. Verstehst du, worauf ich hinauswill, Süße? Wir Männer sind einfach weniger wert.«

»Oh, Daddy –«

»Mom und ich hatten unsere Probleme. An den meisten war ich schuld. Das mußt du wissen, damit du die Dinge nicht durch die romantische Brille siehst und zuviel erwartest von ... zu hohe Ansprüche an dich selbst stellst. Verstehst du, was ich meine, Kleines? Oder rede ich Unfug?«

Er packte sie an den Schultern, der Schimmer in seinen Augen war beinahe manisch.

»Nein, Daddy, ich verstehe, was du meinst.«

Er ließ sie los. Nun war sein Lächeln wieder in Ordnung. Menschlich.

»Der springende Punkt ist: Es gibt große und bedeutende Fragen, Fragen von kosmischer Größe, die aber nichts zu tun haben mit Sternen und Galaxien.«

Er wartete auf eine Reaktion ihrerseits. Sie wußte nicht, was sie sagen sollte, und so fuhr er fort:

»Fragen wie: Werden Männer und Frauen jemals in der Lage sein, einander wirklich zu verstehen, oder bleibt das Ganze bis in alle Ewigkeit nur ein unbeholfener, blöder Tanz im Ballsaal der zwischenmenschlichen Beziehungen?«

Er zuckte zusammen, unterdrückte ein Rülpsen und sprang auf. Dann ging er in sein Schlafzimmer und schloß die Tür hinter sich. Sie hörte, wie der Schlüssel umgedreht wurde, und wußte, daß er sich eingeschlossen hatte.

Am nächsten Morgen kam ihr Bruder Glenn, der als einziger noch zu Hause wohnte, als erster an den Frühstückstisch und fragte: »Was ist denn mit Dad los?«

»Was soll mit ihm los sein?«

»Er ist weg. Auf Exkursion. Muß schon vor Sonnenaufgang aufgebrochen sein. Das hat er dagelassen.« Er hielt ein Blatt aus einem Notizblock in die Höhe, auf dem stand: *Bin raus in die Wüste, Kinder.*

»Mal wieder Knochen suchen, wie üblich«, sagte Petra.

»Jedenfalls hat er die Campingausrüstung mitgenommen – das heißt, daß es länger dauern wird. Hat er dir gegenüber irgendwas erwähnt? Gestern haben wir noch ausgemacht, daß er mit mir zu Big Five fährt, um ein paar Eishockeysachen zu kaufen«, wunderte sich Glenn.

»Stimmt, er hat was davon gesagt«, log Petra.

»Klasse«, sagte Glenn. »Einfach klasse. *Dir* sagt er Bescheid, aber mir gegenüber verliert er kein Wort.«

»Glenn, ich bin sicher, daß er's dir auch sagen wollte.«

»Aber ja doch, klasse – so 'ne Scheiße, ich brauche einen neuen *Schläger.* Hast du 'n bißchen Geld, das ich mir leihen kann?«

Sie telefonierte noch mit sieben weiteren Detectives, ließ noch sieben weitere Male den Sie-machen-wohl-Witze-Sermon über sich ergehen, doch was ähnlich gelagerte Fälle anging – Fehlanzeige.

Am anderen Ende des Raumes begann das Faxgerät zu brummen, und sie sprang auf und fischte schon eine Sekunde später die Blätter aus dem Korb. Sie war so schnell, daß einige der Detectives verwundert den Kopf hoben. Aber nicht lange, denn sie hatten selbst genug zu tun. In diesem Raum, in dieser Stadt hatte das Blutvergießen nie ein Ende.

Karl-Heinz Lauch war groß – einsneunzig – und häßlich. Kleine, verkniffene dunkle Augen, die wie Rosinen aus einem teigigen, unförmigen Pfannkuchengesicht herausschauten. Ein schrägstehender Mund wie ein verrutschtes Komma, ein Schnurrbart, der aussah wie ein Fettspritzer. Glattes, helles Haar – die Statistiker nannten es braun, also in etwa wie Spülwasser –, zurechtgestutzt zu einer Vorne-kurz-hinten-lang-Frisur, wie einige Europäer sie immer noch trugen.

Auf Petra wirkte er wie ein heruntergekommener Verlierer.

Das Foto war vor vier Jahren von der Wiener Polizei aufgenommen worden, darunter standen jede Menge deutsche Wörter mit fünfzig Buchstaben und Umlauten. Sorensen hatte ihr eine getippte Notiz beigefügt, die besagte, daß Lauch ein Jahr vor dem Mord an Ilse Eggermann wegen Körperverletzung von der österreichischen Polizei verhaftet worden war – eine Kneipenschlägerei, keine Vorstrafe.

Auf den Fotos sah Lauch so fies aus, daß ihm alles zuzutrauen war. Wäre das nicht ein Knaller, wenn der Mistkerl tatsächlich nach L.A. gekommen und auf der Suche nach gutaussehenden Blondinen irgendwie an Lisa geraten wäre?

Wäre das nicht ein Ding, wenn Lauch sich immer noch in der Gegend aufhielt und sie ihn schnappen konnten? Eine hübsche und einfache Lösung des Falles, so daß Stu seine Beförderung bekam und sie auch ganz ordentlich Punkte sammeln konnte.

Hirngespinste, Kleines.

Sie betrachtete Lauchs Gesicht ein wenig länger und überlegte, wie jemand wie er Lisa wohl dazu bewegen konnte, ihr kleines Schwarzes anzuziehen und die Diamanten aus dem Schmuckkästchen zu holen.

Andererseits *hatte* er es schließlich auch geschafft, Ilse Eggermann an Land zu ziehen, die Phil Sorensen zufolge alles andere als schlecht aussah. Doch eine Stewardeß war etwas anderes als die Exfrau eines Fernsehstars, die das Leben von seiner besten Seite genossen hatte.

Allerdings hatte Lisa genau dieser Seite des Lebens den Rücken gekehrt. Und es gab Frauen, selbst gutaussehende Frauen, die gern im trüben fischten und sich hingezogen fühlten zu ungehobelten und rohen Typen, Männern, die auf der sozialen Leiter weit unter ihnen rangierten.

Die Schöne und das Biest? Hatte Lisa mit dem Feuer gespielt und sich mit jemandem von der rauheren Sorte eingelassen, um schließlich hart dafür zu bezahlen?

Petra starrte weiter auf das Foto von Lauch. Der Gedanke, sich mit ihm einzulassen, drehte ihr den Magen um.

Sie bevorzugte intelligente Männer, einfühlsam und im konventionellen Sinne gutaussehend.

Vermutlich weil ihr Vater ein intelligenter, gutaussehender, freundlicher Mann gewesen war, ein richtiger Gentleman.

Wie mochte wohl Ilse Eggermanns Vater sein?

Und was für ein Mann war Dr. John Everett Boehlinger, wenn er nicht vor Kummer und Schmerz außer sich war?

Schluß mit der Psychoanalyse. Dieses Feld war für den Augenblick ausgereizt.

Sie legte die Eggermann-Lauch-Unterlagen zu Lisas Mordakte und schritt dann durch den Raum zu den orangefarbenen Spinden. Aus der Tüte im obersten Fach ihres Spinds nahm sie sich ein Snickers. Sie bewahrte sie über ihren Sportschuhen, Trainingshosen und den billigen schwarzen Sweatshirts auf, die sie so stets parat hatte, wenn sie in einer kalten Nacht raus mußte und sich mit übel zugerichteten Leichen herumzuplagen hatte.

Leichenfeudel nannte sie diese Sweatshirts.

Acryl, das aussah wie Acryl. Kmart-Kunden, aufgepaßt: Beachten Sie unser Sonderangebot: modische Pullover in vielen Trendfarben für nur dreizehn Dollar fünfundneunzig. Sie kaufte immer fünf auf einmal, immer in Schwarz. Und warf sie weg, sobald sie mit Blut in Berührung kamen.

In acht Monaten hatte sie schon zehn verbraucht.

In der Nacht, in der Lisa ermordet worden war, hatte sie keinen getragen, weil sie überraschend zum Einsatz beordert worden war.

Sie hatte allerdings auch keine Blutflecken von Lisas Leiche abbekommen.

War nicht nahe genug dran gewesen.

21

»Weiter, weiter, weiter – mach schon, beweg dich, du kleiner Bastard.«

Sie zischen mir ins Ohr, kneifen mich, drücken mich, schieben mich vorwärts.

Sie ist voller Wut; er hört sich eher ängstlich an, nervös. Ein paarmal stolpert er sogar.

»Weiter, los jetzt!« Sie stößt mir die Pistole in die Rippen, und als ich laut aufschreie, stößt sie noch fester zu und sagt: »Halt's Maul!« Sie ist überhaupt nicht nervös.

Sie hat das Kommando.

Als wir uns der Stelle nähern, wo die ganzen Buggys geparkt sind, bete ich, daß diesmal irgendeiner vom Zoopersonal da ist, natürlich vergeblich. Sollte ich vielleicht schreien? Nein, die Pistole ist auf mich gerichtet, und sie braucht bloß den Abzug zu drücken, und schon fliegen meine Gedärme durch die Gegend. Jetzt sind wir am Zaun. Das Schloß ist vorgehängt – und es ist eingerastet!

»Mach schon«, sagt sie, während sie sich nach allen Richtungen umschaut. Sie hält die Pistole auf mich gerichtet, und er nimmt einen Schlüssel aus seiner Tasche und schließt das Schloß auf.

Sie kennen diese Stelle.

Sie sind auf alles vorbereitet. Sie werden mich vergewaltigen.

Er kommt wieder zurück, packt mich, keucht mir ins Ohr, und plötzlich dreht sich mir der Magen um, richtig fies und hart und übel und heftig, als ob ich gleich aufs Klo muß.

Sie schieben mich weiter vorwärts. Es ist, als ob ich in einem Film wäre, ich lasse mich einfach treiben, spiele meine Rolle, und mit einemmal fällt mir auf, daß die Angst verschwunden ist und sich irgendwas anderes in meinem Kopf breitmacht. Es ist, wie wenn man schläft und zur gleichen Zeit wach ist. Als ob man träumt und weiß, daß man in einem Traum ist und man alles kontrollieren kann, wenn man sich nur darauf konzentriert. So daß genau das dabei herauskommt, was man will.

Vielleicht ist es ja so, wenn man tot ist.

Wie gehen durch das Tor und klettern den Abhang hinauf, wo die Bäume stehen. Er gibt so brummende, feuchte Grunzgeräusche von sich.

»Du«, sagt er und packt meinen Arm fester. Als ob ich irgendwas ausgefressen hätte.

Ich halte meinen Kopf gesenkt, sehe meine Schuhe. Und seine.

»Also los, weiter, weiter«, sagt sie und winkt mit der Hand, während wir durch das Farngestrüpp laufen, auf dem gleichen Pfad, von dem ich gedacht hatte, daß er mein Geheimnis wäre.

Sie schieben und stoßen mich, sagen, daß ich schneller gehen soll und führen mich zu einem großen Baum, nicht zu meinem Eukalyptus, sondern zu einem anderen, der aber auch tief herunterhängende Äste hat.

Wir gehen daran vorbei. Gehen noch ein Stück weiter, bis wir vor einem anderen Baum stehen. Es ist vollkommen still, kein Mensch ist in der Nähe, selbst wenn ich schreie, wird mich niemand hören.

Sie steht auf der einen Seite, hält die Pistole immer noch auf mich gerichtet und schaut auf ihre Kameratasche. Er hält meinen Arm fest, nimmt ihre Kamera heraus und reicht sie ihr.

»Okay«, sagt sie zu mir.

Ich weiß nicht, was sie von mir will, deswegen rühre ich mich nicht und sage keinen Ton.

Sie kommt auf mich zu und schlägt mir mit der flachen Hand ins Gesicht, daß es mir den Kopf herumreißt, aber es tut nicht so weh, wie es sollte.

»Mach schon, du kleines Stück Scheiße!«

»Was?« frage ich, aber es klingt wie die Stimme von einem anderen Jungen. So als wäre ich außerhalb meines Körpers und würde zusehen, wie ich mich in einem Roboterfilm bewege.

Sie hebt die Hand, um mir noch mal eine zu verpassen, und ich halte mir den Arm vors Gesicht. Er stößt mir das Knie in den Rücken, und *das* tut weh.

»Runter mit der Hose, du Klugscheißer – der kleine Straßenköter soll sie selber runterziehen, Schatz.«

Er läßt mich los, denn sie hat ja immer noch die Pistole auf mich gerichtet. Ich fasse meine Hose an, aber ich ziehe sie nicht runter. Er zieht seine runter und läßt sie über die Knie rutschen. Er hat weite weiße Boxershorts an, und jetzt greift er in den Hosenschlitz – ich drehe mich weg.

»Was?« Sie lacht. »Hast wohl so was noch nie gesehen? Und jetzt zieh sie runter und zeig uns deine Schokoladenseite.«

Ich rühre mich nicht. Sie klatscht mir wieder eine. Wenn sie die Pistole nicht hätte, würde ich ihr das Gesicht zu Matsch trampeln und ihr den Kopf abreißen.

Wieder lacht sie. »Jetzt mach schon, was man dir sagt, und die ganze Sache ist vorbei, bevor du auch nur ›autsch‹ sagen kannst. Ein kleines Aua, und das ist alles.«

Sie macht Kußgeräusche, und er auch.

»Sicher«, sagt die Stimme von dem anderen Jungen. »Klar, ich weiß, was Sie meinen. Es ist nur ...«

»Nur was?« Sie kommt näher und hält mir die Pistole unter die Nase. Sie fühlt sich kalt an und riecht nach Tankstelle.

Aus dem Augenwinkel sehe ich, daß er seine Boxershorts mittlerweile ganz runtergezogen hat, sie aber immer noch um seine Knöchel herumhängen – so als würde er sich nicht ganz ausziehen wollen. Er bewegt seinen Arm vor und zurück –

»Es ist nur«, sagt der Junge. »Ich ... es ... ich kann's schon machen. Klar, okay, aber Sie – es – also jetzt, erst mal muß ich noch ...«

»Erst mal mußt du was?« Die Pistole wedelt vor meinen Augen hin und her.

»Sie wissen schon.«

»Ich weiß nichts! *Was?*«

»Muß ich noch ... scheißen.«

Schweigen.

»Hast du das gehört?« sagt sie zu ihm.

»Ja«, sagte er ganz ruhig, und ich denke, o nein, steht er da vielleicht noch mehr drauf, habe ich da gerade einen großen Fehler gemacht?

Sie dreht sich um und schaut ihn an, und einen Moment lang denke ich daran wegzulaufen, aber dann ist ihr Gesicht auch schon wieder genau vor meinem, und ich weiß auch nicht, wie ich darauf komme, aber so wie sie aussieht, könnte sie eine Lehrerin sein, oder die Mutter oder die Oma von jemandem. Ich kann auch nichts dafür –

»Also?« fragt sie ihn.

»Hmm … heute nicht.«

»Okay, du Stück Dreck«, sagt sie zu mir. »Dann mach mal hin – benutz dein T-Shirt, um dir den Arsch abzuwischen, und *dann* zeigst du uns deine Schokoladenseite.«

Ich ziehe meine Hose herunter, und obwohl es ein warmer Tag ist, ein richtig schöner Tag mit Limonade und Mais, fühlen sich meine Beine an wie Stein.

»Wie weiß er ist«, sagt er.

»Komm schon. Mach endlich.« Ihre Stimme ist belegt und auf einmal fällt es mir wie Schuppen von den Augen: Seine Krankheit ist es, es mit Kindern zu machen, und ihre Krankheit ist es, das Kommando zu übernehmen. Und dabei zuzusehen.

»Runter mit der Unterhose, verdammt noch mal – runter, runter, komm schon, mach endlich.«

Ich ziehe meine Unterhose runter und bücke mich. Es gelingt mir, mich noch ein Stück weiter von ihr zu entfernen. Aber es sind nur Zentimeter. Alles um mich herum ist so still, so grün, nicht einmal die Blätter bewegen sich. Es ist, als wären wir drei Teil eines großen Fotos, oder vielleicht ist das hier ja auch der letzte Moment, bevor Gott die Welt zerstört. Und warum sollte er auch nicht?

»Jetzt mach endlich, oder ich bringe dich um!« Die Pistole und die Kamera sind auf mich gerichtet. Sie wird von allem Fotos machen. Ich bin ihr Souvenir.

Das Problem ist, eben mußte ich noch richtig dringend, und jetzt kann ich nicht. Es ist, als wären meine Organe wie Eisschollen, die ineinander verkeilt sind.

»Mach schon, oder ich *schieße* es aus dir raus!«

Der Klang ihrer Stimme und der Gedanke daran, erschossen zu werden, bringen meinen Magen in Schwung, und ich schaffe es.

Dann greife ich mit einer Hand hinter mich und fange es auf.

Widerlich. Ich finde es zwar eklig, aber ich rede mir ein, daß es doch nur verdautes Essen ist, etwas, das schon in mir drin gewesen ist.

»Da, sieh mal einer an«, sagt sie. »Du ekelhaftes kleines Dreckvieh.«

»Ekelhaft«, sagt er. Doch er meint etwas anderes.

Ich schaue zu ihr hoch und nicke. Und dann lächele ich. Sie ist überrascht, ein Lächeln hat sie nicht erwartet, und für einen Moment schaut sie weg.

Ich greife nach hinten, und obwohl ich beim Sport nie besonders gut war, ziele ich und werfe.

Wumm! Mitten ins Gesicht und über ihre Kamera und ihre Bluse.

Sie kreischt und schwankt rückwärts und klatscht sich überall ab, und er stolpert über seine Shorts und weiß gar nicht, was los ist. Er richtet sich auf und geht auf mich los, aber sie ist es, auf die ich aufpassen muß, denn sie hat die Pistole. Sie kreischt noch immer und klatscht ihre Klamotten ab. Ich zerre mir die Unterhose und die Hose hoch, und noch bevor die zwei schnallen, was los ist, renne ich schon und rennerennerenne, zwischen den Ästen durch, die mir das Gesicht zerkratzen, durch den Raum, durch Grün, Grün, endloses Grün, durch die Zeit, die nie stehenbleibt, und ich renne und stolpere und fliege dahin.

Ich schwebe.

Ich höre ein leises Händeklatschen, aber ich bleibe nicht stehen. Es tut mir nichts weh. Mit mir ist alles in Ordnung, vielleicht nicht ganz, aber jedenfalls spüre ich nichts, kann ich gar nichts mehr spüren, das wäre auch nicht schlecht, das wäre überhaupt nicht schlecht.

Ich schleudere mich selbst durch das Grün.

Danke, Gorilla. Wenn ich genug Luft hätte, würde ich lachen.

22

Just in dem Augenblick, in dem Petra bei Empty Nest Productions anrufen wollte, um sich nach Darrell/Darren zu erkundigen, kam ein weiteres Fax an: Lisas letzte Telefonrechnung.

Patsy K. hatte recht gehabt – die Frau hatte wirklich nichts übrig für das Gerät. Fünfzehn Anrufe in einem Monat, einer davon ein Ferngespräch am ersten des Monats. Nach Chagrin Falls, drei Minuten lang. Mal kurz mit Mom geplaudert? Nur ein einziges Mal pro Monat? Schien keine enge Beziehung zu sein.

Insgesamt drei Ferngespräche, zwei nach Alhambra. Die Nummer stimmte mit einer der Nummern überein, die Petra sich notiert hatte: eine von Patsy K.s Freundinnen. Der Rest waren Ortsgespräche; drei Anrufe bei »Jacopo's« in Beverly Hills, um Pizza zu bestellen, zwei beim »Shanghai Garden« ebenfalls in Beverly Hills wegen chinesischen Essens, einer bei Neiman-Markus and Saks.

Die restlichen vier Anrufe galten einer Telefonzentrale in Culver City – wie sich herausstellte, handelte es sich um Empty Nest Productions. Petra wählte die Nummer und fragte nach Darrell aus dem Schneideraum. Die Rezeptionistin fragte: »Darrell Breashear?«

»Ja.«

»Einen Moment, ich verbinde.«

Breashear hatte keine Sekretärin, nur einen Anrufbeantworter. Seine Stimme klang recht angenehm. Patsy K. hatte gesagt, er sei vierzig, doch er hörte sich an wie ein junger Mann. Anstatt eine Nachricht zu hinterlassen, beschloß Petra, es später noch mal zu probieren, und schaute statt dessen im Computer nach, ob Breashear wegen irgendwelcher Drogendelikte aufgefallen war. Sauber. Sie mußte innerlich lachen, denn bei Ramsey hatten sie das nicht getan.

Sie rief beim Grundbuchamt an, und nachdem sie sich mit einem arroganten Sachbearbeiter herumgeschlagen hatte, brachte sie in Erfahrung, daß H. Carter Ramsey mehr als ein Dutzend Immobilien in L.A. besaß, allesamt im Valley. Das Haus in Calabasas, Bürogebäude auf dem Ventura Boulevard und auf belebten Seitenstraßen in Encino, Sherman Oaks, North Hollywood und Studio City. Eine der Adressen in Studio City stimmte mit der von Greg Balchs Büro beim Player's Management überein.

Nichts in Malibu oder Santa Monica, nichts, das irgendwie nach einem romantischen Plätzchen klang, wohin man sich bei Bedarf zurückzog, aber vielleicht war es ja so, daß Ramsey, wenn er sich schon zurückzog, wirklich auf Distanz ging. Also ab nach Norden, junge Frau, und wenn dabei nichts herauskam, hieß es eben, die Feriensiedlungen in den östlichen Bergen abzuklappern.

Beim Grundbuchamt in Ventura geriet sie an einen Sachbearbeiter, der kooperativer war, doch ansonsten Fehlanzeige. Als nächstes kam Santa Barbara - der Kerl stellte sich noch mehr an, als der in L.A. - aber Volltreffer: H. Carter Ramsey - wofür stand das H. überhaupt? - war der Besitzer eines Hauses in Montecito.

Sie notierte sich die Adresse und überprüfte den Namen anhand des Registers der Kfz-Zulassungsstelle.

Sein voller Name war *Herbert.*

Herb. Herbie C. Ramsey - das würde sich beim *Aufräumer* nicht so gut machen.

Sie ließ sich sämtliche Autos auflisten, die er besaß, und stieß neben den Oldtimern, die sie in seinem kleinen Museum gesehen hatte, auf einen Mercedes 500 mit dem Nummernschild PLYR 1.

Außerdem auf einen zwei Jahre alten Jeep Wrangler: PLYR 0. Dieser war auf die Adresse in Montecino zugelassen.

Player's Management: PLYR. Die Tatsache, daß Ramsey spezielle Nummernschilder benutzte, war interessant. Die meisten Prominenten waren auf Anonymität bedacht. Vielleicht hatte er das Gefühl, daß sein Ruhm verblaßte und er etwas für seine Popularität tun mußte.

PLYR ... hielt er sich selbst etwa für einen so tollen Hecht?

Und noch was: Er hatte den Mercedes erwähnt, aber nicht den Jeep. Weil der Jeep in Montecino abgestellt war, oder hatte er ihn absichtlich unterschlagen?

War der Allradwagen das Mordfahrzeug und der Mercedes eine falsche Fährte?

Konnte es sein, daß der Kerl so verschlagen war? Verschlagen, aber dämlich, denn so was ging nie lange gut. Er hätte wissen müssen, daß sie ziemlich schnell einen Datenvergleich bei der Zulassungsstelle machen würden.

Doch selbst wenn Petras Szenario von einem letzten Rendezvous zutraf, so war das Verbrechen dennoch bis zu einem bestimmten Punkt impulsgesteuert gewesen, und zwar bis zu dem Augenblick, in dem Ramsey sich ein Messer gegriffen hatte, bevor er in den Wagen gestiegen war. Gut möglich, daß seine Wut einfach mit ihm durchgegangen war und er jetzt probiert zu retten, was zu retten war.

Montecito … Eine ultraabgehobene Gegend; riesige Grundstücke wie in Calabasas, doch älter und mit mehr Klasse. Kleine gemütliche Hütten waren wohl nicht das Ding von Ramsey, er brauchte Platz. Der Herr zweier Anwesen.

Ein besitzergreifender Bursche in mehr als nur einer Hinsicht? So nach dem Motto: Wenn ich sie schon nicht haben kann, dann kriegt sie keiner?

Bei dieser Gelegenheit fiel ihr wieder ein Bild aus einem Kunstbuch ein, von Thomas Hart Benton, über das sie als Kind gestolpert war. *Das Lied des eifersüchtigen Liebhabers von Lone Green Valley.* Es zeigte einen hohlwangigen Hinterwäldler mit einem Stetson auf dem Kopf und dem Blick eines Psychopathen, der einer Frau ein Messer in die Brust stach, während im Vordergrund eine Countrykapelle eine traurige Weise zum besten gab, die Erde sich auftat, und das Opfer wie ein Strudel verschlang. Es hatte ihr einen Heidenschrecken eingejagt, und sie vermutete, daß es ihre Haltung in bezug auf Männer und Romantik nachhaltig geprägt hatte, ja daß es unter Umständen sogar für ihre Berufswahl verantwortlich war.

Der eifersüchtige Liebhaber von Calabasas/Montecito.

Dieser Fall, mit all seinen Verbindungen nach Hollywood, würde sich wahrscheinlich als das alte Lied entpuppen, und ihr wurde klar, daß sie sich ihr Leben lang mit Klischees der übelsten Sorte würde herumschlagen müssen, wenn sie beim Morddezernat blieb.

Es war eigentlich abgemacht, daß sie sich mit Stu bei »Musso und Frank« zum Lunch treffen sollte, doch um Viertel vor zwei rief er an und sagte: »Tut mir leid, aber ich werde noch aufgehalten. Ist das schlimm?«

Erleichtert erwiderte sie: »Kein Problem. Irgendwas Weltbewegendes?«

»Alles, was ich bis jetzt herausbekommen habe, ist, daß es niemanden gibt, der Ramsey als Schauspieler schätzt. Wie sieht's bei dir aus?«

Sie erzählte ihm von dem Anwesen in Montecito und dem Jeep und sagte dann: »Du wirst's kaum glauben, es gibt einen ähnlichen Fall.« Sie setzte ihn über die Details im Mordfall Ilse Eggermann ins Bild.

»Wunderbar«, sagte er. »Phil Sorensen ist echt gut. Wenn er den Fall nicht gelöst hat, war er wahrscheinlich unlösbar. Vielleicht *sollten* wir ihn der Sonderabteilung für Raubmord überlassen.«

Nun *wußte* sie, daß etwas nicht stimmte. Stu hatte wenig übrig für die elitären Tophechte vom Downtown-Revier. Er hielt sie für arrogant und nicht annähernd so gut, wie sie selbst glaubten. Einen wichtigen Fall zu verlieren hatte für einen Detective immer einen bitteren Beigeschmack – außer er strotzte vor Faulheit, und nichts lag Stu ferner als das. Doch nun war er gewillt, sich von den Raubmordheinis aus dem Rennen schlagen zu lassen. Und Petra ebenfalls dumm dastehen zu lassen.

Wenn es mit seiner Karriere zusammenhing, der Beförderung, die eventuell im Raume stand, dann ergab das keinen Sinn – außer, wenn er sicher war, daß die Sache in die Hose gehen würde und sich ausrechnete, daß es besser war, frühzeitig Schadensbegrenzung zu betreiben, als später dazustehen wie der Oberdepp.

»Du machst Witze«, sagte sie scharf.

»Ja, kann schon sein«, entgegnete er abgespannt. »Ich war halt nicht allzu scharf drauf, zu hören, daß es einen ähnlichen Fall gibt, aber was soll's, damit werden wir auch noch fertig.« Sie hörte, wie er Luft holte. »Also gut, piep mich an, wenn du irgendwas brauchst. Noch immer nichts Neues wegen Lisas Auto?«

»Nix. Ich würde mir gern mal Ramseys Schuppen in Montecito ansehen.«

Schweigen am anderen Ende. »Bevor wir derartig eindeutige Schritte unternehmen, sollten wir uns mit Schoelkopf absprechen.«

»Sehe ich keinen Grund zu«, sagte Petra. »Soweit ich ihn bei unserer Unterhaltung heute morgen verstanden habe, sollten wir uns erst durch die alten Akten wühlen und uns dann wieder benehmen wie richtige Polizisten. Er hat doch selbst eingeräumt, daß wir wie die letzten Trottel wirken, wenn wir nicht bald mit Ramsey reden. Ich denke, wir sollten uns einigermaßen flott um ein neues Treffen mit ihm bemühen. Und zwar ohne irgendwelche Dienstboten, die dazwischenreden. Wenn Ramsey darauf besteht, daß ein Anwalt dabei der Unterhaltung dabei ist, sagt das ja auch schon eine Menge. Wenn nicht, kommen wir ihm auf die freundliche Tour und versuchen ihn festzunageln.«

»Petra, ich glaube, du hast Schoelkopf nicht ganz richtig verstanden. Ihm geht es nicht darum, die Sache durchzuziehen, ihm geht es darum, sich selbst abzusichern. Und wir sollten genauso denken –«

»Stu –«

»Laß mich ausreden. Wer hat sich im Fall O. J. Simpson die Finger verbrannt? Die Detectives, nicht die aus der Chefetage. In dem Augenblick, wo wir uns darum bemühen, uns Ramseys Häuser und Autos mal genauer ansehen zu dürfen, und sei es auch nur in Form einer informellen Anfrage, ohne gerichtliche Anordnung – in dem Moment wird Ramsey zum Hauptverdächtigen, und das ganze Spiel läuft plötzlich nach anderen Regeln. Wenn jemand rausbekommt, daß du bei der Zulassungsstelle Erkundigungen über ihn eingezogen hast, läuft das Spiel jetzt schon komplett anders.

»Ich glaub's einfach nicht.«

»Glaub mir.«

»Na prima«, sagte sie. »Du weißt es wahrscheinlich besser.«

»Das weiß ich nicht, Petra«, sagte er, und er klang dabei so klagend, wie sie es noch nie bei ihm gehört hatte. »Ich weiß nur, daß wir vorsichtig sein müssen.«

Sie kochte vor Wut, als sie das Polizeigebäude verließ, und war schon drei Blocks weit gefahren, als ihr einfiel, daß sie auf dem Weg zu Darrell Breashear war, ohne vorher einen Termin vereinbart zu haben. Sie hielt an einem Münztelefon an und probierte es noch einmal bei ihm. Diesmal sprach sie ihm eine Nachricht auf sein Band und hinterließ ihm ihren Namen und Dienstgrad und bat Breashear, sie so bald wie möglich zurückzurufen.

»Hier ist Darrell.«

»Mr. Breashear. Danke. Ich bearbeite den Mord an Lisa Boehlinger-Ramsey und würde gern mit Ihnen über sie sprechen.«

»Weil wir Freunde waren?«

Seltsame Antwort. »Genau.«

»Sicher«, sagte er und hörte sich alles andere als sicher dabei an. »Was möchten Sie denn gerne wissen?«

»Wenn es Ihnen nichts ausmacht, würde ich mich lieber persönlich mit Ihnen unterhalten, Mr. Breashear.«

»Oh ... aus irgendeinem bestimmten Grund?«

Weil ich deinen Gesichtsausdruck studieren und deinen Augenkontakt bewerten will, und weil ich sehen will, ob du schwitzt oder zu oft zusammenzuckst oder auf deine Füße starrst, denn das ist ein klares Zeichen dafür, daß du lügst.

»Vorschrift«, sagte sie.

Er erwiderte nichts.

»Mr. Breashear?«

»Na ja«, sagte er, »wenn das so ist – allerdings wäre es mir lieber, wenn wir uns nicht hier, in der Firma, treffen würden.«

»Darf ich fragen, warum?«

»Weil – weil ich bei der Arbeit nicht weiter auffallen will, und wenn die Polizei hier reingestürmt kommt, erregt das ... zwangsläufig Aufmerksamkeit.«

»Ich verspreche Ihnen, daß ich nicht hereinstürmen werde, Sir.«

Er fand das anscheinend gar nicht komisch. »Sie wissen, was ich meine.«

»Ich verstehe, Sir.« Der Kerl hatte die Hosen anscheinend ziemlich voll. Warum wohl? »Wo würden Sie denn vorschlagen?«

»Ähm ... wie wär's mit einem Café oder so was? Hier in der Gegend gibt es davon jede Menge.«

»Suchen Sie sich eins aus.«

»Wie wär's mit … dem ›Pancake Palace‹ auf dem Venice Boulevard in der Nähe von Overland? Sagen wir morgen früh um zehn?«

»Der ›Pancake Palace‹ ist prima, Mr. Breashear, aber ich dachte mir eher so in einer halben Stunde.«

»Oh. Also … das Problem ist, ich stecke bis zum Hals in Arbeit. Der Endschnitt an einem großen Projekt, die Abnahme ist angesetzt für –«

»Ich verstehe das, Sir. Aber Lisa ist ermordet worden.«

»Ja, ja, natürlich – also gut. Im ›Pancake Palace‹ in einer halben Stunde. Darf ich fragen, wer Ihnen gesagt hat, daß es lohnend wäre, sich ausgerechnet mit mir über Lisa zu unterhalten?«

»Verschiedene Leute«, sagte Petra. »Also dann, bis gleich und danke für Ihre Hilfe.«

Sie stieg wieder in den Wagen und fuhr so schnell es die Verkehrsverhältnisse erlaubten die Western Avenue in Richtung Olympic Boulevard, in der Hoffnung, daß der Kerl auch wirklich aufkreuzte und nicht ihr Leben noch weiter komplizieren würde.

23

Blaue Wände, braune Sitznischen und ein aufdringlich süßer Geruch von künstlichem Ahornsirup.

Darrell Breashear war nicht schwer zu finden. Um diese Zeit war der »Pancake Palace« nahezu leer, und er war der einzige Schwarze in dem ganzen Laden. Er saß in einer Ecknische und machte einen jämmerlichen Eindruck.

Seine Stimme klang jung, doch er war in der Tat älter. Patsy K. hatte gesagt, er wäre vierzig, doch Petra schätzte ihn auf fünfundvierzig bis fünfzig. Er hatte schon eine Tasse Kaffee vor sich stehen, aus der er auch schon getrunken hatte. Nachdem er sich solche Mühe gegeben hatte, daß Treffen zu verschieben, war er nun zu früh aufgetaucht. Der Kerl hatte definitiv die Hosen voll.

Er war dünn und wirkte schon im Sitzen groß. Sein Haar war kurz geschnitten und an manchen Stellen grau. Seine Haut war fast so hell wie Petras, seine Gesichtszüge wirkten afrikanisch. Er trug ein schwarzes Polohemd unter einem grauen Anzug mit Fischgrätenmuster.

Die Tränensäcke unter seinen Augen verliehen ihm einen sorgenvollen Ausdruck. Als sie näher kam, sah Petra, daß seine Augen bernsteinfarben waren, und seine Nasenwurzel war gesprenkelt mit ein paar Sommersprossen.

Er sah sie und erhob sich. Einsfünfundachtzig.

»Mr. Breashear.«

»Detective.«

Sie schüttelten einander die Hände. Seine Hand war trocken.

»Kaffee?« fragte er und deutete auf seine halbvolle Tasse. Oder eher auf seine halbleere Tasse, wenn man von seinem Gesichtsausdruck schloß.

»Gern.«

Breashear winkte die Bedienung heran und gab eine Bestellung für Petra auf, wobei er »bitte« und »danke« sagte, und der Kellnerin auf diese Weise ein Lächeln entlockte. »Entschuldigen Sie, daß ich mich so geziert habe«, sagte er, »aber der Mord an Lisa ist mir ziemlich nahegegangen, und dann auch noch eine Rolle bei den Ermittlungen zu spielen.« Er schüttelte den Kopf.

»Bis jetzt spielen Sie bei den Ermittlungen allerdings keine allzu große Rolle, Mr. Breashear.« Sie nahm ihren Notizblock heraus, begann zu schreiben und machte dann eine Skizze von seinem Gesicht.

»Gut.« Sein Blick schweifte nach rechts. »Also ...«

Anstatt zu antworten, trank Petra einen Schluck Kaffee. Breashears Blick wanderte ruhelos in der Gegend herum.

»Sir, bitte erzählen Sie mir von der Beziehung zwischen Ihnen und Lisa.«

»Wir haben zusammen gearbeitet.«

»Sie sind auch Cutter?«

»Ich bin der Chefcutter. Lisa hat in meinem Team gearbeitet.«

»Chefcutter«, sagte Petra. »Also machen Sie Ihren Job schon eine ganze Weile.«

»Zwölf Jahre. Davor habe ich ein bißchen geschauspielert.«

»Wirklich?«

»Nichts Großartiges. Und auch nicht beim Film – Musical Theater, drüben an der Ostküste.«

»Guys and Dolls?«

Breashear lächelte. »Das auch. Und jede Menge anderen Kram. Eine Sache habe ich dabei jedenfalls gelernt.«

»Nämlich?«

»Daß ich nicht so talentiert war, wie ich dachte.«

Petra erwiderte sein Lächeln. »Haben Sie Lisa eingestellt?«

»Empty Nest hat sie eingestellt und mir zugeteilt. Sie war gut, vor allem wenn man in Rechnung stellte, daß sie noch ziemlich neu in ihrem Job war. Sie lernte schnell. War intelligent. Einfach unfaßbar, was mit ihr passiert ist.«

Breashear ließ seine Schultern sinken, und nun hielt er den Blickkontakt aufrecht.

»Hatte sie irgendwelche Berufserfahrung als Cutterin?« fragte Petra.

»Sie hatte ein abgeschlossenes Studium in Theaterwissenschaften und einige Kurse in Filmschnitt absolviert.«

»Wie lange hat sie mit Ihnen gearbeitet, Sir?«

»Ungefähr ein halbes Jahr.« Er blickte nach oben, trank einen Schluck Kaffee und hielt die Tasse vor seinen Mund, so daß der Blick darauf versperrt war.

»Kommt man leicht an einen Job als Cutterin?«

»Im Gegenteil.«

»Aber Lisa hat einen bekommen, wegen ihrer Collegeausbildung?«

»Ich – nicht ganz«, sagte Breashear. Die Tasse versperrt weiterhin den Blick auf seinen Mund. Petra beugte sich vor, und er ließ die Tasse sinken. »Sie – also mir hat man erzählt, daß sie den Job aufgrund ihrer Verbindungen bekommen hat.«

»Wer hat Ihnen das erzählt?«

»Mein Boß – Steve Zamoutis. Er ist der Produzent.«

»Verbindungen zu wem?«

»Ramsey. Er hat einen Anruf getätigt, und sie wurde eingestellt.«

»Vor sechs Monaten«, sagte Petra. »Gleich nach der Scheidung.«

Breashear nickte.

Eine Gefälligkeit für die Ex. War dies eine Bestätigung für Ramseys Darstellung, daß sie in Freundschaft auseinandergegangen waren? Oder hatte er Lisa den Weg geebnet, um sie wieder zurückzugewinnen?

»Stellen wir doch mal eines klar, Sir. War Lisa für ihren Job qualifiziert?«

»Ja«, kam Breashears Antwort augenblicklich. »Wenn man sich vor Augen rief, daß sie kaum praktische Erfahrung hatte, war sie sehr kompetent.«

Petra schrieb. Und zeichnete.

Breashear fügte hinzu: »Das heißt aber nicht, daß sie nicht das ein oder andere erst noch lernen mußte.«

Es dauerte einen Moment, bis Petra die doppelte Negation aufgedröselt hatte. War Breashear ein Freund komplexer Gedankengänge, oder suchte er nach einer weiteren Möglichkeit sich zu verstecken, außer hinter seiner Kaffeetasse?

»Und Sie haben ihr das beigebracht?«

»Ich habe mir alle Mühe gegeben.«

»Also haben Sie und Lisa zusammen an den gleichen Filmen gearbeitet.«

»Es waren zwei«, sagte er und nannte die Titel. Petra hatte von keinem der beiden je gehört.

»Was für Filme sind das?«

»Komödien.«

»Keine Krimis? Nichts mit Mord und Totschlag?«

Breashear prustete kurz vor Lachen, was er jedoch einen Augenblick später schon wieder zu bereuen schien, denn er holte tief Luft und versuchte seine Haltung wiederzugewinnen. »Nicht im entferntesten.« Er schaute auf seine Uhr.

»Was können Sie mir noch über Lisa erzählen?«

»Das ist eigentlich schon alles. Sie hatte keine Probleme bei der Arbeit. Als ich erfahren habe, daß sie ermordet wurde, ist mir das richtig auf den Magen geschlagen.«

»Irgendeine Idee, wer sie umgebracht haben könnte?«

»Hier sagen alle, daß es Ramsey gewesen ist, weil er sie verprügelt hat, aber ich habe keine Ahnung.«

»Hat Lisa darüber mit Ihnen geredet?«

»Nie.«

Petra legte noch einmal letzte Hand an das Porträt von ihm. Auf ihrer Zeichnung sah er nervös aus – sein Blick wirkte gehetzt. »Nicht ein einziges Mal?«

»Nicht ein einziges Mal, Detective. Sein Name wurde nie erwähnt. Punkt.«

»Haben Sie je gesehen, daß Lisa Drogen genommen hat?«

Breashears Mund klappte auf und wieder zu. Wieder kam ein kurzes prustendes Lachen heraus. »Ich weiß wirklich nicht – ist es absolut notwendig, sich damit zu befassen?«

»Allerdings, Sir.« Petra rückte wieder ein Stück vor und schob ihre Hand über den Tisch, so daß sie nur noch Zentimeter von seiner entfernt war.

Er lehnte sich zurück. »Sagen wir mal so: Lisa war kein schwerer Fall, aber in der *Industrie* neigen die Leute dazu – ja, ich habe ein paarmal gesehen, wie sie was geschnupft hat.«

»Ein paarmal im Sinne von zweimal?«

»Vielleicht öfter. Drei- oder viermal. Aber das war's dann auch.«

»Und das war bei der Arbeit?«

»Nein, nein.« Seine Haut war hell genug, daß man sah, wie er errötete. Gut. Seine Augen schwenkten nach unten. Er sagte: »Nicht bei der Arbeit im engeren Sinn. Ich meine, wir haben nicht gearbeitet - aber ich bin ihr Vorgesetzter, und alles, was während meiner Schicht passiert, fällt in meinen Verantwortungsbereich.«

»Ich verstehe, Mr. Breashear. Sie hätten niemals zugelassen, daß sich das Kokain auf ihre Arbeit niederschlägt. Aber sie haben drei- oder viermal beobachtet, wie sie hier im Gebäude nach der Arbeit etwas geschnupft hat. Wo genau?«

»Im Schneideraum. Aber das war nach Feierabend. Darf ich fragen, warum Sie das wissen möchten? Glauben Sie, daß das, was passiert ist, irgend etwas mit Drogen zu tun hat? Es ist nämlich nicht so, daß hier alle großartig über die Stränge schlagen und sich volldröhnen. Hier geht's um die Arbeit. Ohne uns kommt kein Film zustande.«

Ganz schön lange Rede. Seine Hautfarbe war immer noch nicht wieder normal, was sich daran ablesen ließ, daß die Sommersprossen sich nicht so deutlich abzeichneten.

»Wo noch, außer im Schneideraum, haben Sie je jemals etwas schnupfen sehen?«

»An - in meinem Auto. Da war ich allerdings *ziemlich* überrascht. Ich bin gefahren, und sie hat ein kleines Glasröhrchen aus der Tasche gezogen, gewartet, bis ich an einer roten Ampel halten mußte, und es dann die Nase hochgezogen.«

»In Ihrem Auto«, schrieb Petra, und als sie ihn wieder anschaute, vollführten Breashears Augen eine wahre Achterbahnfahrt. »Wo fuhren Sie hin?«

»Das weiß ich nicht mehr.« Breashear griff hastig nach seiner Tasse und trank sie aus. Die Kellnerin kam vorbei und füllte sie ihm wieder auf. Sofort nahm er noch einen Schluck.

Petra verzichtete auf eine weitere Tasse Kaffee, und als sie und Breashear wieder unter sich waren, arbeitete sie weiter an ihrer Zeichnung, fügte Schatten und Konturen ein, die ihn älter wirken ließen. »Sie erinnern sich also nicht daran, wohin Sie fuhren? Wie lange ist das her?«

Die Tasse senkte sich. »Ich würde sagen, ein oder zwei Monate.«

»Haben Sie beide sich öfter getroffen, Mr. Breashear?«

»Nein, nein – wir haben zusammen gearbeitet. Bis spät in die Nacht. So ist das beim Schneiden. Man bekommt einen Anruf und macht den Schnitt.«

Man macht den Schnitt. Die Doppeldeutigkeit der Wortwahl war ihm glatt entgangen.

»Also Sie und Lisa haben bis spät in die Nacht gearbeitet und…«

Er führte ihren Satz nicht weiter, und so sagte Petra: »Wie kam es, daß sie beide irgendwann in Ihrem Auto gelandet sind?«

»Vermutlich habe ich sie nach Hause gefahren, oder irgendwo zum Essen. Darf ich fragen, warum Sie mir diese Fragen stellen?«

»Wir befragen alle Männer, die Lisa kannte, Mr. Breashear. Jemand hat uns erzählt, daß Sie und Lisa sich öfter miteinander getroffen haben, und da stellen wir nun mal Nachforschungen an.«

»Aber das stimmt nicht. Lisa und ich haben uns nicht *getroffen.*«

»Dann hat unsere Quelle sich wohl geirrt.« Sie lächelte in der Annahme, daß die Existenz einer »Quelle« ihn schon ordentlich ins Schwitzen bringen würde.

Er errötete erneut und verdrehte hilflos die Augen. Dieser Typ war kein gerissener Psychopath, aber er versuchte etwas zu verbergen.

»Wird wohl so sein«, sagte er.

»Können Sie mir sagen, wo Sie in der Nacht waren, als Lisa ermordet wurde?«

Er starrte sie an. Berührte seine Stirn, fuhr mit der Hand darüber, obwohl sie gar nicht feucht war. Seine Augen waren nun wirklich geweitet vor Angst – genau so, wie Petra sie gezeichnet hatte. *Sieh mal, Dad, ich bin 'ne richtige Prophetin!*

»Ich war mit einer anderen Frau zusammen.« Seine Stimme war kaum mehr als ein Flüstern.

»Könnte ich bitte ihren Namen haben?«

Breashear lächelte. Ein unwohles, schuldbewußtes Lächeln, als hätte er gerade eine Kröte verschluckt. Absolut unattraktiv. »Das ist ein kleines Problem.«

»Weshalb?«

»Ich bin nämlich verheiratet, und die Frau ist nicht meine Frau.«

»Wenn sie diskret sein kann, kann ich das auch, Mr. Breashear.« Petra wedelte mit ihrem Stift herum.

»Ich würde es trotzdem lieber vermeiden«, sagte er. »Hören Sie – ich will Ihnen gegenüber aufrichtig sein, Detective Connor. Weil ich will nicht, daß Sie's von irgend jemand anderem erfahren und nachher denken, ich hätte Ihnen was verheimlichen wollen. Lisa und ich hatten eine kurze Sache miteinander, aber es war nichts Großartiges.«

»Eine kurze Sache?«

»Wir hatten was miteinander. Siebenmal.«

Er hatte mitgezählt. Führte er etwa Buch?

»Siebenmal«, sagte sie.

»Es war eine Sache von einer Woche.«

Sie wollte sagen: Jetzt erzählen Sie mal, Darrell, war es einmal am Tag, sieben Tage hintereinander, oder haben Sie manchmal Doppelschichten eingelegt und dafür auch mal 'ne Pause? »Eine Sache von einer Woche.«

»Genau das.« Die bernsteinfarbenen Augen sprangen hin und her. »Um genau zu sein, haben wir noch nicht mal richtig miteinander geschlafen. Strenggenommen – mein Gott, ist das peinlich.«

»Was ist peinlich?«

»So über die Einzelheiten zu reden – ich nehme an, wenn Sie ein Mann wären, würde es die Sache einfacher machen.«

Sie grinste. »Da kann ich leider nichts dran ändern.«

Er starrte wieder in seine Kaffeetasse und sah aus, als würde er am liebsten jeden Moment unter den Tisch rutschen.

»Also«, sagte Petra, »wie lange hat Lisa schon bei Ihnen gearbeitet, als das passiert ist?«

»Etwa einen Monat, sechs Wochen.«

Das paßte zu dem, was Patsy K. erzählt hatte.

»Sie waren also intim miteinander«, sagte Petra und bemühte sich um einen etwas sanfteren Tonfall, um ihn noch immer unter Spannung zu halten, doch ohne ihn so sehr zu verstören, daß er gar nichts mehr sagte. »Aber Sie haben nie miteinander geschlafen?«

»Richtig«, sagte Breashear. »Ich bin nie bei Ihr zu Hause gewesen, und es liegt auf der Hand, daß es bei mir daheim kaum in Frage kam.«

»Wo sind Sie hingegangen?«

So tief rot war er bisher noch nicht gewesen. Ein hübsches rostfarbenes Mahagoni. Es verlieh ihm etwas Tiefes, was ihn sogar anziehend machte.

»Herrgott, ist das wirklich notwendig?«

»Wenn es in Zusammenhang mit Ihrer Beziehung zu Lisa steht und zu Ihrem Aufenthaltsort in der Nacht, in der sie ermordet wurde, dann fürchte ich, ja, Sir.«

»Und Sie müssen das alles aufschreiben?«

»Wenn das, was Sie mir erzählen, mir zeigt, daß Sie mit Lisas Tod nichts zu tun hatten, dann gibt es keinen Grund, warum irgend jemand davon je erfahren sollte.« Das war gelogen, alles landete in den Akten, aber sie klappte ihren Notizblock trotzdem zu.

Er rieb sich die Schläfen und studierte seinen Kaffee noch ein wenig eingehender. »O Mann ... also gut. In der Nacht, in der Lisa ermordet wurde, war ich zusammen mit einer Frau namens Kelly Sposito. Bei ihr zu Hause.«

»Adresse, bitte?« sagte Petra und klappte ihr Notizbuch wieder auf.

Er nannte ihr eine Hausnummer auf der Fourth Street in Venice.

»Apartment-Nummer?«

Diese Frage schien ihn noch mehr zu beunruhigen, als ob ihre Genauigkeit ihrer Ernsthaftigkeit die Krone aufsetzte.

»Nein, das ist ein Haus –«

»Und Sie waren in dem Haus von Miß Sposito von wann bis wann?«

»Die ganze Nacht. Von zehn Uhr abends bis sechs Uhr früh. Davor haben wir in einem Restaurant zu Abend gegessen – ein Mexikaner in der Nähe vom Studio. Im ›Hacienda‹, gleich hier um die Ecke auf dem Washington Boulevard.«

»Miß Sposito arbeitet mit Ihnen zusammen?«

Kopfnicken. »Sie ist auch Cutterin.«

Ah, das berühmte Betriebsklima. Da kam man sich schon mal näher.

»Sie sind also überhaupt nicht nach Hause gefahren, und Ihre Frau hat keinerlei Verdacht geschöpft?«

»Meine Frau war nicht in der Stadt – sie arbeitet im Außendienst und ist viel unterwegs.«

Darrell, der freundliche Chef vom Dienst, entpuppte sich allmählich als der Deckhengst des Schneideraums. Was bedeutete, daß es wahrscheinlich noch mehr »Sachen« gab, über die er lieber den Mantel des Schweigens gebreitet hätte.

»Müssen Sie Kelly anrufen?« fragte er.

»Ja, Sir. Wissen Sie, wo sie ist?«

»Bei der Arbeit. War's das?«

»Fast«, sagte Petra. »Können Sie mir sagen, von wem Lisa ihren Koks bezogen hat?«

»Nein«, sagte er. »Absolut nicht.«

»Niemand aus dem Studio?«

»Ich habe keinen blassen Schimmer. Jedenfalls niemand von Empty Nest, da bin ich mir sicher.«

»Warum?«

»Weil ich da jeden kenne, und niemand von denen handelt mit Drogen.«

»Okay«, sagte Petra. »Aber ich kann mir vorstellen, daß es kein großes Problem wäre, im Studio jemanden aufzutreiben, der welches besorgen kann, oder?«

»Ach, was soll das«, sagte er ärgerlich. »Sie glauben wohl, weil wir von der *Industrie* sind, rennen wir den ganzen Tag rum und feiern in einer Tour. Das ist ein Beruf wie jeder andere, Detective. Wir arbeiten hammerhart. Ich habe auf dem Gelände noch nie jemanden gesehen, der versucht hätte, irgend jemandem Dope zu verkaufen, und Lisa hat über ihre Quelle nie geredet. Ich habe ihr sogar damals, beim ersten Mal, als sie geschnupft und mir davon angeboten hat, gesagt: ›Ich will nicht, daß du das in meinem Auto machst.‹«

»Aber sie hat trotzdem weitergemacht«, sagte Petra. »In Ihrem Auto?«

»Nun, ja. Sie war eine erwachsene Frau. Ich konnte ihr keine Vorschriften machen. Aber ich wollte nichts damit zu tun haben – also auch nichts davon nehmen.« Er hielt die Tasse mit beiden

Händen fest. »Sie wollen ein Geständnis. Ich werde Ihnen eines liefern. Ich hatte in meinem Leben schon Probleme genug. Mit Alkohol. Bin seit zehn Jahren nüchtern und habe vor, es auch zu bleiben.«

In seinen bernsteinfarbenen Augen blitzte aufrichtige Empörung auf. Oder wäre er doch besser in Filmen aufgetreten, anstatt sie zusammenzuschnippeln? Oder auf der Bühne, wo er sich das Herz aus dem Leib hätte singen können?

»Na dann«, sagte Petra. »Danke für Ihre Zeit.«

»Kein Problem«, sagte Breashear. »Rufen Sie Kelly ruhig an. Nur nicht meine Frau, okay? Weil sie nicht in der Stadt war und ihnen ohnehin nicht helfen kann. Lisa und ich waren Freunde, nichts weiter. Warum sollte ich ihr etwas antun?«

»Nur Freunde, mit Ausnahme dieser einen Woche?«

»Das war nichts«, sagte er. »Eine vorübergehende Sache. Sie war einsam, ihr ging's nicht so gut, und dazu kam, daß es zwischen meiner Frau und mir nicht so besonders lief. Wir haben bis spät nachts zusammengearbeitet, und da hat eins zum anderen geführt.«

Er zuckte die Achseln, wie um zu sagen, Sie wissen doch, wie so was läuft.

Eine Sache hatte zu sieben anderen geführt. Petra sagte: »Aber Sie sind nie über Nacht geblieben. Anders als bei Kelly Sposito.«

»Das lag daran, daß Lisa es nicht wollte. Da spielte so etwas wie Stolz eine Rolle bei ihr – sie war unabhängig und wollte ihr eigenes Ding machen.«

»Wohin sind Sie beide denn gegangen?«

»Nirgendwohin. Einfach – wir – oh, Gott. Also gut, wenn Sie's ganz genau wissen wollen: Es ist in meinem Auto passiert. Wir sind was essen gefahren, und auf dem Weg zurück hat Lisa mich gebeten, ein bißchen durch die Gegend zu kutschieren, in Richtung Strand. Wir sind dann den Pacific Coast Highway runter und schließlich in der Nähe vom Sand Dune Club gelandet. Sie hat mich gebeten zu parken; ich hatte keine Ahnung, was da ablief. Dann hat sie das Glasröhrchen rausgezogen und geschnieft.«

»Also war es Kokain in Pulverform, kein Crack.«

Breashear lächelte. »Crack nehmen nur Schwarze, stimmt's?«

Petra ignorierte diese Bemerkung.

Er sagte: »Es war Pulver.«

»Sie hat es geschnieft, und was dann?«

»Dann wurde sie irgendwie ... aktiv. Körperlich.«

»Dann hatten Sie Sex in Ihrem Auto«, sagte Petra.

»Damit hat's dann geendet«, sagte er. Seine Stimme hatte einen ganz neuen Unterton. Konnte es sein, daß er amüsiert klang?

»Siebenmal«, sagte Petra. »Sie sind also ausgegangen, sie hat was geschnupft, und dann hatten Sie Sex im Auto.«

»Um genau zu sein, hat es sich fünfmal auf diese Weise abgespielt. Zweimal – die letzten beiden Male – bin ich zu ihrer Wohnung gefahren und habe gewartet, bis sie fertig war, und dann sind wir zum Essen gegangen. Aber wir waren nie zusammen, so wie in einer richtigen Beziehung. Beide Male mußte sie noch nach Hause, um irgendwas zu holen.«

»Drogen?«

»Keine Ahnung«, sagte Breashear.

Dabei wußte er es ganz genau. Sie wußten es beide. Bis dahin paßte die Geschichte haargenau mit der von Patsy K. zusammen.

Breashear holte tief Luft. »Ich weiß nicht, warum ich Ihnen das jetzt erzähle, aber Sie können genausogut alles wissen. Wir hatten nie richtigen Geschlechtsverkehr. Sie wollte es mir immer nur machen.«

Er sah ihr offen ins Gesicht, saß auch aufrechter da als zuvor, als wollte er sie herausfordern, ihn nach Details auszufragen.

Denn Sex war sein Ding, und nachdem er einmal eine anfängliche Scham überwunden hatte, stärkte es sein Selbstvertrauen, darüber zu reden.

»Oralverkehr«, sagte Petra.

»Ja«, erwiderte Breashear und schloß einen Moment lang die Augen. »Erst hat sie Koks gezogen, und dann hat sie's gemacht. Sieben Nächte hintereinander. Einmal pro Nacht. Immer der gleiche Ablauf. Beim achten Mal sagte sie: »Ich mag dich, Darrell, aber ...« Ich habe nicht versucht, sie umzustimmen, denn um ehrlich zu sein, kam mir das Ganze doch ziemlich seltsam vor. Sie war nicht fies, sondern im Gegenteil sehr nett und freundlich. Ich hatte den Eindruck, es war für sie nicht das erste Mal.«

»Wieso das?«

»Einfach nur so ein Gefühl. Sie schien so ... als hätte sie Übung.«

Petra sagte nichts, und Breashears Augen schweiften wieder durch den Raum.

»Ja, bitte, Sir?«

»Es fällt schwer, sich das vorzustellen ... so abgestochen. In den Nachrichten hieß es, die Tat war von außerordentlicher Brutalität ...«

Petra schwieg ihn weiter an, und er sagte: »Sie war ein wunderbarer Mensch. Ich hoffe bei Gott, daß Sie den Täter schnappen, wer immer es auch gewesen ist.«

»Das hoffe ich auch. Gibt es sonst noch etwas, das Sie mir sagen möchten, Mr. Breashear?«

»Nee, da fällt mir nichts ein – bitte rufen Sie nicht meine Frau an, okay? Wir kommen gerade wieder prima miteinander klar, und das will ich nicht vermasseln.«

24

Nachdem Breashear gegangen war, rief sie bei Empty Nest an und fragte nach Kelly Sposito, seiner derzeitigen Flamme. Wenn es zwischen ihm und seiner Frau so gut lief – hieß das, das er nur *eine* nebenher hatte?

Sposito war da. Sie hatte eine hohe, unangenehme Stimme und wurde richtig schrill, als Petra erklärte, wer sie war und weshalb sie anrief.

»Darrell? Haben Sie 'ne Meise?« Doch einen Moment später bestätigte sie Breashears Alibi.

»Also war er die ganze Nacht mit Ihnen zusammen?«

»Das hab ich doch gesagt – hören Sie, ich habe keine Lust, daß das an die Zeitungen weitergereicht wird oder so. Auf den Ärger kann ich verzichten.«

»Ich bin Detective und kein Reporter, Miß Sposito.«

»Wenn ich meinen Namen in der Zeitung lese, verklage ich Sie.«

Ein weiblicher Papiertiger. Weshalb regte sie sich so auf?

»Warum schikanieren Sie Darrell? Weil er schwarz ist?«

»Wir reden mit Leuten, die Lisa kannten, Miß Sposito –«

»Weiß doch sowieso jeder, wer's getan hat.«

»Wer?«

»Na klar«, sagte Darrells Mitarbeiterin. »Also ob Sie's nicht auch wüßten. Und er kommt ungeschoren davon, weil er Geld hat.«

Petra dankte ihr für ihre Hilfe, legte auf und fuhr die fünf Blocks zum Studio, wo sie ihre Polizeimarke und eine Kombination aus Bestimmtheit und Charme einsetzte, um hereingelassen zu werden. Der Kerl, der ihr den Weg zu Empty Nest beschrieb, sah aus wie ein Schauspieler, hatte aber einen Werkzeuggürtel um.

Die Produktionsgesellschaft entpuppte sich als eine lose Ansammlung diverser Holzbungalows aus weißen Fertigbauteilen mit grünen Jalousien, die zwischen weißgetünchten Aufnahmestudios und Bürogebäuden verstreut lagen. Das ganze Ensemble wirkte geradezu klinisch sauber, schon eine Idee zu perfekt, ein Potemkinsches Dorf, wie es im Buche stand. Plakate für Fernsehshows und Filme waren an Metalltüren angebracht, und ein Feld von Satellitenschüsseln erinnerte an eine überdimensionierte Geschirrauslage.

Eine Frau in Bungalow A erklärte Petra, daß Breashear in Bungalow D arbeitete. Sie ging in einen kleinen, menschenleeren Empfangsraum – Messing, Glas, schwarzer Holzfußboden, drei Telefone, kleine Schreibmaschinen oder Computer. Noch mehr Filmplakate – irgendwelche Billigstreifen, die sie nicht kannte. Fischgeruch. Durch eine Tür hörte sie Stimmen. Sie klopfte ganz kurz an und öffnete die Tür.

Breashear und zwei Frauen von etwa Mitte Zwanzig saßen an einem langen Tisch, auf den diverse graue Maschinen montiert waren, die aussahen wie eine Kreuzung zwischen einem Filmprojektor und einem Mikroskop. In einer offenen Styroporschachtel lagen drei Rollen Sushi.

Eine der Frauen trug einen übergroßen schwarzen Sweater über hautengen Leggins. Sie hatte ein scharfkantiges, hübsches Gesicht, einen bronzefarbenen Teint – vermutlich aus der Tube – und eine wallende, schwarze Lockenmähne, die ihr bis auf den Rücken reichte. Die andere zeichnete sich durch arktische Blässe aus und hatte dünnes blondes Haar, das von einer rosafarbenen Spange im Zaum gehalten wurde. Nett anzusehen, aber gegen die Lockenpracht ihrer vollbusigen Kollegin kam sie nicht recht an. Breashear, der zwischen den beiden saß, rückte ein wenig nach hinten, um auf Distanz zu gehen.

»Detective Connor«, sagte er. In der Hand hielt er einen dampfenden Kaffeebecher, der mit einem Gary-Larson-Cartoon bedruckt war. Der Typ behauptete, mit Drogen nichts am Hut zu haben, aber wie so viele Exalkoholiker hing er ziemlich heftig am Koffein.

»Hi«, sagte Petra. »Miß Sposito?«

Die Lockenpracht sagte »Was?« und stand auf. Sie war groß, bestimmt einsachtundsiebzig – und hatte eine Spitzenfigur, die sich selbst unter dem weiten Pullover erahnen ließ. Ihre dunklen Augen wirkten zehn Jahre älter als der Rest von ihr. Ihr Mascara war so dick aufgetragen, daß ihre Wimpern aussahen wie kleine Scheibenwischer. Für ein Model oder eine Schauspielerin sah sie zu hart aus, aber sie war auf alle Fälle jemand, nach dem man sich umdrehte. Eine richtige Löwin – mit der Mähne!

»Ich dachte, ich schaue mal vorbei und unterhalte mich persönlich mit Ihnen.«

Breashears Kopf zuckte hin und her, während er seine Freundin anschaute. Anscheinend versuchte er sich auszumalen, was sie wohl am Telefon erzählt haben mochte, das die Lage so verkompliziert hatte.

Funkelnden Blickes kam Sposito auf Petra zugeschritten.

Das blonde Mädchen saß nur sprachlos da und beobachtete die Szene.

Als sie noch zwei Schritte von Petra entfernt war, sagte Sposito: »Reden wir draußen.« Und zu der Blonden: »Wir gehen in dein Büro, Cara.«

»Klar«, sagte das blonde Mädchen. »Soll ich einfach hierbleiben?«

»Ja. Es wird nicht lange dauern.«

Im Vorzimmer angekommen, stemmte Sposito die Hände in die Hüften. »Also, was jetzt?«

Selbst schuld, Dschungeltussi, was regst du dich so künstlich auf!

»Sie haben offensichtlich keine sonderlich gute Meinung von Mr. Ramsey«, sagte Petra.

»Ach, Herrgott noch mal! Man wird ja wohl mal seine Meinung sagen dürfen – abgesehen davon, daß alle das gleiche erzählen. Weil Mr. Ramsey sich wirklich brutal und schäbig benommen hat. Es ist jedenfalls völlig daneben anzunehmen, daß Darrell auch nur das Geringste mit dem Mord an Lisa zu tun haben könnte, nur weil die beiden ein paarmal miteinander ausgegangen sind. Aber okay, Sie haben mich gefragt, wo er war, und ich habe es Ihnen gesagt. Und das ist alles, was es dazu zu sagen gibt. Ich muß mich schon mit genug Scheiße rumschlagen, weil ich mit Darrell zusammen bin. Da brauche ich nicht noch so was.«

»Scheiße – von wem?«

»Von allen. Von der Gesellschaft.«

»Rassismus?«

Kelly lachte. »Gerade mal vor ein paar Wochen sind wir beim Rose-Bowl-Flohmarkt gewesen, und so 'n Idiot hat 'ne fiese Bemerkung gemacht. Man sollte doch glauben, daß sich mittlerweile einiges geändert hat, immerhin sind wir im L.A. der neunziger Jahre. Ich meine, wer ist die reichste Frau in Amerika – Oprah.« Sie verzog das Gesicht, und um ihren Mund bildeten sich Falten. »Zwischen Darrell und mir läuft es gut, und ich will nicht, daß da irgendwer dazwischenfunkt.«

Wenn du nur wüßtest, Schätzchen.

»Ich verstehe«, sagte Petra. »Sonst noch irgendwelche Meinungen, die Sie gern mit mir teilen würden? Den Mord an Lisa betreffend? Über Lisa im allgemeinen?«

»Nö. Würden Sie mich jetzt bitte an meine Arbeit zurückgehen lassen? Hier wird nämlich auch gearbeitet.«

Warum mußten die Leute aus der Filmbranche immer so darauf herumreiten, daß sie einer ehrlichen Arbeit nachgingen?

»Wie lange arbeiten Sie schon hier, Kelly?« Kelly, nicht Miß Sposito, denn die würde immer versuchen, den Gesprächspartner zu dominieren.

Die Scheibenwischer klappten hoch und wieder herunter. »Ein Jahr.«

»Sie haben also mit Lisa zusammengearbeitet?«

»Nicht mit ihr zusammen, das heißt nicht am gleichen Projekt. Sie brauchte jemanden, der sie anleitet, deshalb hat Darrell mit ihr gearbeitet. Ich war schon immer selbständig.«

»Lisa hatte keine Erfahrung?«

Kelly schmunzelte höhnisch. »Sie war 'ne Anfängerin. Darrell mußte immer aufarbeiten, was sie nicht fertig bekam.«

»Während der gesamten sechs Monate, die sie hier gearbeitet hat?«

»Nein, sie hat schon dazugelernt, sie hat sich ganz gut gemacht, aber um ehrlich zu sein – nein, vergessen Sie's, ich will sie nicht runtermachen.«

Petra lächelte, und Kelly zeigte ihre Zähne. Petra nahm an, daß es eine Erwiderung ihres Lächelns sein sollte.

»Na gut, da habe ich mein großes Mundwerk schon mal aufgemacht. Ich wollte sagen, daß Jobs als Cutterin so einfach nicht zu haben sind, da muß man sich erst durchbeißen. Und Lisa war völlig grün hinter den Ohren. Ich dachte mir, daß sie irgendwelche Beziehungen hatte.«

»Beziehungen welcher Art?«

»Keine Ahnung.«

Noch etwas, worüber Darrell die Löwin nicht aufgeklärt hatte. Mit einemmal empfand Petra Mitleid mit ihr. »Was hielten Sie von ihr als Mensch, Kelly?«

»Sie hat ihre Arbeit gemacht und ich meine. Wir hatten nichts miteinander zu tun.«

Petra sagte: »Haben Sie sie gemocht?«

Kelly zwinkerte. »Soll ich ehrlich sein? Ich war nicht gerade begeistert von ihr, denn ich hatte den Eindruck, daß sie die Leute nicht sonderlich freundlich behandelte, aber ich will jetzt nicht schlecht über sie reden.«

»Wen hat sie nicht gerade freundlich behandelt?«

Die dunklen Augen zogen sich zusammen. »Ich meine das ganz allgemein. Sie hatte eine scharfe Zunge, und die hat sie vermutlich ins Grab gebracht.«

»Was meinen Sie damit?«

»Sie war sarkastisch. Hatte eine Art, Sachen zu sagen, ohne sie auszusprechen, wenn Sie verstehen, was ich meine. Ihr Blick, ihr Tonfall, die ganze Körpersprache.« Sie rieb sich die Hüften, streckte ein Bein wie eine Ballerina, dehnte sich und richtete sich wieder auf. »Lisa hatte eine ziemlich hohe Meinung von sich selbst. Und wenn jemand ihr nicht gut genug war, dann ließ sie denjenigen das auch spüren. Wollen Sie wissen, was ich denke? Vielleicht hat Ramsey versucht, sie wieder rumzukriegen, und sie hat ihn abblitzen lassen. Typen, die Frauen verprügeln, sind doch immer irgendwie besessen, oder?«

Und das aus dem Mund der Konkurrentin. »Unter Umständen«, sagte Petra, der ihre Faszination anzusehen war.

»Kann also gut sein, daß Ramsey voll auf Lisa abgefahren ist«, sagte Kelly. »Nehmen wir mal an, sie haben sich getroffen, und er hat versucht, sich an sie ranzumachen und hat ihn nicht hochbekommen oder was auch immer. Und sie hat ihm auf ihre typische Art zu verstehen gegeben, was sie von ihm hält, und er ist ausgerastet.«

Petra verbarg ihr Erstaunen. Diese Frau hatte innerhalb von fünf Minuten einen Schwenk von feindseliger Ablehnung zu kriminologischer Theorie vollzogen – und eine Theorie geliefert, die Petras Szenario vom letzten Rendezvous sogar noch übertraf.

»Was bringt Sie zu der Annahme, daß Ramsey impotent war?«

»Lisa hat es selbst gesagt – zumindest hat sie Anspielungen in dieser Richtung gemacht. Das war vor etwa drei oder vier Monaten. Wir haben zu Mittag gegessen – wir alle, Darrell, Cara, ich, Lisa und noch eine andere Cutterin, die hier arbeitet. Sie heißt Laurette Benson und ist lesbisch. Und dabei kam die Sprache auf Schauspieler, und daß sie den ganzen Ruhm absahnen und im Rampenlicht stehen und daß viele von denen einfach durchgeknallt sind, völlig daneben, was die Öffentlichkeit aber nie erfährt, weil alles, was sie vorgesetzt bekommen, ist die ganze Scheiße, die die Medien und Presseagenten produzieren. Egal, wir haben jedenfalls darüber geredet, wie manche Schauspieler zu Sexsymbolen von nahezu übermenschlichen Dimensionen werden – wie Madonna, die ein Baby bekommt, und alle führen sich auf, als wäre sie die andere Madonna und als wäre diese Geburt ein heiliger Akt, versteh'n Sie? Wie all diese Idioten, die immer noch nach Elvis forschen oder glauben, daß Michael Jackson bis in alle Ewigkeit verheiratet bleiben wird. Wir Cutter sehen diese Leute Tag für Tag, Szene auf Szene, durch das Fenster der Moviola. Man sieht jede Menge Rohmaterial, sieht, wie viele Takes sie brauchen, damit sie einigermaßen gut aussehen und halbwegs intelligent klingen. Und man merkt, wie wenige von denen wirklich Talent haben. Egal, wir haben uns also darüber unterhalten und sind auf das Thema gekommen, wie das Publikum sexuelle Phantasien entwickelt in bezug auf Leute, die im Bett alles andere als 'ne große Nummer sind. Laurette hat davon angefangen, daß viele Schauspieler schwul sind, selbst solche, von denen die breite Masse glaubt, sie wären hetero und absolute Sexgötter. Und daß Sexualität und Realität zwei ganz verschiedene Welten sind. Und Lisa hat mit den Augen gerollt und gesagt: ›Ihr habt ja keine Ahnung.

Ihr habt keinen blassen Schimmer.‹ Wir schauen sie alle an, und sie fängt an zu lachen und sagt: ›Ich weiß Bescheid, glaubt mir. Man denkt, man wird zum Essen ins Hard Rock Café ausgeführt, dabei landet man nur im Schiefen Turm zur verkochten Nudel.‹ Und dann lacht sie noch heftiger, bis ihr Gesicht plötzlich einen ganz anderen Ausdruck annimmt – stinksauer, wütend –, und sie steht auf und rauscht zum Klo, und dort bleibt sie eine Weile. Laurette sagt: ›Mann, da hat sich wohl jemand die Unterhose eingeklemmt.‹ Und dann kommt Lisa zurück, und ihre Nase ist rot und ihre Laune einfach einen Zacken zu gut, wenn Sie wissen, was ich meine.«

»Sie hatte was genommen.«

Kelly spreizte Daumen und Zeigefinger zu einer imaginären Pistole ab und deutete auf Petra. »Sie müssen von der Polizei sein?«

»Hat sie das oft gemacht?«

»Oft genug. Nicht, daß ich sonderlich darauf geachtet hätte.«

»Beim Thema Impotenz ist sie also ganz schön in Fahrt gekommen?«

»Würden Sie sich etwa nicht darüber aufregen? Man muß sich von den Männern schon genug Scheiße gefallen lassen, wenn sie in Topform sind. Wer hat schon die Zeit, sich mit schlappen Spaghetti rumzuschlagen?«

Es war schon nach fünf, als Petra das Studiogelände verließ. Eigentlich stand ihr der Sinn danach, ein ausgedehntes heißes Bad zu nehmen, sich von jemandem hervorragend bekochen zu lassen und sich hinterher ein wenig an der Staffelei herumzuquälen. Aber sie mußte noch ihre Ergebnisse mit Stu austauschen, und falls er den Vorschlag machte, sich Ramsey noch heute abend vorzunehmen, würde von ihr keine Widerrede kommen.

Sie rief auf dem Revier an. Stu war noch nicht zurück, aber Lillian, die Rezeptionistin, sagte: »Barbie, für Sie ist was vom Gerichtsmediziner gekommen.«

»Ein großer Umschlag?«

»Mittel. Ich hab ihn auf Ihren Schreibtisch gelegt.«

»Danke.«

Petra aß ein Thunfischsandwich bei »Apple Pan«, das sie mit einer Cola hinunterspülte, überflog die Zeitung – nichts über Lisa – und fuhr, so schnell es der Verkehr erlaubte, zurück nach Hollywood. Als sie dort ankam, hatte schon der Dienst für die Nachtschicht angefangen, doch die meisten Detectives waren bereits mit irgendwelchen Fahndungsmeldungen auf der Suche nach bösen Buben, und Petras Schreibtisch war frei. Stu hatte sich noch nicht wieder zurückgemeldet.

Der braune Umschlag enthielt die ersten Ergebnisse der Untersuchung an Lisas Leiche, unterschrieben von einem Dr. Wendell Kobayashi und gegengezeichnet – wie Schoelkopf versprochen hatte – vom Chefpathologen, Dr. Ilie Romanescu.

Flotte Arbeit, normalerweise dauerte es eine Woche, bis man die ersten Untersuchungsergebnisse bekam.

Sie setzte sich und las die beiden mit Schreibmaschine geschriebenen Seiten. In Lisas Körper waren Spuren von Kokain und Alkohol gefunden worden, genug um einen Rausch zu verursachen, jedoch nicht genug für einen Vollrausch – was aber dennoch bedeutete, daß es leichter war, sie zu überrumpeln. Ein endgültiger Autopsiebericht lag zwar noch nicht vor, doch waren die Ärzte in der Lage gewesen, die Zahl der Verletzungen und die genaue Todesursache festzustellen. Dreiundzwanzig Stich- und Schnittwunden – bei Ilse Eggermann waren es neunundzwanzig gewesen. Der Gerichtsmediziner konnte bisher nur vermuten, daß die tödliche Verletzung jener tiefe Schnitt gewesen war, der Petra auch schon aufgefallen war. Das Messer war knapp über dem Schambein in den Körper eingedrungen und dann zwanzig Zentimeter weit senkrecht nach oben gezogen worden, wobei es den Darmtrakt, Magen und Leber durchschnitten und das Zwerchfell in zwei Teile zertrennt hatte. Dadurch war die Luftzufuhr abgeschnitten worden.

Das Messer in den Bauch gerammt wie zum Ausweiden eines Tieres – typisch für Messerstechereien unter Straßengangs.

Und während sie hinfällt, sticht er noch zweiundzwanzigmal auf sie ein.

Blinde Wut oder schieres Vergnügen. Oder beides.

Dr. Kobayashi nahm an, daß der Täter zumindest bei dem ersten, tödlichen Stich ziemlich nahe bei ihr gestanden hatte. Das bedeutete, daß auch er Blut abbekommen haben mußte und er, wenn sie großes Glück hatten, eventuell irgendwelche Spuren an *ihr* hinterlassen hatte. Doch es würde noch mehrere Tage dauern, bis die Gewebe- und Flüssigkeitsanalysen abgeschlossen waren. Keine Fußabdrücke, wie schon Alan Lau festgestellt hatte, was bedeutete, daß der Täter entweder seine Schuhe ausgezogen oder schlichtweg Glück gehabt hatte.

Sie dachte daran, was Darrell ihr über Lisas sexuelle Vorlieben erzählt hatte: Oralverkehr im Auto. Wie in der High-school. War Lisa über das Cheerleaderstadium nie hinausgekommen? Cheerleaders und ältere Männer?

Kelly hatte Lisa als eine Person geschildert, die nur mit sich selbst beschäftigt war, aber Darrell hatte sie nur bedient, ohne dabei etwas für sich herauszuholen.

Sex im Auto. Der Mörder, der mit Lisa im Auto irgendwo hinfuhr.

Mr. Macho Ramsey, der unfähig war, einen hochzukriegen?

Ein chronisches Problem? Die Verabredung Ramseys letzter verzweifelter Versuch, sich selbst etwas zu beweisen?

Im Auto? Weil Lisa und er es schon vorher in Autos gemacht hatten?

Das verdammte Automuseum! War es mehr als nur das Prestigeobjekt eines Millionärs? Ramseys sexuelle Krücke? Der ganze chromblitzende Stahl, die starken Motoren, all das nur um ihn daran zu erinnern, daß er reich, gutaussehend und halbwegs berühmt war – Spielzeuge im Wert von x Millionen, die nur dazu dienten, das Blut in seinem Penis zu halten?

Breashear hatte gesagt, daß Lisa den Eindruck gemacht hatte, als hätte sie einige Übung. Mit Ramsey? Mit anderen? Nach der Scheidung oder vorher?

Andererseits deutete ihre Telefonrechnung nicht darauf hin, daß sie Kontakt mit anderen Männern gehabt hatte. Überhaupt schien sie kein gesellschaftliches Leben zu führen. Vielleicht hatte sie das Telefon am Arbeitsplatz zur Pflege privater Kontakte benutzt. Die Aufstellungen darüber zu bekommen würde schwierig werden, da Petra mit einiger Sicherheit davon ausgehen konnte, daß der Telefonanschluß auf die Produktionsgesellschaft lief. Sie würde gleich morgen den erforderlichen Papierkram in Angriff nehmen.

Zurück zur Mordnacht. Lisa, die sich herausputzte.

Das Auto, im Auto, komm, wir machen's im Auto.

Und Ramsey bekam keinen hoch – unfähig zum Stich.

Stich. Schon wieder.

Er unfähig zum Stich, Lisa läßt ihrem Sarkasmus freien Lauf, und er versetzt *ihr* einen Stich.

Wo er doch so ein netter Kerl gewesen ist, ihr verziehen hat, daß sie sich in der Skandalpresse über ihn ausgelassen hat, nachdem er ihr einen Job im Studio verschafft hat und ihr trotzdem noch sieben Riesen pro Monat überwiesen hat.

Dreiundzwanzigtausend in bar, ein Aktiendepot bei Merrill Lynch – mit dem Anlageberater, Ghadoomian, würde sie sich morgen unterhalten. Sex, Geld, Versagen.

Er hatte im Auto versagt und deshalb das Auto *benutzt,* um sie umzubringen.

Sie zu ihrer letzten Station *gefahren.*

Sie auf dem *Parkplatz* erledigt.

So richtig typisch L.A.

Sie mußte irgendwie an PLYR 0 und PLYR 1 herankommen und an all die anderen Wagen aus Ramseys Sammlung. Sie konnte sich gut vorstellen, daß das Todesauto eines von den anderen war – der phallische Ferrari zum Beispiel, der genau vor ihrer Nase gestanden hatte, begafft von Stu und den beiden Sheriffs, ohne daß sie den blassesten Schimmer hatten, daß sie ein Schlachthaus auf Rädern bewunderten.

Nein, das wäre zu offensichtlich, selbst für L.A.-Verhältnisse. Einer der anderen Wagen ... ihr Telefon klingelte, es mußte Stu sein.

Doch es war Alan Lau, der sie aus dem Parker Center anrief. Der Kriminaltechniker wirkte erschöpft. »Ich habe ein paar erste Ergebnisse, das Einwickelpapier und den Urin betreffend. Das Essen, das darin eingewickelt war, war eine Mischung aus Rinder- und Schweinehackfleisch, Paprika, Zwiebeln, einer Soße auf Tomatenbasis, Chilipulver, Knoblauchpulver und einigen anderen Gewürzen, die wir noch nicht identifiziert haben. Ach ja, und Brotkrümel. Nicht mit dem Rest vermischt, sondern separat. Vermutlich ein Brötchen. Weißbrot.«

»Ein Chiliburger.«

»Gut möglich. Der Urin ist definitiv menschlicher Urin, aber ich hoffe, Sie wollen keine aufwendige DNA-Analyse, denn die Menge hat kaum gereicht, um eine grobe Bestimmung vorzunehmen. Und selbst wenn wir eine DNA-Analyse durchführen, wird es ein Vermögen kosten und eine halbe Ewigkeit dauern.«

»Was haben Sie sonst noch rausgefunden?« fragte Petra.

»Fingerabdrücke auf dem Einwickelpapier und dem Buch, das Sie gefunden haben. Das Buch war voll davon. Ganze Fingerabdrücke, Teile davon, hübsche Abdrücke der Fingerkuppen. Ich bin zwar kein Experte, doch es sah so aus, als gäbe es Übereinstimmungen zwischen denen auf dem Buch und den Abdrücken auf dem Einwickelpapier. Wir haben sie zum Erkennungsdienst geschickt, aber bis jetzt haben wir in den Akten noch niemanden gefunden, auf den sie passen. Anscheinend ist Ihr Bücherwurm also weder ein Schwerverbrecher noch ein Regierungsangestellter. Außerdem deutet die Größe der Fingerkuppen darauf hin, daß es sich wahrscheinlich um eine Frau handelt.«

Eine Pennerin, die auf den Felsen gehockt hatte, dachte Petra. Die sich verstohlen über ihr Essen hergemacht und dabei in einem alten Buch aus der Bücherei gelesen hatte, das unter Umständen irgendwelche Schizophantasien bediente – wer weiß, was ihr die Präsidenten der USA bedeuteten.

Traurig. Aber vielleicht war es angebracht, bei den Park Rangers und einigen von den Streifenpolizisten von Hollywood nachzufragen, ob ihnen eine Obdachlose bekannt war, die sich bevorzugt in dieser Ecke des Griffith Park herumtrieb.

»Danke, Alan. Ist im Staubsauger vielleicht irgendwas hängengeblieben?«

»Bis jetzt nur ein Haufen Dreck. War 'ne ziemlich saubere Arbeit – trotz des ganzen Bluts.«

Stu kehrte um achtzehn Uhr vierunddreißig ins Revier zurück. Er sah erschlagen aus. Petra gönnte sich gerade ihr zweites Snickers und überlegte, wo Ramsey wohl in diesem Augenblick war, welche Gedanken ihm durch den Kopf gingen. Bereute er, was er getan hatte, oder schwelgte er in der Erinnerung daran, wie er Lisa abgeschlachtet hatte?

Sie fragte Stu, wie es ihm ging. Er sagte »Prima« und erstattete ihr in dem pflichtbewußten Ton eines Schülers in einer mündlichen Prüfung Bericht über seinen Tagesablauf. Drei Studios hatte er abgeklappert und drei Quellen angegraben. Jetzt hieß es abwarten und sehen, was dabei herauskam. Normalerweise waren seine Augen klar – an dem, was er ihr gerade erzählt hatte, konnte es kaum liegen, daß sie nun rotgerändert waren.

Er zog sein Jackett aus und hängte es sorgfältig über die Rückenlehne seines Stuhls. »Niemand wußte irgendwas über seine Privatsphäre; anscheinend hängt er mit keiner speziellen Clique aus der *Industrie* herum. Aber weil er sie verprügelt hat, herrscht allgemein die Auffassung, daß er es war, der sie umgebracht hat.«

»Ich hab was über seine Privatsphäre.« Petra berichtete ihm von ihren Gesprächen mit Breashear und Sposito und Lisas Anspielungen zum Thema Impotenz.

Stu sagte: »Interessant.« Als ob alle Männer so was durchmachten. War das so?

»Das ist doch ein Motiv«, sagte sie.

»Aber sicher. Nur jammerschade, daß es kaum nachzuweisen ist – du glaubst dieser Sposito, was das Alibi von Breashear angeht?«

»Ich habe sie angerufen, bevor Breashear mit ihr reden konnte, und sie hat deswegen auch nicht großartig rumgedruckst, sondern war halt stinksauer, daß man ihr überhaupt Fragen stellt. Willst du Breashear noch weiter bearbeiten?«

»Nein, ich will nur sicher sein, daß wir ihn ohne Fragezeichen von der Liste streichen können. Damit hinterher alles schön sauber und ordentlich aussieht.«

Er legte seine Handflächen auf den Schreibtisch und beugte sich, die Finger gespreizt, nach vorn. »Und jetzt zu der jungen Deutschen –«

Petra gab ihm das Fax über Karl-Heinz Lauch. Er las es und legte es vor sich hin.

»An wen wenden wir uns damit?« fragte Petra.

»Noch mal an die Polizei in Österreich. Und in den anderen Ländern, wo Deutsch gesprochen wird, und es Flughäfen gibt, also vermutlich auch an die Schweiz. Dann noch an Interpol, die US-

Einwanderungsbehörde - obwohl bei einem Zeitraum von drei Jahren schon einiges an Glück dazugehört, bei der Paßkontrolle irgendwas zu finden.«

»Das hat Sorensen doch alles schon gemacht.«

»Es liegen drei Jahre dazwischen, und das heißt, daß wir es noch mal machen. Außerdem haben wir jetzt einen ähnlichen Fall und müssen von daher das Netz weiter auswerfen, um sicherzugehen, daß wir nicht noch weitere Fälle übersehen haben. Das heißt: Orange County, Ventura, Santa Barbara, ja sogar San Francisco. Wenn wir nichts finden, bin ich der letzte, der sich darüber beschwert, daß wir nicht nach einem Serienmörder fahnden müssen. Aber man weiß ja nie. Vor ein paar Jahren gab's mal einen Kerl - Jack Unterhoffer, wie sich herausstellte auch ein Österreicher - der zwischen Europa und den USA hin- und hergereist ist und Frauen erwürgt hat. Es hat eine ganze Weile gedauert, bis das Muster erkennbar wurde. Wenn wir nicht noch mit weiteren Hinweisen zu Lisa aufwarten können und Schoelkopf wirklich paranoid wird, kann es darauf hinauslaufen, daß wir das Ganze auf nationaler Ebene durchziehen müssen, deswegen nehmen wir ihm lieber den Wind aus den Segeln und lassen Lauch durch den Computer vom NCIC laufen und sehen, was die von der Bundespolizei zu bieten haben.«

Es sah beinahe so aus, als wäre Stu richtiggehend scharf darauf, in den Archiven rumzustöbern. Das paßte nun gar nicht zu Petras Theorie von seinen Aufstiegschancen. Oder etwa doch?

»Na prima«, sagte sie und staunte selbst über die Ungeduld, die in ihrer Stimme mitschwang. »Aber Ramsey ist nach wie vor unser Hauptverdächtiger, und nach dem, was wir erfahren haben, hat er noch ein stärkeres Motiv, als bisher angenommen. Ich weiß, die Sache mit der Impotenz ist Hörensagen -«

»Noch nicht mal das. Lisa hat Anspielungen geäußert, die sehr allgemein gehalten waren.«

»Aber wenn wir dem nicht nachgehen, ist das Schlamperei im Dienst, wenn nicht noch mehr.«

»Keine Diskussion«, sagte er, während er sich zurücklehnte und an seinen Hosenträgern herumspielte. »Da brauchen wir uns gar nicht zu streiten. Aber wir müssen Prioritäten setzen. Wir sind nur zu zweit, Petra, und entweder fordern wir Verstärkung an, was bedeutet, daß die Sonderkommission Raubmord uns ausbootet, oder wir teilen die Arbeit auf. Wie wär's, wenn ich mich um die Lauch/Eggermann-Angelegenheit kümmere und du dir Ramsey vornimmst. Die Telefonarbeit teilen wir uns wie gehabt.«

Petra traute ihren Ohren nicht. Er gab ihr das Filetstück und behielt die Knochen für sich. »Du willst, daß ich mich allein um Ramsey kümmere?«

»Das kann unter Umständen zu unserem Vorteil sein.«

»In welcher Weise?«

»Wenn Ramsey Probleme mit der Weiblichkeit hat, kann's sein, daß er in deiner Gegenwart nervös wird und seine Deckung Risse bekommt.«

Probleme mit der Weiblichkeit. Nicht Potenzprobleme. Oder Probleme mit der *Männlichkeit.*

Sie sagte: »In Ordnung, aber ich hab nichts dagegen, mich auch durch die Archive zu wühlen.«

»Mach dir deswegen keine Gedanken, Petra. Um ganz ehrlich zu sein –« Er wollte etwas sagen und tat es dann doch nicht. Dabei war er in ein Verhaltensmuster gefallen, auf das er Petra gleich zu Beginn ihrer Zusammenarbeit hingewiesen hatte: Paß auf, wenn ein Verdächtiger *offengestanden* sagt, oder *wenn ich ehrlich sein soll* oder *um die Wahrheit zu sagen* oder *ehrlich gesagt.* Gewöhnlich hat so jemand was zu verbergen.

»Ich glauben wirklich, daß du am besten geeignet bist, um Ramsey aus der Reserve zu locken«, beharrte er. »Das ist nicht nur eine Frage des Geschlechts. Es wäre einfach besser, wenn er nicht den Eindruck hat, daß wir ihm auf die Pelle rücken und ihn aushorchen. Und da ist es ganz hilfreich, wenn er es nur mit einer Person zu tun hat, anstatt mit zwei. Außerdem war er ziemlich auf dich fixiert, als wir bei ihm zu Hause waren.

»Was soll das heißen?«

»Er hat sich nicht direkt an dich rangemacht, aber ein gewisses Interesse hatte er schon. Zumindest kam es mir so vor. Und das sagt uns eine Menge darüber, wie sein Verstand funktioniert. Seine Ex ist gerade ermordet worden, und er macht einen auf trauernden Ehemann, während er dich abcheckt.«

Also *hatte* er es bemerkt. Was war da noch, das er für sich behielt?«

»Ich rede nicht davon, dich als Köder zu benutzen, Petra. Wenn du's nicht allein machen willst, verstehe ich das. Aber für so was hast du wirklich Talent.«

»Danke.« Warum empfand sie das nicht als Kompliment? Sah sie allmählich Gespenster?

Sie nickte.

»Okay, dann ist ja alles klar.« Er griff zum Telefon.

25

Rennenrennenrennen rennen nichtluftholen.

Nicht umdrehen.

Bäume springen mir in den Weg, versuchen mich zu packen, mich abzudrängen.

Ich schlage mich zwischen den Ästen hindurch, aber die schlagen zurück – klatschen mir ins Gesicht, meine Arme, meine Beine, alles brennt.

Ich will nur noch die Augen zumachen, mich durch den Weltraum schleudern wie eine Rakete. Ich versuche es, und es ist klasse, aber dann falle ich und rolle, pralle gegen Steine und Äste und irgendwelche scharfkantigen Sachen. Ich stoße mir den Kopf an, und am Arm habe ich einen Schnitt, der brennt wie Feuer und trotzdem naß ist.

Es blutet weiter. Ich spüre, wie es raustropft, aber es tut nicht weh. Nichts tut weh, bin ich aus Lehm? Aus Scheiße?

Ich weiß nicht, wohin ich laufe, ist mir auch egal, nur weg von hier. Der Park hat mich reingelegt. Elender Verräter.

Endlich kann ich atmen.

Ich höre es in meinen Ohren. Ein summendes Dröhnen, ein lautes summendes Dröhnen, das explodiert und meinen ganzen Kopf ausfüllt. Luft rein, Luft raus, Dröhnluft. Meine Brust tut weh.

Keine Stützpunkte mehr. Nichts ist mehr sicher ... mein Herz schlägt zu heftig, zu schnell. Plötzlich muß ich kotzen.

Ich bleibe stehen, krümme mich zusammen, und es schießt aus mir heraus wie Lava. Überall auf den ganzen Boden. Mein Hals brennt.

Wann gibt's in meinem Leben endlich mal Sauberkeit?

Leer, das war's, nichts mehr drin, muß ganz still sein, muß ganz still sein.

Ich bin ganz still.

Alles ist still.
Ich schmecke und rieche wie tot.

Ich renne weiter, falle hin, stehe auf, renne, gehe, fühle mich allmählich besser und bleibe stehen, um zu atmen, aber dann fange ich an zu zittern, und ich kann gar nicht mehr aufhören.

Ich bin in einem Teil des Parks, den ich vielleicht schon mal gesehen habe, aber sicher bin ich mir nicht.

Jede Menge Bäume, Blätter auf dem Boden, Felsen und Erde, könnte überall im Park sein. Ich lege mich hin und schlinge die Arme um mich. Meine Kehle brennt noch immer wie Feuer, meine Zähne fangen an zu klappern, dadadadadadada.

Es hört auf. Ich will mich hinsetzen, aber ich bin so müde. Der Boden ist voller Dellen und Beulen. Ich finde einen Stein, er ist kalt und rund, und ich halte ihn in beiden Händen, drücke zu, so fest ich kann, und dann werfe ich ihn weg und hole Luft.

Der blutende Schnitt ist getrocknet. Er ist jetzt eine lila Linie mit nassen Stellen, an denen eine goldfarbene Masse herausquillt. Wahrscheinlich Plasma. Daraus bildet sich Schorf.

Mit einemmal habe ich überall Schmerzen, und ich merke, daß ich am ganzen Körper Schnitte und Schrammen habe, an den Armen, im Gesicht. Ich kratze daran, betrachte ein paar von den blutenden Stellen genauer und schaue zu, wie sie verkrusten.

Mein Körper funktioniert.

Ein Vogel stößt einen Schrei aus, und ich schrecke hoch, das Herz hüpft mir fast zum Hals heraus, und ich habe das Gefühl, als müßte ich gleich wieder kotzen.

Atmen, atmen, atmen ... jetzt ist mir schwindlig.

Atmen. Den Vögeln zuhören. Es sind nur Vögel.

Okay, jetzt geht's mir einigermaßen.

Also, dann mal weiter.

Endlich wird es Nacht.

Ich bin auf einer Anhöhe, fast schon ein Hügel, und es ist nichts zu sehen außer Bäume und dahinter die riesigen schwarzen Schatten der richtigen Berge.

Immer noch im Park. Aber nicht mehr lange. Verräter.

Jetzt habe ich gar nichts mehr. Meine Bücher, meine Kleidung, meine Plastikbeutel, mein Essen – alles noch in Stützpunkt fünf.

Das ganze Tampax-Geld. Außer dem, was von den fünf Dollar noch übrig ist, die ich mitgenommen habe in den Zoo. Ich greife in meine Tasche und spüre drei Geldscheine und ein bißchen Kleingeld.

Wie konnte das passieren? Wie sind die beiden ausgerechnet auf *mich* gekommen?

Der Park war auch ihr Revier.

Mein Fehler. Ganz schön blöd zu glauben, daß ich irgendwo meine Ruhe haben würde.

Schön dunkel ist es jetzt. Die Dunkelheit gibt mir Deckung. Zeit weiterzugehen.

Ich gehe, bis ich Autos höre. Ich kann sie zwar noch nicht sehen, aber ich muß wohl in der Nähe vom Los Feliz Boulevard sein. Andauernd reibe ich die Hand, mit der ich die Scheiße gehalten habe, an Steinen, im Staub und an Baumstämmen ab, bis der Gestank weggeht. Die Autos sind jetzt richtig laut, es *ist* der Los Feliz, und ich weiß, wo ich bin.

Ich verstecke mich hinter einem dicken Baum und überlege, was ich jetzt machen soll, als *sie* mir plötzlich wieder einfällt.

Die Frau, die abgestochen wurde – *tschack*.

Warum laufe ich andauernd fiesen, widerlichen, kranken Leuten über den Weg?

Steht mir vielleicht auf der Stirn geschrieben, dieser Junge ist ein Verlierer, der sollte mal ordentlich eins verpaßt kriegen? Mache ich so einen schwachen, jämmerlichen Eindruck – ein Opfer, das von den Raubtieren erlegt werden muß?

Habe ich irgendwas an mir, ein Zeichen, das ich nicht sehen kann, so wie man sich selbst auch nicht kitzeln kann?

Kann ich einfach nicht so sein wie alle anderen?

Eines ist jedenfalls klar: Ich muß schnellstens dafür sorgen, daß ich sauber bin.

Und von hier verschwunden.

26

Um neunzehn Uhr fünfzehn rief Petra bei Ramsey zu Hause an. Die spanische Haushälterin sagte nur »eine Augeblick« und ließ Petra in der Warteschleife hängen.

Es vergingen zwei Minuten. Drei, vier, fünf, sechs.

Überlegte sich Ramsey eine Methode, wie er ihr aus dem Weg gehen konnte? Führte er auf der anderen Leitung ein Blitzgespräch mit seinem Anwalt? Sie machte sich schon darauf gefaßt, abgeblockt zu werden. In diesem Fall würde sie eine präzise Gesprächsnotiz machen und es noch einmal bei den Boehlingers probieren.

Plötzlich sagte eine Stimme am anderen Ende: »Detective Connor?« Der Meister höchstpersönlich.

»Guten Abend, Mr. Ramsey.«

»Haben Sie irgendwas rausgefunden?«

»Ich fürchte, nein, Sir. Aber ich dachte, wir unterhalten uns vielleicht noch mal.«

»Prima. Wann und wo?«

»Wie wär's bei Ihnen. So bald wie möglich?«

»Wie wär's jetzt gleich?«

Sie geriet in die letzten Ausläufer des Feierabendverkehrs in Richtung Valley. Irgendein Schwachsinniger war mit einem Lastwagen voller Gartenmöbel in der Nähe der Ausfahrt Canoga Park umgekippt, und Tausende von Gaffern hatten nichts anderes zu tun, als im Schneckentempo an zertrümmerten Sitzgarnituren und Vogelbädern aus Plastikzement vorbeizukriechen. Was war bloß so faszinierend am Unglück anderer Leute? Aber wer war sie, daß sie sich darüber aufregen durfte? Sie verdiente schließlich ihre Brötchen damit.

Also lieber versuchen, die Zeit produktiv zu nutzen. Und zu überlegen, mit welchen Psychotricks Ramsey zu packen war.

Aber es gab keinen großartig durchdachten Plan. Keine Details, die man hätte festnageln können. Denn eine allzu präzise Planung ohne die erforderlichen Fakten konnte manchmal weniger vorteilhaft sein, als eine Sache völlig unvorbereitet anzugehen. Eines war jedenfalls klar: Jegliche Konfrontation war zu vermeiden. Sie würde freundlich auftreten und selbst dann freundlich bleiben, wenn Ramsey Ärger machen oder noch mal versuchen sollte, die Don-Juan-Masche zu rciten.

Das war ohnehin ihre Stärke. Sie war fähig, Geständnisse auf die sanfte Tour herbeizuführen, und hatte damit genausoviel und manchmal sogar mehr Erfolg als die harten Typen. Stu hatte ihr Selbstbewußtsein dadurch gestärkt, daß er ihr die Führung der Verhöre in einigen schwierigen Fällen überließ. »Benutz deine inneren Stärken als Waffe, Petra. Auf die gleiche Weise wie ein Therapeut.«

Sie hatte Psychotherapie noch nie als eine Art Kriegsführung betrachtet, doch sie verstand, was er meinte: Es drehte sich nur um Manipulation, und diese betrieb man am erfolgreichsten, wenn man nicht übertrieb.

Wenn Stu eine Vernehmung führte, dann war er immer der freundliche, aber strenge große Bruder – freundlich, mit Grips, aber im Grunde trotzdem ein harter Bursche, der einem Angst und Bewunderung zugleich einflößte und mit dem man sich lieber gut stellte.

Sie dagegen spielte das »das normale Mädchen«, mit dem sich die Typen richtig gern unterhielten.

Nicht als Köder. Stu wußte ganz genau, daß sie sehr wohl den Köder spielen sollte. Ramsey war ein Frauentyp – zumindest hielt er sich dafür – und da war's doch am besten, wenn man ihn mit einer Frau aus der Reserve zu locken versuchte.

Ein *Spieler* – der aber nur weichgekochte Spaghetti an den Start brachte.

Bis jetzt war noch kein Name von einem Anwalt gefallen, aber Petra war sicher, daß schon einer hinter den Kulissen herumschlich und Ramsey seinen Text einflüsterte. Wie bei den Dreharbeiten zu einem Film – wie heißen die Leute noch mal? – Souffleure. Heutzutage gab's auch dafür Maschinen – Teleprompter.

Ramsey hatte jahrelang Übung darin, Worte nachzusprechen und sie glaubhaft klingen zu lassen.

Selbst ein schlechter Schauspieler hatte dem durchschnittlichen Verdächtigen einiges voraus. Das Häufchen Elend, das sie normalerweise verhörte, war so voller Angst, daß man von ihm auch dann noch mehr Informationen bekam als man brauchte, wenn es sich in dem Glauben wiegte, überzeugend zu lügen. Der Schlüssel zum Erfolg lag darin, ihm gleich zu Anfang seine Rechte zu verlesen, um selbst das letzte bißchen an Informationen auf ganz legalem Wege aus ihm herauszupressen. Eine Ausnahme bildeten da nur die hartgesottenen Psychopathen, die kaum oder gar keine Angst hatten, aber diese Typen wurden von einer so elend langweiligen Selbstzerstörungskraft getrieben, daß sie sich bei ihren Bemühungen um Gewitztheit meist selbst ein Bein stellten.

Also, in welche Schublade paßte Ramsey? Ein berechnender Killer, oder einfach nur ein lächerlicher, impotenter Versager, der ausgerastet war?

Laß ihn an der langen Leine, lehn dich zurück, schau ihn dir an, und hör ihm zu. Darauf zu spekulieren, daß er sich vor deinen Augen aufhängt, wäre wohl übertrieben, aber vielleicht knotet er sich ja zumindest seine eigene Schlinge.

Es war zwanzig Uhr vierzig, als sie RanchHaven erreichte und von dem Wachmann durchgewinkt wurde. Bevor sie das Tor passierte, fragte sie ihn, ob er in der Nacht von Sonntag auf Montag Dienst gehabt hatte, doch er meinte, nein, das sei jemand anders gewesen. Dann machte er die Tür seines Wachhäuschens wieder zu.

Sie fuhr den Hügel hinauf. Mehrere Strahler ließen das pinkfarbene Haus schmutzigweiß erscheinen und noch größer wirken, doch an der architektonischen Verwirrtheit, die es ausstrahlte, änderte sich dadurch nichts.

Eine junge Frau spanischer Herkunft, allerdings nicht Estrella Flores, kam auf Petras Klingeln zur Tür und öffnete sie halb. Soweit Petra das Innere des Hauses erkennen konnte, lag es im Dunkeln.

»Hallo«, sagte sie. »Detective Connor für Mr. Ramsey.«

»Ja?« Die Frau war hübsch, hatte ein rundes Gesicht mit großen blaulila Augen, fast wie Weintrauben, und schwarzes Haar, das zu einem Knoten zusammengebunden war. Ungefähr fünfundzwanzig Jahre alt. Die gleiche rosa-weiße Ausstattung, die auch Estrella Flores getragen hatte.

Petra wiederholte ihren Namen und zeigte ihre Polizeimarke.

Das Hausmädchen machte einen Schritt rückwärts. »Eine Augenblick.« Die gleiche Stimme wie am Telefon. Wo war die ältere Frau?

»Ist Estrella Flores da?«

Verwirrung. Die junge Frau wollte sich schon umdrehen, doch Petra tippte ihr auf die Schulter. »Donde esta Estrella?«

Kopfschütteln.

»Estrella Flores? La ... Haushälterin?«

Keine Antwort, und Petras Versuch, dem versteinerten Gesichtsausdruck des Mädchens mit einem warmen, schwesterlichen Lächeln beizukommen, schlug fehl.

»Cómo se llama usted, señorita?«

»Maria.«

»Nombre de familia?«

»Guerrero.«

»Maria Guerrero.«

»Sí.«

»Usted no sabe Estrella Flores?«

»No.«

»Estrella no trabaja aqui?«

»No.«

»Cuanto tiempo usted trabaja aqui?«

»Dos dias.«

Seit zwei Tagen arbeitete sie hier. Und Estrella war weg. Weil sie etwas wußte, das sie nicht wissen wollte, und sich aus dem Staub gemacht hatte? Petra wünschte, sie hätte sich früher mit ihr befaßt.

Maria Guerrero machte einen neuerlichen Versuch, sich zu entfernen, da erklang eine Männerstimme, »Detective«, und Ramsey tauchte aus der Dunkelheit auf. Er trug ein weißes, mächtig zerknittertes Leinenhemd, eine Hose aus cremefarbener Seide und cremefarbene Slipper – keine Socken.

Eine Erscheinung in Pastellfarben. *Ich bin ein netter Kerl.*

Er hielt Petra die Tür auf, und sie trat ein. Die Luft im Haus war abgestanden, und nur ein einziges Tischlämpchen im hinteren Teil des großen Wohnzimmers war erleuchtet. Selbst das Automuseum lag im Dunkeln hinter einer getönten Glaswand.

Er ging etwa einen halben Meter vor ihr her in Richtung Lampe, schaltete noch eine weitere ein und zuckte zusammen, als die geballte Leuchtkraft in seinen Augen schmerzte. Hatte er bis jetzt im Dunkeln gesessen? Seine Ärmel waren nachlässig hochgekrempelt, und seine Haare wirkten strähnig und zerzaust.

»Bitte, setzen Sie sich doch.« Er wartete, bis sie auf einem der überladenen Sofas Platz genommen hatte, und setzte sich dann in rechtem Winkel zu ihr, so daß ihre Knie gerade mal einen halben Meter voneinander entfernt waren.

Die Hände neben sich aufgestützt, saß er da. Sein Gesicht wirkte mitgenommen, älter. Mehr graue Haare in der Lockenpracht, aber vielleicht lag es an der Beleuchtung. Oder daran, daß die Tönung an manchen Stellen nachließ.

»Danke, daß Sie sich Zeit für mich genommen haben, Sir.«

»Aber klar doch«, sagte er, während er tief Luft holte und sich einen Mundwinkel rieb.

Petra nahm ihren Notizblock heraus und ließ ihre Jacke so weit offenstehen, daß er das Polizeiabzeichen an der Brusttasche ihres Hemdes sehen konnte. In der Hoffnung, irgendeine wahrnehmbare Reaktion auf die Behördenpräsenz in seinem Haus registrieren zu können, hielt sie den Notizblock so, daß das blaue Siegel des LAPD auf dem Umschlag ihm zugewandt war.

Er schaute ganz woanders hin. Auf den großen steinernen Kamin, der kalt und dunkel vor ihm lag.

»Möchten Sie etwas trinken, Detective?«

»Nein, danke, Sir.«

»Wenn Sie sich's anders überlegen, sagen Sie Bescheid.«

»Wird gemacht, Mr. Ramsey.« Sie klappte den Notizblock auf. »Wie geht's denn so?«

»Nicht besonders. Ziemlich viel Streß.«

Petra schenkte ihm das verständnisvollste Lächeln, das sie auf Lager hatte. »Wie ich sehe, haben Sie eine andere Haushälterin als beim letzten Mal.«

»Die andere hat mich sitzenlassen.«

»Estrella Flores?«

Er starrte sie an. »Ja.«

»Wie lange hat sie für Sie gearbeitet?«

»Zwei Jahre, glaube ich. So um den Dreh. Sie sagte, sie wollte wieder zurück nach El Salvador, aber ich weiß ganz genau, daß es ... wegen der Sache mit Lisa war. Sie mochte Lisa. Ich glaube, all die ... als Sie alle hier waren, muß sie das ziemlich aufgeregt haben, denn noch in derselben Nacht hat sie ihre Sachen gepackt.« Er zuckte die Achseln. »Und dann die ganzen Anrufe von der Presse. Ganz schön hart, da noch einen klaren Kopf zu behalten.«

»Gab es viele Anrufe?«

»Haufenweise, alle über den Geschäftsanschluß. Die Nummer, die ich Ihnen gegeben habe, war meine Privatnummer. Ich habe alles an Gregs Büro weitergeleitet. Er redet mit niemandem, von daher wird sich der Trubel hoffentlich irgendwann legen.« Er rieb sich die Augen und schüttelte den Kopf.

»Also haben Sie sich gleich eine neue Haushälterin zugelegt«, sagte Petra.

»Greg hat sie besorgt.«

Sie saß da, doch sie schrieb nicht. Sie schwieg eine Weile, um Ramsey die Gelegenheit zu geben, die Stille auszufüllen, doch er senkte nur den Kopf. Seine breiten Schultern rundeten sich, während er in sich zusammensackte zur klassischen Trauerpose. Dann stützte er das Kinn in die Hand. Der Denker.

»Estrella Flores mochte Lisa also«, sagte Petra schließlich, »aber sie ist nicht mit Lisa gegangen, als sie ausgezogen ist.«

»Nein«, sagte Ramsey und hob den Kopf. »Warum ist Estrella so wichtig?«

»Ist sie wahrscheinlich gar nicht, Sir. Ich versuchte nur ein Gespür für Lisas Persönlichkeit zu bekommen – gab es etwas, das Estrella eventuell davon abgehalten hat, mit Lisa mitzugehen? War es nicht leicht, für sie zu arbeiten?«

»Kaum«, sagte Ramsey. »Es lag vermutlich am Geld. Ich habe ihr mehr gezahlt als Lisa hätte ausgeben können. Sozialversicherung, Steuern, alles legal. Lisas Wohnung war nicht so groß, daß sie eine so teure Kraft gebraucht hätte.«

Also war die Nervosität von Estrella Flores an jenem ersten Tag nicht damit begründet, daß sie sich illegal im Lande aufhielt. Und jetzt war sie verschwunden …

Ramsey spreizte die Beine ein wenig. »Nein, Lisa war als Arbeitgeber völlig unproblematisch. Sie hatte einen hellen Verstand, war voller Energie und hatte einen Sinn für Humor. Manchmal konnte sie ein wenig … scharf sein anderen Leuten gegenüber, aber ich würde nicht sagen, daß es schwer war, mit ihr auszukommen.«

»Scharf?«

»Sarkastisch.«

Exakt das gleiche, was auch Kelly Sposito gesagt hatte.

»Nicht auf eine bösartige Weise«, sagte Ramsey. »Sie hatte halt eine … scharfe Zunge. Das gehörte zu ihrem Humor. Aber sie konnte besser Witze erzählen, als jede andere Frau, mit der ich je –«

Er verstummte abrupt und preßte seine Knie zusammen. »Das mag sich vielleicht sexistisch anhören, aber ich habe wirklich nicht viele Frauen getroffen, die gerne Witze erzählt haben. Ich rede jetzt nicht von Leuten wie Phyllis Diller oder Carol Burnett. Sondern von Frauen, die keine Profis auf dem Gebiet sind.«

»Und Lisa hat gerne Witze erzählt?«

»Wenn sie in der Stimmung dafür war … Sie haben keinen Schimmer, wer sie umgebracht hat?«

»Noch nicht, Sir. Aber wir sind offen für Anregungen.«

»Er ergibt einfach keinen Sinn, daß Lisa sich mit irgendeinem Irren eingelassen haben soll, mit dem sie dann zum Griffith Park gefahren ist. Sie stand eher auf ältere, konservative Typen, nicht auf die Sorte, die … sich dann irgendwann aufführen wie die Wilden.«

»Sie hat sich nach Ihrer Scheidung mit älteren Männern eingelassen?«

»Davon weiß ich nichts«, sagte Ramsey. »Aber ich weiß, daß sie, bevor wir etwas miteinander hatten, mit zwei älteren Männern zusammen war. Das war noch in Cleveland. Der eine war Zahnarzt, der andere Schuldirektor.«

»Wieviel älter?«

»Älter als ich«, sagte er lächelnd. »Sie hat mal scherzhaft bemerkt, daß sie mit mir ausginge, obwohl ich eigentlich zu jung für sie wäre. Damals war sie vierundzwanzig und ich siebenundvierzig.«

Das hieß, daß er jetzt fünfzig war.

»Wie hießen diese beiden anderen Männer?«

»Daran kann ich mich beim besten Willen nicht erinnern. Der Schuldirektor hieß Pete Irgendwas, und der Zahnarzt, glaube ich, Hal. Oder vielleicht auch Hank. Mit Pete war sie unmittelbar vor mir zusammen, sie hat mit ihm Schluß gemacht am Tag des Schönheitswettbewerbs – da habe ich sie getroffen, auf der Wahl zur Miß Ohio Entertainment. Aber das habe ich Ihnen schon erzählt, oder?«

Petra nickte.

»Ich werde langsam senil.« Er tippte sich an den Kopf. »Das ist das Gute an Alzheimer – man lernt jeden Tag neue Leute kennen.«

Petra mußte an ihren Vater denken, der langsam dahinvegetiert war. Sie rang sich trotzdem ein Lächeln ab. Eingesetzt hatte die Krankheit bei ihm mit sechzig – einer der frühesten Zeitpunkte, der den Ärzten je untergekommen war, ebenso das Fortschreiten der Krankheit mit einer bis dato nahezu unbekannten Geschwindigkeit. Kenneth Connor, mit dreiundsechzig nur noch Staub und Asche.

»Ist alles in Ordnung mit Ihnen?«

»Wie bitte?«

»Einen Moment lang sahen Sie so aus, als würden Sie sich über irgendwas aufregen. War's der Witz über Alzheimer? Das war einer von Lisa – wenn er für Ihren Geschmack etwas zu böse war, tut es mir –«

»Nein, alles in Ordnung, Mr. Ramsey«, sagte sie erschrocken. Was hatte er in ihrem Gesicht gesehen? »Lisa mochte also Witze?«

»Ja – wissen Sie schon, wann die Beerdigung stattfinden kann?«

»Das hängt vom Gerichtsmediziner ab, Mr. Ramsey. Und von den Wünschen von Lisas Familie.«

»Kommen die nach L.A.?«

»Das weiß ich nicht, Sir.«

»Ach ja, übrigens, ich habe dann doch dort angerufen, weil ich dachte, es wäre besser, wenn ich derjenige bin, der … und nicht ein Fremder. Aber es war immer nur der Anrufbeantworter dran.«

»Ich habe Dr. Boehlinger erwischt.«

Er runzelte die Stirn. »Jack. Er haßt mich wie die Pest, schon von jeher. Wahrscheinlich hat er Ihnen erzählt, daß ich ein fürchterlicher Ehemann war und daß Sie sich bei Ihren Nachforschungen auf mich konzentrieren sollen.«

Da war er schon, der Strick.

Sie wartete.

»Er ist ein harter Bursche, aber im Grunde genommen nicht übel. Daß Lisa mich geheiratet hat, war ein ziemlicher Schock für ihn.« Er berührte seinen Schnurrbart, zog eine senkrechte Bahn in der Mitte, strich dann über die linke Seite und anschließend über die rechte, wie um einen Scheitel zu ziehen.

»Er war nicht damit einverstanden?« fragte Petra.

»Er ist schier ausgerastet. Ist nicht zur Hochzeit gekommen – es war nur eine kleine standesamtliche Trauung in ihrem Countryclub – dem von Jack und Vivian. Vivian ist gekommen. Und Lisas Bruder, John – Jack junior. Er arbeitet für Mobil Oil in Saudi Arabien, und er ist gekommen. Der Senior allerdings nicht. Er hat mich eine Woche vorher angerufen und versucht, mir die Hochzeit auszureden, ich würde Lisa angeblich ihre Jugend stehlen, sie hätte etwas Besseres verdient – Kinder, eine Familie, das ganze Drum und Dran.«

»Sie wollten keine Kinder?«

»Ich hätte nichts dagegen gehabt, aber Lisa wollte keine. Das habe ich ihm natürlich nicht unter die Nase gerieben. Aber Lisa hat das von Anfang an klargestellt. Sie war das am wenigsten häusliche Mädchen, das mir je über den Weg gelaufen ist, aber Jack dachte wohl, daß aus ihr irgendwann eine super erfolgreiche Hausfrau werden sollte. Er ist eine ziemlich dominierende Persönlichkeit. Chirurg von Beruf, daran gewöhnt, Befehle zu erteilen. Er hat Lisa in ihrer Jugend das Leben ziemlich schwergemacht.«

»Inwiefern?«

»Durch seinen Perfektionismus und seine hohen Ansprüche. Sie durfte immer nur Einser nach Hause bringen, mußte an sämtlichen Sonderveranstaltungen teilnehmen und überall die Beste sein. Sie hat mir mal erzählt, daß Jack ihr, als sie zwölf war, ein Pferd gekauft und sie gleich in die Reitschule geschickt hat, damit sie bei Springreiter- und Dressurwettbewerben mitmachen konnte, ob sie wollte oder nicht. Die Schönheitswettbewerbe waren allerdings Vivians Idee.«

»Klingt so, als wäre sie einigem Druck ausgesetzt gewesen.«

»Von allen Seiten. Lisa sagte, es war die Hölle. Das war vermutlich der Grund, warum sie mich geheiratet hat.«

»Was meinen Sie damit?«

»Als wir zusammen waren, konnte Lisa tun und lassen, was sie wollte. Manchmal ...« Er wedelte mit der Hand in der Luft herum.

»Manchmal was, Sir?«

Ramsey richtete sich auf. »Manchmal denke ich, daß ich zu nachlässig war und daß sie vielleicht gedacht hat, ich würde mich nicht genug um sie kümmern. Ich will Ihnen ja nicht erzählen, wie Sie Ihre Arbeit zu machen haben, aber ich sehe keinen rechten Sinn in dieser ganzen ... Biographie, Detective Connor. Lisa ist von einem Geisteskranken umgebracht worden, und wir sitzen hier und unterhalten uns über ihre Kindheit.«

Das Thema hast du selber angeschnitten. »Sir, manchmal ist es nicht ganz einfach festzustellen, was relevant ist und was nicht.«

»Nun ja«, sagte er, »mir ist einfach der Sinn nicht ganz klar.«

Petra zeichnete ein Oval in ihren Notizblock und zog am oberen Ende des unteren Drittels eine horizontale Linie. Ein paar Striche mit dem Kugelschreiber, und sie verwandelte sich in Ramseys tadellosen Schnurrbart. Sie skizzierte seine blauen Augen, leicht nach unten geneigt, so daß er traurig aussah.

»Hatte Dr. Boehlinger noch irgendeinen anderen Grund, Sie zu hassen, außer weil Sie zu alt für Lisa waren?«

»Ich wüßte nicht«, sagte er. »Jack und ich hatten nie Ärger miteinander, von daher habe ich ehrlich keine Ahnung.«

»Absolut keine Probleme?«

»Keine – warum?«

»Mir gegenüber hat er etwas erwähnt, Mr. Ramsey. Der Vorfall –«

»Das«, sagte Ramsey scharf, und nun war in seinen Augen auch noch etwas anderes zu sehen. Er wirkte wachsam und alarmiert. Und hart. »Ich hatte mir schon gedacht, daß wir irgendwann dabei landen würden. Wissen Sie, warum Lisa an die Öffentlichkeit gegangen ist? Außer um mir zu schaden?«

»Warum, Sir?«

»Des Geldes wegen.«

»Das Fernsehen hat dafür bezahlt?«

»Fünfzehntausend. Wer den Schaden hat, braucht für den Spott nicht so sorgen, wie sie sich ausgedrückt hat.«

»Sie muß ziemlich sauer auf Sie gewesen sein.«

»Sauer ist untertrieben – Lisa hat Jacks Temperament.«

Gegenwart, schon wieder. In gewisser Hinsicht war sie noch immer bei ihm.

»Erzählen Sie mir von dem Vorfall, Mr. Ramsey.«

»Sehen Sie kein Fernsehen?«

»Ich möchte gern wissen, was wirklich passiert ist.«

Er schob den Unterkiefer nach vorn und knackte mit den Zähnen. »Was soll ich dazu sagen? Es ist eklig, billig und unentschuldbar. Mir wird noch immer schlecht, wenn ich daran denke. Wir waren zum Essen ausgegangen, kamen nach Hause, es gab einen Streit – ich weiß noch nicht mal, weswegen.«

Ich wette doch, dachte Petra.

»Es schaukelte sich hoch. Lisa fing an mich zu schubsen und zu schlagen. Mit der geschlossenen Hand. Es war nicht das erste Mal. Ich habe mir das immer gefallen lassen, wegen des Größenunterschieds zwischen uns beiden. Dieses Mal allerdings nicht. Es gab keine Entschuldigung. Was soll ich sagen? Es ist mit mir durchgegangen.«

Er betrachtete seine Faust, als sei er unfähig zu glauben, daß sie jemals Unheil angerichtet hatte.

Petra erinnerte sich an den Fernsehbericht. Lisa hatte ein blaues Auge und eine aufgeplatzte Lippe.

»Und es ist nur einmal vorgekommen?«

»Einmal«, sagte er. »Ein einziges Mal, das war's.« Er schüttelte den Kopf. »Einen blöden Moment lang verliert man die Kontrolle, und dann ist es für immer vorbei.«

Eine gute Beschreibung, die auch auf Mord zutraf.

»Ich habe mich völlig beschissen gefühlt, kam mir vor wie der letzte Dreck, als ich sie da auf dem Boden gesehen habe. Ich habe versucht ihr aufzuhelfen, aber sie hat mich angeschrien, ich sollte sie bloß nicht anfassen. Ich habe versucht, ihr einen Eisbeutel zu bringen – sie wollte nichts mit mir zu tun haben. Also bin ich raus zum Teich gegangen, und als ich zurückkam, war ihr Wagen verschwunden. Vier Tage lang ist sie weggeblieben. In der Zeit war sie bei *Inside Story.* Aber sie hat mir nichts davon erzählt, kam zurück und hat so getan, als wäre alles in bester Ordnung. Ein paar Tage später saßen wir beim Abendessen, und sie hat den Fernseher angeschaltet und gelächelt. Und da waren wir, wie wir in der Wanne saßen, und sie grinst mich an und sagt: ›Wer den Schaden hat, braucht für den Spott nicht zu sorgen, Cart. Also schlag mich verdammt noch mal bloß nie wieder.‹«

Ramsey betrachtete erneut den Körperteil, von dem die Gewalt ausgegangen war, und öffnete die Faust. »Das habe ich auch nie wieder getan – ich hole mir was zu trinken. Sind Sie sicher, daß Sie nichts wollen?«

»Ganz sicher.«

Er verschwand für ein paar Minuten und kehrte dann mit einer Dose Sprite Light zurück. Er riß den Verschluß auf, setzte sich und trank.

»Sie haben gerade erwähnt, daß sie zum Teich hinausgegangen sind. Ich kann mich gar nicht erinnern, daß ich hinter dem Haus einen gesehen hätte«, sagte Petra.

»Weil das in unserem anderen Haus war.« *Unser,* nicht *mein.* Noch ein Anzeichen dafür, daß er nicht alle Verbindungen gekappt hatte. Ebensowenig war er in eine distanzierte Sprechweise verfallen, wie es Mörder manchmal mitten in ihren Chronologien tun, in dem sie mit *wir* anfangen und dann zu *sie* und *ich* überwechseln. Petra hatte einen FBI-Bericht gelesen, in dem behauptet wurde, daß sich aus der linguistischen Analyse manchmal bedeutende Schlüsse ziehen ließen. Sie war zwar nicht völlig davon überzeugt, aber erwog durchaus die Möglichkeit.

Ramsey trank noch mehr von seiner Limonade und schaute ausgesprochen elend aus.

»Ihr anderes Haus?« fragte Petra.

»Wir haben ein Wochenendhaus oben in Montecito. Um genau zu sein, ist es sogar größer als das hier. Ein ziemlicher Wahnsinn, was den Unterhalt angeht. Da gibt's einen kleinen Teich, den ich früher mal friedlich und beruhigend fand.«

»Früher mal?«

»Ich fahre nicht mehr oft hin. So ist das mit Zweithäusern – das habe ich auch schon von anderen Leuten gehört.«

»Sie werden nicht genutzt?«

Er nickte. »Man glaubt, man schafft sich einen Platz zur Entspannung und Erholung, und dann entpuppt es sich als weiterer Haufen Verpflichtungen – das Ding war ohnehin viel zu groß. Genauso wie das hier, mein Gott.«

»Sie fahren also nicht mehr oft dort hin?«

»Das letzte Mal muß schon ...« Er schaute zur Decke. »... Monate her sein.«

Plötzlich zuckte er am ganzen Körper, wie von einem Krampf geschüttelt schnellte sein Kopf nach vorn, und mit einemmal wirkte er hellwach und konzentriert. Ihre Blicke begegneten sich. Seine Augen waren feucht. Er wischte sich hastig trocken.

»Das letzte Mal, als Lisa und ich oben waren, war *jener besagte* Abend. Wir sind nie wieder zusammengekommen. Ein paar Tage, nachdem die Sendung ausgestrahlt wurde, zog sie aus, und mir wurden die Scheidungspapiere zugestellt. Dabei hatte ich gedacht, es wäre wieder alles in Ordnung.«

Petra hielt ihr Mitgefühl im Zaum. Die Gewalttätigkeit in der Ehe hatte also in Montecito stattgefunden. Sie würde Ron Banks anrufen und ihm weitere Nachforschungen ersparen.

Ramsey stützte sein Kinn wieder auf die Hand.

»Okay«, sagte sie. »Das ist sehr hilfreich, und jetzt unterhalten wir uns, wenn Sie nichts dagegen haben, über die Nacht, in der Lisa ermordet wurde.«

27

Mildred Board hätte liebend gerne den Küchenboden geschrubbt.

Vor Jahren hatte sie diese Aufgabe jeden Tag erledigt. Es war eine Sache von einer Stunde, bis zu den Ellbogen im Seifenwasser, von sechs Uhr morgens bis um sieben. Eine wunderbare Zeit zum Nachdenken, nichts, was einen hätte ablenken können, außer das Wasser, das über den Boden schwappte, oder die kreisförmigen Bewegungen der Putzlappen auf dem gelben Linoleum.

Doch als dann ihre Arthritis einsetzte, wurde das Schrubben und Bücken unerträglich, und sie konnte von Glück sagen, wenn sie es schaffte, sich einmal pro Woche um den Boden zu kümmern.

Der Parkettboden im Eßzimmer verlangte ebenfalls ihre Aufmerksamkeit. Das Holz war verblichen, die Dielen wölbten sich und hatten an manchen Stellen Risse. Es wäre schon lange an der Zeit gewesen, sie neu zu versiegeln.

Jeder Quadratzentimeter des Holzfußbodens war zu sehen; das Eßzimmer war leer. Die ganzen Möbel der *Missus* waren zu diesen Sotheby-Leuten nach New York geschickt worden.

Mildred fühlte, wie sich die Haut um ihre Augen unangenehm spannte. Sie holte tief Luft, streckte den Rücken und sagte mit fester Stimme: »Man gibt halt sein Bestes.«

Laut und deutlich. Es war sowieso niemand in der Nähe, der sie hätte hören können. Die Missus war oben. Jede Menge Zimmer lagen zwischen ihr und Mildred. Und alle waren leer und abgeschlossen.

Die Küche mit ihren alten Schränken aus Kirschholz, den Gastronomie-Kühlschränken und den drei Herden war groß genug für ein Hotel. Töpfe, Pfannen und Bestecke waren hiergeblieben, ebenso das Lieblingsporzellan der Missus und einiges von dem Silber aus dem Anrichteraum. Und die riesige Bügelmaschine, für die nach Auskunft der Leute von Sotheby's keinerlei

Hoffnung bestand, daß sich ein Käufer dafür finden würde. Doch all die hübschen kleinen Dinge – die Schätze, die die Missus und *Er* in Europa ergattert hatten – all das war weg. Hatte gut Geld gebracht, selbst nach Abzug der Provision für das Auktionshaus und der Steuern. Mildred hatte den Scheck gesehen und gewußt, daß – zumindest für eine Weile – alles wieder in Ordnung sein würde.

Sie und die Missus diskutierten nie über die ... Finanzlage. Die Missus bezahlte sie weiter, bestand geradezu darauf, ihr das volle Gehalt zu zahlen, obwohl Gott der Herr wußte, daß Mildred es nicht verdiente – wozu war sie in diesem Zustand denn noch von Nutzen?

Destruktive Gedanken. Weg damit, nichts wie weg damit.

Sie bemerkte einen Wasserfleck auf dem Schrank unter dem Spülbecken, fand einen Lappen und wischte ihn weg.

Früher hatte die Küche nur so vor Leben gesprüht. Die Missus und Er hatten andauernd Feste gefeiert und Empfänge gegeben, und in der Küche hatte es gewimmelt von Lieferanten von Feinkostläden und Kellnern, die hin und her eilten. Töpfe standen dampfend auf den Herden, und die Tresen aus Edelstahl waren vollgestellt mit Platten voller Appetithäppchen und Desserts. Wobei bei letzteren Mildreds gedeckte Obstkuchen eine besondere Rolle spielten. Egal, welchen Küchenchef die Missus auch mit dem Essen beauftragte, Mildreds Kuchen ließ sie sich nie entgehen – wobei sie sich besonders die Finger leckte nach dem Pflaumenkuchen, dem Dorset-Apfel- und dem Waldbeerkuchen. Und Er ebenfalls. Genauso wie ... alle.

Mildred besorgte seit einundvierzig Jahren im Haus das Kochen und Putzen – angefangen hatte sie zwei Jahre nachdem die Missus und Er eingezogen waren. Darüber hinaus kümmerte sie sich um das Landhaus am Lake Arrowhead, doch die Wochenenden am See waren eine eher seltene Angelegenheit, selbst als Er noch am Leben gewesen war. Und so kam es, daß die Missus häufig eine Reinigungsfirma angerufen hatte, um die Tücher von den Möbeln abnehmen und die Wasserhähne freilaufen zu lassen.

Das Landhaus war seit über einem Jahrzehnt nicht mehr benutzt worden. Seit jenem furchtbaren Wochenende.

Mildred seufzte und richtete sich die Haare. Einundvierzig Jahre, in denen sie Silber poliert, die Kleiderschränke abgewienert und die beinahe hundert Fenster geputzt hatte, selbst die Paneelen mit der Bleiverglasung, die Er in Italien erstanden hatte. Oh, die Missus hatte immer dafür gesorgt, daß noch ein anderes Mädchen da war, um ihr zu helfen, doch keines von denen konnte mit ihr mithalten.

Ihre Kollegin in den ersten zehn Jahren war Anna Joslyn gewesen, dieses einfältige rappeldürre Mädchen aus Irland. Nicht besonders hell im Kopf, aber fleißig und kräftig wie eine Zuchtstute. Dann die dicke Dänin mit ihrem ordinären Busen, die immer so laut war – die hatte überhaupt nichts getaugt. Was für ein Fehlgriff!

Nach der Dänin hatte die Agentur nur noch Mexikanerinnen geschickt. Die meisten waren richtig fleißig und im großen und ganzen auch ehrlich gewesen, obwohl Mildred die Augen lieber offen hielt. Einige sprachen Englisch, andere nicht. War aber auch egal, denn es war deren Problem. Mildred weigerte sich, Spanisch zu lernen – Englisch und Französisch waren genug, danke. Miß Hammocks Unterricht im Waisenhaus hatte sich auf Englisch und Französisch beschränkt, und vierzig Jahre lang waren ihre Absolventen in den besten Häusern Englands und auf dem Kontinent untergekommen.

Die Mexikanerinnen waren alles andere als unangenehm, aber sie hielten es nie lange aus. Entweder mußten sie wegen irgendwelcher Familientragödien zurück nach Mexiko oder sich dringend um Kinder, Ehemänner, Liebhaber oder Geburtstage von Heiligen kümmern, und wer konnte bei den ganzen katholischen Feierlichkeiten schon den Überblick behalten? Mildred hätte junge Damen bevorzugt, die wohlerzogen und in einem vernünftigen Maße gottesfürchtig waren, Mädchen von aufrechter Haltung, die den Unterschied zwischen Royal Crown Derby und Chinese Export kannten. Aber keine meldete sich.

Das Problem, und das wußte sie ganz genau, lag darin, daß es keine Waisenhäuser mehr gab. All diese Babys wurden doch heutzutage aus der Gebärmutter geschnippelt oder durften bei ihren Müttern bleiben, die nichts weiter taten, als Sozialhilfe zu kassieren und ansonsten zu nichts taugten. Man brauchte nur die Zeitung zu lesen.

Kein Bedarf mehr an mexikanischen Mädchen oder an irgend jemand anderem.

Mildred war dreiundsiebzig, und manchmal fragte sie sich, ob sie lange genug leben würde, um den Zusammenbruch von jeglicher Vernunft und allem, was gut und recht war, noch mitzuerleben.

Nicht daß sie damit rechnete, in naher Zukunft tot umzufallen. Abgesehen von der Arthritis fühlte sie sich prächtig. Aber man wußte ja nie. Man brauchte nur die Missus anzusehen, und was mit ihr passiert war. So eine wunderschöne Frau, das anmutigste weibliche Wesen, das Mildred auf beiden Seiten des Ozeans je zu Gesicht bekommen hatte. Nie war auch nur ein ungehöriges Wort über ihre Lippen gekommen, und sie war so voller Geduld, und bei Gott, wenn man mit Ihm zusammenlebte, dann war Geduld wahrhaftig vonnöten.

Und was war aus ihr geworden … allein bei dem Gedanken daran wurden Mildreds Augen müde.

Der Kaffeekessel pfiff. Genau zum richtigen Zeitpunkt. Mildred schüttete den Kaffee der Missus in einen viktorianischen Henkelbecher. Ein ziemlich plumpes Stück, vermutlich ein Geschenk von einem ihrer Dinnergäste. Die hübsche Henkeltasse – die Hester Bateman – war weg. George III., Krönungsjubiläum, samt Fahne, Goldsiegel und allem Drum und Dran. Er hatte sie von einer seiner Reisen nach London mitgebracht, gekauft in einem erstklassigen Geschäft auf der Mount Street. Jemand anders hätte sie in eine Vitrine gestellt. Die Missus war der Auffassung, daß man erlesene Dinge auch benutzen sollte. Es war ihre Frühstückstasse gewesen.

Bis vor vier Jahren.

Kartons voller Silber, Gemälde, selbst Festtagskleider wurden verpackt und abtransportiert wie … Gemüse.

Als sie damals neu in den Haushalt eingetreten war, hatte Mildred Angst gehabt, die Kostbarkeiten der Missus auch nur zu berühren, weil sie fürchtete, etwas zu beschädigen. Selbst damals hatte sie schon ein Gespür für Qualität gehabt.

Die Missus, die damals noch ein junges Mädchen war, aber

trotzdem schon so klug, hatte sie beruhigt. *Das hier ist ein Zuhause, meine Liebe, kein Museum.*

Und zwar ein schönes Zuhause, das sie für Ihn gestaltet hatte.

Das Licht bahnte sich seinen Weg durch die Äste der knorrigen alten Platane auf der Frühstücksveranda, brach sich im Küchenfenster und fiel auf Mildreds widerspenstige Hände.

Ebenso knorrig wie der Baum. Doch die Platane brachte wenigstens jeden Frühling wieder frische grüne Triebe hervor. Ach, wenn die Menschen sich doch auch eine allherbstliche Erneuerung verdienen könnten!

Mildred schüttelte den Kopf und starrte auf den Boden, der es dringend nötig hatte, wieder einmal gewischt zu werden. Wie groß er war, wie groß der ganze Raum war. Und das letzte Mädchen war absolut keine Hilfe gewesen. Wie hatte es noch mal geheißen – Rosita, Rosita. Hatte gerade mal drei Monate hier gearbeitet und schon mit einem der Gärtner rumgemacht. Mildred war mal wieder gezwungen gewesen, bei der Agentur anzurufen.

Hallo, Mr. Sanchez.

Hallo, Miß Board. Was kann ich für Sie tun?

Liebenswürdig war er, das mußte man ihm lassen. Aber warum auch nicht. Immerhin sprang für ihn dabei eine Vermittlungsgebühr heraus.

Mildred vereinbarte Vorstellungstermine mit drei »Ladys«, doch dann rückte die Missus damit heraus.

Brauchen wir wirklich noch jemanden, Mildred? Wir sind doch nur zu zweit, und was benutzen wir schon außer der Küche und unseren Zimmern?

Mildred gab sich alle Mühe, fröhlich zu klingen, während sie in Wirklichkeit mit den Tränen kämpfte. Doch sie verstand. Und sie packte das Silber und die Gemälde und die Abendroben zusammen.

Soweit war es also gekommen. Nach all den Jahren, in denen sich die Missus mit Ihm herumgeschlagen hatte. Und wie Er sie zurückgelassen hatte – man mußte sich das mal vor Augen halten.

Der Mann hatte vielleicht Temperament! Ohne jeden Zweifel hatte es bei seinem frühen Tod eine entscheidende Rolle gespielt. Hoher Blutdruck, der Schlaganfall, und dabei war Er doch noch so ein junger Mann! Die Missus einfach so zurückzulassen, ganz allein, das arme Ding. Obwohl Er dafür gesorgt hatte, daß sie finanziell abgesichert war – da hatte Er sich tadellos verhalten.

Zumindest hatte Mildred das geglaubt. Bis vor vier Jahren, als sich mit einem Schlag alles geändert hatte.

Zimmer, die leergeräumt und abgeschlossen wurden.

Keine mexikanischen Hausmädchen mehr.

Die Gartenpfleger kamen nicht mehr täglich, sondern nur noch zweimal pro Woche und dann nur noch einmal. Schließlich blieb nur noch der dünne junge Kerl übrig, der sich ganz allein mit den gut achttausend Quadratmetern abmühte – ein aussichtsloser Kampf. Gärten waren wie Kinder, man mußte mit Argusaugen über sie wachen, oder sie liefen aus dem Ruder.

Der Garten der Missus hatte sich von einer Augenweide in ein Bild des Jammers verwandelt. Der Rasen war an manchen Stellen kahl, vertrocknet und ungemäht. Die Hecken wurden nicht geschnitten und wucherten ungehemmt vor sich hin. Die Bäume litten unter der Last abgestorbener Äste, die Blumenbeete waren durchsetzt mit Unkraut, der Fischteich ausgetrocknet.

Mildred tat, was sie konnte, doch ihre Hände versagten ihr den Dienst.

Konnte es sein, daß die Missus von alldem nichts mitbekam? Sie ging kaum noch vor die Tür. Vielleicht deswegen. Weil sie es einfach nicht mit ansehen mochte.

Oder vielleicht war es ihr auch egal. Aber nicht wegen der ... Finanzlage.

Sondern weil, wie Mildred zugeben mußte, mit der Missus schon vor langen Jahren eine Veränderung vor sich gegangen war.

Jenes schreckliche Wochenende in Lake Arrowhead. Und dann die Sache mit Ihm. Eine Tragödie nach der anderen. Nicht daß die Missus sich jemals beklagt hätte. Vielleicht wäre es besser gewesen, sie hätte es getan ...

Die deutsche Bahnhofsuhr über dem linken Gefrierschrank läutete. Noch etwas, das die Typen von Sotheby's mit ihrer nasalen Aussprache zurückgewiesen hatten. Nicht daß Mildred ihnen das verübelte, grausig wie das Ding aussah. Und außerdem ging sie auch noch falsch. Wenn sie neun Uhr anzeigte, hieß das, daß es acht Uhr dreiundfünfzig war. In sieben Minuten würde Mildred vor der Tür zum Zimmer der Missus stehen und sachte an die von einer Patina überzogenen Mahagonitür klopfen. Auf die Worte »Bitte kommen Sie doch rein, meine Liebe«, würde sie eintreten, das Tablett auf einen der Sekretäre stellen und der Missus helfen, sich aufzurichten. Dabei würde sie aufmunternd auf sie einplaudern, die Kissenberge aufschütteln, das aus Weiden geflochtene Frühstückstischchen auf dem Federbett der Missus plazieren und das Service zurechtrücken. Da war der silberne Toasthalter mit dreieckigen, extra dünn geschnittenen und nur leicht gebräunten Scheiben Weißbrot. Der Kaffee, frisch gemahlen, afrikanische Mischung aus dem kleinen Geschäft auf dem Huntington Boulevard – ein bißchen Luxus *mußte* man sich doch gönnen dürfen, um Himmels willen! Zwar war er mittlerweile koffeinfrei, aber dafür mit echter Schlagsahne, so dick, daß man damit das Teegebäck hätte füllen können. Und das zu finden, war auch alles andere als einfach gewesen! Die goldene Marmelade dafür machte Mildred noch immer selbst, und sie nahm dafür ganz feinen weißen Rohrzucker und Bitterorangen von dem Baum im Garten.

Der Bitterorangenbaum ging zwar langsam ein, aber ein paar Früchte trug er noch immer. Das war das eine, was an Kalifornien wirklich gut war – das Obst. Mildred genoß es noch immer, durch den Obstgarten zu streifen und Früchte zu pflücken, wobei sie so tat, als sei der Boden nicht lehmig und vertrocknet, sich vorstellte, die Kräuter seien grün und frisch und nicht ein einziges Gestrüpp, das verdorrt an den Rändern des Gartens entlangwucherte.

Sie stellte sich vor, sie wäre wieder in England, ein junges Mädchen auf dem Land in Yorkshire. Und sie ignorierte die Tatsache, daß man an manchen Tagen – an den meisten Tagen – den Verkehrslärm vom Pasadena Freeway hören konnte. Obst und das Wetter. Diese beiden Dinge zeichneten Kalifornien aus. Mildred hatte zwar den größten Teil ihres Lebens im kalifornischen San Marino zugebracht, doch sie hielt den Staat nach wie vor für das Reich der Barbarei.

In den Zeitungen nur Schreckensmeldungen. Wenn sie sie für allzu gräßlich erachtete, packte Mildred die Zeitung gar nicht erst auf das Frühstückstablett der Missus.

Die Missus stellte deswegen nie Fragen. Sie las sowieso nicht sonderlich viel, außer Liebesromanen und Kunstmagazinen.

Die Missus tat überhaupt nicht mehr allzuviel.

Die Ärzte behaupteten, ihr würde nichts fehlen, aber was wußten die schon? Die Frau war sechsundsechzig Jahre alt, hatte aber Dramen und Tragödien für ein ganzes Jahrhundert durchgemacht.

Die Bahnhofsuhr zeigte acht Uhr sechsundfünfzig, und Mildred blieben nur noch drei Minuten, um die Küche zu durchqueren und zum Eingang des knarrenden Fahrstuhls zu gelangen, der im hinteren Teil des Hauses lag und bis hinauf in den dritten Stock zum Schlafzimmer der Missus fuhr.

Der dornige Grandiflorabusch hinter dem Haus hatte gerade mal drei Rosenblüten, die nicht von Mehltau befallen waren. Mildred hatte ihn in der Abenddämmerung beschnitten und die Blüten in Zuckerwasser gelegt. Nun wählte sie eine prächtige gelbe Blüte aus und legte sie neben den zugedeckten Teller mit den verlorenen Eiern. Die Missus aß zwar nur selten Eier, aber man gab sich halt Mühe.

Sie hob das Tablett auf und ging eilig, aber sicheren Schrittes davon.

So schlimm sah die Küche im Grunde genommen nicht aus.

»Sehr gut«, sagte Mildred zu niemand Bestimmtem.

28

Ich schleiche mich aus dem Park heraus und laufe den Los Feliz entlang, wobei ich mich so gut es geht von den Laternen fernhalte. Hier oben geht niemand zu Fuß. Es gibt nur Autos, die vorbeirauschen. Der Los Feliz geht über die Western Avenue, und hier wimmelt es von Junkies und Prosties. Ich biege nach rechts in die Franklin ein, denn hier ist es dunkler – nur Apartmenthäuser. Auf dem Boulevard will ich nicht rumlaufen.

Viele Leute sind heute nacht nicht unterwegs, und die paar, die doch rumlaufen, nehmen mich anscheinend gar nicht wahr. Dann sehe ich ein paar Mexikaner, die an einer Straßenecke im Schatten eines großen Backsteingebäudes rumhängen. Vermutlich wickeln sie einen Drogendeal ab. Ich gehe auf die andere Straßenseite, und sie schauen mich an, sagen aber nichts. Einen Block weiter kommt eine dünne Nutte mit einer weißen Punkfrisur, grellblauem T-Shirt und Shorts aus einem der Apartments. Sie hält eine winzige Handtasche in der Hand. Als sie mich sieht, verdreht sie die Augen, und sie sagt: »Hey, Kleiner.« Der Stimme nach ist sie betrunken. Sie winkt mir mit dem Finger zu. Sie ist klein, eigentlich noch ein Mädchen, sieht nicht viel älter aus als ich. »Lutschen und ficken für dreißig Mäuse«, sagte sie, und als ich weitergehe: »Scheiß auf dich, du kleine Schwuchtel.«

Die nächsten zwei Blocks ist niemand zu sehen, dann kommt wieder ’ne Prostie. Die hier ist älter und fetter, und sie kümmert sich überhaupt nicht um mich, sondern steht einfach nur rum und raucht und hält nach den Autos Ausschau. Dann tauchen drei hochgewachsene schwarze Kerle mit Baseballmützen und Baggyhosen aus dem Schatten eines der Häuser auf. Sie sehen mich und schauen einander an. Ich höre, wie sie was sagen, und ich gehe wieder auf die andere Straßenseite und versuche so zu tun, als wäre nichts. Ich höre, wie sie lachen, dann höre ich Schritte, und als ich mich umschaue, kommt einer hinter mir hergelaufen. Er ist schon fast beinahe bei mir, da gebe ich Gas und renne los. Er rennt auch. Er hat lange Beine und hält die Hände in die Höhe, als wollte er mich packen. Ich laufe über die Straße, und ein Auto, das auf mich zukommt, muß hart zur Seite hin ausweichen. Der Fahrer hupt und brüllt »bescheuertes Arschloch«, aber ich renne einfach weiter, doch der schwarze Typ bleibt stehen.

Ich höre jemanden lachen. Wahrscheinlich war's für ihn nur ein Spielchen. Wenn ich eine Waffe hätte …

Ich gehe eine halbe Ewigkeit. Auf dem Cahuenga Boulevard ist es heller, genauso am Eingang zum Hollywood Bowl. Die Straße, die hinaufführt, ist lang und kurvig. Aber ich gehe da nicht rauf. Erinnert mich zu sehr an den Park; und von Parks habe ich die Nase gestrichen voll.

Und was kommt als nächstes? Noch ein Park. Wattles Park. Was für ein seltsamer Name. Habe ich noch nie gesehen; so weit bin ich noch nie gewesen. Einen allzu freundlichen Eindruck macht der Park jedenfalls nicht – hohe Zäune und Tore mit dicken Ketten und ein Schild, auf dem steht, daß die Stadt Eigentümerin des Parks ist und er nachts geschlossen ist – Betreten verboten. Durch den Zaun hindurch kann ich außer Pflanzen nichts erkennen. Aber er wirkt ziemlich ungepflegt. Vermutlich wimmelt es da drin nur so von Perversen.

Die Franklin Avenue ist jetzt zu Ende, und schon bin ich wieder auf dem Hollywood Boulevard. Immer wieder lande ich hier; irgendwie verfolgt mich diese Straße mit ihrem gleißenden Licht, dem Lärm und Krach, den Tankstellen, Autos, Bussen und Schnellimbissen. Und mit Leuten von der übelsten Sorte, von denen manche mich anschauen, als ob sie mich am liebsten zum Abendessen verspeisen würden. Ich überquere die La Brea, und schon wird's wieder ruhiger. Überall Apartments, einige davon sehen richtig hübsch aus. Für mich war der Boulevard nie was anderes als Geschäfte, Kinos und Spinner, aber was sehe ich jetzt? Hier *wohnen* sogar Leute, und zwar richtig hübsch.

Vielleicht hätte ich mich hier früher schon mal umsehen sollen.

Die Schnittwunde an meinem Arm ist nicht mehr feucht, und

besonders weh tut sie auch nicht mehr. Die im Gesicht jucken allerdings.

Ich bekomme wieder ganz gut Luft, aber die Brust tut mir noch immer weh. Ich habe Hunger, aber von meinen drei Dollar kann ich mir nichts Großartiges kaufen, und so schaue ich mich nach Müllcontainern um. Nichts. Nicht mal 'ne mickrige Mülltonne.

Ich gehe ein Stück weiter und biege in eine ganz ruhige Straße ein. Hier gibt's nur Häuser. Die Straße ist hübsch und dunkel. Aber Mülltonnen stehen hier auch keine herum. Gassen gibt es auch nicht. Die Autos parkten Stoßstange an Stoßstange, und ein Stück weiter die Straße herunter sehe ich wieder mehr Lichter und höre Lärm. Noch ein Boulevard. Ich bleibe stehen und schaue mich um. Einige der Häuser sehen ganz in Ordnung aus; andere sind ziemlich heruntergekommen, und die Autos parken auf dem Rasen.

Dann komme ich zu einem Haus, wo kein Auto in der Einfahrt steht. Und auch nicht auf dem Rasen. *Völlig dunkel.* Sieht ziemlich alt aus, aus dunklem Holz. Das Vordach über der Veranda hängt schon durch, allerdings ist die Veranda auch ziemlich breit. Kein Zaun, nicht mal quer über die Einfahrt. Der Rasen ist allerdings gemäht, also wohnt hier jemand, und vielleicht stehen die Mülltonnen ja hinter dem Haus.

Die Auffahrt ist nichts weiter als ein zementierter Weg mit einem Grasstreifen in der Mitte, und was am Ende davon ist, kann ich nicht erkennen. Ich schaue mich um, um sicher zu sein, daß niemand mich beobachtet, und gehe ganz langsam auf das Haus zu. Als ich an der Veranda vorbeikomme, sehe ich einen fetten Stapel Post, der aus der Vordertür quillt. Die Fenster sind allesamt dunkel. Sieht so aus, als wären die Leute, die hier wohnen, schon eine ganze Weile weg.

Kein VORSICHT BISSIGER HUND-Schild. Und auch kein Hundegebell aus dem Inneren des Hauses.

Ich gehe weiter und kann endlich erkennen, was sich am Ende der Auffahrt befindet: Eine Garage mit Toren aus Holz. Der Garten hinter dem Haus ist ziemlich klein für ein Haus dieser Größe. Nichts weiter als ein kleiner Rasen und ein paar Bäume, von denen einer riesig groß ist, aber keine Früchte trägt.

Die Mülltonnen stehen hinter der Garage. Insgesamt drei – zwei aus Metall, eine aus Plastik. Alle sind leer. Vielleicht wohnen die Leute ja gar nicht mehr hier.

Ich drehe mich um und will mich schon wieder auf den Weg zur Straße machen, als ich über der Hintertür einen orangefarbenen Lichtfleck bemerkte. Eine kleine Glühbirne, die so schwach ist, daß sie nur die obere Hälfte der Hintertür beleuchtet. Eine Fliegengittertür; hinter dem Fliegendraht ist eine Glasscheibe. Das Fliegengitter ist nur eingehängt, und wenn man ein bißchen dran ruckelt, kann man es aushängen.

Die Glasscheibe dahinter besteht eigentlich aus mehreren Fenstern – neun quadratische Scheiben in einem Rahmen aus Holz. Ich drücke sacht gegen eine der Scheiben, und sie bewegt sich ein wenig, aber ansonsten passiert nichts. Ich drücke heftiger dagegen, klopfe ein paarmal. Immer noch nichts. Das gleiche, als ich an die Tür klopfe.

Ich ziehe mein T-Shirt aus, wickle es um meine Hand und schlage mit einiger Wucht gegen eines der unteren Fenster. Es bewegt sich nicht, also schlage ich noch mal zu, und diesmal lockert es sich, fallt nach innen, ins Haus, und zerbricht.

Macht ganz schön Krach.

Aber nichts passiert.

Ich greife hinein und taste nach dem Türknauf. In der Mitte davon ist ein kleiner Knopf, und als ich den Knauf drehe, macht der Knopf *klick*, springt heraus, und die Tür geht auf.

Schnell ziehe ich das T-Shirt wieder an und schlüpfe ins Haus. Es dauert ein paar Sekunden, bis meine Augen sich an die Dunkelheit gewöhnt haben. Anscheinend bin ich in der Wäschekammer gelandet, jedenfalls gibt's hier eine Waschmaschine mit Trockner, und eine Packung Waschmittel steht auf der Waschmaschine. Weiter geht's in die Küche. Hier riecht's nach Insektenspray. Jede Menge Blumen und Pflanzen stehen auf den Regalen und Abstellflächen. Ich mache den Kühlschrank auf, und das Licht darin geht an, aber obwohl ich was zu essen darin sehe, mache ich ihn schnell wieder zu, denn ich fühle mich irgendwie nackt in dem Licht. Als die Tür zugeht, sehe ich einen Aufkleber mit dem Peace-Zeichen und noch einen anderen mit dem Slogan AUF DIE DAUER – FRAUENPOWER.

Mein Herz rast. Aber die Angst, die ich jetzt habe, ist anders, gar nicht schlimm.

Ich wandere durch das ganze Haus, gehe von einem dunklen Zimmer zum nächsten, aber da gibt's nichts außer Möbeln. Wieder zurück in die Küche. Eine geschlossene Tür auf dem Weg dahin entpuppt sich als Badezimmertür. Noch mehr Pflanzen auf dem Spülkasten. Ich schalte das Licht ein und wieder aus. Räuspere mich einmal. Nichts passiert.

Das Haus hier ist leer.

Macht irgendwie Spaß.

Ich gehe wieder zurück zur Küche. Vor dem Fenster über dem Spülbecken hängt ein Vorhang mit Blumen drauf und einer Litze aus kleinen flauschigen Kügelchen. *Frauenpower.* Also wohnen Frauen hier; Männer hätten nicht so viele Blumen.

Also wieder zurück zum Kühlschrank. Im obersten Fach stehen zwei Dosen Barq's Root Beer und eine Vier-Liter-Plastikflasche mit Orangensaft, aber es ist nur noch ein Rest drin. Ich nehme drei Schlucke von dem Saft. Schmeckt bitter. Dann stecke ich die Dosen mit dem Root Beer in meine Tasche. Daneben steht ein Becher Mazola Margarine und eine Packung Philadelphia Frischkäse. Ich mache den Frischkäse auf. Voller grünlichblauem Schimmel. Die Margarine sieht ganz in Ordnung aus, aber ich weiß nicht, was ich damit anfangen soll.

Darunter stehen ein Becher Erdbeeryoghurt und drei Scheiben Schnittkäse, aber der ist schon ganz vertrocknet und wellt sich an den Ecken. Aber kein Schimmel. Ich esse alle drei Scheiben.

Die Leute hier sind definitiv schon eine ganze Weile weg.

Im untersten Fach liegt eine ungeöffnete Packung fettarme Oscar-Mayer-Fleischwurst. Ich stecke sie zu dem Root Beer in meine Tasche. Außerdem eine ganze Ananas mit Grünzeug am oberen Ende. An manchen Stellen ist sie schon weich.

Ich lasse die Kühlschranktür auf, damit ich Licht habe, und bringe die Ananas zu einer der Arbeitsflächen. Ich ziehe diverse Schubladen auf, bis ich Messer und Gabeln finde. In der gleichen Schublade liegen zwei Haarspangen und -bänder.

Ich nehme das größte Messer und schneide die Ananas in zwei Hälften. Wie sich herausstellt, sind die weichen Stellen innen braun, und sie breiten sich über die Ananas aus wie eine Krankheit. Ich schneide um sie herum – das Messer ist echt gut –, und komme auf diese Weise zu ein paar superleckeren, supersüßen Stücken Ananas.

Davon werde ich nur noch hungriger, und ich probiere die Fleischwurst, bis ich schließlich alle Scheiben aufgegessen habe und noch immer am Tresen stehe. Noch mehr Ananas. Der Saft rinnt mir am Kinn runter auf mein T-Shirt, und die Kratzer in meinem Gesicht fangen an zu brennen.

Danach erst mal ein Root Beer.

Mein Bauch tut weh wie die Hölle, weil er so voll ist.

Das Badezimmer liegt genau neben der Küche. Ich gehe hinein, um zu pinkeln und mir die Hände und das Gesicht zu waschen. Da bemerke ich die Dusche. Auf dem Regal liegen Seife, Shampoo, Pflegespülung und irgendwas, das die Haare angeblich kämmbar macht.

Heißes Wasser in rauhen Mengen. Ich füge kaltes Wasser dazu, bis es haargenau richtig ist, und drehe es soweit auf, wie's geht. Dann schließe ich die Tür ab, ziehe meine Klamotten aus und steige in die Dusche. Der Wasserstrahl stich wie Nadeln – es tut richtig weh, aber es tut auch gut.

Ich dusche so lange wie noch nie in meinem Leben – keine Mutter, die draußen wartet, damit sie den halben Tag damit zubringen kann, sich für Moron aufzudonnern, kein Moron, der sich mal wieder für 'ne Stunde auf dem Klo breitmachen will.

Ich seife mich ein und spüle mich ab, und dann fange ich wieder von vorn an und dann das Ganze noch mal und noch mal und noch mal. Ich achte darauf, daß ich sämtliche Stellen überall am ganzen Leib bearbeite: Die Haare, unter den Fingernägeln, die Nasenlöcher, meinen Hintern bis tief drinnen. Ich will ganz sicher sein, daß ich sämtlichen Dreck in und an mir loswerde.

Dann die Vorderseite, unter den Eiern.

Ich habe einen Steifen.

Fühlt sich gut an.

Ich sitze da und trockne mich ab. Das Gefühl, sauber und in Sicherheit zu sein, ist einfach oberklasse. Ich denke an Orte, die weit weg sind, Orte, die ich mir einfach nur ausdenke, mit riesigen Bergen – das majestätische Lila, wie in dem Song, einen silbernen Ozean, coole Surfer, Jet, Skis, Mädchen in Bikinis, die Hula tanzten, Delphine, Jacques Cousteau, blauer Seetang, gelber Seetang, Muränen, Nautilus.

Dann höre ich ein Geräusch, und eine Minute lang denke ich, daß ich jetzt endgültige weggedriftet bin und mir eine tropische Filminsel samt Soundtrack geschaffen habe. Doch dann werden die Stimmen lauter.

Es sind Frauenstimmen. Dann ein Rumms. Jemand, der etwas auf dem Boden stellt.

Licht unter der Tür. Aus der Küche.

Ein Schrei.

Ein echter Schrei.

29

Ramsey sagte: »Ich muß etwas essen, macht's Ihnen was aus, wenn wir in die Küche gehen?«

Konnte es sein, daß es Nervenflattern war, das ihn hungrig machte? »Aber nicht im geringsten, Mr. Ramsey«, erwiderte Petra. Auf diese Weise bekam sie mehr vom Haus zu sehen.

Sie folgte ihm. Er schaltete das Licht ein, und mit einemmal wurde eine Ansammlung ausnehmend schauerlicher Lithographien und protziger Möbel erleuchtet. Petra sah sich genau dem gegenüber, was sie erwartet hatte: sechzig Quadratmeter große Pseudo-Lehmwände und Deckenbalken im Landhausstil, weiße Küchenausstattung europäischer Herkunft, Arbeitsflächen aus grauem Granit, Küchengeräte aus gebürstetem Edelstahl und ein Kupfergestell voller tödlicher Waffen, das von einem der Deckenbalken herunterhing. Auf den diversen Tresen türmten sich Küchenmaschinen, Toaster, Mikrowellen. Das Fenster eines Wintergartens bot den Ausblick auf eine stuckverzierte Mauer. Die östliche Begrenzung des Hauses. Eine Seitentür.

In der Mitte der Küche stand ein langer, schmaler Tisch aus altem Kiefernholz, der so zerschrammt und abgewetzt war, daß nur noch an den Stellen, wo das Holz eingedellt war, der alte Glanz durchschimmerte, ansonsten war er seidenmatt. Vermutlich eine echte Antiquität, französischer Landhausstil. Petra konnte sich gut vorstellen, daß er aus einem Kloster stammte. Hübsch. Aber die acht Stühle, die darum gruppiert waren, stellten einen solchen Stilbruch dar, daß sie am liebsten laut geschrien hätte. Breuer-Freischwinger aus Chrom mit Sitzflächen und Rückenlehnen aus Leder. Wessen Eklektizismus sprach wohl aus diesem Ensemble – seiner oder der von Lisa?

Ramsey öffnete den linken Kühlschrank. Vollgepackt bis zum Gehtnichtmehr. Ein Junggeselle, der sich häuslich eingerichtet hatte. Er nahm eine weitere Dose Sprite Light heraus und eine Schachtel Hüttenkäse mit Schnittlauch.

»Muß auf meine Linie achten«, sagte er und suchte nach einem Löffel. »Kann ich Ihnen wirklich nichts anbieten? Nicht mal was zu Trinken?«

»Nein danke.«

Er setzte sich ans Ende des Kiefernholztisches, und sie nahm sich einen der Stühle an der Seite.

»Macht vermutlich einen komischen Eindruck«, sagte er und ließ den Löffel in den Käse sinken. »Ausgerechnet jetzt zu essen. Aber ich habe den ganzen Tag noch nichts gegessen, und ich spüre, wie mein Blutzucker in den Keller geht.«

»Zuckerkrank?«

»In meiner Familie gibt es einige Fälle von Diabetes, deswegen bin ich lieber vorsichtig.« Er machte sich über den Hüttenkäse her, wobei er immer wieder weiße Brocken aus seinem Schnurrbart wischte. Anscheinend war es ihm egal, wie er auf Petra wirkte. Gut möglich, daß sie mit ihrer Vermutung in bezug auf seinen Don-Juanismus falsch gelegen hatte. Vielleicht war es aber auch eine Sache, daß er ein- und ausschaltete. Sie schaute ihm zu, wie er einen Schluck Sprite trank und sich noch zwei weitere Löffel Hüttenkäse genehmigte, und zog dann wieder seine Aufmerksamkeit auf sich, in dem sie ihren Notizblock zückte.

»Also gut, kommen wir wieder zu der besagten Nacht«, sagte er. »Ich habe Ihnen erzählt, daß ich in Tahoe war, oder? Schon beim ersten Mal, als Sie hier waren.«

Petra nickte.

»Wir haben Drehorte abgecheckt«, fuhr er fort. »Wir haben da so einen Zweiteiler mit ein paar Szenen, die im Kasino spielen, und da wollten wir rausfinden, wo wir das am besten machen. Die Dreharbeiten fangen in ungefähr einem Monat an.«

»Wer war sonst noch dabei?«

»Greg und unser Mann für die Außenaufnahmen, Scott Merkin. Wir haben uns einige Grundstücke am See angeschaut, sind in ein paar der Kasinos gewesen, haben bei ›Harrah's‹ zu Abend gegessen, kurz das Nachtleben in Augenschein genommen und sind dann zurückgeflogen.«

»Mit einer regulären Fluggesellschaft?«

Er ließ den Löffel sinken und nahm einen weiteren Schluck. »All diese Detailfragen. Ich stehe also unter Verdacht, oder wie?«

In seiner Stimme klang keine Spur von Überraschung mit, aber das Wort, das unausgesprochen blieb: *definitiv.*

»Reine Routine, weiter nichts, Mr. Ramsey.«

Er lächelte. »Aber klar doch. Genau das habe ich schon x-mal zu irgendwelchen Verdächtigen gesagt – in der Serie. Wenn Dack Price sagt: ›Reine Routine‹, dann heißt das, daß er sich den Typen vorknöpfen wird.«

Petra lächelte. »Im wirklichen Leben bedeutet Routine nichts weiter als Routine, Mr. Ramsey. Aber wenn Ihnen der Zeitpunkt unserer Unterhaltung ungelegen kommt –«

»Nein, ist schon in Ordnung.« Seine blassen Augen fixierten die von Petra. Ramsey aß noch ein bißchen von dem Hüttenkäse, hob die Limo zum Mund, und als er feststellte, daß sie leer war, holte er sich eine neue.

»Ist ja auch gar nicht so weit hergeholt, mich zu verdächtigen. Wegen des ... Vorfalls. Jedenfalls ist das die Richtung, in die die Berichterstattung in den Nachrichten geht.«

Er starrte sie an.

Der Strick. Petra konnte förmlich sehen, wie er sich enger schnürte. Wie eine Kobra.

»Diese ganze Angelegenheit«, sagte Ramsey. »Die Haltung der Leute mir gegenüber und die Meinung, die sie von mir haben, nach all den Nachrichtensendungen. Aber zurück zu Ihrer Frage, nein, es war kein regulärer Flug, sondern eine private Chartergesellschaft. Dieselbe, die wir für solche Gelegenheiten immer benutzen. Westward Charter. Der gleiche Pilot wie immer, Ed Marionfeldt. Ich mag ihn deswegen, weil er mal Marinekampfflieger war – ein echter *Top Gun.* Wir sind von Burbank aus losgeflogen, aber das steht alles in den Logbüchern von Westward. Abflug war gegen acht Uhr morgens. Zurückgekommen sind wir ungefähr um halb neun abends. Scott ist nach Hause gefahren, und Greg hat mich hergebracht. Er fährt meistens, wenn es später wird, weil ich ein bißchen nachtblind bin.«

»Probleme mit den Augen?«

Obwohl sein Schnurrbart sauber war, wischte er ihn erneut ab. »Frühstadium von Linsentrübung. Mein Augenarzt will mich dauernd zu einer Laserbehandlung überreden, aber ich schiebe es immer wieder vor mir her.«

Wollte er ihr damit sagen, daß er gar nicht in der Lage gewesen wäre, spätnachts mit Lisa in den Park zu fahren?

»Sie gehen abends also auch gar nicht groß aus?«

»Gelegentlich schon. So schlimm ist es auch wieder nicht, mit hellem Licht habe ich halt ein paar Probleme.« Er lächelte. »Aber nicht, daß Sie mir einen Strafzettel schreiben, okay?«

Petra erwiderte sein Lächeln. »Versprochen.«

Wieder tauchte er den Löffel in den Hüttenkäse, doch nachdem er ihn einen kurzen Augenblick lang betrachtet hatte, ließ er ihn wieder sinken. Petra fiel auf, wie schlaff seine Mundwinkel herunterhingen und daß er hinter den Ohren einige kleine Flecken und dünne Linien hatte, die er vermutlich einem Facelifting verdankte. Aus einem seiner Ohren sprossen graue Haare. Im hellen Licht in der Küche präsentierten sich all seine Falten und Äderchen in vollster Pracht.

Sein Körper versagte ihm allmählich den Dienst. Blutzucker, Linsentrübung.

Der Penis.

Wollte er ihr Mitgefühl erwecken? In der Hoffnung, daß sie ihm mit Zuneigung begegnete und nicht mit Sarkasmus, wie Lisa?

»Also Greg hat Sie nach Hause gefahren?« sagte sie.

»Wir sind etwa um Viertel nach neun hier angekommen, haben noch ein bißchen Papierkram erledigt, bis ich völlig erledigt war und mich hingelegt habe. Greg war am nächsten Morgen vor mir auf und schon im Kraftraum. Ich habe einen privaten Fitneßraum hier im Haus. Ich bin ein wenig auf dem Laufband gewesen, habe mich geduscht und hier in der Küche gefrühstückt. Danach habe ich ein bißchen an meinem Put gearbeitet, weil ich vorhatte, zum Agoura Oaks Country Club raufzufahren und achtzehn Löcher zu spielen. Aber dann sind ja Sie hier aufgetaucht.«

Tut mir leid, daß ich dir den Tag vermasselt habe, Herbert.

»Okay«, sagte Petra. »Sonst noch was?«

»Das ist alles«, sagte Ramsey.

Wer weiß, dachte Petra. Sie klappte ihr Notizbuch zu, und sie machten sich auf den Weg zur Vordertür.

»Was machen die Autos?« fragte sie, als sie an der Glaswand vorbeikamen.

»Darüber habe ich mir kaum Gedanken gemacht.«

Petra blieb stehen und versuchte, durch das schwarze Glas hindurch etwas zu erkennen. Stand der Mercedes an seinem Stammplatz? Doch da das Licht ausgeschaltet war, konnte sie nicht das geringste sehen.

Ramsey knipste einen Schalter an. Da stand er. Eine große Limousine, grau wie der Lauf eines Gewehres.

»Spielsachen«, sagte Ramsey und schaltete das Licht wieder aus.

Er begleitete sie zu ihrem Ford, und als sie sich hinters Steuer setzte, sagte er: »Richten Sie Greg einen schönen Gruß aus.«

Nun war es Petra, die ihn ungläubig anstarrte. Er schenkte ihr ein kleines trauriges Lächeln. Das Lächeln eines alten Mannes.

»Ich weiß doch, daß Sie mein Alibi überprüfen werden«, sagte er. »Reine Routine.«

30

Stu kam sich zwar reichlich schuldbewußt und nutzlos vor, aber er rückte sich trotzdem die Krawatte zurecht und zog sein Jackett an, um zumindest äußerlich den Eindruck von Gelassenheit und Härte zu erwecken. Fünf Stunden hatte er am Telefon zugebracht; keine weiteren Fälle, die Ähnlichkeiten mit dem Fall Lisa Ramsey oder Ilse Eggermann aufwiesen.

Er wußte nicht, was er von dem Mord an dem deutschen Mädchen halten sollte; die österreichische Polizei war keine große Hilfe, ebensowenig wie Interpol oder die verschiedenen Fluggesellschaften. Morgen würde er es bei der US-Einwanderungsbehörde und beim Zoll probieren. Doch wonach sollte er fragen, oder worum sollte er sie bitten? Daß sie die Augen nach Lauch aufhielten? Na dann, viel Glück. Er betrachtete die Polizeifotos aus Wien. Der Kerl machte schon äußerlich einen verdächtigen Eindruck, aber es war trotzdem nichts weiter als die Suche nach der Nadel im Heuhaufen.

Vielleicht hatte Petra ja mehr Glück bei Ramsey.

Vielleicht aber auch nicht. Es kostete ihn zuviel Mühe, sich darüber wirklich den Kopf zu zerbrechen ... Er räumte seinen Schreibtisch auf, schloß ihn ab und durchschritt den Wachraum. Wilson Fournier telefonierte, aber als Stu an ihm vorbeikam, legte der farbige Detective gerade den Hörer auf, machte ein finsteres Gesicht und griff nach seinem Jackett. Carl Baumlitz, Fourniers Partner, war nach einer Operation am Knie krankgeschrieben, und Fournier, der mittlerweile schon seit einigen Tagen allein arbeitete, zeigte allmählich Ermüdungserscheinungen.

»Neuer Einsatz?« fragte Stu, den es regelrecht Mühe kostete, Konversation zu treiben.

»Was sich so Einsatz schimpft.« Fournier war mittelgroß und schlank. Sein Schädel war glatt rasiert, doch trug er einen buschigen Schnurrbart, der Stu an einen der Schauspieler aus der *Sesamstraße* erinnerte, die er in der Zeit, in der er Nachtdienst hatte, morgens mit seinen Kindern zusammen angeschaut hatte.

Fournier rückte seinen Holster zurecht, sammelte seine Ausrüstung ein, und die beiden verließen zusammen den Raum. »Das Leben ist schon beschissen, Ken. Du und Barbie, ihr kriegt Lisa Ramsey und könnt mit Promis rumhängen bis zum Abwinken, und was kriege ich? Kurz vor Schichtende einen Einsatz wegen einer Sache, bei der es sich um Landstreicherei, Einbruch und Vergewaltigung handeln könnte, die aber schon jetzt nach ziemlichem Unsinn klingt.«

»Hättest du lieber den Fall Ramsey?«

Fournier lachte. »Schon gut. Ich weiß, der Weg zum Ruhm ist steinig und hart.«

»Worum geht's denn bei dem angeblichen Landstreicher-Vergewaltiger?«

Fournier schüttelte den Kopf. »Die Sache mit der Vergewaltigung ist Scheiße, beziehungsweise Mist – wir wollen ja deine geistlichen Ohren nicht überstrapazieren. Aber wir sollten doch angeblich Mordfälle bearbeiten, und in diesem Fall gibt's noch nicht mal Verletzte, von Toten ganz zu schweigen. Was hab ich also damit zu tun? Schließlich habe ich vier ungelöste Hundertsiebenundachtziger, wegen denen der Boß mir Druck macht. Und das alles nur, weil unsere bescheuerte Polizeiführung sich diesen Mist von wegen Bürgernähe ausgedacht hat.«

Sie gingen ein paar Schritte weiter, und Stu fragte aus reiner Höflichkeit: »Was genau ist denn passiert, Wil?«

»Ein Haus auf der North Gardener Street – zwei Lesben kommen nach Hause und stellen fest, daß irgendwer in ihrer Küche war, sich was zu Essen gemacht und die Dusche benutzt hat. Sie machen die Tür auf – die Dusche läuft immer noch – rasten aus, laufen kreischend zur Vordertür hinaus, während der Eindringling sich durch die Hintertür aus dem Staub macht.«

»Was ist denn gestohlen worden?«

»Essen. Eine halbe Ananas, Fleischwurst und Cola oder Limo. Ziemlich schwerer Fall von Einbruch, oder?«

»Und was ist mit der Vergewaltigung?«

»Das ist es ja gerade.« Angewidert verzog Fournier das Gesicht. »Lesben. Vor der Tür stapelt sich die Post, weil sie eine ganze Woche lang weg sind. Glaubst du, die kommen auf die Idee, sich vorher darum zu kümmern? Oder zumindest das Licht anzulassen? Oder sich eine Alarmanlage zuzulegen oder einen Rottweiler oder 'ne Giftschlange? Oder 'ne AK-47? Es ist nicht zu fassen, Ken, aber es gibt tatsächlich noch Leute, die fest damit rechnen, daß wir irgendwas gegen Verbrechen tun können.«

31

»Reine Routine, stehe ich unter Verdacht?«

Versuchte er, mit ihr zu spielen?

Sie rief Stu auf dem Revier an. Er hatte sich vor einer Stunde abgemeldet. Sie probierte es bei ihm zu Hause, doch niemand nahm ab. War er vielleicht mit Kathy und den Kindern unterwegs? Es mußte schön sein, ein richtiges Leben zu führen.

Sie hingegen saß hier in L.A., wo sie sich in einem Tante-Emma-Laden auf der Fairfax Salat kaufte, den sie daheim aß, während sie die Nachrichten schaute – immer noch nichts Neues im Fall Ramsey. Sie probierte es noch einmal bei Stu. Keine Antwort.

Auf diese Weise hatte sie mal Zeit, so zu tun, als führte sie selbst ein ausgefülltes Dasein.

Sie zog sich einen mit Acrylfarbe gesprenkelten Pullover an, legte eine Mozart-CD ein und drückte tubenweise Farbe auf ihre Palette. Auf einem Hocker kauernd arbeitete sie bis Mitternacht. Zunächst eine Landschaft; etwas, das zu ihrer Stimmung paßte. Petra kam ganz gut voran, sie entwickelte einen Rhythmus, und die Zeit schien stehenzubleiben. Dann eine neue Leinwand. Diesmal größer als die vorige. Leer und einladend stand sie vor ihr. Petra trug zwei Schichten weiße Grundierung auf, gefolgt von einer opulenten Schicht Schwarz, und als diese getrocknet war, ließ sie mit schnellen Pinselstrichen eine Reihe von grauen Ovalen folgen, die sich als Gesichter entpuppten.

Keine Komposition, sondern nur Gesichter, immer mehr Gesichter, die sich teilweise überlappten und wie Früchte wirkten, die an einem unsichtbaren Baum hingen. Bei manchen stand der Mund ein wenig offen, als wüßten sie nicht, was überhaupt los war, doch allen gemeinsam waren die schwarzen, leer wirkenden Augenhöhlen ohne Pupillen, die aussahen wie geisterhafte Scheiben, aus jeder sprach eine andere Form von Verwirrung.

Jedes Gesicht, das sie malte, war jünger als das vorherige. Ein umgekehrter Alterungsprozeß, bis sie schließlich nur noch Kinder malte.

Verwirrte Kinder, die an einem unsichtbaren Kinderbaum wuchsen ... Ihre Hand verkrampfte sich, und sie ließ den Pinsel fallen. Doch anstatt sich in psychologischen Deutungsversuchen zu ergehen, lachte sie laut auf, schaltete die Musik ab, nahm die Leinwand von der Staffelei und stellte sie mit der Vorderseite zur Wand auf den Boden. Dann zog sie sich aus, schleuderte ihre Kleider auf die Fliesen, nahm eine ausgiebige Dusche und ging zu Bett. Als sie das Licht ausschaltete, spielte sich vor ihrem inneren Auge die Unterhaltung mit Ramsey noch einmal ab.

Sie war sich beinahe sicher, daß der Kerl versuchte, sie zu manipulieren.

Und sie hatte keine Ahnung, was sie dagegen tun konnte.

Als sie am Mittwochmorgen aufwachte, schwirrten ihr noch immer dieselben Gedanken durch den Kopf. Die Art und Weise, wie er den Lichtschalter für die Garage angeknipst hatte, um ihr den Mercedes zu zeigen. Als ob er sie provozieren wollte, noch weiter nachzubohren. Die ganze Mitleidsmasche – Blutzucker, Linsentrübung. Nachts mit dem Auto zu fahren war nicht sein Ding.

Der arme alte Knabe. Geplagt von Wehwehchen und Zipperlein. Doch ein gesundheitliches Problem würde er nie aufs Tapet bringen.

Dieses eine, das blinde Wutausbrüche herbeiführen konnte.

Und trotz allem hatte er noch immer keinen Anwalt ins Spiel gebracht. Zumindest nicht offiziell. Sollte dies ein doppelter Bluff sein? Kommt mir mit den falschen Fragen, und schon herrscht Funkstille?

Oder fühlte er sich sicher, weil er ein perfektes Alibi hatte?

Laß dich nicht in die Falle locken. Kein Frontalangriff. Nimm dir die Flanken vor. Die Untergebenen und Helfer. Finde heraus, wo Estrella Flores steckt, und unterhalte dich mit ihr. Das gleiche gilt für den Charterpiloten. Obwohl der nicht viel Beweiskräftiges beisteuern konnte – Ramsey hätte massenhaft Zeit gehabt, nach Hause zu fahren, sich wieder auf den Weg zu machen, Lisa abzuholen und sie umzubringen. Und zu guter Letzt war da noch Greg Balch, Ramseys Lakai, dessen Ergebenheit vermutlich soweit ging, daß er auch einen Meineid geleistet hätte. Petra war sich sicher, daß Ramsey seinen Businessmanager in dem Augenblick angerufen hatte, als sie von seinem Grundstück gefahren war, doch manchmal hegen Untergebene tiefe Abneigung und Haßgefühle für ihre Befehlsgeber, und Petra erinnerte sich noch gut daran, wie Ramsey Balch bei ihrem ersten Besuch über den Mund gefahren war. Balch hatte nur dagestanden, ohne zu reagieren. Weil er daran gewöhnt war, Prügel zu beziehen? Manchmal brauchte man nur ein bißchen Druck auszuüben, einen langgehegten Groll ein wenig anzufachen, und schon stellten sich auch sogenannte kleine Leute auf die Hinterbeine.

Um Punkt acht war sie an ihrem Schreibtisch, doch darauf lag nur ein Zettel von Stu, der besagte, daß er erst später kommen würde, vermutlich am Nachmittag.

Einen Grund hatte er nicht genannt.

Sie spürte, wie ihr Gesicht heiß wurde, zerknüllte den Zettel und warf ihn in den Papierkorb.

Der Flugkoordinator vom Westward Charter bestätigte ihr, daß Ramsey und Balch mit seiner Gesellschaft nach Tahoe geflogen und um zwanzig Uhr dreißig wieder nach Burbank zurückgekehrt waren. Zufälligerweise war Ed Marionfeldt, der Pilot, gerade im Büro, und so unterhielt sich Petra ein wenig mit ihm. Er klang angenehm und gelassen. War schon x-mal mit dem *Aufräumer* unterwegs gewesen, hatte nie Probleme mit ihm gehabt. Auch diesmal hatte es keine besonderen Vorkommnisse gegeben. Petra wollte nicht allzu viele Fragen stellen, aus Furcht, daß Ramsey dann als Hauptverdächtiger dastehen würde. Was er zwar war, doch sie konnte sich wunderbar vorstellen, wie ein Anwalt der Verteidigung Marionfeldts Aussage dazu verwenden würde, um zu belegen, daß Ramsey an jenem Tag in einer völlig normalen Stimmung war. *Wenn* es jemals zu einem Prozeß kam, aber man durfte ja noch träumen.

Ein Anruf bei der Sozialversicherungsbehörde bestätigte, daß Estrella Flores legal im Lande war und daß die Adresse auf Ramseys Anwesen in Calabasas die einzig bekannte war.

»Das heißt, daß sämtliche Schecks an sie dorthin geschickt würden?« fragte Petra einen genervten Sachbearbeiter.

»Sie hat keinerlei Sozialleistungen beantragt, deswegen gehen von uns auch keine Schecks an sie raus.«

»Wenn bei Ihnen eine Adressenänderung eingeht, können Sie mich darüber informieren, Mr. ...«

»Vicks. Wenn ich davon erfahre, werde ich mich darum bemühen, aber normalerweise bearbeiten wir keine individuellen Anträge, außer es gibt ein sehr spezifisches Problem ...«

»Ich habe ein sehr spezifisches Problem, Mr. Vicks.«

»Selbstverständlich – also gut, dann mache ich mir eine Notiz. Aber ich muß Ihnen sagen, daß manchmal Sachen verschütt gehen und es schon am besten wäre, wenn Sie von Zeit zu Zeit noch mal nachfragen.«

Sie rief bei Player's Management an. Es meldete sich niemand, nicht mal ein Anrufbeantworter. Vielleicht war Balch auf dem Weg die Küste hinauf nach Montecito, weil er sowieso nichts Besseres zu tun hatte, als auf Geheiß seines Chefs ein paar Beweismittel aus dem Weg zu schaffen.

Als nächstes nahm sie sich den Anlageberater bei Merrill Lynch vor. Morad Ghadoomian hatte eine angenehme, gleichmäßige Stimme ohne übermäßige Betonungen. Er machte den Eindruck, als habe er mit Petras Anruf gerechnet.

»Die arme Miß Boehlinger. Ich nehme an, Sie möchten wissen, ob sie in irgendwelche finanziellen Transaktionen verstrickt war. Leider war dies nicht der Fall.«

»Leider?«

»Keine finanziellen Verstrickungen«, sagte er, »weil nichts zum Verstricken da war.«

»Kein Geld auf ihrem Depotkonto?«

»Nichts von Bedeutung.«

»Könnten Sie sich ein wenig genauer ausdrücken, Sir?«

»Nichts lieber als das, aber vielleicht genügt es, daß die Erwartungen, die in mir geweckt wurden, niemals auch nur annähernd erfüllt wurden.«

»Sie hat Ihnen also erzählt, sie würde große Geldsummen investieren, hat dies aber nie getan?«

»Nun ... ich habe keine Ahnung, wie es sich in diesem Fall mit der Vertraulichkeit verhält. Mein Chef genausowenig – wir hatten noch nie mit einem Mordfall zu tun. Verstorbene Klienten sind nichts Außergewöhnliches, mit Nachlaßverwaltern, Anwälten und Erbschaftsteuererklärungen an das Finanzamt haben wir andauernd zu tun. Aber so was ... vielleicht genügt es, daß Miß Boehlinger nur ein einziges Mal in meinem Büro war und sie bei dieser Gelegenheit nur die Formulare ausgefüllt und den Grundstock für ihr Konto eingezahlt hat.«

»Und wie hoch war der Grundstock?«

»Nun ... ich möchte ungern indiskret sein ... aber vielleicht genügt es, daß es sich um eine minimale Summe gehandelt hat.«

Petra wartete ab.

»Eintausend Dollar«, sagte Ghadoomian. »Als Startkapital.«

»Angelegt in Aktien?«

Der Anlageberater lachte kurz. »Miß Boehlinger hatte vor, ein Wertpapierportefeuille von nicht unbeträchtlichen Dimensionen aufzubauen, und sie hätte sich dafür auch keinen besseren Zeitpunkt aussuchen können – ich bin sicher, Sie wissen, wie blendend sich der Markt in der letzten Zeit entwickelt hat. Allerdings hat sie sich seitdem nie wieder gemeldet, und die tausend Dollar blieben in einem Geldmarktfonds bei einer Verzinsung von vier Prozent.«

»Wieviel wollte sie denn investieren?«

»Eine konkrete Summe hat sie nie genannt, sondern immer nur Andeutungen gemacht. Mein Eindruck war, daß es sich dabei um eine nicht unbeträchtliche Summe handelte.«

»Eine sechsstellige Summe?«

»Sie hat davon gesprochen, daß sie finanziell unabhängig werden wollte.«

»Wer hat sie an Ihre Firma verwiesen?«

»Hm ... ich glaube, sie hat einfach so hier angerufen. Doch, da bin ich mir fast sicher. Sozusagen ein Schuß ins Blaue, nur umgekehrt.« Wieder lachte er kurz.

»Aber sie hat sich nie wieder bei Ihnen gemeldet.«

»Nie. Ich habe mehrfach versucht, sie zu erreichen. Es genügt wohl, wenn ich sage, daß ich ziemlich enttäuscht war.«

Finanzielle Unabhängigkeit – rechnete Lisa mit einer größeren Summe? Oder wollte sie nun, da sie auf die Dreißig zuging, allmählich seriös werden und von ihrem Einkommen als Cutterin leben, während sie Ramseys monatlichen Unterhaltsscheck auf ein Anlagekonto legte? Wenn man achtzigtausend pro Jahr auf die hohe Kante legte, kam da mit der Zeit schon einiges zusammen.

Und wenn von den achtzigtausend irgendwas abgezogen wurde, konnte das Lisas Anlagepläne ganz schön durcheinanderbringen.

Konnte es sein, daß Ramsey Zicken gemacht hatte, nachdem Lisa eine Arbeit angenommen hatte? Hatte er ihr gedroht, die ganze Angelegenheit noch einmal vor Gericht verhandeln zu lassen, und war das der Grund gewesen, warum von ihr keine weiteren Zahlungen eingegangen waren?

Oder war der Grund viel einfacher, und sie hatte sich einen anderen Anlageberater gesucht?

Nicht sehr wahrscheinlich. Warum hätte sie in diesem Fall die tausend Dollar bei Ghadoomian gelassen?

War Geld vielleicht auch ein Streitpunkt zwischen den Ramseys gewesen?

Geld und unerwiderte Leidenschaft – das Mordszenario schlechthin.

Sie brachte eine weitere Stunde damit zu, mit diversen Bediensteten der Stadtverwaltung zu telefonieren, bis sie schließlich die Scheidungsakte der Ramseys aufgetrieben hatte. Endgültig entschieden worden war die Scheidungssache Ramsey erst vor etwas mehr als fünf Monaten. Offensichtlich eine weitgehend unkomplizierte Angelegenheit, Änderungsanträge den Unterhalt betreffend lagen keine vor. Falls Ramsey versucht hatte, in dieser Hinsicht einen Rückzieher zu machen, so hatte er es jedenfalls nicht offiziell werden lassen.

Dann wurde Petra von der Zentrale angeklingelt mit der Bitte, sich bei der Abteilung für Spurensicherung im Parker Center zu melden.

Die Angestellte aus der Vermittlung stellte sie durch zu Officer Portwine.

Den Namen kannte Petra, doch sie konnte kein Gesicht damit in

Verbindung bringen. Portwine war einer der Fingerabdruckspezialisten; sie hatte seine Unterschrift schon auf zahlreichen Berichten gesehen.

Seine Stimme war rauh, und er klang kurz angebunden, ohne jede Spur von Humor. »Danke, daß Sie mich so schnell zurückrufen. Mir ist nicht ganz klar, worum es sich bei der Angelegenheit hier handelt: einen Riesenschlamassel oder um was wirklich Interessantes? Ich hoffe, Sie können mir das erklären.«

»Wo liegt das Problem?«

»Sie haben uns diverses Material vom Tatort im Falle Lisa Ramsey-Boehlinger geschickt – Einwickelpapier und ein Buch. Wir haben zahlreiche Fingerabdrücke festgestellt, von der Größe her aller Wahrscheinlichkeit nach von einer Frau, aber keine Übereinstimmung mit irgendwelchen anderen aktenkundigen Fällen. Ich wollte gerade einen Bericht schreiben, der genau das besagt, da landet eine neue Ladung auf meinem Schreibtisch, die angeblich von einem anderen Fall stammt – ein Einbruch auf der North Gardener mit Spuren auf einem Küchenmesser und einigen Lebensmittelverpackungen. Ich hatte gerade ein paar Minuten Zeit, und da habe ich einen Blick darauf geworfen und festgestellt, daß die Abdrücke mit denen von Ihrem Fall übereinstimmen. Und jetzt würde ich gern wissen, ob da irgendwas durcheinandergekommen ist, das heißt, daß jemand bei den Nummern von den Beweisstücken oder den Formularen Mist gebaut hat, oder so was? Es ist nämlich ziemlich eigenartig, daß zwei Ladungen Beweismittel aus Hollywood nacheinander hier landen und beide die gleichen Fingerabdrücke aufweisen. Wir haben letztes Jahr jede Menge Ärger gehabt, weil wir bei der Archivierung und Katalogisierung angeblich geschlampt haben. Wir geben uns zwar die größte Mühe, aber Sie wissen ja selbst, wieviel Material wir hier zu bearbeiten haben. Und in der letzten Zeit haben wir uns Arme und Beine ausgerissen, womit ich sagen will, daß, wenn hier ein Problem vorliegen sollte, dieses Problem von Ihrer Seite verursacht wurde und nicht von uns.«

Wie konnte jemand nur so schnell reden? Petra hatte ihre Fingernägel in die Handballen gegraben, um den Wortschwall über sich ergehen zu lassen.

»Wann war der Einbruch?« fragte sie.

»Letzte Nacht. Ein Wagen aus dem sechsten Bezirk hat den Fall aufgenommen und an einen von Ihren Detectives weitergegeben – W. B. Fournier.«

Petra schaute zu Wils Schreibtisch hinüber. Schon weg und abgemeldet.

»Um welche Lebensmittelverpackungen handelt es sich denn?«

»Eine Plastikflasche mit Orangensaft. Die Fingerabdrücke waren auf dem Etikett. Dann noch auf einer Ananas – das war recht interessant, ich hab noch nie Fingerabdrücke von einer Ananas genommen. Angeblich sind noch ein paar weitere Sachen unterwegs, hier steht: ein Klebestreifen mit Abdrücken auf rostfreien Sanitärinstallationen, eine Flasche Shampoo und noch ein Klebestreifen von … sieht aus wie ein Kühlschrank, genau, von 'nem Kühlschrank. Klingt nach Mundraub, als hätte jemand die Küche ausgeräumt. Also, was ist da los?«

»Ich weiß nichts von einem Einbruch. Alles, was wir Ihnen im Fall Ramsey geschickt haben, war das Einwickelpapier, das Buch und die Kleider des Opfers.«

»Sie wollen mir erzählen, das andere Material kommt gar nicht von Ihnen?«

»Haargenau das will ich damit sagen«, erklärte Petra.

Portwine stieß einen Pfiff aus. »Also zwei Sätze von Fingerabdrücken von ein und derselben Person, aber von zwei verschiedenen Tatorten.«

»So sieht's aus«, sagte Petra. Ihr Herzschlag ging auf Hochtouren. »Haben Sie noch die Sachen aus dem Fall Ramsey – speziell das Buch?«

»Nein, das habe ich alles gestern um siebzehn Uhr zur Asservatenkammer geschickt. Ich habe allerdings eine Kopie der Abdrücke hierbehalten. Ziemlich auffällige Wellenform, deswegen ist mir die Übereinstimmung überhaupt erst aufgefallen.«

»Okay, dann vielen Dank.«

»Gern geschehen«, sagte Portwine zerknirscht. »Wenigstens haben wir kein Problem.«

Sie hinterließ Wilson Fournier eine Nachricht, daß er sich mit ihr in Verbindung setzen sollte. Von Stu hatte sie immer noch nichts gehört, und unter seiner Handynummer meldete er sich auch nicht.

Petra fuhr zum Parker Center, verschaffte sich mit einem breiten Lächeln Zugang zum Angestelltenparkplatz und ging hinauf in den zweiten Stock zur Asservatenkammer, wo sie ein Formular auf Aushändigung des Buches aus der Leihbücherei ausfüllte. Die für die Beweismittel zuständige Beamtin war eine blondgefärbte Schwarze namens Sipes, die sich völlig unbeeindruckt von der Tatsache zeigte, daß es sich bei dem Opfer um Lisa Boehlinger-Ramsey handelte, und statt dessen Petra darauf hinwies, daß sie die Registriernummer des Falles nicht deutlich genug aufgeschrieben hatte. Petra radierte die Nummer aus und schrieb sie erneut, und Sipes verschwand hinter einer schier endlosen Wand aus beigen Metallregalen. Als sie zehn Minuten später zurückkehrte, schüttelte sie den Kopf. »Die Beweisstücke mit dieser Nummer sind hier noch nicht angekommen.«

»Das kann aber nicht sein«, sagte Petra. »Sie müssen gestern abend hier angekommen sein. Officer Portwine von der Spurensicherung hat sie gestern nachmittag um fünf Uhr hier rübergeschickt.«

»Gestern? Warum haben Sie das nicht gleich gesagt? Dann stehen die Sachen natürlich ganz woanders.«

Es verging noch einmal eine Viertelstunde, bis Petra den Umschlag mit den Beweismitteln in der Hand hielt und sie Sipes Einwilligung hatte, ihn mitzunehmen.

Wieder in ihrem Ford nahm sie das Buch heraus. *Unsere Präsidenten: Der Lauf der amerikanischen Geschichte.*

Eine Pennerin, die Einbrüche und Politik als Hobby betrieb. Oder die in Häuser einbrach, um sich was zu essen zu besorgen? Aller Wahrscheinlichkeit nach schizophren. Petra blätterte die Seiten durch, in der Hoffnung, auf irgendwelche Randnotizen oder irgendeinen anderen Hinweis zu stoßen, der bisher übersehen worden war. Nichts. Allerdings war bemerkenswert, daß die Leihkarte noch immer in der Hülle des hinteren Buchdeckels steckte.

Die Bibliothek auf der Hillhurst. Richtig. Jetzt fiel es ihr wieder ein. Zum letzten Mal ausgeliehen vor neun Monaten.

Weil die Pennerin zu dem Zeitpunkt das Buch hatte mitgehen lassen?

Petra versuchte sie sich vorzustellen – wie sie auf der Straße lebte, klaute und las. Sie stahl sich Essen und Wissen. Darin lag durchaus ein gewisser verrückter Romantizismus.

Wie sie sich hinkauerte, um an einen Felsblock zu pinkeln. Die Schizo-Mädel-Variante von Thoreau.

Petra fuhr zurück nach Hollywood und fand die Hillhurst-Leihbücherei neben einem Einkaufszentrum, ein paar Blocks südlich vom Los Feliz Boulevard. Ziemlich seltsames Ambiente. Ganz anders als das, was Petra sich gemeinhin unter einer Bibliothek vorstellte. Ein fensterloser, grauer Betonklotz, ein typisches Werk von Behördenhirnen, das genau neben einem Supermarkt stand. Herumstehende Einkaufswagen, die beinahe den Eingang blockierten. Und ein Hinweisschild, daß dies ein vorübergehender Standort sei.

Petra ging hinein, in der Hand das Buch und ihre Visitenkarte. Die Bibliothek bestand aus einem einzigen großem Raum. In einer Ecke stand ein Schreibtisch, an dem eine grauhaarige Bibliothekarin saß und telefonierte, an der Leihstelle saß eine jüngere Frau. Derzeit hatten die beiden nur einen einzigen Kunden, einen steinalten Knaben mit einer Stoffmütze auf dem Kopf, der die Morgenzeitung las. Auf dem Tisch neben seinen Ellbogen lag ein zusammengerollter Schirm – ungeachtet der Tatsache, daß es Juni war, der Himmel in zartem Blau erstrahlte und es Monate her war, seit es zum letzten Mal geregnet hatte.

Birkenholzregale auf Rollen, Lesetische aus dem gleichen bleichen Holz. Poster von fernen Reisezielen, um die nicht vorhandenen Fenster zu ersetzen – leider nur ein jämmerlicher Versuch.

Die ältere Bibliothekarin war in ein Telefonpläuschchen vertieft, und so ging Petra zur Leihstelle. Die junge Frau dort war lateinamerikanischer Herkunft, schlank und gut gekleidet. Sie trug ein leger sitzendes graues Kostüm aus Kunstseide, das an ihr jedoch teurer wirkte als es vermutlich gewesen war. Sie hatte ein freundliches Gesicht, Augen, die Wärme ausstrahlten, und eine glatte

Haut, doch was Petras Aufmerksamkeit erregte, war ihr Haar – schwarz, glatt, voll und so lang, daß es über den Saum ihres Minirocks reichte. Wie bei dieser Countrysängerin – Crystal Gayle.

»Kann ich Ihnen helfen?«

Petra nannte ihren Namen und zeigte die Visitenkarte.

»Magda Solis«, sagte die Frau, sichtlich verunsichert durch den Zusatz, daß Petra bei der Mordkommission war.

Petra nahm das rote Buch hervor und legte es auf den Tresen. Magda Solis rechte Hand schoß zu ihrer linken Brust. »O nein, ist ihm irgendwas passiert?«

»Ihm?«

»Der kleine Junge, der ...« Magda Solis schaute sich nach der grauhaarigen Bibliothekarin um.

»Der Junge, der es geklaut hat?« fragte Petra. Der kleine Abdruck eines Körpers, die kleinen Hände – es war keine Frau gewesen, sondern ein Kind. Warum hatte sie daran nicht gedacht? Mit einemmal mußte sie an das Bild denken, mit dem sie letzte Nacht angefangen hatte, der Baum voller verlorener Kinder, und sie mußte gegen den Schauder ankämpfen, der von ihren Schultern ausging und sie bis zum Nabel durchzuckte.

Magda Solis kratzte sich am Kinn. »Können wir uns draußen unterhalten?«

»Sicher.«

Eilig schritt sie zu der älteren Frau hinüber. Ihrem Gang nach zu urteilen, hatte sie leichte Plattfüße, was ihr graziöses Auftreten aber keineswegs beeinträchtigte. Mit angespannten Armen und wallendem Haar glitt sie auf ihre Vorgesetzte zu. Sie sagte ein paar Worte zu der Bibliotheksleiterin, die daraufhin die Stirn runzelte. Doch schließlich kehrte Magda Solis wieder zurück, und biß sich auf die Lippe.

»Okay, ich habe jetzt Pause.«

Draußen auf dem Parkplatz des Einkaufszentrums, unweit von Petras Ford, erklärte sie: »Ich bin noch in der Ausbildung, und ich wollte nicht, daß meine Vorgesetzte das mitbekommt. Ist ihm etwas passiert?«

»Warum erzählen Sie mir nicht, was Sie wissen, Miß Solis?«

»Ich – er ist doch noch ein kleiner Junge, allenfalls mal zehn oder elf Jahre alt. Zuerst war ich mir nicht sicher, ob er es überhaupt gewesen ist. Der die Bücher genommen hat, meine ich. Aber er war der einzige, der jemals die Bücher gelesen hat, die gefehlt haben – speziell wegen diesem hier ist er immer wieder gekommen, und dann war es irgendwann verschwunden.«

»Also hat er auch andere Bücher mitgenommen?«

Magda Solis druckste herum. »Er hat sie aber immer wieder zurückgebracht – so ein kleiner Kerl, und doch so ernsthaft. Er hat so getan, als würde er Hausaufgaben machen. Ich nehme an, weil er keine Aufmerksamkeit auf sich ziehen wollte. Irgendwann habe ich ihn dabei beobachtet – wie er heimlich wieder ein Buch zurückgestellt hat. Eines von denen, die ich auf meiner Fehlliste hatte. Irgendwas zum Thema Ozeanographie, glaube ich.«

»Er hat so getan, als würde er Hausaufgaben machen?«

»Das war der Eindruck, den ich hatte. Immer die gleichen Seiten mit Mathematikaufgaben – er hat immer nur Mathe gemacht. Algebra. Kann also sein, daß er älter ist, als er aussieht. Oder einfach nur begabt – nach dem, was er gelesen hat, würde ich drauf wetten, daß er begabt ist.« Magda Solis schüttelte den Kopf. »Gewöhnlich hatte er eine Zeitlang Matheaufgaben gemacht und ist dann durch die Regale gestreift, bis er etwas gefunden hatte, mit dem er sich dann zwei Stunden oder so hingesetzt und gelesen hat. Ganz offensichtlich hat er furchtbar gern gelesen, das ist so etwas Seltenes heutzutage. Wir versuchen stets, die Kinder für die Bibliothek zu begeistern, aber das ist eine ziemliche Plackerei, und wenn sie dann doch mal kommen, machen sie nur Unfug und Lärm. Er war da ganz anders. Er hatte sehr gute Manieren, ein richtiger kleiner Gentleman.«

»Wenn man davon absieht, daß er Bücher geklaut hat.«

Erneut biß sich Magda Solis sorgenvoll auf die Lippen. »Ja, klar. Ich weiß, daß ich dagegen etwas hätte tun sollen, aber er hat die Bücher ja zurückgebracht, und so gesehen ist ja kein Schaden entstanden.«

»Warum haben Sie ihm nicht vorgeschlagen, daß er sich einen Bibliotheksausweis ausstellen läßt?«

»Dafür hätte er sich doch ausweisen und die Unterschrift eines

Erwachsenen haben müssen, und er war ganz offensichtlich ein Kind von der Straße. Das konnte man an seinen Kleidern sehen – er hat sich bemüht, ordentlich auszusehen, hat sich immer die Haare feucht gemacht und anständig gekämmt, aber seine Kleider waren alt und zerknittert, sie hatten Löcher – genau wie seine Schuhe. Außerdem hatte er immer das gleiche an. Seine Haare waren lang, sie gingen ihm bis über die Stirn; sein letzter Haarschnitt lag wohl schon eine ganze Weile zurück.« Sie griff nach hinten, berührte ihre eigenen Haare und lächelte. »Muß wohl so was wie Seelenverwandtschaft gewesen sein – aber, Detective, jetzt sagen Sie doch endlich, ist ihm was *passiert?*«

»Es ist möglich, daß er als Zeuge etwas beobachtet hat. Was können Sie mir sonst noch über ihn sagen?«

»Er ist klein und dünn, angloamerikanisch, hat ein etwas spitzes Kinn. Blasse Hautfarbe, irgendwie anämisch. Hellbraune Haare. Glatt, keine Locken. Bei seinen Augen bin ich mir nicht ganz sicher – ich glaube, sie sind blau. Seine Haltung war manchmal ganz gerade und manchmal gebeugt. Er hatte etwas Altes an sich. Straßenkinder haben so was manchmal an sich, das ist Ihnen bestimmt auch schon aufgefallen?«

»Haben Sie mit ihm geredet?«

»Einmal, ganz zu Anfang. Ich bin zu ihm hingegangen und habe ihn gefragt, ob ich ihm behilflich sein kann. Er hat nur den Kopf geschüttelt und auf den Tisch gestarrt. In seinem Blick lag eine gewisse Angst. Von da an habe ich ihn in Ruhe gelassen.«

»Ein Kind von der Straße.«

»Letztes Jahr auf dem College habe ich auf freiwilliger Basis in einer Notunterkunft gearbeitet. Er hat mich an die Kinder erinnert, die ich dort gesehen habe – allerdings haben die sich nicht für Bücher interessiert. Und was er gelesen hat! Biographien, Naturgeschichte, politische Geschichte – das hier, die Präsidenten, das war sein Lieblingsbuch. Ich meine, er war ein Junge, bei dem die Gesellschaft ganz offensichtlich versagt hatte und der trotzdem noch an das politische System glaubte. Finden Sie das nicht auch bemerkenswert? Er *mußte* einfach besonders begabt sein. Ich konnte ihn nicht anschwärzen – muß meine Vorgesetzte unbedingt davon erfahren?«

Petra lächelte und schüttelte den Kopf.

Magda Solis sagte: »Ich dachte mir, ihm ist dadurch am meisten geholfen, wenn ich ihn die Bibliothek benutzen lasse, wie er es will. Und er hat wirklich alle Bücher wieder zurückgebracht. Bis auf das Buch über die Präsidenten – wo haben Sie es gefunden?«

»Nicht weit von hier«, sagte Petra, und Magda Solis drang nicht weiter in sie.

»Seit wann ist er in die Bibliothek gekommen?«

»Seit zwei, drei Monaten.«

»Jede Woche?«

»Zwei- oder dreimal pro Woche. Immer nachmittags. Er ist gegen zwei Uhr hier eingetrudelt und bis vier oder fünf geblieben. Ich habe mich schon gefragt, ob er sich die Nachmittage deswegen ausgesucht hat, weil die Schule dann vorbei ist und er weniger Mißtrauen erregt.«

»Gut möglich.«

Die Bibliothekarin lief rot an. »Kann sein, daß ich, was ihn angeht, ganz falsch liege. Vielleicht ist er das Kind reicher Eltern aus Los Feliz, und er führt sich nur seltsam auf.«

»Wann haben Sie ihn zum letzten Mal gesehen, Miß Solis?«

»Warten Sie mal … vor ein paar Tagen – letzte Woche. Es muß letzten Freitag gewesen sein. Genau. Am Freitag. Er hat einen dicken Stapel *National Geographics* und *Smithsonians* gelesen. Aber nichts mitgenommen.«

Der letzte Wochentag vor dem Mord an Lisa Ramsey. Und seitdem war er nicht wieder gekommen.

Ein Junge. Der im Park lebte. Und im Dunkeln Bücher las – aber wie? Im Schein einer Taschenlampe? Ein Teil seiner Überlebensausrüstung als Straßenkind?

Vom Griffith Park bis zum Tatort des Einbruchs auf der North Gardener Street waren es bestimmt vier, fünf Meilen. Er zog nach Westen – warum? Anscheinend war er doch ein Junge, der sich eingerichtet hatte, bestimmte feste Tagesabläufe pflegte und nicht umherstreunte.

Hatte er Angst? Weil er etwas Bestimmtes gesehen hatte?

»Ich will ihn nicht in Gefahr bringen«, sagte die Bibliothekarin.

»Im Gegenteil, Miß Solis. Wenn ich ihn finde, kann ich dafür sorgen, daß ihm *keine* Gefahr droht.« Magda Solis nickte, als wollte sie Petra glauben. Ihre Augen waren geschwollen. *Seelenverwandtschaft* – hatte das mehr zu bedeuten als ungeschnittene Haare?

»Danke für Ihre Hilfe«, sagte Petra.

»Sie sind sicher, daß ihm … nichts Schlimmes passiert ist?«

Letzte Nacht war er noch wohlauf gewesen. Immerhin hatte er es geschafft, in ein Haus einzubrechen und eine Ananas zu zerschnippeln. »Es geht ihm gut, aber ich muß ihn finden. Vielleicht können Sie mir dabei helfen.«

»Ich habe Ihnen schon alles gesagt, was ich weiß.«

Petra zückte ihren Notizblock und einen Bleistift der Stärke drei. »Ich kann ein bißchen zeichnen. Sehen wir doch mal, ob wir was zustande bringen.«

32

»Vergewaltigung! Polizei!«

Warum schreien die so was? Ich werfe mir meine Sachen über. Die Schreie entfernen sich. Ich mache die Tür einen Spaltbreit auf, schaue raus. Nichts zu sehen. Ich flüchte durch die Hintertür.

Es hört sich an, als wären sie vor dem Haus. Schreien immer noch »Vergewaltigung!« Völlig bescheuert. Ich würde nie jemanden vergewaltigen. Ich weiß, was das für ein Gefühl ist, gejagt zu werden.

Ich renne hinter die Garage und klettere über den Lattenzaun in den nächsten Hinterhof. In dem Haus, das dazugehört, sind Lichter an – buntes Licht, ein Fernseher hinter zugezogenen Vorhängen; ich höre, wie jemand lacht.

Ich renne über den Rasen zur nächsten Straße und dann wieder hinauf zum Hollywood Boulevard. Dann eine Querstraße runter und an der nächsten Ecke wieder rauf. Immer im Zickzack und ganz gemütlich. Bloß nicht rennen. Nicht auffallen. Ganz unauffällig bleiben ... keine Sirenen. Die Bullen sind noch nicht unterwegs.

Wenn diese Weiber weiter ihre Lügengeschichten von wegen Vergewaltigung erzählen, schicken sie vielleicht einen Hubschrauber mit Suchscheinwerfer? Dann haben sie mich auf einem silbernen Tablett. Aber da fällt mir ein, daß sie mich ja überhaupt nicht gesehen haben. Warum sollte irgend jemand annehmen, daß ich es gewesen bin?

Ich gehe noch langsamer, tue so, als wäre alles in allerbester Ordnung. Ich bin wieder in einer ruhigen Seitenstraße. Wo die Leute sich in ihren Häusern einsperren, weil sie glauben, daß sie dann in Sicherheit sind.

Oder vielleicht auch, weil sie sich Sorgen machen, daß das nicht so ist.

Ich laufe weiter in Richtung Westen. Weg vom Park und weg von Hollywood. Und von blöden Weibern, die sich das ganze Haus mit Pflanzen vollstellen und ihr Essen vergammeln lassen.

Die nächste belebte Straße ist der Sunset Boulevard. Hier sind lauter Spinner und noch mehr Kids als auf dem Hollywood. Und noch mehr Autos. Jede Menge Restaurants und Clubs. Auf der anderen Straßenseite ist ein Laden mit dem Namen »Body Body Body!« und einem Plastikschild in Form einer nackten Frau. Dann noch ein Laden, der »The Snake« heißt. Ein Club, vor dem die Leute Schlange stehen, und zwei fette Kerlen am Eingang, die nicht jeden reinlassen.

Der Typ da in dem roten Wagen – schaut der mich irgendwie komisch an?

An der nächsten Ecke biege ich wieder in eine ruhige Seitenstraße ein und laufe wieder im Zickzack. Meine Füße tun jetzt weh; ich bin den ganzen Tag gelaufen. Nach Westen. Vielleicht zum Strand. Am Strand ist es doch sauber, oder?

Ich habe keine Geld. Nichts, womit ich mich verteidigen könnte.

Ich hätte das Ananasmesser mitnehmen sollen.

33

Stu betrachtete die Zeichnung mit dem Porträt des Jungen.

Er war erst kurz vor vier ins Büro gerauscht gekommen, ohne die geringste Erklärung abzugeben. Petra hätte es ihm am liebsten mit gleicher Münze heimgezahlt, doch die neueste Entwicklung, die Existenz eines potentiellen Zeugen, bedeutete, daß sie beide am Ball bleiben mußten.

»Gute Arbeit«, sagte er. »Zeig das bloß nicht Harold.«

Harold Beatty war ein sechzig Jahre alter Beamter vom Drogendezernat in Rampart, der manchmal als Phantombildzeichner einsprang. Die Gesichter, die er zeichnete, sahen alle gleich aus. Die »Beatty-Familie« tuschelten die anderen Detectives hinter seinem Rücken.

Stu spielte mit seinen Hosenträgern, und die Lässigkeit, die in dieser Geste lag, brachte Petra nur noch weiter auf die Palme. Sie wollte die Bestätigung, daß dies etwas von Bedeutung sein könnte, zumal sie nicht davon überzeugt war, daß ihre Entdeckung sie weiterbringen würde.

Wenigstens war die Zeichnung gelungen. Sie hatte Magda Solis nach jeder Einzelheit gefragt und war auf diese Art und Weise zu einem überaus detaillierten und sorgfältig schattierten Ergebnis gekommen. Die Bibliothekarin hatte die fertige Zeichnung betrachtet und nur geflüstert: »Faszinierend.«

Er war ein hübscher Junge mit großen, weit auseinanderstehenden Augen – Petra hatte sie nur leicht schattiert, so daß sie sowohl braun als auch blau sein konnten. Darüber hinaus hatte er eine schmale Nase mit leicht eingedrückten Nasenflügeln, einen schmalen Mund und ein spitzes Kinn mit einem Grübchen. Was die Augenfarbe anging, war Magda Solis sich nicht ganz sicher, doch daß er ein Grübchen hatte, wußte sie bestimmt.

Glatte Haare, hellbraun und voll, nach rechts gekämmt mit einem Pony, der bis zu den Augenbrauen reichte. Die Ohren wurden bedeckt von den Haaren, die an den Schultern wild ausfransten. Ein schmaler Hals, der aus dem T-Shirt ragte. Magda Solis hatte erklärt, er sei ziemlich klein, nicht mal einsfünfzig, allenfalls fünfunddreißig Kilo schwer; außerdem trug er T-Shirts, Jeans, Tennisschuhe mit Löchern und manchmal einen abgetragenen alten Pullover.

Ach ja, und eine Uhr. Eine von diesen billigen Digitaluhren.

Das ließ Petra aufhorchen. War die Uhr ein altes Weihnachtsgeschenk? Oder hatte er sie geklaut? Wo war er zu Hause? Vor wie langer Zeit war er von zu Hause weggelaufen?

Ein Junge. Bei ihrer Bewerbung für die Laufbahn eines Detectives hatte sie die Wahl gehabt zwischen dem Jugenddezernat oder Autodiebstahl. Sie hatte sich für heiße Autos entschieden, und niemand hatte gefragt, warum …

Stu sagte: »Er sieht aber finster aus.« Und das traf auch zu. In dem Gesichtsausdruck des Jungen lag mehr als Verletzlichkeit; es schien, als würde er von einer Zentnerlast niedergedrückt. Oder, wie Magda Solis sich ausgedrückt hatte, »vom Leben durch den Wolf gedreht«.

»Er bedient sich am Kühlschrank und nimmt eine Dusche«, sagte Stu. »Und die Fingerabdrücke stimmen mit unseren überein. Unglaublich.«

»Vielleicht ist es ja eine göttliche Vorsehung«, sagte Petra. »Als Lohn für dein gottgefälliges Leben und deinen Dienst an der Kirche.«

»Aber klar doch«, krächzte Stu. Sie hatte ihn noch nie so wütend gehört.

Was war denn jetzt wieder los? Sie hatte ihn doch immer mit seinem Glauben geneckt. Bevor sie etwas erwidern konnte, stand er auf, knöpfte sich sein Hemd zu und sagte: »Okay, gehen wir damit zu Schoelkopf.«

Schon wieder drehte er ihr den Rücken zu. Seit er in den Dienstraum hereingeschneit war, hatten sie einander noch nicht eine Sekunde lang in die Augen geblickt.

»Machen wir das lieber später«, sagte Petra. »Ich hab noch Papierkram –«

Plötzlich wirbelte er herum. »Was paßt dir nicht daran, die Angelegenheit nach Vorschrift zu erledigen? Schoelkopf hat ziemlich deutlich gesagt, daß er über alles auf dem laufenden gehalten werden will, und jetzt haben wir was, worüber wir ihn auf dem laufenden halten können.«

Er war schon an der Tür, als Petra ihn einholte und ihm zuraunte: »Was zum Teufel ist eigentlich los?«

»Nichts ist los. Wir gehen jetzt und informieren Schoelkopf.«

»Das meine ich nicht. Was ist mit *dir* los?«

Er ging weiter, ohne zu antworten.

»Verdammt noch mal, Bishop, du führst dich auf wie ein gottverdammter Idiot.«

Er blieb stehen. Seine Kiefer mahlten. Seine Hände waren zu Fäusten geballt. Noch nie zuvor hatte sie ihn mit Flüchen bedacht. Sie machte sich darauf gefaßt, daß er jeden Moment aus der Haut fuhr. Konnte ganz interessant werden.

Statt dessen erschlaffte sein Gesicht. »Ich und gottverdammt? Gut möglich, daß du da nicht ganz daneben liegst.«

In Schoelkopfs Büro herrschte zwischen den beiden eisige Stille.

Der Captain betrachtete die Zeichnung und ließ sie wieder sinken. »Das waren Sie, Barbie? Verborgene Talente ... vielleicht sollten wir Harold in den Ruhestand versetzen.«

Er lehnte sich zurück und legte seine Füße auf den Schreibtisch. Neue Schuhe, italienisches Modell, die Sohlen immer noch schwarz. »Es ist zwar nicht die Speisung der Fünftausend, aber vielleicht bringt's uns ja trotzdem weiter.« Er riß das Blatt mit der Zeichnung aus Petras Notizbuch. »Unterhalten Sie sich mit den Leuten vom Jugenddezernat. Vielleicht kennt einer von denen den Jungen. Nehmen Sie sich außerdem Notunterkünfte, Kirchengruppen und karitative Einrichtungen vor, wer immer sich heutzutage um jugendliche Ausreißer kümmert. Ich mache Kopien für die Presseabteilung.«

»Die Presseabteilung. Sie wollen die Sache an die große Glocke hängen?«

»Gibt's einen besseren Weg, die Öffentlichkeit zu erreichen?«

»Sind wir denn sicher, daß wir das überhaupt wollen?«

»Warum zum Teufel denn nicht?«

»Als wir damals mit dem Buch angekommen sind, haben Sie gesagt, daß Sie das für eine ziemlich wacklige Angelegenheit halten – Sie waren es, der betont hat, wie unwahrscheinlich es ist, daß jemand im Dunkeln sitzt und Bücher liest. Wie groß sind also die Chancen, daß der Junge wirklich was gesehen hat? Wenn wir allerdings die gesamte Öffentlichkeit wissen lassen, wie er aussieht und daß er eins von den Straßenkindern in Hollywood ist, lösen wir unter Umständen eine Treibjagd aus. Außerdem, wenn der Mörder sich in Hollywood auskennt, wär's möglich, daß er ihn zuerst erwischt –«

»Ich glaub's ja nicht«, sagte Schoelkopf. »Mutterinstinkte.« Seine Füße landeten wieder auf dem Boden. Er machte den Eindruck, als würde er jeden Moment ausspucken. »Was wollen Sie? Ein Verbrechen aufklären oder irgendeinen Ausreißer bemuttern?«

Petra wäre am liebsten geplatzt vor Wut. Dennoch hörte sie eine Stimme, die so gelassen war, daß es unter gar keinen Umständen ihre eigene sein konnte, sagen: »Ich möchte nur vorsichtig sein, Sir. Um so mehr, als es sich möglicherweise doch um einen Zeugen handelt –«

Schoelkopf brachte sie mit einer Handbewegung zum Schweigen. »Sie reden über den Mörder, als ob er irgendein abstraktes Wesen wäre. Es ist doch wohl klar, um wen es geht – nämlich um Ramsey, dieses Granatenarschloch. Und Sie wollen mir doch hoffentlich nicht erzählen, daß *er* den Ausreißer aufstöbert, bevor wir es tun? Also irgendwann ist ja wohl auch mal Schluß. Ich sag Ihnen was, Barbie: Wenn Ihnen am Wohlergehen des Jungen so viel gelegen ist, dann halten Sie ein Auge auf Ramsey. Vielleicht nutzt es uns ja am Ende sogar – er versucht sich den Jungen zu schnappen, und wir schnappen ihn. Genau wie im Fernsehen.« Schoelkopfs Lachen klang metallisch. »Also, damit das klar ist, die Beschattung von Ramsey gehört ganz klipp und klar zu Ihren Aufgaben. Wer weiß, vielleicht werden Sie noch zu einer Heldin.«

Petra hatte das Gefühl, als seien ihre Lungen aus Holz. Sie versuchte zu atmen, ohne sich anmerken zu lassen, welche Mühe sie das kostete.

»Wir sollen den Jungen also als Köder benutzen«, stellte Stu fest, und Petra fiel auf, daß hier der sechsfache Vater aus ihm sprach.

»Sie etwa auch?« sagte Schoelkopf. »Wir versuchen, einen potentiellen Zeugen in einem Mordfall aufzuspüren – Herrgott, ich kann's nicht fassen, daß ich darüber überhaupt diskutieren muß. Worüber zum Teufel reden wir, seit wir mit diesem Fall zu tun haben? Darüber, daß es darauf ankommt, mit aller nur möglichen Vorsicht vorzugehen. Was zum Teufel glauben Sie denn, was passieren wird, wenn der Junge sauber ist und wir keinen Versuch machen, ihn zu finden? Also verschwenden Sie nicht weiter meine Zeit. Sie haben eine Spur gefunden, nun gehen Sie ihr gefälligst auch nach!«

»Prima«, sagte Stu, »aber wenn Petra ihre Zeit damit verbringt, Ramsey zu beschatten, wird's eng, was den Rest des Falles angeht –«

»Es klingt aber nicht so, als wäre ansonsten in dem Fall sonderlich viel los –«

»Doch, etwas gibt's schon. Sie haben doch gesagt, daß wir nach ähnlichen Fällen forschen sollen.« Stu berichtete ihm von dem Fall Ilse Eggermann und der Fahndung nach Karl-Heinz Lauch.

Schoelkopf verbarg seine Überraschung hinter einem zufriedenen Lächeln. »Na also, da haben wir's. Sie brauchen also mehr Männer – Verzeihung, *Leute.* Sagen Sie Fournier, daß er von jetzt an auch dazugehört. Er muß sich sowieso mit dem Jungen rumschlagen, immerhin ist er ja ein schrecklicher, böser Einbrecher. Und zu dritt machen Sie dann ganze Arbeit. Und wenn dabei nur herauskommt, daß keine Kühlschrankbanditen mehr durch unsere Straßen schleichen.«

»Und was mache ich mit den anderen hundertsiebenundachtzigern, die ich noch am Hals habe?« fragte Fournier.

»Frag *ihn*«, antwortete Stu. »*Du* hast dich doch darüber beschwert, daß damit kein Ruhm zu ernten ist. Jetzt hast du eine Chance.«

»Prima, als Ananas-Beschützer. Aber egal, wie teilen wir die Sache auf?«

Petra sagte: »Ich soll Ramsey im Auge behalten. Ich habe ihn schon mal vernommen, insofern ist es nicht weiter auffällig, wenn ich mit ihm in Kontakt bleibe. Aber ich habe nicht die geringste Lust, den ganzen Tag vor dem Tor zu RanchHaven rumzusitzen.«

»Kann ich gut verstehen«, sagte Fournier und strich sich mit der Handfläche über seinen rasierten Schädel.

Sie kannte ihn allenfalls beiläufig und fand ihn ganz nett. Stu sagte, daß er ein aufgeweckter Kerl war. Hoffentlich, denn sie hatte nicht viel Zeit, ihn über alles ins Bild zu setzen.

Also fing sie gleich damit an. Fournier machte sich Notizen, während Stu schon wieder einen abwesenden Eindruck machte.

Schließlich einigte man sich darauf, daß Petra noch einmal versuchen würde, sich Estrella Flores und Greg Balch vorzunehmen und eventuell einen weiteren Anlauf bei Ramsey starten würde, während Stu den Fall Eggermann verfolgte und Fournier sich mit dem Jugenddezernat in Hollywood und diversen Notunterkünften in Verbindung setzte. Außerdem sollte er die gängigen Schlafstellen jugendlicher Ausreißer abklappern und versuchen, den Jungen auf diese Art und Weise aufzuspüren.

Petra hatte noch nicht ausgeredet, da stand Stu schon auf und ging hinaus.

»Mit ihm alles in Ordnung?« fragte Fournier.

»Er ist nur 'n bißchen müde«, erklärte Petra. »Hat sich ein bißchen zu viel amüsiert.«

An ihren Schreibtisch zurückgekehrt, rief sie bei sämtlichen Vermißtendezernaten des LAPD an, wo sie unter den Namen Flores zwar mehrfach fündig wurde, doch eine Estrella war nicht darunter. Sie notierte sich die Namen derjenigen, die altersmäßig paßten – Imelda, dreiundsechzig, aus East L.A. und Doris, neunundfünfzig, aus Mar Vista. Sie rief bei deren Familien an, doch ohne Ergebnis.

Bei den Büros des Sheriffs das gleiche Ergebnis. Was nun? Konnte es sein, daß Estrella Flores sich in ihre Heimat abgesetzt hatte? Wo war das überhaupt? Mexiko? El Salvador? Dann fiel ihr wieder ein, was Ramsey ihr erzählt hatte. Greg Balch hatte das neue Hausmädchen eingestellt. Also war es gut möglich, daß er auch Estrella Flores angeheuert hatte.

Noch ein Grund, sich mal mit dem guten alten Greg zu unterhalten.

Doch zuerst schuldete sie Ron Banks noch einen Anruf, um ihn darüber zu informieren, daß die Gewalttätigkeiten in der Ehe Ramsey außerhalb des L.A. County stattgefunden hatten.

Banks war an seinem Schreibtisch. Er sagte: »Oh, hallo! Ich hab mich noch nicht wieder gemeldet, weil ich noch keine Anzeige gefunden habe.«

»Die werden Sie auch nicht finden, Ron«, sagte Petra. »Ich habe gerade herausgefunden, daß Ramsey noch ein Haus in Montecito hat. Die Prügelei ist dort passiert.« Noch etwas, worum sie sich noch nicht gekümmert hatte – dieser Geschichte nachzugehen.

»Oh, okay«, sagte Banks. »Das gehört zum Revier des Sheriffs von Carpenteria.« Er räusperte sich. »Hören Sie, was das letzte Mal angeht. Als ich Sie gefragt habe, ob wir mal ausgehen können. Ich wollte Sie nicht in Verlegenheit bringen. Das letzte, was Sie im Augenblick gebrauchen können, ist irgendwelche Ablenkung –«

»Schon in Ordnung, Ron.«

»Nett, daß Sie das sagen, aber –«

»Schon gut, Ron. Wirklich.«

»Es war unprofessionell. Das einzige, was ich als Entschuldigung vorbringen kann, ist, daß ich erst vor einem Jahr geschieden worden bin. Und irgendwie weiß ich nicht recht, wie –«

»Warum treffen wir uns nicht mal«, sagte sie und konnte es kaum fassen.

Schweigen. »Sind Sie sicher – ich meine … prima. Das fände ich toll – sagen Sie nur, wann und wo.«

»Wie wär's mit heute abend – wo wohnen Sie denn?«

»Granada Hills, aber ich komme aus der Stadt, von daher spielt es keine Rolle.«

»Essen Sie gern in Delis?«

»Mir schmeckt so gut wie alles.«

»Wie wär's mit ›Katz's‹ auf der Fairfax? Sagen wir um acht?«

»Fantastisch.« Es klang fast, als würde er singen.

Soweit konnte sie also jemanden bringen!

34

Ein Himmel voller Sterne. Das Brüllen des Ozeans, lauter als das der Tiere im Zoo.

Ich bin am Strand. Unter dem Pier. Ich rieche Teer und Salz. Mir ist kalt, selbst unter der Plastikfolie.

Um mich herum ist überall nasser Sand, aber ich habe eine trockene Stelle gefunden – in der Nähe von diesen dicken, großen Pfählen, die den Pier abstützen. Ich kann nicht schlafen. Ich beobachte, wie die Wellen heranrauschen und wieder abfließen, aber ich fühle mich nicht müde. Das Meer ist schwarz wie ein Bettlaken, das Mondlicht spiegelt sich in kleinen Punkten auf dem Wasser wie eine gestrichelte Linie. Es ist kalt. Viel kälter als im Park. Wenn ich weiter hier bleibe, muß ich mir eine richtige Decke besorgen.

Vor einiger Zeit ist ein Kerl unten am Wasser vorbeigelaufen. Er ging vornüber gebeugt, und alle paar Sekunden hat er in die Hände geklatscht und ist in die Luft gesprungen. Ein einzelner Kerl an einem verlassenen Strand, der sich so aufführt – da war mir gleich klar, daß er eine Schraube locker hat.

Wenn die Sonne rauskommt, mache ich, daß ich von hier wegkomme.

Vorgestern nacht habe ich gesehen, wie PLYR 1 diese Frau umgebracht hat, und jetzt bin ich hier. Seltsam. Und dabei wollte ich das gar nicht; es ist einfach so passiert.

Ich bin zwischen dem Sunset und den Seitenstraßen im Zickzack gelaufen und an so vielen Restaurants vorbeigekommen, daß ich nur noch den Geruch von Essen in der Nase hatte. Überall waren Typen in roten Jacken, die irgendwelche Autos eingeparkt haben, und lachende Leute. Mein Bauch war immer noch voll, aber trotzdem ist mir das Wasser im Mund zusammengelaufen.

Ich hatte keine Ahnung, wo ich landen würde. Ich wußte nur

eines: daß ich nicht stehenbleiben konnte. Dann bin ich zu einem Abschnitt des Sunset Boulevards gekommen, wo alles noch schicker aussah – die Leute mit mehr Glitzerkram, riesige Plakatwände mit Werbung für Filme, Kleider und Schnaps. Dann noch mehr Clubs, noch mehr fette Typen vor den Eingängen, die Arme über der Brust verschränkt.

Der Club, wo es dann passiert ist, hieß »A-Void«. Er lag an einer dunklen Straßenecke gleich neben einem Schnapsladen. Er war schwarz angestrichen, und die ganze Fassade war vollgeklebt mit schwarzen Felsbrocken. Der fette Kerl davor stand da und rauchte und sah gelangweilt aus, denn es war niemand da, der in den Laden reinwollte. Über dem Eingang hing ein Plastikschild mit den Namen der Bands, die an dem Abend spielten: Meat Members, Elvis Orgasm und die Stick Figures.

Der Schnapsladen nebenan war geöffnet. Hinter der Kasse saß ein Typ mit einem Turban. Ich hatte mir überlegt, ob ich mir eine Packung Kaugummi kaufen sollte, um bei der Gelegenheit noch was anderes abzugreifen, aber er hat mich derartig mißtrauisch gemustert, als ich zur Tür reinkam, daß ich gleich wieder gegangen bin. Genau in dem Moment kam dieser große dünne Typ aus dem »A-Void«. Er hatte ganz lange filzige Haare und Pickel im Gesicht, und er schleppte ein Schlagzeug zu einem schwarzen Lieferwagen, der um die Ecke geparkt war, machte die Hecktür auf und packte das Schlagzeug in den Wagen. Das Ding war völlig zerbeult und zerschrammt und ganz zugekleistert mit irgendwelchen Aufklebern. Jedenfalls hat er die Hecktür nicht abgeschlossen.

Er kam noch zweimal zum Wagen, und dann ist er wieder in den Laden gegangen und dort geblieben.

Den Wagen hat er noch immer nicht abgesperrt.

Der fette Typ war mittlerweile auch reingegangen.

Ich bin um die Ecke geschlichen und hab durch das Beifahrerfenster geschaut. Der Wagen hatte nur eine Sitzreihe, der Rest war Ladefläche.

Ich habe die Tür aufgemacht. Keine Alarmanlage, die losging.

Auf dem Fahrersitz lag nur Müll herum – Papier von irgendwelchen Schokoriegeln, leere Dosen und Flaschen. Das einzige, was in Frage kam, war das Radio. Wenn ich es irgendwo verkaufen konnte – aber wie baute man so ein Ding aus?

Dann hörte ich Stimmen und sah den dürren Kerl mit dem Rücken zum Lieferwagen an der Ecke stehen. Er redete mit einem Mädchen, die gelbe Haare mit einem rosa Streifen in der Mitte hatte. Vom Blickwinkel her hätte sie den Lieferwagen sehen können, aber sie schaute nicht hin, sondern war ganz und gar mit ihm beschäftigt. Es sah so aus, als würden sie sich streiten. Er drehte sich um.

Zu spät, um noch rauszuspringen.

Also bin ich reingesprungen, habe die Tür zugemacht und bin auf die Ladefläche gehechtet, wo ich mich hinter dem Schlagzeug versteckt habe. Die Teile waren zur Hälfte abgedeckt mit einer dicken Plastikfolie, und unter die bin ich gekrochen. Dabei bin ich mit den Armen und Beinen gegen irgendwelche Metallteile gestoßen, was so schmerzhaft war, daß ich mir auf die Lippe beißen mußte, um nicht laut loszuheulen.

Die Plastikfolie war kalt und roch nach Chlor.

Die Hecktür wurde noch mal geöffnet, und irgendwas landete neben mir, so daß der ganze Wagen gewackelt hat.

Türenknallen. Dann noch mal – wumm.

Von vorn hörte ich die Stimme des Mädchens. »Mann, ihr wart klasse.«

»Quatsch.«

»Nee, wirklich, ich mein's ernst, Wim.«

»Wir waren scheiße, und jeder hat's mitgekriegt, also erzähl mir keinen Scheiß – hast du meine Jacke mit rausgenommen?«

»Oh … tut mir leid. Ich geh sie holen.«

»Scheiße! Dann mach mal hin.«

Eine Tür ging auf und wurde wieder zugeknallt.

Jemand hustete. »Mistschlampe …« Der Motor ging an, und der Boden unter mir fing an zu vibrieren. Ich versuchte mich an irgendwas festzuhalten, damit ich nicht herumgeschleudert wurde, doch die Trommeln hatten keine Kanten, und so preßte ich mich an den Boden wie eine Spinne.

Das Radio ging an. Er probierte ein paar verschiedene Sender aus, sagte dann: »Scheiß drauf!« und schaltete es wieder ab.

Ein Geräusch, als würde jemand an etwas reiben, dann ein Klicken und schließlich ein Geruch, der mir ziemlich bekannt vorkam.

Gras. Damals im Wohnwagen hatte ich immer den Geruch davon in der Nase, wenn ich schlafen gegangen bin, und ich habe mir überlegt, ob ich davon wohl einen Hirnschaden kriege.

Türenknallen. »Alles klar, Schatz.«

»Hast du 'ne Ahnung, was du da in der Hand hast? Das ist 'n Lammfell aus der Mongolei oder Tibet oder irgend so was. Und die Nieten sind irgendwie von Hand gehämmert oder so was – und zwar von blinden Bauern, die dabei irgendwelche Spezialgebete aufsagen oder so was – an dem Ding hängt mein Herzblut, und du läßt es einfach da drin liegen! Verdammte Scheiße!«

»Tut mir echt leid, Wim.«

Sie rauchten beide. Keiner sagte ein Wort. Der Motor lief, und ich preßte meine Finger an den Boden und versuchte mich weder zu bewegen noch zu atmen. Und ich fragte mich, wo ich wohl landen würde. Raus konnte ich jedenfalls nicht, weil die Hecktür durch das Schlagzeug blockiert war.

Wenigstens war es warm.

Sie sagte: »Laß mich noch mal ziehen – ah, das Zeug ist echt gut.«

»Hey, du sollst an dem Ding nicht rumlutschen – gib schon wieder her.«

»Wo willst du hin, Wim?«

»Wo ich hin will? Nach Europa – was denkst denn du? Nach Hause natürlich, ich muß endlich mal pennen.«

»Hast du keine Lust mehr, noch mal ins ›Whisky‹ zu fahren?«

»Hast du noch alle Tassen im Schrank?«

»Du hast das doch selber gesagt, weißt du nicht mehr?«

»Häh?«

»Eben, als wir uns unterhalten haben, weißt du, da hast du gesagt, wir fahren vielleicht noch ins ›Whisky‹, weil das vielleicht jemand ist, den du kennst und mit dem du …«

»Mann, ey, das war vor 'ner halben Stunde. Jemand, den ich kenne. Mann. Jemand zu kennen nützt einem einen Dreck. Was zählt, ist Leistung. Und was wir uns heute abend geleistet haben, war ein Haufen Scheiße. Mann, ey, wir waren so schlecht, ich kann's kaum fassen. Skootch hat überhaupt nichts auf die Reihe gebracht – hat sich aufgeführt, als wär er hirntot, und in der zweiten Reihe der Typ, der ziemlich sicher von Geffen Records war, ist früher gegangen. Verdammte Scheiße, ich werde nie berühmt, eher sterbe ich noch!«

»Du wirst berüh-«

»Halt endlich die Klappe, verdammt noch mal!«

Der Wagen rollte los und fuhr eine Weile – in südlicher Richtung, bis er nach rechts abbog, was Westen bedeutete. So wie Wim fuhr, war er ziemlich sauer. Er stieg aufs Gas, was das Zeug hielt, nahm ziemlich enge Kurven und bremste reichlich abrupt.

Es dauerte eine ganze Weile, bis das Mädchen wieder etwas sagte. »Hey, Wim.«

Grunzen.

»Wim? Was hast du eben gesagt?«

»Häh?«

»Das ich an dem Ding nicht rumlutschen soll. Wie wär's, wenn ich an 'nem anderen Ding rumlutsche?« Kichern.

»Haargenau. Nachdem ich gerade eben einen der größten Triumphe meines Lebens gefeiert habe, krieg ich jetzt romantische Gefühle – halt einfach die Klappe, bis wir zu Hause sind, ja. Mann, ey, waren wir beschissen heute abend, ich kann's immer noch nicht fassen!«

Danach sagte keiner der beiden mehr ein Wort.

Ich versuchte zwar am Ball zu bleiben, was die Richtung anging, in die wir fuhren, und zeichnete im Kopf eine Karte, aber er fuhr um so viele Ecken, daß ich irgendwann nicht mehr mitkam.

Schließlich hielt er an, und ich dachte, jetzt bin ich erledigt. Jetzt holt er sein Schlagzeug, findet mich und läßt seine Wut an mir aus.

Ich tastete unter der Plastikfolie nach irgendwas, womit ich mich verteidigen konnte. Ich spürte ein kaltes Metallteil, aber ich bekam es nicht frei. Ich saß schwer in der Tinte.

Die Tür ging auf. Wurde zugeknallt. Schritte. Die leiser wurden. Und schließlich ganz verschwanden.

Ich kroch unter der Plastikfolie hervor. Der ganze Lieferwagen roch wie ein einziger, großer Joint.

Er stand in einer ruhigen Straße mit Apartmenthäusern.

Ich kletterte auf den Vordersitz und kurbelte das Fenster runter. Keine Ahnung, wo ich war. Gut möglich, daß er wieder zurück nach Hollywood gefahren war. Die Luft draußen war kalt, also kletterte ich wieder nach hinten in den Wagen, schaffte es, die Plastikfolie loszubekommen, faltete sie zusammen, klemmte sie unter den Arm, kletterte wieder nach vorn und stieg aus dem Wagen.

Irgendwie roch es hier ganz anders.

Nach Salz. Nach Salz und Fischen.

Einmal, als ich noch klein war, ist Mom mit mir zum Strand gefahren. Das war eine ziemlich lange Busfahrt von Watson aus. Ich weiß nicht mehr genau, welcher Strand es war, und wir sind auch nie wieder hingefahren, aber der Sand war weich und warm, und sie hat uns beiden ein Wassereis gekauft. Es war heiß und trocken und ein Heidenbetrieb, und wir sind den ganzen Tag dageblieben. Ich habe im Sand gebuddelt und Löcher gegraben, während Mom einfach nur in ihrem Bikini dasaß und Radio gehört hat. Sie hatte keine Sonnenmilch mitgenommen, und so haben wir beide einen Sonnenbrand bekommen. Bei mir war er schlimmer als bei ihr, weil meine Haut heller ist. Ich hatte Blasen und am ganzen Körper das Gefühl, als würde ich brennen. Im Bus habe ich den ganzen Rückweg lang geheult. Mom hat mir zwar gesagt, ich soll ruhig sein, aber sie meinte es nicht ernst, denn sie war selber rosa wie ein Kaugummi und wußte, was ich auszustehen hatte.

Als wir wieder im Wohnwagen waren, versuchte sie mir Wein zu geben, aber ich wollte ihn nicht trinken, weil ich den Geruch nicht ausstehen konnte. Und obwohl ich erst vier oder fünf war, hatte ich sie schon betrunken gesehen, und hatte deshalb Angst vor Alkohol. Sie versuchte es mit Gewalt, hielt meine Hand und preßte mir die Flasche an den Mund, aber ich habe den Kopf hin und her gedreht und meine Lippen zusammengekniffen, als wären sie zusammengeklebt, bis sie mich endlich in Ruhe gelassen und den Wein selbst getrunken hat, während ich dalag und vor mich hin gebraten habe.

Bei dem Geruch von Salz ist mir das alles wieder eingefallen.

Und noch mehr: Mom, wie sie auf einem Handtuch saß; ihr Bikini war schwarz. Vielleicht hatte sie gehofft, daß irgendein Kerl sie ansprechen würde, was aber nicht passiert ist. Vermutlich, weil ich da war.

Also, hier war ich nun gelandet.

Danach gab's nichts mehr, wo ich noch hinkonnte.

35

In Greg Balchs Büro meldete sich immer noch niemand. Petra beschloß, den Laden mal in Augenschein zu nehmen.

Um achtzehn Uhr fuhr sie vom Parkplatz des Reviers. Sie blieb auf der Franklin Avenue bis zum Cahuenga Boulevard, bog dort ab und fuhr weiter, bis sie den Hügel hinter sich gelassen hatte.

Studio City lag im Valley, aber Petra empfand die Gegend als eher untypisch. Nördlich des Ventura Boulevard erstreckten sich die üblichen anonymen Apartmentblocks, doch südlich davon erhoben sich die Hügel bis zum kurvenreichen Mulholland Drive mit seinen auf Stelzen gebauten Häusern, die vom letzten Erdbeben verschont geblieben waren. Die Geschäfte am Ventura Boulevard waren streckenweise ein wenig schäbig, an manchen Stellen hatten Ladenketten ihre Filialen eröffnet, doch es gab noch immer etliche Antiquitätengeschäfte, Schallplattenstudios, kleine Sushi-Restaurants, Jazz-Clubs und ein paar Schwulenbars – hier war definitiv mehr los als im übrigen Valley.

Dem Hautquartier des Player's Management haftete allerdings nichts Avantgardistisches an. Die Firma hatte ihren Sitz in einem tristen kakaofarbenen Klotz, der ein Stück weit von der Straße zurückgesetzt stand und von dem an manchen Stellen der Verputz abblätterte. Davor erstreckte sich ein Parkplatz mit eingesunkenen Gullis und Rissen im Asphalt, aus denen Unkraut wucherte. Als Vermieter schien H. Carter Ramsey keinen großen Wert auf Fassade zu legen.

Balchs schwarzer Lexus war das einzige Auto auf dem Parkplatz. Also war er zumindest da und ging einfach nicht ans Telefon. Anweisung vom Chef, um die Presse auf Distanz zu halten? Sie warf einen Blick in den Wagen. Leer.

Das Erdgeschoß des Schokoriegels war an zwei Unternehmen vermietet. Ein Reisebüro, dessen Schaufenster die Zedernflagge des Libanon zierte und das mit extrabilligen Flügen in den Nahen Osten warb, außerdem ein Groß- und Einzelhandel für Kosmetik und Friseurbedarf. Beide Läden waren geschlossen.

Eine rostige Eisentreppe an der Seite des Gebäudes führte zu einem Balkongang aus Beton mit drei senfgelben Türen, die dringend einen neuen Anstrich gebrauchen konnten. Suite A beherbergte Easy Construction, Inc., in Suite B war das La Darcy Enthaarungsstudio untergebracht, und ganz hinten lag Players Management. Keine Fenster an der Westseite. Niederschmetternd.

Sie klopfte. Nichts passierte. Sie klopfte noch einmal, und Balch öffnete die Tür.

Er trug einen schwarzen Jogginganzug aus Samtmaterial mit weißen Ziernähten, und seine Überraschung bei ihrem Anblick wirkte echt. Seltsam. Ramsey mußte ihn doch angerufen haben. Vielleicht war er ein Schauspieler.

»Hallo«. Er streckte ihr die Hand zu einem weichen Händedruck entgegen. »Kommen Sie doch rein. Detective Connors, oder?«

»Connor.«

Er hielt ihr die Tür auf. Die Bürosuite bestand aus zwei Räumen mit niedrigen Decken, miteinander verbunden durch eine Tür, die nun offenstand. Das hintere Zimmer wirkte größer und war reichlich unaufgeräumt. Stapel von Papier lagen überall auf dem billigen grünen Teppich verstreut, dazwischen leere Schachteln von Restaurants mit Lieferservice. Das Mobiliar im vorderen Zimmer bestand aus einer goldfarbenen Couch und einem zerschrammten Eichenholzschreibtisch, auf dem sich noch mehr Papier stapelte. Die Wände aus billigem Rosenholzimitat waren vollgehängt mit Fotografien, vorwiegend in Schwarzweiß, wie sie in sämtlichen Reinigungen der Stadt zu finden waren – Fotografien von Stars und solchen, die es einmal waren, ein strahlendes, retuschiertes Lächeln im Gesicht. Autogramme von zweifelhafter Echtheit.

Doch auf diesen hier war nur ein einziger Star zu sehen: Ramsey als Polizist, Ramsey als Soldat, Ramsey als römischer Zenturio. Darunter ein besonders drolliges Foto aus den Sechzigern von dem jungen H. Cart Ramsey als Außerirdischer. Er trug einen Kunststoffanzug mit übertrieben betonter Brustmuskulatur und Gummiantennen, die aus seinem Pilzkopf herausragten. Kein

Schnurrbart. Ein breites, weiß strahlendes Lächeln, das förmlich danach schrie, unter Vertrag genommen zu werden. Eine leichte Ähnlichkeit mit Sean Connery. Gutaussehender Typ.

Ein Farbfoto in der oberen Reihe zeigte Ramsey Jahrzehnte später, bekleidet mit einem schicken Sportjacket und Rollkragenpullover – ganz der harte Action-Held mit seiner Neunmillimeter-Waffe. *Dack Price: Der Aufräumer.* Sie sollte sich die verdammte Serie vielleicht mal ansehen.

Sie wollte gerade das hintere Zimmer betreten, als ihr etwas auffiel, das ihre Vermutung bestätigte, daß Balch Schauspieler war. Ziemlich weit unten an der Wand, halb verdeckt von dem Schreibtisch, hing ein Foto von ihm. Daß es so weit unten hing, war kein Zufall, darauf hätte sie gewettet.

Das Foto zeigte Balch im Alter von Mitte Zwanzig. Auch er hatte mal ganz gut ausgesehen. Gute fünfzig Pfund leichter, von der Sonne gebleichtes blondes Haar, hübsche Muskelpakete, wie einer der Helden aus den Strandfilmen, die sie früher angeschaut hatte, um sich darüber totzulachen – Tab Hunter oder Troy Donahue.

Doch selbst in seiner Jugend hatte der Businessmanager ein leicht dämliches, unterwürfiges Lächeln zur Schau getragen, das ihn sämtlicher Starqualitäten beraubte.

»Das ist schon fast eine Antiquität«, sagte Balch in selbstbewußtem Ton. »Wissen Sie, woran man merkt, daß man alt wird? Man erkennt sich selbst nicht wieder.«

»Sie waren also auch Schauspieler?«

»Nicht wirklich. Ich hätte das Bild schon lange abhängen sollen.« Der Jogginganzug spannte sich über seinem Bauch, während der Hintern ziemlich herunterhing. Neue weiße Turnschuhe. Nun, da sie ihn aus der Nähe sah, bemerkte sie, daß sein dünnes, fettiges Haar blonde und weiße Strähnen aufwies, unter denen an manchen Stellen die rosige Kopfhaut durchschimmerte.

»Möchten Sie einen Kaffee?« Er deutete zu dem hinteren Teil des Büros, blieb an der Tür stehen und wartete darauf, daß sie ihm folgte.

»Nein, danke.« Sie trat ein. Endlich ein paar Fenster, doch sie waren mit Gardinen verhängt, die die Farbe von alten Zeitungen hatten. Kein Tageslicht. Und der trübe Schein der Schreibtischlampe trug nicht allzuviel dazu bei, das Dämmerlicht des Raumes ein wenig aufzuhellen.

Es herrschte eine geradezu monströse Unordnung – Papiere, die auf dem Boden lagen, Stühle, die um einen weiteren billigen, noch größeren L-förmigen Schreibtisch gruppiert waren. Kassenbücher, Steuerhandbücher, Firmenbroschüren und Behördenformulare. Auf dem kürzeren Ende des Schreibtisches stand eine Kaffeemaschine aus weißem Plastik, die mit braunen Flecken übersät war. In der Ecke eine Schachtel Kentucky Fried Chicken, den Deckel aufgeklappt, voll mit Fettflecken. Ein Stück paniertes Geflügel.

Der Kerl war total schlampig. Vielleicht war dies der Grund, warum Ramsey ihm nur ein billiges Büro zugestand. Oder vielleicht lag dies im Wesen ihrer Beziehung.

All die Jahre, in denen er nichts weiter gewesen war, als Ramseys Lakai. Konnte sie ihn vielleicht doch auf ihre Seite ziehen? Andererseits wohnte er in den Rolling Hills Estates, einer sehr teuren Wohngegend. Was bedeutete, daß Ramsey für Loyalität gut zahlte.

Balch machte einen Stuhl für Petra frei, indem er die Papiere, die darauf lagen, einfach in eine Ecke warf, setzte sich hinter seinen Schreibtisch, verschränkte die Hände vor seinem Bauch und fragte: »Wie geht's denn voran mit den Nachforschungen?«

»Es geht.« Petra lächelte. »Haben Sie vielleicht irgendwelche Informationen, die mir weiterhelfen könnten, Mr. Balch?«

»Ich? Ich wollte, es wäre so. Ich kann's immer noch nicht begreifen.« Sein Unterkiefer glitt von links nach rechts und wieder zurück. »Lisa war … ein nettes Mädchen. Manchmal ein bißchen hitzköpfig, aber eigentlich ein toller Mensch.«

»Hitzköpfig?«

»Passen Sie auf, ich weiß, Sie haben gehört, daß Cart sie geschlagen hat. All der Kram, der auch im Fernsehen kam. Aber das war das einzige Mal. Nicht, daß ich es entschuldigen möchte – es war ein Fehler. Aber Lisa hatte auch ihre Launen. Sie hat ihn andauernd angefaucht.«

Ein Versuch, dem Opfer die Schuld in die Schuhe zu schieben, um seinen Boß zu entlasten? War er sich gar nicht darüber im klaren, daß er hier ein Motiv für den blindwütigen Zorn seines Arbeitgebers lieferte?

»Sie hatte also eine Neigung, Mr. Ramsey zu kritisieren?«

Balch berührte seine Lippen. Seine Augen verengten sich. »Ich will damit nicht sagen, daß die beiden nicht miteinander ausgekommen wären. Sie haben sich geliebt. Ich will nur sagen, daß Lisa manchmal ziemlich ... daß ich mir gut vorstellen kann, wie sie – ach, vergessen Sie's, was weiß ich schon? Alles nur Geschwätz.«

»Sie können sich also vorstellen, daß sie einen ziemlich in Rage bringen konnte?«

»Jeder kann einen ziemlich in Rage bringen. Das hat doch mit dem, was passiert ist, überhaupt nichts zu tun. Denn das war ja wohl offensichtlich das Werk eines Geisteskranken.«

»Warum sagen Sie das, Mr. Balch?«

»Wegen der Art und Weise, wie – wie es ausgeführt wurde. Völlig geisteskrank.« Balch hob die Hand und rieb sich die Stirn, als hätte er Kopfschmerzen. »Cart ist am Boden zerstört.«

»Wie lange kennen Sie und Cart sich eigentlich schon?«

»Wir sind zusammen aufgewachsen, im nördlichen Teil des Bundesstaates New York. Waren in der gleichen Highschool und im College in Syracuse, haben Football gespielt – er war Quarterback, und zwar ein verdammt guter. Mit besten Aussichten auf einen Profivertrag, doch dann hatte er am Ende der letzten Collegesaison einen Achillessehnenriß.«

»Und Sie?«

»Offensiver Lineman.«

Jemand, der dem Quarterback Deckung bot.

»Sie haben also schon seit Ewigkeiten miteinander zu tun?«

Balch lächelte. »Kann man wohl sagen. Da waren Sie noch gar nicht auf der Welt.«

»Sind Sie zusammen nach Hollywood gekommen?«

»Jawoll. Nach dem College. Um noch einmal was zu erleben, bevor der Ernst des Lebens anfing. Und um Cart auf andere Gedanken zu bringen – er war ziemlich fertig, weil aus seiner Karriere als Footballprofi nichts geworden ist. Sein Vater hatte eine Eisenwarenhandlung und wollte, daß Cart den Laden übernahm, und er überlegte sich, das eventuell zu machen.«

»Und Sie?«

»Ich?« Er wirkte überrascht, daß sie sich überhaupt für ihn interessierte. »Ich hatte einen Abschluß in Wirtschaftswissenschaften und Angebote von verschiedenen Steuerberatungsfirmen. Und ich dachte mir, ich mache mich irgendwann als Steuerberater selbständig.«

Petra ließ ihren Blick durch den Saustall schweifen, den er sein Büro schimpfte. Hieß es nicht immer, daß Ordnung das A und O des Erbsenzählertums war?«

»Wie sind Sie dann zur Schauspielerei gekommen?«

Balch strich sich über seinen bleichen Kopf. »Das war so eine von diesen komischen Situationen. Nicht ganz wie bei Lana Turner im Schwab's – sind Sie überhaupt alt genug, daß Sie davon schon mal gehört haben?«

»Sicher«, sagte Petra. Sie kannte die Geschichte von ihrem Vater, der die Flitterwochen mit seiner Braut in Kalifornien verbracht hatte. Kenneth Connor hatte L.A. geliebt; für ihn war es der Traum eines jeden Anthropologen. Tja, Dad, du solltest mich jetzt mal sehen, wie ich mit den verhinderten Superstars Heißluft fabriziere. Mich in der *Industrie* umschaue.

»Sie und Cart wurden beide entdeckt?«

Wieder lächelte Balch. »Nein. Nur Cart. Es war wie eine Szene aus einem Drehbuch. Wir hatten nur noch ein paar Tage, bis wir wieder nach Syracuse zurückfahren sollten, und saßen im ›Trader Vic's‹, um ein paar Biere zu trinken – drüben im Beverly Hilton, damals, bevor Merv den Laden übernommen hat. Jedenfalls kommt ein Kerl zu uns und sagt: ›Ich habe euch Prachtkerle schon eine ganze Weile beobachtet. Hättet ihr Lust, in Filmen mitzumachen?‹ Und er gibt uns seine Karte. Wir dachten, es ist alles nur ein Schwindel, oder vielleicht ist er ein Schwuler, der sich ein paar Jungs aufreißen will. Aber am nächsten Morgen zieht Cart die Karte aus der Tasche und sagt: ›Hey, was soll's, rufen wir einfach mal an.‹ Denn wir waren ja eigentlich schon so gut wie auf dem Heimweg, wo wir dann eine feste Arbeit antreten würden, und da konnte man ja noch mal was riskieren. Wie sich herausstellte, war es kein Schwindel, sondern eine richtige Schauspieleragentur. Wir sind hingefahren, haben vorgesprochen und beide eine Rolle bekommen – nichts Großartiges. Nicht mal ein B-Film. Eher so was wie ein D-Film. Ein Western. Serienproduktion für die Drive-Ins in den Südstaaten.«

Balch schob einige Papiere auf seinem Schreibtisch herum, ohne daß sich dadurch an dem Chaos auch nur das Geringste geändert hätte. »Aber egal, eines führte zum anderen, und wir beschlossen, in L.A. zu bleiben. Wir bekamen noch ein paar Jobs im Laufe des folgenden Jahres, alles gewerkschaftsfreie Sachen, mit denen man gerade mal genug Geld machte, um die Miete zu bezahlen. Irgendwann hat nach mir keiner mehr gefragt, während Cart immer mehr Angebote bekam. Die Jobs wurden immer besser, er nahm sich einen Agenten und machte richtig gut Geld – das meiste in Westernfilmen. Ich hatte mich entschlossen, nach Hause zurückzukehren. Es war Winter, kurz vor Weihnachten, und ich kann mich noch dran erinnern, daß ich dachte, meine Eltern sind sowieso sauer auf mich, weil ich ein halbes Jahr blau gemacht habe, wie wird da wohl das Weihnachtsessen werden?«

»Sie hatten also den Glauben an Hollywood verloren?«

Balch lächelte. »Es war keine Frage des Glaubens. Ich hatte einfach nicht das Zeug oder das Talent dazu, es wirklich zu schaffen – ich habe nie Sprechrollen bekommen, immer nur Statistenrollen. Leute, die in der Menge herumstehen, durchs Bild laufen und so 'n Zeug. Als Buchhalter konnte ich auch nirgendwo unterkommen, und die Angebote im Osten hatte ich alle sausenlassen. Aber ich dachte mir, irgendwas würde sich schon ergeben. Dann hat Cart mich gebeten dazubleiben, er sagte, es würde mehr Spaß machen, wenn wir weiter zusammenbleiben würden, er würde schon was für mich finden. Und das hat er auch. Er hat mir eine Stelle in der Buchhaltung bei Warner Brothers besorgt.«

Er breitete die Arme aus und lächelte erneut. »Und das ist auch schon die ganze Geschichte.«

»Wann haben Sie damit angefangen, Carts geschäftliche Belange zu managen?«

»Sobald er angefangen hat, richtig Geld zu machen. Er hatte mitbekommen, was skrupellose Manager anrichten konnten und wollte jemanden, dem er vertrauen konnte. Zu dem Zeitpunkt habe ich in der Investmentabteilung von ABC gearbeitet und hatte daher eine gewisse Ahnung, wie die *Industrie* funktionierte.«

»Managen Sie sonst noch jemanden?«

Balch verlagerte sein Gewicht auf dem Stuhl und strich eine Falte seines Jogginganzugs glatt. »Gelegentlich tue ich manchen Leuten den einen oder anderen Gefallen, sorge dafür, daß bei Vertragsverhandlungen alles glattläuft, aber ansonsten bin ich mit Carts Geldgeschäften vollauf ausgelastet.«

»Er steht also finanziell ziemlich gut da.«

»Das hat er sich auch verdient.«

Typische Worte eines Lineman.

»Dann kümmern Sie sich auch um seine Verträge?«

»Er hat einen Anwalt, der auf solche Sache spezialisiert ist, aber ansonsten haben Sie recht, ich kümmere mich um die Dinge.«

»Was machen Sie sonst noch für ihn?«

»Ich bereite seine Steuererklärung vor, sehe, daß ich auf dem laufenden bleibe. Unsere Anlagen sind breit gestreut – Immobilien, Investmentfonds, das Übliche. Dann erledige ich noch die Grundstücksverwaltung. Auf diese Weise bin ich ganz gut ausgelastet – gibt es sonst noch was, das ich für Sie tun kann?«

»Genau das, was Sie gerade tun«, sagte Petra. »Persönliche Details liefern, um sich ein besseres Bild machen zu können.«

»Über Cart?«

»Cart, Lisa, alles mögliche.«

Balch schloß die Augen, als ob dies eine große gedankliche Anstrengung erforderte, dann öffnete er sie wieder. Die Hände hielt er auf dem Bauch verschränkt. Ein blonder Buddha.

»Cart und Lisa«, sagte er beinahe flüsternd. »Das ist eine traurige Geschichte. Er war wirklich verrückt nach ihr, und es war ihm peinlich. Der Altersunterschied. Ich habe ihm gesagt, daß das keine Rolle spielt, daß er besser in Form war als die meisten Kerle, die nur halb so alt waren wie er. Und Lisa war genauso verrückt nach ihm. Meiner Ansicht nach waren die beiden wie geschaffen füreinander.« Ein schmerzlicher Ausdruck machte sich auf seinem aufgedunsenen Gesicht breit. »Ich habe nicht die geringste Ahnung, was dann passiert ist. Verheiratet zu sein ist nun mal alles andere als einfach.« Seine Augen weiteten sich. »Ich hab's selbst schon zweimal hinter mir. Wer kann schon sagen, was die Beziehung in Schwung hält?«

Petra nahm ihren Notizblock heraus, und Balch rutschte auf seinem Stuhl zurück, als ob diese Geste ihn erschreckte. »Wenn Sie mir bitte den zeitlichen Ablauf vom letzten Sonntag noch mal rekonstruieren würden – der Flug nach Tahoe und die Zeit danach. So präzise wie möglich.«

»Der zeitliche Ablauf … sicher.« Seine Schilderung stimmte mit den Angaben von Ramsey und Ed Marionfeldt, dem Piloten, detailgenau überein. Der Aufenthalt in Tahoe war vollgepackt mit Geschäftsterminen, der Rückflug ohne besondere Vorkommnisse, beide Männer noch vor zehn Uhr abends im Bett; aufwachen, Fitneßraum, duschen, Frühstück, Golfspielen.

Angenehme Träume just zu dem Zeitpunkt, als Lisa ermordet wurde.

»Okay, vielen Dank … ach ja, was mich noch interessiert, warum nennen Sie Ihre Gesellschaft Players Management?« fragte Petra.

»Ach, das.« Balch stieß ein kurzes, prustendes Lachen aus. »Das kommt noch aus unseren Tagen als Footballspieler. Wir waren Amateure und haben nach einem Namen gesucht, der Pep hat. Und der trotzdem anonym sein sollte – also ohne daß Carts Name erwähnt wird. Und da ist mir dann das eingefallen.«

Petra fragte sich, ob das wohl alles war, was es damit auf sich hatte. In der Traumfabrik waren die Player diejenigen, die die Fäden in der Hand hielten. Hatte er davon vielleicht einmal geträumt?

»Ihr Job besteht also darin, Carts Interessen zu wahren«, sagte sie. »Was haben Sie unternommen, nachdem Lisa wegen der Gewalttätigkeiten in der Ehe an die Öffentlichkeit gegangen ist?«

»Was konnte ich da noch groß machen? Da war das Kind ja schon in den Brunnen gefallen.«

»Sie haben nicht versucht auf sie einzuwirken, daß sie so was in Zukunft unterläßt?«

»Das wollte ich, aber Cart war dagegen. Er meinte, das sei eine Privatangelegenheit und nichts Geschäftliches. Ich war da anderer Ansicht.«

»Warum das?«

»In dieser Stadt kann man private und geschäftliche Angelegenheiten manchmal nicht ganz genau auseinanderhalten. Aber Cart wollte es so, und deshalb habe ich auf ihn gehört.«

Petra blätterte ihren Notizblock um und sagte: »Sie bezahlen also sämtliche Rechnungen für Cart?«

»Ja, das wird alles von mir abgewickelt.«

»Einschließlich des Ehegattenunterhalts für Lisa?«

»Genau – das ist übrigens noch so ein Beispiel, an dem deutlich wird, was Cart für ein Kerl ist. Lisas Anwalt hat eine astronomische Summe gefordert, dabei waren sie gerade mal knapp über ein Jahr verheiratet gewesen. Ich habe so was schon zweimal mitgemacht, und von daher hatte ich eine ziemlich gute Vorstellung davon, wie weit man sie hätte herunterhandeln können, doch Cart meinte, nein, kein Herumgefeilsche, gib ihr, was sie will.«

Er runzelte die Stirn. Vor Ärger? Oder vor Eifersucht?

»Er ist also ziemlich großzügig«, sagte Petra.

»Haargenau.« Balch erhob sich. »Und jetzt, wenn Sie nichts dagegen haben, würde ich gerne – es ist schon ein bißchen spät –«

»Selbstverständlich«, sagte Petra und erhob sich ebenfalls. Wieder wartete er an der Tür, und im Vorbeigehen nahm sie seinen Geruch wahr. Ein schweres, fruchtiges Eau de Cologne, gemischt mit Schweiß.

Im Vorzimmer sagte sie dann: »Ach ja, eines noch: Carts Haushälterin, Estrella Flores. Haben Sie eine Ahnung, wo sie hingegangen ist?«

»Cart hat mir erzählt, sie hätte einfach von heute auf morgen aufgehörte, ohne Angabe von Gründen. Ist so was vielleicht loyal? Ich habe ihm eine neue besorgt.«

»Über die gleiche Agentur?«

»Genau.«

»Wissen Sie noch, wie die heißt?«

»Die Agentur? Die sitzt irgendwo in Beverly Hills – die Nancy Downey Agentur.« Er schob seinen Ärmel zurück und schaute auf seine Uhr.

»Danke, daß Sie mir Ihre Zeit geopfert haben, Mr. Balch.«

Bevor sie das Büro verließ, warf sie noch einmal einen Blick auf die Wand mit den Fotos. Zwei junge Typen in Siegerpose. Spieler. Neben den Fotos sah Balch ganz schön alt aus.

36

Sie fuhr zu einer Tankstelle mit Münzfernsprecher, ließ sich die Nummer der Nancy Downey Agentur geben und rief dort an, obwohl schon längst Büroschluß war. Nicht einmal ein Anrufbeantworter meldete sich. Gleich nach dem Aufstehen wollte sie sich noch mal darum kümmern.

Während sie durch den Laurel Canyon zurück in die Stadt fuhr, ließ sie die Unterhaltung mit Balch noch einmal Revue passieren. Keine dramatischen neuen Erkenntnisse, aber immerhin hatte er einen möglichen Hinweis auf den Verbleib von Estrella Flores geliefert und darüber hinaus bestätigt, daß es zwischen Lisa und Ramsey Spannungen gegeben hatte.

Sie hat ihn andauernd wegen irgendwas angemacht.

Das deckte sich mit Kelly Spositos Aussage Lisas Sarkasmus betreffend.

Der Exmann impotent, die Frau mit einer scharfen Zunge. Ramsey hatte selbst erklärt, daß Lisa ihn andauernd angepflaumt hätte. Konnte es sein, daß sie schließlich den Bogen überspannt hatte?

Wieviel wußte Balch? Hatte er gehört, wie Ramsey in den frühen Morgenstunden das Haus verlassen, den Mercedes aus dem Automuseum geholt hatte? Oder den Jeep?

Wie weit würde der Lineman gehen, um seinen Quarterback zu verteidigen?

Spieler. Schauspieler. Wo war die Grenze zwischen Realität und Drehbuch?

Höchste Zeit, sich mit dem Wachmann zu unterhalten, der Sonntag nacht Dienst gehabt hatte. Dann fiel ihr plötzlich etwas ein. RanchHaven. Ein Anwesen von dieser Größe, das auch noch mitten in einem Waldgebiet lag, mußte doch schon aus Sicherheitsgründen noch einen weiteren Ausgang haben. Und wenn ja, war dieser ebenfalls bewacht? Oder gab es für die Bewohner eine Möglichkeit, ihr Refugium zu verlassen, ohne daß das Wachpersonal davon etwas mitbekam?

Zu viele Fragezeichen. Daß sie es versäumt hatte, den Wachmann von der Nachtschicht sofort zu befragen, war völlig amateurhaftes Versagen. Sie kam sich vor wie ein blinder Maler.

Aber lohnte es sich, deswegen jetzt noch nach Calabasas hinauszufahren? Sie hatte den ganzen Tag geackert, und wenn sie nicht allmählich mal ausspannte, würde sie nicht schlafen können, und das wäre auch nicht so prima, denn alles, was dabei herauskam, war ein Detective, der auf dem Zahnfleisch ging und noch mehr Mist baute.

Morgen früh würde ihr Kunstwerk über sämtliche Nachrichtenkanäle verbreitet, und es würde sich eine wahre Flut von Hinweisen zu dem Jungen aus dem Park über sie ergießen – der Löwenanteil davon allerdings völlig nutzlos. Die ganze Angelegenheit war Wahnsinn. Außerdem gab es da etwas, das sie irritierte: Die Augen des Jungen – sie wirkten, als hätten sie schon so vieles gesehen, und daran, daß er unter Umständen Zeuge des Mordes von Lisa Ramsey geworden war, mochte Petra gar nicht erst denken.

Sie stellte sich vor, wie er allein im Griffith Park saß und sein Abendessen aß. Wie er las. Bücher stahl. Mitleiderregend, aber irgendwie auch niedlich – Schluß jetzt! Ab nach Hause, E. T.! Leg dich in die Badewanne, mach dir 'n Sandwich – heiliger Strohsack, sie konnte ja gar nicht nach Hause. Sie hatte um acht Uhr eine Verabredung mit Ron Banks! Was war nur in sie gefahren, als sie sich *darauf* eingelassen hatte?

Sie schwenkte über den Sunset Boulevard und schaute auf die Uhr. Vierzehn Minuten vor acht. Gerade mal Zeit genug, um es vielleicht noch rechtzeitig zu »Katz's« zu schaffen. Frischmachen und Umziehen konnte sie sich allerdings abschminken.

Der arme Kerl würde dasitzen und gezwungen sein, eine Schreckschraube anzustarren.

Egal; das hier war ja auch kein richtiges Rendezvous.

Und was war's dann, bitteschön?

Sie schaffte es, um drei Minuten vor acht bei »Katz's« zu sein, parkte auf einem bewachten Parkplatz ganz in der Nähe und betrat die Corned-Beef-geschwängerte Luft des Restaurants. Begrüßt von einem ebenso breiten wie falschen Lächeln der magenkranken Kellnerin, der ihre Polizistentrinkgelder noch gut in Erinnerung waren, ließ sie sich einen Platz in einer der weiter hinten gelegenen Nischen geben, bestellte eine Cola und ging zur Damentoilette, um sich wenigstens etwas frischzumachen.

Sie stand vor einem Spiegel voller Seifenflecken, zerwuschelte sich die Haare und betrachtete mißmutig ihr Gesicht. Völlig eingefallen, sämtliche Knochen gut und deutlich zu sehen. Außerdem war sie blasser als sonst, und es schien so, als würden ihre Mundwinkel von irgendwas heruntergezogen – von einer grausamen Gottheit, die schon mal die Falten vorzeichnete, die sich dort in Bälde eingraben würden? Wenigstens war der schwarze Hosenanzug noch immer ganz gut in Form – ein Hoch auf die Viskose.

Als sie an ihren Platz zurückkehrte, stand ihre Cola auf dem Tisch, und Ron Banks trat gerade durch die Eingangstür. Sie winkte ihm zu.

Er lächelte und setzte sich. »Schön, Sie wiederzusehen.« Er legte die Hände auf den Tisch und trommelte mit den Fingern. Dann faltete er die Papierserviette auseinander und breitete sie auf seinem Schoß aus. Seine Hände waren unentwegt in Bewegung.

»Viel Verkehr auf dem Weg hierher?« fragte sie.

»Halb so wild.« Er sah irgendwie anders aus. Ganz fremd.

Im Gegensatz zu was? Sie saß einem Fremden gegenüber – einem Fremden, dem nicht ganz wohl in seiner Haut war, ein Blick auf seine Hände genügte. Und sie bemühte sich verzweifelt um Konversation, wo ein heißes Bad einfach himmlisch gewesen wäre.

Die Kellnerin brachte eine Schale sauer eingelegte Gurkenscheiben, und Petra nahm eine. Gleich von Anfang an die Regeln klarmachen: Knoblauchatem; komm mir bloß nicht zu nahe. Es schien, als wäre Banks erleichtert. Jedenfalls griff auch er zu und nahm eine der Gurkenscheiben.

»Die sind ja prima«, sagte er. »Ich war nämlich noch nie hier.«

»Ganz guter Laden.«

»Manchmal gehe ich zu ›Langer's‹ auf der Alvarado Street. Im MacArthur Park gegenüber wird andauernd jemand abgeknallt, und trotzdem stehen die Leute Schlange nach der Pastrami bei ›Langer's‹.«

»Da war ich auch schon«, sagte Petra. »Ich hab 'ne ziemliche Schwäche für Deli-Sandwiches.«

»Und keine Cholesterinpanik?«

»Gute Gene«, sagte sie. »Jedenfalls was Cholesterin angeht.«

Er lachte. Warum sah er nur so anders aus? Jünger und noch jungenhafter als im Haus von Ramsey. Obwohl er formeller angezogen war – marineblauer Zweireiher, blaßblaues Hemd, kastanienbraune Krawatte. Nett. Hatte *er* es vielleicht geschafft, sich noch mal frischzumachen?

Dann fiel ihr auf, weshalb er anders aussah. Der Schnurrbart war weg. Soweit sie sich erinnerte, war es ein eher schmales graublondes Ding gewesen, nicht so ein Walroßbart wie bei seinem Partner. Aber die Tatsache, daß er weg war, machte einiges aus. Keine Spur von Grau in seinen Haaren. Ohne den Schnurrbart sah er um Jahre jünger aus. Er hatte ein freundliches Gesicht – ein wenig schmal vielleicht und die Nase nicht ganz in der Mitte, aber dafür saßen die Augen, haselnußbraun, genau richtig und hatten hübsche lange Wimpern. Jetzt, wo man den Mund sehen konnte, wirkte er zurückhaltend, aber nicht schwächlich. Keine Haare auf den Handrücken. Jugendliche Haut. Sie nahm an, daß er erst spät in die Pubertät gekommen war und sich von daher gut halten würde.

Die Mundwinkel wiesen leicht nach oben – ein Dauerlächeln, dessentwegen er in der Schulzeit unter Umständen manchmal Ärger bekommen hatte: *Banks, hör auf mit deinem Gegrinse!*

Petra bemerkte, daß sie ihn anstarrte. Sie strich sich mit dem Finger über die Oberlippe und zog eine Augenbraue in die Höhe.

»Hab ich gestern abend weggemacht«, sagte er beinahe entschuldigend. »War nur 'n Versuch. Aber meine Töchter mochten ihn nicht. Sie meinten, es kratzt und kitzelt. Also habe ich ihn vor ihren Augen abrasiert. Sie fanden das völlig irre.«

»Wie viele Töchter haben Sie?«

»Zwei. Eine fünf, die andere sechs Jahre alt.«

Sie wußte genau, daß er Fotos von ihnen dabeihatte, deswegen fragte sie ihn danach.

»Wie der Zufall so spielt ...« sagte er und zog gleich mehrere aus seiner Brieftasche.

Zwei hübsche kleine Gören, beide mit dunklen Haaren, aber ziemlich heller Haut. Sie wirkten auf eine gewisse Weise lateinamerikanisch. Große braune Augen, langes Haar mit Ringellockenfrisuren, identische pinkfarbene, luftige Kleider. Keinerlei augenscheinliche Ähnlichkeit mit Banks, obwohl Petra bei genauem Hinsehen festzustellen glaubte, daß bei dem jüngeren der beiden Mädchen sein Lächeln durchschimmerte.

»Sind die hinreißend. Wie heißen sie denn?«

»Die Ältere heißt Alicia und die Kleine ist Beatrix. Wir nennen sie Bee und Honeybee.«

A und B. Da gab's wohl jemanden mit einem Sinn für Ordnung. Sie reichte ihm die Fotos zurück, und er warf noch einmal einen kurzen Blick darauf, bevor er sie wieder hinter seine Kreditkarten steckte.

Die Kellnerin kam herbeigestapft und fragte, ob sie die Bestellung aufnehmen könnte.

Petra wußte, was sie wollte, doch sie nahm die Speisekarte zur Hand, um ihm mehr Zeit zu geben.

Die Kellnerin tippte mit dem Fuß auf. »Ich kann auch gleich noch mal wiederkommen –«

»Nein, ich denke, wir sind soweit. Ich nehme die Pastrami-Coleslaw Combo. Mit Pommes frites.«

»Und Sie?«

Banks sagte: »Geräucherter Truthahn auf Kaiserbrötchen. Und Kartoffelsalat.«

»Irgendwas zu trinken?«

»Kaffee.«

Als sie wieder unter sich waren, fragte Petra: »Und wie oft können Sie mit ihnen zusammensein?«

»Sie wohnen bei mir.«

»Oh.«

»Ihre Mutter kommt aus Spanien. Sie trainiert Pferde und gibt Reitunterricht. Sie ist zurückgegangen, um an einer Reitschule auf Mallorca zu arbeiten, und hat mir das Sorgerecht übertragen. Alle paar Monate kommt sie zu Besuch, sie ist sich immer noch nicht ganz sicher, wo sie letztendlich leben will.«

»Das ist garantiert alles andere als einfach«, sagte Petra.

»Das stimmt. Ich versuche den Mädchen klarzumachen, daß ihre Mama sie liebt und sich um sie sorgt, aber alles, was sie mitkriegen, ist, daß sie nicht da ist. Es war wirklich alles andere als einfach. Ich habe gerade einen Therapieplatz für die beiden bekommen; hoffentlich nützt es was.«

Die meisten Cops reagierten allergisch auf alles, was auch nur entfernt mit Psychiatrie zu tun hatte – außer sie wollten sich berufsunfähig schreiben lassen. Banks' unumwundenes Eingeständnis machte ihn für Petra interessant.

Sie schaute ihm zu, wie er eine weitere Gurke aß. Schmale Hände; die freie Hand trommelte weiter. Schlanke, sehnige Finger. Makellose Fingernägel.

Er kaute langsam. Alles an ihm wirkte langsam und wohl durchdacht. Mit Ausnahme der Hände. Seine gesamte Anspannung schien in den Fingerspitzen ihr Ventil zu finden. »Sie wollte immer, daß ich mir einen Schnurrbart wachsen lasse. Meine Ex. Sie meinte, es wäre *muy macho*.« Er lachte. »Und als sie dann weg war, habe ich es wirklich gemacht. Für einen Therapeuten wäre das vermutlich ein gefundenes Fressen. Aber egal. Sie ist immer noch auf der Suche nach sich selbst, und hoffentlich dauert es nicht mehr allzu lange, bis sie damit Erfolg hat.«

»Wie lange ist das jetzt her?«

»Die endgültige Scheidung war vor knapp über einem Jahr. Mittlerweile bin ich soweit, daß sie mir auf gewisse Weise leid tut, weil ich denke, daß sie ein paar wirkliche Probleme hat, aber – ach ja, da fällt mir ein, ich habe mit dem Sheriff von Carpenteria gesprochen, und er hat gesagt, daß Lisa Ramsey auch dort niemals gegen ihren Mann Anzeige erstattet hat wegen Gewalt in der Ehe. Es gab nie einen Notruf aus dem Hause Ramsey. Punkt.«

Ein abrupter Themenwechsel. Es fiel ihm selbst auf, und er errötete. Petra überlegte sich verzweifelt, wie sie ihm aus der Klemme helfen konnte.

Doch schließlich löste die Kellnerin das Problem, die ihm seinen Kaffee so heftig vor die Nase knallte, daß die Untertasse vollschwappte, und sie blaffte: »Essen kommt gleich.«

Als sie abrauschte, sagte Petra: »Danke, daß Sie sich noch mal erkundigt haben, Ron.«

»Keine Ursache.«

Die beiden nippten an ihrem Kaffee. Das Restaurant war nahezu vollbesetzt mit der üblichen Mischung aus suppeschlürfenden alten Leuten und depressiven Generation-X-lern, die demonstrierten, daß sie sich um Fett in der Nahrung nicht kümmerten. Hinter der Vitrine waren Tresenkräfte mit Schneiden, Einpacken und Witzemachen beschäftigt, und der salzige Duft von Hering, Pökelfleisch und gefüllten Innereien wurde von einer süßlichen Wolke überlagert, als die Küchentür geöffnet und eine Reihe von Stahltabletts mit frischgebackenen Roggenbroten herausgeschoben wurde.

Mit einemmal fühlte Petra sich hungrig und ein bißchen weniger angespannt.

»Und wie ist es mit Ihnen«, fragte Banks. »Schon mal verheiratet gewesen?«

»Seit zweieinhalb Jahren geschieden. Keine Kinder.« Alles abgehandelt, bevor er noch weitere Fragen stellen konnte. »Sie haben die beiden also die ganze Zeit. Das ist doch bestimmt ziemlich kompliziert.«

»Meine Mutter hilft mir – sie holt die beiden von der Schule ab und macht den Babysitter, wenn's bei mir mit der Arbeit spät wird. Aber es sind klasse Mädels, richtig süß, aufgeweckt, sportlich – Alicia spielt Fußball, daß die Jungs nur mit den Ohren wackeln, und Bee weiß noch nicht genau, ob sie lieber Fußball oder T-Ball mag. Aber ihre Bewegungskoordination ist richtig gut.«

Ein Sport-Papa. Ihr Vater hatte das gleiche Programm mit sämtlichen seiner fünf Kinder absolviert. Football für die Jungs, Softball für Petra. Jeden Sonntag hinein in die elende Kluft. Sie hatte es gehaßt, aber Begeisterung geheuchelt, um ihm einen Gefallen zu tun, bis sie es nach drei Jahren doch sein ließ. Jahre später hatte er ihr erzählt, daß sie ihm einen großen Gefallen getan hatte, als sie aufhörte, weil er dann endlich mal in den Genuß eines freien Wochenendes kam.

Ein alleinerziehender Vater – war das der Grund, warum sie sich mit Banks getroffen hatte?

Er wirkte so arglos. Wie paßte das zu einem Polizisten? Sie fragte ihn, wie er zur Polizei gekommen war.

»Mein Vater war bei der Feuerwehr – von daher kam nur das oder die Polizei in Frage«, sagte er. »Eines von beiden wollte ich schon immer.«

»Ich will ja nicht chauvinistisch klingen, aber warum sind Sie zu den Sheriffs und nicht zum LAPD?«

Er grinste. »Ich wollte richtige Polizeiarbeit machen, im Ernst, damals hat Lulua – meine Ex – immer davon gesprochen, daß sie eines Tages ihre eigene Reitschule aufmachen wollte, und wir gingen davon aus, daß wir uns irgendwann außerhalb der Stadt selbständig machen würden, und deswegen habe ich mich beim Sheriff beworben. Wie war's bei Ihnen?«

Sie lieferte ihm einen äußerst knappen Abriß ihrer Wandlung von der Künstlerin zur Polizistin.

Er sagte: »Sie malen? Beatrix hat eine künstlerische Ader. Oder zumindest kommt es mir so vor. Ihre Mutter hat es mal mit Töpferei probiert. Die Drehscheibe habe ich immer noch zu Hause – aber da steht sie eigentlich nur herum. Wollen Sie sie haben?«

»Nein, danke, Ron.«

»Sind Sie sicher? Wäre ja schade drum.«

»Danke für Ihr Angebot, aber ich male nur.«

»Ach so. Was malen Sie denn so?«

»Alles mögliche.«

»Und Sie haben das wirklich schon professionell betrieben?«

»Na ja, ich war nicht gerade ein Rembrand.«

»Sie müssen aber doch gut sein.«

Sie lieferte ihm einen Abriß ihrer Tage als Werbegrafikerin, wobei ihr Sprachzentrum völlig losgelöst von ihrem Hirn funktionierte, das die ganze Zeit dachte: Wie süß, wir versuchen beide, das Gespräch auf den jeweils anderen zu bringen. Wobei es in ihrem Fall ein Schutzmechanismus war, während Banks Interesse an ihr tatsächlich echt zu sein schien. Er war das völlige Gegenteil von Nick. Und all den anderen Männern – zunächst Künstler und dann Polizisten –, mit denen sie seit Nick befreundet gewesen war. Selbst wenn die Unterhaltung sich kurzfristig um Petra gedreht hatte, so war es doch nur ein Schlenker gewesen, um wieder auf sich selbst zurückzukommen. Immer nur ich, ich, ich.

Der hier schien anders zu sein. Oder versuchte sie, sich nur selbst zu schmeicheln?

Sie beendete ihren Vortrag: »Wie gesagt, war nichts Großartiges.«

»Trotzdem«, erklärte er, »es ist ja auch nicht einfach, sich als Künstler über Wasser zu halten. Ich hatte einen Onkel, der sich mit Bildhauerei versucht hat und damit nie auch nur einen Pfennig verdient hat – ah, da kommt ja unser Essen, wow, sind das Portionen!«

Er aß langsam, was Petra davon abhielt, ihr Essen herunterzuschlingen. Ein guter Einfluß, Detective Banks.

Zwischen den einzelnen Bissen plauderten sie über die Arbeit. Trockener Kram: Sozialleistungen, Versicherungen, das übliche Gemecker. Sie verglichen die Behördenapparate bei den Beigen und den Blauen, zogen sich gegenseitig auf mit den Ergebnissen der sportlichen Wettkämpfe zwischen beiden Behörden. Insgesamt schien es mehr Gemeinsamkeiten zu geben als Unterschiede. Petra fiel auf, daß er keine Waffe trug.

Als sie ihre Sandwiches aufgegessen hatte, bestellte jeder einen Apfelkuchen nach Art des Hauses zum Nachtisch. Petra war als erste mit ihrem fertig und versuchte, dies zu vertuschen, indem sie mit ihrer Gabel nach irgendwelchen übriggebliebenen Krümeln auf ihrem Teller fischte.

»Sie haben Spaß am Essen«, sagte Banks. »Gott sei Dank.«

Petras Gabel verharrte regungslos in der Luft. Schließlich legte sie sie hin.

Wieder errötete er. »Ich – das sollte keine Beleidigung sein – was ich sagen wollte, war, ich finde das großartig. Es ist keineswegs so, daß man's Ihnen ansieht – jedenfalls nicht, soweit ich es –« Er schüttelte den Kopf. »Herrgott, ich bin wirklich ein Vollversager, was *das* angeht.«

Sie mußte lachen. »Schon gut, Ron. Es stimmt ja auch: Ich habe einen ganz gesunden Appetit, wenn ich zur Abwechslung mal dran denke, mich hinzusetzen und was zu essen.«

Er schüttelte weiter seinen Kopf, wischte sich den Mund mit einer Serviette ab, faltete sie sorgfältig zusammen und legte sie neben seinen Teller. »Was immer mir da eben über die Lippen gekommen ist, nehmen Sie's bitte als Kompliment.«

»Schon passiert«, sagte Petra. »Was Sie sagen wollten, war daß eine gewisse Wertschätzung für gutes Essen eine gesunde Angelegenheit ist.«

»Genau. Es gibt so viele Mädchen heutzutage, die einfach spinnen, was das Essen angeht. Ich mache mir deswegen darüber Gedanken, weil ich zwei Töchter habe. Meine Ex hat sie dauernd genervt mit ihrem Schlankheitswahn –« Wieder brach er mitten im Satz ab. »Nicht besonders cool, andauernd von ihr zu reden.«

»Hey, Sie hat eine ziemlich wichtige Rolle in Ihrem Leben gespielt, da ist so was doch normal«. Womit sie vorgab, in bezug auf Nick das gleiche zu tun, was aber nicht der Fall war. Über Nick redete sie niemals. Mit niemandem.

»Sie *hat*«, sagte er. »Vergangenheit.« Dann hob er die Hand und beschrieb eine senkrechte Linie, als würde er die Luft durchschneiden. »Also, wie geht's voran mit dem Fall?«

»Nicht so blendend.« Sie schilderte ihm die Lage, ohne ihn über Details aufzuklären. So sympathisch er auch war, er gehörte nicht zum LAPD.

»Wenn dann auch noch alles in der Öffentlichkeit breitgetreten wird, kommt man kaum noch dazu, seine Arbeit anständig zu verrichten«, stellte er fest.

»Hatten Sie schon mal so 'nen Fall?«

»Gelegentlich.« Er wandte den Blick ab und berührte seine Serviette. Konnte es sein, daß auch er mit einem gewissen Argwohn geschlagen war?

»Gelegentlich?« wiederholte sie seine Antwort.

»Na ja, was man halt so anstellt, wenn man auf dem Land für Recht und Ordnung sorgen muß – immer irgendwelchen Viehdieben auf den Fersen, aufpassen, daß die Postkutsche nicht überfallen wird.«

»Ah«, sagte Petra, »kann's sein, daß ich schon mal was davon gehört habe?«

»Na ja«, sagte er. »Hector und ich waren mit dem Schwestern-Schlitzer befaßt.«

Ein Mega-Fall. Lag gerade mal drei Jahre zurück. Ein geistesgestörter Mörder, der auf dem Gelände des County-Hospitals Krankenschwestern aufschlitzte. Vier Opfer in drei Monaten. Als Täter war ein Krankenpfleger entlarvt worden, der wegen Körperverletzung und Vergewaltigung vorbestraft war. Er hatte einen gefälschten Lebenslauf vorgelegt und war damit durchgekommen – ja, er hatte sogar in der chirurgischen Abteilung gearbeitet. Bevor er gefaßt worden war, hatten die Krankenschwestern mit Streik gedroht.

»Das waren Sie?«

»Hector und ich.«

»Also jetzt bin *ich* schwer beeindruckt.«

»Glauben Sie mir. Dafür mußte man kein großer Sherlock Holmes sein«, erklärte er. »Alles hat darauf hingedeutet, daß es sich um einen Insider handelt. Es war nichts weiter nötig, als Papiere durchzublättern, Stempelkarten zu überprüfen und so lange die Negativen zu eliminieren, bis nur noch eine positive übrig war.«

Petra fiel wieder ein, wie sich die Feministinnen ereifert hatten, der ganze Wirbel in den Medien – gab es anfangs nicht sogar eine Sonderermittlungstruppe? »Waren Sie von Anfang an mit dabei?«

Wieder errötete er. »Nein, wir sind erst nach ein paar Monaten dazugeholt worden.«

»Sie beide sind also ein Rettungskommando?«

»Manchmal«, sagte er. »Und manchmal kommt's vor, daß jemand anders uns rettet. Sie wissen doch, wie's läuft.«

Was sie wußte war, daß der Fall des Schwestern-Schlitzers ein Riesenfall gewesen war und daß er zu einem Rettungskommando gehörte. Also ein echter Tophecht war. Und solche Leute schickte der Sheriff, um sie bei der Benachrichtigung Ramseys vom Tode seiner Frau zu begleiten?

Warum druckste er deswegen so herum? Bescheidenheit? Oder hatten die Beigen ihn geschickt, um sie nach Details auszuspionieren?

»Irgendwelche Ideen, was Ramsey angeht?«

»Wie ich schon bei ihm daheim gesagt habe, irgendwas an ihm ist faul, aber auf meine Nase ist nicht immer hundertprozentig Verlaß.« Er lächelte. »Bei Stempelkarten ist das was ganz anderes – da bin ich richtig gut.«

Sie erwiderte sein Lächeln. Er trommelte mit den Fingern auf dem Tisch. Und rieb die Stelle, wo sein Schnurrbart gewesen war.

Die Kellnerin gab ihm die Rechnung, und er bestand trotz Petras Protesten darauf zu bezahlen. »Hey, Sie haben sich mit mir abgequält, da haben Sie ’n Sandwich verdient.«

»Von wegen abgequält«, hörte sie sich selber sagen.

Sie verließen das Restaurant, und er begleitete sie zu ihrem Wagen. Es war eine warme Nacht; auf der Fairfax herrschte noch leichter Fußgängerbetrieb, und an dem Zeitungsstand auf der gegenüberliegenden Straßenseite wimmelte es von Menschen, die die Zeitschriften durchblätterten. Die Essensgerüche aus dem »Katz’s« waberten ihnen hinterher. Banks ließ beim Gehen einigen Abstand zwischen sich und Petra, als ob er ihre Nähe bewußt vermied.

»Also«, sagte er, als sie bei ihrem Ford angelangt waren. »Das hier war klasse. Ich – gibt’s was, wo Sie vielleicht noch hin möchten? Wenn Sie nicht zu müde sind, meine ich, irgendwas mit Musik. Mögen Sie Musik?«

»Ich bin ein bißchen erledigt, Ron.«

Der niedergeschlagene Ausdruck auf seinem Gesicht zeigte deutlich, daß der Abend für ihn eine persönliche Angelegenheit gewesen war und nichts mit dem Fall zu tun hatte. Sie hatte ein schlechtes Gewissen, weil sie ihn zu Unrecht verdächtigt hatte.

»Klar«, sagte er. »Ist ja auch kein Wunder.«

Er streckte ihr die Hand entgegen, und nach einem kurzen Händeschütteln sagte er: »Noch mal, vielen Dank, Petra. Das war wirklich sehr nett.«

Hatte ihr jemals zuvor ein Mann für ihre reine Gesellschaft gedankt? »Danke *Ihnen,* Ron.«

Er neigte sich vor, wie um sie zu küssen, doch dann zuckte er zurück und hob die Hand zu einem knappen Salut, steckte die Hände in die Hosentaschen und wandte sich um.

»Was für Musik mögen Sie denn?« fragte sie und tippte auf Country; unter Garantie traditionelle Countrymusik.

Er blieb stehen, drehte sich wieder zu ihr um und zuckte die Achseln. »Rock. Die alten Sachen – Blues, Steve Miller, Doobie Brothers. Ich war mal in ’ner Band, die so ’n Kram gespielt hat.«

»Echt?« Sie mußte sich beherrschen, um nicht loszukichern. »Hatten Sie damals lange Haare?«

»Ging so«, sagte er und kam wieder auf sie zu. »Aber verstehen Sie mich nicht falsch, wir waren keine Profis. Ich meine, okay, wir haben in 'n paar Clubs gespielt, im ›Whiskey‹ zum Beispiel, aber das ist schon ewig her. Da hab ich auch meine Ex getrof-« Er hielt sich beide Hände vor den Mund.

»Klar«, sagte Petra lachend. »Und nicht nur die, oder? Sie haben bestimmt reihenweise Mädels aufgegabelt. Das war doch der Grund, warum Sie überhaupt erst in 'ne Band eingestiegen sind. Nichts verraten – Schlagzeug.« Die Hände immer in Bewegung.

»Stimmt haargenau.«

»Es sind immer die Schlagzeuger, die die Mädels abkriegen, stimmt's?«

»Da müssen Sie jemand anders fragen«, sagte Banks. »Ich war viel zu beschäftigt damit, den Takt zu halten.«

»Spielen Sie immer noch?«

»Schon seit Jahren nicht mehr. Mein altes Drumkit steht in der Garage und rostet vor sich hin.«

Zusammen mit der Töpferscheibe, Fahrrädern und vermutlich haufenweise altem Spielzeug, Kindersachen und was noch alles. Petra stellte sich ein kleines Haus voller Möbel von Levitz vor. So ziemlich das genaue Gegenteil der Pferde-Ranch, die nie Wirklichkeit geworden war.

»Wo wollten Sie denn noch hin, um 'n bißchen Musik zu hören?«

»Früher war ich oft im Countryclub in Reseda. Da läuft eigentlich gar kein Country, sondern eher Rock –«

»Ich weiß, wo das ist.«

»Oh, Entschuldigung.«

»Und hier auf dieser Seite vom Hügel?« fragte sie.

»Keine Ahnung«, erklärte er. »Ich gehe nicht mehr soviel aus.« Dieses Eingeständnis war ihm offensichtlich peinlich, und er schaute auf seine Uhr.

»Müssen Sie nach Hause?« fragte sie.

»Nein, um diese Zeit schlafen sie schon. Ich habe noch mal angerufen, bevor ich losgefahren bin. Meine Mutter bleibt über Nacht. Ich wollte nur noch mal anrufen, um sicher zu sein, daß alles in Ordnung ist –«

»Rufen Sie doch von mir zu Hause aus an«, sagte sie. »Das ist ganz in der Nähe.«

Dabei dachte sie: Er hat seiner Mutter gesagt, daß es spät werden würde. Große Pläne oder blinder Optimismus?

Aus irgendeinem Grund war es ihr aber auch egal.

Während er mit seiner Mutter telefonierte, brachte sie ihr Make-up auf Vordermann. Wenigstens war die Wohnung einigermaßen aufgeräumt. Seit sie den Fall am Hals hatte, war sie kaum noch zu Hause. Sie bot ihm an, sein Jackett auszuziehen und hängte es auf einen Bügel. Dann standen sie in der Küche und tranken jeder ein Glas Rotwein. Er machte ihr Komplimente für die Einrichtung. Weil er darauf bestand, zeigte sie ihm ihre Werke. Nicht die Gemälde, an denen sie noch arbeitete, sondern ihre alte Mappe und die Farbfotos von Bildern, die sie über die Co-op-Galerie verkauft hatte.

Er war beeindruckt, doch er machte keine Anstalten, sie zu berühren.

Sie gingen ins Wohnzimmer und durchstöberten Petras nicht sehr umfangreiche CD-Sammlung auf der Suche nach einer Scheibe, die sie beide hatten, doch das einzige war *Derek and the Dominos* mit Eric Clapton.

Sie saßen mit einem halben Meter Abstand auf Petras Sofa und hatten schon das halbe Album gehört, als er mit seiner Hand zwanzig Zentimeter in ihre Richtung rückte und sie dort liegen ließ. Petra kam ihm auf ihrer Hälfte entgegen und schließlich berührten sich ihre Finger. Umklammerten sich ihre Finger.

Schwitzige Hände, doch keiner der beiden traute sich, sie abzuwischen. Sie merkte, daß sie seine Knöchel zu fest umklammerte und ließ ein wenig locker.

Er atmete schneller, doch er bewegte sich nicht vom Fleck.

Als dann »Bell Bottom Blues« lief, neigte er seinen Kopf zu ihr herüber, und sie küßten sich.

Zunächst – knoblauchbedingt – mit geschlossenen Lippen, was eine Ewigkeit zu dauern schien, dann endlich öffneten sie die Lippen und fuhren übereinander her, erforschten sich gegenseitig, stießen mit den Zähnen aneinander und umspielten ihre Zungen.

Die Hände im Nacken des anderen, sanfte, weiche Lippen – er hatte weiche Lippen, und sie war froh darüber, daß der Schnurrbart weg war. Als sie sich voneinander losrissen, waren beide ganz außer Atem.

Er hätte mehr gewollt, doch der Hunger in seinen Augen verstörte Petra, und sie rückte ein wenig ab. Sie hörten sich den Rest der Platte an, doch sie saßen nur still da und hielten Händchen. Sie war feucht, ihre Brustwarzen schmerzten, ihr Körper schrie nach Zuwendung und Zärtlichkeit, doch sie wollte es nicht. Nicht mit ihm, nicht jetzt. Einen Song später stand sie auf und ging ins Bad. Als sie zurückkehrte, war er ebenfalls aufgestanden und hatte sein Jackett angezogen.

Sie setzte sich wieder auf das Sofa – eine Einladung an ihn, doch er blieb vor ihr stehen und streichelte ihr über die Haare, das Gesicht und das Kinn. Als sie zu ihm aufschaute, sah sie, daß er sich mit den Zähnen auf die Oberlippe biß.

Sie zitterte, und hätte er noch einen weiteren Versuch unternommen, wer weiß, was passiert wäre.

Doch er stand nur da.

Sie erhob sich, hakte sich bei ihm ein und geleitete ihn zur Tür.

Er sagte: »Ich möchte dich wirklich gern wiedersehen.«

In seiner Stimme lag nun mehr Selbstvertrauen, doch er klang noch immer unsicher.

»Das möchte ich auch.«

Eine halbe Stunde später – sie hatte es sich zuvor selbst gemacht und ein Bad genommen – lag sie nackt und allein im Bett. Das Geplärr einer Fernsehnachtshow drang durch die Dunkelheit, und sie dachte darüber nach, was sie am nächsten Morgen alles erledigen mußte.

37

Die Sonne geht in meinem Rücken auf. Sie ist orange. Heller als im Park, weil hier keine Bäume sind, die sie verdecken. Das Meer rauscht. Es ist grau. Die schwarze Plastikfolie ist zu dünn. Mir ist kalt.

Noch ist niemand draußen am Strand, deswegen bleibe ich einfach liegen und betrachte die Sonne und die paar Autos, die oben auf dem Küstenhighway entlangfahren. Die dicken Pfähle, auf denen der Pier steht, sind ganz schwarz vor Teer und überkrustet mit Seepocken. Eine davon ist offen, ich streckte die Hand aus und berühre sie, und sie schließt sich.

In dem Cousteau-Buch war ein Kapitel über Seepocken. Sie rühren sich nicht vom Fleck und fressen, was an ihnen vorbeigetrieben wird. Sie produzieren ihren eigenen Klebstoff, und der hält so gut wie Sekundenkleber. Manchmal kann man sie nicht abkriegen.

Na gut, allmählich wird's ein bißchen wärmer; Zeit, mich auf den Weg zu machen. Ich stehe auf und schüttele den Sand aus meinen Haaren, falte die Plastikfolie zusammen und klemme sie, beschwert mit einem Stein, hinter einen der Pfähle.

Ich muß noch alles mögliche auftreiben – was zu essen, Geld. Eine Mütze. Ich kann mich noch gut an den Sonnenbrand damals erinnern. Vielleicht auch Sonnenmilch.

Wo gehe ich wohl am besten hin? Soll ich ganz weg aus L.A.? Nach Norden jedenfalls nicht, weil das näher an Watson ist. Vielleicht nach Süden, nach San Diego zum Beispiel? Aber was ist, wenn das nicht hinhaut? Als nächstes kommt nur noch Mexiko, und ins Ausland gehe ich auf keinen Fall.

Wenn ich in L.A. bleibe, wo kann ich mich dann verstecken?

Ich denke eine ganze Weile darüber nach, und ich bekomme richtige Angst. Das gleiche Gefühl wie damals, als ich PLYR beobachtet habe – ich muß dringend aufhören, darüber nachzudenken …

Es ist völliger Quatsch, über einen Plan auch nur nachzudenken. Ich habe keine Zukunft. Selbst wenn ich die nächsten paar Monate überlebe, oder das nächste Jahr oder die nächsten zwei, was dann? Ich bin immer noch ein Kind, ohne Schulbildung, ohne Geld, ohne den geringsten Einfluß auf irgendwas.

Immer noch niemand hier draußen am Strand. Er sieht so beige und friedlich aus. Der Ozean genauso, er ist grau wie Stahl, außer an den Stellen, wo die Wellen sich brechen und die Gischt hochschießt, als würde jemand den Himmel anspucken.

Gott anspucken …

Wäre es nicht was Schönes, wenn man einfach ins Wasser gehen und sich wegtreiben lassen könnte? Vielleicht würde man ertrinken. Aber vielleicht gäbe es auch ein Wunder, und man würde an irgendeiner Palmeninsel angetrieben wie eine Flaschenpost. Mädchen in Baströcken und langem schwarzem Haar bis zum Hintern. Und man würde aus dem Wasser steigen wie irgend so 'n Gott, und sie wären ganz aus dem Häuschen bei deinem Anblick und würden sich darum streiten, wer deine Freundin sein darf, sich um dich kümmern und dir ein Spanferkel servieren mit einem Apfel in der Schnauze und Früchte, die sie einfach von den Bäumen pflücken, und niemand muß arbeiten.

Egal, wie's kommt, jedenfalls wäre ich alle Sorgen los.

Ich stehe auf und gehe über den Strand zum Wasser, rolle meine Hosenbeine hoch und stehe einfach nur da und lasse die Wellen über meine Zehen schwappen.

Kalt. Meine Füße werden ganz taub und sehen aus wie weißes Wachs.

Wie lange dauert es wohl, bis man die Kälte nicht mehr spürt? Bis der Körper aufhört, überhaupt irgendwas zu spüren?

In einem Naturkundebuch habe ich mal gelesen, daß Gazellen und andere Wildtiere, die von Löwen gejagt werden, irgendwann aufhören, Schmerz zu empfinden, so daß ihr Tod leichter wird.

Aber bei den Perverslingen ist mir das nicht passiert. Vielleicht funktioniert es nur bei Tieren.

Oder vielleicht war ich auch … einfach nicht nahe genug dran.

Wenn man gar nichts mehr spürt, könnte man einfach loslassen, sich aufgeben, sich selbst opfern wie Jesus.

Ich muß wohl weitergegangen sein, denn mittlerweile stehe ich bis zu den Knien im Wasser, und meine Hosenbeine werden naß und blähen sich auf wie Ballons. Es ist gar nicht mehr so kalt. Es fühlt sich so sauber an. Ich gehe weiter. Das Wasser schwappt gegen meinen Gürtel, und ich stehe nur da und lasse meinen Blick über den Ozean schweifen. Vielleicht sehe ich ja ein Boot oder einen Wal, der eine Fontäne ausbläst.

Ein paar Vögel sind hier draußen. Sie fliegen herum und tauchen ins Wasser. Ich mache einen Schritt weiter. Nur einem Schritt, aber mit einemmal ist alles anders, der Grund unter meinen Füßen ist plötzlich weg, und *das Wasser steht mir bis zum Hals, ich versuche zurückzugehen, aber ich finde keinen Halt, und jetzt spüre ich, wie sich das Wasser unter mir bewegt, und plötzlich ist mein Kopf unter Wasser, ich schlucke Wasser, huste, komme wieder hoch, kann die Wasseroberfläche sehen, der Strand wird immer kleiner. Ich fange an zu schwimmen, aber es nützt nichts. Irgendwas schiebt mich vorwärts, ich habe keinerlei Kontrolle, strampele mit den Füßen, fuchtelte mit den Armen, ich weiß, daß das Quatsch ist, man muß ruhig bleiben, ruhig bleiben, aber ich werde rausgezogen von der Strömung, ohne daß ich was machen kann, ich will das nicht! Ich bin winzig klein, schwächer als eine Seepocke, weil ich keinen Klebstoff habe. Warum muß ich jetzt an meine Mama denken, wie elend sie sich fühlen wird, es ist so kalt, meine Augen brennen, meine Kehle brennt, meine Augen, ich muß sie offenhalten, aber ohneinichkannmeinenKopfnichtüberWass*

Wieder an der Luft, ich huste, spucke, meine Augen brennen, mein Hals tut weh, als würde jemand mit einem Messer drin rumkratzen, und ich werde noch immer von der Strömung rausgezo – nein, der Strand kommt immer näher –

Der Ozean hievt mich in die Höhe, der Sand kommt noch näher. Läßt er mich frei, wie Jonas? Nein, nein, jetzt gehe ich wieder unter, schlucke soviel Wasser, daß ich glaube, ich explodiere, dann komme ich wieder hoch. Husten. Kotzen. Steine im Wasser, die gegen mich stoßen, au, tut das weh.

Der Ozean spielt mit mir. In welche Richtung schleudert er mich wohl als nächstes?

Steine scheuern an der Unterseite meines Körpers. Der Boden. Sand.

Wieder an Land.

Sand klebt an meinen nassen Sachen. Ich bin ganz zerschrammt, und das Salz in den Schrammen brennt. Ich rolle mich vom Wasser weg.

In Sicherheit.

Wieder mal Glück gehabt.

Gott?

Oder hat selbst der Ozean gedacht, daß ich nichts weiter bin als Abfall, und mich wieder ausgespuckt wie verdorbenes Essen?

Ich laufe zurück in Richtung Pier. Ich huste immer noch und spucke Salzwasser aus. Ich breche zusammen, bleibe liegen, versuche mich in der Sonne ein wenig aufzuwärmen und trocken zu werden. Mittlerweile sind ein paar Leute am Strand. Aber ich kümmere mich nicht um sie. Nach einer Stunde bin ich schon wieder etwas trockener, aber immer noch naß. Meine Brust tut weh, und am Sand habe ich mich auch aufgeschrammt, aber … ich bin hier.

Ich muß mich unbedingt konzentrieren. Geld und eine Mütze. Was zu Essen. Sonnenmilch.

Fast trocken gehe ich zum Pier. Da gibt's ein Riesenrad, einen Autoscooter und ein Karussell, aber sie sind alle geschlossen und abgesperrt, und außerdem gibt's hier eh nichts zu holen. Ein paar Restaurants, aber auch die sind zu, und das einzig Eßbare sind ein paar eingetrocknete Popcornflocken, die am Boden kleben.

Ganz am Ende des Piers ist ein Köderladen, der geöffnet ist, und wo ein dreckig aussehender Kerl hinter dem Tresen sitzt. Sie haben so 'ne Art große weiße Badewanne voller Sardellen, manche davon sind schon tot und treiben an der Oberfläche. Ein paar Leute angeln, größtenteils alte Chinesen und ein paar Schwarze. Niemand fängt irgendwas, alle sehen ziemlich gelangweilt aus.

Ich finde zwei Mülltonnen, doch sie sind voll mit Fischdärmen und stinken so übel, daß ich fast kotzen muß. Ich gehe vom Pier runter.

Weiter oben am Strand ist eine Straße mit lauter schicken Restaurants und Hotels; da ist für mich auch nichts zu holen. Im

Norden gibt's einen kleinen Park, wo ein paar alte Leute und Obdachlose sich herumtreiben, und wenn man weiter in die Richtung schaut, wirkt es fast so, als würde die Straße verschwinden. All diese Bäume – erinnert mich viel zu sehr an du-weißt-schon-was.

Also gehe ich nach Süden, und allmählich sieht alles wieder etwas vertrauter aus – Motels, Apartmenthäuser und die gleichen Spinner, wie sie auch auf dem Boulevard rumlaufen. Ich finde einen halben Donut, der auf der Erde liegt, aber er sieht noch ganz in Ordnung aus, und deswegen esse ich ihn. Einen Block weiter liegt ein halber Twix-Riegel auf dem Gehsteig, aber er ist schon ziemlich geschmolzen und sieht irgendwie eklig aus, also esse ich nur ein kleines Stück davon.

Nach einer Weile kommt ein Schild, das besagt, daß ich jetzt in Venice bin. Kleine Häuser, Leute, viele Mexikaner. Ich gehe eine Straße entlang. An ihrem Ende liegt wieder der Ozean, und kurz darauf bin ich auf diesem großen, breiten Fußweg, der sich Ocean Front Walk nennt. Das Ganze ist wie ein riesiger Gehsteig, der Ozean auf der einen Seite und Läden auf der anderen. Alle möglichen Leute laufen hier lang – Punks, Schwarze, hübsche Bikini-Mädels auf Rollschuhen, denen die Arschbacken raushängen, und Typen, die ihnen hinterherstarren. Junge Kerle, die aussehen wie Studenten, alte Leute, die auf Bänken sitzen, Bikers mit Tatoos und jede Menge große, fies aussehende Hunde. Ein paar Arnold-Schwarzenegger-Typen, die in eingezäunten Arealen trainieren und am ganzen Körper eingeölt sind, damit ihre Muskeln aussehen wie Grapefruits, die jeden Moment unter der Haut hervorplatzen. Sie heben Gewichte, reiben sich die Hände mit Kreide ein, sehen riesig aus und cool und geben an.

Die Läden hier sind alle eher klein und wirken billig. Fast Food, Stände, an denen Eis, kalte Getränke, Sonnenbrillen, Souvenirs, Postkarten, T-Shirts und Badeklamotten verkauft werden.

Mützen mit der Aufschrift KALIFORNIEN! oder MALIBU! oder VENICE! Ich wünschte, ich hätte was Trockenes zum Anziehen, aber hier sind so viele Leute, daß ich mich nicht traue, mir was abzugreifen.

Dennoch, zum Abhängen ist die Gegend vielleicht gar nicht so schlecht, mal sehen, was noch so passiert.

Ich beschließe, den Ocean Front Walk einmal von einem Ende bis zum anderen abzulaufen, um zu sehen, was es alles so gibt.

Auf halber Strecke sehe ich ein kleines graues Gebäude mit einem sechszackigen Stern über der Tür. Ein Judenstern – das weiß ich aus meinem Geschichtsbuch, aus dem Kapitel »Der Mittlere Osten: Wiege der Zivilisation«.

Eine jüdische Kirche – wie heißen die noch mal, Synagoge? Ich gehe rüber. Jüdische Buchstaben neben der Tür, dann englische. Über der Tür steht GEMEINDE BETH TORAH.

Das ist vielleicht gar nicht so schlecht. Die Juden haben doch immer Geld. Jedenfalls hat Moron das behauptet – andauernd hat er gelästert, daß sie alle Scheißbanker wären, die dem ganzen Land das Blut aus den Adern saugen, daß sie Jesus ermordet hätten und jetzt auch uns unser Geld abknöpfen wollten.

Als ob er jemals Geld gehabt hätte.

Dann frage ich mich, warum er in der Hinsicht recht gehabt haben sollte? Der Kerl hatte ja von nix 'ne Ahnung. Andererseits … was hat eine Kirche inmitten von lauter Geschäften zu suchen, wenn sie nicht darauf aus ist, Geld zu scheffeln?

Moron war nicht der einzige, Mom hat ihm zugestimmt und immer wieder gesagt: »Cowboy, fürs Geldmachen haben sie echt Talent, das muß ihnen im Blut liegen.«

»Du blöde Schlampe.« Und dann hat er gelacht. »Die haben kein Talent, das liegt daran, daß sie uns bescheißen. Die verfickte ZOR – weißt du, was das ist? Die Zionistische Okkupations-Regierung, die wollen hier den ganzen Laden übernehmen. Das sind keine Menschen – die stammen vom Teufel ab, nachdem er 'ne Schlange gefickt hat, hast du das gewußt? Die arische Rasse ist die rechtmäßig auserwählte Rasse.«

An diesem Abend habe ich am Küchentisch gesessen und versucht, Geschichte zu lernen – der Bürgerkrieg –, aber dann hat Mom angefangen, eine Geschichte zu erzählen, und da habe ich ihr zugehört. Es ging um irgendeine reiche jüdische Familie, der eine riesige Erdbeerfarm in der Nähe von Oxnard gehört hat; Mom und ihre Eltern haben da als Obstpflücker gearbeitet, als sie noch ein Kind war. Und daß die Juden ein großes zweistöckiges Haus hatten und einen Cadillac.

»Verfickte Blutsauger«, sagte Moron.

»Eigentlich waren sie ganz in Ordnung, ziemlich nett, irgendwie – « fing sie an, aber dann schaute er sie an, und sie sagte: »Außer, daß sie ganz versessen aufs Geld waren. Die Frau ist immer rumgelaufen, als würde sie gleich groß Essen gehen, und dabei war sie doch nichts weiter als 'ne Farmersfrau. Und dann hatten sie dieses riesige Haus, konnte sogar sein, daß es drei Stockwerke hatte, mit haufenweise Fernsehantennen auf dem Dach, während wir in diesen elenden Hütten für die Wanderarbeiter schlafen mußten, mit Kerosinöfen drin.«

»Na, eins a, verdammte Scheiße.«

Selbst wenn es alles nur ein Haufen Lügen war, manchmal haben Lügen auch ein Körnchen Wahrheit. Und ich brauche nicht Tausende von Judendollars, sondern nur ein bißchen Kleingeld.

Neben der Synagogentür hängt ein Schild, auf dem steht, daß die Gebetsstunden freitags abends abgehalten werden, und daß die Kerzen um neunzehn Uhr vierunddreißig angezündet werden können, was immer das heißen soll.

Niemand schaut her. Ich probiere es an der Tür. Abgeschlossen. Nebenan ist ein Laden namens »Cafe Eats«, aber das ist auch geschlossen.

Zwischen dem »Cafe Eats« und der Kirche ist ein Zwischenraum. Ich schleiche mich an die Rückseite zu einer Gasse, in der einige Autos geparkt sind, wo aber kein Verkehr herrscht. Zwei leere Parkplätze hinter der Synagoge. Freitags abends beten die hier, aber das ist morgen.

Ich probiere es an der Hintertür. Einfaches Holz mit einem kleinen Holzding, das an den rechten Türrahmen genagelt ist. Darauf ist auch ein Judenstern. Wahrscheinlich irgend so 'n Glücksbringer, vielleicht, damit Gott ihnen Geld schenkt.

Die Hintertür ist ebenfalls verschlossen. Gleich daneben ist ein Fenster, ziemlich klein – zu klein zum Durchkriechen für einen Erwachsenen, aber nicht für mich. Ein Fliegengitter, genau wie bei dem Haus mit der Ananas. Und genau wie da, geht auch das hier ganz leicht ab.

Das Fenster hier brauche ich nicht einzuschlagen; es sitzt locker. Ich drücke dagegen, und es bewegt sich. Also drücke ich fester, und es gibt noch mehr nach, bis irgendwas knackt und es ganz offensteht. Ich schaue mich in der Gasse um.

Immer noch niemand in der Nähe. Ich bin drin.

Allmählich werde ich richtig gut.

Ich lande in einer Toilette. Sie ist klein, aber sauber – eine Kloschüssel, ein Waschbecken und ein Spiegel. Keine Dusche. Im Spiegel stelle ich fest, daß ich nicht so schlimm aussehe, wie ich dachte – nur ein paar Kratzer in meinem Gesicht und ein bißchen weiße Kruste um die Ohren und die Lippen. Ich wasche sie ab und benutze das Klo.

Wenn man bedenkt, daß ich beinahe ertrunken wäre, sehe ich ganz gut aus.

Ich danke Gott, für den Fall, daß *Er* es war, und wasche meine Hände.

Und jetzt machen wir uns mal auf die Suche nach dem Judengeld.

38

Reichlich verstört erwachte Petra am nächsten Morgen um sechs Uhr dreißig. Durch ihren Kopf geisterten Ron Banks, Estrella Flores, Ramsey und der Junge mit dem Buch über die Präsidenten. Sie warf sich ihren Morgenmantel über und holte die Morgenzeitung rein.

Da war er auch schon, der Artikel. Seite drei. Die Zeichnung genau in der Mitte, ohne Angabe der Urheberschaft.

Der Tenor des Berichts war, daß es keine Fortschritte gab, wobei impliziert wurde, daß das an der Dusseligkeit der Polizei lag. Deren Pressesprecher, Salmagundi war sorgfältig darauf bedacht, die Tatsache herunterzuspielen, daß sie einen potentiellen Zeugen hatten. Der Junge sei »nur einer von mehreren Hinweisen, die wir verfolgen«.

Als sie jedoch beim letzten Absatz ankam, mußte sie tief Luft holen.

Die Summe von fünfundzwanzigtausend Dollar wurde ausgesetzt für den, der Hinweise auf den Verbleib des Jungen liefern oder Angaben machen konnte, die zur Verhaftung eines Verdächtigen führten. Das Geld wurde ausgesetzt von Dr. und Mrs. John Everett Boehlinger, sämtliche Anrufer sollten sich direkt mit den Detectives vom Revier in Hollywood in Verbindung setzen.

Und zwar unter *Petras* Durchwahl. Volltreffer. Das ganze muß über Schoelkopf gelaufen sein. Verdammter Arsch. So konnte sie unmöglich arbeiten.

Den ganzen Tag den Anrufen von irgendwelchen Spinnern nachgehen – ob Stu das wohl schon gesehen hatte?

Normalerweise hätte sie ihn angerufen, aber mittlerweile war ja nichts mehr normal.

Sie schnappte sich das erstbeste aus ihrem Kleiderschrank, zog es über, nahm die Zeitung mit und fuhr viel zu schnell zum Revier.

Auf ihrem Schreibtisch lagen bereits zehn Zettel mit Anrufen: neunmal war der Junge angeblich gesichtet worden, und als zehntes bot sich eine Wahrsagerin aus Fontana an, die behauptete zu wissen, wer Lisa umgebracht hatte. Was würde der Nachmittag wohl bringen?

Stu war noch nicht zum Dienst erschienen. Zur Hölle mit ihm. Fournier war auch irgendwo anders.

Sie stürmte in Schoelkopfs Büro und fuchtelte mit der Zeitung herum. Er saß an seinem Schreibtisch, sprang auf und streckte ihr seinen Zeigefinger entgegen.

»Jetzt spielen Sie hier bloß nicht die beleidigte Leberwurst. Die Eltern sind gestern nacht hier eingeflogen, gleich zu Deputy Chief Lazara gerauscht, und er hat mich um zehn Uhr nachts angerufen, damit ich herkomme und mich mit ihnen rumschlage. Der Vater ist ein absolutes Arschloch, das es anscheinend gewöhnt ist, daß alle nach seiner Pfeife tanzen. Wer weiß, was der als nächstes anzettelt.«

Ich hab versucht dich zu warnen, Grützkopf, aber du hast mich ja abblitzen lassen.

»Sie hätten mich anrufen können«, sagte Petra.

»Ich hätte auch Microsoft-Aktien kaufen können, als sie bei zehn Dollar standen – als, worum geht's, Barbie?«

Bisher hatte der Spitzname sie nie gestört, doch jetzt war er wie eine Nadel, die auf einen blanken Nerv traf. »Es geht darum –«

»Es geht darum, daß ich in diesem Fall vom ersten Tag an klargemacht habe, daß ich auf dem laufenden gehalten werden will, und alles, was dabei herauskam, war Müll. Und dann bin ich es, der nachts aus dem Bett geholt wird und sich fiese Blicke von Lazara einhandelt, weil *er* Überstunden machen muß. Zum Dank dafür verpißt er sich, und ich kann mich mit der lieben Mama rumschlagen, die mir alles vollflennt, während der Papa endlose Reden hält, daß das LAPD noch zu doof ist, einen Verbrecher im Gefängnis aufzuspüren, wie die Fälle Menendez und O. J. Simpson hinreichend bewiesen hätten usw. Also präsentiere ich ihm, was ich habe, nämlich Ihr Kunstwerk, in der Hoffnung, daß ihn das ein bißchen beruhigt. Er sagt ›Na schön, und was unternehmen Sie deswegen‹, und ich sage: ›Wir suchen nach ihm, Mr.

Boehlinger.‹ Er sagt: ›*Doktor* Boehlinger‹, und dann sagt er, das wäre nicht genug, und er will zusätzliche Anreize – sprich eine Belohnung aussetzen. Ich versuche ihm zu erklären, daß man mit Belohnungen nichts weiter erreicht, als daß haufenweise Irre anrufen und daß die Angelegenheit, selbst wenn er darauf besteht, einfach ihre Zeit braucht, doch er schnappt sich einfach das Telefon, ruft irgendeinen Anwalt namens Hack an und sagt: ›Reden Sie mal mit Ihrem Kumpel bei der *Times* und Ihren anderen Kumpels bei den Fernsehstationen.‹ Nur um mir zu zeigen, daß dieser Hack jede Menge Verbindungen hat. Was offensichtlich der Fall ist – denn es war immerhin schon elf Uhr, und er hat es geschafft, das Bild noch unterzubringen. Also verklagen Sie mich doch, weil ich Sie nicht um Mitternacht noch aufgeweckt habe. Reichen Sie eine Beschwerde ein, wenn Sie glauben, Grund zur Klage zu haben. Aber in der Zwischenzeit machen Sie gefälligst Ihre Arbeit.«

Er machte eine wegwerfende Handbewegung, um ihr zu bedeuten, daß sie aus seinem Büro verschwinden sollte.

Im Fernsehen hätte der Cop ihm seine Waffe und die Dienstmarke auf den Tisch geknallt.

In der Realität sah es so aus, daß sie ihre Klappe hielt. Sie mochte ihren Job. Das Department war paramilitärisch organisiert, das würde immer so sein, und dies bedeutete Gleichschritt, Tod des Individuums und Hierarchien. Gepißt wurde von oben nach unten und nicht umgekehrt.

Wie man am Beispiel Milo Sturgis sehen konnte. Petra hatte in einem Fall mit einem schwulen Detective zusammengearbeitet und gesehen, was für ein As er war. Doch vorher hatte sie seinen Namen immer nur in Verbindung mit abschätzigen Attributen gehört. Niemand im gesamten Bezirk West L.A. konnte mehr gelöste Fälle vorweisen als er, doch das spielte keine Rolle, denn er schlief ja mit einem Mann.

Sie kehrte an ihren Schreibtisch zurück, legte die Zettel, auf denen die Anrufe vermerkt waren, zur Seite und rief bei der Nancy Downey Agentur in Beverly Hills an. Eine Frau mit spanischem Akzent erklärte: »Da reden Sie besser mit Mr. Sanchez. Der sitzt in unserem anderen Büro in San Marino.«

San Marino und Beverly Hills. Die teuren Wohnlagen im Osten wie im Westen.

Ein Mann meldete sich am anderen Ende der Leitung. Er hatte einen ähnlichen Akzent wie die Frau zuvor.

»Mr. Sanchez?«

»Ja.«

Sie stellte sich vor und erklärte, daß sie auf der Suche nach Estrella Flores war.

»Das bin ich auch.«

»Wie bitte?«

»Ich bin gerade von ihrem Sohn aus El Salvador angerufen worden. Er macht sich Sorgen, weil er seit Sonntag nichts mehr von ihr gehört hat. Geht es bei Ihrem Anruf um den Mord an Mrs. Ramsey?«

»Wir möchten uns einfach nur mit ihr unterhalten, Sir. Warum macht ihr Sohn sich Sorgen?«

»Normalerweise ruft sie ihn zwei- oder dreimal pro Woche an. Er sagte, er hat im Hause Ramsey angerufen, aber nur den Anrufbeantworter erreicht. Ich habe es daraufhin selbst probiert, mit dem gleichen Erfolg. Ich habe eine Nachricht hinterlassen, aber es hat bisher noch niemand zurückgerufen.«

»Mrs. Flores hat ihre Stelle bei Mr. Ramsey gekündigt, Sir.«

»Wann?«

»Einen Tag nach dem Mord.«

»Oh.«

»Sie hat sich also nicht bei Ihnen gemeldet, damit Sie ihr eine neue Stelle besorgen?«

»Nein.« Sanchez hörte sich aufrichtig besorgt an.

»Haben Sie irgendeine Ahnung, wo sie sein könnte, Sir?«

»Leider nicht. Sie hat ... Augenblick mal ... zwei Jahre lang für Ramsey gearbeitet. Ohne daß es je zu Beschwerden kam.«

»Wo hat sie davor gearbeitet?«

»Davor ... das kann ich Ihnen nicht sagen.« In seinen Tonfall schlich sich ein gewisses Unbehagen ein.

»Sie war illegal hier?«

»Als sie zu uns kam, war sie legal. Zumindest hat sie diesbezügliche Papiere vorgelegt. Wir tun unser Bestes, um –«

»Mr. Sanchez, ausländerpolizeiliche Belange interessieren mich herzlich wenig –«

»Und selbst wenn, Detective, wir haben in der Hinsicht nichts zu verbergen. Unsere Damen sind alle legal hier. Wir vermitteln sie an die besten Adressen, und da darf es nicht einmal den Schimmer eines Verdachts geben, daß –«

»Selbstverständlich«, sagte Petra. »Bitte geben Sie mir doch den Namen und die Telefonnummer von Mrs. Flores' Sohn.«

»Javier«, sagte er und gab ihr eine Adresse samt Telefonnummer in Santa Christina in San Salvador durch. »Er ist Anwalt.«

»Und Ihnen ist nicht bekannt, wo sie zuvor gearbeitet hat?«

»Sie hat uns gegenüber erklärt, sie hätte für eine Familie in Brentwood gearbeitet. Allerdings nur für drei Monate. Einen Namen hat sie nicht genannt – sie wollte sie nicht als Referenz angeben, weil sie, nach ihren Worten, ›unmoralisch‹ waren.«

»Unmoralisch in welchem Sinne, Sir?«

»Ich glaube, es hatte irgendwas mit deren Trinkgewohnheiten zu tun. Mrs. Flores ist eine überaus ... moralische Frau.«

Petra legte auf und dachte über das Verschwinden der Haushälterin nach. Wenn Estrella Flores von sich aus gekündigt hatte, warum hatte sie ihren Sohn dann nicht informiert? Man mußte kein übertrieben moralischer Mensch sein, um mit Mord nichts zu tun haben zu wollen. Hatte sie vielleicht etwas gesehen? Oder war sie vielleicht gesehen worden?

Was ließ sich damit anfangen ... das einzige, was sie tun konnte, war, weitere Reviere anzurufen, um herauszufinden, ob Estrella Flores vielleicht irgendwo als Opfer eines Verbrechens registriert worden war. Doch das war eher unwahrscheinlich, denn falls Ramsey sie eliminiert hatte, weil sie sein Alibi durchkreuzen konnte, dann hatte er garantiert auch dafür gesorgt, daß ihre Leiche nirgendwo auftauchte.

Insofern war es fruchtbarer, noch einmal RanchHaven unter die Lupe zu nehmen, sich mit dem Wachdienst zu unterhalten und einige längst überfällige Fragen zu stellen. Und wo sie schon mal dort war, konnte sie ja auch noch mal bei Ramsey vorbeischauen, ein paar Andeutungen bezüglich Estrella Flores machen und abwarten, wie er reagierte.

Wil Fournier tauchte in der Tür des Wachraumes auf und winkte ihr mit dem Zeigefinger zu. Er machte einen wütenden Eindruck. Hatte es etwas mit dem Jungen zu tun? Sie eilte zu ihm.

»Was ist los?«

»Da draußen sind ein paar Leute, die darauf brennen, sich mit dir zu unterhalten.« Er nickte mit dem Kopf in Richtung Flur. Petra schaute hinaus und sah ein Ehepaar von etwa Mitte Fünfzig am Ende des Flures stehen. Sie waren beide gut gekleidet und drehten einander den Rücken zu.

»Die Eltern?«

»Haargenau«, sagte Fournier. »Schoelkopf hat mich abgepaßt, als ich gerade zurückkam, und mir erklärt, sie wollten einen Bericht aus erster Hand, und zwar von jedem von uns. Wo ist Ken?«

»Keine Ahnung.« Ihr Tonfall löste ungläubiges Erstaunen bei ihm aus. »Was genau wollen sie denn?«

»Neuigkeiten, Informationen. Hast du da irgendwas auf Lager?«

»Nö. Und selber?«

»Ich hab mich mit ein paar Leuten von diversen Notunterkünften, Kirchen und dem Jugenddezernat unterhalten. Keiner kennt den Jungen; zwei von den Sozialarbeitern meinten, daß sie den Jungen schon mal gesehen haben, aber er ist nirgendwo aufgetaucht.«

»Also lebt er im Freien«, sagte Petra und überlegte, daß es von einigem Mumm zeugte, wenn ein Elfjähriger auf eigene Faust im Park lebte.

»Na, dann gehen wir mal los und halten ein bißchen Händchen«, sagte Fournier. »Zwei Detectives, der eine weiblich, der andere ein Farbiger. Und das bei Leuten, die ganz so aussehen, als hätten sie ein paar kleine Negerjockeys vor ihrer Haustür.«

Mrs. Boehlinger sah haargenau so aus, wie Petra erwartet hatte – zierlich, aufs sorgfältigste zurechtgemacht, gutaussehend. Und zwar das leidgeprüfte gute Aussehen vom Kaliber Pat Nixon. Eine champagnerfarbene Harthaarfrisur, die ein rundliches Gesicht umrahmte. Konturierte Augenbrauen. Makellose Figur, konservatives, schwarzes Kostüm von St. Johns Knits. Schwarze Pumps und Handtasche. Rote Augen.

Ihr Gatte hingegen blieb weit hinter den Erwartungen zurück. Petra hatte ihn sich als einen großen Mann ausgemalt, jemand, der in etwa so aussah wie Ramsey. Doch Dr. John Everett Boehlinger war gerade mal einsfünfundsechzig, knapp sechzig Kilo schwer, hatte schmale Schultern und ein hausbackenes Gesicht mit all den hausbackenen Besonderheiten, die man im allgemeinen damit assoziierte: die Nase breit und fett, die Augen klein und dunkel, Wangen, die herunterhingen wie eine zu große Gummimaske. Die Schädeldecke kahl, die Haare an den Schläfen grau durchsetzt. Ein zurechtgestutzter Kinnbart wie aus Edelstahl, mit dem er bei jeder Halloween-Party in seinem Country Club als Sigmund Freud hätte auftauchen können.

Er trug einen schwarzen dreiteiligen Anzug, ein weißes Hemd und eine graue Krawatte mit winzig kleinen schwarzen Punkten. In der Brusttasche seines Jacketts steckte ein weißes Taschentuch aus Seide. Schwarze Manschettenknöpfe aus Onyx und auf Hochglanz polierte Budapesterschuhe, die schimmerten wie Motorenöl.

Zwei kleinwüchsige Leute, herausgeputzt für eine Beerdigung. Mrs. Boehlinger starrte weiterhin die Wand an, während ihre eine Hand sich zusammenballte und wieder lockerte. Die andere Hand hielt ihre Handtasche umklammert. Ihre französisch manikürten Nägel glänzten, doch an manchen Stellen war der Lack bereits abgeblättert. Sie wandte ihrem Gatten noch immer den Rücken zu und schaute auch nicht auf, als Petra und Fournier näher kamen.

Dr. Boehlinger hatte sie sofort bemerkt und eine Haltung eingenommen, als ob er jeden Moment auf sie losgehen wollte. Als die beiden sich bis auf drei Meter genähert hatten, sagte er zu Petra: »Sie sind diejenige, mit der ich telefoniert habe.«

»Jawohl, Sir. Detective Connor.« Sie streckte ihm die Hand entgegen, und er ließ sich dazu herab, ihr eine halbe Sekunde Hautkontakt zu gewähren, bevor er die seine wieder zurückzog. Um sie gleich darauf an seinem Anzug abzuwischen – um Himmels willen.

Sie rief sich in Erinnerung, daß der arme Kerl sein Kind verloren hatte. Etwas Schlimmeres konnte einem doch überhaupt nicht passieren.

Nie im Leben.

Er sagte »Vivian?«, und seine Frau wandte sich langsam um. Ihre Augen waren ein Bild des Jammers, das Weiße durchzogen von geplatzten Äderchen. Ansonsten das gleiche strahlende Blau wie bei Lisa. Überhaupt war die Ähnlichkeit, was die feinen Gesichtszüge anging, verblüffend. Ob Lisa wohl ebenso geendet hätte – eine modebewußte Dame fortgeschrittenen Alters, zugeknöpft bis zum Hals, Wohlstand, wohin man schaute?

»Detective Connor, Vivian«, erklang ein vorwurfsvoller Singsang seitens des Doktors.

Vivian Boehlingers Gesichtsausdruck nach zu urteilen dachte sie »Was zum Teufel kann ich dafür?«

Doch sie sagte: »Erfreut«, und streckte Petra ihre eiskalte Hand entgegen.

Petra lächelte. »Und das hier ist Detective Fournier –«

»Detective Fournier ist uns bereits vorgestellt worden«, sagte Doktor Boehlinger. »Wo ist die Nummer drei – Bishop?«

»Er ist im Außeneinsatz und durchpflügt das Feld«, sagte Petra.

»Er durchpflügt das Feld – das klingt ja, als würde er Gemüse pflanzen.«

»Wenn man's genau nimmt, Sir, ist es so was Ähnliches«, sagte Fournier. »Wir zapfen Quellen an und –«

»Na, prächtig«, sagte Boehlinger. »Sie wissen also, was eine Metapher ist. Jetzt lassen Sie endlich das Gelaber und erzählen uns, was Sie in Hinblick auf Ramsey so alles angezapft haben.«

Mrs. Boehlinger starrte ihn an, drehte sich um und wandte ihm wieder den Rücken zu. Ihm fiel das gar nicht auf. »Nun?«

Ein Detective namens Bernstein trat mit einer Kaffeetasse in der Hand hinaus auf den Flur, machte auf dem Absatz kehrt und ging zurück in den Wachraum.

»Suchen wir uns erst mal einen Ort, wo wir ungestört sind«, sagte Petra.

Es gab drei Verhörräume, und sie waren alle furchtbar – kleiner als eine Gefängniszelle, keine Fenster und eine Spiegelwand zur Gegenüberstellung, die so offensichtlich als solche erkennbar war, daß die meisten Idioten, die hier hereingebracht wurden, sie sofort bemerkten, um sie sofort wieder zu vergessen.

In allen drei Räumen herrschte der gleiche üble Geruch: Schweiß, Pomade, billiges Parfüm, Tabak, Hormone.

Petra entschied sich für den Verhörraum Nummer eins, denn dort gab es drei Stühle anstatt der sonst üblichen zwei. Fournier trieb noch einen weiteren auf, und sie drängten sich um einen winzigen Metalltisch. Erzwungene Intimität. Mrs. Boehlinger starrte auf ihre Fingernägel, ihre Knie und ihre Schuhe - Hauptsache, sie vermied den Blickkontakt zu einem anderen menschlichen Wesen. Der Chirurg hingegen machte den Eindruck, als sei er bereit, jederzeit das Messer anzusetzen und Fleisch in dünne Scheiben zu schneiden.

Petra machte die Tür zu, und eine klaustrophobische Atmosphäre breitete sich aus. Mrs. B. zupfte an ihrem Strickkostüm herum. Boehlinger versuchte, Fournier in Grund und Boden zu starren.

Er wollte die Oberhand gewinnen. Mit welchem Ziel? Zwanghafte Gewohnheit?

Petra erinnerte sich daran, wie Ramsey ihr erzählt hatte, daß beide Elternteile versucht hatten, über Lisas Leben zu bestimmen. »Lassen Sie mich zunächst sagen, daß wir über den Verlust Ihrer Tochter tief betroffen sind. Wir tun alles in unserer Macht Stehende, um Lisas Mörder zu finden -«

Bei der Erwähnung ihrer Tochter fing Mrs. B. an zu schluchzen. Der Doktor machte keine Anstalten, sie zu trösten. »Wir wissen, wer der *Mörder* ist.«

»Wenn es irgend etwas gibt, wodurch Sie Ihre Vermutung erhärten könnten, Sir -«

»Er hat sie verprügelt, und sie hat ihn verlassen. Was brauchen Sie denn sonst noch?«

»Unglücklicherweise -«

»Dieser Junge, der potentielle Zeuge«, sagte Boehlinger. »Ich bin sicher, daß es in der Zwischenzeit schon Reaktionen auf die von uns ausgesetzte Belohnung gegeben hat.«

»Es haben ein paar Leute angerufen«, sagte Petra.

»Und?«

»Wir haben uns noch nicht darum kümmern können, weil wir mit anderen Hinweisen beschäftigt waren.«

»Herrgott im Himmel!« Boehlinger klatschte mit der flachen Hand auf den Tisch. Seine Frau zuckte von ihrem Stuhl hoch, doch sie schaute ihn nicht an. »Da greife ich in meine eigene Tasche, um Ihre Arbeit zu machen, und Sie haben noch nicht mal den Anstand, die Hinweise zu verfolgen, die daraufhin –«

»Das werden wir tun, Sir«, sagte Petra. »Sobald wir die Zeit dazu haben.«

»Warum haben Sie keine Zeit dazu?«

»Wir sitzen hier, Sir«, sagte Fournier.

Boehlingers Hand hob sich erneut, und einen Augenblick lang dachte Petra, er würde Wil eine scheuern, doch er erstarrte mitten in der Bewegung. Ein leichtes Zittern. Konnte es sein, daß der Chirurg seine besten Tage schon hinter sich hatte, oder lag es am Streß?

»*Wir* halten Sie also von der Arbeit ab? *Wir* sind das Problem –«

»Nein, Sir«, sagte Fournier. »Wir sind froh, daß Sie –«

Die Hand klatschte erneut auf den Tisch. »Sie«, sagte er beinahe flüsternd, »sind überaus unverschämt. Sie sind beide überaus unverschämt.«

»John!«

»Typisch«, sagte Boehlinger und ließ seinen Blick von Petra zu Fournier und zurück schweifen. »Beamte. Sie wissen also nichts über diesen Jungen. Einfach entzückend. Hinreißend. Quotenregelung, wie sie im Buche steht – ich gewinne den Eindruck, daß wir einen Schritt weiter gehen sollten, Vivian. Indem wir jemanden engagieren, der –«

»Hör auf, John. *Bitte.*«

Boehlinger stieß ein hämisches Lachen aus. »Wir werden in der Tat jemanden engagieren, der in unserem Privatauftrag Nachforschungen anstellt, denn diese beiden hier sind offensichtlich nicht in der Lage –«

»Halt endlich den Mund, John!«

Der ganze Raum war erfüllt von ihrem Schrei. Boehlinger wurde kalkweiß. Er klammerte sich an der Tischplatte fest. Seine Finger fanden keinen Halt, und seine Hände lagen ausgestreckt vor ihm. Ohne seine Frau anzusehen sagte er: »Vivian, ich wäre dir dankbar, wenn –«

»Halt einfach *den Mund,* John! *Halt den Mund, halt den Mund, halt den Mund!*«

Nun war sie es, die die Hand erhob, die durch die Luft zischte wie ein fleischgewordenes Flugzeug, um auf ihrer Brust über dem Herzen zu landen. Dann rannte sie aus dem Zimmer, wobei sie die Tür aufstieß, ohne sich die Mühe zu machen, sie wieder zu schließen.

Fourniers Augen flehten Petra an, ihr hinterher zu rennen. Lieber schlug er sich mit Dr. Gallebitter rum als mit einer gramgebeugten Mutter.

Im Treppenhaus am Ende des Flures holte Petra sie ein. Sie saß auf der obersten Stufe, die Stirn gegen die Wand gepreßt, und die champagnerfarbene Haarfrisur zuckte im Takt mit ihren Schluchzern.

»Ma'am –«

»Es tut mir leid!«

»Sie brauchen sich nicht zu entschuldigen, Ma'am.«

»Es tut mir leid, so furchtbar, furchtbar, furchtbar *leid*!«

Petra setzte sich neben die Frau auf die Treppe und legte ihr vorsichtig den Arm um die zuckenden Schultern. Sie spürte die zierlichen Knochen unter dem Stoff ihres Strickkostüms, roch ihr Make-up, Pfefferminzbonbons und Chanel Nr. 5. »Gehen wir woanders hin.«

Vivian Boehlinger richtete sich auf und deutete auf den Verhörraum. »Aber nicht mit ihm!«

»Nein«, sagte Petra. »Nur wir beide.«

Der Raum mit den Getränke- und Süßigkeitenautomaten war leer, und so führte Petra die Frau dort hinein und schloß die Tür. Sie stellte einen Stuhl davor, setzte sich und bedeutete Vivian Boehlinger, sich einen der Stühle bei dem Klapptisch zu nehmen, wo die Detectives normalerweise ihren Imbiß einnahmen.

»Kaffee?«

»Nein, danke.« Ihre Stimme klang gedämpft – die typische Folgeerscheinung nach einem Wutausbruch, wenn sich Scham und Erschöpfung einstellen. Die kleinen Hände lagen zusammengefaltet im Schoß. Im Schein der Neonröhre bemerkte Petra die

Ansätze tiefer Falten in ihrem Gesicht, die jedoch sorgfältig mit Make-up kaschiert waren. In den Augen der Frau spiegelten sich Qualen und Hoffnungslosigkeit, was noch verstörender wirkte, da ihre übrige Aufmachung so tadellos war.

»Es tut mir schrecklich leid«, wiederholte sie.

»Das ist doch in Ordnung. In einer Situation wie dieser –«

»Wenn das alles hier vorbei ist, werde ich ihn verlassen.«

Petra sagte nichts.

Vivian Boehlinger fuhr fort: »Eigentlich hatte ich vor, es noch in diesem Jahr zu tun. Jetzt werde ich wohl warten müssen. Sechsunddreißig Jahre verheiratet – was für ein Witz.« Sie schüttelte den Kopf und stieß ein unangenehmes Geräusch aus, daß eher an ein Krächzen eines Papageis erinnerte als an ein Lachen.

»Er hat Affären mit irgendwelchen Flittchen«, fuhr sie fort. »Denkt, ich bin so blöde, daß ich es nicht merke.« Noch einmal dieser Vogellaut. Petra stellten sich die Nackenhaare auf. »Billige Affären mit miesen Flittchen. Und jetzt ist Lisa auch noch weg.«

Eine merkwürdige Aneinanderreihung, aber vielleicht doch nicht so merkwürdig. Nichts weiter als eine Aufzählung ihres Elends. Petra wartete, ob sie noch etwas hinzufügen würde, doch alles, was Vivian Boehlinger sagte, war: »Meine Lisa, meine süße Lisa.«

Petra ließ einigen Minute des Schweigens verstreichen und fragte dann: »Ma'am, glauben Sie, daß Cart Ramsey es getan hat?«

»Ich weiß es nicht.« Schnelle Antwort. Sie hatte darüber nachgedacht. Sie zuckte mitleiderregend die Achseln und schniefte. Petra schnappte sich eine Papierserviette zum Tränen abtupfen.

»Danke. Das ist sehr lieb von Ihnen. Ich weiß selbst nicht, was ich glauben soll.« Sie richtete sich auf, drückte das Kreuz durch. »John glaubt, er kann alles kaufen. Erst hat er Lisa Geld angeboten, damit sie Carter nicht heiratet, und dann, als das nicht funktioniert hat, hat er ihr noch einmal eine höhere Summe angeboten, damit sie sich von ihm scheiden läßt. So eine Schwachsinnsaktion. Lisa wollte sich eh von ihm scheiden lassen. Das hat sie mir erzählt. Wenn John sich jemals wirklich mit ihr unterhalten hätte, hätte er sich das Angebot sparen können. Aber mehr war es ja auch nicht.

Lisa hat sich von Carter scheiden lassen, aber glauben Sie, John hätte sich an seine Versprechungen gehalten?«

Ein Lächeln, das einem angst machen konnte, breitete sich auf ihren schmalen Lippen aus. Lippenstift und Liner waren in einem Ausmaß zum Einsatz gekommen, daß die Konturen des Mundes so radikal verändert waren, daß die Frau am frühen Morgen vermutlich gar nicht wiederzuerkennen gewesen wäre.

»Er hat nicht gezahlt?« fragte Petra.

»Natürlich nicht. Er hat Lisa nicht einen Penny gegeben. Behauptet, er hätte es nicht ernst gemeint, und daß es nur zu Lisas Bestem gewesen wäre, sie sollte sich bloß nicht beklagen. Lisa war es egal. Sie wußte, mit wem sie es zu tun hatte. Aber trotzdem. Ist das nicht furchtbar?«

»Wieviel hat er Lisa in Aussicht gestellt?«

»Fünfzigtausend Dollar. Und jetzt will er gerade mal die Hälfte davon herausrücken!?« Sie schüttelte den Kopf. »Rechnen Sie bloß nicht damit, daß er die Belohnung auch wirklich zahlt, Detective. Mir tun die Leute jetzt schon leid, die glauben, sie würden von John auch nur einen roten Heller sehen – ob ich glaube, daß Carter es getan hat? Ich weiß es nicht. Auf mich hat er immer sehr zivilisiert gewirkt. Dann hat Lisa mir erzählt, daß er sie geschlagen hat. Ich habe wirklich keine Ahnung.«

»Wie oft hat sie gesagt, daß er sie geschlagen hat?«

»Nur ein einziges Mal. Sie hatten Krach, und Carter hat die Beherrschung verloren und ihr eine verpaßt. Und zwar mehr als eine Ohrfeige – sie hatte ein blaues Auge und eine aufgeplatzte Lippe.«

»Nur ein einziges Mal?« wiederholte Petra.

»Für Lisa war ein einziges Mal schon einmal zuviel.« Da schwang so was wie Stolz mit. Konnte es sein, daß die Tochter sich in einer Weise durchzusetzen versuchte, wie es die Mutter nie geschafft hatte? »Sie hat mir erzählt, daß sie ihm das auf keinen Fall durchgehen lassen würde. Und ich habe ihr zugestimmt. Bei allem, was ihr Vater mir in sechsunddreißig Jahren angetan hat, muß man ihm doch zugute halten, daß er nie die Hand gegen mich erhoben hat. Wenn er es je getan hätte, wer weiß, was ich dann gemacht hätte.« Sie hob die Handtasche in die Höhe und umklammerte sie wie eine Pistole. »Ich hatte natürlich keine Ahnung, daß Lisa damit zum Fernsehen gehen würde. Wenn sie mir davon erzählt hätte, hätte ich ihr wahrscheinlich abgeraten.«

»Weil Sie der Ansicht waren, daß man so was nicht an die Öffentlichkeit trägt?«

»Weil ich es geschmacklos fand. Aber das wäre falsch gewesen. Warum soll man immer alles unter den Teppich kehren? Was hat man davon, wenn man immer stillhält, hübsch aussieht und einen geschmackvollen Eindruck macht?«

Wieder fing sie an zu weinen und tupfte sich die Tränen ab. »Ob ich glaube, daß Carter es getan hat? Er ist ein Mann. Und Männer sind schuld an all der Gewalt in der ganzen Welt, oder? Aber bin ich mir meiner Sache auch so sicher wie John? Nein. Niemand ist sich seiner Sache so sicher wie *John*.«

Sie stand auf. »Detective, ich weiß, daß Sie Ihr Bestes geben. John will Blut, aber ich will nur eines, und das werde ich nie bekommen – ich will meine Kleine zurück. Und wenn Sie jetzt bitte so nett wären, mir ein Taxi zu rufen.«

»Aber sicher, Ma'am.« Petra wich nicht von ihrer Seite und hielt ihr die Tür auf. »Hier haben Sie meine Karte. Wenn Ihnen irgendwas einfällt, egal was, rufen Sie mich bitte an.«

Die beiden traten hinaus in den Flur. Die Tür zum Verhörraum Nummer eins war noch immer geschlossen.

»Ihr armer schwarzer Freund«, sagte Vivian Boehlinger. »John ist voller Vorurteile – ich verabscheue ihn richtig.«

»Ich rufe Ihnen Ihr Taxi«, sagte Petra. »Wohin geht's denn?«

»Zum Beverly Wilshire. *Er* wohnt im Biltmore.«

Es war gerade mal neun Uhr morgens, und sie war schon reichlich fertig; die Unterhaltung mit den Boehlingers hatte ihr nahezu sämtliche Energie abgesaugt. Und der arme Wil war immer noch da drin.

Was für ein Paar, selbst wenn man die tragische Situation berücksichtigte. In der Tat, keine Musterehe, an der Lisa sich hätte orientieren können. Wieviel freien Willen hatte ein einzelner Mensch überhaupt?

Der Stapel mit Zetteln bezüglich irgendwelcher Anrufe war angewachsen. Vier weitere Hinweise auf den Jungen. Bei dem Gedanken daran, daß Dr. B. sie von nun an ständig anrufen würde, um sich nach dem Stand der Dinge zu erkundigen, wurde ihr fast schlecht.

In manchen Fällen machte man sich die Familie des Opfers zu Verbündeten. Doch im Augenblick hätte sie Dr. B. am liebsten so eine gescheuert, daß bei ihm die Lichter ausgingen, in den Wahnsinn getrieben von Mrs. B.s vogelhaftem Gelächter. Alles lief schief. Und Stu war noch immer nicht aufgekreuzt. Ganz offensichtlich war ihm die Sache mittlerweile scheißegal. Was nicht dazu paßte, daß er auf seine Karriere bedacht war. Also hatte es vielleicht doch etwas mit seiner Ehe zu tun.

Sie führte eine fruchtlose Telefonate mit dem Vermißtendezernat wegen Estrella Flores und legte gerade den Hörer auf, als Stu »Guten Morgen« sagte.

Frisch rasiert, ordentlichst gekämmt. Er trug einen schicken schiefergrauen Anzug, dazu ein perlweißes Hemd und eine bräunlichrote Paisely-Krawatte. Alles aufs wunderbarste aufeinander abgestimmt.

Sie war stinksauer.

»Ach wirklich?« sagte sie.

Er wandte sich um und verließ den Wachraum.

39

Sam Ganzer gab sich keine große Mühe, den Lincoln besonders sorgfältig einzuparken. Der Wagen war einundzwanzig Jahre alt und groß wie ein Schiff, so daß er auf keinen der markierten Parkplätze hinter der *Schul* paßte und er ohnehin beide benutzen mußte.

Wer sollte sich auch schon groß beschweren? Die Synagoge, einst gesellschaftliches Zentrum der Juden von Venice, war nur noch am Wochenende geöffnet, und bis auf die Tage, an denen Sam nach dem Rechten schaute und die nötigen Vorbereitungen traf, blieben die Türen bis Freitagabend verschlossen.

Und selbst am Wochenende war es manchmal schwierig, zehn Männer zusammenzubringen, um *Minjan,* einen jüdischen Gemeindegottesdienst zu feiern. Beth Torah war den *jarmulke* tragenden Yuppies, die Venice neuerdings bevölkerten, nicht orthodox genug – deswegen hatten sie ein paar Blocks weiter ihre eigene Gemeinde gegründet, einen fanatischen, bärtigen Rabbi aus New York kommen lassen und eine Trennwand zwischen Männern und Frauen hochgezogen. Die Klientel der Schul – eher alte und größtenteils politisch linksgerichtete Leute – hatte davon nichts wissen wollen.

Das war vor fünf Jahren gewesen. In der Zwischenzeit waren die meisten regelmäßigen Gottesdienstbesucher gestorben, und irgendwann, darüber war Sam sich im klaren, würde Beth Torah ihre Pforten schließen und das Grundstück verkauft werden. Konnte sein, daß die Yuppies darauf Anspruch erhoben, was immer noch besser war, als wenn noch einer von diesen Billigläden hier aufmachte, die den gesamten Ocean Front Walk säumten. Sam hegte zwar ein tiefes Mißtrauen gegen jegliche Autorität, doch im Grunde seines Herzens war er Geschäftsmann. In der Zwischenzeit parkte er seinen Wagen jedenfalls gerade so, wie es ihm paßte.

Er hatte das Gefühl, als würde er ewig leben. Er war zwar schon einundsiebzig, doch mit seinem Körper hatte er keine Probleme. Sein Bruder Emil, der unten in Irvine lebte und absolut nicht religiös war, war sechsundsiebzig. Gute Erbanlagen: Generationen von kräftigen, robusten Schmieden und Tischlern, die durch die klirrend kalten Winter in der Ukraine abgehärtet waren.

Um den Stammbaum der Ganzers zu stutzen, hatte es schon das Böse in Reinkultur gebraucht.

Mutter, Vater, drei jüngere Brüder und zwei Schwestern – alle waren nach Solibor verfrachtet worden. Auf Nimmerwiedersehen. Avram, Mottel, Baruch, Malkah, Sheindel. Falls sie es je nach Amerika geschafft hatten, wie würden ihre Namen wohl lauten? Sam konnte nur raten und tippte auf Abe, Mort, Bernie, Marilyn und Shirley. Letzte Woche hatte er Emil gegenüber diese Frage aufgeworfen, doch der wollte nicht darüber reden.

Alles in allem waren fünfundvierzig Mitglieder der Familien Ganzer und Leibovic von der ukrainischen Polizei zusammengetrieben und dem Naziabschaum der Besatzungsmacht übergeben worden. Sam und Emil, beides muskulöse junge Männer – Emil hatte als Leichtgewichtler den Schulpokal der Boxer am Gymnasium in Kovol gewonnen –, waren aussortiert und zur Zwangsarbeit eingeteilt worden. Die Arbeitstage dauerten achtzehn Stunden, die Nahrung bestand aus wäßriger Suppe und Brot aus Sägemehl. Es gelang ihnen eine mitternächtliche Flucht durch die verschneite Landschaft, sie verkrochen sich im Wald, ernährten sich von Blättern und Nüssen und waren kurz vor dem Verhungern, als eine katholische Frau, die ihnen wie eine Heilige erschien, sie aufnahm. Als deren Sohn aus dem Krieg zurückkehrte, wollte er die Gebrüder Ganzer ausliefern, und so flohen sie erneut, marschierten, bis sie kurz davor waren, vor Erschöpfung zu sterben, doch irgendwie schafften sie es, sich nach Schanghai durchzuschlagen. Die Chinesen hatten sich anständig verhalten, und Sam überlegte manchmal, wie es wohl gewesen wäre, wenn er geblieben wäre und eines jener hinreißenden Mädchen geheiratet hätte, die Gesichter hatten wir Porzellanfiguren. Statt dessen kam die Befreiung, Kanada, Detroit, L.A.

Jahrelang hatte er an all diesen Mist keinen Gedanken verschwendet, doch in letzter Zeit waren die Erinnerungen zurückgekehrt. Und zwar ungebeten. Wahrscheinlich irgendeine Form von Hirnschaden. Körperlich war er topfit, doch Namen und Orte verblaßten allmählich, und es kam vor, daß er ein Zimmer betrat und keine Ahnung mehr hatte, warum. Den ganzen alten Kram hingegen hatte er glasklar vor Augen. Seine Wut und all der Zorn – er spürte, wie es in seinen Ohren pochte. So was war schlecht für den Blutdruck.

Er stellte den Motor des Lincoln ab, stieg aus und schloß den großen weißen Wagen ab. Seit Mr. Ginzburg gestorben war, verrichtete Sam am Freitagabend und am Samstag die Aufgaben des Küsters. Dieses Ehrenamt schloß die Verpflichtung mit ein, ganz generell in der Synagoge für Ordnung zu sorgen. Warum auch nicht? Was hatte er schon groß zu tun, außer Mandoline zu spielen oder vor dem Haus zu sitzen und zuviel Sonne abzubekommen – man hatte ihm bereits vier Melanome im Gesicht und auf dem kahlen Schädel wegoperiert, bevor sie sich zu bösartigen Wucherungen entwickelt hatten. Seitdem mußte er diese bescheuerte Mütze tragen, wie 'n alter Mann.

Er nahm die Mütze ab, schleuderte sie in den Wagen und betrachtete noch einmal stolz das Werk seiner Einparkkünste. Besser als Platz zu lassen für irgendeinen Drogensüchtigen, der sich in einem geklauten Wagen einen Druck setzt. So was war schon mehr als einmal vorgekommen. Es war schon immer eine schräge Gegend gewesen, aber in letzter Zeit, seit sich gaffende Wochenendtouristen mit dem sozialen Bodensatz mischten, der allabendlich aus seinen Löchern gekrochen kam, war es hier völlig verrückt.

Ocean Front war nur noch eine einzige Abzockermeile, auf der fliegende Händler billigen Ramsch verhökerten und an den Wochenenden soviel Betrieb herrschte, daß man keine zwei Schritte machen konnte, ohne über irgendwelche *Jutz* zu stolpern.

Vierzig Jahre lang hatten Sam und Emil in ihrem Laden auf dem Lincoln Boulevard Eisenwaren und Klempnerbedarf verkauft. Ausschließlich Dinge, die man wirklich brauchte. Beide hatten sowohl Ahnung vom Verkauf wie auch vom Installieren und konnten, wenn es sein mußte, die Rohrleitungen eines ganzen Hauses verlegen. Man mußte geschickt sein, allein zurechtkommen, sich niemals von jemand anderem abhängig machen. Als er Schanghai verließ, hatte er sich geschworen, niemals von irgend jemandem abhängig zu sein. Vielleicht war das der Grund, warum er nie geheiratet hatte. Obwohl die Damen ihn liebten. Er hatte seinen Spaß gehabt, und selbst jetzt stieg er noch ab und zu mit der ein oder anderen jener Großmütter ins Bett, die zwar eine weiche Haut hatten, sich aber im Grunde genommen dafür schämten, was das Alter mit ihren Körpern angerichtet hatte. Sam wußte, was er zu tun hatte, damit sie sich wieder jung und hinreißend fühlten.

Er tastete in seiner Tasche nach dem Schlüssel für die Schul, fand ihn und schloß die Hintertür auf. Daß das Fliegengitter des Toilettenfensters auf dem Boden lag, bemerkte er nicht, weil sein rechter Vorderreifen die Sicht darauf versperrte.

Doch nur Augenblicke, nachdem er eingetreten war, wußte er, daß jemand eingebrochen war.

Die mit Silberbeschlägen verzierte *Púschke* stand mitten im Raum auf dem Podest, wo die *Tora* verlesen wurde, und hob sich glänzend von dem blauen Samttuch ab. Der Behälter für die Kollekte war seit Freitag abend nicht mehr in Gebrauch gewesen, als er vor dem Gottesdienst herumgereicht worden war. Sam selbst hatte ihn in dem Schrank unter dem Bücherregal eingeschlossen. Lediglich gesichert mit einem billigen Zahlenschloß, warum sollte man auch einen großartigen Aufwand betreiben, wo er ohnehin nur ein paar Dollar in Kleingeld enthielt.

Aber irgend jemand hatte es trotzdem versucht. Und, na sieh mal einer an, aus dem gleichen Schrank auch noch was zum Essen genommen. Ein paar Kleinigkeiten für die Handvoll ständiger Besucher am Samstag nachmittag. Tam Tam Crackers und eine rosa Schachtel von der Bäckerei auf der Fairfax – schmetterlingsförmige *Kichlen* mit Zuckerglasur. Sam hatte sie letzte Woche gekauft. Ohne Konservierungsstoffe. Die Dinger waren garantiert nicht mehr gut; er hatte vergessen, sie wegzuwerfen.

Krümel auf dem blauen Samt. Ein Quarter und eine Zehncentmünze waren aus der Puschke gefallen. Ein hungriger Dieb. Was hatte er noch genommen?

Die einzigen Dinge von Wert für einen Junkie waren die silbernen Griffe und Verzierungen der drei Torarollen in der Lade. Sam ging auf die mit Schnitzereien verzierte Nußbaumlade zu, bereit den blauen Samtvorhang zurückzuziehen und gleichzeitig voller Angst, was er dahinter finden würde.

Doch dann hielt er inne und hob instinktiv seine massigen Arme. Vielleicht war der Gauner ja immer noch da. Wenn er eines brauchen konnte, dann war es ein Junkie, der ihn ansprang.

Es sprang ihn aber niemand an. Stille. Nichts rührte sich.

Er stand da und schaute sich um.

Die Schul bestand aus vier Räumen – eine kleine Eingangshalle an der Vorderseite, Damen- und Herrentoiletten an der Rückseite und dazwischen der Gemeindesaal mit Sitzreihen aus Nußbaum, die hundertfünfzig Leuten Platz boten.

Die Vordertür war oben und unten verriegelt, ohne Schlüssel kam man da nicht hinein. Das gleiche galt für die Hintertür. Wie konnte also ...

Er wartete ein paar Minuten, redete sich ein, daß er allein war, schaute aber trotzdem nach. Dann ging er zum vorderen Raum. Immer noch abgeschlossen; keinerlei Beschädigungen an der Tür.

Im hinteren fand er es schließlich, das Fenster zur Damentoilette. Es war zwar zu, aber das Fliegengitter fehlte – da unten lag es, neben dem Reifen seines Wagens. Auf dem Fensterbrett ein paar trockene weiße Farbsplitter, die abgeblättert waren.

Jemand, der das Fenster aufgemacht hatte, nachdem er sich aus dem Staub gemacht hatte? Gab es Diebe, die so weit mitdachten?

Er ging wieder in den Gemeindesaal zurück, öffnete die Lade und untersuchte die Torarollen. Das Silber war noch da. Die flaschenförmige Puschke war ebenfalls ungeöffnet, und das Schloß wies keinerlei Kratzspuren auf. Nur Sam und Mr. Kravitz kannten die Kombination, und die beiden wechselten sich damit ab, die wöchentlichen Einnahmen beim Hadassah Thrift Shop auf dem Broadway abzugeben. Es hatte einmal Zeiten gegeben, da die Gemeinde Beth Torah voller Stolz fünfzig Dollar wöchentlich zur Unterstützung der Armen bereitstellte, doch mittlerweile war man bei zehn, zwölf Dollar angelangt. Sam war dies peinlich, und so stockte er den Betrag jeweils mit zwanzig Dollar aus seiner eigenen Tasche auf. Er hatte keine Ahnung, was Kravitz machte; irgendwie war der Kerl ein Knauser.

Er inspizierte die Puschke und schüttelte sie. Immer noch voll. Bis auf den Quarter und die Zehncentmünze. Merkwürdig.

Es fehlten mehrere Kichle und, soweit Sam es beurteilen konnte, etliche Crackers.

Ein hungriger *Ganew*. Wahrscheinlich ein Penner, der so zugedröhnt war, daß er nicht mehr wußte, was er tat, einer von den Spinnern, wie sie draußen auf der Promenade herumschlichen. Manchmal gab Sam ihnen ein wenig Kleingeld, andere Male wollte er auch einfach nichts mit ihnen zu tun haben.

Mußte aber ein ziemlich dünner Spinner sein, denn das Klofenster war reichlich klein. Junkies waren meistens dünn. Und hatten sie nicht immer Hunger auf Süßigkeiten? Okay, es war kein großartiger Verlust entstanden. Er steckte die Münzen wieder zurück in die Puschke, wischte die Krümel vom Samttuch, klappte die Schachteln mit den Crackers und den Backwaren zu und trug sie wieder zu dem Bücherregal. Als er das untere Fach öffnete, wo das Essen aufbewahrt wurde, sah er, daß der Ganove noch etwas anderes unberührt gelassen hatte: Schnaps.

Der Schnaps war für die Stammbesucher. Eine beinahe volle Flasche Crown Royal und eine halbleere Flasche Smirnoff.

Ein Junkie, der nur ein einziges Laster hatte und sich nichts aus Fusel machte?

Neben den Flaschen lagen ein paar zusammengefaltete Gebetsschals. Ein Stoß der kleinen Seidenschals mit blauen Streifen und außerdem der lange schwarzgestreifte wollene *Tallit* für den Vorbeter. Dieser gehörte eigentlich in das Fach unter dem Podest – wie kam es, daß er hier gelandet war?

Hatte er ihn hier hingelegt? Oder Kravitz? Er versuchte krampfhaft sich zu erinnern, dieses elende Gedächtnis … letzten *Schabbes* … genau, ja, Mrs. Rosen hatte sich nicht ganz wohl gefühlt, und Sam war früher gegangen, um sie nach Hause zu bringen. Weshalb Kravitz hinterher hatte aufräumen müssen. Der Kerl hatte einfach keinen Sinn für Details.

Als Sam den wollenen Gebetsmantel aus dem Fach nahm, stellte er fest, daß Kravitz ihn auch nicht korrekt gefaltet hatte. So ein

Trottel. Hatte sein ganzes Leben lang in der Verwaltung der Wasserwerke gesessen – was sollte man von so 'nem Sesselpuper auch groß erwarten?

Sam faltete den Mantel noch einmal zusammen, strich sanft über die dicke Wolle und trug ihn zu dem Podest. Er beugte sich hinab und öffnete die Tür zu dem Fach.

Darin war ein Junge.

Ein kleiner, dünner Junge, der sich in eine Ecke drückte und aussah, als hätte er eine Heidenangst.

Er atmete schwer. Sam sah, wie sein Brustkorb sich hob und senkte, und nun konnte er es auch hören, schnell und keuchend, als ob er Asthma hatte oder so was.

Und der Gesichtsausdruck.

Sam kannte diesen Gesichtsausdruck. Seine Geschwister. Gesichter hinter den Fenstern eines Zuges.

Arbeiter im Lager, die es nicht schafften.

Selbst Emils Gesicht, damals, als er eine Lungenentzündung hatte und er dachte, das war's.

Sams eigenes Gesicht, als er mitten im tiefsten Winter eine Glasscherbe im Schnee gefunden, sie als Spiegel benutzt hatte und sah, was aus ihm geworden war.

Haargenau so sah der Junge aus.

»Hey, es ist alles in Ordnung«, sagte Sam.

Der Junge schlotterte. Er hatte die Arme um den Leib geschlungen, gerade so, als würde er frieren, und obwohl es ein wunderbarer sonniger Junitag in Venice, Kalifornien war, spürte Sam, wie ihm der eisige Wind der Ukraine über den Körper strich.

»Es ist alles in Ordnung«, wiederholte er. »Du kannst ruhig rauskommen, ich beiße nicht.«

Der Junge rührte sich nicht vom Fleck.

»Komm schon. Du kannst doch nicht den ganzen Tag hier drin bleiben – hast du noch Hunger? Cracker sind doch nix, komm, wir gehen was Richtiges essen.«

Es kostete viel Zeit und eine Menge Überredungskraft, um den Jungen aus seinem Versteck hervorzulocken. Die ganze Zeit über stand Sam weit weg von dem Fach unter dem Podest, damit der Junge in Ruhe herauskriechen konnte. Als er es schließlich geschafft hatte, machte er den Eindruck, als wollte er wegrennen.

Sam hielt ihn am Arm fest – nichts als Haut und Knochen. Noch mehr Erinnerungen.

Der Junge wehrte sich, versuchte Sam zu treten. Sam kannte das Gefühl, wie es war, wenn man mit Gewalt festgehalten wurde und ließ los. Der Junge zischte zum vorderen Teil der Schul.

Er rüttelte an der Tür, doch die war verschlossen.

Er kehrte zurück in den Gemeindesaal, machte einen weiten Bogen um Sam und schaute sich mit weit aufgerissenen Augen in allen Richtungen nach einer Fluchtmöglichkeit um.

Sam saß in einer der vorderen Sitzreihen und hielt eine Schachtel mit Donuts in Händen, die der Junge übersehen hatte. Echte *Chaseráj:* Entenmanns Donuts aus Kuchenteig mit Schokoladenglasur. Eine ungeöffnete Packung, die hinter ein paar alten Gebetsbüchern versteckt gewesen war. Kravitz' Geheimvorrat – dachte der Kerl eigentlich wirklich, er könnte irgend jemanden hinters Licht führen? Neben den Donuts stand außerdem ein Einmachglas mit Fischeiern in Aspik, aber Sam konnte sich nicht vorstellen, daß der Junge auf so was fliegen würde.

»Hier«, sagte er und hielt die Donuts in die Höhe. »Nimm sie mit.«

Der Junge stand nur da und starrte ihn an. Obwohl er schmutzig, zerlumpt und rappeldürr war und sein Gesicht voller Schrammen, machte er doch einen ganz netten Eindruck. Elf, eventuell zwölf Jahre alt. Was trieb er sich in seinem Alter hier draußen rum? Es gab zwar jede Menge Ausreißer in Venice, aber das waren meistens Teenager, Angeber, die einen auf Rebellen machten, mit Nadeln und Ringen an allen möglichen Körperteilen, verrückten Frisuren, Tätowierungen und ziemlich fiesem Auftreten. Der hier sah einfach nur aus wie ein kleiner Junge, unterernährt und verängstigt.

Jedenfalls definitiv *gojisch*; er konnte kein Jude sein, das sah man ihm an der Stupsnase an und an den schmutzig blonden Haaren. Es kam vor, daß die Gojim ihre Kinder verprügelten oder mißbrauchten. Weiß Gott, was noch alles. Vielleicht war der hier von zu Hause weggerannt. Kam vermutlich bei Juden auch vor, obwohl ihm persönlich kein solcher Fall bekannt war.

Was hatte er von Kindern auch schon groß Ahnung?

Emil hatte einen Sohn. Anwalt war er. Wohnte in Encino – fuhr ein deutsches Auto! – und redete nie mit seinen Eltern oder Sam.

»Hier«, sagte er und schüttelte die Schachtel mit den Donuts. »Nimm sie.«

Keine Reaktion. Der Junge traute ihm nicht, dachte, daß Sam irgendwas im Schilde führte. Seine Jeans voller Schmutzflecken und das T-Shirt voller Löcher. Er ballte die Fäuste. Ein zäher kleiner *Pischer.*

Sam stellte die Donuts auf den Boden, stand auf und sagte: »Auch gut. Ich werd dir jetzt die Tür aufschließen, damit du nicht durchs Fenster krabbeln mußt. Aber wenn du mich fragst, solltest du dir 'n paar saubere Klamotten besorgen und was Vernünftiges essen, mit Vitaminen.«

Er griff in seine Hosentasche und zog ein paar Geldscheine aus seiner Brieftasche. Zwei Zwanziger – eigentlich viel zu großzügig, dafür daß er den Jungen gar nicht kannte – aber was soll's zum Teufel.

Er legte das Geld neben die Donuts auf den Boden, ging zum rückwärtigen Teil der Schul und schloß die Hintertür auf. Dann ging er ins Herrenklo, um dem Jungen die Gelegenheit zu einem würdevollen Abgang zu geben und außerdem, weil seine Blase randvoll war.

40

Petra starrte auf die Tür, durch die Stu gerade verschwunden war, und eilte ihm hinterher.

Er tauchte wieder im Türrahmen auf, noch bevor sie ihn erreichte. Er nickte mit dem Kopf.

Komm mal her.

Ach ja, der treue kleine Juniorpartner, der auf Kommando springt.

Sie schauten einander in die Augen. Sein Gesicht war völlig regungslos; keinerlei Entschuldigung. Darauf bedacht, ihre Würde zu wahren, folgte sie ihm die Treppe hinunter durch den Hinterausgang zu dem Parkplatz auf der Rückseite des Gebäudes, wo sein Suburban stand. Der normalerweise blitzblanke Geländewagen hatte schmutzige Fenster, und die weiße Motorhaube war übersät mit eingetrockneter Vogelkacke.

»Was zum Teufel ist los, Stu?« fragte sie.

Er schloß die Beifahrertür auf, bedeutete ihr einzusteigen, ging um den Wagen herum und setzte sich hinters Steuer.

»Wir fahren nirgendwo hin«, sagte sie und blieb draußen stehen. »Es gibt hier ein paar Leute, die zu arbeiten haben.«

Er stierte durch die Windschutzscheibe. Die Sonne im Osten tauchte sein Profil in einen orangefarbenen Schimmer. Das Cover eines Taschenbuchs hätte nicht effektvoller aussehen können. Gottverfluchte Schauspieler an allen Ecken und Enden.

Petra stieg ein und knallte die Tür so fest zu, daß der ganze Wagen wackelte.

Stu sagte: »Ich bin dir eine Erklärung schuldig.«

»Okay.«

»Kathy hat Krebs.«

Petra schnürte sich die Kehle zu, und einen Moment lang bekam sie keine Luft. »Oh, Stu –«

Er hielt einen Finger in die Höhe. »Sie wird morgen operiert. Sie hat verschiedene Tests machen lassen; wir waren nicht ganz sicher, aber jetzt sind wir's.«

»O Stu, das tut mir so leid.« Aber warum hast du mir nichts davon gesagt? So nahe stehen wir uns also anscheinend doch nicht. Acht Monate gemeinsam auf den Fersen der bösen Buben schaffen noch keine tiefe Beziehung.

»Eine Brust«, sagte er. »Ihr Arzt hat es bei einer Routineuntersuchung festgestellt. Sie glauben, es ist ein einzelner Tumor.«

»Kann ich irgendwas tun, um euch zu helfen?«

»Nichts. Aber danke. Wir sind versorgt. Mutter nimmt die Kinder, und Vater kümmert sich ums Krankenhaus.«

Sein rechter Arm ruhte auf der Mittelkonsole. Petra legte ihre Hand auf seinen Ärmel. »Fahr nach Hause, Stu. Wil und ich kümmern uns um alles weitere. Wir kommen schon klar.«

»Nein, haargenau das ist es ja. Ich wollte mich freistellen lassen, aber Kathy hat darauf bestanden, daß ich's nicht mache. Sie will nur, daß ich heute abend zu Hause bin und sie ins Krankenhaus bringe. Sie hat gesagt, ich soll so lange bleiben, bis sie einschläft. Und morgen, wenn die Operation vorbei ist, werde ich auch dasein. Aber was die Zwischenzeit angeht, besteht sie darauf, daß ich weiterarbeite. Selbst wenn sie Bestrahlungen bekommt … vielleicht ist es ja mit einer Lumbektomie getan, sie wissen es aber nicht genau.«

»Du hast wirklich vor weiterzuarbeiten?« sagte Petra.

»Kathy will es so, und du weißt, wie Kathy ist.«

Petra wußte sehr wenig über Kathy. Liebenswürdig, hübsch, effizient, Supermutter, nie ohne Make-up. Beliebteste Schülerin ihres Jahrgangs an der Highschool. Abgeschlossene Lehrerausbildung, von der sie jedoch keinen Gebrauch machte. Während der Familienausflüge war Petra Zeuge ihres hochentwickelten Organisationstalents geworden.

Ein wenig reserviert – seien wir ehrlich, mehr als nur reserviert. Trotz ihrer oberflächlichen Freundlichkeit eine Frau, die immer eine gewisse Distanz wahrte, weshalb Petra sie für eine Eiskönigin gehalten hatte.

Sechsunddreißig Jahre alt. Sechs Kinder.

Petra dachte an ihren eigenen Vater, der auf sich allein gestellt fünf Kinder großgezogen hatte. Und die ganze Zeit über hatte Stu versucht, die Fassung zu bewahren.

»Sie hat eine solche Kraft«, sagte Stu. »Ich habe nie mit jemand anderem geschlafen.«

Er sagte es voller Verwunderung. Petra tätschelte ihm den Arm.

»Den meisten Typen wird's irgendwann langweilig, immer mit der gleichen Frau zusammenzusein. Ich wollte immer nur Kathy und niemand sonst. Ich liebe sie wirklich, Petra.«

»Das weiß ich.«

»Man versucht, das Richtige zu tun, sein Leben auf eine bestimmte Weise zu führen – ich weiß, daß man mit Gott keinen Deal machen kann. Er hat Seinen eigenen Plan, aber dennoch ...«

»Es wird alles gutgehen«, sagte Petra. »Es kommt alles in Ordnung, du wirst sehen.«

»Sieh dir Ramsey an«, fuhr er fort. »Der Kerl hat eine gesunde Frau, und dann tat er ihr so was an. Oder Ilse Eggermann. All der Kram, den wir zu sehen kriegen.«

Er legte seinen Kopf auf das Lenkrad und brach unvermittelt in ein träges Schluchzen aus.

Erst Vivian Boehlinger und jetzt das.

Doch dies hier war etwas anderes. Dies hier war ein Teil von ihr.

Petra streckte die Arme aus und hielt ihn fest.

41

Als sie auf den Aufzug zuging, hörte Mildred Board Schritte von oben. Dann die Toilettenspülung und Badewasser, das eingelassen wurde. Das alte Haus war eine wunderbare Konstruktion, doch je nachdem, wo man sich gerade aufhielt, wanderten die Geräusche durch das ganze Gebälk.

Die Missus ließ sich ihr Bad selbst ein. Das war etwas Neues.

Vielleicht verhieß dies ja einen guten Tag.

Sie kehrte in die Küche zurück, aß die an den Rändern gekräuselten Eier und trank den Kaffee an dem alten Tisch aus Eibenholz. Dann kippte sie den Kaffee weg, brühte eine frische Kanne und wartete, um der Missus Zeit zu lassen für ein ausgiebiges Bad. Um acht Uhr fünfundvierzig machte sie sich mit der zweiten Etappe des Frühstücks auf den Weg nach oben.

Keine Zeitung auf dem Tablett. Doch nicht, weil ihr der Inhalt zu widerwärtig erschienen wäre, sondern weil der Zusteller ihr Haus diesen Morgen schon wieder mal ausgelassen hatte. Die Welt war voller Schlamperei.

Darum würde sie sich kümmern, nachdem sie das Frühstück serviert hatte. Sie würde bei der Abonnementabteilung der Zeitung anrufen und ihnen ordentlich Bescheid stoßen. Manchmal wünschte sie sich, daß die Missus das Abonnement einfach auslaufen ließ. Es war absolut nicht notwendig, den Kram zu lesen, der heutzutage gedruckt wurde.

Sie entstieg dem Lift in dem mit Parkett ausgelegten obersten Stockwerk. Dann ging sie an der leeren Stelle vorbei, wo der obere Steinway-Flügel gestanden hatte, passierte die Geister der Regency-Kommode mit ihren feingearbeiteten Intarsien aus Schildpatt und der beiden mächtigen Kang-Chi-Vasen, die blau wie der Himmel und weiß wie die Milch auf zwei Podesten aus Carrara-Marmor gestanden hatten. In einem der Alkoven bemerkte sie etwas Staub und wischte ihn mit ihrer Schürze weg.

Der Weg zu den Gemächern der Missus führte sie vorbei an den Echos des chinesischen Porzellans, den vergoldeten Vitrinen, eine davon voll mit kleinen Bronzeplastiken von Tieren, die andere fast überquellend vor japanischem Inro, Jade und Vasen aus verschiedenen Metallen.

Samt und sonders unersetzliche Stücke. Wie der Boulle-Schrank.

Sie klopfte an die Tür der Missus, erhielt die erwartete matte Antwort und trat ein.

Die Missus lag im Bett. Sie trug die cremefarbene Bettjacke aus Satin mit den überzogenen Knöpfen – was hatte sie suchen müssen, bis sie endlich eine Reinigung gefunden hatte, die sich mit so was auskannte. Ihr Haar war mit einem weißen Badetuch eingewickelt, sie trug kein Make-up, was ihrer Schönheit aber keinen Abbruch tat. Der süßliche Duft von Rosenwasser wehte durch den Raum. Auf ihrem Nachttisch stand nichts weiter als ein Taschentuchbehälter aus Limoges-Porzellan und eine Schlafmaske aus schwarzem Satin. Die Bettdecken wirkten nahezu unberührt, diese Frau war zart und zurückhaltend, selbst im Schlaf.

Allerdings benahm die Missus sich sonderbar – sie blickte starr geradeaus, ohne Mildred anzulächeln.

Hatte sie wieder schlecht geträumt?

Das Zimmer war noch immer dunkel, beide Vorhänge waren zugezogen. Mildred blieb stehen, wo sie war, denn sie wollte nicht aufdringlich sein, und einen Augenblick später wandte sich die Missus zu ihr um. »Guten Morgen, meine Liebe.«

»Guten Morgen, Ma'am.«

Ihr Gesicht war so schmal, so weiß. Sie wirkte müde, sehr müde. Also würde es wahrscheinlich doch kein so guter Tag werden.

Mildred faßte den Entschluß, sie ein wenig aus dem Haus zu locken – eine Fahrt nach Huntington Gardens? Letzten Monat hatten die beiden dort eine ganz hervorragende Stunde verbracht, als sie im Schneckentempo durch die Gegend spaziert waren. Eine Woche später hatte Mildred vorgeschlagen, das Ganze noch mal zu wiederholen, oder vielleicht eine Kunstgalerie zu besuchen, doch die Missus hatte ihre Initiative abgeblockt. *Vielleicht ein andermal, meine Liebe.*

Früher hatte ein Fahrer den Lincoln und den Cadillac gesteuert. Den Cadillac hatten sie nicht mehr, und Mildred mußte sich mit dem Lincoln abmühen … wieviel Benzin war da überhaupt noch im Tank?

Wenn sie schon keine Spazierfahrt machten, dann vielleicht wenigstens einen Spaziergang im Park, um ein wenig frische Luft zu schnappen. Vielleicht nach dem Lunch.

»Hier ist das Frühstück, Ma'am.«

»Danke, Mildred.« Sie sagte es automatisch, mit einer Höflichkeit, der Mildred entnahm, daß die Missus keinen Hunger hatte und vermutlich keinen Bissen anrühren würde.

Aber der Körper brauchte doch Nahrung. Das war eine ganz simple Logik. Doch trotz all ihrer Bildung, trotz des Abschlusses am College von Wellesley – einer der angesehensten Mädchenschulen in ganz Amerika – schienen die Missus manchmal ganz grundlegende Tatsachen zu überraschen. In solchen Momenten kam sich Mildred vor wie eine ältere Schwester, die sich um ein Kind kümmert.

»Sie müssen etwas essen, Ma'am.«

»Danke, Mildred. Ich werde mir Mühe geben.«

Mildred stellte das Essen ab, zog die Vorhänge zurück, nahm das Tablett für das Bett und stellte es auf. Sie bemerkte eine Delle im Faltenwurf der Vorhänge, zog diese glatt und schaute zum Fenster hinaus. Der blau gekachelte Pool, den Er dem Pool vom Mr. Hearst in San Simeon hatte nachbauen lassen, war leer und voller brauner Streifen. Der Buchsbaumgarten – ein Anblick des Jammers. Mildred wandte sich schnell ab, doch vorher schob sich noch das in der Ferne liegende Downtown L.A. in ihr Blickfeld. Der ganze Stahl und all dies Glas, aus der Nähe schrecklich anzusehen, aber von so weit weg wie jetzt nicht ohne eine gewisse … Majestät.

Als sie sich vollständig herumgedreht hatte, sah sie, wie die Missus ihre Augen abwischte.

Weinte sie? Mildred hatte sie nicht mal schniefen hören.

Die Missus zog ein Taschentuch aus dem Porzellanbehälter und schneuzte sich die Nase, ohne daß davon etwas zu hören war. Schon wieder eine Erkältung? Oder hatte sie etwa *doch* geweint?

»Schauen Sie mal, Ma'am. Der Toast ist genauso, wie Sie ihn am liebsten haben.«

»Verzeih mir, Mildred, das Frühstück ist ganz wunderbar ... aber, vielleicht nachher, bitte laß es einfach stehen.«

»Vielleicht einen Kaffee, um den Appetit anzuregen, Ma'am?«

Die Missus wollte schon ablehnen, sagte dann aber doch: »O ja, bitte.«

Mildred ergriff die Kanne mit dem Kaffeewärmer und goß einen ebenholzfarbenen Strahl in die Tasse aus Royal Worcester. Die Missus hob die Tasse, doch ihre Hände zitterten so, daß sie sie mit beiden Händen festhalten mußte.

»Was ist denn los, Ma'am?«

»Nichts. Alles in bester Ordnung, Mildred – was für eine wunderbare Rose.«

»Die Blüten sind dieses Jahr wirklich prächtig, Ma'am. Wird ein gutes Jahr für Rosen.«

»Ja, da bin ich auch ganz sicher ... danke, daß du dir all die Mühe gemacht hast.«

»Nicht der Rede wert.«

Der gleiche Dialog wie jeden Morgen. Wie schon Hunderte von Morgen zuvor. Ein Ritual, aber keine Formalität, denn die Dankbarkeit der Missus war echt. Sie war gütig wie eine Königin – oder noch gütiger, wenn man sich anschaute, was aus den Königshäusern unserer Tage geworden war. Es fiel schwer, in ihre eine Amerikanerin zu sehen. Sie hatte eher etwas ... Internationales.

Die Missus nahm sich ein weiteres Taschentuch und betupfte sich die Augen. Mildred nahm das erste Taschentuch und warf es in den venezianischen Papierkorb unter dem Tisch am anderen Ende des Bettes, als sie feststellte, daß dort etwas drin lag.

Eine Zeitung. Die von heute!

»Ich bin ziemlich früh aufgestanden und habe sie mit hochgenommen, Mildred – sei nicht böse.«

»Früh aufgestanden, Ma'am?« Mildred war um sechs Uhr aufgestanden und hatte zehn Minuten später selbst ein Bad genommen. Zehn Minuten Schaum, den sie sich zu ihrem eigenen Vergnügen im Geheimen gönnte. Doch sie hatte nichts gemerkt – die Flucht der Missus war vom einlaufenden Wasser übertönt worden.

»Ich war mal kurz draußen, um nach den Bäumen zu sehen. Wegen dem Wind – der Santa Ana hat letzte Nacht wieder ganz schön getobt.«

»Ach so, Ma'am.«

»Ach, Mildred, das ist schon in Ordnung.« Ihre sanften Augen blinzelten.

Mildred verschränkte die Arme vor ihrer Schürze. »Wie früh ist denn früh, Ma'am?«

»Ich weiß nicht genau, meine Liebe – sechs, halb sieben. Ich nehme an, ich bin gestern zu früh schlafen gegangen und war ein bißchen aus dem Rhythmus.«

»Sehr schön«, sagte Mildred. »Haben Sie sonst noch einen Wunsch, Ma'am?«

»Nein, danke, meine Liebe.« Wieder zitterten die Hände der Missus. Sie klammerte sich an der Bettdecke fest und lächelte, doch es war ein gezwungenes Lächeln. Mildred hoffte, daß es nicht ein neuerlicher Rückschlag war. Sie schaute hinab auf die Zeitung.

»Du kannst sie mitnehmen«, sagte die Missus. »Wenn du sie lesen willst.«

Mildred faltete das elende Ding zusammen und klemmte es unter den Arm. So was auch noch lesen! Sie würde es zusammen mit den Küchenabfällen in den Müll werfen.

42

Als das Schloß an der Hintertür der Judenkirche klickte, ist mir schier das Hirn eingefroren, und ich konnte mich nicht mehr rühren.

Was würden die Juden wohl mit mir anstellen? Jetzt war ich echt erledigt.

Als die Hintertür aufging, bin ich unter den großen Tisch gesprungen, in den Schrank gekrochen und habe die Tür hinter mir zugezogen. Da drin konnte ich noch die Schritte draußen hören.

Es war nur eine Person, die da herumging. Genau, nur eine einzige Person.

Der Schrank war leer und roch nach Holz und alten Kleidern. In meinem Mund hatte ich den Geschmack von Crackers und Angst. Ich drückte mich ganz nach hinten in die Ecke und rührte mich nicht. Ich betete, daß, wer auch immer es sein mochte, der da draußen war, nicht auf die Idee kam, den Schrank aufzumachen.

Auf dem Schild hatte doch gestanden, daß erst morgen wieder gebetet werden würde; hielten die Juden etwa geheime Gebete ab?

Wer auch immer da draußen herumlief, blieb stehen, ging dann weiter.

Jetzt war er ganz in meiner Nähe. Wenn er die Schranktür aufmachte, würde ich herausspringen, schreien wie ein Geisteskranker und ihn dadurch überraschen und entkommen.

Entkommen, wie denn? Wohl kaum durch die Hintertür, außer er hatte sie nicht wieder zugesperrt.

Die Vordertür vielleicht? Bekam man die von innen auf? Wieder durch das Klofenster – das würde einige Zeit dauern. Mit einemmal fing mein Magen an, weh zu tun. Ich hatte das Gefühl, als würde ich ersticken.

Dabei hatte ich gar nichts angestellt – nur ein bißchen was von ihren Lebensmitteln gegessen, und die waren noch nicht mal besonders gut. Crackers mit Zwiebelgeschmack und ein paar Kekse, die aussahen wie Schmetterlinge und schon ziemlich schal waren.

Ich habe nicht mal versucht, die silberne Flasche mit dem Judenstern aufzumachen, sondern sie nur ein bißchen geschüttelt, um zu sehen, was wohl rausfallen würde. Und das, obwohl das Schloß ziemlich mickrig war. Ich hatte mir schon überlegt, ob ich es aufbrechen sollte, aber die Flasche hat so hübsch ausgesehen, daß ich sie nicht kaputtmachen wollte.

Das war zwar ein jüdischer Laden, aber es war trotzdem eine Kirche, und es war ja möglich, daß Gott auch hier anwesend war.

All das würde ich ihm erzählen, falls er mich erwischte.

Nein, würde ich nicht. Ich würde schreien und kreischen und zum Klo rennen, mich einschließen und durchs Fenster steigen.

Mir fiel wieder ein, was Moron über die Juden erzählt hatte, von wegen, daß sie nur darauf aus waren, Christen umzubringen ... aber das war doch bloß Stuß, doch was wäre, wenn ...

Oh, oh, jetzt kommt er wieder näher. Ich höre etwas klappern – er schüttelt die silberne Flasche. Und jetzt klingt es, als würde er über die Tischplatte kratzen – vermutlich wischt er die Krümel von den Crackern weg ... jetzt geht er wieder weg. Vielleicht sieht er ja, daß niemand was gestohlen hat und geht einfach –

Jetzt kommt er wieder –

Die Tür geht auf.

Ich springe nicht heraus und schreien tue ich auch nicht.

Ich drücke mich immer tiefer in die Ecke.

Ein Gesicht starrt mich an. Ein altes Gesicht, ein wenig fett. Eine Brille mit einem dicken schwarzen Hornrahmen, eine große Nase, rot ist sie, und die Ohren sind ziemlich groß.

Ein alter Mann, sieht irgendwie lustig aus. Er macht einen Schritt zurück. Seine Klamotten typisch für alte Kerle; ein weißes Hemd, ’ne hellblaue weite Hose und ’ne beige Windjacke. Er hat ganz schön fette Finger, und überhaupt sehen seine Hände aus, als wären sie viel zu groß für ihn.

Er wirkt gar nicht sauer. Eher überrascht. Ich drücke mich weiter in die Ecke, bis ich das Holz in meinem Kreuz und am Hintern spüre, aber ich kann einfach nicht anders. Ich schiebe mich immer weiter nach hinten.

Er macht noch ein paar Schritte zurück und sagt: »Hey, es ist alles in Ordnung.« Seine Stimme ist ziemlich tief und knurrend.

Ich bleibe, wo ich bin.

»Es ist alles in Ordnung. Du kannst ruhig rauskommen, ich beiße nicht.«

Dann beugt er sich vor und betrachtet mich näher. Er zeigt mir seine Zähne, als wollte er mir beweisen, daß sie nicht dazu da sind, kleine Kinder zu beißen. Der perverse Opa hat auch so gelächelt.

Er macht mir Platz, damit ich herauskriechen kann, doch ich kann mich nicht bewegen.

Er sagt mir wieder, es wäre alles in Ordnung, und wenn ich Hunger hätte, sollte ich was Gescheites essen und keinen Mistfraß.

Ich überlege mir, daß ich ihn, wenn er mir Ärger machen will, einfach umschubsen kann. Auch wenn er noch so große Hände hat, ist er schließlich nur ein Opa.

Endlich entspannt sich mein Körper soweit, daß ich herauskrabbeln kann. Er packt mich am Arm, und er hat ziemlich Kraft. Ich versuche, ihn zu treten, und er läßt mich los, und ich renne zur Vorderseite der Synagoge, aber die Tür ist zugesperrt mit einem dieser Schlösser, die man nur mit einem Schlüssel aufbekommt. Ich sitze also fest.

Ich gehe zurück. Er sitzt auf einer der Kirchenbänke. Er lacht, hält mir eine Schachtel mit Schokoladendonuts hin, bietet mir welche an, aber ich werde mich auf keinen Fall so nahe an ihn heranwagen, daß ich mir einen nehmen kann.

Nicht weil er ein Jude ist, sondern weil er überhaupt ein Mensch ist, man kann einfach niemandem mehr über den Weg trauen.

Er fängt wieder an zu reden, sagt, daß er mir die Hintertür aufsperren wird, damit ich nicht durchs Fenster kriechen muß.

Dann zieht er Geld aus der Tasche! Zwei Zwanzigdollarscheine – vierzig Dollar!

Was will er denn damit kaufen?

Ich nehme sie nicht, und er legt sie zusammen mit den Donuts auf den Boden, steht wieder auf, schließt die Tür auf und geht aufs Klo.

Ich schnappe mir alles und renne nach draußen.

Draußen atme ich erst mal kräftig durch. Das Geld in meiner Tasche wiegt 'ne Tonne, und der erste Donut, den ich esse, als ich durch die Gasse gehe, schmeckt fantastisch. Ich esse noch einen. Dann fängt mein Magen wieder an weh zu tun, und ich beschließe, mir den Rest für später aufzuheben.

Allmählich gehen die Läden auf, und es sind immer mehr Leute unterwegs – zu Fuß oder auf Rollerskates und Skateboards. Das erste, was ich mir kaufe, ist eine Dodgers-Mütze mit einem verstellbaren Band an der Rückseite. Ich stelle es so ein, daß es paßt, und schiebe mir den Schirm der Mütze tief ins Gesicht, daß es erstens vor der Sonne geschützt ist und zweitens vor den Blicken der Leute.

Denn etwas zu kaufen ist was ganz Neues. Ziemlich seltsam. Der Laden, wo ich die Mütze kaufe, ist eine kleine Bude, ein Stück weit von der Synagoge weg. Der Kerl, der sie mir verkauft, sieht ziemlich häßlich aus – schlechte Haut, Spiegelsonnenbrille und lange, fettige, graublonde Haare. Er schaut mich komisch an. Als ob er mich kennt.

Kann sein, daß er aus Hollywood ist, aber ich habe ihn noch nie gesehen. Er hat einen komischen Akzent, wie 'n Fiesling aus 'nem Agentenfilm – russisch, er klingt wie ein russischer Spion.

Warum sieht er mich bloß so komisch an? Na ja, so genau kann ich es auch wieder nicht sagen, weil er ja diese verspiegelte Sonnenbrille aufhat. Aber er macht halt den Eindruck – die Art und Weise, wie er seinen Kopf nach mir umdreht und mich mustert. Und wie lange er braucht, um mir mein Wechselgeld herauszugeben.

Als ich weggehe, sagt er: »Hey, du, Kleiner.« Aber ich gehe einfach weiter und schiebe mir die Mütze ins Gesicht. Und als ich mich ein paar Augenblicke später umdrehe, steht er vor seiner Bude und schaut immer noch in meine Richtung, und so drücke ich mich an einer Hauswand vorbei und laufe ein Stück weit die Gasse entlang und kehre erst dann wieder zurück zur Ocean Front, als ich außerhalb seiner Sichtweite bin.

Das Meer ist jetzt strahlend blau, und endlich werden auch meine Knochen warm. Ich rieche Popcorn, weiß, daß ich Geld habe, um mir welches zu kaufen, aber ich bin immer noch voll von den Crackers und den Donuts. All diese Leute, und ich laufe mitten unter ihnen herum, es ist, als würde der Gehsteig sich bewegen und wir alle irgendeinen Tanz aufführen, und alle lassen einander in Ruhe und kommen miteinander aus.

Beim Geruch von Popcorn muß ich an den Rummel denken. Ich war mal auf einem Rummel bei unserer Schule. Hatte kein Geld, um mir Popcorn oder sonst was zu kaufen. Das Ganze hier ist wie ein strahlendheller, warmer Traum.

Ich komme ans Ende der Promenade, und von hier an gibt es nur noch Sand.

Der ganze Strand sieht aus wie das Ende der Welt.

Ich denke, ich schaue mir mal das andere Ende an, mache mich auf den Rückweg und gehe schon eine ganze Weile, da sehe ich plötzlich den häßlichen Russen, der mir entgegenkommt. Er ist zwar Teil der Menge, aber er gehört irgendwie nicht dazu. Alle anderen Leute machen den Eindruck, als hätten sie Spaß, nur er sieht wütend aus. Und er schaut sich nach allen Richtungen um. Als ob er irgendwen sucht – mich vielleicht?

Noch ein Perverser?

Ich habe keine Lust, es herauszufinden. Ich verdrücke mich wieder in die Gasse und gehe zurück in die Richtung, aus der ich gekommen bin. Ich schaue mich ein paarmal um und sehe ein paar Leute, aber er ist nicht darunter. Danach ist die Gasse wieder leer, und ich stehe plötzlich erneut vor der Synagoge. Daneben steht ein riesiger alter Lincoln Continental in Weiß mit einem braunen Dach. Gehört garantiert dem alten Typen.

Judenschleuder hat Moron die Dinger immer genannt. Cadillacs und Lincoln Continentals.

Weiche Karren, hat er immer gesagt, für weiche Leute.

Der alte Typ hatte aber einen ziemlich festen Griff.

Wie er mir das ganze Geld gegeben hat – vierzig Dollar. Als ob es nix wäre. Also sind die Juden doch reich. Aber er hat nichts von mir gewollt.

Vielleicht kann ich von ihm noch mehr Geld kriegen.

Ich stehe immer noch draußen in der Gasse und denke darüber nach, da kommt er heraus, sieht mich und lächelt mich voller Staunen an. Er ist total klein. Dieses Mal fällt mir auf, daß seine Zähne einfach einen Zacken zu weiß sind, um echt zu sein.

Mom hat auch falsche Zähne, sie hat sie damals bekommen, als ihr die Backenzähne rausgefallen sind, weil sie völlig verfault waren. Aber sie hat sie nie eingesetzt, und irgendwann ist ihr Gesicht dann labberig geworden.

Er streckt die Arme aus, als ob er ganz verwundert ist.

»Was?« sagt er. »Schon alles ausgegeben?«

43

Stu ließ sich von ihr trösten, um sich dann so abrupt wie ein Stromausfall aus ihrer Umarmung zu lösen. Es war das erste Mal, daß sie einander je berührt hatten.

»Zurück an die Arbeit«, sagte er.

An ihre Schreibtische zurückgekehrt, erklärte er ihr: »Ich habe was von einer meiner Quellen in den Studios gehört.«

Scott Wembley hatte ihn in der vergangenen Nacht angerufen. Stu beschränkte sich auf das Wesentliche, wobei er den jammernden Tonfall in der Stimme des Regieassistenten wegließ: »Es ist nichts Großartiges, Detective, aber Sie haben gesagt, ich sollte Sie anrufen, wenn ich irgendwas höre.«

»Was gibt's, Scott?«

»Wir haben mit ein paar Leuten rumgesessen und gelabert, und da kam halt irgendwann das Gespräch auf Ramsey, und einer hat gemeint, sie glauben, daß ein paar Folgen seiner Serie im Griffith Park gedreht worden sind. Szenen in den Bergen, die ganzen Reiterwege – liegt ja schließlich von Burbank aus gerade mal auf der anderen Seite des Freeway.«

»Bei Drehs vor kurzer Zeit?«

»Keine Ahnung. Das ist alles, was ich weiß.«

»Wer hat das erwähnt?«

»Eine Regieassistentin, aber fragen Sie mich nicht, wo die das her hat. Ich wollte sie nicht unbedingt aushorchen – Sie haben selbst gesagt, ich soll behutsam vorgehen, richtig?«

»War sie sich ihrer Sache ganz sicher, oder hat sie nur Vermutungen angestellt?«

»Sie sagte, sie glaubt, daß es so war. Meinte, daß sie es irgendwo gehört hätte. Es war … na ja … eher so eine beiläufige Unterhaltung. Wo man einfach mal so sagt, was man gerade denkt.«

»Und was wurde so gedacht?«

»Also in erster Linie eines: Ramsey ist die Antwort des weißen Mannes auf O. J. Simpson.«

»Okay, Scott. Danke.«

»Danken Sie mir, indem Sie mich in Ruhe lassen.«

»Dann kann es also sein, daß Ramsey Griffith Park kennt«, stellte Petra fest.

»Aber warum hat er sich dann nicht eine Stelle ausgesucht, die weiter abgelegen ist?«

»Weil er dann Lisa zu Fuß durch die Gegend hätte schleifen müssen. Indem er den Parkplatz benutzt hat, konnte er einfach nur reinfahren, sie aus dem Wagen locken unter dem Vorwand mit ihr reden zu wollen, um sie dann zu erstechen, ohne daß sie im geringsten damit rechnete.«

»Du glaubst, er hat das Ganze geplant?«

»Ich denke, er hat den Plan irgendwann während ihrer gemeinsamen Zeit ausgebrütet. Außerdem hat das Auto eine gewisse Bedeutung – unter psychologischen Gesichtspunkten betrachtet. Ramsey sammelt Autos, und Lisa hatte gern Sex darin. Was wäre ein passenderer Ort, um ihre Beziehung zu beenden, als ein Parkplatz?«

»Ein Paar aus L.A., wie's im Buche steht ... da ist was dran. Gefällt mir.« Er legte seine Hände auf den Schreibtisch. Er hatte sich nur nachlässig rasiert und eine kleine Insel blonder Haare unterhalb seines rechten Ohres übersehen. »Wäre vielleicht ganz interessant herauszufinden, ob in irgendwelchen *Aufräumer*-Folgen ein Mord wie unserer hier passiert.«

»Das Leben ahmt schlechtes Fernsehen nach?« fragte Petra.

»Diese Leute haben keine Fantasie. Mir die Originaldrehbücher zu besorgen, würde eine Weile dauern, aber ich kann ja mal ein paar Jahrgänge *TV Guide* durchackern und nachsehen, was in den Zusammenfassungen steht.«

»Prima«, sagte Petra. Er halste sich noch mehr Fleißarbeit auf und schien noch dankbar dafür zu sein.

Fournier betrat den Wachraum, nahm sich einen Stapel Mitteilungen über eingegangene Anrufe und kam zu den beiden herüber. »Hey«, sagte er.

»Hey«, sagte Stu. Nichts auf seinem Gesicht deutete darauf hin, daß dies kein Tag wie jeder andere war.

Fournier wedelte mit einem Bündel Zettel herum. »Ich war so frei, und hab mich an deinem Schreibtisch bedient, Barbie.«

»Ich zahle später«, sagte sie. »Irgendwas Neues?«

»Was Unterkünfte, das Jugenddezernat oder sonstige Wohltäter der Menschheit angeht – nichts Neues über den Jungen. Aber er ist nicht erst seit gestern in der Stadt. Ich habe eine hübsche Spur – ein Koreaner, der Chef vom Oki-Rama auf der Western Avenue. Er sagte, der Junge hat öfter mal bei ihm was zu essen gekauft, und zwar in den letzten drei, vier Monaten. Immer nachts, das ist ihm aufgefallen, weil der Junge ziemlich jung aussah und sich um die Zeit eigentlich nicht mehr alleine rumtreiben sollte. Außerdem hat er nur seine Bestellung aufgegeben und ihm nie in die Augen geschaut. Sein Wechselgeld hat er immer bis auf den letzten Penny nachgezählt. ›Ein kleiner Banker‹, hat der Koreaner ihn genannt. Außerdem hat er erzählt, der Junge wäre manchmal vorbeigekommen und hätte Ketchup, Mayo und Senf geklaut und wohl gedacht, er würde es nicht merken. Und rate mal, was noch: Das letzte Mal, daß der Junge dagewesen ist, war letzten Sonntag gegen neun Uhr abends. Und da hat er einen Chiliburger gekauft.«

»Na prächtig«, sagte Petra und dachte daran, daß der Junge sich drei Monate lang ganz allein durchgeschlagen hatte. Und dabei auch noch seine Finanzen im Griff hatte. Woher hatte er überhaupt sein Geld? Woher kam er? »Überprüfen wir mal die landesweiten Listen und Register über Ausreißer.«

»Ich hab sein Bild schon losgefaxt«, sagte Fournier. »Aber in der Richtung gibt's tonnenweise Akten, und das braucht seine Zeit. Natürlich will unser Koreaner auch seine Belohnung.« Er lachte. »Wie alle anderen übrigens auch. Außer all den geldgeilen Säcken gibt's auch ein paar, die echt 'ne Schraube locker haben. Beispielsweise hab ich eine angebliche *Hellseherin* aus Chula Vista, die behauptet, ein Satanistenkult hätte Lisa wegen ihrer Thymusdrüse ermordet. Anscheinend sind Thymusdrüsen bei den gehörnten Horden derzeit schwer angesagt.«

»Lisas Thymusdrüse war intakt zum Zeitpunkt der Autopsie«, erklärte Petra.

»Ich habe der Dame erzählt, daß sie den Jackpot nicht geknackt hat. Ich wußte gar nicht, daß Hellseher so fluchen können. Ach ja, eines noch. Schoelkopf kam hier reingerauscht. Er kriegt schwer Druck von oben, und wir sind angewiesen, ihn sofort zu informieren, falls sich irgendwas ergibt, was auch nur im entferntesten wie eine Spur aussehe könnten. Haben wir so was?«

Stu erzählte ihm von dem Gerücht, daß Ramsey für seine Serie im Griffith Park gedreht hatte.

Fournier dachte nach. »Nee, damit kann er nicht an die Presse.«

»Er hat sich also tatsächlich in die schmutzigen Niederungen des Wachraums begeben?« fragte Petra ungläubig.

»Für volle fünf Minuten, Barb. Wenn die Kacke am Dampfen ist, bleibt kein Winkel vom Gestank verschont.«

44

Ein Zeuge.

Wie war das möglich? Er war heute morgen aufgewacht und hatte ein ziemlich gutes Gefühl gehabt, was die Lage der Dinge betraf. Er hatte sich gestreckt, gegähnt, Kaffee gemacht, sich einen Saft eingeschenkt. Die Zeitung aufgeschlagen.

Und da stand es dann.

Es drehte ihm schier den Magen um.

Ein kleiner Junge.

In dem Artikel hieß es, daß er *vielleicht* am Tatort gewesen war, die Polizei aber auch andere Hinweise verfolgte.

Was bedeutete, daß die Polizei entweder keinen blassen Schimmer hatte oder einen doppelten Bluff versuchte, um ihn aus der Reserve zu locken.

Ein *kleiner Junge?* Im Park? Um diese Zeit?

Vielleicht war es alles nur ein Schwindel. Ein Trick, um einen in die Falle zu locken.

Nein, nein – nicht in Verbindung mit einer Belohnung. Wenn eine falsche Fährte dazu führte, daß irgendein unschuldiges Kind von einem geldgeilen Idioten geschnappt wurde und die Eltern daraufhin die Polizei verklagten, dann hatte das schwerwiegende rechtliche Probleme zur Folge.

Also war wahrscheinlich doch was dran an der Sache ... aber wie kamen sie darauf, daß es ein kleiner Junge war, wenn er sich selbst noch nicht gemeldet hatte?

Außer ... es gab irgendwelche Spuren und Hinweise ... hatte er irgendwas hinterlassen?

Das komische war, daß er, nachdem er Lisa erledigt hatte, glaubte etwas gehört zu haben. Ein Geräusch, irgendwo von weiter oben, hinter den Felsen. Ein Rascheln oder Kratzen, das trotz der Stoßgeräusche seines Armes noch zu hören gewesen war.

Er gönnte sich einen kurzen Moment reinsten Vergnügens: die Erinnerung an den Ausdruck auf Lisas Gesicht. Selbst in der Dunkelheit war er noch zu erkennen gewesen. Oder vielleicht hatte er sich das auch nur eingebildet.

Er hatte sich eingeredet, daß das Kratzen nur Einbildung gewesen war. Er hatte innegehalten, sich ganz ruhig verhalten, nichts gehört und sich dann wieder Lisa gewidmet.

Wie schön und reglos sie gewesen war.

Er hatte Blut auf seinem Hemd, doch er achtete in erster Linie darauf, daß seine Schuhe sauber blieben, denn Abdrücke von Schuhen konnten sich als problematisch erweisen. Insofern war der Asphalt von Vorteil, bloß nicht durch Staub und Dreck laufen. Bevor er zu seinem Wagen zurückkehrte, zog er die Schuhe aus.

Er war so vorsichtig gewesen, und dennoch ... ein kleiner Junge, der sich um diese Zeit noch da oben herumtrieb ... das ergab doch keinen Sinn. Er stierte wieder auf das Bild. Weiße Hautfarbe, sah aus wie elf oder zwölf. Konnte eines von Tausenden von Kindern sein. Wenn er überhaupt existierte.

Selbst wenn sie ihn fanden, was konnte er in der Dunkelheit denn überhaupt gesehen haben?

Sein Gesicht war in der Dunkelheit auf gar keinen Fall zu erkennen gewesen.

Oder doch?

Was war mit dem Wagen? Das Nummernschild vielleicht ... für einen kurzen Moment. Am Rande des Parkplatzes hatten ein paar Laternen herumgestanden. War er darunter hindurchgefahren?

Er hatte sich deswegen keine Gedanken gemacht, weil er angenommen hatte, daß niemand in der Nähe war.

Wenn der Junge wirklich existierte, warum hatte er sich dann nicht gemeldet? Also war es vielleicht doch nur ein Schwindel ...

Andererseits konnte dies wirklich ein Problem darstellen. Kein großes Problem zwar – nichts im Vergleich zu Estrella, dieser Hexe mit dem bösen Blick.

Wegwerf-Leute, von denen es in L.A. nur so wimmelte.

Ein Junge ... sein Verstand sagte ihm, daß er sich keine Sorgen machen mußte, aber Himmelherrgott, sein Herz pochte wie wahnsinnig!

Er riß die Seite aus der Zeitung und quetschte sie zu einer festen, schweißgetränkten Kugel zusammen. Dann besann er sich eines Besseren und faltete das Bild wieder auseinander. Er versuchte, etwas Kaffee zu trinken, doch er bekam nichts herunter.

Versuchte sich dadurch aufzuheitern, daß er an Lisa dachte, und daran, wie sie am Boden lag.

Wahre Liebe stirbt niemals. Sie aber doch.

Und dann auch noch so leicht.

Das Beste daran war ihre Verblüffung gewesen.

Vergessen wir, was war. Nimm mich noch einmal in den Arm. Und dann: Wamm!

Nicht ganz die klassische Umarmung.

»Nicht ganz«, sagte er laut mit einem kultivierten britischen Akzent. Die Stimme wie David Niven – eine von den tausend Rollen, die er nie hatte spielen dürfen.

Niemand wußte sein Talent zu schätzen.

Lisa allerdings schon, jedenfalls während der letzten Sekunde ihres Lebens. Der Ausdruck auf ihrem Gesicht – endlich sah sie ihn in einem ganz neuen Licht.

Du bist zu so was fähig?

Er hatte peinlich darauf geachtet, ihr in die Augen zu sehen, als er ihr das Messer in den Bauch rammte und es nach oben zerrte.

Einer dieser wunderbaren Augenblicke, wo sich alles zusammenfügte. Die beste Rolle, die er je gespielt hatte. Nur sie und er, beim Tanz in der Dunkelheit.

Sie und er und ein kleiner *Junge?*

Was hätte er tun können, um das zu vermeiden? Den Hügel hinaufkriechen und überall Blut und wer weiß was noch für Spuren zu hinterlassen? Dann hätten selbst die Oberdeppen vom LAPD unter Umständen irgendwas gefunden.

Sie hatten es geschafft herauszufinden, daß ein kleiner Junge dort gewesen war. *Aber wie?*

Vielleicht war der Junge *vorher* dort gewesen und war gegangen, bevor Lisa und er aufgetaucht waren.

Vielleicht – *maybe, maybe, maybe.* Das war doch ein alter Song. Irgendein Doo-Wop-Song, den er toll fand. Von einer Girlgroup, den Chantelles oder den Shirelles.

Der Riesenbatzen Geld würde jedenfalls haufenweise Spinner auf den Plan rufen. Entscheidend war, daß das LAPD nicht den geringsten Schimmer hatte.

»Nicht den geringsten Schimmer«, sagte er wieder in seiner David-Niven-Stimme.

Weder die Hampelmänner von Sheriffs, die am ersten Tag aufgetaucht waren, noch dieses Pärchen vom LAPD. Bishop, stark und schweigsam, der die Bühne seiner Kollegin Connor überlassen hatte.

Miß Detective. Lange Beine. Kein Busen, aber trotzdem – scharfe Braut. Wie alt war sie wohl? Sechsundzwanzig? Siebenundzwanzig? Die dunklen Haare und die helle Haut. Hochgewachsen und schlank, wie sie war, sah sie nackt vermutlich zu knochig aus, aber mit Klamotten ganz okay. Er stellte sie sich vor, weiß und weich, kein Gramm Fett am Leib, wie sie ausgestreckt neben dem Swimmingpool lag und sich seinen Händen hingab, seinem Mund und …

Irgendwann vielleicht später mal …

Er lachte und streckte seine kräftigen Arme aus.

Die hatten doch alle nicht den geringsten Schimmer.

Nichts außer diesem angeblichen *Jungen*.

Der sich nicht meldete.

Weil er gar nicht existierte?

Wenn er sich so spät noch da draußen rumtrieb, mußte er ein Straßenpunk sein, ein Ausreißer – vielleicht war er sowieso nicht mehr ganz klar im Kopf, weil er mit Drogen zugedröhnt war oder AIDS hatte.

Vermutlich mußte er sich deswegen nicht die geringsten Sorgen machen

Er saß eine ganze Weile lang da und versuchte, sich selbst zu überzeugen. Schließlich gelangte er zu dem häßlichen Schluß, daß die Angelegenheit ernst genommen werden mußte.

Er würde Nachforschungen anstellen. Im Gegensatz zu den Cops war er an keinerlei Regeln und Vorschriften gebunden. Das Leben hatte ihn gelehrt, sich seine eigenen Regeln zu machen.

Und die Essenz jahrelanger Erfahrung war: Wenn du was willst, nimm's dir.

Wie damals in Redondo. Die deutsche Stewardeß, die in diesem Restaurant saß und mit ihrem grottenhäßlichen Freund herumstritt.

Er beobachtete die beiden von der Bar am gegenüberliegenden Ende des Raumes aus, wo er saß, an seinem Heineken nippte, sich gelegentlich die Biertropfen aus seinem falschen Bart wischte und sich fragte, was ein Mädchen wie dieses an jemandem finden konnte, der so widerwärtig war.

Das Mädchen war ihm aufgefallen, weil sie Lisa so ähnlich sah. Der Freund hingegen hatte ein Gesicht wie Schweinescheiße.

Er beobachtete die beiden und entwickelte sexuelle Fantasien vom Kaliber »Die Schöne und das Biest«. Doch er bekam keinen hoch, denn es war offensichtlich, daß die zwei nicht miteinander klarkamen, so wie sie dasaßen, einander anstarrten und kaum einen Bissen anrührten.

Schließlich stand das Mädchen auf und stapfte aus dem Restaurant. Sie hatte soviel Ähnlichkeit mit Lisa – ein bißchen größer, größere Titten, ihre sinnliche Figur in dem knappen blauen Kleid, die festen, muskulösen Beine, als sie aus dem Blickfeld marschierte.

Schweinescheiße schleuderte ein paar Geldscheine auf den Tisch und folgte ihr. Ein großer Kerl, aber weich, nichts weiter als ein Sack voller Dünger.

Er sah, wie sie hinausgingen, bezahlte sein Heineken und achtete darauf, daß ihn niemand beobachtete, während er ihnen zum Parkplatz hinter dem Restaurant folgte und hinter seinem Auto in Deckung ging, von wo aus er einen guten Blick auf die beiden hatte. Schweinescheiße versuchte Blondie dazu zu bewegen, in seinen Wagen zu steigen, beide fuchtelten wild mit den Händen in der Luft herum. Bei jeder ihrer Bewegung wippten ihre Titten auf und ab – und so wie sie sich bewegten, war da kein Gramm Plastik im Spiel. Eine Brust wie diese in Verbindung mit einer schlanken Figur, so was sah man nicht alle Tage.

Sie stritten weiter, bis Schweinescheiße sie packte. Sie riß sich los, er packte sie noch mal, sie klatschte ihm eine, er schlug zurück, sie fiel hin und stand wieder auf.

Richtig lustig, die Angelegenheit.

Nun sah Schweinescheiße so aus, als würde er sich entschuldigen – dieses schwachsinnige Riesenbaby ging doch tatsächlich vor ihr auf die Knie.

Und was machte Blondie?

Sie spuckte ihn an.

Während er hinter seinem Auto kauerte und dies alles mit anschaute, hätte er beinahe laut losgelacht. Oh, oh – jetzt kriegt sie's zurück. Schweinescheiße sprang auf, holte aus, so richtig in weitem Bogen, aber er stellte sich zu blöd an, vermutlich zuviel getrunken, und deswegen verfehlte er sie. Blondie rannte über den Parkplatz davon, ihre wunderbaren Titten wogten, und Schweinescheiße schüttelte seine Faust, doch er lief ihr nicht hinterher.

Blondie blieb am Rande des Parkplatzes stehen und verschränkte ihre Hände vor ihrem Wunderbusen. Schweinescheiße schüttelte den Kopf, stieg in seinen Kleinwagen und fuhr davon.

Jetzt, wo sie allein war, ließ sie hilflos die Hände sinken. Nun bemerkte sie auch, daß es schon dunkel war, der Pier sich geleert hatte und niemand mehr in der Nähe war. Das soll mal jemand versuchen, um diese Uhrzeit in Redondo noch ein Taxi zu bekommen!

Das vernünftigste wäre gewesen, wieder ins Restaurant zurückzugehen, aber sie stand einfach nur da und heulte.

Nun, Fräulein, Dummheit hat was für sich.

Jetzt war er an der Reihe.

Wundervoll. Für ihn war es das zweite Mal. Das erste Mal war es die kleine Sally Tosk gewesen – damals in Syracuse. Sie war in der zehnten Klasse, aber schon seit der achten war sie voll entwickelt. Er hatte mit angesehen, wie ihre Brüste wuchsen – man konnte es fast mit der Angst bekommen. Richtig blond war sie allerdings nicht – eher rötlichblond. Sie trug eine Zahnspange für die oberen Zähne und war die gesamte Footballsaison hinter ihm hergewesen, bis er ihr schließlich eine Verabredung gewährt hatte. Eine geheime Verabredung – sie hatte einen Freund, aber die kleine Schlampe wollte auch mit ihm rummachen.

Im neuen Buick seines Vaters war er zu ihrem Haus gefahren. Ihre Eltern waren ausgegangen und sollten erst spät zurückkommen, ein Essen beim Rotary Club oder so was. Das Grundstück der Tosks war riesengroß und lag außerhalb der Stadtgrenzen. Früher war es mal eine Farm gewesen. Sally empfing ihn an der Tür, nichts weiter an außer einem kleinen Nachthemd. Ließ sich im Wohnzimmer auf Zungenküsse ein, in der Küche an die Titten fassen, und dann gingen sie ins Schlafzimmer, wo sie ganz hysterisch wurde, als er sich weigerte, ihr zu sagen, daß er sie liebte, und sie versuchte, ihn wegzustoßen, so daß er ihr die Hand auf den Mund pressen mußte, um sie am Schreien zu hindern.

Er hielt ihr nicht nur den Mund zu, sondern auch die Nase, und mit einemmal war sie ganz blau im Gesicht. Er brach in Panik aus. Doch dann sah er sie allmählich in einem anderen Licht, und er fing an, an ihrem Körper herumzumachen, einfach so, aus Interesse. Er achtete darauf, nichts zu hinterlassen, und fuhr, zitternd vor Entsetzen und Lust, nach Hause.

Ihre Eltern kehrten zwei Stunden später zurück. In der ganzen Stadt herrschte Angst und Schrecken, breiteten sich Gerüchte aus über einen herumstreunenden Sexualverbrecher.

Wochenlang konnte er nicht schlafen, denn was war, wenn Sally irgend jemandem erzählt hatte, daß sie sich mit ihm treffen wollte? Er verlor Gewicht und erzählte seiner Mutter, er hätte die Grippe.

Doch sie hatte es niemandem erzählt. Aus Sorge um ihren eigentlichen Freund.

Die Polizei unterhielt sich mit ihrem Freund.

Doch es kam nichts dabei heraus. Er ging zu Sallys Beerdigung, vergoß Tränen wie all die anderen.

Jugendliche Lust. Mit nichts vergleichbar.

Sally. Das deutsche Mädchen. Lisa.

Nicht, daß er ein Serienkiller gewesen wäre. Er spürte keinerlei inneren Zwang.

Aber wenn sich die Gelegenheit bot ...

Als bei Sallys Beerdigung die Erde auf den Sarg klatschte, brach er zusammen. Eine ihrer Freundinnen, auch ein Cheerleader, nahm seine Hand, trocknete seine Tränen und erzählte ihm später, was er doch für ein sensibler Kerl war.

»In inniglicher Liebe«, intonierte er mit seiner sonoren Stimme. Nicht die von David Niven – eher die von John Houseman oder jemandem aus der Liga.

Und der Oscar geht an ...

45

Ich erklärte dem alten Kerl: »Nein, ich hab's noch, aber ein bißchen mehr wäre nicht schlecht. Haben Sie nicht 'ne Arbeit für mich?«

Er schiebt sich seine Brille die Nase hoch. »Du kannst ja *doch* reden. Arbeiten willst du, was? Wie alt bist du?«

»Alt genug.«

Er kommt näher. »Hör zu, wenn du Ärger hast, vor irgendwas wegrennst, dann kann ich dir vielleicht helfen. So 'n Kumpel wie du sollte sich nicht allein hier draußen rumtreiben.«

Ich weiche zurück. »Ich brauche keine Hilfe. Nur Arbeit.«

»Hast du 'ne Arbeitserlaubnis?«

Ich gebe keine Antwort. Er sagt: »Eine Arbeitserlaubnis. Das ist das Gesetz. Zum Schutz von Kindern. Früher wurden Kinder gezwungen zu arbeiten, aber jetzt nicht mehr. Nicht in den Vereinigten Staaten.«

Er wird mir also nicht helfen. Ich mache mich auf den Weg.

»Warte mal – du willst arbeiten? Na, prima.«

Ich bleibe stehen. »Was haben Sie denn? Wieviel zahlen Sie?«

Wieder lächelte er. »Ein richtiger Geschäftsmann. Okay, hör zu, die Schul hier –« er deutet über seine Schulter »wird während der Wochen kaum benutzt, es wäre gut, wenn es jemanden gäbe, der vor den Freitagsgottesdiensten aufräumt und saubermacht. Und ein Auge auf alles hält, wenn du weißt, was ich meine?«

»Einen Wachmann?«

»Keinen Nachtwächter, sondern jemanden für tagsüber. Denn es gibt ja hier keine Gelegenheit zum Schlafen – du hast doch einen Schlafplatz?«

»Klar.«

»Das hier ist nachts eine gefährliche Gegend«, sagte er und kommt noch näher. »Du lebst schon 'ne ganze Weile auf der Straße, hab ich recht?«

Ich gebe keine Antwort.

»Ich will mich nicht in deinen Kram einmischen, Sohnemann – ich nenn dich Sonny – aber vielleicht kann ich da ja irgendwie helfen. Weil ich so was auch schon erlebt habe, glaub mir.«

Die Art und Weise, wie er das sagt, wie sich sein Gesicht mit einemmal verändert – so was hatten wir mal in Sachkunde. Metamorphose. Ich weiß, daß er die Wahrheit sagt.

»Das muß aber schon lange her sein«, sage ich.

Er starrt mich an. Fängt an zu lachen. »Allerdings. Schon eine Ewigkeit. Praktisch in der Steinzeit.«

Sein Lachen ist irgendwie komisch – ganz tief, als ob es von ganz unten in seinem Bauch kommt. Ich kann nicht anders und muß auch ein bißchen lächeln.

»Ah, er kann ja auch lächeln. Vielleicht ist das Leben ja doch nicht so schlecht, hm?«

Schlagartig vergeht mir das Lächeln wieder.

»Ist es doch?« fragt er. »Hat jemand dir so übel mitgespielt?«

Wir gehen rein und er zeigt mir einen schmalen Schrank im Männerklo der Schul, wo die Putzsachen stehen. Ein Besen, eine Kehrschaufel, ein Mop samt Eimer, Glasreiniger und Möbelpolitur. Außerdem etwas Silberpolitur, aber die läßt er stehen. Er merkt, daß ich die Dose betrachte.

»Komm mal her, Sonny – hast du eigentlich auch 'n Namen? Ich bin Sam Ganzer.«

»Sonny ist schon in Ordnung.«

Er zuckt die Achseln, streckt mir die Hand hin, und wir schütteln uns die Hände. Seine fühlt sich an wie ein Klumpen Dörrfleisch.

»Nett, dich kennenzulernen.«

»Gleichfalls.«

Er geht mit mir in den Hauptsaal der Schul. Am vorderen Ende steht der geschnitzte Schrank, bei dem ich gar nicht dazu gekommen war nachzuschauen, was drin ist. Er geht bis zur Decke und ist mit einem blauen Vorhang zugehängt. Sam zieht an einer Kordel, und der Vorhang geht auf. Dahinter sind Türen mit zwölf Schnitzereien mit Bibelszenen. Ich erkenne die Arche Noah, Moses in seiner Wiege. Der Rest sagt mir nichts.

Nichts über Jesus. Na klar. Ich denke: Das ist komisch, was mache ich hier überhaupt?

Hinter den geschnitzten Türen stehen drei Gegenstände, die ebenfalls in blauen Samt gehüllt sind, der mit jüdischen Schriftzeichen bedruckt ist. Oben und unten schauen Holzstäbe heraus, und oben haben sie noch zusätzlich silberne Griffe. Auf dem ganz vorn steht *Gestiftet von Saul und Isidore Levine im Andenken an ihren Vater, Hyman.* Über der Vorderseite hängen silberne Schildchen.

»Weißt du, was das ist?« fragt Sam.

»Nein.«

»Die Tora. Das ist die jüdische Bibel – du glaubst doch an die Bibel, oder?«

Ich habe keine Ahnung, woran ich glaube, aber ich nicke trotzdem.

»Dann verstehst du also, daß dies hier heilige Schriften sind, ja?«

»Keine Sorge«, sage ich. »Ich habe nicht vor, das Silber zu klauen.«

Er wird rot wie eine Tomate. »Das wollte ich damit auch nicht sagen, Sonny. Ich wollte nur, daß klar ist, daß die Sachen hier wirklich wichtig und bedeutend sind. Wenn ich dich also bitte, das Silber zu polieren, dann möchte ich, daß du ganz besonders vorsichtig bist. Klar?«

»Klar.« Obwohl ich genau weiß, was er eigentlich sagen wollte.

Wir einigen uns auf folgendes: Ich fege und wische die Böden in der ganzen Schul einschließlich der Klos, putze die Fenster und poliere das Holz. Das Silberpolieren kommt ganz zum Schluß, denn dafür muß er mir noch extra Lappen besorgen.

»Und noch was«, sagte er, »die Silberpolitur ist ziemlich stark, deswegen halt die Dinger von dir weg und atme den Mist nicht ein, klar?«

»Klar.«

»Ich mein's ernst«, sagt er. »Du schnüffelst doch nicht etwa irgendwelchen Kram, oder? Klebstoff, Verdünner – so was machst du doch nicht, stimmt's? Keine Drogen?«

»Nie im Leben«, sage ich. »Noch nicht ein einziges Mal.«

»Ich glaube dir«, sagt er. »Du machst einen netten Eindruck. Eigentlich würde es mich schon interessieren, wieso du auf der Straße lebst und dich von Crackers ernährst, aber das ist deine Angelegenheit.«

Ich sage nichts.

»Ich will einfach nur vermeiden, daß ich hier reinkomme, und du liegst am Boden, weil dich die Dämpfe von der Silberpolitur umgehauen haben. Glaub mir, ich kenne mich mit so was aus, ich habe vierzig Jahre lang ’nen Heimwerkerladen gehabt, und am Ende sind andauernd Junkies reinmarschiert und haben den ganzen Klebstoff und Verdünner gekauft – dabei war ziemlich klar, daß keiner von denen jemals ’ne Kommode zusammengebaut hat.«

Junge, Junge, der Kerl redet wie ’n Buch.

»Ich werd aufpassen«, sage ich.

»Und noch was. Heute ist Donnerstag, morgen abend haben wir hier Gottesdienst. Am Samstag auch. Das heißt, daß ich dich am Samstag nicht brauchen werde.«

»Gut. Aber ich glaube nicht, daß es noch was zu tun gibt, wenn ich heute fertig bin.«

Er steckt die Hände in die Taschen. »Und jetzt zum Wichtigsten: Wieviel willst du haben?«

»Was immer Sie für fair halten.«

»Was immer *ich* für fair halte? Soll das heißen, wenn ich sage, zwei Pennys die Stunde, dann bist du auch zufrieden?«

»Ich glaube, Sie sind schon fair.«

»Das ist sehr schmeichelhaft, Sonny, aber wenn du ein Geschäftsmann sein willst, mußt du lernen, einen Preis festzusetzen.«

Ich denke ein wenig nach. Wieviel zahlen die den Kids bei McDonald’s dafür, daß sie Hamburger umdrehen? Keine Ahnung. Absolut keinen Schimmer. »Zwei Dollar die Stunde.«

»Zwei Dollar die Stunde? Der Mindestlohn liegt bei über fünf. Und da liegst du doch wohl drüber?«

»Okay, sechs.«

»Fünffünfzig.«

»Abgemacht«, rufe ich und bin selbst erstaunt.

»Ich bin nicht taub«, sagt er. »Fünffünfzig die Stunde, und ich denke mal, du hast acht, neun Stunden zu tun – sagen wir fünfzig Dollar alles in allem. Hier hast du 'n Vorschuß.«

Er zückt seinen Geldbeutel, und plötzlich halte ich zwei Zehner in der Hand und stecke sie, ohne daß ich mein Glück fassen kann, in die Tasche.

»Den Rest gibt's, wenn du fertig bist – ich komme in ein paar Stunden noch mal vorbei und schaue mir alles an.«

Er kommt ein paar Schritte auf mich zu, bleibt stehen. »Und eins noch: Das hier ist ein Bargeschäft, keine Abzüge für Steuern, Sozialversicherung und so weiter. Also verpfeif mich bloß nicht beim Finanzamt, okay?«

46

So wie Motor Moron die Lage sah, hatte er noch nie 'n vernünftigen Bock gehabt – jedenfalls nicht, daß es ihm aufgefallen wäre.

Er war dreißig Jahre alt und hatte, wenn man von den vier Monaten absah, in denen er diesen Schrottplatz in Salinas bewacht hatte, noch nie richtig gearbeitet. Die Bastelarbeiten im Knast zählten nicht – er war sowieso nie richtig eingesessen, sondern immer nur in irgendwelche Kleinstadtlöcher eingefahren, wegen Alkohol am Steuer, Erregung öffentlichen Ärgernisses, hier mal 'n Monat, da mal 'n Monat.

Das Leben schuldete ihm etwas, bevor er starb. Und das war's vielleicht.

Der Bock, nach dem sein Schwanz zitterte, war nicht billig. 'ne 72er Shovelhead zum Beispiel, mit Zenith-Vergaser, polierten Boxen – *alles* poliert, *Satin*-Chrom. Alles Überflüssige abmontiert, Paughco-Fishtail-Auspuffanlage, Ventilsitze für Bleifrei, plastikbeschichteter Rahmen mit Glitzerkram. Dann das Ganze noch schön strecken mit 'ner extrabreiten, wenn's ein bißchen weniger dick aufgetragen sein sollte. Fransenbesetzter Sitz mit Rückenlehne, denn sein Rücken machte ihm Ärger, besonders morgens.

Ein Doppelsitz. Beifahrersitz mit verchromten Fußrasten, denn 'ne Braut hinterdrauf mußte schon sein – eine, die sich bei 'nem ordentlichen Ritt an einen klammerte, als ging's um ihr Leben.

Aber nicht Sharla, diese abgeranzte Kiffermöse. Eine von diesen Bräuten aus *Easy Rider.* Eine, die nach 'nem heißen Ritt richtig scharf war und von ihm auf irgend 'nem Parkplatz 'nen harten Kolben zum Lunch serviert bekam.

O Mann, wenn er nur Zaster hätte, könnte er das alles haben.

Sein derzeitiger Bock war ein Haufen Elend im Angesicht des Herrn – eine Ansammlung von rostigen Ersatzteilen, zusammengehalten mit Klebeband. Schweißnähten und frommen Gebeten.

An manchen Stellen, wo man sie nicht sehen konnte, hatte er sogar ein paar Japsenteile reingebastelt. Klar, auf dem Rahmen war'n H-D-Emblem, aber an dem Ding waren gerade mal soviel Harley-Teile, daß es genausogut Promenadenmischung hätte heißen können.

Wenigstens machte das Ding Krach. Japsenschüsseln machten nie Krach.

An dem Tag, an dem er den Bus nach Bakersfield bestieg, war die alte Möhre schon drei Tage hintereinander nicht mehr angesprungen. Er brauchte nicht lange, bis er das Problem gefunden hatte. Oder besser, *die* Probleme: Der Scheißstarter war soweit hinüber, daß er sogar ein Loch hatte; die Zündspule war völlig erledigt; die Kerzen am Arsch. Das schlimmste waren die Drähte an der Lichtmaschine – die Dinger waren so ausgefranst, daß sie noch übler aussahen als Sharlas Haare. Machte mindestens hundert Eier, und der Zahnriemen machte auch nicht den Eindruck, als würde er noch lange durchhalten – noch mal zwei Hunderter.

Alles, was von Sharlas Wohlfahrtsscheck noch übrig war, waren sechzig Dollar, die er sich nahm, während sie schnarchte, um sich dann auf den schmerzhaften Fußweg zur Bushaltestelle in Boka Chica zu machen.

Er wußte, daß er mit sechzig Dollar bei Spanky nicht weit kommen würde, aber vielleicht konnte er ja Schrott aus der Werkstatt abkarren oder irgendwelche Bauarbeiten an Spankys Haus verrichten – die Braut von dem Typ modelte doch immer irgendwas um.

Egal, Hauptsache, er hatte wieder 'n Bock unterm Arsch.

Im Bus rumsitzen, wo all die Mexe ihn anstarrten mit ihren braunen Triefaugen, die alle die gleiche Frage zu stellen schienen, die jeder Schwachsinnsbruder stellen würde: Wo is'n deine Maschine, Alter?

Schließlich war er 'n Biker, dem man auf den ersten Blick ansah, daß er nicht mit dem Bus fuhr. Beim Fahren 'n Dach überm Kopf – das war doch Scheiße.

Jedenfalls *sah er aus* wie 'n Biker, verdammt noch mal. Selbständige Jeans – so vollgesogen mit Öl, daß sie auch von alleine stehen konnten –, schwarzes T-Shirt, Größe XXXL mit Hell's-Angels-

Totenkopf – wenn keine Angels in der Nähe waren. Nieten, Boots mit Stahlkappen, Leder, Leder, Leder.

'ne hübsche Lederhaube im Piratenstil – scheiß auf die Helmvorschriften!

Der Bus verschlang zwölf von seinen sechzig Dollar, hatte Verspätung und hielt alle Nase lang an, um irgendwelche Mexen bei irgendwelchen Plantagen rauszulassen. Es dauerte 'n halben Tag, bis er endlich bei Bandit Cycles ankam, und als er es endlich geschafft hatte, war der Laden gerammelt voll mit Wochenendkriegern, die sich gegenseitig die Füße platt traten, um Spankys neue Sonderanfertigungen zu beglotzen. Typen in Anzügen, denen der Sabber aus dem Mund triefte beim Anblick von 95er Rigids, die einfach spitze waren, zwei Softtails und ein paar antiken Modellen, bei denen es ihm die Eier zusammenzog. Mann, sieh dir bloß mal die Knuckle/Pan an – schwarz-rote Lackierung mit 'ner tanzenden Braut in Pink.

Reiche Weicheier, die das Angebot betrachteten und so taten, als hätten sie Ahnung von dem, was sie da vor sich hatten. Und Spanky, der sie auf Details hinwies und ihnen in den Arsch kroch.

Und wenn so 'ne Schwuchtel dann so 'n Ding kaufte, was war's dann? 'ne Schwuchtel auf 'nem Bock.

Motor schlenderte durch den Ausstellungsraum, begutachtete Ersatzteile, blätterte die letzte Ausgabe des *Rider* durch – die Braut des Monats war 'ne Mexe, aber Mann, schau dir bloß mal die braunen Nippel an!

Dann ging er nach hinten, in die Werkstatt hinter dem Laden, wo zwei Mechaniker an Motorrädern arbeiteten. Zwei Arschgeigen, die er noch nie gesehen hatte, waren heftig am Schrauben.

Noch mehr Mexikaner! Was war nur in den Spankster gefahren!?

Schließlich verzogen sich die Weicheier, vollbepackt mit Prospekten, und Spanky trat hinter den Tresen, band seinen Pferdeschwanz auf und schüttelte seine Mähne. Sechzig Zentimeter lang, aber Scheiße, der Kerl war ja mittlerweile grau geworden. Außerdem war er nur noch Haut und Knochen, das Gesicht wie bei 'nem Skelett, die Zähne ganz verrottet – der Arsch sah aus wie 'n Totenschädel. Und seit wann trug er 'ne Brille?

Motor ging zum Tresen. Spanky hatte 'ne Flasche Bud in der

einen Hand. Sein rechter Arm war völlig tätowiert, von der Schulter bis zu den Fingerspitzen. Der links hingegen fast gar nicht – nur den Namen von seiner Alten, Tara, auf dem Bizeps. Einmal hatte Motor ihn darauf angesprochen, und Spanky hatte gesagt: »Mit dem linken wisch ich mir den Arsch ab. Wie die Hindus.«

Durchgeknallt.

»Hey, Alter«, sagte Motor.

Spanky blickte nicht auf. Er kippte das Bier zur Hälfte runter, nahm einen Handzettel für das Treffen in Chillicothe und tat so, als würde er lesen, was da draufstand. Astreiner Ritt, am Tag der Arbeit den ganzen Weg rauf nach Ohio. Herrgott, wäre er da gern mitgefahren, Formationsfahrt am Knast vorbei, und die ganzen Brüder hinter dem Zaun recken die Fäuste in Solidarität.

Spanky las und las und beachtete ihn überhaupt nicht.

»Chillicothe«, sagte Motor. »Das einzige, was besser ist, ist Sturgis, ne? Oder vielleicht der Memorial Day in Laconia, hey?«

Spanky ignorierte ihn weiter.

Motor hustete, und endlich hob der rappeldürre Bastard den Kopf.

»Hey, Mann«, sagte er. »Was ist los?«

Spanky wartete eine ganze Weile, bevor er sagte: »Buell.«

Er benutzte den Namen, den Motor haßte.

»Hey, Spank.« Motor hob die Hand zum Abklatschen, doch Spanky rührte sich nicht. Dann schob er sich einen Ring über den Bart, so daß das Ding aussah wie ein grauer Pferdeschwanz. Er trank sein Bier aus und schleuderte die Flasche über die Schulter auf den Müllhaufen hinter ihm.

»Kredit is nich, Buell. Du bist mir immer noch was schuldig für die Austauschräder.«

»Die hab ich dir bezahlt, Alter.«

»Klar, hat ja nur zwei Jahre gedauert, bis du mit der Kohle rübergekommen bist. Die Dinger hätt ich in zwei Tagen verhökern können, aber du läßt dir zwei Jahre Zeit, bis du endlich mit der Kohle rüberkommst.«

Was völliger Quatsch war – die Räder waren gebraucht, von 'nem Wrack abmontiert und runderneuert. Eins total eirig, weil wohl mal 'n Stein 'n Stück vom Felgenrand rausgeschlagen hatte.

»Spank –«

»Vergiß es, Buell.«

»Hör zu, es sind nur 'n paar Kleinteile. Und ich hab auch Kohle.«

»Wieviel Kohle?«

Motor schälte einen Zwanziger und einen Zehner von seinem Bündel. Spanky schaute auf das Geld herunter, als wäre es ein Haufen Hundescheiße.

»Komm schon, Alter, du weißt, daß du dich auf mich verlassen kannst.«

Spanky seufzte, und sein Brustkorb fiel zusammen, wie die Backen von 'ner Nutte beim Blasen. Keine Haare auf der Brust oder den Armen, aber dieser graue Bart, der bis zu den Augen reichte, war dicker als der vom Weihnachtsmann.

»Als Anzahlung«, sagte Motor.

»Aber klar doch – ich sag dir eins: Neuteile sind nicht drin. Wenn du überhaupt irgendwas haben kannst, dann aus dem Haufen mit den ausgemusterten Teilen.«

»Prima«, sagte Motor. »Dann laß mich mal rumsuchen.«

»Rumsuchen? Du glaubst, für dreißig Kröten kannst du groß rumsuchen?«

»Die dreißig sind doch nur 'ne Auszahlung, Alter. Die Alte kriegt nächste Woche 'n Scheck.« Total gelogen; Sharla hatte kein Einkommen bis zum Monatsende. »Sobald der Scheck da ist, kriegst du dein Geld – ich bring's dir persönlich vorbei.«

»Persönlich?« Spanky lächelte, und der beringte Bart schwenkte hin und her wie ein zehn Pfund schwerer Müllsack. »Warum schickst du's nicht mit FedEx, Buell? Heutzutage läßt man alles mit FedEx kommen – hast du schon mal FedEx benutzt, Buell?«

»Na klar.« Völlig gelogen.

»Du hast garantiert auch 'n Kundenkonto bei FedEx, oder? Wir haben eins. Und 'nen Computer haben wir auch.« Spanky klatschte auf die Kasse. »Alles wird per Computer abgewickelt, Buell. Hinten haben wir noch einen, für die Ersatzteilbestellungen. Und E-Mail. Weißt du, was E-Mail ist, Buell?«

Motor gab keine Antwort. Was für'n Arschloch. Ihm fiel auf, daß Spanky aussah wie … 'n Jude. Wie einer von diesen Rabbis mit ’nem Bart – fehlte nur noch der Hut und ab mit ihm nach Scheißisrael.

»E-Mail, Buell. Man verschickt Mitteilungen durch den Computer, Telefongespräche, kostet so gut wie nix. Du kannst dir Schweinefotos per Computer kommen lassen, Buell. Amateure, Arschfick, Lutschen, alles. Oder du nimmst deinen Computer und schreibst an irgendein Arschloch ›Fick dich, du Wichser‹ – was immer du willst. Was ich sagen will, Buell, ist, die Welt da draußen hat sich völlig verändert, nichts ist mehr wie früher, und man muß einfach mit dem Strom schwimmen. Früher war’s mal so, daß ’n Typ auf seinem Arsch sitzen konnte, sich seinen Bock zusammengeschraubt hat und sich um weiter nix kümmern mußte. Heutzutage braucht man mehr als nur das Spritgeld.«

Spanky schaute ihn mit einer Mischung aus Mitleid und Verachtung an. Was wollte dieses Arschloch damit sagen?

»Heutzutage muß man was produzieren, Buell. Güter oder Dienstleistungen – ’n Bock zusammenbauen oder tunen. Zu mir kommen Anwälte und Ärzte, die schon ’n Mercedes zu Hause rumstehen haben und denen das nicht reicht, weil sie unbedingt ’n Bike wollen. Leute, die was *produzieren.*«

»Anwälte«, sagte Motor, »produzieren mehr Scheiße wie ’n Bär mit Dünnschiß.«

Spanky lachte nicht. Er lächelte nicht mal. »Ganz genau, Buell. Und deswegen können sie auch für ihre Ersatzteile bezahlen, während du mir mit dreißig Kröten ankommst.«

»Hey, Mann –«

»Schon gut, schon gut, du willst dich durch die gebrauchten Teile durchwühlen. Mach schon, aber das ist das letzte Mal, Alter. Und vorher läufst du noch zum »Bell« rüber und holst mir was zu spachteln.« Spanky bohrte in seinem linken Nasenloch. »Drei Tacos – die weichen – und einen Rindfleisch-Burrito, extra Guacomole, extra Sauce. Und einen Käseenchilada. Und ’ne große Cola. Du zahlst. Dann lasse ich dich vielleicht rumwühlen. Auf diese Weise produzierst du wenigstens was – keine Güter, aber wenigstens eine Dienstleistung. So was nennt man *Ökonomie*, Buell.

Das »Taco Bell« war drei Blocks entfernt, und jeder Schritt schmerzte Motor in den Fersen. All das Gewicht, das er mit sich herumschleppte, und die abgelatschten Absätze taten ihr übriges. Seine Schenkel scheuerten an dem dreckverschmierten Jeansstoff, und als er endlich ankam, schwitzte er vor Anstrengung. Er bestellte Spankys Essen bei einem kleinen Bohnenfresser, den er anknurrte, als der ihn mit »Was kann ich für Sie tun, Sir« anredete und beim Anblick von Motors Gesicht sofort zu lächeln aufhörte.

Er war schon auf dem Weg nach draußen, als er es sah. Auf einem der Tische.

Eine Zeitung, aus L. A. Er las keine Zeitungen – was sollte die Scheiße. Aber diese hier, das Bild, ließ ihn aufmerksam werden.

Zum Teufel, wenn das nicht aussah wie Sharlas Braten.

Er nahm die Zeitung. Er brauchte eine ganze Weile, bis er den Artikel durchhatte, und er mußte ihn noch ein zweites Mal lesen, einfach nur, um sicher zu sein. Mit dem Lesen hatte er schon immer Probleme gehabt; Wörter, die keinen Sinn machten, Buchstaben, die auf dem Kopf standen. Sein Alter hatte gesagt, er wäre beschränkt, aber der Sack mußte gerade das Maul aufreißen. Was war er denn – ein arbeitsloser Scheißhausmeister, der mit fünfundvierzig abgekratzt war, weil seine Scheißleber nicht mehr mitmachte. Mom war auch nicht viel besser, was die Sauferei anging, aber wenigstens war sie ihm nicht auf die Nerven gegangen. Besonders gut lesen konnte sie auch nicht.

Endlich hatte er den Artikel durch. War das alles wahr? Zeuge eines Mordes? Hollywood?

Er betrachtete das Bild ein wenig eingehender. Sah *haargenau* aus wie der kleine Mistbraten.

Mußte der kleine Mistbraten sein – wann war er noch mal abgehauen? Vor drei oder vier Monaten?

Und Ausreißer landeten immer in Hollywood. Motor selbst war dort gelandet, als der alte Suffkopp ihm den Arsch versohlt hatte, weil er zum dritten Mal durch die zehnte Klasse gerasselt war. Scheiß drauf, fick dich doch, hatte er sich damals gesagt, ich hau ab.

Er war damals auch mit dem Greyhound gefahren, das Geld

hatte er dem Suffkopp aus seinen Jeans geklaut. Schiß hatte er gehabt, als er ankam. So 'ne Riesenstadt, aber er hatte den Kopf hochgehalten und die Schultern breitgemacht, damit jedem klar war, daß er sich nicht anwichsen ließ.

Ausgewachsen, wie er war, sah er älter aus und hatte kaum Probleme auf den Straßen von Hollywood, wo er kleineren Kindern ihr Geld abnahm, alte Penner ausraubte und eine Japsenschleuder von einem Parkplatz am Roosevelt Hotel klaute, die er auseinandernahm, um sie in Einzelteilen zu verkaufen. Von dem Geld hatte er einem der Biker, die immer im »Cave« rumhingen und soffen, eine uralte Harley-Davidson-Shovelnose abgekauft.

Der beste Bock, den er je gehabt hatte. War ihm quasi unterm Arsch weggeklaut worden.

Gepennt hatte er damals in einem leerstehenden Gebäude – wo war das noch mal – auf der Argyle. Genau. Auf der Argyle Avenue, ein riesengroßes leeres Apartment voller Junkies. Der ganze Laden roch nach Kotze und Scheiße, und er hatte keine einzige Nacht ruhig geschlafen, immer auf dem Sprung, für den Fall, daß jemand ihm auf die Pelle rückte. Seine Größe war ein Vorteil; ebenso wie die Taktik, die Scheiße aus jedem zu prügeln, der ihm in die Quere kam und kleiner war als er. Und die Sache mit dem Nigger, den er abgestochen hatte, weil er ihn schräg angesehen hatte – so was sprach sich rum und verschaffte einem Respekt auf der Straße.

Die schwarze Lederjacke, die er sich auf einem Flohmarkt auf dem Van Nuys gekauft hatte, war seine Eintrittskarte bei den Bikern im »Cave«. Einer von ihnen verkaufte ihm einen gefälschten Führerschein, so daß er in den Laden reinkam und trinken konnte. Eine Zeitlang war er ganz dicke mit ihnen gewesen, richtig nett und freundlich, aber dann war von ihrer Seite plötzlich damit Schluß – er hatte nie verstanden, warum.

Jedenfalls seilten sich Ausreißer nach Hollywood ab, soviel war klar.

Der kleine Braten auch? Warum nicht? Durchkämpfen konnte der kleine Scheißer sich allerdings nicht, dafür war er zu klein, also würde er wahrscheinlich auf den Strich gehen und seinen kleinen Arsch verkaufen. Hatte vermutlich AIDS.

Vier Monate war er jetzt weg. Sharla flennte noch immer dann und wann rum, und Motor mußte sie anbrüllen, daß sie endlich das Maul halten sollte. Sie flennte zwar, aber unternehmen tat sie auch nichts, um den kleinen Mistbraten zu finden. Tat einfach nur so, als würd's ihr groß was ausmachen – was für eine bekloppte Fotze. Einmal hatte sie mitten in der Nacht plötzlich aufrecht im Bett gesessen, irgendwas von Zick-aden, Zick-aden überall gebrüllt, und er hatte sie geschüttelt und gefragt, was zum Teufel Zick-aden waren. Und sie hatte ihn nur angestarrt und gesagt: »Is nix, Cowboy. Hab nur schlecht geträumt.«

Es war höchste Zeit, sich vom Acker zu machen und sich 'ne neue Braut aufzugabeln.

Fünfundzwanzig Riesen, das war's doch.

Dem ganzen anderen Pack gegenüber war er schon mal im Vorteil. Er kannte Hollywood, und er kannte den Mistbraten.

Und wenn er seinen Bock mit Blut volltanken mußte, er würde es nach Hollywood schaffen.

Es war schon geraume Zeit dunkel, als er zum Wohnwagen zurückkehrte.

Sharla war in der Küche und riß 'ne Bierdose auf. »Hey, Cowboy, wo warst'n so lange?«

Er ignorierte sie, suchte sich eine Taschenlampe, ging nach draußen, machte die Lampe mit Klebeband an seinem Lenker fest und begann mit dem Einbau der Teile, die er sich zusammengesucht hatte. Die Zündkerzen waren brandneu; die hatte er sich geschnappt, als Spanky gerade nicht hingesehen hatte. Genauso wie die letzte Ausgabe vom *Rider*. Fox des Monats war Jody aus El Paso, Texas. Ganz schwarze Nippel. Sie behauptete, daß sie gern ohne Höschen auf 'nem Bock fuhr.

Er war ganz gut vorangekommen, als die Tür des Wohnwagens aufging. Sharla, barfuß in Shorts und T-Shirt – stand einfach nur rum. Die Hände in die Hüften gestützt, Kußmund.

Er sagte: »Geh wieder rein, und mach was zu essen.«

»Wie wär's mit 'nem Kuß?«

»Mach mir was zu essen. Und zwar schnell.«

Sie schaute ihn schmollend an. Dieser typische Babyblick. »Was willste essen?«

»Was ich will, gibt's hier sowieso nicht, mach mir halt zwei Portionen von dem Fertigkram. Maccaroni mit Käse, Hacksteak – und zwar zackig!«

Sie spurte. Wenigstens eins, was diese Schlampe draufhatte.

Gegen elf Uhr nachts hatte er den Bock soweit, daß er schnurrte. Er schlug sich den Magen voll, genehmigte sich drei Bier.

Fünfundzwanzig Riesen! Wie so'n Kopfgeldjäger.

Sharla wartete, bis er fertig war, und versuchte dann, ihm auf die romantische Tour zu kommen. Er drückte ihr den Kopf runter in seinen Schoß und sah zu, daß er das Ganze schnell abhakte.

Abgespritzt, Reißverschluß wieder zu, und jetzt nix wie weg!

Als sie im Bad war und sich den Mund auswusch, wühlte er ihren Geldbeutel durch und fand fünf Dollar in Kleingeld.

Er war schon an der Tür, als sie ihm hinterherkam und »Hey« sagte.

Er schenkte ihr keine Beachtung, sondern kramte in seinen Taschen nach seinen Schlüsseln.

»Wo gehst du hin, Cowboy?«

»Auf die Piste.«

»Schon wieder?« Diesen Tonfall konnte er nicht ab. Wie 'ne Transe, der der Lack abging.

Sie packte seinen Arm. »Komm schon, Cowboy, du bist doch gerade erst wieder zurückgekommen.«

»Und jetzt gehe ich wieder.«

»Och, Mann, ich hab keine Lust, *allein* zu sein.«

»Guck Fernsehen.«

»Ich hab *keine Lust* auf Fernsehen. Und, hey.« Klapperte mit ihren Wimpern und legte seine Hand auf ihre Titte. »Ich hab *dir 'n* Gefallen getan – was is mit mir?«

Wie sie sich anfühlte – wie sie aussah und sich anhörte – er hätte am liebsten gekotzt. Es war immer dasselbe. Erst wurde er geil auf sie, und wenn er mit ihr fertig war, kam sie ihm vor wie madenverseuchtes Fleisch.

Er schüttelte ihre Hand ab. Sie packte ihn erneut und fing an mit ihrer Quengelmasche.

»Wenn du's so dringend brauchst«, sagte er, »dann fick doch eins von deinen Zick-adendingern.«

»Häh?« sagte sie. »Wovon redest du da? Käfer?«

Das brachte Motor durcheinander. Und wenn er durcheinander war, wurde er wütend. Er schlug ihr mit dem Handrücken übers Gesicht, sie fiel gegen den Küchentresen und blieb da liegen. Rührte sich nicht mehr, nörgelte auch nicht mehr rum.

Er machte die Tür auf – die Nacht war warm –, gab ihr einen Tritt, und sie flog wieder zu.

Sekunden später glitt er über die Zufahrt zum Wohnwagen. Erst auf dem Highway fiel ihm ein, das Licht einzuschalten.

47

Donnerstag, achtzehn Uhr dreißig. Nachdem er weitere Zeit ergebnislos mit Ermittlungen im Fall Eggermann zugebracht hatte, machte Stu sich bereit zu gehen. Petra war gerade auf der Toilette, aber er hatte das Gefühl, daß er noch warten sollte, um sich von ihr zu verabschieden.

Morgen würde er die *TV-Guides* durcharbeiten. So was müßte in jeder vernünftigen Bibliothek aufzutreiben sein. Irgendwo in der Nähe des Krankenhauses würde er bestimmt eine finden.

Er schloß seinen Schreibtisch ab und versuchte, sich die Sorgen aus dem Kopf zu schlagen. Schlechte Werte, was den Tumor anging. Lymphknoten voller Krebs. Wenn er bei ihr war, spielte er den Mr. Positiv, weil er genau wußte, daß sie sich das so wünschte.

Wir müssen alles so halten wie immer – schon um ihretwillen, Liebling.

Die Kinder kamen an erster Stelle. Da stimmte er zu – die Familie war das ein und alles, aber was würde das morgen noch für eine Familie sein?

Mama muß zu einer Untersuchung ins Krankenhaus, Kinder. Dauert nur ein paar Tage. Ist schon alles in Ordnung.

Sie hatte keine einzige Träne vergossen, und jeden Tag, seit sie von ihrer Krankheit wußte, haargenau das gleiche getan wie sonst: mit Kollegen zur Arbeit fahren, kochen, Kirchenarbeit. Sogar mit ihm schlafen. Stu war sich nicht sicher gewesen, doch sie hatte darauf bestanden, und er wollte ihr nicht das Gefühl geben, krank zu sein.

Vor neunzehn Jahren war sie zur Königin des Abschlußballs an der Hoover Highschool gewählt worden, im Jahr darauf zur Miß Glendale, Schwarm aller Studenten in Occidental – Abschluß in Geschichte mit einer glatten Zwei.

Es war nur ein einziger Tumor, so hatte Dr. Drizak ihm versichert – und der war auch noch relativ klein. Die Krankengeschichte der Familie war alles andere als schlecht: Kathys Mutter war kerngesund, doch eine ihrer Tanten war an Brustkrebs gestorben.

Alles in allem ganz gute Aussichten, hatte Dr. Drizak erklärt. Doch als Sohn eines Arztes wußte Stu, wie ungenau die Medizin sein konnte.

Böse Überraschungen, so hatte sein Vater ihm erklärt, sind für einen Chirurgen Teil des Lebens. Das ist der Grund, warum wir alle Vertrauen in den Herrn haben müssen.

Stu *verzehrte* sich nach diesem Vertrauen, und in den letzten Tagen hatte er mit der schon auffälligen Inbrunst eines Missionars gebetet, doch in seinem Inneren herrschte eine Leere wie bei einem Atheisten.

All dies, o bitte Gott, lieber Herr Jesus. Welches Recht hatte er, um etwas zu bitten?

Um der Kinder willen. Immer die Kinder.

Eine Hand auf seiner Schulter ließ ihn hochfahren.

»Entschuldige«, sagte Petra.

»Ich dachte, ich fahre mal heim.«

Ihre Hand blieb, wo sie war. »Hör mal, wenn es irgendwas gibt, das ich tun kann ...«

»Danke, aber es geht schon, Petra. Ich bin sicher, es läuft alles glatt.«

»Wann ist die Operation?«

»Sechs Uhr morgens.«

»Laß dir ruhig Zeit«, sagte sie. »Wil und ich kümmern uns um alles.«

»Okay«, sagte er und überlegte, ob sie wieder versuchen würde, ihn in den Arm zu nehmen. Er hoffte nicht. Nicht hier, vor allen anderen.

»Wie willst du vorgehen?« fragte er.

»Ich dachte, ich gurke mal wieder raus zu Ramsey, rede mit dem Wachpersonal und erkundige mich, ob es auf RanchHaven noch eine andere Ausfahrt gibt.«

»Gute Idee«, sagte er. Petra hatte ihn darauf hingewiesen, daß sie es versäumt hatten, gleich unmittelbar den Wachmann von der Nachtschicht zu befragen, und er war darüber ganz erschrocken. ... *Was würde er ohne Kathy nur machen?*

Er sagte Petra, daß sie hervorragende Arbeit leistete, und ging.

Ganz ruhig beim Gehen. Immer einen Fuß vor den anderen. Doch seine Knie waren weich, und er hatte das Gefühl, als würde ihn jemand schieben.

48

In El Salvador war es schon eine Stunde später als in L. A., und Petra hatte gewisse Zweifel, daß der Sohn von Estrella Flores noch in seiner Anwaltskanzlei sein würde, doch sie versuchte es trotzdem. Niemand meldete sich, und so rief sie bei der internationalen Auskunft an, erhielt drei Nummern unter dem Namen Javier Flores, und bei der zweiten hatte sie Glück.

»Ich mache mir Sorgen um meine Mutter«, sagte der Anwalt in einem schwer akzentbeladenen, ansonsten aber makellosen Englisch. »Ihre Stadt ist gefährlich. Meine Mutter fährt nicht Auto. Und wohin könnte sie schon fahren? Ich habe Ramsey angerufen, doch er hat nicht zurückgerufen. Meine Mutter erzählte mir, er lebt auf dem Land. Wie soll sie da einfach weggehen? Sie kann nicht Autofahren. Wo sollte sie hin? Irgend etwas stimmt da nicht!«

Flores redete wie ein Polizeibeamter beim Verhör. Präzise und gebildet. Wie kam es, daß seine Mutter Häuser sauberhielt?

Als ob ihm diese Frage wohlvertraut war, sagte er: »Ich versuche sie schon seit geraumer Zeit zu überreden, zurückzukommen und zu uns zu ziehen, doch sie ist sehr unabhängig. Trotzdem, sie kann nicht Autofahren. Wo soll sie denn hin? Es hat doch nicht etwa in irgendeiner Weise mit Mrs. Ramsey zu tun, oder?«

»Ihre Mutter hat Ihnen von Mrs. Ramsey erzählt?«

»Nein, das letzte Mal, daß wir telefoniert haben, war am Sonntag, einen Tag, bevor es passiert ist. Ich habe davon in den Zeitungen gelesen. Ich lese amerikanische Zeitungen. Was tun Sie, um sie zu finden, Detective?«

»Ich habe mit sämtlichen Vermißtendezernaten Kontakt aufgenommen, Sir. Ich habe Sie angerufen, um sicherzugehen, daß es sonst niemanden gibt, zu dem sie gegangen sein könnte. Ein Verwandter, ein –«

»Nein, niemand«, sagte Flores. »Sie kennt niemanden. Also

glauben Sie nicht, daß es irgendwas mit Mrs. Ramsey zu tun hat?«

»Dafür gibt es keinerlei Beweise, Sir –«

»Bitte!« platzte Flores heraus. »Ich bin nicht dumm! Ist es möglich, daß sie irgend etwas bemerkt hat, das sie in Gefahr gebracht hat?«

»Ich weiß es wirklich nicht, Mr. Flores. Ehrlich. Bis jetzt haben wir dafür keinerlei Beweise. Hat Ihre Mutter Ihnen gegenüber jemals etwas über die Ramseys erwähnt, das von Bedeutung sein könnte? Speziell letzten Sonntag?«

»Nein, das Thema kam gar nicht zur Sprache. Sie hat gefragt, wie es auf ihrem Bankkonto aussieht, das war alles. Sie schickt mir ihr Geld, und ich lege es an. Sie spart für ein eigenes Haus.«

»Ihr ganzes Geld geht nach El Salvador?«

»Bis auf die Steuern in den USA.«

»Und in der Vergangenheit, hat sie da mal was geäußert?« fragte Petra. »Wie war ihre Meinung von den Ramseys?«

»Sie sagte, die Frau sei jung, nett und überhaupt nicht pingelig.«

»War Mr. Ramsey pingelig?«

»Nun ja, er hatte diese Autos, die er andauernd poliert haben wollte. Aber es war ein guter Job, besser als der, wo sie zuvor gearbeitet hatte. Sehr pingelige Leute, die sie immer nur kritisiert haben.«

»Wissen Sie noch den Namen?«

»Sie wohnten in einem anderen Stadtteil – Brentwood. Hooper. Mr. und Mrs. Hooper. Der Mann hat immer mit dem Finger über die Möbel gestrichen und nach Staub gesucht. Die Frau hat zuviel getrunken, und sie haben nicht sonderlich gut gezahlt.«

»Vornamen?«

»Ich weiß nicht – einen Moment, die Adresse steht in meinem Buch, außer ich habe sie ausgestrichen, als sie … nein, da ist sie, Hooper – hier ist die Telefonnummer.«

Petra notierte die Nummer. »Ich werde dort anrufen, Mr. Flores.«

»Das werde ich auch tun«, sagte er. »Aber ich glaube nicht, daß meine Mutter dorthin zurückgegangen ist.«

»Gibt es sonst noch etwas, das Sie mir über die Ramseys erzählen können?«

»Wen sie nicht leiden konnte, war der Businessmanager – er war derjenige, der für ihre Bezahlung zuständig war, und er war mit dem Scheck immer zu spät dran. Bis sie sich bei Mrs. Ramsey darüber beschwert hat, und das hat dann geholfen.«

»Mr. Balch?«

»Sie hat seinen Namen nie erwähnt, immer nur gesagt, er wäre ein … Snob. Jemand, der andauernd zeigen muß, wie wichtig er ist. Sie hat ihn nicht gemocht.«

»Wie war das bei Mr. Ramsey?«

»Über ihn hat sie nicht viel geredet. Glauben Sie, daß er seine Frau umgebracht hat?«

»Mr. Flores, zu diesem Zeitpunkt, kann ich –«

»Okay, okay, mich interessiert nur meine Mutter.«

»Sir, ich werde alles tun, was ich kann, um sie zu finden. Also, soweit Sie wissen, gab es keine Differenzen mit Mr. Ramsey? Keinen Grund für Ihre Mutter, plötzlich zu kündigen?«

»Er war nicht allzuoft zu Hause. Es war ein großes Haus, und es hat ihr nicht gefallen, daß sie so oft allein war.« Seine Stimme wurde plötzlich heiser. »Ich weiß, daß da irgendwas nicht stimmt.«

In dem Augenblick, als Petra den Hörer auflegte, klingelte das Telefon schon wieder. Die Vermittlung sagte: »Ein Dr. Boehlinger hat angerufen.«

»Hat er eine Nachricht hinterlassen?«

»Sie sollen ihn anrufen. Er hat zwar nicht ›gefälligst‹ gesagt, aber auch nicht ›bitte‹.«

Das hatte ihr gerade noch gefehlt. Sie biß die Zähne zusammen und wählte Boehlingers Hoteldurchwahl. Er war nicht in seinem Zimmer. Man mußte Gott auch für kleine Triumphe danken.

Sie rief bei den Hoopers in Bel-Air an. Besetzt. Vielleicht Javier Flores.

Sie versuchte es noch einmal, und es meldete sich eine Frau mit einer rauchigen Stimme. »Mein Gott, ich habe gerade mit ihrem Sohn gesprochen. Nein, ich habe sie nicht gesehen.« Ein schnaubendes Lachen. »Versucht die Polizei jetzt etwa, die Illegalen *zurückzuholen*?«

»Danke, Mrs. Hooper.« Sie waren es doch, die sie angestellt hat, als sie illegal war, Mrs. Hooper. Klick.

Wil Fournier kam vorbei und zeigte ihr ein Blatt Papier. Ungefähr vierzig Namen standen darauf, bis auf drei waren alle abgehakt. »Lauter Hinweisgeber. Unser kleiner Einbrecher ist überall im ganzen Staat gesehen worden, aber das meiste ist Müll – wer hat bloß die Irren alle rausgelassen?« Er lockerte seinen Schlips. Seine hellen Handballen waren voller Tintenflecken. »In Frisco gibt's ein richtiges Herzchen, das behauptet, er sei ihr Sohn, den sie nach der Geburt weggegeben hatte, und dessentwegen sie schon bei *Unsolved Mysteries* anrufen wollte. Das Geld würde ihr gerade gut passen, weil sie Psychologin werden will. Dann ist da noch ein Kerl, der behauptet, der Junge wäre nicht einfach irgendein Junge, sondern so was wie 'n mystischer Guru – eine Erscheinung, wie sie in Krisenzeiten auftaucht und ›die Erlösung bringt‹. Sieht so aus, als würde die Welt auf ihr Ende zugehen.«

»Da könnte was dran sein«, sagte Petra.

»Solange, wie ich meine Pension bekomme«, sagte Fournier und tippte auf die drei Namen, die nicht abgehakt waren. »Die hier sind immerhin möglich. Zwei kommen aus dem gleichen Ort – irgendein Dorf namens Watson, im Farmland zwischen Bakersfield und Fresno. Keiner der Anrufer kannte den Namen des Jungen, aber beide glauben, daß sie ihn schon mal gesehen haben. Die beiden hörten sich nicht an, als würden sie spinnen oder wären nur aufs Geld aus, und zwei Anrufe aus einer so kleinen Stadt, das ist schon interessant. Ich habe bei der örtlichen Polizei angerufen – das Kaff muß wirklich in der Walachei liegen, denn die haben gerade mal zwei Sheriffs, und die waren beide unterwegs. Ich hab mich mit der Frau von der Telefonzentrale unterhalten, und so wie die sich angehört hat, war sie hundert Jahre alt. Der letzte Typ ist vermutlich nur scharf aufs Geld, russischer Akzent, aber zumindest hat der Kerl sich angehört, als hätte er sie noch alle. War felsenfest davon überzeugt, daß er den Jungen heute morgen in Venice gesehen hat. Hat seine Kleider beschrieben – T-Shirt, Jeans – und gesagt, er sah aus, als hätte er im Freien übernachtet und daß er Salzkrusten im Gesicht hatte, als ob er sich im Ozean gewaschen hätte. Außerdem wäre er ziemlich zerschrammt gewesen.«

»Der Mann hat einen Blick für Details.«

»Das ist der Grund, warum ich ihn nicht abgehakt habe. Er hat einen Souvenirladen an der Ocean Front in Venice und behauptet, er hätte dem Jungen heute morgen 'ne Mütze verkauft. Dann ist er nach Norden gegangen. Dem Typ kam das komisch vor, weil der Junge mitten am Tag allein unterwegs war, und weil er eine Mütze gekauft hat – normalerweise kaufen Kids keine Mützen bei ihm.«

»Ob er versucht, sein Gesicht zu verstecken?« fragte Petra.

Fournier zuckte die Achseln. »Könnte sein. Wenn der Junge die Zeitung von heute gelesen hat, und wir wissen, daß er gern liest. Auf der anderen Seite – stell dir mal vor, du hast kein Zuhause, bist pleite, ein Ausreißer, und da bietet jemand fünfundzwanzig Riesen, nur damit du wieder auftauchst, versuchst du dann nicht, dich da einzuklinken und abzukassieren?«

»Er ist noch ein Kind, Wil. Vermutlich mißbraucht. Warum sollte er irgend jemandem über den Weg trauen? Oder genug Selbstvertrauen haben, so was durchzuziehen? Und falls er den Mord gesehen hat, kann es gut sein, daß er zuviel Angst hat, um überhaupt an Geld zu denken.«

»Möglich wäre es. Oder vielleicht war er auch da, aber nicht zum Zeitpunkt des Mordes, und fragt sich, was ihn das angeht. Aber egal, dieser Russe ist definitiv scharf auf das Geld.«

Petra las laut den Namen des Mannes: »Vladimir Zhukanov.«

»Das ist noch so was«, sagte Fournier. »Die Tatsache, daß er Russe ist. Ich will ja nicht mit Vorurteilen kommen, aber man kennt ja die Schoten, die diese Kerle schon abgezogen haben.« Er faltete die Liste zusammen und steckte sie in seine Tasche. »Ich werd mal bei ihm vorbeifahren – ich hab heute abend eine Verabredung in Santa Monica, Abendessen bei »Loews«. Schon mal dagewesen?«

Petra schüttelte den Kopf.

»Zhukanov meinte, er würde länger bleiben, um sich mit mir zu unterhalten. Ach ja, eins noch: Schoelkopf hat mich noch mal in sein Büro zitiert, um irgendwelche Details von mir zu erfahren. Kann sein, daß ich ihm irgendwas liefern muß, Barb. Und dann geht's, wumm, gleich an die Presse, und wir laufen rum wie aufgezogen.«

»Wenn's sein muß, muß es eben sein«, sagte Petra. »Wir haben's sowieso schon nicht mehr in der Hand.«

Es war sieben Uhr, und sie wollte gerade Feierabend machen, als das Telefon erneut schrillte.

Eine junge Frau sagte: »Mister Lawrence Schick für Sie, bitte bleiben Sie am Apparat.« Danach zehn Sekunden lang schlechte Musik, bis schließlich eine verschlafen klingende Männerstimme sagte: »Mit welchem Detective habe ich das Vergnügen?«

»Detective Connor.«

»Guten Abend, Detective Connor, hier ist Larry Schick.«

Bedeutungsvolle Pause. Als ob sie hätte wissen mußte, wer er war. Tat sie auch. Promi-Anwalt, Honorar sechshundert Dollar pro Stunde, spezialisiert auf Strafrecht, immer dann in Aktion, wenn Stars betrunken am Steuer erwischt wurden, die Kinder von Schauspielern mit scharfen Waffen herumspielten und bei diversen Vergehen der delikateren Art. Sie hatte ihn schon des öfteren im Fernsehen erlebt, war ihm aber noch nie begegnet. Die Kriminellen, mit denen sie sich für gewöhnlich herumzuschlagen hatte, konnten sich noch nicht mal einen der Rechtsverdreher von der Western Avenue leisten.

»Guten Abend, Mister Schick.«

»Guten Abend, Detective. Wie läuft's denn so im Fall Ramsey?«

Nun also doch. Von jetzt an wurde gemauert. »Fragen Sie als besorgter Bürger, Sir?«

Schick lachte. »Ich bin immer besorgt, aber nein, Detective Connor. Ich bin von Mr. Ramsey beauftragt, ihn in dieser Angelegenheit zu vertreten. Wenn Sie also in Zukunft bitte sämtliche Kommunikation mit meinen Büros abstimmen.«

Büros. Plural. *Da siehst du, Mama, ich bin wichtig!*

»Kommunikation«, sagte Petra.

»Alles, was den Fall betrifft«, sagte Schick.

»Wollen Sie damit sagen, das wir, wenn wir uns mit Mr. Ramsey unterhalten wollen, erst Ihre Genehmigung einholen müssen, Mr. Schick?«

»Im Augenblick«, sagte der Anwalt, »wäre dies ratsam, Detective. Gute Nacht.«

»Gleichfalls«, sagte Petra in die tote Leitung. Gestern hatte sie mit Ramsey in seiner Küche gesessen und geplaudert, und jetzt das. Aus Ramseys Sicht waren zwei Sachen geschehen: die erneute

Vernehmung und die Unterhaltung mit Balch. Hatte sie bei diesen beiden Gelegenheiten irgend etwas erwähnt, das ihm Sorgen machte?

Sie schnappte sich ihren Notizblock und ging ihre Aufzeichnungen noch einmal durch. In der Unterhaltung mit Ramsey war nichts Weltbewegendes zur Sprache gekommen ... er hatte erwähnt, daß er unter Verdacht stand – das konnte man streichen. Ein neues Thema: Estrella Flores.

Sie blätterte zu der Vernehmung Balchs. Wie er und Ramsey in Hollywood »entdeckt« worden waren, Lisas Temperament, der Vorfall Gewalt in der Ehe. Estrella Flores.

War die Haushälterin der Auslöser?

Was hatte Flores in jener Nacht gesehen?

Oder hatte es etwas mit dem Jungen in der Zeitung zu tun? Ramsey, der dachte, er hätte das perfekte Verbrechen begangen, um dann mit dem schlimmsten Alptraum jedes Verbrechers konfrontiert zu sein – ein mysteriöser Zeuge.

Wie gern hätte sie in diesem Augenblick in seine babyblauen Augen geschaut, um festzustellen, ob sich Angst darin spiegelte.

Aber das konnte sie natürlich nicht.

Aber niemand, noch nicht einmal ein überbezahlter Anwalt aus Beverly Hills konnte sie davon abhalten, ganz zufällig bei Ramsey in der Nachbarschaft zu sein und mal vorbeizuschauen.

Auf dem Sunset Boulevard hielt sie bei »Arbys«, um ein Roastbeef-Sandwich zu kaufen, das sie im Wagen aß. Da saß sie nun, kaute Fleisch und Verdachtsmomente durch, schaute zu, wie die Nachtgestalten aus der Dunkelheit auftauchten, und überlegte sich, daß sie sich vor ein paar Jahren nicht so nahe hier herangetraut hätte. Um neunzehn Uhr vierzig machte sie sich auf den Weg nach Calabasas. Die Rush-Hour war vorbei, und so glitt sie über die Straßen, bis sie um zwanzig Uhr dreiunddreißig am Wachposten von RanchHaven ankam.

Der diensthabende Wachmann war jung, hatte ein fliehendes Kinn, und seine Haltung wirkte lethargisch. Er hatte einen dünnen Körper, außer in der Mitte, wo sich sein Uniformhemd spannte. Als sie vorfuhr, verschränkte er die Arme über der Brust. Sein Ausdruck grimmiger Wachsamkeit – lächerlich angesichts der Abwesenheit jeglicher Bedrohung – verflüchtigte sich, als er Petra aus der Nähe sah. Ein süffisantes Lächeln zog sich über sein langweiliges Mondgesicht. Offensichtlich in Flirtlaune, der Mann. Na prima. Seine Augenbrauen waren so dünn und blaß, daß man sie kaum sehen konnte. Sein Namensschild wies ihn als D. Simkins aus.

Er kam aus seiner Kabine heraus, warf ihr einen Blick zu und öffnete das Tor. Sie fuhr vor, bis sie neben ihm stand.

»Wie geht's denn so?« Kein *Ma'am.* Lockerer Tonfall, denn sie fuhr einen Honda und keinen Porsche, war also niemand aus der Gegend.

Petra zeigte ihm ihre Marke.

»Oh«, sagte er, trat einen Schritt zurück und rückte sich die Hosen zurecht. »Das wurde ja auch irgendwann mal Zeit, Detective.«

»Weshalb?«

»Ich hatte Dienst in der Nacht, als Lisa Ramsey ermordet wurde. Hab mich schon gefragt, wann Sie endlich vorbeikommen.« Er schüttelte den Zeigefinger in gespieltem Tadel.

Sie parkte, stieg aus und betrat das Wachhaus, ohne ihn um Erlaubnis zu fragen. Er folgte ihr. Die Kabine war nichts weiter als eine große Glasbox, in der es kaum genug Platz für zwei Personen gab. Simkins lehnte sich gegen einen Tresen und musterte sie ganz offen von Kopf bis Fuß.

Hier drin gab es so gut wie nichts: einen kleinen Schrank für das Allernötigste, einen Bürostuhl mit Rollen, den Simkins ihr anbot. Sie blieb stehen.

Sie zog ihren Notizblock aus der Tasche, während sie die Sicherheitseinrichtungen in Augenschein nahm: Telefon mit mehreren Leitungen, stationäres Funkgerät, Walkie-talkie, zwei Videomonitore über dem Tresen. Auf dem einen die grell angestrahlte Einmündung der Hauptstraße, der andere war so dunkel, daß sie kaum erkennen konnte, ob er überhaupt eingeschaltet war. Neben dem Telefon eine fettige Papiertüte und eine Ausgabe des *Rolling Stone.* Auf dem Cover irgendein derzeitiger König des Rock mit gepiercten Augenbrauen und einem silbernen Nagel durch die Zunge.

»Was kann ich denn für eine Kollegin tun?« fragte Simkins.

Petra rang sich erneut ein Lächeln ab. »Sie waren in jener Nacht also die ganze Zeit über hier, Officer Simkins?«

»Doug. Ja. Es war ganz ruhig, aber ich weiß nicht, ich hatte so ein Gefühl, als wäre es zu ruhig. Als ob irgendwas passieren würde.«

»Ist irgendwas passiert?«

Simkins schüttelte seinen Kopf. »Aber wissen Sie, ich hatte das Gefühl, daß es 'ne komische Nacht war. Als ich dann am nächsten Morgen gehört habe, was passiert ist, habe ich gesagt: ›O Mann.‹ Also irgendwie übersinnlich.«

O Herr, verschone mich mit Grützköpfen. »So wie's hier aussieht, scheint es aber allgemein ziemlich ruhig zu sein.«

»Sie haben ja keine Ahnung«, sagte er und klang mit einemmal eingeschnappt. »Es passiert schon einiges. Brände zum Beispiel. Bei Bränden lösen wir Alarmstufe eins aus.«

»Und das heißt?«

»Wir informieren die Leute, daß wir eventuell evakuieren müssen.«

»Beängstigend«, sagte Petra.

»Deswegen sind wir da.« Er strich über seine Marke. Edelstahlkopie der LAPD-Marke – ob das Department dagegen wohl klagen konnte?

»Also, Doug. Wann hatten Sie in dieser Nacht Dienst?«

»Meine reguläre Schicht geht von sieben bis um drei, aber der Typ von der Frühschicht hat sich krank gemeldet, deswegen mußte ich die nächste noch mitmachen.«

»Bis um welche Uhrzeit?«

»Elf. Dann fängt die Tagschicht an.«

»Die Tagschicht hatte Officer … Dilbeck.« Den Namen des alten Wachmannes hatte sie noch irgendwo gespeichert.

»Genau, Oliver«, sagte Simkins und verzog das Gesicht. Vermutlich war er noch immer eingeschnappt, daß Dilbeck im Gegensatz zu ihm bereits befragt worden war.

»Ist in dieser Zeit irgendwer aus dem Hause Ramsey hier ein- oder ausgegangen?« fragte Petra.

»Er selbst. Mr. Ramsey. Zusammen mit einem Freund, ein blonder Typ, den ich andauernd mit ihm zusammen sehe. Sie sind in dieser Nacht zusammen reingekommen.«

»Um welche Zeit?«

»Neun, oder so.«

Oder so. Wurde hier nicht Buch geführt darüber, wer kam und ging?

»Haben Sie darüber schriftliche Aufzeichnungen?«

»Nein, damit mühen wir uns nicht ab.« Wieder eingeschnappt.

»Wer ist gefahren, Doug?«

»Der Freund.«

»Ist einer der beiden – der Freund oder Mr. Ramsey – in dieser Nacht auch wieder rausgefahren?«

»Fehlanzeige«, sagte Simkins bestimmt und mit einer gewissen Häme, bevor er mit der Pointe herausrückte. »Niemand aus der ganzen Anlage ist danach noch rausgefahren. Ein paar Leute kamen allerdings noch nach Hause. Wie gesagt, es war eine ruhige Nacht.«

»Was ist mit Mr. Ramseys Haushälterin?«

»Nein. Die ist nie hier rausgegangen. Hier ist es völlig ruhig. Zu ruhig. Ich bin mehr für Action.«

Petra unterdrückte ein Lachen. »Ich weiß, was Sie meinen, Doug. Was können Sie mir noch über die Ramseys erzählen?«

»Na ja«, sagte Simkins nachdenklich. »Ich arbeite erst seit drei Wochen hier und habe ihn nur rein- und rausfahren sehen. Genau wie seinen Freund. Denken Sie, er war's?«

»Für so was ist es noch zu früh, Doug.« Gerade mal drei Wochen im Dienst. Der Kerl war Lisa nie begegnet. Selbst wenn er ein Gehirn gehabt hätte, hätte der Typ ihr nichts genützt. »Ist Mr. Ramsey im Augenblick zu Hause?«

»Während meiner Schicht ist er weder rein- noch rausgekommen.«

»Hat RanchHaven noch andere Zu- und Ausgänge?«

»Fehlanzeige.«

»Was ist mit dem zweiten Bildschirm da oben?«

Simkins Augen zuckten herüber auf die Konsole. »Ach, das. Das ist ein Notweg, wenn's brennt. Ganz hinten an der Rückseite des Grundstücks. Den benutzt aber niemand. Selbst bei Feueralarm und Evakuierung sieht der Plan vor, daß wir sämtliche Leute zum Vordereingang rausbringen.«

»Der Bildschirm sieht ziemlich dunkel aus.«

»Da ist es ziemlich dunkel.«

Petra beugte sich zu dem Monitor herab. »Da gibt's keinen Wachmann?«

»Nö. Nur so 'n Tor mit 'nem Kartenschlitz. Die Anwohner haben alle so 'ne Karte, aber niemand benutzt sie, warum auch.«

»Ich würde da gern mal rüberfahren und mir das ansehen, Doug.«

»Ich weiß nicht ...«

»Sie können ja mitkommen, wenn Sie wollen.« Sie trat näher an Simkins heran, so daß sie sich beinahe mit der Brust berührten. Dem Wachmann brach der Schweiß aus.

»Na ja ...«

»Nur mal 'n kurzen Blick drauf werfen, Doug. Ich werd schon nichts von dem Dreck da klauen, versprochen.« Sie zwinkerte, und Simkins zuckte zusammen.

»Also gut, okay. Aber stören Sie niemand von den Bewohnern, okay? Sonst bin ich dran. Die mögen's hier ruhig und friedlich. Dafür bezahlen sie mich.«

»Wie komme ich da hin?«

»Die Hauptstraße rauf bis oben hin.« Er fuchtelte mit den Händen in der Luft herum, schaffte es auf diese Weise, noch näher an sie heranzukommen, so daß ihre Schultern sich berührten. »So wie zu Ramseys Haus. Aber anstatt rechts abzubiegen, halten Sie sich links, und dann sehen Sie irgendwann so 'n großes leeres Grundstück, das sollte eigentlich mal ein Golfplatz mit neun Löchern werden, aber der wurde nie gebaut, wahrscheinlich weil die Leute, die hier wohnen, sowieso alle in Clubs spielen. Halten Sie sich also immer links, bis Sie ganz drum herum sind, und dann macht die Straße einen Bogen, führt bergauf und wechselt plötzlich die Richtung. Fahren Sie einfach so lange, bis es nicht mehr weitergeht.«

Sie dankte ihm und klopfte ihm auf die Schulter. Wieder zuckte er zusammen.

Sie fuhr ganz langsam und hielt kurz an, als Ramseys Haus in Sicht kam. Die Außenbeleuchtung strahlte mit voller Kraft, und aus dem Inneren des Hauses drang ebenfalls Licht, jedoch nicht so hell. Keine Autos vor der Tür. Dieses elende Museum – wie sollte man wissen, ob der Kerl zu Hause war?

Eingehend betrachtete sie das Haus. Statisch. Wie die Gebäude in der Umgebung. Je teurer eine Gegend war, desto toter sah sie aus.

Sie befolgte Simkins' Anweisungen und beschrieb eine zehn Minuten dauernde Schleife um den nicht zustande gekommenen Golfplatz, nun nichts weiter als eine leere, graue Fläche, bepflanzt mit jungem Wacholder und umgeben von einem schmiedeeisernen Zaun. Die Straße verengte sich bis auf eine einzige schmale Spur, an der zu beiden Seiten dichtes Gestrüpp hoch hinaufragte, so daß sie fast wie von dunklen Mauern umgeben schien. Darüber waren die knorrigen, gekrümmten Äste von Eichen zu sehen, die unter dem schwarzen Himmel zwergenhaft klein wirkten. In der dunstigen Luft waren nur ein paar Sterne zu sehen, der Mond hingegen war übergroß, gräulichweiß, und vor ihm zeichneten sich Nebelschleier ab.

Die Luft war erfüllt von Pferdemist und trockenem Staub.

Ihre Scheinwerfer schnitten einen bernsteinfarbenen Tunnel in die Dunkelheit. Sie schaltete das Fernlicht ein und fuhr mit zehn Meilen pro Stunde weiter. Plötzlich hatte sie den Notausgang vor sich. Ein einzelnes schmiedeeisernes Tor, vier Meter hoch, elektrisch betrieben, in der gleichen Machart wie der Haupteingang. Die Torpfosten aus Backstein, Warnschilder. Der Schlitz für die Karten auf einem Stahlpfosten.

Zehn Meter davor hielt sie an, nahm ihre Taschenlampe aus dem Handschuhfach, ließ den Wagen im Leerlauf laufen und stieg aus.

Hier oben war der Pferdegeruch noch stärker. Und still war es. Nicht mal ein Vogel war zu hören. Nur das stete, tiefe Brummen des Freeway in der Ferne.

Sie schwenkte mit der Taschenlampe die Straße ab. Nicht allzugut in Schuß, mit Staub und Erde bedeckt. Simkins hatte zwar behauptet, daß niemand den Hinterausgang benutzte, doch sie konnte schwache Reifenspuren erkennen. Ein paar Hufabdrücke von Pferden, einige kleinere Spuren – möglicherweise von einem Hund oder Kojoten. Spurenlesen war nicht ihre Stärke.

Ihr Vater hätte ihr bei den Abdrücken helfen können.

Sie hielt sich am Straßenrand und ging zum Tor und wieder zurück. Wiederholte den Vorgang. Der Staub unter ihren Füßen war so fest, daß er nicht zerbröselte. Um den Einführschlitz für die Karten war ein wenig Rost. Ein weiterer Kartenautomat auf der anderen Seite des Zaunes.

Leicht, hier rein- und rauszukommen.

Ramseys Haus lag am oberen Rand der Anlage, was bedeutete, daß er kaum andere Häuser passieren mußte, um sich hier herauszuschleichen.

Sie überlegte, wie er es wohl angestellt hatte.

Warten, bis Balch eingeschlafen war – oder ihm etwas in sein Glas tun, um den Vorgang zu beschleunigen. Dann den Mercedes aus der Megagarage rollen. Oder den Jeep, falls der schon wieder aus Montecito zurückgebracht worden war. Scheinwerfer ausgeschaltet lassen, langsam fahren. Die Häuser waren alle so weit von der Straße entfernt, und dann gab es noch all diese Zäune, Tore und hochgewachsenen Hecken, so daß er damit rechnen konnte, nicht bemerkt zu werden. Leute mit Pools, Whirlpools, Heimkinos und privaten Golfübungsplätzen saßen für gewöhnlich nicht am Fenster und schauten auf die Straße hinaus.

Leute, die so großen Wert auf Privatsphäre legten, taten oft so, als existierte gar keine Welt außerhalb ihrer eigenen vier Wände.

Sie betrachtete die Reifenspuren eingehender. Verwittert, keine Profilabdrücke. Petra bezweifelte, daß sie ihnen viel nützen würden. Dennoch hätte sie liebend gern einen Gipsabdruck davon gehabt. Doch dazu brauchte man eine richterliche Anordnung, und dafür gab es keine Grundlage. Und jetzt, wo Larry Schick Esq. die Bühne betreten hatte, brauchte man Ramsey gar nicht erst mit irgendwelchen Fragen zu kommen.

Selbst wenn sie nachweisen konnten, daß die Spur mit dem Profil von einem von Ramseys Wagen übereinstimmte, so waren doch schon vier Tage seit dem Mord vergangen. Ramsey konnte zugeben, daß er hier oben gewesen war, behaupten, er wäre einfach nur in den Hügeln herumgekurvt, um wieder zur Ruhe zu kommen oder seinen Kummer zu verarbeiten.

Die Hügel ... hier konnte man ganz prima eine Leiche loswerden. War Estrella Flores etwa hier draußen irgendwo begraben?

Führte die Notfallstraße noch woanders hin als in die Santa Susannas?

Sie setzte zurück, bis die Straße ein wenig breiter wurde, wendete und fuhr wieder zum Wachposten am Haupteingang. Simkins sah sie kommen, legte seinen *Rolling Stone* hin und öffnete das Tor an der Ausfahrt. Sein Fenster war zu; offensichtlich hatte er keine Lust zu reden. Petra hielt neben der Kabine an. Er reckte sein Kinn in die Höhe und kam herüber. Sein großer Moment war vorbei, er fühlte sich nur noch erledigt und wollte nichts weiter, als daß sie endlich verschwand.

»Irgendwas gefunden?«

»Fehlanzeige – genau wie Sie gesagt haben, Doug. Aber sagen Sie mal, wohin führt die Notfallstraße überhaupt?«

»Hinaus in die Berge.«

»Und dann?«

»Dann kommt man zu ’ner Reihe von kleinen Seitenstraßen.«

»Geht sie nicht über in den einhunderteins?«

»Sie macht ’ne Schleife in die Richtung, aber sie mündet nicht in ihn.« Irgendwie schaffte er es, daß die letzten Worte einen schmutzigen Beiklang hatten.

»Aber wenn ich über die Seitenstraßen zum Freeway kommen wollte, das würde gehen?«

»Ja, klar. Irgendwie landet man immer auf dem Freeway. Ich bin in West Hills aufgewachsen. Wir sind früher immer hier rausgefahren, um Hasen zu jagen. Das war, bevor sie das Ding hier hochgezogen haben. Manchmal sind die Hasen auf den Freeway gelaufen, Freeway-Butter haben wir das genannt.«

»Die gute alte Zeit«, sagte Petra.

In Simkins schlaffem Gesicht spiegelten sich Erinnerungen, seine Züge spannten sich, und ein grimmiger Ausdruck machte sich darauf breit. Der Gedanke an reiche Leute, die nun die Stätte seiner Kindheit okkupierten?

»Es kann richtig schön sein hier draußen«, sagte er. Wahre Gefühle. Sehnsucht. In diesem Augenblick konnte sie ihn ein klein wenig besser leiden. Aber so sehr nun auch wieder nicht.

49

Sam sagt: »Hey, nicht schlecht.«

Ich habe den ganzen Tag gearbeitet, die Fenster so lange gewienert, bis sie keine Streifen mehr hatten, die Holzböden gewischt und mit Bohnerwachs auf Hochglanz gebracht. Die Sitzbänke habe ich nur zur Hälfte geschafft, doch die, die ich fertiggekriegt habe, sehen ziemlich gut aus, und der ganze Raum riecht richtig frisch nach Zitrone.

Sam will mir den Rest von meinem Geld geben.

»Ich bin noch nicht fertig.«

»Ich vertraue dir, Sonny. Ach ja, jetzt, wo du für mich arbeitest, würdest du mir da vielleicht deinen Namen sagen?«

Darauf war ich nicht gefaßt, und ich sage wie aus der Pistole geschossen Bill.

»Schön, Bill, nett, deine Bekanntschaft zu machen.«

Es ist lange her, daß mich jemand mit meinem Namen angesprochen hat. Daß ich *überhaupt* mit jemandem gesprochen habe.

Sam zeigt mir eine Papiertüte. »Ich hab dir was zum Abendessen mitgebracht – von »Noah's Bagel«, nur 'n ganz normalen, weil ich nicht wußte, ob du Bagels mit Zwiebeln oder all so 'nem Schnickschnack überhaupt magst. Und dann noch Frischkäse – magst du Frischkäse?«

»Klar. Danke.«

»Hey, du bist jetzt ein hart arbeitender Mann, da mußt du dich richtig ernähren.« Er reicht mir die Tüte und geht in der Schul herum. »Das Bohnerwachs magst du wohl, hm? Hast du überhaupt noch welches?«

»Ist fast alle.«

»Ich werde morgen neues kaufen – das heißt, falls du morgen arbeiten willst.«

»Klar.«

»Jetzt komm schon, nimm das Geld.«

Ich nehme es. Er schaut auf seine Uhr. »Jetzt ist aber Feierabend, junger Mann. Wir wollen uns nicht vorwerfen lassen, daß wir die Arbeiterschaft ausbeuten.«

Wir gehen nach draußen, und er schließt die Schul ab. Die Seitenstraße ist ganz leer, und ich höre das Meer durch die Lücke neben dem Gebäude. Leute, die sich auf der Promenade unterhalten. Sein großer Lincoln ist ganz komisch geparkt, die vordere Stoßstange berührt beinahe das Gebäude. Er macht die Fahrertür auf.

»Also.«

»Tschüß«, sage ich.

»Bis morgen, Bill.« Er steigt in den Wagen, und ich mache mich auch auf den Weg. Nach Süden, bloß weg von dem russischen Perversling. Ich fühle mich toll, mit all dem Geld in meiner Tasche, doch ich habe keine Ahnung, wo ich überhaupt hin soll. Zurück zum Pier? Da war's so elend kalt. Und außerdem habe ich jetzt Geld ...

Ich höre ein lautes Quietschen, drehe mich um und sehe, wie Sam rückwärts aus der Gasse hinausfährt. Er hat haufenweise Platz, aber er setzt immer wieder zurück, bleibt stehen, und der Wagen ruckelt hin und her; es sind die Bremsen, die so quietschen.

Oh, oh, jetzt fährt er gleich gegen den Zaun – nein, vorbei. Ich denke mir, ich sollte ihn vielleicht besser hinausdirigieren, bevor er sich noch was antut, aber irgendwie schafft er's dann doch – er kurbelt mit beiden Händen am Lenkrad herum, den Kopf nach vorn geschoben, als ob er durch die Windschutzscheibe kaum was sehen kann.

Anstatt vorwärts zu fahren, setzt er zurück und bleibt neben mir stehen. »Hey, Bill. Hast du wirklich 'nen Platz, wo du übernachten kannst?«

»Klar.«

»Wo? Im Freien?«

»Ich komme schon zurecht.« Ich gehe los, doch er fährt ganz langsam neben mir her.

»Ich würde dir ja Geld für 'n Hotel geben, aber erstens wird niemand 'nem Kind ein Zimmer vermieten, und zweitens, wenn du dein Geld herumzeigst, bist du's bestimmt bald los.«

»Ich komme schon klar«, wiederhole ich.

»Sicher, sicher ... ich kann dich nicht in der Schul übernachten lassen, denn wenn du ausrutscht und hinfällst, haben wir ein Problem mit der Haftpflicht – du könntest uns verklagen.«

»Das würde ich nie machen.«

Er lacht. »Nein, wahrscheinlich nicht, aber ich kann dich trotzdem nicht – hör zu, ich hab ein Haus, gar nicht weit von hier. Da ist jede Menge Platz; ich wohne allein. Wenn du einen oder zwei Tage da wohnen willst, ist das in Ordnung. So lange, bis du dir darüber klar bist, was du machen willst.«

»Nein danke.« So wie ich es sage, hört es sich irgendwie kalt an, und ich drehe mich lieber nicht um und schaue ihm ins Gesicht, denn ich weiß genau, daß er beleidigt aussehen wird.

»Ganz wie du willst, Bill. Ich mache dir keinen Vorwurf. Wahrscheinlich hat dir jemand ziemlich übel mitgespielt. Du traust niemandem – und nach allem, was du weißt, könnte ich ja auch irgend so 'n Verrückter sein.«

»Ich bin sicher, Sie sind nicht verrückt.« Warum habe ich das gesagt?

»Wie kannst du da sicher sein, Bill? Wie kann man sich jemals sicher sein? Hör mal zu, als ich in deinem Alter war – ein bißchen älter – da kamen Leute und haben meine ganze Familie weggebracht. Und alle umgebracht, außer meinem Bruder und mir. Nazis. Schon mal von denen gehört? Nur, daß ich sie nicht als Nazis kannte. Ich kannte sie als meine Nachbarn, die Leute aus unserer Gegend. Meine Familie hat fünfhundert Jahre lang in ihrem Land gelebt, und trotzdem haben sie mir das angetan – ich rede vom Zweiten Weltkrieg. Gottverdammte Nazis. Schon mal davon gehört?«

»Klar«, sage ich. »Hatten wir in Geschichte.«

»Geschichte.« Er lacht, aber es ist kein lustiges Lachen. »Also, wer bin ich, daß ich dir erzähle, du sollst Leuten trauen – du hast ganz recht, hier draußen wimmelt's nur so von Fieslingen.« Er hält an, und ich bleibe stehen. Er drückt mir noch mehr Geld in die Hand. Zwei Zehner.

»Das müssen Sie nicht tun, Mr. Ganzer.«

»Ich muß nicht, aber ich will – ach, zum Teufel, schlaf halt heute nacht in der Schul. Nur, fall bloß nicht hin und brich dir den Hals. Und wenn doch, dann verklag uns nicht.«

Dann legt er den Rückwärtsgang ein, daß es nur so kracht, und fährt die ganze Strecke bis zur Schul zurück. Dabei schlingert er hin und her, daß man's richtig mit der Angst bekommt. Es ist ein Wunder, daß er nicht in irgendwas reinkracht.

50

Petra schloß ihre Wohnungstür auf. Sie war erledigt und fühlte sich absolut nicht mehr wie eine Nachteule. Sie dachte an das, was Kathy Bishop morgen bevorstand. Da hatte jemand wirkliche Probleme. Also spar dir dein Selbstmitleid, Kleines.

Sie öffnete eine Dose Cola und hörte ihren Anrufbeantworter ab. Ein privater Telefonanbieter bot ihr ewige Sklavendienste an, wenn Petra zu ihnen wechselte. Ron Banks hatte um sieben angerufen und eine Nummer mit der Vorwahl acht-eins-acht hinterlassen. Vermutlich bei ihm zu Hause. Sie möchte ihn bitte zurückrufen. Adele, eine der Zivilangestellten an der Rezeption des Reviers, hatte die gleiche Bitte um Viertel nach acht hinterlassen.

Am liebsten hätte sie Ron zuerst angerufen. Wäre gern mit ihm zusammengewesen, hätte sich mit ihm unterhalten, mit ihm auf der Couch herumgeknutscht – egal, wohin das auch führen mochte. Doch zuerst die Pflicht: Sie rief Adele an.

»Hallo, Detective Connor. Ich habe eine Nachricht für Sie von der Pacific Division, ein Detective Grauberg. Hier ist seine Nummer.«

Pacific war zuständig für den Fall Ilse Eggermann. Hatte sich etwas Neues ergeben? Grauberg war schon weg, doch ein Detective namens Salant ging ans Telefon. »Er hat doch schon mit euch geredet.«

»Mit wem?«

»Moment – hier steht Captain Schoelkopf. Vermutlich hat Grauberg niemanden erreicht, bei dem er seine Neuigkeiten loswerden konnte, und ist die Leiter weiter hochgeschoben worden.«

»Was für Neuigkeiten?«

»Wir haben die Überbleibsel von ’nem Auto, an dem Sie interessiert sind. Ein schwarzer Porsche, zugelassen auf Lisa Boehlinger-Ramsey.«

»Die Überbleibsel? Ausgeschlachtet?«

»Ausgeschlachtet und zurückgelassen als Fraß für die Geier. Ist jetzt vermutlich 'n Tijuana-Taxi. Wir haben einen Zeugen, der sagt, daß er schon mindestens vier Tage dort herumstand.«

»Wo?«

»Hinter dem Busbetriebshof auf der Pacific Avenue. Der Zeuge ist einer der Fahrer.«

»Ausgeschlachtet schon am ersten Tag?«

»Nach und nach ausgeschlachtet. Letzte Nacht hat jemand ihn angezündet. Dadurch sind wir überhaupt erst darauf gestoßen.«

Vier Tage, ohne daß jemand Anzeige erstattet hatte.

»Von der Straße aus war er nicht zu sehen«, fügte Salant hinzu. »Durch Lagerhäuser verdeckt. Da sind andauernd irgendwelche Autos abgestellt, die heiß sind.«

»Wo ist er jetzt?« fragte Petra.

»Downtown. Viel Spaß damit.«

Sie erreichte schließlich bei der Spurensicherung eine Beamtin namens Wilkerson, die mit dem Porsche befaßt war. Der Wagen war nur noch eine ausgebrannte Hülle – keine Räder, Sitze, kein Motor, keine Windschutzscheibe.

»Als ob die Heuschrecken darüber hergefallen wären«, sagte Wilkerson.

»Was ist mit Fingerabdrücken?«

»Bis jetzt nichts. Ich werde Sie informieren, falls sich was ergibt.«

Sie trank an ihrer Cola und versuchte zu rekonstruieren, wie Lisa vom Doheny Drive zum Griffith Park gekommen war. Wo paßte Venice da ins Bild? War der Porsche hier nur abgestellt worden, oder hatte Lisa ihn hinter den Betriebshof gefahren? Um sich in einer verlassenen Straße in einer der finstersten Gegenden der Stadt mit ihrer Verabredung zu treffen?

War das Szenario einer letzten Aussprache ganz und gar falsch? War Lisa samt ihrem Wagen entführt worden? Von einem Fremden gezwungen worden, nach Venice zu fahren?

Oder von jemandem, den sie kannte? Nachdem sie den Doheny verlassen hatte, um sich mit jemand anderem zu treffen? Während der Mörder wartete, ihr auflauerte und sie verfolgte, um dann zuzuschlagen?

Ramsey würde in dieses Bild passen.

Venice ... Kelly Sposito, Darrel Breashears derzeitige Flamme, wohnte in der Fourth Street. Von dort aus konnte man zu Fuß zum Betriebshof laufen.

Wo war Breashear eigentlich zu Hause? Sie schaute in ihrem Notizbuch nach. In den Unterlagen der Kfz-Zulassungsstelle stand Ashland, Ocean Park. Genau an der Grenze zwischen Santa Monica und Venice. Ganz in der Nähe.

Alle Fäden liefen am Strand zusammen. Einschließlich des Jungen, falls man Wils russischem Informanten glauben konnte.

Breashear. Noch ein ehemaliger Schauspieler. Alle zogen hier nur eine Show ab ... Die Nachrichten über das wiedergefundene Auto würden morgen in der Zeitung stehen. Sie mußte sich Breashear vornehmen, bevor er Zeit hatte, sich eine Geschichte zurechtzubasteln.

Es war kurz vor zehn. War er bei seiner Frau oder mit Kelly zusammen? Sie tippte auf ersteres, zog sich an und fuhr westwärts.

Ashland war eine hübsche, ansteigende Straße in der besten Gegend von Ocean Park. Häuser in allen Größen und Stilrichtungen. Breashears Haus stand ganz oben, ein kleiner, gepflegter Bungalow mit jeder Menge Kakteen an der Vorderfront und grünen Bodendeckern anstelle eines Rasens. Hinter einem Eisentor parkte ein weißes BMW-Cabrio in der Auffahrt. Helles Licht über dem Tor deutete auf eine fantastische Aussicht hinter dem Haus hin. Sie klingelte, und Breashear kam an die Tür. Er trug ein schwarzes T-Shirt, weite grüne Shorts und hatte eine Flasche Heineken in der Hand. Als er sie sah, quollen ihm fast die Augen aus dem Kopf.

»Das ist ein sehr schlechter Zeitpunkt«, sagte er. »Meine Frau ist ...«

»Es könnte noch schlimmer werden«, sagte sie. »Ich glaube, Sie haben mich angelogen. Wir haben heute Lisas Auto gefunden. Hier in Venice. Hatten Sie Sonntag nacht eine Verabredung mit ihr? Wenn ja, dann werden wir das herausfinden.«

Er blickte über seine Schulter, schloß die Tür, kam heraus und fragte: »Können wir zum Gehsteig vorgehen?«

»Wird Ihre Frau sich nicht wundern?«

»Sie ist im Bad.«

Petra geleitete ihn zum Randstreifen.

»Es war keine Verabredung in *dem* Sinne«, sagte er. »Sie sagte nur, sie wollte sich unterhalten.«

»Worüber?«

»Ich weiß nicht – ach verdammt, sie war mal wieder scharf.«

»Sie haben ihre Beziehung also auch über die glorreichen sieben Tage hinweg aufrechterhalten.«

»Nicht wirklich«, sagte er. »Nur ab und zu, vielleicht einmal im Monat.«

»War das Ihre Idee?«

»Absolut nicht. Das kam von Lisa, und zwar hundertprozentig.«

»Mannomann«, sagte Petra. »Lisa, Kelly, Ihre Frau – wie heißt sie eigentlich?«

»Marcia.« Breashear schaute sich zum Haus um. »Hören Sie –«

»Ganz schön beschäftigt, der Herr«, sagte Petra.

»Das ist kein Verbrechen.«

»Behinderung der Justiz schon.«

»Ich habe nichts behindert. Es – ich hatte nichts zu sagen, das Ihnen in irgendeiner Weise weitergeholfen hätte, denn als ich zum verabredeten Ort kam, war sie schon weg. Wie hätte es wohl ausgesehen, wenn ich gesagt hätte, ich bin an dem Abend noch mal aus dem Haus, um mich mit ihr zu treffen.« Er starrte Petra an. »Ein Schwarzer – was das heißt, wissen wir ja.«

»Hören Sie mir auf mit der Rassenpredigt«, sagte Petra. »Die einzige Person, deren Bürgerrechte verletzt wurden, ist Lisa. Um welche Zeit waren Sie mit ihr verabredet?«

»Halb elf.«

»Wann haben Sie das ausgemacht?«

»Sie hat es ausgemacht. Am gleichen Tag. Sie hat mich gegen sieben in der Arbeit angerufen.«

»Sie haben am Sonntag gearbeitet?«

»Ich habe einen Endschnitt fertig gemacht. Überprüfen Sie's doch bei dem Wachmann auf dem Gelände. Ich habe mich eingetragen.«

»Das werde ich auch«, sagte Petra. »Also Lisa hat Sie angerufen und wollte sich mit Ihnen treffen.«

»Sie sagte, sie sei einsam, niedergeschlagen, habe den ganzen Tag geschlafen, ein bißchen Koks gezogen und jetzt sei sie aufgedreht und könne nicht still sitzen, wie's denn wäre, wenn wir einfach in der Gegend rumfahren würden.«

Das Auto; immer im Auto.

»In der Gegend rumfahren«, wiederholte Petra.

»Sie wollte sich um neun Uhr mit mir treffen, aber ich habe ihr gesagt, daß ich dann noch arbeiten würde und gleich danach mit Kelly bei ihr zu Hause verabredet wäre. Doch ich würde sehen, ob ich mich gegen halb elf mal kurz aus dem Staub machen und mich mit ihr hinter dem Betriebshof treffen könnte.«

»Warum dort?«

»Wir hatten uns dort schon öfter getroffen. Es hat so was ...«

»Geheimnisvolles?«

»Mir hat's dort nicht gefallen, zuviel Kriminalität in der Gegend, aber Lisa mochte es. Das Risiko hat sie scharf gemacht.« Er zuckte die Achseln.

»Erzählen Sie weiter«, sagte Petra.

»Ich kam nicht so ohne weiteres weg. Kelly hat mich bis nach elf auf Trab gehalten. Schließlich habe ich ihr gesagt, daß ich ein bißchen frische Luft brauche und ein wenig in der Gegend rumfahre. Gegen zehn nach elf war ich dann dort, und Lisas Auto war da, aber sie nicht. Ich habe gewartet bis zwanzig nach und mir gedacht, daß sie wohl gekommen, aber schon wieder weg war.«

»Ihr Auto war da, aber sie nicht«, sagte Petra. »Und das hat Sie nicht im geringsten beunruhigt?«

»Wie ich schon gesagt habe, Lisa ging gern Risiken ein. Sie hat's mir an roten Ampeln besorgt, mit 'nem Polizeiauto genau neben uns. Coldwater Canyon, solche Sachen. Ich dachte mir, sie hätte jemand anderen getroffen und amüsierte sich mit dem. Ich hatte in dieser Nacht absolut keine Lust, sie zu sehen. Eigentlich wollte ich sie überhaupt nicht mehr sehen, aber ...«

»Aber was?«

»Sie wissen, wie so was ist. Ich habe Probleme, Frauen gegenüber nein zu sagen.«

»Wann sind Sie wieder bei Kelly gewesen?«

»Das muß kurz vor halb zwölf gewesen sein.«

»Und Sie haben die Nacht dort verbracht?«

»Das ist die volle Wahrheit.«

»Was man von dem perfekten Alibi, das Kelly Ihnen gegeben hat, nicht behaupten kann.«

»Ich bitte Sie«, sagte er. »Ich war nur höchstens eine halbe Stunde weg. In der Zeit hätte ich nie zum Griffith –«

»Sie und Kelly haben sich beide der Falschaussage und Behinderung der Justiz schuldig gemacht«, sagte Petra.

»Ach, kommen Sie schon. Bitte! Sie machen da eine Mücke zum Elefanten!«

Petra ging auf ihn zu und blieb ganz knapp vor ihm stehen. Sie richtete ihren Zeigefinger auf seine Brust, berührte ihn aber nicht. »Im günstigsten Fall, Mr. Breashear, haben Sie mich jede Menge Stunden gekostet. Und wenn Sie sonst noch was wissen, dann spucken Sie's aus, und zwar jetzt sofort.«

»Ich weiß nichts weiter.«

Sie starrte ihn in Grund und Boden.

Er wiederholte. »Es gibt nichts weiter.«

»Hören Sie mir genau zu«, sagte sie und richtete wieder den Zeigefinger auf ihn. »Ich werde Sie nicht verhaften. Jedenfalls nicht jetzt. Aber verschwenden Sie bloß keinen Gedanken daran, sich irgendwohin abzusetzen. Ihr Haus und das Studio werden von jetzt an von der Polizei überwacht. Das gleiche gilt für Kelly. Wenn Sie beide auch nur einen Schritt in die falsche Richtung machen, ist die Kacke am Dampfen. Und dazu gehört dann auch eine nette und ausgedehnte Unterhaltung mit Marcia.«

Breashears Augenlider zuckten unkontrolliert.

Das tut mal gut, gestand Petra sich ein. Endlich kam sie in diesem elenden Mistfall mal dazu, jemanden einzuschüchtern.

Als sie wegging, wurde die Vordertür geöffnet, und eine Frauenstimme sagte: »Darrell, Liebling? Wer war das?«

Sie fuhr zurück zu ihrem Apartment. Ihr Kopf war mit einemmal klar, der Ablauf von Lisas letzter Nacht unter den Lebenden nahm allmählich Gestalt an – falls Breashear endlich Klartext geredet hatte.

Eine Verabredung um zweiundzwanzig Uhr dreißig. Entführt

zwischen diesem Zeitpunkt und dreiundzwanzig Uhr zwanzig. Zum Griffith Park gebracht worden, eine Fahrt, die mindestens eine halbe Stunde dauerte, eher länger. Ermordet zwischen Mitternacht und vier Uhr morgens.

Das Auto. Welches? PLYR 1? PLYR 0? Oder irgendeine andere Karre? Ramsey mit seinen ganzen Autos, Häusern, Zäunen, Toren und Larry Schick war als Verdächtiger ein wahrer Alptraum. Verbrechen zahlte sich eben doch aus, wenn man genügend Startkapital hatte.

Es war schon fast elf, als sie durch ihre Tür trat. Zu spät, um ihn anzurufen? Sie tat es trotzdem. Es klingelte viermal, dann ertönte die Piepsstimme eines kleinen Mädchens. »Wenn Sie den Piepton hören, hinterlassen Sie eine Nachricht. Piep. Und Piep und –«

Ron unterbrach die Ansage. »Banks.«

»Hallo, hier ist Petra.«

»Petra.« Wie er ihren Namen aussprach, voller Freude. Sie konnte etwas Aufmunterung gut gebrauchen. »Wie geht's?«

Sie erzählte ihm von dem Porsche, von Breashears neuer Version der Geschichte und dem neuen zeitlichen Rahmen.

»Glaubst du, mit ihm ist was faul?«

»Wenn seine Freundin, was sein Alibi angeht, nicht völlige Lügen erzählt, hatte er nicht genug Zeit, aber wer weiß? Was gibt's bei dir?«

»Ich habe noch mal mit den Sheriffs in Carpenteria telefoniert und sie gefragt, ob sie Ramseys Haus ein bißchen im Auge behalten könnten. Sie haben erzählt, daß sie ohnehin schon die Anzahl der Streifenwagen erhöht hätten, und heute um Viertel vor sieben haben sie noch mal zurückgerufen. Ich hab versucht, dich im Büro zu erreichen, aber man hat mir gesagt, du wärst schon weg. So wie's aussieht, ist Ramsey dort schon eine ganze Weile nicht mehr gesehen worden, aber Greg Balch ist heute morgen aufgetaucht, hat seinen Lexus dort gelassen und ist in einem Jeep zurückgefahren, der Ramsey gehört, Nummernschild –«

»PLYR 0«, sagte Petra.

»Dann weiß du also schon Bescheid?«

»Ich wußte, daß Ramsey der Jeep gehört, aber nicht, daß Balch ihn abgeholt hat.«

»Ich wollte dir nicht in den Kram pfuschen, indem ich in Carpenteria anrufe, aber ich hatte schon vorher Kontakt mit denen aufgenommen und dachte, es könnte ja etwas nützen. Ein Deputy hat Balch angehalten, als er gegen Mittag vom Grundstück fuhr. Balch zeigte seinen Führerschein, Visitenkarte, einen Schnappschuß von sich und Ramsey und die Schlüssel zum Haus. Er sagte, er wäre gekommen, um den Wagen abzuholen und ihn zurück zur Inspektion zu bringen. Was irgendwie komisch klingt, denn es gibt in Santa Barbara jede Menge Autowerkstätten.«

»Vielleicht um ihn extragründlich saubermachen zu lassen?« überlegte Petra. Oder konnte es sein, daß Ramsey den Vierradantrieb brauchte, weil er vorhatte, durch schweres Gelände zu fahren? Diese Hügel …

»Vielleicht hat Ramsey die Panik gepackt, jetzt, wo ihr einen potentiellen Zeugen habt.«

»Vielleicht.« Sie erzählte ihm von Larry Schicks Anruf.

»Na prächtig«, sagte er. »Jedenfalls …«

»Noch mal vielen Dank, Ron. Deine Tochter hat eine süße Stimme.«

»Was – ach so, daß ist Bee, sie macht solche Auftritte gern. Jetzt sind sie beide im Bett. Endlich.«

»Da hast du ganz schön was zu tun.«

»Es dauert immer ein bißchen, bis man sie endlich im Bett hat. Meine Mutter sagt, sie tanzen mir auf der Nase rum. Morgen kann ich aber ausschlafen. Ich habe frei. Meine Mutter fährt sie zur Schule.«

»Das wird dir mal guttun«, sagte Petra. »Kann sein, daß ich morgen nach Montecito rausfahre. Hättest du Lust mitzukommen?«

»Sicher«, sagte er sofort. »Die Fahrt dahin ist richtig schön.«

Sie lag im Bett, um sie herum eine so absolute Dunkelheit, daß sie das Gefühl hatte, sie würde schweben. Sie dachte an Lisa, wie sie entführt und abgeschlachtet worden war. Dachte an Balch, der den Jeep abgeholt hatte.

Ramsey, der nervös wurde wegen eines kleinen Jungen, der Bücher klaute … wo immer der auch stecken mochte.

Die Tatsache, daß niemand von der Straße ihn kannte, faszinierte sie. Er hatte sich nicht mit anderen Ausreißern zusammengetan, hatte keinerlei Hilfe bei Wohlfahrtsorganisationen oder Ähnlichem gesucht. Ein Einzelgänger. Insofern machte es Sinn. Ein Junge, der gerne las, paßte nirgends rein. Er war vermutlich schon zu Hause ein Außenseiter gewesen. Und warum war er nicht vermißt gemeldet worden? Wo waren die Eltern?

Kindesmißhandlung – es konnte nur das sein. Ein elfjähriger Intellektueller … der vor weiß Gott was wegrannte. Und dann wurde ein Kind wie dieses Zeuge eines Mordes. Er hatte nicht den geringsten Grund, irgend jemandem auf der Welt zu trauen.

Einer, der davongekommen war. Und nun veranstaltete die Polizei eine Hetzjagd auf ihn. Und *sie* war es, die das angezettelt hatte.

Sie war gerade eingeschlafen, als das Telefon klingelte. Es war schon einige Zeit nach Mitternacht, und ihr Herz pochte, als sie einen schrecklichen, irrationalen Moment lang in Panik über den Zustand ihres Vaters geriet, bis ihr klarwurde, daß sie sich um ihn keine Sorgen mehr zu machen brauchte. Einer ihrer Brüder, der in der Klemme steckte – Kathy?

Eine nervös klingende Frau sagte: »Detective Connor? Hier ist noch mal Adele, vom Revier. Es tut mir leid, daß ich Sie so spät noch störe, aber wir haben hier einen Anruf, Ferngespräch, aus dem Ausland, für Detective Bishop, und bei ihm zu Hause geht niemand ran. Sie sind sein Partner, und weil es ein Auslandsgespräch ist, dachte ich –«

»Von wo aus dem Ausland?«

»Wien. Ein Polizeiinspektor namens Tauber. Ich nehme an, er hat nicht an den Zeitunterschied gedacht.«

»Danke, stellen Sie ihn durch.«

Eine kratzende Stimme sagte: »Detective Bishop?«

»Ich bin sein Partner, Detective Connor.«

»Ach, so. Ja, ja. Hier ist Inspektor Ottmar Tauber aus Wien.« Die Verbindung war klar; das Kratzen mußte an der Stimme des Österreichers liegen. Er hustete und räusperte sich mehrmals.

»Hallo, Inspektor. Geht es um Karl-Heinz Lauch?«

»Vor zwei Tagen hat Detective Bishop bei uns ein Auskunftsersuchen Herrn Lauch betreffend gestellt«, sagte Tauber. »Wir konnten feststellen, wo er sich befindet, aber leider steht er für eine Vernehmung nicht mehr zu Verfügung, da er verstorben ist.«

»Wann ist er gestorben?«

»Allem Anschein nach vor fünfzehn Monaten.«

»Und was war die Todesursache, Inspektor?«

»Vermutlich Leberzirrhose.«

»Dabei war er noch so jung.«

Tauber schnalzte mit der Zunge. »So was kommt vor.«

Damit konnte Lauch in Lisas Fall von der Liste der Tatverdächtigen gestrichen werden. Was bedeutete, daß die Ähnlichkeiten zwischen ihrem und dem Fall Ilse Eggermann keinen Pfifferling wert waren.

Oder vielleicht doch?

Ramsey ein mehrfacher Mörder? Nein, zu abgedreht.

Taubers Anruf hatte all ihre Benommenheit hinweggefegt. Völlig aufgedreht ging sie in die Küche, trank ein Glas Eiswasser, rannte auf und ab, setzte sich an den Tisch, stand wieder auf und schaltete die Stereoanlage ein. *Derek and the Dominos.* Seit Rons Besuch war in ihrem Apartment keine Musik mehr gelaufen.

Denk nach, denk nach ... Lauch in Lisas Fall eliminiert. Das bedeutete, daß sie sich auf Ramsey konzentrieren mußten. Jemand, der Lisa aufgelauert hatte und ihr gefolgt war. Bei Gewalt in der Ehe lag häufig obsessives Verhalten zugrunde; es paßte alles zusammen.

Bedeutete die Tatsache, daß er Balch losgeschickt hatte, um den Jeep zu holen, daß der vierradgetriebene Wagen das Mordfahrzeug war? Der Mercedes nur ein Ablenkungsmanöver, genau wie sie gemutmaßt hatte? Sie erinnerte sich daran, wie Ramsey das Licht in seinem Automuseum eingeschaltet hatte. Um ihr die graue Limousine zu zeigen – vermutlich in der Hoffnung, daß sie ihn fragen würde, ob sie mal einen Blick darauf werfen könnte, weil er genau wußte, daß sie nichts finden würde.

Balch, der die Dreckarbeit machte.

Und mit einemmal – vielleicht lag es an dem dunklen Zimmer oder an ihren Nerven, die unter Strom standen – machte ihr Hirn eine Kehrtwendung.

Was, wenn Balch eine aktive Rolle in dem Ganzen spielte?

Oder vielleicht auf eigene Kappe arbeitete?

Sie saß da, angespannt wie eine Geigensaite, und betrachtete den Fall aus einem ganz neuen Blickwinkel.

Wie bei einem Prisma, man mußte nur die Perspektive ein wenig verändern, und schon erschien alles in einem anderen Licht.

Balch als der Fiesling. Sie spulte all ihre Hypothesen noch einmal ab, ersetzte dabei jedoch den Namen Ramsey durch Balch.

Es paßte alles.

Lisa und Balch – schon wieder ein älterer Mann. Eine romantische Liaison – und *außerdem* noch eine finanzielle?

Balch war derjenige, der die Schecks ausschrieb, Ramseys Finanzen verwaltete. Er hatte vermutlich mehr Überblick als der Chef. Das alte Lied vom Manager, der den Star ausnimmt.

Balch, der sich mit *Lisa* zusammentut, um Ramsey auszunehmen? Die Exfrau und der seit Jahren leidende Lakai, verbunden in ihrer Abneigung gegen den Mann mit dem Geld.

Lisa hatte gegenüber Ghadoomian, dem Broker, davon gesprochen, daß sie größere Summen investieren wollte, demnächst finanziell unabhängig sein würde, hatte es dann aber nie in die Tat umgesetzt.

Weil Daddy doch nicht mit den fünfzig Riesen herausrückte? Oder weil andere Pläne gescheitert waren?

Hatte Lisa nicht mehr genug bekommen können und Balch unter Druck gesetzt, und war daran ihre Partnerschaft zerbrochen?

Petra dachte lange darüber nach. Balch war kein Traumprinz, aber Lisa war auch kein konventionelles Mädchen. Balchs Motiv war kein großes Rätsel: Die Ex des Quarterback flachzulegen – die Frau, die Ramsey nicht hatte befriedigen können – das wäre der ultimative Kick für jemanden wie Balch, der immer hinter seinen Möglichkeiten zurückgeblieben war.

All die Jahre, in denen er Ramsey auf dem Footballfeld und im wirklichen Leben den Rücken freigehalten hatte, in denen er mit ansehen mußte, wie seine eigenen Karriereträume zerbröselten, während Ramsey Millionen scheffelte. Der Lohn für all die Bewunderung, die Balch seinem Kumpel entgegengebracht hatte, war nicht sonderlich berauschend gewesen: Ramsey hatte ihm nach seinen ersten D-Filmchen nicht mehr großartig weitergeholfen.

Balch gab zu, daß er kein Talent hatte, aber galt das nicht für viele Schmalspurschauspieler? Gewiß hätte Ramsey ihn irgendwo in der *Industrie* unterbringen können, doch statt dessen hatte er Balch in ein mickriges Büro verfrachtet, wo er sich mit Papierkram herumschlagen mußte, während er selbst das Leben eines Stars führte. Warum nicht wenigstens ein besseres Büro?

Ramsey, der Balch erklärte: Du verdienst es nicht besser.

Was, wenn Balch irgendwann zu dem gegenteiligen Schluß gelangt war?

Und zwar mit Lisas Hilfe. Sie ließ sich *gern* auf riskante Sachen ein. War sie zu weit gegangen?

Dann fiel ihr noch etwas ein: Balch wohnte in den Rolling Hill Estates, ganz in der Nähe von Palos Verdes. Ilse Eggermanns Leiche war in der Nähe von Mariana del Rey abgeladen worden, doch ihr Treffen mit Lauch hatte in Redondo Beach stattgefunden, und auf dem Freeway waren es von da aus nur ein paar Ausfahrten bis zur Halbinsel.

Sie malte sich aus, wie Balch am Redondo Pier gehalten hatte, um zu Abend zu essen und etwas zu trinken. Wie er den Streit zwischen Lauch und Eggermann beobachtet und gesehen hatte, wie die Stewardeß ihren Freund sitzenließ. Und dadurch Balch die Möglichkeit gab, auf den Plan zu treten.

War Ilse ihm wegen ihrer Ähnlichkeit mit Lisa aufgefallen?

Sie aufzugabeln war vermutlich nicht so schwierig gewesen. Der nette, schon etwas ältere Mann, der einer jungen Dame, die in einer mißlichen Situation steckt – es ist dunkel, sie ist allein und außerdem Ausländerin – ritterlich seine Dienste anbietet.

Nach einem Trampel wie Lauch hatte Balch vielleicht sogar weltmännisch gewirkt.

Die Ähnlichkeit zwischen Lisa und Ilse war kein Zufall! Denn Balch war schon seit Jahren scharf auf Lisa.

Der Gehilfe, der ewige Gehilfe … Balch rettet Ilse, geht sie um sexuelle Gefälligkeiten als Gegenleistung an und blitzt damit ab.

Er rastet aus, metzelt sie nieder. Und kommt damit davon.

Jahre später, er wird erpreßt, steht mit dem Rücken zur Wand. Warum das gleiche nicht noch mal?

Sie ging noch einmal alles durch. Balch, wie er es schaffte, das

Haus zu verlassen, ohne daß Ramsey es bemerkte. Wie er die Notfallstraße mit einem von Ramseys Autos hinabfuhr, dabei jedoch von Estrella Flores gesehen wurde. Sie hatte ihn noch nie leiden können und von daher unter Umständen jeden seiner Schritte argwöhnisch beobachtet.

Er eliminiert sie.

Noch einmal von vorne. Es paßte noch immer.

Vielleicht würde das Ganze am Morgen ja lächerlich wirken, doch im Moment gefiel es ihr.

51

Für seine Verabredung mit Leanna, dem Macy Model aus Äthiopien, trug Wil Fournier seinen besten Anzug. Aus dem Grund blieb er dem Russen gegenüber lieber auf Distanz; der Typ war so schmierig, daß man ihm besser nicht zu nahe kam.

Verkaufte T-Shirts und anderen Schund an Touristen, nach außen mochte das alles ganz normal aussehen, aber da waren diese Augen, die Art, wie er sich aufführte. Wil war zwei Jahre lang beim Dezernat Raub und Erpressung in Wilshire gewesen und hatte zusammen mit den Sheriffs von West Hollywood an zahlreichen Fällen von russischer Bandenkriminalität gearbeitet. Der bizarrste Fall lag fünf Jahre zurück, es ging um eine Schlepperbande, die Neuankömmlinge erpreßte. Wil und ein Detective des Sheriffs tauchten an der Wohnungstür eines der Verdächtigen auf; der Kerl öffnete ihnen die Tür, am ganzen Körper mit Blut verschmiert, ein Tranchiermesser in der Hand. Er hatte gerade einen anderen Russen zerstückelt. Was hatte der Kerl sich bloß gedacht, als er in diesem Aufzug zur Tür gekommen war?

Als sie ihn gemeinsam festnahmen, fand Wil Gefallen an der Arbeit der Mordkommission und wechselte das Fach.

Er war sicher, daß der Souvenirhändler seine Finger in krummen Geschäften hatte.

Die Art und Weise, wie Zhukanov sich über den Tresen seines Ladens gelehnt und ihn angestarrt hatte. Das ganze Gerümpel, das jeden Zentimeter seines Schuppens einnahm. Er versuchte, cool zu bleiben, als ob die ganze Angelegenheit ihn eigentlich nichts anging und er nichts weiter tat als seine Bürgerpflicht. Doch kaum, daß Wil die fünfundzwanzigtausend erwähnte, bildeten sich schon Schweißperlen auf der zerfurchten Nase des Russen.

Völlig sicher, daß er den Jungen gesehen hatte. Für Wil hörte sich das an, als hätte er den ganzen Tag geübt, damit er es selbst glaubte. Denn wie konnte er sich so sicher sein? Petras Zeichnung war gut, aber auf Wil machte der Junge keinen *so* einzigartigen Eindruck.

Dabei mußte er lächeln. Alle weißen Kids sehen doch irgendwie gleich aus, oder?

Dem Russen gegenüber blieb er unverbindlich. Er machte sich Notizen, als Zhukanov nach Norden den Ocean Front Walk entlang deutete, wo der Junge angeblich verschwunden war. Als Wil jedoch dort oben die Runde machte und das Bild bei den Besitzern der Cafés herumzeigte, hatte ihn niemand gesehen. Die meisten anderen Läden hatten ohnehin schon geschlossen, folglich mußte er am nächsten Tag wohl noch einmal herkommen, obwohl er gewisse Zweifel hatte, daß dabei etwas herauskam. Der ganze Fall hatte den Beigeschmack von vergeblicher Liebesmüh.

Er ging den gleichen Weg zurück, den er gekommen war, und obwohl schon längst Feierabend war, stand der Russe noch immer da und winkte Wil zu, als er zu seinem Wagen ging. Leanna würde in zwanzig Minuten im »Loew's« auftauchen – ein fünfgängiges Menue, Wein. Er war ihr in einem Club begegnet, diese großen braunen Augen –

»Sir!« rief Zhukanov.

»Ja, Mr. Zhukanov?«

»Ich werden die Augen aufhalten für Sie. Ich Sie rufe an, wenn ich ihn wiedersehe.« Haargenau das, was Wil brauchte: ein Moskauer Mafioso, der hier den Hilfssheriff spielte.

Und hier war er nun, der nächste Morgen. Und er konnte an nichts anderes denken als an die Sonne auf Leannas hinreißenden Schultern. Ein wunderbarer Morgen.

Übersprühend vor Energie war er um Punkt sieben im Büro angekommen. Auf seinem Schreibtisch lagen noch mehr Hinweise von irgendwelchen Spinnern, doch der Russe hatte nicht angerufen, also war der Junge wieder aus Venice verduftet oder, noch wahrscheinlicher, niemals dortgewesen.

Was ihn wesentlich mehr interessierte, waren die beiden Hinweise aus Watson. Zwei ältere Damen, die sehr überzeugend klangen, glaubten, den Jungen in der Stadt gesehen zu haben.

Wil wartete noch immer auf den Rückruf des Sheriffs von Watson.

Sein Telefon klingelte. Ein neuer Tag brach an.

»Hey, W. Hier ist V.«

»V., lange nichts gehört.«

Val Vronek war ein Detective II, mit dem Wil im Drogendezernat in Wilshire zusammengearbeitet hatte. Mittlerweile wurde er von der Zentrale in Downtown als verdeckter Ermittler auf wirklich große Fische angesetzt. Eine Arbeit, die Vronek richtig Spaß machte. Seine Lieblingsrolle war die des speeddealenden Bikers. Nicht nur, daß er groß und schwer war, er hatte sich auch noch die Haare bis zu den Schultern wachsen lassen und trug mittlerweile einen Bart, der aussah wie ein Gesundheitsrisiko.

»Stell dir mal vor, Wil, ich bin ganz in deiner Nähe.«

»Ach.«

»Über Details kann ich mich jetzt nicht auslassen, aber wenn du sagen würdest, es hat was mit dem Biker-Speed-Imperium zu tun, dann würde ich dir nicht widersprechen. Und so kommt's, daß ich gerade in 'nem Scheißladen namens ›Cave‹ rumgehangen bin.«

»Na, bei dem ganzen weißen Abschaum fühlst du dich doch wie zu Hause, Vee – erinnert dich garantiert an deine Familie.«

»Klar doch, *Daddy rode high, Mama ate bugs*«, sang Vronek. »Das ist ein alter Countrysong. ›Blue-eyed Soul‹.«

»›Blue-eyed Soul‹ waren die Righteous Brothers.«

Vronek lachte. »Der Grund, warum ich anrufe, ist der, daß im Verlauf meines Aufenthalts in besagtem Scheißladen etwas passiert ist, wovon ich dachte, daß du es wissen solltest. Gestern nacht kam ziemlich spät ein Typ in den Laden marschiert und hat das Bild von dem Jungen rumgezeigt, nach dem du auch suchst. Dabei hat er angedeutet, daß jeder, der ihm hilft, einen Teil von der Belohnung abbekommt.«

»Warum sollte jemand so was machen?« fragte Fournier. »Und dann auch noch ausgerechnet einer von dem Lederpack. Wenn von denen einer wüßte, wo der Junge ist, würden sie ihn selbst abliefern und die ganze Summe kassieren.«

»Ich hab ja auch nicht gesagt, daß der Kerl 'ne große Leuchte war, sondern nur, daß er da war. Außerdem ist niemand aus dem ganzen Laden auf das Angebot angesprungen. Ungefähr nach dem Motto: ›Jeder, den das auch nur'n Scheiß interessiert, macht einen Schritt nach vorn.‹ Und stell dir vor: Der große Tanz in schweren Stiefeln ist glatt ausgeblieben. Ich habe eine Spur von Begeisterung geheuchelt, um dem Kerl mal 'n bißchen auf den Zahn zu fühlen, und ich muß sagen, der Mann ist dumm wie Schifferscheiße.«

»Hat er auch einen Namen?«

»Ne. Die Situation war nicht so, daß Intimitäten dieser Art angebracht gewesen wären. Aber hier das Wesentliche: weiß, männlich, achtundzwanzig bis fünfunddreißig, Augen blau, Haare braun und gewellt, breite, rötliche Kotletten, so groß wie ich, aber gut fünfzig Pfund schwerer.«

»Ein großer Junge«, sagte Fournier.

»Hat schwer einen auf Angel gemacht, aber es kannte ihn keiner. Ich habe ihm gesagt, ich würde die Augen nach dem Jungen offenhalten, wo ich ihn denn erreichen könnte? Er sagte, er würde heute abend noch mal vorbeikommen, gegen acht. Wenn du willst, komme ich raus auf den Gehsteig, wenn er auftaucht, und gebe dir Bescheid.«

»Abgemacht, V. Danke.«

»Keine Ursache. Zu schade, daß ich dir keinen Drink spendieren kann. Die mögen da drin keine Farbigen.«

Gerade als Fournier auflegte, rief Schoelkopf an. »Du bist da. Wenigstens einer aus der Ramsey-Truppe.«

»Was kann ich für Sie tun, Sir?«

»Lesen Sie keine Zeitung?«

»Noch nicht –«

»Sollten Sie aber, das hier ist ein öffentlicher Fall. Der Wagen des Mädchens ist gefunden worden. Stand ausgebrannt draußen in Venice, und ich mußte das aus der gottverdammten Zeitung erfahren. Lesen Sie, und dann machen Sie, daß Sie herkommen!«

52

NIGGER!

Hatte ihn nicht ernst genommen. Vladimir Zhukanov nahm eine der Trollpuppen vom Regal und quetschte ihr den Bauch zusammen. Das Ding hatte blonde Haare und ein T-Shirt mit dem Aufdruck SURF DUDE. Er haßte das dämliche Lächeln. Irgendein Schwede oder Däne hatte die Dinger erfunden. Dies hier war aus Korea, Markenpiraterie. Zhukanov hatte hundertzwanzig Dutzend von einem alten Freund aus Moskau gekauft, der jetzt die Docks von Long Beach belieferte. Hundert Dollar hatten sie gekostet, da stellte man keine Fragen.

Ein Georgier namens Makoshvilli – sie waren zusammen in der Armee gewesen, hatten Proteste am Kreml nieder- und Köpfe eingeschlagen, Juden zusammengedroschen und das ganze kosmopolitische Gesocks.

Er schmuggelte immer ein paar von den Trollen in den Laden und steckte das Geld in die eigene Tasche, scheiß auf den Boß.

Vladimir Zhukanov, Sergeant der Moskauer Polizei, jetzt nichts weiter als ein Spielzeugschmuggler!

Amerika, Land der Träume. Er hatte sich als Jude ausgegeben, um hier herüberzukommen, einem Anwalt für Einwanderungsfragen ein Vermögen gezahlt, damit er für ihn log; er hatte irgendwo in West Hollywood in einer Absteige voller Juden gehaust und versucht, irgendwo in L. A. eine Nische zu finden. Und dann, ein paar Monate später, hatte Jelzin die Tore für alle aufgemacht. Dieser Bastard.

Die Stadt war voll mit Niggern und Schokos. Seine Nische mußte er immer noch finden. Er hatte Taxi gefahren, ohne Erfolg versucht, seine Totschlägerqualitäten bei einem Fälscherring auf dem Van Nuys an den Mann zu bringen, es danach geschafft, bei einer Bande aus West Hollywood unterzukommen, die auf Autodiebstahl spezialisiert war, doch er war beim Kurzschließen der Wagen nicht schnell genug gewesen, und so hatten sie ihn wieder gefeuert. Eine Zeitlang hatte er nachts als Gorilla in einem russischen Nachtklub auf der Third Street gearbeitet, bis ihm ein paar Punks die Nase brachen – sie waren fünf gegen einen gewesen, und die Arschgeigen von Clubbesitzern bestanden darauf, daß er keine Waffe trug. Wie konnten sie da sagen, es wäre seine Schuld?

Und jetzt das. Fünf Kröten die Stunde von dem Juden, dem der Souvenirstand gehörte. Zhukanov steckte zwar mindestens fünf Prozent vom Umsatz in die eigene Tasche, und der Jude wußte das, aber es kümmerte ihn nicht – er hatte noch zwanzig weitere Stände in der ganzen Stadt, scheffelte Geld wie Heu, lebte in Hancock Park und kaufte Diamanten für seine hakennasige Alte.

Eines Tages, so hatte Zhukanov sich überlegt, würde er in das Haus einbrechen und sich die Diamanten unter den Nagel reißen.

In der Zwischenzeit verkaufte er Spielzeug. Doch nun kam die Erlösung in Form des kleinen Jungen.

Er mußte es einfach sein. Zhukanov war lange genug Jäger gewesen, er wußte, wie Beute roch.

Und dann hatte er die Angelegenheit dem Niggerbullen anvertraut, doch der schwarze Bastard nahm ihn nicht ernst. Kein Wunder, daß dieses Multikultischeißloch so mit Kriminalität geschlagen war – Niggerbullen. Das war, als wenn man Füchse einen Hühnerstall bewachen ließ.

Aber er würde sich auf keinen Fall seinen Plan versaubeuteln lassen. Fünfundzwanzig Riesen hießen, daß er von hier verduften, vielleicht unterwegs noch die Diamanten von seinem Boß abgreifen und dann nach New York, Brighton Beach, Coney Island düsen konnte – wo es keinen Mangel gab an Organisationen, in denen seine Talente gefragt waren; doch mit so einem Batzen Geld konnte er genausogut sein eigenes Geschäft aufmachen.

Er zählte bereits zu den Selbständigen: ein Jäger in eigener Sache, auf der Suche nach dem Jungen.

Wie weit war der kleine Bastard wohl gekommen? Er war sicher, daß er wieder auftauchen würde, und dann würde Sergeant Zhukanov ihn schnappen.

Er wurde für einen kurzen Moment von Optimismus gepackt, und seine Stimmung hellte sich auf. Ein kleiner Wodka, vielleicht noch irgendwo anhalten und sich ein nettes Abendessen gönnen.

Und von morgen an wäre er in höchster Alarmbereitschaft.

53

Am Freitag morgen wachte Petra auf mit dem Gedanken an Balch als möglichen Täter. Es erschien noch immer einleuchtend, doch das gleiche traf auf Ramsey zu.

Wer von beiden? Oder beide? Keiner von beiden – ein furchtbarer Gedanke.

Der Bericht über Lisas ausgebrannten Wagen war auf Seite fünf, zusammen mit einer kleineren Kopie ihrer Zeichnung, doch ohne Erwähnung der Hinweise aus Venice oder Watson. Also hatte Wil bisher noch keinen Bericht erstatten müssen.

Während sie unter der Dusche stand und sich einseifte, fiel ihr ein, daß Kathy Bishop genau jetzt auf dem Operationstisch lag. Sie würde Stu nachher anrufen. Wenn sich alles ein wenig beruhigt hatte. In der Zwischenzeit gab es einige Kleinigkeiten, um die sie sich kümmern mußte, bevor sie sich auf den Weg nach Montecito machte.

Bei Dr. Boehlinger im Hotelzimmer ging niemand ans Telefon – er war schon unterwegs und unternahm wer weiß was. Eine erneute Anfrage beim Vermißtendezernat brachte keinerlei Hinweise auf den Verbleib von Estrella Flores, und gegen neun Uhr war sie auf den Weg nach Granada Hills, um Ron abzuholen.

Als sie vorfuhr, stand er, ein Handy in der Hand, an der Bordsteinkante.

Sein Haus war ein winziger einstöckiger Tudorbau in einer sonnendurchfluteten Seitenstraße. Mit seinem spitzen Dach, dem Fachwerk und den falschen Giebeln wirkte es lächerlich und anrührend zugleich: Jemand hatte sich offensichtlich Mühe gemacht und auf Details geachtet. Der Rasen war gemäht und getrimmt, aber bräunlich; an den beiden Rosenbüschen, die den steinernen Aufgang flankierten, hingen vertrocknete Blüten, und die Hälfte der Orangen an dem riesigen Valencia-Baum waren braun.

Er war schon an der Wagentür, bevor sie den Wählhebel der Automatikschaltung auf Parken gestellt hatte. Seine Haare waren noch naß vom Duschen, feuchte Locken standen nach allen Seiten ab. Der blaue Pullover mit V-Ausschnitt, ein gelbes Hemd mit Button-down-Kragen und die Dockers in gebrochenem Weiß ließen ihn jünger wirken – wie einen Studenten kurz vor dem Abschluß, Wirtschaftswissenschaften beispielsweise. Rötlichbraune Mokassins. Irgendwo auf der Strecke vom Rockdrummer zum Cop hatte er wohl mal eine Preppy-Phase durchgemacht. Wenn man es genau betrachtete, sah er in seiner sportlichen Aufmachung sogar *viel* jünger aus, vielleicht sogar jünger als sie.

»Hallo«, sagte sie.

Er stieg ein. »Hallo.« Sein Aftershave roch nach Limetten. Anders als beim ersten Mal. Das schien schon Jahre zurückzuliegen. Er machte keine Anstalten, ihr einen Begrüßungskuß zu geben oder ähnliches, sondern zog nur die Tür zu, legte das Handy auf seinen Schoß und erklärte: »Nur für den Fall, daß meine Mutter mich erreichen muß.«

»Ich sollte auch irgendwann mal im zwanzigsten Jahrhundert ankommen und mir so'n Ding zulegen.«

»Besorg dir eines mit Freisprechanlage«, sagte er. »Wenn man im Auto sitzt und laut vor sich hin redet, denken alle, man ist geisteskrank und lassen einen in Ruhe.«

Lachend fuhr sie los und überlegte, ob sie ihm gegenüber erwähnen sollte, welche Wendung ihre Theorie in bezug auf Balch genommen hatte. Nein, da war derzeit noch zuviel Spekulation im Spiel. Er war ihr um Jahre voraus. Er war bei einem Rettungskommando. Sie wollte vor ihm alles andere als dumm dastehen.

Während der Fahrt plauderten sie miteinander. Small talk, aber auf gehobenem Niveau. Er verströmte eine Aura der Stabilität. War das der spanischen Reiterin zu langweilig gewesen? Oder hatte er eine dunkle Seite, die zum Vorschein kam, wenn man nur lange genug wartete?

Du bist ja ein mißtrauisches Weibstück. Danke, Nick.

»Schöner Tag«, hörte sie ihn sagen. Seine Hände waren ganz ruhig. Er klammerte sich nicht am Türgriff fest oder ließ sich in irgendeiner Weise anmerken, daß ihr Fahrstil ihm Unbehagen bereitete. Die Mokassins sahen aus wie frisch geputzt. Die Dockers hatten scharfe Bügelfalten – das war ja wohl daneben, oder? Petra mußte lächeln bei dem Gedanken, daß *er* es war, der *sie* zu beeindrucken versuchte.

Als sie die Auffahrt zur Hunderteins erreichten, waren sie richtig ins Gespräch vertieft.

Sie rauschte durch das West Valley – an RanchHaven vorbei – durch Thousand Oaks, Newbury Park, Camarillo, die Gemüsefelder und den Düngemittelgestank von Oxnard. Als sie an Ventura vorbeikamen, zeigte Ron auf ein Golf'n'Stuff an der östlichen Seite des Freeway und erzählte ihr, daß er manchmal mit den Mädchen dort hinfuhr – es gab dort auch Autoscooters und Miniboote, wovon letzteres ziemlich viel Spaß machen konnte, wenn es einem nichts ausmachte, sich naß zu machen. Er war voller Begeisterung, doch die Überschwenglichkeit in seiner Stimme verflog schlagartig, als Petra, die schon wieder an Balch denken mußte, sagte: »Das klingt doch nett.«

»Na ja, wenn man für so was was übrig hat«, fügte er verlegen hinzu.

»Aber klar doch«, sagte sie, verzweifelt darum bemüht, das Gespräch zu retten. »Ich bin in Arizona aufgewachsen, da war nicht viel mit Booten, nicht mal Miniboote gab's da. Jetzt lösen wir erst mal den Fall, und auf dem Rückweg halten wir an und machen uns so richtig naß.«

Er erwiderte nichts. Sie drehte den Kopf gerade weit genug, um zu sehen, daß er selbst am Hals rot angelaufen war.

Herrgott, am liebsten hätte sie ihren Schuh in den Mund gesteckt.

»Oder«, sagte sie, »wir spielen 'ne Runde Golf. Aber erst, nachdem wir die Sache mit Lisa unter Dach und Fach haben. Und das kriegen wir heute noch hin, oder?«

»Sicher«, sagte er grinsend. »Arizona. Das ist doch da, wo sie die London Bridge hinverfrachtet haben?«

Sie nahm die Ausfahrt bei Santa Ynez und fragte ihn: »Kennst du Montecito?«

»Nur dem Ruf nach.«

»Und der ist?«

»Reich.«

Sie hielt neben einer Baumgruppe am Straßenrand an, schaute in ihrem *Thomas Guide* nach und stellte fest, daß Ramseys Straße etwa zwei Meilen entfernt war und sie, um dort hinzukommen, zweimal rechts und einmal links abbiegen mußte. Sie fuhr wieder los. In Montecito war es fünf Grad kälter als in L. A. – genau zwanzig Grad, wunderbar. Die Santa Ynez Road war gesäumt von waldbewachsenen Privatgrundstücken. Reiche Gegend, in der Tat.

Mit Nick war Petra ein paarmal in Santa Barbara gewesen – Sonntagsausflüge, Fisch und Meeresfrüchte essen auf dem Pier, die Kitschgemälde auf den Gehsteigen belächeln. An Montecito waren sie nur auf dem Freeway vorbeigefahren, wobei Nick sich in endlosen Elogen ergangen hatte über die Grundstücke, die wundervolle spanische Architektur, das alte Geld und die wahre Klasse, die dort herrschte und gegen die Beverly Hills nicht im entferntesten anstinken konnte. Und dann steigerte er sich in seinen üblichen blinden Ehrgeiz hinein und fantasierte, daß sie eines Tages genug Geld hätten, um sich dort ein Haus zu kaufen. Doch er fuhr nie vom Freeway ab, um ihr die Gegend einmal zu zeigen.

Sie trat aufs Gas. Noch war von einer Stadt nichts zu sehen, nur der schwarze Asphalt, der durch den umbragrünen Bestand alter Bäume schnitt. Dazwischen waren korallrote Explosionen von Bougainvillea, Orangen und Zitronen, die funkelten wie Edelsteine. Der Himmel war blau, die Wolken weiß, und eine strahlendgelbe Sonne erhob sich über der schwarzen scherenschnittartigen Silhouette der Berge, die mit Lavendel gesprenkelt waren. Umwerfend.

Ramsey hatte all dies *und* das Haus in Calabasas; er hatte seine Autos, seine Grundstücke. Geld war nicht alles, aber es machte das Leben angenehm. Was brachte reiche Leute bloß dazu, immer wieder alles zu vermasseln? Sie schaute zu Ron herüber, und aus seinem Gesichtsausdruck schloß sie, daß er haargenau das gleiche dachte.

Das Geschäftsviertel von Montecito bestand aus einem Karree aus erdfarbenen Geschäften mit niedrigen Dächern und hohen Preisen. Danach kam wieder nichts als Straße. Die Straße zu Ramseys Haus war eng und lag im dunklen Schatten struppiger Eukalyptusbäume, sein Anwesen selbst befand sich am Ende einer Sackgasse. Blaugraue Torpfosten aus Stein, das Tor selbst aus hohen, gedrehten Eisenstäben, die in Schwarz gehalten waren. Es stand weit offen. Ein Wagen des Sheriffs von Carpenteria blockierte die Einfahrt. Ein Deputy stand neben der Fahrertür, die Hand auf seinem Pistolenhalfter, der andere vor dem Wagen, die Hände in die Hüften gestützt.

»Das Empfangskommitee?« fragte Petra Ron. »Hast du ihnen erzählt, daß wir kommen?«

»Nein.«

Als sie näher kamen, trat der Deputy, der vor dem Wagen gestanden hatte, in die Mitte der Straße und streckte die Handfläche in die Höhe, um sie anzuhalten. Petra stoppte. Als der Deputy ihren Wagen erreichte, hatte sie auch schon ihre Marke gezückt.

Er betrachtete sie eingehend. Ein Jungspund. Hochgewachsen, heisere Stimme, roter Bürstenschnitt, ein rostroter Schnurrbart, der gerade mal zwei Wochen alt war, Bizepse, die aussahen wie aufgepumpt. Er schaute zu Ron herüber.

»Banks, L. A. Sheriffs. Ich habe mit Captain Sepulveda gesprochen.«

»Ja, hat er uns gesagt. Seit dem Mord haben wir die Patrouillen sowieso verstärkt. War ganz gut so. Wir haben gerade einen unerlaubten Eindringling geschnappt.« Er deutete mit dem Daumen über die Schulter.

»Jetzt gerade?« fragte Petra.

»Er hat's uns leicht gemacht, hat das Tor aufgelassen. Sieht aus wie'n entlaufener Irrer, flucht wie'n Rohrspatz und behauptet, er wäre Ramseys Schwiegervater.«

Petra blinzelte in Richtung des Streifenwagens. Durch das hintere Fenster erkannte sie Dr. Boehlingers Gesicht mit dem charakteristischen Ziegenbart. Er schäumte vor Wut. Sie sah, wie er mit der Schulter das Fenster rammte und dann schmerzerfüllt zurückzuckte. Ein Chirurg. Brillant. Der Deputy, der ihn bewachte, mußte irgend etwas gesagt haben, denn Boehlinger fing an zu schreien. Er war zu weit weg, als daß man etwas hätte hören können, doch sein Mund stand weit offen. Durch die Scheibe hindurch wirkte die ganze Szenerie wie eingemacht – Wut im Einmachglas.

»Er *ist* Ramseys Schwiegervater«, sagte sie

»Ach, kommen Sie«, entgegnete der rothaarige Polizist. Sein Name war Forbes.

»Dr. John Everett Boehlinger. Hat er sich nicht ausweisen können?«

»Doch, das stand auf seinem Führerschein, aber wir konnten damit nichts anfangen.« Forbes verzog das Gesicht. »Also wie 'n Doktor benimmt er sich nicht gerade – hat 'n Mundwerk wie 'ne Klospülung im Rückwärtsgang.«

»Wobei haben Sie ihn erwischt?«

»Er kam aus dem Geräteschuppen hinter dem Haus. Die Tür war kaputt – er hat sie offensichtlich eingetreten – und er trug eine Schaufel. Auf uns machte er den Eindruck, als wollte er eines der Fenster im Haus einschlagen, um sich widerrechtlich Zutritt zu verschaffen. Er ist also wirklich ihr Vater? Ach, kommen Sie?«

Petra nickte.

»Scheiße.« Er knackte mit seinen mächtigen Knöcheln. »So wie er sich aufgeführt hat, mußten wir einfach annehmen, daß er nicht mehr alle Tassen im Schrank hat. Und was er *erzählt* hat – es wären Leichen da hinten vergraben, und er würde sie ausbuddeln. Wir mußten ihm Handschellen anlegen. An Händen *und* Füßen. Irgendwie fies, so 'n alten Kerl wie ihn so in die Mangel zu nehmen, aber er hat versucht, uns zu beißen.« Forbes schaute seinen sehnigen Arm hinab und betrachtete seine Hand. Sie war glatt und sonnengebräunt. Allein der Gedanke, körperlichen Schaden zu erleiden, kollidierte aufs heftigste mit seinem Narzißmus. Bei seiner Arbeit in einer reichen, ruhigen Gegend hatte er gute Aussichten, von Schrammen und Kratzern verschont zu bleiben.

»Ein kleiner Mann«, fügte er hinzu, »aber unglaublich zäh. Irgendwann hatten wir ihn soweit beruhigt, daß wir ihm wenigstens die Füße wieder losmachen konnten. Wir wollten ja nicht, daß er 'n Herzinfarkt kriegt oder so.« Er schüttelte den Kopf. »Ihr Vater – *Scheiße*!«

»Wo sollen die Leichen vergraben sein?« fragte Petra.

»Das haben wir ihn nicht gefragt. Wir dachten, er ist einer von den Irren, die irgendwelchen Stars hinterhersteigen – solche haben wir hier ab und zu, weil die ganzen Hollywoodheinze hier oben noch Zweitwohnsitze haben. Oder Klatschreporter. Wir hatten uns schon darauf vorbereitet, daß wir wegen Ramsey Ärger kriegen.«

»Und, gab's welchen?«

»Bis jetzt nicht. Aber vielleicht weiß bis jetzt auch noch niemand, daß er hier ein Wochenendhaus hat.«

»Kommt Ramsey oft hier raus?«

»Ich habe ihn noch nie gesehen, aber vielleicht kommt er ja immer erst spät. Das machen viele von den Hollywoodtypen. Fliegen mit dem Heli oder 'ner Privatmaschine nach Santa Barbara oder kommen mit 'ner Limousine aus L. A. hier raufgerauscht. Denen geht's doch darum, *nicht* gesehen zu werden. Das ist wie'n Spiel, wissen Sie? Ich bin reich, aber ihr könnt mich nicht sehen. Keiner von denen kommt jemals in die Stadt, um irgendwas einzukaufen, die haben Leute, die das für sie erledigen. Und bei der Größe der Grundstücke haben die noch nicht mal richtige Nachbarn.«

Petra ließ die Umgebung auf sich wirken. Links und rechts Mauern, die gut drei Meter hoch waren. Durch Ramseys Tor sah man eine gepflasterte Fahrbahn, die einen Bogen beschrieb und von Palmen gesäumt war. Für Palmen hatte der Kerl offensichtlich eine Schwäche.

»Wer kümmert sich um Ramseys Haus, wenn er nicht da ist?« fragte sie.

Forbes zuckte die Achseln. »Vermutlich eine Reinigungsfirma. Dann gibt's noch die Rasenpfleger, die kommen regelmäßig dienstags und samstags, glaube ich.« Forbes berührte seine Wimpern und kratzte sich den Nasenflügel. »Dann hat Ramsey noch jemanden, der alles mögliche für ihn erledigt, der kommt auch her und sieht im Haus nach dem Rechten. Dem bin ich vor zwei Tagen über den Weg gelaufen, als ich auf Streife war.«

»Greg Balch?« fragte Petra.

»Genau, so heißt er.«

Der andere Deputy hatte mittlerweile dem Streifenwagen den Rücken zugekehrt. Er war kleiner als Forbes und wirkte insgesamt dunkler. Er hielt die kräftigen Arme über der breiten Brust verschränkt. Noch so ein Muskelpaket. Das Department hatte wohl einen ziemlich guten Fitneßraum.

»Er hat den Wagen gewechselt«, sagte Petra.

»Genau. Der Lexus. Steht immer noch hinter dem Haus. Im ersten Augenblick kam's mir komisch vor, aber er hatte die Schlüssel und einen Brief von Ramsey, der besagte, daß er befugt ist, all seine Autos zu fahren.«

Aus dem Streifenwagen kamen pochende Geräusche. Dr. Boehlinger trat gegen die Scheibe.

»Warum lassen Sie ihn nicht raus?« fragte Petra.

»Wollen Sie ihn unter Ihre Fittiche nehmen?«

»Ich will mit ihm reden.«

Es dauerte eine ganze Weile, bis sie Dr. Boehlinger beruhigt hatte. Er trug ein graues Washington University Sweatshirt, labbrige graue Tweedhosen, vermutlich von einem alten Anzug, und weiße Turnschuhe. In den Mundwinkeln spannten sich Speichelfäden, seine Haare standen in allen Richtungen ab, und sein Kinnbart war arg in Mitleidenschaft gezogen.

Schließlich gab er dreißig Sekunden lang Ruhe, und zur Belohnung wurden ihm die Handschellen abgenommen. In dem Augenblick, in dem er die Hände frei hatte, reckte er den Deputies auch schon die Fäuste entgegen. »Ihr verdammten Schwachsinnsbrüder!«

Forbes und sein Kollege – Beckel – schenkten ihm keine Beachtung. Bevor sie ihm die Handschellen abgenommen hatten, hatten sie den kleinen Mann mit ausgestreckten Armen festgehalten, während dieser krakeelte und um sich trat – es sah aus wie in einem Zeichentrickfilm. Nun gingen sie zurück zu ihrem Streifenwagen und berieten sich mit Ron, während Petra Dr. Boehlinger zu ihrem Wagen bugsierte.

»Idioten!« rief Boehlinger. Er hustete, spuckte Schleim in den Staub und setzte zu einer weiteren Haßtirade an. Petra verstärkte den Griff um seine Schulter. Er zitterte wie ein Schoßhündchen, hatte immer noch Schaum vorm Mund. »Hirnverbrannte Idio-«

»Bitte, Doktor!«

»Kommen Sie *mir* bloß nicht auf *die* Tour, junge Da-«

Sie wirbelte ihn schnell herum und sprach ihm ins Ohr. »Dr. Boehlinger, ich weiß, daß das, was Sie durchgemacht haben, die Hölle ist, aber wenn Sie sich jetzt nicht beruhigen, muß ich Sie verhaften lassen.«

Boehlinger sagte: »Sie sind *auch* ein Idiot! Dieser Schlächter läuft frei in der Gegend herum, hinterläßt einen ganzen Haufen von Leichen, und *Sie* drohen *mir*! Zum Teufel mit euch allen, ich sorge dafür, daß ihr bei der Wohlfahrt Schlange stehen mü –«

»Leichen, wo?«

»Da drin!« Boehlinger ließ seine Hand in Richtung Tor schnellen. »Hinter dem Teich – es gibt wohl doch einen Gott! Ich kam hierher, weil ich ins Haus wollte, um die Papiere dieses Schlächters zu durchsuchen und irgendeinen Beweis für das zu finden, was er Lisa angetan hat, aber was ich gesehen habe, ist viel mehr, als ich mir erhofft hatte –«

»Nach Beweisen welcher Art haben Sie denn gesucht, Doktor?«

»Irgendwas«, sagte Boehlinger rasch.

»Weshalb dachten Sie, daß Ramsey irgendwelche Beweise zurückgelassen hat?«

»Ich habe es nicht *gedacht*! Ich habe es *gehofft*! Denn bei Gott, *Sie und Ihre Leute* haben ja *nicht das geringste* unternommen! Da gehe ich hin und bringe Geld aus meiner eigenen Tasche auf, und Sie haben weder den Anstand noch den Verstand, den Hinwei-«

»Dr. Boehlinger«, sagte Petra bestimmt. »Welche Beweise hofften Sie da drin zu finden?«

Schweigen. Boehlingers wasserblaue Augen senkten sich. »Ich hatte ... kein klares Konzept. Aber was konnte es schaden? Hier, in diesem Haus, hat er meine Lisa verprügelt. Wer sagt denn, daß er sich nicht irgendwelche Notizen gemacht hat, oder daß Lisa irgend etwas aufgeschrieben hat. Jetzt bringen Sie meinen Gedankenfluß nicht durcheinander, junge Dame, entscheidend ist, ich habe nach etwas gesucht, um das Fenster aufzubrechen –«

»Die Schaufel.«

»Nein, nein, nein! Die Schaufel habe ich erst genommen, *nachdem* ich es gesehen hatte! Ich habe nach einem Meißel gesucht, um den Riegel aufzubrechen. Mit Werkzeugen kann ich nämlich umgehen.«

Beim letzten Satz platzte er fast vor Stolz. *Da siehst du, Mama, ich bin doch ganz schön nützlich.* Nach Schwefel riechender Atem drang zwischen seinen Lippen hervor. In seinen Augen stand Furcht. Vielleicht war er nicht der beste Vater der Welt gewesen, doch Lisas Tod hatte ihn aufgerüttelt. Einen kleinen Mann wie ihn.

Petra sagte: »Sie haben statt des Meißels die Schaufel genommen, nachdem ...«

»Nachdem ich das Grab gesehen habe. Hinter dem Teich.«

»Ein Grab? Wie können Sie das mit solcher –«

»Es ist ein Grab, da können Sie Gift drauf nehmen«, sagte Boehlinger. »Frisch ausgehoben, etwa einsachtzig lang. An der Rückseite des Teichs. Die Pflanzen teilweise zertrampelt, teilweise fehlen sie ganz. Ich war schon mal hier. Nach der Hochzeit. Da hat der Drecksack versuchte bei mir Eindruck zu schinden. Ich habe ein Auge für Details, habe den Unterschied sofort bemerkt.«

»Ist es ein künstlicher Teich?« fragte Petra. »Vielleicht mußte ja was dran repariert werden –«

»Und vielleicht ist Charles Manson der nächste Papst. Seien Sie doch nicht *blöd*, junge Dame! Ich habe bei Autopsien assistiert und jede Menge Tatortfotos gesehen. Ich weiß, wie ein *Grab* aussieht.«

Ron kam zurück und sagte: »Sieht so aus, als wären Sie erst mal vom Haken, Doktor.« Boehlinger schnaubte.

Forbes winkte ihnen vom Streifenwagen aus zu, und Petra ging herüber.

»Okay, er gehört Ihnen. Ich hoffen, Sie bringen ihn auf direktem Weg nach L. A.«

»Sobald wir dazu kommen«, sagte Petra.

»Sobald Sie dazu kommen?«

»Wir sitzen ein bißchen in der Klemme, Deputy. Er behauptet, daß er ein frisches Grab auf dem Grundstück von Ramsey gesehen hat, aber weil wir hier nicht zuständig sind, haben wir keinerlei rechtliche Handhabe, das Grundstück zu betreten, um nachzusehen.«

»Ein Grab? Nehmen Sie diesen Quatsch etwa *ernst?*«

»Angesichts der Sachlage in unserem Fall können wir es uns nicht leisten, es zu ignorieren.«

»Ach, kommen Sie. Jemanden gerade hier zu vergraben?«

Petra zuckte die Achseln.

»O Mann.« Forbes wandte sich um und sagte »Gary?« zu Beckel, der im Wagen saß und ein Protokoll schrieb. Der kleinere der beiden Deputies hatte ein breites, stoisches Gesicht und ein fleischiges Kinn. Forbes schilderte ihm die Lage. Beckel sagte: »Was, dreht sich's hier jetzt um einen Serienkiller oder so was?«

»Kann gut sein, daß alles nur heiße Luft ist«, sagte Petra. »Andererseits, falls doch irgendwas passiert ist, ist es Ihr Zuständigkeitsbereich.«

»Wir können da nicht einfach rein«, sagte Forbes. »Wir haben keinen Durchsuchungsbefehl.«

»Sie *waren* bereits drin. Weil Dr. Boehlinger unerlaubt eingedrungen war – es lag ganz klar ein Vergehen vor, das Ihnen einen triftigen Grund zum Betreten des Geländes geliefert hat. Einmal auf dem Grundstück, haben sie einen Verdächtigen festgenommen und dann eine weitere verdächtige Beobachtung gemacht. Etwas, das aussah wie ein frisch ausgehobenes Grab.«

»Ach, kommen Sie«, sagte Forbes. »Die rösten uns die Ei- Sie bringen uns da schwer in die Bredouille.«

»Okay«, sagte Petra. »Aber ich muß meinem Chef einen Bericht schreiben, und Sie können drauf wetten, daß Boehlinger, sobald er zurückkommt, als allererstes die Medien informieren wird. Die Masche hat er schon mal abgezogen.«

Forbes fluchte leise vor sich hin.

Beckel sagte: »Komm, wir machen Meldung, Chick.«

»Genau«, sagte Forbes. »Ich rufe den Chef an.«

Als Petra zum Wagen zurückkehrte, saß Dr. Boehlinger auf dem Rücksitz, in eine angeregte Unterhaltung mit Ron vertieft. Die Augen trocken, immer noch angespannt, doch zumindest sprach er in Normallautstärke. Ron hörte ihm aufmerksam zu, nickte. Boehlinger lächelte. Ron erwiderte sein Lächeln, sagte: »Interessant.«

»Überaus interessant«, sagte Boehlinger.

Petra ließ sich auf dem Fahrersitz nieder.

»Und?« fragte Boehlinger.

»Ich habe ihnen gesagt, daß sie ernst nehmen sollten, was Sie erzählen, Doktor. Im Augenblick verständigen sie gerade ihre Vorgesetzten.«

»Da könnten sie so gut wie jeden anrufen, falls es nur darum geht, ob jemand intelligenter ist als die zwei.«

Petra konnte nicht anders, sie mußte lachen.

Als ob er ihm ein Stichwort geben wollte, sagte Ron: »Doktor?«

Boehlinger räusperte sich. »Ich möchte mich für alles entschuldigen, das ich zuvor gesagt habe, Detective Connor.«

»Nicht notwendig, Doktor.«

»Doch. Ich war ungehobelt und ekelhaft... aber Sie haben keine Vorstellung, wie es ist, alles zu verlieren.«

»Stimmt«, sagte Petra. Mit einemmal mußte sie an Kathy Bishop denken, wie sie unter dem Messer des Chirurgen lag. Es war beinahe Mittag – Kathy hatte die Operation vermutlich schon hinter sich, die Brust wieder zusammengenäht. Wieviel hatten sie ihr weggeschnitten? Petra nahm sich vor, demnächst im Krankenhaus anzurufen.

»Nun sagen Sie mir, Doktor«, sagte Ron, »diese Autopsien, die Sie erwähnt haben, waren die Teil Ihrer Pflichten als Chef der Notaufnahme oder spezielle Konsultationen?«

»Das ist schon Jahre her, Ron«, sagte Boehlinger wehmütig. *Ron?* »Damals, als ich noch Chefarzt war. Ich habe mir wirklich überlegt, ob ich nicht in die Pathologie wechseln sollte. Eine Zeitlang beim Gerichtsmediziner von St. Louis arbeiten. Damals war der Laden noch eine wahre –«

Ein neuer Mensch. Dr. Banks, der Meisterpsychologe.

Knirschende Geräusche erregten Petras Aufmerksamkeit, und sie blickte zum Seitenfenster hinaus. Forbes schlurfte mit seinen großen Füßen über den Asphalt. »Okay«, sagte er zu Petra, wobei er es vermied, Boehlinger anzusehen. »Der Chef ist auf dem Weg hierher. Und dann werden wir mal einen Blick auf dieses sogenannte Grab werfen.«

Captain Sepulveda war ein stämmiger, etwa fünfundvierzigjähriger Mann mit silbernem Haar, einer Haut wie braunes Wildleder und einer makellosen Uniform. Zusammen mit einem dritten Deputy kam er in einem Zivilfahrzeug vorgefahren, ging allein auf Ramseys Grundstück und tauchte einige Augenblicke später wieder auf, um seine drei Polizeibeamten zu sich zu beordern.

Petra, Ron und Boehlinger warteten im Wagen, wobei Boehlinger weiter die Geschichte seiner Laufbahn zum besten gab: Medizinstudium, bester Abschluß seines Jahrgangs, diverse Triumphe als Doktor in der Notaufnahme.

Zwanzig Minuten später erschien Sepulveda erneut, diesmal mit schmutzverschmiertem Hemd. Er rieb sich die Handflächen. Mit wenigen federnden Schritten war er neben Petra – seine Augen zu Schlitzen verengt und so fest zusammengekniffen, daß sie sich wunderte, wie er überhaupt etwas sehen konnte.

»Sieht ganz so aus, als hätten wir eine Leiche. Weiblich. Vergraben in etwas mehr als einem Meter Tiefe. Maden, teilweise verwest, aber immer noch jede Menge Gewebe, das heißt, sie liegt da erst seit Tagen und nicht schon seit Wochen.«

»Vielleicht seit zwei Tagen«, sagte Petra und dachte: War der Wagenwechsel nur ein Vorwand für Balchs Ausflug gewesen? »Eine ältere Frau, lateinamerikanischer Herkunft? Etwa einsfünfundfünfzig, hundertvierzig Pfund?«

Die rasiermesserschmalen Schlitze sackten an den Enden herunter. »Sie kennen Sie?«

»Ich glaube, ja. Vielleicht nehmen Sie auch gleich noch den schwarzen Lexus unter die Lupe?«

»Um wonach zu suchen?«

»Blut.«

54

Beim Schlafen ein Dach über dem Kopf zu haben ist Klasse. Zuerst bin ich jede Stunde aufgewacht, aber dann war es prima.

Die braunen Decken, die Sam mir gebracht hat, sind rauh, aber warm. Die Laken und das Kissen riechen irgendwie nach alter Mann. Bevor ich das Licht ausgeschaltet habe, habe ich dagelegen und die Decke der Schul betrachtet, die rote Glühbirne in dem silbernen Halter, der vor diesem Schrein hängt. Sam hat zwar nicht gesagt, daß ich nicht in der Schul schlafen soll, aber ich dachte mir, es wäre nicht respektvoll, deswegen habe ich mich vor der Hintertür auf dem Boden niedergelassen. Neben dem Klo. Ab und zu höre ich, wie ein Wagen durch die Gasse fährt, und einmal ist draußen jemand vorbeigeschlurft, wahrscheinlich einer, der in den Mülltonnen nach was Eßbarem gesucht hat. Ein paar Sekunden lang stand mir fast der Atem still, aber dann ging's wieder.

Ich glaube, ich bin eingeschlafen, während ich die rote Glühbirne betrachtet habe. Sam hat mir erzählt, sie würde nicht ausgehen, denn sie wäre ein sogenanntes ewiges Licht, das die Juden an Gott erinnern soll. Dann hat er laut gelacht und gesagt: »Schön wär's, ne, Bill? Die Birne hält gerade mal zwei Monate, dann ist sie hin, und ich muß die Leiter hoch und mein Leben riskieren.«

Er warf mir einen Bagel zu, ging weg und schloß die Tür ab.

Es ist jetzt fünf Uhr neunundvierzig, und ich bin seit zehn Minuten wach. Ich sehe, wie die bunten Glasfenster an der Vorderseite der Schul immer heller werden. Ich will nach draußen und einen Blick auf den Ozean werfen, aber ich habe keinen Schlüssel zur Vordertür. Ich schüttele die Decken und das Laken aus und falte sie zusammen, dann wasche ich mich im Männerklo – Sam nennt es Herrentoilette – und esse den Rest von dem Bagel von gestern abend. Dann mache ich die Hintertür ein kleines Stück weit auf und schaue hinaus.

Die Luft ist kühl – eigentlich sogar kalt – und total salzig. Die Gasse leer. Ich gehe hinaus, an der Seite der Schul vorbei zum Rand der Promenade. Kein Mensch hier draußen, nur Möwen und Tauben. Das Meer ist dunkelgrau mit ein paar hellen Flecken hier und da. Sieht aus wie orangefarbene oder rosa Sommersprossen. Die Wellen gleiten ganz sacht herein und schwappen dann wieder zurück, als ob jemand die Erde einfach ein Stückchen kippen würde. Vor und zurück, ein ständiges Wusscchh-Wusscchh. Mir fällt wieder eine Sendung ein, die ich mal im Fernsehen gesehen habe: Goldsuche am Fluß. Gott schwenkt die ganze Erde wie eine Goldsucher-Pfanne und sucht nach etwas von Wert.

Ich stehe da, schaue zu und horche. Dann denke ich wieder an die Frau im Park und daran, daß sie nie wieder das Meer sehen wird.

Ich kneife die Augen zu und blase diese Gedanken aus meinem Kopf.

Ich denke an den Ozean, an die Luft, wie salzig sie riecht, wie sehr ich diesen Geruch mag. Daran, daß das hier das Ende der Welt ist, man kann rennen, soviel man will, aber hier ist Schluß. Auf der Promenade liegt zwar Abfall herum – Papier, Bierflaschen und Coladosen – aber trotzdem sieht alles schön aus. Still und leer und schön. Nicht ein Mensch ist hier außer mir.

Ich werde es immer toll finden, allein zu sein.

Jetzt wird der Himmel hinter mir allmählich heller, und die Haut auf meinem Arm färbt sich gold, und plötzlich kann ich die Sonne sehen, wie sie aufsteigt, riesengroß und gelb wie ein Eidotter. Noch kann ich von der Hitze nichts spüren, aber wo die Sonne so groß ist, weiß ich, daß sie bald kommt.

Jetzt bin ich auch nicht mehr allein: Im Süden, vielleicht noch einen Block weit entfernt, sehe ich einen Kerl auf Rollschuhen, der auf mich zukommt. Er trägt nichts weiter als eine Badehose und hat die Arme ausgebreitet, als wollte er jeden Moment abheben und wegfliegen.

Das Bild ist ruiniert. Ich gehe wieder zurück in die Schul.

Sams Lincoln steht da. Völlig verkorkst eingeparkt, wie üblich. Ihn selbst finde ich in der Schul, er betrachtet ein Buch.

»Guten Morgen«, sage ich.

Er dreht sich ruckartig rum und klappt dabei das Buch zu. Er sieht nicht glücklich aus. »Wo warst du?«

»Draußen.«

»Draußen?«

»Um mir das Meer anzusehen.«

»Das Meer.« Warum wiederholt er alles, was ich sage? Er legt das Buch hin, geht auf mich zu, und einen Moment lang denke ich, er will mich schlagen, und ich mache mich schon bereit, mich zu wehren, aber er geht an mir vorbei und schaut nach der Hintertür – ob sie auch wirklich abgeschlossen ist. Dann steht er da mit dem Rücken zur Tür; er sieht alles andere als glücklich aus.

»Willst du, daß ich gehe?« sage ich. »Hab ich was falsch gemacht?«

Er stößt einen Luftschwall aus und reibt sich den Nacken. »Wir haben ein Problem, Bill.« Er nimmt etwas aus seiner Tasche. Ein Stück Zeitungspapier. »Das ist die Ausgabe von gestern«, sagt er. »Ich war so mit dir beschäftigt, daß ich erst heute morgen dazu gekommen bin.«

Er faltet es auseinander und zeigt es mir. Ich sehe das Wort *Mord.* Und dann die Zeichnung eines Jungen.

Ich.

Ich versuche den Artikel zu lesen, doch die Wörter machen Luftsprünge. Mein Magen auch. Mein Herz pocht gegen meinen Brustkorb, mir wird kalt, und mein Mund ist ganz trocken.

Ich mühe mich weiter ab, den Artikel zu lesen, aber ich kapiere kein Wort; es ist, als wäre er in einer fremden Sprache geschrieben. Ich blinzele, damit ich klarer sehen kann, aber die Wörter sind immer noch ganz seltsam und tanzen vor meinen Augen. Ich nehme ihm die Zeitung aus der Hand, halte sie dicht vor meine Augen, und endlich fange ich an zu verstehen.

Die Frau, die im Park ermordet wurde, hat einen Namen. Lisa. Von jetzt an wird sie immer Lisa sein, wenn ich an sie denke.

Lisa Boehlinger-Ramsey. Ihr Exehemann ist Schauspieler. Cart

Ramsey. Hat eine Serie, *Der Aufräumer*. Davon habe ich schon mal gehört; ich glaube, Moron hat sie immer angeschaut.

Jemand bietet fünfundzwanzigtausend Dollar Belohnung für denjenigen, der mich findet.

Ich renne zur Hintertür. Sam macht keinen Versuch, mich aufzuhalten.

Ich halte den Türknauf in der Hand, doch meine Füße rühren sich nicht vom Fleck.

Wo kann ich hin?

Es wird ein heißer, strahlendheller Tag werden, und es wird nur so wimmeln von Leuten, die hinter dem Geld her sind. Das Sonnenlicht wird mich verraten, und irgendwer – vielleicht auch eine ganze Horde – wird mich schnappen, fesseln und abliefern.

Sam steht noch immer da. »Du kannst den ganzen Tag hierbleiben, aber denk dran, heute abend sind die Freitagsgebete. Dreißig, vierzig *alte Kocker* – die Gläubigen kommen eine halbe Stunde bevor's dunkel wird hier reingetrudelt, und da kann ich nichts dagegen tun.«

Ich kriege kaum Luft, meine Brust fühlt sich an wie zugeschnürt. Ich mache den Mund weit auf, um Luft zu holen, aber ich kann kaum atmen. Mein Magen tut so weh, und mein Herz klopft noch immer gegen meine Brust – *tschack, tschack*, genau wie bei ... Lisa.

»Eines solltest du dir vielleicht überlegen, Bill: Fünfundzwanzigtausend sind eine Menge Geld. Wenn du irgendwas über diese Sache weißt, warum solltest du nicht handeln wie ein guter Bürger und dir dabei noch selber einen Gefallen tun?«

»Ich weiß gar nichts.«

Er zuckt die Achseln. »Gut. Ich akzeptiere das. Das da bist nicht du, sondern einfach nur ein Junge, der so aussieht wie du. Aber bei der Ähnlichkeit, wie willst du da draußen einfach so rumspazieren?«

Ich habe letzte Nacht so gut geschlafen, aber auf einmal fühle ich mich so müde, daß ich mich einfach nur hinlegen will.

Ich setze mich auf eine der Bänke und mache die Augen zu.

»So etwas mitanzusehen, Bill, da ist es kein Wunder, daß du Angst hast. Ich kenne das, ich habe selbst schreckliche Sachen gesehen.«

Meine Augen bleiben zu, als wären sie zugeklebt.

»Wenn man so etwas sieht, dann wünscht man sich, man hätte es nicht gesehen. Denn man weiß, daß man danach jemand anders ist. Das ist der große Unterschied auf dieser Welt, Bill. Manche Leute sind gezwungen, sich furchtbare Sachen anzusehen, und der ganze Rest lebt weiter sein bequemes Leben. Ich will dir nicht erzählen, es wäre besser, alles mögliche zu sehen. Es ist eklig – und niemand würde sich so was freiwillig aussuchen. Das einzig Gute daran ist, daß man unter Umständen davon stärker wird – und dir muß ich das ja nicht sagen, du bist schon stark geworden. Dich da draußen ganz allein durchzuschlagen, das hast du klasse gemacht, dazu braucht man Mumm. Und wenn man erst überlegt, was du mitgemacht hast, muß ich sagen, prima gemacht, ganz klasse, Bill. Echt wahr. Du machst deine Sache ganz prima.«

Er sagt nette Sachen, versucht mich aufzumuntern. Warum ist jedes Wort wie ein Schlag in den Magen?

»Der eine Teil meines Verstandes sagt mir, ruf die Polizei, paß auf, daß ihm nichts passiert – nein, nein, mach dir keine Sorgen, ich erzähle dir nur, was in meinem Kopf abgeht. Der andere Teil – und der ist der stärkere, wie's aussieht – erinnert mich daran, was mir passiert ist, als ich auch nicht viel älter war als du. Erinnerst du dich noch an diese Nazis, von denen ich dir erzählt habe? Einige von *denen* waren Polizisten – Teufel in Uniform. Also, die Lage ist nicht immer einfach, oder? Da müht man sich ab, das Richtige zu tun, und nicht gegen die Gesetze zu verstoßen, aber es ist nicht einfach, oder?«

Er streckt die Hand aus und berührt meine Schultern. »Mach dir keine Sorgen, bei mir bist du in Sicherheit.«

Er meint es ernst. Ich fühle mich schon viel besser.

Aber warum krümme ich mich dann zusammen, beuge mich so weit vor, daß ich mit der Stirn beinahe den Boden berühre, und jetzt tun auch noch meine Augen weh, und ich schaukle hin und her, ohne daß ich was dagegen tun kann, ich zittere am ganzen Körper, und ich heule.

Wie ein verdammtes Baby, ich kann einfach nicht aufhören!

Nach all dem, was passiert ist, warum muß ich da ausgerechnet *jetzt* heulen?

55

Als Wil Fournier Schoelkopfs Büro verließ, dachte er, es hätte schlimmer sein können.

Der Captain war nervend, aber gleichzeitig auch nicht ganz bei der Sache – ihm stand am Nachmittag noch ein Treffen mit Polizei-Vizechef Lazara bevor. »Und dabei geht's um euren Fall, der, wie ich annehme, nicht vom Fleck kommt.« Und dabei lief Schoelkopfs Gesicht rot an.

Damit er nicht ganz in Rage geriet, erzählte ihm Wil von dem Hinweis des Russen.

»Wann ist das reingekommen?«

»Gestern nacht. Der Kerl macht einen ziemlich schäbigen Eindruck, und ich dachte mir, ich überprüfe ihn erst mal –«

»Überprüfen Sie ihn später, das ist ein solider Hinweis, und ich will, daß Sie nach Venice zurückfahren und nach dem Jungen suchen. Wo ist Barbie?«

Das hatte Wil sich selbst schon gefragt. »Keine Ahnung.«

Schoelkopf starrte ihn an. »Das nenne ich Teamarbeit! Wie geht's Kens Frau?«

»Ich denke, sie wird in diesem Augenblick operiert, Sir.«

»Wahrscheinlich kommt sie wieder in Ordnung, ist ja noch jung, die Frau – also gut, zurück zum Strand, Fournier. Wenn der Junge dort ist, will ich, daß er gefunden wird.« Schoelkopf griff zum Telefon.

Gleich zur Presse. Es konnte ihn zwar niemand sehen, aber er setzte trotzdem sein Fotografenlächeln auf.

Bevor er sich auf den Weg nach Venice machte, überprüfte Fournier die beiden Hinweise aus Watson. Nichts Neues von der einen älteren Dame, aber die zweite, eine Mrs. Kraft, sagte, sie sei ziemlich sicher, daß der Junge in einem Wohnwagenpark am südlichen Ortsrand wohnte.

»Eine Arme-Leute-Siedlung«, sagte sie. »Wurde vor Jahren errichtet für Ruheständler, aber dann ist jede Menge Gesocks eingezogen.«

»Die Familie des Jungen ist Gesocks?« fragte Wil.

»Wenn er da wohnt, wahrscheinlich schon.«

»Aber einen Namen wissen Sie nicht?«

»Nein, Sir. Ich sage nur, ich glaube, er wohnt dort, weil ich ihn schon mal in der Nähe gesehen habe. Als ich mit meinem Hund unterwegs war. Mein Hund ist ein richtiger Knuddel, aber der Junge ist Jet ausgewichen, als ob er Angst vor Tieren hätte. Und das ist mir zweimal passiert. Ich bin nicht sicher, daß er's ist, aber ich glaube schon.«

»Okay, vielen Dank, Mrs. Kraft«, sagte Fournier. »Wie heißt denn der Wohnwagenpark?«

»Sleepy Hollow«, antwortete sie. »Wie das Buch, diese Geistergeschichte.«

Er rief beim Sheriff von Watson an, doch dort war besetzt. War denn das zu fassen? Gerade als er es erneut versuchte, winkte ihm Brian Olson, der Detective am Schreibtisch nebenan. »Da ist jemand für dich auf meinem Apparat.«

Fournier ging hinüber zu Olsons Schreibtisch, und Olson nutzte die Unterbrechung, um sich einen Kaffee zu holen.

»Fournier.«

»Detective? Hier ist Sheriff Albert McCauley aus Watson, Kalifornien. Ich hätt Sie schon früher zurückgerufen, aber ich war in Sacramento bei 'ner Waffenkonferenz. Schon mal so was mitgemacht? Sehr lehrreich, kann ich nur sagen.« Eine tiefe, schleppende Stimme. Der Mann hatte viel Freizeit.

»Bisher noch nicht«, sagte Wil.

»Lehrreich«, wiederholte McCauley. »Also, was kann ich für Sie tun?«

Fournier hatte einen detaillierten Fragenkatalog hinterlassen. Was sollte das? Er erzählte McCauley von dem Jungen und der Wohnwagensiedlung.

»Ein Ausreißer, hm?« sagte der Sheriff. »Jaja, das Hollow ist schon ein rauhes Pflaster. Allerdings kaum Kriminalität. Wie insgesamt in Watson. Ziemlich ruhig hier. Probleme gibt's nur, wenn die Wanderarbeiter hier einfallen und zuviel Tequila trinken.«

Es mußte aber doch etwas gegeben haben, vor dem der Junge weggerannt war, dachte Fournier. »Sheriff, wenn Sie mal überprüfen könnten, ob –«

»Klar, kein Problem. Ich muß mich vorher noch um ein paar andere Sachen kümmern, aber dann gehe ich mal rüber und rede mit dem Manager vom Hollow, vielleicht weiß er ja, wer der Junge ist. Sie sagen, in L. A. stand es in der Zeitung?«

»Vor zwei Tagen.«

»Die Zeitungen aus L. A. lese ich normalerweise nicht. Die sind nicht allzu freundlich der Polizei gegenüber, oder?«

»Kommt drauf an«, sagte Wil unverbindlich. »Ich kann Ihnen die Zeichnung des Jungen zufaxen.«

»Klar, machen Sie das.«

Wil dankte ihm noch einmal und legte auf, fest entschlossen, den Manager von Sleepy Hollow selbst anzurufen, falls er bis zum späten Nachmittag noch nichts von McCauley gehört hatte.

Zwei weitere Stunden brachte er damit zu, Kontrollanrufe in Notunterkünften und bei Sozialarbeitern durchzuführen, dann machte er sich auf den Weg nach Westen, hielt vor einem italienischen Restaurant in der Third Street Mall, genehmigte sich einen Lunch und fuhr dann weiter nach Venice.

Er verschwendete einen wunderbaren Nachmittag am Strand damit, sich mit Souvenirverkäufern, Restaurantgeschäftsführern, alten Leuten, Bodybuildern und Inlineskatern zu unterhalten. Touristen schauten ihn an, als hätte er nicht alle Tassen im Schrank. Manche Leute hatten Angst vor ihm, trotz seines Anzuges und seiner Dienstmarke. Schwarze Hautfarbe. Vielleicht würde er sich eines Tages an derlei Reaktionen gewöhnen, doch er schätzte eher nicht.

Schleimbeutel Zhukanov stand hinter dem Tresen seines Souvenirschuppens, und beim ersten Mal, als Wil den Stand passierte, ignorierte er das feindliche Starren des Russen. Auf dem Rückweg hingegen blieb er stehen und fragte Zhukanov, ob er irgend etwas gesehen hatte.

Der Russe schüttelte den Kopf und warf seine strähnigen Haare aus dem Gesicht. Ein fettglänzendes, von Narben zerfurchtes Gesicht. Ein Eiterpickel in der Falte des linken Nasenflügels. Zhukanovs Bart – ein wüster Wildwuchs, krumm und schief zurechtgestutzt – war eher ein abschreckendes Beispiel für Gesichtsbehaarung; darüber hinaus schien der Kerl von Deodorants nicht viel zu halten. Wil wunderte sich, wer wohl Spielsachen von diesem Typen kaufte.

Zhukanovs Augenlider hingen zuckend auf Halbmast. »Noch nicht, aber ich halte die Augen offen.«

»Tun Sie das.« Wil machte Anstalten weiterzugehen.

Zhukanov sagte: »Wie kann ich Sie erreichen ohne eine Telefonnummer?«

Wil fischte eine Visitenkarte aus seiner Tasche und legte sie, Zhukanovs ausgestreckte Hand ignorierend, auf den Tresen. In den Augen des Russen blitzte der blanke Haß auf. Er schnappte sich einen der Trolle vom Regal und quetschte ihm mit zwei Fingern den Hals zusammen. Wil ging weiter und fragte sich, ob der Kerl das Ding wohl enthaupten würde.

Es war bereits achtzehn Uhr dreißig, und um acht sollte er vor dem »Cave« sein, um sich von Val Vronek die Ankunft des fetten Bikers signalisieren zu lassen. Dieses Unternehmen war zwar von zweifelhaftem Wert, vermutlich steckte dahinter nichts weiter als noch ein Depp, der die fünfundzwanzig Riesen abkassieren wollte, doch im trüben zu fischen gehörte nun mal zum Job.

Er rief auf dem Revier an. Keine Nachricht von Sheriff McCauley, also hatte der Hüter von Recht und Ordnung in Watson sich entweder in Sleepy Hollow erkundigt und den fraglichen Jungen dort gefunden, oder er hatte seinen Hintern noch nicht hochbekommen. Wie dem auch sein mochte, Wil war ziemlich sauer.

Die einzige Nachricht für ihn war von Petra – eine 818-Vorwahl. Er rief dort an. *Der Teilnehmer dieser Mobilfunknummer kann derzeit nicht erreicht werden, weil er sich entweder außerhalb seines Autos aufhält oder …*

Er ließ sich die Nummer der Sleepy-Hollow-Wohnmobil- und Campinganlage geben, rief dort an, erreichte wieder nur einen Anrufbeantworter mit einer Ansage im anscheinend ortsüblichen Singsang.

Eine ruhige Stadt, hatte McCauley gesagt. Eher die Stadt der lebenden Toten.

Er rief Leanna an, fragte deren Anrufbeantworter, ob sie Zeit hatte, später am Abend noch essen zu gehen, sagen wir zwischen halbzehn und zehn. Dann noch ein Versuch bei Petras 818er Handynummer, gleiches Resultat wie zuvor. Es war kurz vor sieben, und mittlerweile war er soweit, den ersten Anrufbeantworter kaltzumachen, der ihm über den Weg lief. Er ging den Strand entlang, fand eine ruhige Bank und setzte sich hin, um eine Weile die Aussicht aufs Meer zu genießen und die Pelikane und Möwen zu betrachten. Pelikane fand er ganz toll, die Art und Weise, wie sie völlig mühelos durch die Luft glitten, sehr coole Vögel. Gott, war es klasse hier draußen, wenn man sich einfach nur auf das Wasser konzentrierte und die Leute vergaß.

Schließlich drehte er sich unbewußt um und ließ seinen Blick über die Promenade streifen. Nur für den Fall, daß der Junge zufällig vorbeimarschierte. *Das* wäre ja mal was. Ein Zufall, wie er besser kaum passieren könnte. Da er sich von nun an nicht mehr entspannen konnte, suchte er sich eine andere Bank – eine, wo er den Ozean im Rücken und das Geschäftstreiben im Auge hatte.

Um neunzehn Uhr fünfundvierzig stand er auf dem Hollywood Boulevard und trank ein Orangensorbet an einem Snackstand, ein paar Läden vom »Cave« entfernt. Die Nachtgestalten waren bereits unterwegs. Punks, Drogies, Transen – männlich-weiblich, weiblich-männlich, alle möglichen Varianten, noch mehr dämliche Touristen und kleine Gruppen von Marinesoldaten auf Urlaub – gerade letztere gerieten immer wieder in Scherereien. Mit ihren rasierten Schädeln sahen sie aus wie Skinheads; vielleicht waren einige von ihnen auch welche. Während er an seinem süßen eiskalten Getränk schlürfte, sah er etwas, das ihn wirklich zum Lachen brachte: ein pummeliges Mädchen, etwa neunzehn, den Schädel kahlrasiert bis auf einen Hahnenkamm, das einen etwa gleichaltrigen Kerl an einer Leine herumführte und dauernd »mach schon, mach schon« sagte, während der Typ, rappeldürr, bleich und stumm, selig lächelte.

Fournier nippte noch einmal an seinem Drink, warf den Becher weg und schlenderte am »Cave« vorbei. Vor der Bar stand eine Reihe Harleys, und selbst auf der Straße konnte man die Musik von drinnen noch hören – irgendwelcher Countryrock, die Bässe viel zu laut aufgedreht.

Durch die halb geöffnete Tür bot sich ein Einblick in das Innere des Ladens, doch es war weiter nichts zu erkennen als ein abgedunkelter Raum. Wil ging weiter bis zur nächsten Ecke, tat so, als würde er die geschmacklosen Kleider im Schaufenster eines Ladens betrachten und kehrte um. Als er zum zweiten Mal die Bar passierte, kam Val Vronek heraus – ganz in Leder und mit Ketten behangen und beinahe so schmierig wie der Russe.

Der verdeckte Ermittler stellte sich links vom Eingang auf, zündete eine Zigarette an und warf Wil einen ganz kurzen Blick zu. Seine linke Wange zuckte, und er schüttelte kaum merklich den Kopf.

Fat Boy – Fehlanzeige.

Wil machte einen Spaziergang. Eine Viertelstunde später noch einmal das gleiche Zeichen von V., der außerdem, als er sicher war, daß niemand hinschaute, dreimal kurz alle zehn Finger ausstreckte. Probier's noch mal in einer halben Stunde.

Eine halbe Stunde später war der Kerl immer noch nicht aufgetaucht. Val zündete sich eine Zigarette an, ging zu einer der Harleys, kontrollierte das Kettenschloß und schlenderte die Straße entlang zur nächsten Ecke. Wil folgte ihm im Abstand von ein paar Minuten. Er fand den verdeckten Ermittler im dunklen Eingang eines Apartmenthauses gleich um die Ecke vom Boulevard – die Fenster nur noch schwarze Höhlen, die Abrißankündigung an der Tür.

»Tut mir leid. Der Kerl war vermutlich voller Scheiße«, sagte V. »Oder vielleicht schaut er auch Fernsehen.«

»Was war im Fernsehen?«

»Dein Junge, hast du's nicht gesehen?«

»Ich sitze nicht den ganzen Tag in Bars rum.«

V. lächelte. »Die Sechsuhrnachrichten, W. Irgendein Hinweis, daß er sich in Venice rumtreibt. Vielleicht hat unser Fat Boy sich ja gedacht, daß er auf mich scheißen kann, und hat sich gleich auf den Weg gemacht.«

»Ich komme gerade aus Venice«, sagte Wil. Und von dem Hinweisgeber. Hatte irgendeiner der Biker auf der Strandpromenade ausgesehen, als würde die Beschreibung von Fat Boy auf ihn passen? Nein, das wäre ihm aufgefallen. Hoffte er zumindest.

V. sagte: »Wenn er auftaucht, rufe ich dich an. Ich muß wieder zurück nach Sackstadt.« Sein Gesicht glänzte vor Schweiß.

»'ne heiße Sache?«

»In der Hölle ist es gemütlich, verglichen *damit.* Und der Geruch erst. Nicht daß du jemals in den Genuß desselben kommen würdest, du als Dunkelhäutiger.«

Wil lachte. »Tja, ein exklusiver Club mit entsprechenden Privilegien.«

Er gab Val Vronek seine Piepsernummer, für den Fall, daß Fat Boy doch noch auftauchte, und fuhr heimwärts, wobei er sich fragte, ob Leanna wohl zurückgerufen hatte. Vielleicht hatte sie ja bei ihm zu Hause angerufen in der Annahme, daß er schon wieder daheim war. Logisch, immerhin war es auch schon halb zehn – am heutigen Tag konnten sich die Bürger über seinen Einsatz wirklich nicht beschweren.

Sein Piepser meldete sich just in dem Augenblick, als er seine Einfahrt hinauffuhr.

Er las die Nummer ab. Sheriff McCauley. Herrje, danke, Kumpel, endlich geschafft, deinen Arsch zum Wohnwagenpark zu schleppen?

Er sammelte seine Post ein, betrat seine Wohnung im Erdgeschoß und hörte seinen Anrufbeantworter ab. Keine Nachricht von Leanna. Er öffnete eine Flasche Heineken und rief McCauley an.

»Hier gibt's Komplikationen«, sagte der Sheriff. Kein Singsang, keine ländlich-gemütliche Freundlichkeit. »Habe die vermutliche Identität Ihres Jungen festgestellt. Der Manager des Wohnwagenparks hat ihn identifiziert. Name: Billy Straight. William Bradley Straight, zwölf Jahre, ungefähr einsfünfzig, siebzig bis fünfundsiebzig Pfund. Ist seit zwei Monaten von niemand mehr gesehen worden. Die Mutter war arbeitslos, lebte von der Wohlfahrt, war immer einige Monate mit der Miete im Verzug. Den Vater hat keiner hier je gesehen. Nicht gerade blendende Situation, aber der Junge hat nie Ärger gemacht.«

Wil dachte: Seit Monaten verschwunden, aber niemand im ruhigen, friedlichen Zombieville hatte sich die Mühe gemacht, es zu melden. Von wegen Kälte der Großstadt – das Landleben war anscheinend auch nicht ohne.

»Was hat die Mutter zu seinem Verschwinden gesagt, Sheriff?«

»Das ist die Komplikation. Als ich rübergegangen bin, um mich mal mit ihr zu unterhalten, habe ich sie tot im Wohnwagen gefunden. So wie's aussieht, liegt sie da seit ein paar Tagen oder so. Quetschungen am Hinterkopf, leichte Blaufärbung, partielle Leichenstarre, Schmeißfliegenlarven. Im Wohnwagen war es heiß, was den Prozeß unter Umständen beschleunigt hat, aber die Nachbarn haben sie vorletzten Morgen noch gesehen, insofern läßt sich der Zeitpunkt des Todes eingrenzen.«

Das war's dann, Andy Griffith; hallo, Quincy.

»... außerdem waren Blutspuren an der Kante der Kommode, es sieht also aus, als wäre sie nach hinten gefallen und hätte sich den Kopf am Schrank aufgeschlagen. Oder sie ist gestoßen worden – sie hatte noch ein paar ältere Blutergüsse. Sie hatte wohl einen Freund, der eine Zeitlang bei ihr gewohnt hat, aber der ist plötzlich verschwunden. Macht einen auf Biker, typischer Versager mit einer Liste von Vorstrafen wegen diverser Kleindelikte – ein paar Kerle aus der Bar hier am Ort haben ihn identifiziert: Buell Erville Moron, weiß, männlich, sechsunddreißig Jahre alt, einsdreiundachtzig, zweihundertsiebzig –«

»Braune Haare, blaue Augen, rötliche Koteletten wie Koteletts«, sagte Wil.

»Sie haben ihn?«

»Nein, aber wir suchen ihn.«

56

Es war noch genügend Haut auf dem Gesicht von Estrella Flores, daß Petra sie identifizieren konnte. Die Kehle der Haushälterin war von einem Ohr bis zum anderen aufgeschlitzt, doch ansonsten waren keine weiteren Verletzungen festzustellen. Nicht im entferntesten eine Blutorgie wie im Falle Lisas.

Wie zu erwarten, dachte sie. Bei Lisa war Leidenschaft im Spiel, das hier war kalte Berechnung.

Balch oder Ramsey? Oder beide? *Keiner von beiden* stand jedenfalls nicht mehr länger zur Debatte.

Dr. Boehlinger wollte zwar noch bleiben, doch Sepulveda hatte Deputy Forbes angewiesen, ihn zurück nach L. A. zu fahren. Ein Traumpaar, wie's in einem ziemlich finsteren Buche stand, und Petra mußte grinsen, obwohl die Situation alles andere als lustig war.

Die arme Estrella. Zur falschen Zeit am falschen Ort. Sie trug sogar noch ihre pinkfarbene Aufmachung. Der Täter hatte sich vermutlich am Dienstag oder Mittwoch ihrer angenommen und sie am Mittwoch hierher gebracht.

Eher Mittwoch am späten Abend oder Donnerstag morgen, an dem Tag, an dem Balch beim Verlassen des Grundstücks gesehen wurde. Am Mittwoch abend hatte sie ihn noch vernommen, und da war der Lexus vor dem Gebäude von Player's Management geparkt gewesen. Leer. Sauber. Ganz im Gegensatz zu der Unordnung, die in seinem Büro herrschte. War da die Tat bereits vollbracht? *Hatte Estrella Flores während der Vernehmung in diesem Kofferraum gelegen?*

Sie und Ron standen im Hintergrund, während die Leute von der Spurensicherung aus Montecito in fieberhaftem Tempo arbeiteten, um noch vor Sonnenuntergang fertig zu sein, weil dann alles schwieriger wurde. Das Anwesen von Ramsey war riesig, das Haus ein alter spanischer Prachtbau aus roten Ziegelsteinen und mit cremefarbenem Stuck, ohne Glockenturm und nicht so übertrieben verwinkelt wie das Schloß in Calabasas. Mächtige Eichen tauchten das fußballplatzgroße Areal vor dem Haus in Schatten. Die Bepflanzung war den Lichtverhältnissen angepaßt: Farne, Klivien, Kamelien, Azaleen. Dazwischen malerische Wege aus verwittertem Granit, die fachmännisch angelegt waren.

Das gesamte Anwesen fiel leicht ab, und der Blick wurde automatisch auf den Teich gezogen, der wie eine dreißig Meter breite Scheibe grünen Wassers im prallen Sonnenlicht lag. Weiße und rosa Wasserlilien bedeckten die Hälfte der Wasseroberfläche; feurigrot schimmernde Libellen schwirrten wie kleine Flugzeuge dahin; ein bronzener Reiher tauchte den Schnabel ein. Schilf und weitere Lilien im Hintergrund, gelb, weiß mit amethystblauen Blütenkelchen. Petra sah die Lücken in der Bepflanzung, die Dr. B. zu dem Grab geführt hatten.

Ein gutes Auge hatte er, das mußte man ihm lassen.

Die Spezialisten von der Spurensicherung konzentrierten sich auf den schwarzen Lexus. Schwarzes Leder im Wageninneren, der Kofferraum mit schwarzem Teppich ausgelegt. Nicht gerade einfach, auf solchen Oberflächen Blutspuren zu entdecken, doch einer der Techniker glaubte, einen etwa münzgroßen Fleck entdeckt zu haben, und ein Luminoltest bestätigte seine Vermutung. Keine Spuren auf den Sitzen, doch der Test brachte rorschachähnliche Kleksbilder aus Blut überall auf dem Teppich zum Vorschein.

»Ich würde sagen, insgesamt vielleicht ein halber Liter«, sagte Captain Sepulveda. »Wenn überhaupt. Was bedeutet, er hat sie irgendwo anders umgebracht, sie in irgendwas eingepackt, und da ist es dann rausgetropft. Dann hat er den Kofferraum mit Shampoo ausgewaschen – das konnte man deutlich riechen. Nach dem Motto, wenn's sauber aussieht, ist es auch sauber.«

Sepulveda redete leise und war offensichtlich alles andere als glücklich, in die Angelegenheit hineingezogen zu werden. Petra fragte sich, ob er je in der Mordkommission gearbeitet hatte.

»Wird wohl am besten sein, wenn wir uns Durchsuchungsbefehle für das Haus und das Grundstück ausstellen lassen – wer weiß, was hier noch alles zu finden ist«, sagte er und wandte sich zu Petra um. Es war gut möglich, daß er sie mit seinen schmalen Augen anschaute, doch genau konnte sie das nicht sagen, dafür war zu wenig von seiner Iris zu erkennen. »Ich werde jetzt mit dem Richter reden. Was haben Sie als nächstes auf Ihrer Liste?«

»Balch hat den Wagen hier hochgefahren, also steht er unter Tatverdacht, soviel ist klar«, sagte sie. »Ich werde meinem Captain Meldung machen und ihn bitten, einen Haftbefehl zu erwirken. Ob Balch in Ramseys Auftrag gehandelt hat, ist noch zu klären, aber ich habe nicht den geringsten Zweifel, daß dieser Mord mit unserem in Zusammenhang steht. Jedenfalls muß ich so schnell wie möglich rausfinden, wo Balch und Ramsey sich aufhalten.«

In ihrem Tonfall lag nicht eine Spur von Zweifel, wie bei Dr. Boehlinger.

»Fein«, sagte Sepulveda. »Ich sollte in einer Stunde wieder zurück sein. Falls Sie irgendwelche Fragen haben, wenden Sie sich an Sergeant Grafton.« Er deutete auf eine attraktive, schlanke Frau mit dunklen Haaren, die in Zivilkleidung am Rande des Teiches stand und sich Notizen machte.

Sepulveda ging, und Ron reichte Petra das Handy. Sie rief zuerst Fournier an. Nicht an seinem Schreibtisch. Das gleiche bei Schoelkopf – Besprechungen den ganzen Nachmittag über – doch sie überredete eine Schreibtischkraft, ihn aufzuspüren. Fünf Minuten später rief er an.

»Ich war bei Lazara. Kommen Sie mir jetzt also bloß nicht mit irgendwelchem Mist.«

»Mir kommt's jedenfalls nicht wie Mist vor, Sir.« Sie erzählte ihm alles.

»Scheiße – okay. Wir schnappen uns alle beide. Und zwar pronto.«

»Ramsey versteckt sich hinter Lawrence Schick.«

»Das weiß ich auch. Aber von mir aus kann er sich hinter den Rockzipfeln von Schick verstecken, solange er will, wir zerren ihn da hinter hervor. Nicht um ihn zu verhaften, nur um mit ihm zu reden. Sie bleiben, wo Sie sind, behalten alles im Auge und die Situation unter Kontrolle. Lassen Sie sich nicht das Heft aus der Hand nehmen. Und sehen Sie zu, daß die Telefonverbindung frei bleibt.«

»Balch wohnt in den Rolling Hills Estates«, sagte Petra. »Sein Büro ist in Studio City. Ich habe beide Adressen.«

»Also los.«

Sie gab ihm beides durch. Schoelkopf legte auf.

Ron sagte: »Ich sollte mich auch mal melden – bei Hector und bei meiner Mutter. Hier kommen wir ja erst mal für 'ne Weile nicht weg.«

Sie gab ihm das Telefon zurück. Ein schickes kleines Ericsson. »Ist das dein privates oder eins vom Department?«

»Privat.«

»Ich zahl dir das Gespräch.«

Er lächelte und tippte die Nummer ein. Der Lexus wurde an einen Abschleppwagen gehängt; Techniker von der Spurensicherung markierten das Grab mit gelbem Band und Markierungspfosten; Sergeant Grafton lief hin und her, gestikulierte und gab Anweisungen.

Ein Kombi des Leichenbeschauers vom Santa Barbara County fuhr vor, und zwei Männer in Weiß stiegen aus. Sie trugen eine zusammenklappbare Tragbahre. Die Leiche von Estrella Flores war klein, und diese O-Beine, diese klaffende Wunde an ihrer Kehle, die den Blick auf die rostrote Luftröhre freigab.

Bei De la Torre hatte Ron keinen Erfolg, doch er erreichte seine Mutter, und Petra ging ein paar Schritte auf Distanz, damit er ungestört telefonieren konnte. Sie dachte daran, daß sie Javier Flores würde anrufen müssen. Schoelkopf hatte befohlen, den Anschluß freizuhalten, doch zur Hölle mit dem Kerl. Es war Rons Telefon. Sollte das Department ihr doch eins kaufen.

Der Abschleppwagen fuhr rückwärts vom Gelände, wobei er den Lexus zwischen den Eichen hindurchmanövrieren mußte. Ein paar Augenblicke später luden die Leute des Leichenbeschauers die Tote in den Kombi und folgten. Der Garten sah zertrampelt aus, Farne und Blattwerk umgeknickt und abgebrochen. Petra roch einen Hauch von Meeresbrise – schon erstaunlich, daß die pazifischen Strömungen sich soweit landeinwärts noch bemerkbar machten. Lilien wiegten sich im Wind. Das gelbe Markierungsband flatterte.

Ron kam zurück und reichte ihr das Telefon.

»Na ja«, sagte sie, »Dabei sah's aus, als würde es ein wirklich schöner Tag werden.«

»Ist es ja auch.« Er trat näher an sie heran, und seine Finger berührten eine Sekunde lang die ihren. Er nahm ihren Zeigefinger, drückte ihn sanft und ließ dann los. Er starrte in die Ferne, trommelte mit den Händen einen Beat auf den Seiten seiner Oberschenkel, doch seine Augen wirkten ganz entspannt.

Er ist richtig glücklich, dachte sie. Der Kerl bleibt solange bei der Mordkommission, bis sie ihn rauswerfen.

Das Telefon piepte. »Connor.«

Schoelkopf sagte: »Ich habe mit Rechtsanwalt Schick gesprochen. Er und Ramsey sind auf dem Weg zu euch.«

»Was ist mit Balch?«

»Ramsey glaubt, daß er in seinem Büro ist. Wir haben da angerufen, aber es meldet sich niemand.«

»Das ist mir auch passiert, als ich ihn vernommen habe«, sagte Petra. »Er war im Büro, hat aber das Telefon nicht abgenommen.«

»Egal. Ich hab einen Streifenbeamten hingeschickt, und das Revier in Rolling Hills schickt jemanden bei ihm zu Hause vorbei.«

»Warum kommt Ramsey hierher?« fragte sie.

»Es ist sein Haus, Barbie. Und er ist schwer *außer* sich.«

57

Motor hatte elend schlecht geschlafen, und jetzt hatte er auch noch Kopfschmerzen, die ihn fast zum Wahnsinn trieben. Keine Decke, kein Kissen, nur seine Lederjacke und die welligen Dielen eines leerstehenden Apartments in der Edgemont Street.

Er hatte die mit Brettern vernagelten Fenster gesehen und das Schild an der Tür, auf dem irgendwas von Erdbeben stand, und gewußt, hier würde er übernachten. Mit seinem Buck-Messer hatte er das Brett von der Hintertür abgehebelt, seinen Bock in die Bude gerollt und ihn von Zimmer zu Zimmer geschoben. Sie sahen alle gleich aus: winzig klein, keine Möbel, keine Lampen, kein Wasser; die Wände mit Graffiti beschmiert, Linoleumböden, die übersäht waren mit Mäusescheiße, toten Küchenschaben, Ölflecken und leeren Flaschen. Das Zimmer, das er sich schließlich auswählte, lag ganz hinten. Das ganze Haus roch nach Schimmel und nassem Hund, Insektenpanzern, abgebrannten Streichhölzern und, was am schlimmsten war, nach irgendwelchen Chemikalien, von denen seine Augen tränten.

Aber es war dunkel, und er war erledigt von der Fahrerei den ganzen Tag über, von dem Rumgerenne in Hollywood – sah immer noch aus wie früher – bis er schließlich zum Griffith Park gefahren war, um das Revier von dem kleinen Mistbraten mal durchzuchecken. Aber der Park war zu groß, und er hatte es nicht geschafft, sich einen Überblick zu verschaffen. Wieso zum Teufel brauchte dieser kleine Dreckarsch soviel Platz?

Er hatte sich drei Hot Dogs mit Sauerkraut gekauft, sie mit einem Chocolate Malt runtergespült und war dann zum »Cave« rübergefahren, wo er seinen Bock neben den ganzen anderen vor der Tür geparkt hatte, in der Hoffnung, daß niemand ihn allzu genau unter die Lupe nahm. Er hatte auf die große Verbrüderungsaktion gehofft, die drinnen stattfinden würde, sobald er den Laden betrat, doch niemand spendierte ihm was zu trinken, und so mußte er seine letzten Kröten für Bier ausgeben, während er drei Soleier aß und sich Slim Jims in die Taschen steckte, bis der Barmann ihn ziemlich fies anstarrte.

Niemand interessierte sich einen Scheiß für das Bild von dem Mistbraten. Alle schauten sich Fickfilme auf der Videoleinwand an, und wenn eines von den Weibern auf der Leinwand 'ne ganz erlesene Sauerei abzog, erhob sich jedesmal ein beifälliges Grunzen an der Bar.

Vierzig, fünfzig abgedreht glasige Augen starr auf irgendwelche Samenergüsse fixiert, kein Interesse daran, fünfundzwanzig Riesen zu machen. Außer einem Typen, der sich auch nicht gerade ein Bein ausriß deswegen, aber der meinte, er würde vielleicht was wissen. Motor hatte sich für den nächsten Tag mit ihm verabredet – vielleicht würde er kommen, vielleicht aber auch nicht.

Also konnte er sich genausogut aufs Ohr legen. War zwar nicht das Holiday Inn, aber andererseits auch wieder nichts, daß er nicht schon gesehen hatte. Und obwohl er von den Chemikalien Kopfschmerzen bekam, verschaffte ihm das Alleinsein ein Wohlgefühl. Wie damals, als er mit dem Mex in Perdido eine Zelle geteilt hatte – wegen Trunkenheit am Steuer. Drei Tage lang hatte er die schalen Furze von dem Arschgesicht einatmen müssen, und er war schon drauf und dran, dem Wichser den Hals umzudrehen, als sie ihn am vierten Tag aus seiner Zelle holten, weil ein bundesweiter Haftbefehl gegen ihn lief.

Allein sein war so ähnlich, wie wenn jemand einen massierte, nur daß niemand da war, sondern nur das Gefühl.

Es war nun Freitag morgen, zehn Uhr; seine Augen waren geschwollen, und am liebsten hätte er sich den Kopf abgeschnitten, um ihn durch einen anderen zu ersetzen, der sich nicht so anfühlte, als würde er gleich explodieren.

Er pißte im Zimmer nebenan auf den Fußboden, spuckte den Morgengeschmack aus und rieb sich die Augen, bis er einigermaßen klar sehen konnte. Dann schob er seinen Bock nach draußen in die Sonne. Mann, war das Scheißding hell – davon wurden seine Augen auch nicht besser. Aber er hatte Hunger und kein Geld, also ab an die Arbeit.

Er brauchte zwei Stunden, bis er eine mexikanische Tussi sah, die ganz allein durch eine Seitenstraße lief, ohne eine Horde kleiner Gangbangers im Schlepptau, die ihre Ehre verteidigten. Er fuhr an ihr vorbei, hielt an, stieg von seinem Bock und ging auf sie zu. Sie hatte ganz schön Schiß, doch er ging an ihr vorbei, und sie atmete auf. Haargenau in diesem Augenblick machte er kehrt, schnappte sich ihre Handtasche und stieß sie zu Boden.

»Rühr dich keinen Scheißmillimeter von der Stelle«, sagte er.

Seine Worte verstand sie zwar nicht, doch den Tonfall seiner Stimme kapierte sie. Er versetzte ihr einen Tritt in die Rippen, nur so, um sicherzugehen, daß sie es auch wirklich schnallte. Dann ging er, so schnell das bei seiner Wampe möglich war, zu seinem Bock und fuhr eine Meile weit weg.

In der Handtasche waren dreiundzwanzig Dollar, daneben ein Blechkreuz und Fotos von irgendwelchen Mexenkindern in irgendwelchen Kostümen. Er nahm das Geld und warf den Rest in einen Gully, fuhr zurück zum Boulevard zu dem gleichen Imbiß, wo er die drei Hot Dogs gekauft hatte, kaufte noch mal zwei, zusammen mit einem Muffin mit Rührei und scharfer Sauce, einem extragroßen Kaffee, den er runterkippte und wieder auffüllen ließ, dazu einen Apfelstrudel und eine Portion Milch in so einer kleinen Packung, wie es sie immer in der Schule und im Knast gab. Jetzt war er gerüstet für sein Tagwerk.

Noch einmal lief er mit dem Bild den Boulevard rauf und runter, erntete nichts außer fiesen Blicken, bekam um drei Uhr erneut Hunger, zwang sich jedoch noch zwei Stunden weiterzumachen, bis er es schließlich nicht mehr aushielt. Da er sich nach eigener Auffassung eine richtige Mahlzeit verdient hatte, ging er herüber zu »Go-Ji's« und gab den Rest des Geldes der Mexentussi für ein Cornedbeef-Sandwich mit Pommes frites und Zwiebelringen sowie ein Bananensplit und noch mehr Kaffee aus. Die Niggerbedienung nervte er so sehr mit Nachbestellungen, daß sie ihm irgendwann die Kaffeekanne auf dem Tisch stehenließ.

In seiner Nische lag ein Stück Zeitung, die irgendwer hatte liegenlassen, aber da war nichts Aufregendes drin. Über dem Tresen lief der Fernseher – Nachrichten, Sport, Wetter, lauter totlangweiliger Mist. Doch dann kam wieder ein Bild von dem kleinen Mistbraten; die Bananen mit Schlagsahne interessierten Moron plötzlich nicht mehr, und er konzentrierte sich auf den Bildschirm. Sein Herz raste – der Kaffee –, und er war hellwach und brannte darauf, etwas zu unternehmen.

Das Arschloch im Fernsehen erzählte irgendwas über den Strand – »wurde Berichten zufolge in der Nähe des Ocean Front Walk in Venice gesichtet.«

Also scheiß auf den Typ aus dem »Cave«.

Rauf auf den Bock und ab nach Westen – aber erst, wenn es dunkel war. Wenn der Braten ihn sah, wäre das nicht so gut.

58

Larry Schick trug einen billig aussehenden braunen Anzug, der garantiert dreitausend Dollar gekostet hatte. Am Revers warf er Falten und hing ansonsten schlaff an Schicks hagerer Gestalt herunter. Anstatt eines Tuchs hatte er eine geschnitzte Meerschaumpfeife in der Brusttasche stecken, deren Kopf wie ein Talisman herausragte. Zu allem Überfluß hatte das Ding auch noch die Form eines Frauenkopfes. Ziemlich schräg.

Der Anwalt war jünger, als Petra erwartet hatte – Anfang bis Mitte Vierzig –, hatte ein tiefgebräuntes Spitzmausgesicht, eine rabenschwarze Prinz-Eisenherz-Frisur und eine rosa Brille mit Plastikgestell. Dazu Cowboystiefel aus Schlangenleder. Wie einer dieser englischen Rockstars in den besten Jahren, krampfhaft darum bemüht, hip zu wirken.

Als er und Ramsey bei dem Haus in Montecito ankamen, war es kurz nach sechs. Schick saß am Steuer eines schwarzen RollsRoyce Silver Spur, an dessen Windschutzscheibe ein Aufkleber der Malibu Colony prangte und dessen Kühlergrill diverse Clubwappen zierten. Noch so ein Knabe, der mit Autos spielte.

Ramsey stieg als erster aus. Er trug ein verblichenes Denim-Hemd, schwarze Jeans und Joggingschuhe; er sah noch älter aus als beim letzten Mal, als sie ihn gesehen hatte. Kopfschüttelnd betrat er die Szene. Schick kam um den Wagen herum und berührte ihn am Ellbogen. Bevor sie auch nur einen Schritt weitermachen konnten, waren Petra und Ron auch schon bei ihnen. Ramsey starrte unverwandt auf das gelbe Absperrungsband.

Auf dem Anwesen herrschte nun Ruhe; nur ein paar Spezialisten von der Spurensicherung waren noch bei der Arbeit. Sepulveda hatte sich immer noch nicht gemeldet, was den Durchsuchungsbefehl anging. Sergeant Grafton blieb auf ihrem Posten beim Teich. Sie hatte sich vor einiger Zeit vorgestellt. Mit Vornamen hieß sie

Anna, und sie hatte einen Abschluß an der UCSB in Kunstgeschichte. Damit hatten sie ein Gesprächsthema, mit dem sich die Zeit totschlagen ließ. Nächste Woche würde sie in die Schweiz fliegen. »Schwerer Kunstraub, alte Meister. Den größten Teil davon haben wir sichergestellt. In den Zeitungen wird nie auch nur ein Wort darüber zu lesen sein.« An Mord war sie nicht interessiert, und so unternahm sie keinerlei Anstalten, den Fall an sich zu reißen.

Nun beobachtete sie die Ankunft des Rolls, warf Petra einen kurzen Blick zu, studierte Ramsey eine kurze Zeit und wandte sich dann ab.

Petra sagte: »Guten Abend, Mr. Ramsey.«

»Larry Schick«, sagte der Anwalt und fuhr mit seinem Arm zwischen die beiden.

Ramsey trat einen Schritt zurück. Er warf einen kurzen Blick auf Ron und ging dann auf Petra los. »Was zum Teufel ist hier *los*?«

»Estrella Flo-«

»Ich weiß, ich weiß, aber was hat sie hier draußen *gemacht*?«

»Das wollten wir Sie fragen, Sir.«

Wieder schüttelte Ramsey seinen Kopf und klickte mit den Zähnen. »Das kann doch nicht wahr sein. Die ganze Welt spielt wohl verrückt.«

Schick, der bisher nicht einmal mit der Wimper gezuckt hatte, sagte: »Was genau ist denn mit ihr passiert, Detective?«

»Es ist noch zu früh, um Einzelheiten zu nennen, Mr. Schick, aber was ich Ihnen sagen kann, ist, daß sie auf überaus brutale Art und Weise ermordet und dann hier begraben wurde.« Sie deutete auf den Teich. Das Grab war mit einem Pflock markiert.

»Mein Gott«, sagte Ramsey und wandte sich ab.

»Mr. Ramsey, hat Mrs. Flores je in diesem Haus gearbeitet?« fragte Petra.

»Sicher.«

»In letzter Zeit?«

»Nein. Damals, als Lisa und ich noch zusammen waren.« Ramseys Stimme klang belegt, als er das Ende des Satzes aussprach. Er blickte ein zweites Mal zu dem Pflock herüber und schauderte.

Schick sagte: »Detective, warum verschieben wir das Ganze nicht auf ein wenig später –«

»Schon in Ordnung, Larry«, sagte Ramsey. »Lisa und ich haben die Wochenenden hier verbracht. Manchmal hat Lisa Estrella mitgenommen, damit sie saubermachte. Ich glaube aber nicht, daß Estrella einen Schlüssel hatte. Und ich verstehe auch nicht, weshalb sie hier hergekommen ist.«

»Wer macht jetzt hier im Haus sauber?«

»Eine Reinigungsfirma. Nicht regelmäßig, vielleicht einmal im Monat. Ich werde das Haus nie wieder benutzen.«

»Wie heißt die Firma?«

»Keine Ahnung, darum kümmert sich Greg.«

»Kommt Mr. Balch persönlich hierher, um die Leute reinzulassen?«

»Sicher.« Ramsey musterte Petra.

»Wo ist Mr. Balch jetzt?«

Ramsey schaute auf seine Uhr. »Wahrscheinlich auf dem Heimweg.«

»Er hat heute gearbeitet?«

»Das nehme ich doch an.« Ramseys Stimme war wieder normal.

»Sie haben in letzter Zeit nicht mit ihm gesprochen, oder?«

»Das letzte Mal, daß ich mit ihm gesprochen habe, war, warten Sie mal ... vor zwei Tagen. Er hat mich angerufen und gefragt, ob ich irgendwas brauche. Ich habe nein gesagt. Er hat versucht, mich aufzuheitern. Ich bin eigentlich nur zu Hause rumgehangen und habe versucht, der Presse aus dem Weg zu gehen ... und jetzt *dieser* Wahnsinn.«

Petra sagte: »Wir haben versucht, Mr. Balch in seinem Büro anzurufen, und er hat sich nicht gemeldet.«

»Vielleicht war er mal kurz draußen – was soll der Aufstand?«

»Wir reden mit jedem, der Zugang zu diesem Anwesen hat.«

»Zugang?« fragte Ramsey. »Über das Tor kann ja wohl jeder klettern. Ich habe nie ein elektrisches Tor einbauen lassen.«

»Kein Bedarf?«

»Ich bin nie dazu gekommen. Als Lisa und ich noch hierhergekommen sind, haben wir ein Vorhängeschloß benutzt. Was mich irritiert, ist die Frage, wie *Estrella* hier raufgekommen ist. Sie konnte nicht Auto fahren.«

»Ausgezeichnete Frage«, bestätigte Petra.

Schick sagte: »Hoffentlich können Sie demnächst mit ein paar Antworten aufwarten.« Er nahm die Pfeife aus seiner Tasche, inspizierte den Kopf, drehte ihn nach unten, doch kein Krümel fiel heraus.

»Dann haben Sie also Mrs. Flores in letzter Zeit nicht gebeten, dieses Haus hier sauberzumachen?« fragte Petra.

»Nie. Hören Sie, Sie haben meine Erlaubnis, hier alles abzusuchen. Das Haus, das Grundstück, alles. Kümmern Sie sich nicht um irgendwelche Hausdurchsuchungsbefehle –«

»Cart«, sagte Schick. »Bei aller Hilfsbereitschaft –«

Ramsey schnitt ihm das Wort ab: »Larry, ich will, daß diese Sache restlos geklärt wird. Es hat doch keinen Sinn, da künstliche Hindernisse in den Weg zu legen.« Und an Petra gewandt: »Tun Sie, was Sie müssen, verdammt noch mal. Von mir aus reißen Sie das ganze Scheißding ein.«

Er wischte sich kurz über die Augen, drehte ihr den Rücken zu und ging ein paar Schritte weg. Schick folgte ihm und legte ihm die Hand auf die Schulter. Balch hatte an jenem ersten Tag auf ähnliche Weise versucht, ihm Trost zu spenden, und sich dafür von Ramsey eine herbe Abfuhr eingehandelt. Seinem Anwalt hingegen gestattete Ramsey die Geste und nickte, als Schick ihm etwas mitteilte. Petra beobachtete, wie er sich in die Nasenwurzel kniff. Er und Schick kehrten zurück.

»Entschuldigen Sie, Detective Connor. Sonst noch etwas?«

»Gab es für Mr. Balch in letzter Zeit irgendeinen Anlaß, sich hier oben aufzuhalten?«

»Wie ich gesagt habe, er kommt hier rauf, wenn was repariert werden muß und läßt die Handwerker rein. Wenn es irgendwas zu reparieren gab, hatte er einen Anlaß.«

»Aber irgend etwas Spezielles ist Ihnen nicht bekannt?«

»Woher auch«, sagte Ramsey. »Greg kümmert sich darum.«

»Beide Häuser betreffend?«

»Aber klar doch.«

»Schließt das mit ein, daß er die Autos wechselt?«

»Wie bitte?«

»Daß er den Jeep nach L. A. zur Inspektion bringt«, sagte Petra. »Und seinen eigenen Wagen hier oben stehen läßt?«

»Wovon reden Sie?«

»Genau das hat Mr. Balch gestern getan, Sir. Ein Beamter der hiesigen Polizei hat gesehen, wie er das Anwesen hier verließ, und Mr. Balch hat ihm erklärt, Sie hätten ihn gebeten, den Jeep zur Inspektion zu bringen. Seinen Lexus hat er hiergelassen.«

»Das macht ja auch Sinn«, sagte Ramsey. »Der Jeep war hier für die Wochenenden. Lisa mochte ihn. Ich benutze ihn kaum, kann gut sein, daß mal wieder ein Ölwechsel fällig war.«

»Aber mit Bestimmtheit wissen Sie das nicht?«

»Nein, ich vermute es nur.«

»Wo lassen Sie den Jeep warten?«

»Bei irgendeinem Jeephändler in Santa Barbara. Glaube ich.«

»Irgendein Grund, ihn nach L. A. zu bringen?«

Ramsey zuckte die Achseln und strich sich über den Schnurrbart. »Vielleicht hat Greg die Werkstatt gewechselt. Vielleicht hatte er Ärger mit der in Santa Barbara. Warum all diese –«

»Nur damit keine Mißverständnisse aufkommen«, sagte Petra in gespielter Verwirrung. »Sie haben ihn nie gebeten, den Jeep abzuholen?«

»Nicht ausdrücklich – worauf wollen Sie hinaus?«

Sie zog ihren Notizblock heraus und kritzelte vor sich hin. »Vielleicht ist es gar nichts, Sir.« Als sie mit ihren Notizen fertig war, fertigte sie heimlich eine Karikatur von Schick an. Dessen dämliche Frisur erleichterte ihr die Arbeit ganz immens.

Ramsey starrte sie an. »Sie glauben, daß Greg –«

Petra erwiderte nichts. Neben ihr stand Ron, schweigsam wie eine Maschine.

»Ach, kommen Sie«, sagte Ramsey. »Nie im Leben. Nein, daß ist doch völlig hirnverbrannt –«

»Wie kamen Mr. Balch und Estrella Flores miteinander aus?«

»Prima.« Ramsey lachte. »Das ist doch total verrückt. Wenn Greg sagte, der Jeep muß in die Werkstatt, dann mußte er in die Werkstatt. Worum es sich hier vermutlich handelt, ist irgend so ein irrer Fanatiker, der Stars auflauert. Einer, der irgendwas gegen *mich* hat und der sich Leute vornimmt, die ... mir nahestehen.«

»Mrs. Flores stand Ihnen nahe?«

»Nein – ich weiß nicht. Was ich sagen will, ist, daß diese Irren doch überall rumlaufen. Nehmen Sie nur mal John Lennon, die ganze Scheiße, mit der die Leute aus der *Industrie* sich rumschlagen müssen. Haben Sie das schon mal überprüft?«

»Wir ziehen alles mögliche in Betracht«, sagte Petra.

Schick sagte: »Ich kenne jemanden, der sich darum kümmern kann, Cart.«

Ron hatte bisher noch kein Wort gesprochen. Petra warf ihm einen kurzen Blick zu, um ihm zu signalisieren, daß er sich ruhig zu Wort melden sollte. Er sagte: »Was Fanatiker angeht, haben Sie da jemand Speziellen in Verdacht, Mr. Ramsey?«

»Wenn das so wäre, glauben Sie da nicht, daß ich es Ihnen sagen würde?« Ron gegenüber war sein Ton harscher. »Herrgott.«

Petra klappte ihren Notizblock zu. »Okay. Danke noch mal, daß Sie in die Hausdurchsuchung eingewilligt haben. Das erspart uns Zeit und Papierkram. Wenn Sie bitte so nett wären, uns Ihre Einwilligung schriftlich zu –«

Wie auf Kommando bellte Schick dazwischen: »Bevor wir soweit gehen, sollten wir die Details festlegen.«

»Laß Sie ihre Arbeit machen, Larry«, sagte Ramsey. Und zu Petra: »Was immer dabei herauskommen wird, das eine kann ich Ihnen versprechen, es hat nicht das geringste mit Greg zu tun.«

Schick preßte die Lippen aufeinander und strich sich mit einem Finger durch die dichten schwarzen Haare. Wie konnte sich ein erwachsener Mann bloß so eine Frisur zulegen? Vielleicht, um die Aufmerksamkeit von Geschworenen auf sich zu ziehen? Eventuell war die Meerschaumpfeife auch nur ein Requisit.

Realität, Phantasie …

Petra sagte: »Ich hole Ihnen ein Blatt Papier zum Schreiben, Sir.«

Schick sagte: »Detective, bitte warten Sie einen Augenblick. Cart, du bist aufgewühlt und du läßt dich ausnutzen. Ich habe miterlebt, was bei Hausdurchsuchungen passieren kann – Sachbeschädigung, Diebstahl. Ich rate dir dringend –«

»Sollen sie doch Sachen kaputtmachen, Larry. Ist mir scheißegal. Wie schon gesagt, von mir aus können sie den ganzen Schuppen dem Erdboden gleichmachen.« Er wandte sich an Petra. »Das sind doch nur Theorien, oder? Sie glauben doch nicht im Ernst, daß Greg irgendwas mit dem Ganzen hier zu tun hat?«

»Das mindeste, worauf ich bestehe, ist, während der gesamten Durchsuchung anwesend zu sein«, beharrte Schick.

»In Ordnung«, sagte Petra. Und zu Ramsey: »Eines noch: Greg Balchs Verhalten in der Nacht, in der Lisa ermordet wurde. Als Sie beide aus Reno zurückkamen –«

»Detective«, sagte Schick. »Dies ist nicht der geeignete Zeitpunkt für so was.«

»Was soll mit seinem Verhalten gewesen sein?« fragte Ramsey.

»Hat er sich irgendwie anders benommen als sonst?«

»Nein. Ganz normal.«

»An dem Tag, als wir bei Ihnen zu Hause vorbeigekommen sind, war der Mercedes weg. Wo war er?«

»Was hat das mit Gregs Verhalten zu tun?« fragte Ramsey.

»Sir, wenn Sie mir bitte nur meine Fragen –«

»Der Mercedes war in der Werkstatt«, sagte Ramsey. Das hatte er ihr schon mal erzählt, doch falls die wiederholte Frage danach ihn störte, so ließ er es sich jedenfalls nicht anmerken. »Zu viele Spielsachen – irgendwas muß immer repariert werden.«

»Hat Greg den Mercedes weggebracht?« fragte Petra. Ron hatte sich umgedreht und betrachtete das Haus.

»Oder der Händler hat ihn abgeholt«, sagte Ramsey.

»Was mußte an dem Wagen gemacht werden?«

»Ich habe keine Ahnung.«

»Er lief also ganz normal?«

»Ja, alles prima. Vielleicht war nur ein Ölwechsel fällig, ich habe wirklich keine Ahnung.«

»Bei welchem Mercedeshändler lassen Sie so was machen?«

Ramsey legte einen Finger über seine Lippen. »Irgendeiner in der Nähe – in Agoura, glaube ich.« Er stieß ein harsches Lachen aus. »Wie Sie sehen, weiß ich über mein Leben bestens Bescheid.«

Petra lächelte ihn an. »Beim zweiten Mal, als ich bei Ihnen zu Hause war, stand der Mercedes in der Garage. Wer hat ihn hergebracht?«

»Die Antwort ist die gleiche: entweder jemand von der Werkstatt oder Greg. Ich glaube, es war Greg, aber was macht das für einen Untersch-«

»Wie kamen Greg und Lisa miteinander aus?« fragte Petra und

redete ein wenig schneller und lauter. Wenn Schick nicht dagewesen wäre, wäre sie näher an Ramsey herangetreten, in sein Territorium eingedrungen und hätte ihn zum Blickkontakt gezwungen. Selbst in Anwesenheit des argwöhnischen Anwalts hatte sie mit dieser Frage ein As aus dem Ärmel gezogen, und Ramseys Kopf zuckte zurück.

»Greg und Lisa? Prima - die kamen prima miteinander klar.«

»Keine Probleme zwischen den beiden?«

»Nein. Ich kann nicht glauben, daß Sie Ihre Zeit mit so was verschwenden - er ist mein engster Freund, Detective Connor. Wir kennen uns, seit wir Kinder sind. Er und Lisa sind prima miteinander ausgekommen. Zum Teufel, er hat mich ihr *vorgestellt.*«

»Bei der Schönheitskonkurrenz?« fragte Petra.

»Bei der Schönheitskonkurrenz. Aber er kannte sie schon vorher. Sie -« Ramsey verstummte.

»Sie was, Sir?«

»Sie waren mal zusammen. Nichts Ernstes, sie waren nur ein paarmal zusammen aus, also reimen Sie sich da nichts zusammen. Es war schon vorbei, als sich zwischen Lisa und mir was angebahnt hat. Greg hatte damit keine Probleme. Wenn das so gewesen wäre, hätte er uns dann miteinander bekannt gemacht?«

Warum wohl; das war die Frage. In Petras Kopf überschlugen sich die Vermutungen.

Eine Schönheitskönigin, die die Traumfabrik im Visier hatte. Die anfangs glaubte, daß Balch in Hollywood eine große Nummer war - vielleicht hatte Balch sie damit angemacht. Sie treffen sich, er labert sie mit Stuß voll, sie durchschaut es, bekommt aber gleichzeitig auch mit, wo wirklich was zu ernten ist.

Sie läßt den kleinen Fisch von der Leine, um den fetten Brocken an Land zu ziehen.

»Alle sind miteinander klargekommen«, sagte Ramsey, doch seine Stimme hatte an Festigkeit verloren, und er zupfte an seinem Schnurrbart herum.

Schicks spitzes Gesicht troff förmlich vor Adrenalin, doch er rührte sich nach wie vor nicht von der Stelle. Ron ebenso. Petra hatte das Gefühl, als würden die beiden völlig verblassen, wie Statisten, die ihr und Ramsey das Rampenlicht überließen.

Sie sagte: »Okay, Sir, danke für Ihre Hilfe – haben Sie einen Schlüssel zum Haus?«

»Hier«, sagte Schick, nahm einen Schlüsselring aus der Tasche und fummelte einen Messingschlüssel davon ab.

Wieder jemand, der für Ramsey Fragen beantwortete und sich um ihn kümmerte.

Das Dasein als Star, selbst wenn man nur in der zweiten Liga spielte, war wie eine Rückkehr zur Kindheit.

Sie nahm Ron beiseite und ging mit ihm etwa zwanzig Meter weit weg unter die größte der Eichen, wobei sie Eicheln wegkickte und ihn fragte: »Hab ich was vergessen?«

»Mir ist nichts aufgefallen. Wäre interessant zu wissen, ob der Mercedes tatsächlich in der Werkstatt war. Du glaubst, daß Lisas Mörder ihn benutzt hat?«

Petra nickte.

»Für jeden Mord ein anderes Auto«, sagte Ron. »Damit wir weiter im dunkeln tappen.«

»Balch sieht ziemlich mies aus derzeit, oder?«

»Der Kerl steckt bis über beide Ohren im Dreck.«

»Hast du Lust, ein paar Mercedes-Vertretungen anzurufen?« fragte Petra. »Vielleicht haben ein paar von denen ja nach sechs noch auf.«

»Wird gemacht.« Er nahm sein Handy aus der Tasche.

Sie schaute zu Ramsey und Schick herüber. Die beiden standen wieder bei dem RollsRoyce. Schick lehnte sich gegen den vorderen Kotflügel, befingerte seine Meerschaumpfeife und gab irgendwelche rechtlichen Ratschläge zum besten, an denen Ramsey nicht interessiert zu sein schien.

»Autos«, sagte Petra, »waren außerdem der Ort, an dem Lisa am liebsten Sex hatte. Dieser Fall ist L. A. in Reinkultur.«

»Der Jeep würde bedeuten, daß man hin- und wieder zurückfahren muß«, sagte Ron. »Balch und Ramsey sind gerade mal ein paar Stunden bevor Lisa entführt wurde aus Reno zurückgekommen. Nicht genug Zeit, also wette ich, daß es der Merdeces oder der Lexus oder eins von den anderen Autos aus Ramseys Sammlung war – was außerdem für Balch den Vorteil hätte, daß damit der Verdacht von ihm abgelenkt würde. Wir sollten mal beim Flughafen in Burbank anrufen, die Chartergesellschaft, die Ramsey immer benutzt. Balch kann da garantiert jederzeit einen Flug buchen.«

»Er macht sich mit einer Chartermaschine aus dem Staub?«

»Möglich wäre es.«

Bilder tauchten auf: Zwei junge Wilde auf dem Weg nach Hollywood, doch nur einer zieht das große Geld an Land. Und das Mädchen außerdem. Balch hatte zwei gescheiterte Ehen erwähnt. Ein weiterer Grund, verbittert zu sein.

Sie erinnerte sich an seine Bemerkungen Lisas Temperament betreffend, daß sie »Cart ziemlich angefaucht hat.« Damals war Petra irritiert gewesen – warum sollte der gute Kumpel Greg seinem Boß ein Motiv unterjubeln? Nun war die Sache klar.

Und noch etwas: Balch, der ansonsten total schlampig herumlief, hatte nagelneue Tennisschuhe getragen.

Weil die alten mit Blut getränkt waren?

Sie sagte: »Ich würde mich ganz gern noch ein bißchen mit unserem Mr. Aufräumer unterhalten. Danke, daß du die Anrufe erledigst.«

»Weißt du noch den Namen der Chartergesellschaft?«

»Westward Charter. Der Pilot, mit dem sie immer fliegen, heißt Ed Marionfeldt.« Ohne einen Blick in ihre Notizen ratterte sie die Angaben herunter. Alles fügte sich zusammen, es herrschte ein ganz neuer Rhythmus. Sie ging zurück zu Ramsey und Schick.

Die beiden standen immer noch neben dem Rolls, doch keiner von ihnen sprach ein Wort. Schick betrachtete Ramsey, und der starrte auf den Boden. Als Petra näher kam, hob er den Blick.

»Mr. Ramsey, als Sie aus Tahoe zurückkamen, waren Sie extrem müde und sind früher als üblich zu Bett gegangen. Korrekt?«

»Ich war erledigt. Wir waren seit dem frühen Morgen unterwegs.«

»Greg Balch ist den ganzen Weg vom Flughafen Burbank bis zu Ihnen nach Hause gefahren.«

»Ja.« Die Erwähnung von Balchs Namen schien Ramsey zunehmend zu beunruhigen.

»Dann haben Sie und Mr. Balch bei Ihnen zu Hause zu Abend gegessen, und er hat Ihnen einige Geschäftspapiere zur Unterschrift vorgelegt – erinnern Sie sich an den Inhalt dieser Papiere?«

»Irgendwelche Mietverträge. Mir gehören diverse Bürogebäude.«

Petra notierte dies. »In Ordnung. Nur noch ein paar Fragen: Wer hat das Abendessen gekocht?«

Ramsey lächelte. »Von Kochen kann nicht die Rede sein, wir hatten Sandwiches und Bier.«

»Wer hat die Sandwiches gemacht?«

»Greg.«

»Nicht Estrella Flores?«

»Sie hatte um sieben Uhr Feierabend und war schon in ihrem Zimmer.«

»Was hat sie dort gemacht?«

»Was sie dort immer so gemacht hat, nehme ich an. Ich glaube, ich habe den Fernseher gehört.«

»Wo ist das Zimmer der Haushälterin?«

»Im Dienstbotenflügel. In der Nähe der Küche.«

»Okay«, sagte Petra und fügte noch ein paar Details zu der Karikatur von Schick hinzu. Denkerfalten auf der Stirn, mürrische Mundwinkel. »Greg hat also die Sandwiches gemacht und das Bier eingeschenkt.«

»Genau. Das Bier war ein Grolsch, falls das eine Rolle spielt.«

Ein Cocktail aus Importbier und Barbituraten? Hatte Balch seinem Kumpel Ramsey etwas untergejubelt, damit er schlappmachte?

Und wenn ja, hatte der ewige Lakai eventuell eine kurze Denkpause eingelegt, und überlegt, ob er vielleicht ein bißchen mehr Pulver dazukippen sollte?

Um Ramsey all die Jahre seiner Freundschaft heimzuzahlen?

Schöne Freundschaft, nicht einen einzigen Job als Schauspieler hatte er ihm verschafft, sondern Balch statt dessen in aller Öffentlichkeit fertiggemacht, ihn in ein schäbiges Büro verbannt, nichts weiter als ein Laufbursche, der seine besten Jahre hinter sich hatte.

Und dann der fieseste Tiefschlag: Lisa.

Denn *er* war es gewesen, der Lisa zuerst getroffen hatte. Und sie aufgeben mußte, wegen Cart. Immer Cart.

Petra konnte die Wut beinahe selbst nachempfinden.

Was hatte Balch dazu gebracht, Lisa in jener Nacht aufzulauern? Hatte sie ihre alte Beziehung wieder ins Rollen gebracht und dann doch abgewürgt? Oder war Balch einfach nur seinem eigenen Wunschdenken aufgesessen?

Petra vergegenwärtigte sich den blonden Mann, wie er vor Lisas Apartmenthaus wartete. Schließlich den Porsche aus der Tiefgarage fahren sah. Ihm folgte.

In einem von Carts Autos. Er hatte Zugriff auf alle Autos. Alle Spielzeuge.

Und heute nacht würde er spielen.

Sich nehmen, was ihm gehörte.

Genau wie damals Ilse Eggermann?

Ilse. Lisa. Die Namen waren regelrechte Anagramme.

Muster. Schablonen. So verrückt es auch scheinen mochte, es sprang einen praktisch an.

Wie viele tote blonde Mädchen gab es außerdem? Mädchen, die Balch an Lisa erinnerten.

Wo zum Teufel war Balch?

Oder lag sie unter Umständen völlig daneben, und der Lakai tauchte wieder auf, konnte ein perfektes Alibi vorweisen und alles erklären. Dann wäre der Fall ein einziger Scherbenhaufen, weil *wirklich* irgendein Irrer es auf Ramsey abgesehen hätte.

Oder war Ramsey vielleicht der Irre?

Konnte sein, daß der Junge aus dem Park das wußte. Hatte Wil irgendwelche Fortschritte gemacht? Sie würde ihn anrufen, sobald sie mit Ramsey fertig war.

»Das Bier«, sagte sie. »Haben Sie aus der Flasche oder aus Dosen getrunken?«

»Aus Gläsern«, sagte Ramsey, als ob es sich hierbei um eine unanständige Frage handelte.

Dosen machte man sich selber auf. Eine Flasche konnte man auch für jemand anderen aufmachen ... »und gleich nachdem sie getrunken hatten, haben Sie sich da noch müder gefühlt?«

»Nein«, sagte er. »Ich habe Ihnen doch gesagt, ich war den ganzen Tag schon müde, also der Alkohol kann das natürlich noch verstärkt haben, aber –« Seine blauen Augen weiteten sich. »Ach nee, also wirklich – Sie machen doch wohl Witze.«

»Worüber, Sir?«

»Irgendwas im Bier – nein, nein. Nie im Leben. Ich würde doch merken, wenn – nein, also so war's bestimmt nicht. Ich war einfach nur erledigt von der Reise und völlig überarbeitet. Irgendwann habe ich dann schlappgemacht. Das ging uns beiden so.«

»Wie lange haben Sie in jener Nacht geschlafen?«

Ramsey strich sich über den Schnurrbart und leckte sich die Lippen.

Schick sagte: »Wir sollten es hierbei belassen, Detective.«

»Fast fertig«, sagte Petra und lächelte. Der Anwalt lächelte nicht zurück.

»Aufgestanden bin ich gegen acht, halb neun, aber – ach, kommen Sie. Ich hätte doch irgendwas gemerkt. Mich schwindlig gefühlt oder so. Das ist doch aus 'nem James-Bond-Film, Detective Connor. Ich mache Filme. Ich kenne den Unterschied zwischen Realität und Phantasie.«

Seine Augen sagten ihr, daß eine neue, beunruhigende Logik sich seines Hirns bemächtigte.

Wahre Verwirrung oder Schauspielerei?

Der Unterschied zwischen Realität und Phantasie. Was für eine Formulierung. Wollte er sich über Petra lustig machen?

»Sie haben ganz sicher recht, Mr. Ramsey.« Sie sah, wie Ron das Handy in die Tasche steckte, als er zurückkam. Schick beobachtete Petra.

Sie entschuldigte sich und traf Ron außerhalb der Hörweite von Ramsey und Schick.

»Nur eine Mercedes-Vertretung, die offen war«, sagte er. »Sherman Oaks. Die hatten aber nie was mit Ramsey zu tun. Allerdings Volltreffer, was Westward Charter angeht. Balch hat gestern nacht versucht, sich per Flugzeug aus dem Staub zu machen. Er hat gegen elf angerufen und wollte einen Einzelflug nach Vegas buchen. Hat behauptet, es wäre eine Geschäftsreise. Westward fliegt allerdings nicht mehr nach zehn. Sie haben ihm gesagt, er sollte es mit einem Linienflug probieren. Wir fangen besser an, die Fluggesellschaften anzurufen.«

»Meine Güte«, sagte Petra.

»Ganz schön dämlich, es bei der Chartergesellschaft zu probieren«, sagte Ron.

»Da kann er den Boß die Rechnung zahlen lassen«, erwiderte Petra. Es ihm heimzahlen.

Sie bemerkte, daß Ramsey sie anstarrte. Hatte sie durch ihre Körpersprache etwas verraten?

Sie ignorierte ihn. Schön, wenn man das konnte.

59

Ich bin gerade aus der Toilette gekommen, dort bin ich hingerannt, als ich aufgehört hatte zu heulen. Als ich rauskam, hatte ich fast schon gehofft, daß Sam nicht mehr da wäre, aber er stand da und hat mit seinem Jackenzipfel die silberne Kollekteflasche poliert. Meine Augen waren trocken. Es war, als würde ich durch einen schlechten Traum wandeln.

»Du hast noch ein paar Stunden, bis die ganzen Leute hierherkommen, um zu beten«, sagte er und polierte immer noch.

Ich setzte mich wieder hin und dachte nach. Aber ich hatte einfach keine Idee. Die Promenade, die ganzen Leute, mit einemmal schien all das wie eine Falle.

Ich sah keinen anderen Ausweg, und so habe ich eingewilligt, mit zu Sams Haus zu gehen. »Aber nicht tagsüber, ich will nicht, daß irgendwer mich sieht.«

»Das wird ein bißchen schwierig, Bill. Die Leute kommen hierher, bevor es dunkel wird. Und ich muß hiersein, weil ich mich um alles kümmern muß.«

Wir finden dann schließlich doch eine Lösung: Um sechs Uhr kommt er wieder und bringt mir was zu essen mit. Dann schleiche ich mich nach draußen und verstecke mich in seinem Wagen. Dort bleibe ich, während die anderen beten, hinter dem Rücksitz, unter Decken versteckt.

»Wie lange dauert das mit dem Beten?«

»Eine Stunde, mehr oder weniger. Ich muß danach noch hierbleiben, um aufzuräumen. Wenn die Luft rein ist, sage ich dir Bescheid.«

»Danke.«

»Keine Ursache«, sagt er. »Paß du nur auf dich selber auf.« Dann lacht er. »Wem sage ich das? Du hast die ganze Zeit gut auf dich aufgepaßt!«

60

Als sie beim zweiten Klopfen immer noch keine Antwort bekam, fing Mildred Board an, sich Sorgen zu machen.

Es war eine halbe Stunde her, seit sie gehört hatte, wie das Bad eingelassen wurde. War die Missus hingefallen? Oder hatte sie etwa einen Anfall, welcher Art auch immer, erlitten? Vielleicht hatten die Ärzte ja unrecht, und sie war wirklich krank.

Sie drehte den Türknauf, rief laut »Ma'am?«, als sie das Schlafzimmer betrat. Leer.

Und das Bett war gemacht.

Nicht so stramm und fest wie bei Mildred, aber dennoch ganz ordentlich. Zuerst das Bad und jetzt das Bett. Was hatte dieses Selbständigkeit zu bedeuten?

Gestern war sie extra früh aufgestanden. Als sie um sechs Uhr morgens Schritte hörte, ging sie hinunter und fand die Missus in der Küche, die Zeitung vor ihr auf dem Tisch neben einer Tasse mit einem Gebräu, daß sich als Instanttee herausstellte.

»Mit Ihnen alles in Ordnung, Ma'am?« hatte sie gefragt.

»Mir geht's prima, Mildred. Und selbst?« Die Missus hatte gelächelt, doch ihre Augen wirkten irgendwie … entrückt.

»Bereit für einen neuen Tag.«

»Das ist die richtige Einstellung, Mildred.«

Mildred verkniff sich ein Stirnrunzeln und kochte einen vernünftigen Tee – English Breakfast – während sie einen Blick auf die Zeitung warf.

Die Missus lächelte. »Scheint so, als würde ich auf meine alten Tage noch ein Interesse an den aktuellen Ereignissen entwickeln.«

»Ja, Ma'am. Und früh auf sind Sie auch.«

»Ja, scheint so in der letzten Zeit, oder? Anscheinend verändert sich mein Biorhythmus.«

Später am Tag hatte sie dann die Missus auf der Veranda gefunden, die Hand auf eine Steinsäule gestützt, als ob sie Halt brauchte. Und sie hatte hinausgeschaut ... auf was eigentlich? Auf das, was von dem Garten noch übrig war? Nein, sie schien einfach ins Nichts zu starren, ihre Augen hatten wieder diesen leeren Blick, und als Mildred sie ansprach, dauerte es einige Sekunden, bis dieser Blick verschwand.

Seltsame Sachen passierten in letzter Zeit.

Mildred ging durch das Schlafzimmer zum ersten der Ankleidezimmer. Niemand da. Im Badezimmer ebenso, das Wasser aus der Wanne abgelassen, die Handtücher zusammengelegt.

Ein langer Flur führte zu dem begehbaren Kleiderschrank. Mildred stand in der Tür und wiederholte noch einmal: »Ma'am?«

»Hier hinten, Mildred, du kannst ruhig reinkommen.«

Mildred eilte durch den schmalen Durchgang. Die hintere Kleiderkammer war größer als die meisten Räume des Hauses. Die Wände waren voller Regale, Kommoden und Wandschränke aus Mahagoni. Handbemalte Hutschachteln stapelten sich dort und reihenweise Schuhe, nach Farben sortiert. Alles, was von der Garderobe der Missus noch übriggeblieben war, waren zwei Wollmäntel, eine Regenjacke, fünf Kostüme – schwarz, braun, beige und zwei in Grau – sowie ein paar sportliche Kleider und Kaschmirpullover, alles in Kleidersäcken aus Plastik verpackt. Die Missus stand vor dem Spiegel und legte Make-up auf. Sie trug eines der grauen Kostüme, ein dreißig Jahre altes von Chanel. Dazu Perlenohrringe, die kleinen, richtig hübsch. Mildred erinnerte sich an die ganzen Diamanten, mit der Er die Missus eingedeckt hatte. Ein fieser kleiner Mann aus San Gabriel hatte sie mit einer Lupe untersucht und dabei ein Raubtierlächeln im Gesicht gehabt.

Das Chanelkostüm schmiegte sich perfekt an die Figur der Missus. Aber ... ihre Füße ...

Tennisschuhe mit weißen Schnürsenkeln zu dicken weißen Socken.

»Ich dachte, ich mache mal einen Spaziergang, Mildred.« Das dichte, gewellte Haar der Missus war gebürstet und eingesprayt, kastanienbraun mit grauen Strähnen. Das Make-up war makellos, bis auf einen Lippenstiftkrümel, der sich in ihrem Mundwinkel verirrt hatte. Mildred widerstand dem Impuls, ihn wegzuschnippen, und schaute nur genau darauf und die Missus verstand den Wink und tupfte ihn weg.

»Ein Spaziergang. Das ist eine hübsche Idee, Ma'am ...« Mildred schaute wieder nach unten. Diese Socken!

Die Missus lachte verlegen. »Ich weiß, der letzte Schrei ist es nicht gerade, aber in denen hier kann ich am besten laufen. Meine Achillessehnen sind ganz steif, ich habe es zwar mit Dehnübungen versucht, aber es hat nicht viel geholfen. Vermutlich liegt es daran, daß ich zu lange nicht mehr zu Fuß unterwegs war, Mildred.«

Sie bog die Schultern zurück, richtete das Kreuz auf und machte sich auf den Weg durch den Flur.

»Seien Sie bloß vorsichtig, Ma'am. Ich habe erst vor zwanzig Minuten den Obstgarten gegossen, und irgendwie fließt das Wasser nicht so richtig ab, ganz besonders hinterm Haus, bei den Pfirsichbäumen. Es ist alles ganz matschig und rutschig. Man sollte glauben, daß der Gärtnerjunge so viel Verstand hätte, den –«

Die Missus blieb stehen und legte Mildred ihre zarte Hand auf die Schulter. »Ich hatte gar nicht vor, auf dem Grundstück herumzuspazieren, meine Liebe. Ich gehe mal um den Block.«

»Oh«, sagte Mildred. »Ich verstehe.« Sie verstand nichts. »Ich komme gerne mit Ihnen –«

»Nein, danke, meine Liebe. Ich muß nachdenken.«

»Bei allem gebotenen Respekt –«

»Ich komme schon zurecht, Mildred.« Das Kinn der Missus fing an leicht zu zittern. Sie reckte wieder die Brust vor, machte einen weiteren Schritt. Blieb stehen. »Ich komme immer zurecht, Mildred. Oder nicht?«

61

Um achtzehn Uhr siebenundfünfzig war Captain Sepulveda noch immer nicht zurückgekehrt, und die Beamten von der Spurensicherung hatten aufgehört zu arbeiten. Die Sonne stand mittlerweile so tief, daß kaum noch Licht zwischen den Eichen hindurchdrang. Sergeant Grafton war wieder zu ihrem Wagen zurückgekehrt, und Petra war mit Ramsey fertig.

Lawrence Schick geleitete seinen Klienten zurück zu seinem Rolls. Er verzog keine Miene, als Petra sie begleitete. Ramsey setzte sich auf den Beifahrersitz und starrte zu dem offenen Seitenfenster hinaus. Er wirkte steinalt.

»Wenn ich Sie erreichen muß –«, sagte Petra.

»Wir gehen essen«, erwiderte der Anwalt. »Ins Biltmore, Santa Barbara.«

»Und nach dem Essen?« fragte Petra.

Schick strich sich die Stirnfransen glatt. »Es ist ja wohl kaum eine Nacht für Brandy und Zigarren, Detective. Und deshalb glaube ich, daß wir nach L. A. zurückkehren werden. Es war nett, Sie kennenzulernen. Bei weiteren Gesprächswünschen wenden Sie sich bitte an mein Büro.« Er klopfte zweimal gegen die Meerschaumpfeife, rutschte auf den Fahrersitz und setzte mit einer Drehung seines zerbrechlich wirkenden Handgelenks den Wagen in Gang, der – abgesehen von dem Knirschen der Kieselsteine unter den Reifen – völlig lautlos davonglitt.

Ein paar Minuten später kam Sepulveda vorgefahren, wedelte mit einer Handvoll gerichtlicher Verfügungen und erklärte: »Sämtliche Richter waren beim Golfspielen.« Er hatte sich einen Pullover angezogen, an dem die Carpenteria-Sheriffsabzeichen prangten.

Trotz Ramseys Einverständniserklärung hatte bisher noch keine Durchsuchung des Hauses stattgefunden, da Sergeant Grafton darauf bestanden hatte, bis zu Sepulvedas Ankunft zu warten.

Petra rief Schoelkopf an, um ihm mitzuteilen, daß Balch versucht hatte, nach Las Vegas zu fliegen, doch es meldete sich niemand, und das Mädchen in der Telefonzentrale sagte, daß er sich zum Abendessen abgemeldet hatte und sie auch nicht wußte, wo er war. Bei Fournier hatte Petra auch kein Glück.

Sie wollte gerade Stu anrufen, als Sepulveda auf sie zukam. Ron benutzte das Telefon und rief seine Kinder an.

»Wir konzentrieren uns fürs erste auf das Haus«, sagte Sepulveda und wedelte erneut mit den Verfügungen. »Das Gelände nehmen wir uns morgen früh vor. Ich habe Techniker aus unserem Revier und einen Fingerabdruckspezialisten aus Ventura, der früher mal für uns gearbeitet hat und den ich immer noch für den Besten halte. Haben Sie vor hierzubleiben?«

»Zumindest eine Weile«, sagte Petra.

»Sie wissen, daß ich Sie bei der Durchsuchung nicht mitmachen lassen kann. So sind nun mal die Vorschriften.«

»Können wir zuschauen?«

Sepulveda dachte darüber nach. »Warum machen Sie und Ihr Partner es sich nicht da drüben bequem?« Er deutete auf eine runde Holzbank, die um den Stamm der dicksten Eiche lief. Herunterhängende Zweige schafften so etwas wie private Abgeschiedenheit.

»Keine Chance, wenigstens einen Blick zu ergattern, Captain?«

»Wenn irgendwas auftaucht, rufe ich laut und deutlich.«

Sie schenkte ihm ein kurzes Lächeln und ging hinüber zur Bank. Eiskalt und steinhart. Ron kam herüber und redete noch immer: »Ich bin stolz auf dich, Bee. Danke, daß du so brav auf Oma hörst. Tschüß.« Er legte auf und sagte: »Wir können nicht mit rein?«

»An die Auslinie verbannt«, sagte Petra. »Noch ein Boß.«

»Zu viele Zuständigkeitsbezirke«, sagte er und setzte sich neben sie. Er strich mit dem Daumen über ihre Fingerspitzen. »Was aber nicht unbedingt schlecht sein muß, oder? Man weiß nie, wem man über den Weg läuft.«

Sie lächelte. Es machte ihr nichts aus, daß er sie berührte, doch sie war nicht in der Lage, an irgend etwas anderes als ihre Arbeit zu denken und all die Dinge, die sie zu tun hatte.

Sie borgte sich sein Telefon, versuchte es noch mal bei Wil. Immer noch keine Antwort, aber Schoelkopf hob ab.

»Ramsey war gerade hier, zusammen mit Schick«, sagte sie.

»Und?«

Sie faßte die Vernehmung zusammen, erzählte ihm von Balchs Anruf bei Westward Charter.

»Na ja, damit ist dann ja wohl alles klar, oder? Balch. Scheiße. Und ihr wart alle so sicher, daß Ramsey es gewesen ist. Könnt ihr euch vorstellen, wie die Presse über uns hergefallen wäre – Hetzjagd auf einen Unschuldigen. Also gut, Barbie, es gehen keine Informationen raus, bis Sie von mir persönlich hören. Nichts. Ist das klar?«

Du bist doch derjenige, der immer gleich die Öffentlichkeit informieren muß, Dämlack. »Natürlich, Sir.«

»Das ist mein Ernst. Die Klappe bleibt zu, und zwar fester als die … egal. Um Vegas kümmere ich mich, ich habe Verbindungen zum Hauptrevier. Die haben Hotels und Motels ziemlich gut im Griff. Wenn er da ist, finden wir ihn. In der Zwischenzeit rufen sie die Fluggesellschaften an. Und sagen Sie Fournier, daß er das auch machen soll.«

»Fournier konnte ich bis jetzt nicht erreichen«, sagte Petra.

»Ich hab ihn heute nachmittag noch gesehen. Versuchen Sie's bei ihm zu Hauses. Was läuft da draußen jetzt ab?«

»Sie haben gerade mit der Durchsuchung des Hauses angefangen.«

»Behalten Sie die Landeier bloß im Auge. Flores und Lisa sind Früchte von ein und demselben Baum, also ist es unser Fall.«

»Was ist mit dem Sohn von Estrella Flores in El Salvador?«

»Was soll mit ihm sein?«

»Er macht sich Sorgen um sie. Ich hatte ihm versprochen, daß ich mich bei ihm melde, sobald ich was weiß.«

»Ich habe gesagt, Stillschweigen bewahren. Davon, daß er's ein oder zwei Tage früher oder später erfährt, wird sein Leben auch nicht besser. Wenn im Haus irgendwelche Beweismittel gefunden werden, rufen Sie mich sofort an.«

Ein Klicken, und er hatte aufgelegt.

Ron saß da und schwieg.

Petra sagte: »Du kannst jedenfalls nicht behaupten, daß ich dich an einen langweiligen Ort geschleppt habe. Mit deinen Kindern alles in Ordnung?«

»Alles prima.«

»Wenn du wieder nach Hause willst, ich komme schon irgendwie zurück.«

»Nein, ich bleibe. Gibt's sonst noch was zu tun außer zu warten?«

»Die Fluggesellschaften anrufen.« Sie betrachtete das Telefon. »Deine Rechnung wird so hoch wie die Staatsverschuldung.«

Er lachte. »Ich schicke sie dann an euch.«

Er war den ganzen Tag nicht von ihrer Seite gewichen und hatte sich immer im Hintergrund gehalten. Dabei war der Kerl ein alter Hase, und es war ihm garantiert nicht leichtgefallen. Und sie hatte nichts weiter getan, als sich sein blödes Telefon zu leihen. »Bist du sicher, daß mit Alicia und Bee alles in Ordnung ist?«

»Meine Mutter fährt mit ihnen Pizza essen, und danach bleibt sie über Nacht.«

»Nette Mutter.«

»Die beste auf der Welt«, sagte er. »Nachdem mein Vater gestorben war, dachte ich schon, mit ihr geht's auch bald zu Ende. Es schien so, als hätte sich ihr ganzes Leben immer nur um ihn gedreht. Sie war zuerst ziemlich deprimiert, aber dann hat sie sich wieder hochgerappelt und angefangen, Paddle-Tennis zu spielen, ist in eine Bibliotheksgruppe eingetreten und hat ein paar Gruppenreisen mitgemacht. Sie vermißt ihn – sie hatten eine tolle Ehe –, aber es geht ihr ganz gut.«

»Wann ist dein Vater gestorben?«

»Vor zwei Jahren.«

»Meiner auch.«

Er streckte die Hand aus, drückte die ihre und ließ wieder los.

Petra sagte: »Ich habe keine Mutter. Sie ist bei der Geburt gestorben.«

Ron sagte nichts. Ein kluger Mann. Sie schaute ihn nicht an – wollte in diesem Augenblick keinen derart intensiven Kontakt.

Der dritte Versuch, Fournier zu Hause zu erreichen, zahlte sich aus. Er sagte: »Ich hab's ein paarmal unter der 818er Nummer versucht, wo bist du?«

Sie erzählte ihm alles.

»Unmöglich«, sagte er. »Also theoretisch könnte Balch mittlerweile über alle Berge sein.«

»Er war blöde genug, bei Westward Charter anzurufen und seinen richtigen Namen zu benutzen – vielleicht haben wir ja Glück.«

»Wie willst du's aufteilen?«

»Egal, wie's dir paßt. Außerdem will Mr. S., daß die Sache absolut unter Verschluß bleibt.«

»Wir setzen Balch auf die Fahndungsliste, erzählen aber niemandem davon?«

»Nicht, bis er von oben Näheres hört.«

»Spitzenmäßig«, sagte Wil. »Und wo rangiert der Junge mittlerweile auf seiner Liste?«

»Weiter unten.«

Wil schnaubte. »War ja klar. Jetzt, wo ich seinen Namen habe. Die Hinweise aus Watson ergaben: William Bradley Straight, zwölf Jahre alt, hat in einer abgeranzten Wohnwagensiedlung gewohnt, ist seit ein paar Monaten verschwunden. Falls er den Mord an Lisa gesehen hat, ist das nicht das einzige Problem, das er hat. Jemand hat seine Mutter umgebracht – umgestoßen, Genick gebrochen. Einen mutmaßlichen Täter gibt es auch, ihren Freund, irgend so 'n langhaariger Schleimbeutel namens Buell Moron. Und jetzt rate mal, wer in Hollywood gesehen worden ist wie er das Bild von dem Jungen rumzeigt.«

»O nein«, sagte Petra. »Weil er die fünfundzwanzig Riesen abgreifen will.«

»Das würde ich auch gern, und ich wohne nicht mal in 'nem Wohnwagen.«

»Herrgott«, sagte Petra. William Bradley Straight. Ein Junge mit einem Überlebensplan, der dachte, er hätte eine Chance. Tragisch. Was hatten sie diesem Kind angetan?

»Okay«, sagte Wil. »Teilen wir mal die Fluggesellschaften auf.«

Als Petra auflegte, fragte Ron: »Was ist passiert?«

»Es gibt noch ein Waisenkind.«

62

Gebundene Ausgaben des TV-Guide. Jede mit einer Jahrgangsnummer.

Als die Operation schon eine Stunde andauerte, hatte Stu die Rumsitzerei im Wartezimmer des Krankenhauses nicht mehr ausgehalten und war zu der Bibliothek in Downtown Burbank gefahren, wo er unter Einsatz seiner Dienstmarke und seiner guten Manieren die Bibliothekarin schließlich davon überzeugen konnte, ihm zehn Jahrgänge mitzugeben.

Nun saß er wieder im St. Joe's und wartete zusammen mit anderen sorgengeplagten Menschen.

Hunderte von Zusammenfassungen der einzelnen Episoden des *Aufräumers*.

Dack Price eilt einer Frau zu Hilfe, die von Straßendieben angegriffen wird.

Dack Price deckt einen Drogenring in einer Highschool auf.

Eine Frau behauptet, Dacks Schwester zu sein, die nach der Geburt ausgesetzt wurde.

Dack Price rettet den Ruf eines Reformpolitikers, der erpreßt wird ...

Der gleiche Müll, wieder und wieder.

Nirgends wurde irgendein Park erwähnt, ganz zu schweigen von Griffith Park. Überhaupt war vom Ort der Handlung selten die Rede, außer wenn er als exotisch gelten konnte: *Dack Price untersucht mehrere Morde an Bord eines U-Boots.*

Er blätterte die Seiten durch, während er an Kathys Bett saß und wartete, daß sie aus der Narkose aufwachte.

Sie schnarchte. Kathy schnarchte nie. Ein Verband war an ihrer Brust festgeklebt wie eine kugelsichere Weste. Die Infusion tropfte, durch einen Katheter lief Flüssigkeit ab, Maschinen zeichneten mit Anzeigen und Piepgeräuschen ein Bild von der Physiologie seiner Frau. Eine Weile hatte Stu den Blutdruck im Auge behalten, bis er sicher war, daß alles normal war. Bei der letzten Überprüfung der Körpertemperatur hatte Kathy ein leichtes Fieber aufgewiesen. Eine normale Reaktion, hatte die Schwester erklärt.

Sie lag in einem Privatzimmer mit hübscher Aussicht, zu verdanken war dies den Beziehungen seines Vaters. Nette Tapeten, teure Schmerztabletten. Die Schwestern machten einen aufgeweckten Eindruck und schienen zu wissen, was sie taten.

Drizak hatte Kathys linke Brust abgenommen.

Stu wußte es in dem Augenblick, als der Chirurg in seiner grünen OP-Kluft aus dem Operationssaal herauskam und einen Wortschwall absonderte über lymphovaskulare Invasion, Status der Knotenbildung, zu entfernende Gewebepartien und darüber, daß das Möglichste unternommen worden war, die Brust zu erhalten.

»Sie haben also eine Mastektomie vorgenommen.«

»Worauf es ankam, war, das Leben Ihrer Frau zu retten.«

»Und, haben Sie das?«

»Wie bitte?«

»Haben Sie ihr das Leben gerettet?«

Der Chirurg kratzte sich am Kinn. »Die Prognose ist exzellent, Mr. Bishop, bei der entsprechenden Weiterbehandlung, also Strahlentherapie. Sie hat sich hervorragend gehalten.«

Stu dankte ihm und drückte ihm die Hand. Erleichtert darüber, daß ihm offen zur Schau getragener Schmerz erspart geblieben war, ging der Chirurg wiegenden Schrittes davon.

Für Stu spielte die Brust keine große Rolle – jedenfalls nicht als ein Objekt –, doch wie würde Kathy auf den Verlust reagieren?

Was sollte er den Kindern erzählen?

Mama war krank, aber jetzt wird sie wieder ganz gesund.

Nicht gut; sobald die Nebenwirkungen der Bestrahlung sichtbar würden, würden sie denken, daß er sie angelogen hatte.

Kathy wälzte sich stöhnend hin und her. Stu legte das Buch hin, lehnte sich über das Gitter des Krankenbettes und küßte sie sacht auf die Stirn. Sie zeigte keinerlei Reaktion. Er berührte ihre Hand. Kalt und schlaff. Warum zirkulierte das Blut nicht durch ihre Gliedmaßen?

Er warf einen prüfenden Blick auf die Maschinen. Normal, alles normal.

Wie zur Bestätigung hob und senkte sich ihr bandagierter Brustkorb.

Es war acht Uhr abends. Wegen dringender Notfälle war die Operation zweimal verschoben worden – man hatte Kathy in den OP geschoben, dann wieder zurück und das Ganze noch mal von vorn. Da lag sie auf einer Bahre im Flur und wartete, während die Notfallpatienten eilends vorbeigerollt wurden.

Ein Autounfall und eine Schießerei.

Stu sah ein paar Streifenpolizisten vom Revier in Burbank im Schlepptau der Sanitäter zur Chirurgie hinaufeilen, die das Opfer der Schießerei hineinschoben. Ein junger Latino, sechzehn, siebzehn, sehr blaß, die Augen völlig leer. Beim Transport verstorben – Stu hatte das oft genug miterlebt, um zu wissen, was passiert war. Schon wieder eine von diesen bescheuerten Schießereien aus vorbeirasenden Autos.

Die Polizisten nahmen keine Notiz von ihm. Für sie war er nichts weiter als ein Mann im Sweatshirt, der in der Ecke des Wartezimmers saß und las.

Typische Jungspunde in Uniform, die große Töne spuckten, als ob sie eine Ahnung hatten, was sie taten.

Lächerlich. Niemand hatte auch nur den Schimmer einer Ahnung. Gott war ein Komiker.

Man mußte nur mal Ramsey betrachten.

Hatte eine Frau, konnte sie aber nicht halten.

Der Schauspieler würde wegen des Mordes an Lisa niemals zur Rechenschaft gezogen werden. Jedenfalls nicht mit dem, was sie bis jetzt hatten. Und der *TV-Guide* war auch keine Hilfe.

Er unterdrückte ein bitteres Lachen.

Dack Price schlachtet eine Frau ab. Und nun die Werbung.

63

Ich rede mit Mama, versuche ihr etwas zu erklären, das eigentlich wichtig für sie ist, aber sie kapiert es nicht. Sie hört nicht mal zu.

Ich werde sauer auf sie, fange an, sie anzuschreien; sie steht einfach nur da mit herabhängenden Armen und hat diesen irren Blick. Als ob ich ihr scheißegal wäre.

Dann weicht ihr Gesicht plötzlich auf und Blut schießt ihr aus den Augen, wie aus roten Wasserhähnen. Sie hält sich die Hände vor die Augen, um das Blut aufzufangen, doch es spritzt ihr übers ganze Gesicht, und dann schleudert sie welches auf –

Schweißgebadet wache ich auf. Mein Kopf tut weh, mein Magen *bringt mich um*, so schlimm war es noch nie. Ich kriege keine Luft.

Ich bin in einer dunklen Schachtel mit kalten, harten Wänden. Glaswänden. Gefangen wie ein Käfer in einem Einmachglas – ich kann *wirklich* nicht atmen – es sind keine Löcher in der Schachtel. So sehr ich mich auch anstrenge, Luft zu holen, in meinen Lungen kommt nichts an. Und dann sehe ich es. Da oben, am oberen Ende der Glaswand, ist ein Spalt. Ein Fenster, das ein Stück weit aufsteht.

Ein Autofenster.

Ich bin in Sams Wagen. Auf dem Rücksitz. Muß wohl unter den Decken eingeschlafen sein.

Eingesperrt wie ein Huhn in einem Käfig, ich drehe noch durch. Ich will raus hier, aber da draußen auf der Gasse, wer weiß, was da nachts abgeht? Wenigstens das Fenster ein bißchen weiter aufmachen – nee, ist elektrisch, bewegt sich kein bißchen.

Meine Casio zeigt zwanzig Uhr neunzehn. Die Juden sind jetzt schon eine ganze Weile am Beten. Wenn sie fertig sind, nimmt Sam mich mit zu sich nach Hause. Er ist ein Fremder, und ich weiß nicht das geringste über sein Haus, aber es gibt sonst nichts, wo ich mich verstecken könnte. Nicht solange fünfundzwanzigtausend Dollar Belohnung auf meinen Kopf ausgesetzt sind.

Vielleicht sollte ich ja *wirklich* versuchen, das Geld zu kassieren. So wie Sam vorgeschlagen hat ... nein, die Polizei würde nie im Leben einem Kind soviel Geld geben. Und selbst wenn, würden Mama und Moron es irgendwann rauskriegen und sich unter den Nagel reißen, und ich würde wieder im Wohnwagen sitzen, und die würden sich Dope davon kaufen.

Ich könnte die Polizei anrufen, ohne ihnen zu sagen, wer ich bin. Und ihnen erzählen, daß ich gesehen habe, wie PLYR 1 Lisa erstochen hat. Aber was ist, wenn sie den Anruf zurückverfolgen können und PLYR das rausfindet und sich auf die Suche nach mir macht?

Wer hat mich gesehen und ihnen mein Gesicht beschrieben, damit sie dieses Bild von mir machen konnten?

Nein. Ich werde einfach die Klappe halten. Und wenn ich noch mal von Mama träume, versuche ich rauszufinden, was das ist, wovon ich sie überzeugen will.

64

Das Land der Freiheit, Hort der Blödheit.

In dem mit Gerümpel zugestellten Lagerraum hinter dem Souvenirstand trank Vladimir Zhukanov den letzten Rest seines Wodkas aus und fragte sich, ob er ein totales Arschloch gewesen war, als er Rußland verlassen hatte.

Zumindest hatte er damals eine Uniform gehabt, einen Daseinszweck. Irgendwer mußte immer kontrolliert werden. Und jetzt erst recht, seitdem der Kapitalismus das Land zunehmend in den Krallen hatte. Die wahre Macht lag bei den Gangs, und die Hälfte der Gangster waren Expolizisten. Da hätte er locker was gefunden.

In Amerika hatte niemand Respekt vor ihm. Alles, was er hatte, waren dämliche Puppen. Ein dämlicher Niggerbulle, der ihn ignorierte und dann mit seinen Informationen zum Fernsehen lief, dieser schwarze Drecksack.

Ein anonymer Hinweis. Das hieß doch nur, daß sie ihm sein Geld nicht geben wollten.

Und daß er recht hatte, was den Jungen anging. Als ob es überhaupt einen Zweifel geben konnte – dieses Grübchen am Kinn, genau wie auf der Zeichnung. Die Kratzer im Gesicht, war ja wohl zu erwarten bei jemanden, der sich im Wald versteckte. Zhukanov hatte von seinem Vater etliche Geschichten über Wälder gehört, alte Kriegsgeschichten. Als Soldaten der Miliz die Juden durch die winterkahlen Birkenwälder gejagt hatten. Die nackten Bäume, der stahlgraue Himmel, die Vereinigung von Bajonetten und Fleisch, scharlachrote Flecken im Schnee.

Ein anonymer Hinweis. Die Fernsehnachrichten deuteten auf Konkurrenz bei der Jagd nach den Fünfundzwanzigtausend. Bis jetzt war es erst einer, aber der machte schon Ärger genug. Dieser fette Kerl in abgeranzten Lederklamotten, der die Promenade auf und ab stiefelte und das Bild des Jungen herumzeigte.

Von seinem Stützpunkt hinter dem Tresen beobachtete Zhukanov das fette Schwein. Auf und ab, hin und her, immer in Bewegung, ganz außer Atem in der Hitze. Und deutlich genervt, je länger der Tag sich hinzog und er nichts weiter erntete als verständnisloses Kopfschütteln und leere Blicke.

Das erste Mal, als der Kerl auf den Souvenirstand zugewatschelt kam, verzog sich Zhukanov in den hinteren Raum und schaute die Quittungen des Tages durch, um zu sehen, wieviel er sich in die eigene Tasche stecken konnte, ohne allzusehr aufzufallen. Beim zweitenmal stand er jedoch vorn und zählte die Trolle, um sicherzugehen, daß niemand *ihn* abgelenkt hatte.

Das fette Schwein sagte: »Hey, Mann« und hielt ihm das Bild unter die Nase. Zhukanov schüttelte mürrisch den Kopf – warum Worte verlieren –, doch der Typ blieb einfach stehen.

»Du hast dir's nicht mal angesehen, Alter.« Er stank aus dem Hals wie ein Klo. Zhukanov weigerte sich, die Frage überhaupt zur Kenntnis zu nehmen, und nahm statt dessen einen der Malibu-Trolle aus dem Regal. »Wollen Sie was kaufen?« Sein Ton ließ keinerlei Zweifel daran, daß sein Gegenüber sich nicht mal ein lausiges Spielzeug leisten konnte.

Der fette Kerl versuchte ihn in Grund und Boden zu starren. Zhukanov hätte beinahe lauthals gelacht. Der Kerl war zwar groß, aber eigentlich nichts weiter als eine wabbelnde Masse. Damals in Moskau hatte er wandelnde Scheißhaufen wie diesen noch im Halbsuff zusammengetreten.

Schließlich trollte sich der Kerl. Was für ein Idiot.

Dennoch – er war ein Konkurrent. Und das bedeutete schärfste Wachsamkeit.

Mittlerweile war es dunkel, und die ganzen Läden hatten geschlossen; nur die Cafés am nördlichen Ende des Ocean Front Walk waren noch geöffnet und die Judenkirche ein paar Häuser weiter südlich. Da saßen sie, ein Haufen Juden, und jammerten und heckten irgendwas aus oder was zum Teufel sie sonst noch anstellten, wenn sie zusammenkamen.

Sein Extrageld hatte er in der Tasche, der Wodka hatte seine Sinne zum Leben erweckt, und er war hungrig und geil und wurde von Minute zu Minute wütender auf den Niggerbullen und all die anderen Gestalten, die versuchten, ihn um das zu bringen, was von Rechts wegen ihm zustand.

Morgen würde er die Zeitungen anrufen und ihnen die Wahrheit über den anonymen Hinweis erzählen und wie wenig Respekt irgendwelche dämlichen Polizisten aufrechten, pflichtbewußten Bürgern entgegenbrachten.

Nein, nein, lieber noch nicht – das würde nur noch mehr Aufmerksamkeit auf die Promenade lenken und zu noch mehr Problemen führen. Er würde dem Nigger noch eine Chance geben. Wie hieß er noch mal, er hatte doch seine Karte, irgendwo ... nein, nicht in einer seiner Taschen. Vielleicht hatte er sie im hinteren Raum gelassen.

Er glitt hinter den Vorhang und suchte zwischen all dem herumstehenden Gerümpel, ohne sie zu finden. Egal, er würde herumfragen – ein Niggerdetective mit Glatze, irgendwer würde schon wissen, wen er meinte. Und dann ein Gespräch von Mann zu Mann. Vielleicht würde er ihm einen Anteil an den fünfundzwanzig Riesen anbieten. Aber nur, wenn das die einzige Möglichkeit war.

Wenn der Nigger dann *immer* noch nicht kooperierte, würde er sich an die Zeitungen wenden – nein, an die Fernsehstationen. Sich mit irgendeiner von diesen Blondinen unterhalten, die die Nachrichten sprachen, und ihr die Wahrheit erzählen. Vielleicht würde irgendein großer Produzent das Ganze ja sehen und sagen: »Hey, das ist mal 'ne gute Idee für 'n Film.« Arnold Schwarzenegger, ein russischer Polizist, kommt nach Amerika und zeigt den blöden Amerikanern, wie man – gab's das nicht schon? Es kam ihm irgendwie bekannt vor. Egal. Bei Filmen war's doch so, wenn's einmal funktionierte, machte man's eben noch mal.

Publicity. Das war's, was er brauchte.

Er würde nicht nur das Geld abkassieren, sondern auch noch ein Held werden, weil er versucht hatte, den Jungen zu finden, ein Verbrechen aufzuklären, doch niemand hatte auf ihn gehört und –

»Hey, Mann«, sagte eine Stimme von vorn.

Die Fettsau.

Wie war er reingekommen? Dann fiel Zhukanov ein, daß er vergessen hatte, den Rolladen herunterzulassen und abzuschließen. Er trank noch einen Schluck Wodka.

»*Hey*! Bist du da hinten, Alter?«

Blödes Arschloch. Er mußte ihn loswerden und dann in Ruhe irgendwo etwas essen und trinken. Zhukanov zog seine Planet-Hollywood-Jacke an und betastete seine vorderen Taschen. Das Geld hatte er rechts, das Messer links. War nur ein billiges Ding aus Taiwan, das er für den Weg vom Laden zu seinem Auto bei sich hatte, zusammen mit einer nicht registrierten 9 mm. Im Hinterzimmer hatte er außerdem noch ein paar Totschläger, einen abgesägten Baseballschläger und einen Schlagring aus Messing, den er von seinem Vater geerbt hatte und der schon so alt war, daß er schwarz angelaufen war. Bis jetzt war das einzige, das er hatte zum Einsatz bringen müssen, der Baseballschläger gewesen, als Warnung an Kids, die lange Finger machen wollten, doch man konnte ja nie wissen. Die Pistole war billiger Schrott und lag auseinandergenommen zu Hause auf dem Küchentisch, weil sie dauernd klemmte und er herauszufinden versuchte, was damit nicht stimmte.

»Hey!«

Zhukanov verriegelte die Hintertür, bevor er durch den Vorhang schritt. Der fette Drecksack hatte die Ellbogen auf dem Tresen und kratzte sich sein sabberndes Kinn. Er schwitzte, seine Augen sahen aus wie aufgedunsenes rohes Fleisch. Seine massige Silhouette hob sich vor dem schwarzen Himmel über dem Strand ab und hätte vielleicht einen Touristen eingeschüchtert, doch Zhukanov sah darin nichts weiter als einen Fettbehälter.

»Hey, Bruder, haste mich nich gehört?«

Zhukanov sagte nichts.

»Hör zu, Mann –«

»Ich kann Ihnen nicht helfen.«

»Wie kannste das sagen, Mann? Du weißt doch nich mal, was ich fragen will.«

Zhukanov machte sich daran, den Rolladen herunterzuziehen. Der fette Mann streckte den Arm nach oben und hielt ihn fest.

Zhukanov zog fester. Der fette Mann hielt stand. Er mochte zwar wabbelig sein, doch sein Gewicht verlieh ihm Kraft.

Zhukanov sagte: »Beweg dich, Fettsack.«

»Leck mich, du Arschwichser!«

Zhukanov stieg das Blut ins Gesicht. Er konnte es spüren, heiß wie Suppe im Winter. Die Adern in seinem Hals pochten. Seine Hände, die immer noch den Rolladen umklammert hielten, schmerzten.

»Verzieh dich«, sagte er.

»Scheiß auf dich, Mann. Ich hab 'ne Frage, und du könntest zumindest versuchen, mir 'ne Antwort zu geben, du Arsch.«

Zhukanov verfiel wieder in Schweigen.

»Nix Großartiges, Kumpel«, sagte der fette Mann. »Vielleicht hast du diesen Jungen gesehen, seit ich hiergewesen bin. Wenn nicht, dann nicht, kein Problem. Also, warum kommste mit so 'nem Scheiß?«

Der Rolladen ließ sich nicht bewegen. Der Widerstand des fetten Kerls brachte Zhukanov in Rage. »Verzieh dich«, sagte er ganz leise.

Der fette Kerl gab dem Rolladen einen Stoß, und er schoß nach oben. Eine Herausforderung an Zhukanov, es noch einmal zu versuchen. Der Kerl war es gewohnt, andere zu schikanieren und damit durchzukommen.

Zhukanov blieb, wo er war. Er roch sein Gegenüber. Was da so stank, war nicht allein sein Atem. Der ganze Kerl stank. Ein wandelnder Müllhaufen.

»Haste ihn gesehen?«

»Verzieh dich, Arschloch.«

Jetzt war der fette Mann an der Reihe, rot anzulaufen. Seine Schweinsaugen quollen hervor; Speichelblasen bildeten sich in seinen Mundwinkeln. Das besänftigte Zhukanovs Zorn, und er wurde von einem warmen Wohlgefühl erfaßt. Die Angelegenheit wurde allmählich spaßig. Er lachte und sagte: »Blödes, fettärschiges Stück Scheiße.«

Der fette Kerl gab ein tiefes Geräusch von sich, das klang wie ein Furz, und Zhukanov wartete auf die nächste Beschimpfung, um sie ihm mit gleicher Münze heimzuzahlen und dem Drecksack dabei noch einmal ins Gesicht zu lachen.

Doch der fette Kerl sagte kein Wort, sondern ging ihm an die Gurgel. Schneller als Zhukanov es für möglich gehalten hatte, kam eine Hand hervorgeschossen, packte ihn an der Kehle, zerrte ihn vorwärts, daß er mit solcher Wucht gegen den Tresen krachte, daß er glaubte, seine Rippen wären gebrochen. Der Schmerz raubte ihm beinahe die Sicht, und er schlug hilflos um sich.

Die andere Hand des fetten Kerls war zu einer Faust geballt und würde ihm im nächsten Augenblick das Gesicht in Matsch verwandeln.

Zhukanov gelang es, sein Gesicht mit einem reflexartigen Zucken aus der Schußlinie zu bringen, doch die Hand um seinen Hals schloß sich immer enger zusammen, und er spürte, wie sämtliche Luft aus seinen Lungen entwich, hörte, wie der fette Kerl knurrte und fluchte. Ocean Front war dunkel und verlassen, nichts da außer den Wellen, niemand, der sah, wie dieses Ungeheuer ihn erdrosselte – niemand außer den Juden, die gerade mal ein paar Meter weit weg ihre Christenmördergesänge abnudelten, aber die würden ihm sowieso nicht helfen.

Er versuchte an der Hand zu zerren, die ihn würgte, doch seine eigenen Hände waren glitschig von Schweiß und kraftlos, und der Arm des fetten Mannes war auch feucht, und er konnte nirgends Halt finden. Er rutschte aus und ruderte wild mit den Armen um sich, während sich sein Gesichtsfeld zu einem einzigen kleinen Lichtpunkt verengte, in dem nur noch das wutverzerrte Gesicht des fetten Mannes zu sehen war und eine weitere Faust, die auf ihn zugerauscht kam.

Ein panischer Ruck rettete sein Gesicht, doch der Schlag erwischte ihn trotzdem mit solcher Wucht seitlich am Kopf, daß er seine Hirnschale knacken hörte. Seine Arme wedelten nutzlos in der Luft herum. An das Messer dachte er überhaupt nicht, bis er kurz davor war, das Bewußtsein zu verlieren.

Dann fiel es ihm wieder ein. Tasche, vorn links, damit man es schneller ziehen konnte, so wie man es ihm in der Nahkampfausbildung beigebracht hatte. Der fette Mann schüttelte ihn immer heftiger; ganz berauscht von dem Schmerz und der Panik in Zhukanovs Gesicht, bemerkte er gar nicht, daß dieser nach unten faßte.

Zhukanov wand sich, fand das Messer, faßte es zu tief. Das kalte Metall, ein stechender Schmerz, weitertasten, weitertasten, schließlich spürte er das warme Holz.

Er zerrte es nach oben, stieß die Klinge, keine Kraft, kein Mumm dahinter, es war nicht mal ein Stoß, sondern eher ein Stechen, saft- und kraftlos wie bei einer Frau und –

Mußte danebengegangen sein, denn der fette Mann würgte ihn noch immer, er fluchte und … gurgelte. Und dann hörte das Herumgeschüttele auf.

Mit einemmal gab der Drecksack keinen Laut mehr von sich.

Ein Ausdruck des Erstaunens auf seinem Gesicht. Die sabbernden Lippen verengten sich zu einem winzigen *O.*

Wo war das Messer?

Plötzlich löste sich die Hand um Zhukanovs Kehle, und Luft schoß in seine Luftröhre, und er röchelte und keuchte, mit einemmal konnte er wieder atmen, doch seine Kehle fühlte sich an, als hätte jemand sie als Laugentrichter verwendet.

Das Gesicht des fetten Mannes war nun nicht mehr über seinem; er lag zusammengesackt auf dem Tresen, die Arme schlaff über den Rand baumelnd.

Wo war das Messer?

Nirgendwo zu sehen. Allmählich ging's bergab mit ihm. Mußte am Wodka liegen.

Dann sah er die rote Lache, die sich langsam unter der Schulter des fetten Mannes ausbreitete. Kein heftiges Schwappen oder Spritzen wie bei einer Arterienverletzung, sondern ein gemächliches Sickern – wie bei Flut im Sommer, wenn die Wellen sacht den Strand hinaufglitten.

Er packte den fetten Mann an den Haaren und hob den schweren Schädel an.

Das Messer steckte noch immer im Hals des Kerls, etwas seitlich vom Adamsapfel, schräg nach unten gekippt. Ein diagonaler Schnitt durch die Jugularvene, die Luftröhre, die Speiseröhre, doch infolge der Schwerkraft floß das Blut ins Körperinnere zurück.

Zhukanov wurde von Panik ergriffen. Was war, wenn jemand etwas *gesehen* hatte?

Wie der Junge im Griffith Park, der alles mit angesehen hatte und dachte, daß die Dunkelheit ihm Schutz bot.

Aber es war niemand da. Nur dieses fette Stück Scheiße und Zhukanov, der einen Kopf in die Höhe hielt.

Ein Jäger mit seiner Trophäe. Zum ersten Mal seit langer Zeit fühlte Zhukanov sich stark und mächtig – ein sibirischer Wolf, der sein Territorium verteidigt hatte.

Schlecht war nur die immense Größe des Drecksacks, den er irgendwie beseitigen mußte.

Er ließ den Kopf wieder vornüber kippen, schaltete das Licht im Laden aus, betrachtete den Schnitt in seiner Hand – nur ein Kratzer, nichts weiter –, machte einen Satz über den Tresen und warf sichernde Blicke in beide Richtungen der Promenade.

Das Fenster der Judenkirche schimmerte bunt in der Dunkelheit, doch von den Juden selbst war nichts zu sehen. Noch nicht.

Er zog das Messer heraus, putzte es mit seinem Taschentuch ab und hievte den leblosen Körper auf den Boden. Dann wischte er das Blut vom Tresen und stopfte das Tuch in die Wunde am Hals. Der Schnitt war so kurz, gerade mal ein paar Zentimeter lang, daß er das Tuch zu einer festen Kugel zusammenrollen mußte, um es hineinzupressen.

Ein kleiner Schnitt mit großen Folgen. Eine kurze Klinge – es war der Winkel gewesen, die Tatsache, daß der fette Kerl sich nach vorn gebeugt hatte, um ihn zu erwürgen. Zhukanov hatte das Messer nur nach oben gestoßen, gerade mal mit so viel Wucht wie ein Mädchen, doch dann hatte der fette Kerl mit seinem Gewicht die Stoßrichtung umgekehrt und sich selbst das Messer in die Kehle gerammt, das alles durchtrennt hatte, was ihm in die Quere kam.

Zhukanov überprüfte noch einmal, ob das Taschentuch die Wunde auch wirklich fest verschloß, dann atmete er tief durch und machte sich bereit für die Knochenarbeit. Heilige Mutter Gottes, sein Hals tat vielleicht weh. Schon konnte er spüren, wie er anschwoll und der Halsausschnitt seines T-Shirts ihn einzwängte. Er packte den Kragen und zerriß den elastischen Bund. Schon besser, nicht mehr so eng, aber er hatte immer noch das Gefühl, als würde der fette Kerl ihn würgen.

Ein weiterer Blick in alle Richtungen. Dunkel. Alles ruhig. Wenn er eines jetzt nicht brauchen konnte, dann war es eine Horde alter Juden, die aus der Kirche strömten.

Okay, also los.

Er packte die Füße des fetten Kerls und versuchte, den leblosen Körper von der Stelle zu ziehen.

Das Scheißding bewegte sich gerade mal ein paar Zentimeter, und Zhukanov spürte einen stechenden Schmerz im unteren Rückenbereich.

Es war, als wollte man einen Elefanten durch die Gegend zerren. Er ging in die Knie und versuchte es noch mal. Wieder meldeten sich seine Bandscheiben, doch er machte weiter – hatte er denn eine andere Wahl?

Es dauerte eine Ewigkeit, bis er den Drecksack außer Sicht geschafft hatte. Als es endlich soweit war, schwitzte Zhukanov aus allen Poren, keuchte, und jeder einzelne Muskel seines Körpers brannte wie Feuer.

Außerdem hörte er jetzt Stimmen. Die Juden kamen raus.

Er hievte den Körper in die Höhe, zerrte ihn ein Stück weit, atmete durch, hievte, zerrte, atmete, panisch darauf bedacht, die Leiche ein gutes Stück weit weg von der Promenade zu bugsieren. Hatte er wirklich das ganze Blut vom Tresen erwischt?

Er eilte zurück, fand ein paar Flecken, benutzte sein Hemd, schaltete das Licht wieder aus und zerrte den Rolladen herunter, daß es krachte.

Ihre Stimmen wurden lauter, altes Pack, das irgendwas daherlaberte.

Er hatte die Leiche schon halb hinter den Laden gezerrt. Dann bekam er keine Luft mehr und legte eine Pause ein. Schließlich ging er wieder in die Knie und machte weiter.

Hieven, Zerren, Atmen.

Als er endlich an der Gasse ankam, war nur noch das Meeresrauschen zu hören. Die Juden waren alle nach Hause gegangen.

Er zerrte die Leiche neben die Mülltonnen des Ladens. Es waren keine offiziellen Müllcontainer, dafür war der Boß zu geizig, sondern nur zwei Holzkisten, die ein paar illegale Mexikaner einmal in der Woche für zehn Dollar ausleerten.

Okay ... was jetzt?

Ihn erst mal liegen lassen, wo er war, bei der Dunkelheit würde ihn kaum jemand bemerken, dann den Wagen holen, den Drecksack einladen und ihn irgendwo hinfahren, wo er ihn abladen konnte – wo machten die Typen aus West Hollywood das immer? – Angeles Crest Forest. Zhukanov hatte eine vage Vorstellung, wo das war; er würde es schon finden.

Noch ein Wald. Das wär was, wenn sein alter Herr ihn jetzt sehen könnte. David hatte Goliath erledigt, und bald würde Goliath in irgendeiner Schlucht liegen und verrotten.

Nein, halt, vorher mußte er noch mal nachsehen, ob auch wirklich nirgendwo mehr Blutflecken waren – im Inneren des Ladens, außen an der Wand, daneben, wo das Schwein entlanggezerrt worden war.

Er würde den Wagen holen, den Kerl einladen und ihn dort liegenlassen, während er den Laden noch einmal gründlich nach Blutflecken absuchte. Dann das Messer irgendwo loswerden, die Kleider, die er am Leib hatte. Vielleicht auch die Totschläger und den Baseballschläger? Nein. Kein Grund, in Panik auszubrechen. Warum sollte ihn irgendwer mit dem fetten Drecksack in Verbindung bringen, selbst, wenn sie die Leiche fanden?

Also nur das Blut, das Messer und seine Klamotten.

Und das alles, bevor die Sonne aufging.

Der Kerl würde seinen ganzen Kofferraum einsauen, aber den würde er schon wieder sauberkriegen. Zhukanov ging noch einmal alles durch und kam zu dem Ergebnis, daß es ein guter Plan war.

Er reckte sich, befühlte das weiche, heiße Fleisch an seinem Hals. Langsam jetzt, immer mit der Ruhe, ganz langsam, es ist vorbei – warum hatte der Drecksack auch so einen Ärger heraufbeschworen?

Zhukanov war ihm sehr dankbar, daß er damit angefangen hatte. So gut hatte er sich nicht mehr gefühlt, seit er Moskau verlassen hatte. Also gut, dann jetzt mal los und das Auto holen. Er war gerade mal drei Schritte weit gegangen, als ein Lichtschein seine Aufmerksamkeit erregte.

Die Hintertür der Synagoge ging auf – jemand war noch immer da drin!

Er preßte sich gegen eine der Holzkisten, wobei er über die Beine des Toten stolperte und sich beinahe auf den Arsch gesetzt hätte.

Er unterdrückte das Bedürfnis, laut zu fluchen, atmete statt dessen durch die Nase und beobachtete, wie ein alter Jude aus der Synagoge kam. Im Schein des Lichtes aus dem Inneren konnte Zhukanov ihn ganz deutlich erkennen: klein, dicklich, eines von diesen Käppis auf dem Kopf.

Der Jude griff mit der Hand nach innen, und es wurde Gott sei Dank wieder dunkel. Doch nur für einen Augenblick, denn jetzt machte der Kerl die Tür von seinem Wagen auf.

Nicht die Fahrertür, sondern die linke hintere Tür. Jemand auf dem Rücksitz richtete sich auf. Stieg aus. Und reckte sich. Genau wie Zhukanov gerade eben. Der Jude redete mit ihm.

Er war kleiner als der Jude – ein Junge.

Der sich auf dem Rücksitz versteckt hatte – *der* Junge. Er mußte es sein. Warum sollte er sich sonst verstecken?

Die Größe kam hin, und er war abgetaucht – wer sollte es sonst sein?

Der Junge stieg wieder hinten ein, legte sich hin, verschwand.

Er war also die ganze Zeit dagewesen. Versteckt von den Juden – war auch nicht weiter verwunderlich; bei fünfundzwanzig Riesen kamen die auch aus den Puschen.

Aber darum kümmern wir uns noch.

Das Auto des Juden sprang an, und die Scheinwerfer wurden eingeschaltet. Zhukanov hielt sich im Schatten und rannte darauf zu. Der Jude war gerade dabei, rückwärts aus der Gasse herauszufahren, als Zhukanov nahe genug war, um das Nummernschild zu lesen.

Eine Reihe von Nummern und Buchstaben. Zhukanov bewegte seine Lippen, während er die magische Formel lautlos ablas. Zunächst verweigerte sein Gehirn ihm die Zusammenarbeit.

Doch der alte Knabe war ihm behilflich, denn er brauchte eine Ewigkeit, bis er den Wagen rückwärts um die Ecke bugsiert hatte. Als er es endlich geschafft hatte, konnte Zhukanov die Nummer auswendig.

Keine Zeit, seinen eigenen Wagen zu holen und ihm zu folgen. Er würde sich die Nummer aufschreiben und die Zulassungsstelle anrufen. Es war zwar illegal, die Adressen von Fahrzeughaltern herauszugeben, doch er kannte einen Sachbearbeiter von der

Zweigstelle in Hollywood, eine Zecke aus Odessa, die sich furchtbar schlau vorkam, und der würde für fünfzig Kröten damit herausrücken.

Wenn man den Profit in Rechnung stellte, eine hervorragende Investition.

65

Es war mittlerweile zehn Uhr abends, und die Durchsuchung des Hauses in Montecito hatte nichts ergeben.

»Das Haus ist so gut wie leer«, hatte Sepulveda Petra erklärt. »Ein paar Möbel im Wohnzimmer und in einem der Schlafzimmer, aber ansonsten steht nichts in den Zimmern.

»Schon nach Geheimgängen gesucht?« fragte sie halb im Scherz.

Sepulveda starrte sie an. »Ich sage Ihnen Bescheid, wenn das Phantom aus der Oper auftauchen sollte.«

Sie und Ron machten sich auf den Rückweg nach L. A. Sie hatte seine Telefonrechnung mit Anrufen bei den Fluggesellschaften in die Höhe getrieben. Manche der Sachbearbeiter waren von ihrem Titel beeindruckt gewesen, andere waren ihr mit Skepsis begegnet. Doch nirgendwo war ein Flug auf Balchs Namen gebucht, und als sie um einundzwanzig Uhr fünfzig bei Wil anrief, wartete dieser mit dem gleichen Ergebnis auf. Wenn man die Sache wirklich gründlich in Angriff nehmen wollte, mußte man Formulare ausfüllen und Anträge stellen. Morgen. Sie war erledigt und wütend auf Schoelkopf, weil er die Informationen über Balch unter Verschluß hielt.

Den Jungen bringt er groß an die Öffentlichkeit, aber hier kneift er.

Sie und Ron unterhielten sich darüber, bis sie nach Oxnard kamen – Chefs waren immer eine bequeme Zielscheibe. Als sie Camarillo erreichten, wurde es still im Wagen, und sie sah, daß er die Augen geschlossen hatte.

Er wachte erst wieder auf, als sie vor seinem Haus anhielt.

»Aufgestanden«, sagte sie.

Er lächelte erschöpft, entschuldigte sich und beugte sich zu ihr herüber, um sie zu küssen.

Sie rückte auf dem Sitz herum und traf ihn auf halbem Wege. Eine seiner Hände glitt in ihren Nacken und drückte ihn sacht.

Die andere landete schließlich auf ihrer Brust. Wenn er müde war, war er noch sanfter.

Er drückte sie leicht an sich und zog dann seine Hand zurück. Sie hielt sie fest, wo sie war. Der nächste Kuß dauerte eine ganze Weile. Er löste sich als erstes, und nun sah er hellwach aus.

»Das war ja vielleicht ein erstes Rendezvous!« sagte sie.

»Das zweite. Das erste war in dem Deli.«

»Stimmt.« Eigentlich hatte sie gedacht, daß jenes Treffen dazu gedacht war, sich erst einmal kennenzulernen.

»Nun denn, du hast jede Menge zu tun. Da will ich dich lieber nicht abhalten«, sagte er.

Sie küßte ihn ein drittes Mal. Er versuchte nicht, sie anzufassen, sondern hielt beide Hände oberhalb ihres Nackens. Dann nahm er ihr Kinn in die Hand. Bei Nick hatte sie das nicht gemocht – sie fühlte sich zu sehr dominiert. Doch Ron machte es irgendwie anders. Sie ließ ihre Zunge in seinem Mund herumwandern, und er gab einen leisen Brummton des Wohlbehagens von sich.

»O Mann«, sagte er. »Ich will dich wirklich wiedersehen – aber ich weiß, daß jetzt nicht der richtige Zeitpunkt ist, um über etwas Dauerhaftes nachzudenken.«

»Ruf mich an«, sagte sie. »Wenn ich sage, ich habe zuviel zu tun, dann ist es die Wahrheit.«

Er küßte die Spitze ihres Kinns. »Du siehst *so* toll aus. Als ich dich zum ersten Mal gesehen habe, da –« Er schüttelte den Kopf und stieg aus dem Wagen, griff in seine Tasche, um seinen Schlüssel zu suchen, und winkte ihr zu.

»Warte mal«, rief sie, als er sich schon umgedreht hatte und auf dem Weg zur Tür war.

Er blieb stehen.

»Dein Telefon.«

Er lachte, kam zur Fahrertür und nahm es.

»Schick mir aber auch wirklich die Rechnung«, sagte sie. »Die ist bestimmt ganz schön gepfeffert.«

»Klar«, sagte er. Und dann küßte er sie noch einmal.

Als sie wieder auf der Hunderteins war, konnte sie kaum noch die Augen offenhalten. Wenn sich bei einem derart hohen Adrenalinspiegel solche Erschöpfungserscheinungen einstellten, dann war dies ein sicheres Zeichen für gravierenden Schlafmangel. Sie würde nach Hause fahren, eine Ladung Koffein nehmen und sich noch mal für etwa eine Stunde ans Telefon hängen. Und das war's dann.

Als sie endlich in ihrem Apartment ankam, war es beinahe halb zwölf. Eine Nachricht auf dem Anrufbeantworter. Sie kümmerte sich nicht darum, sondern zog sich erst einmal ein Flanellnachthemd an und kochte sich einen extrastarken Kaffee. Mit einemmal fiel ihr ein, daß sie Stu noch immer nicht angerufen hatte. Und jetzt war es zu spät. Sie fühlte sich beschissen. Dieser Fall würde eines Tages abgehakt sein, aber die Folgen dessen, was Kathy heute mitgemacht hatte, würden bis in alle Ewigkeit andauern. Wie würde Stu sie wohl in Zukunft sehen? Hielt er sie für jemanden, der ihn in einer ihn betreffenden Krisensituation im Stich gelassen hatte?

Es stellte sich heraus, daß er die Nachricht auf ihrem Anrufbeantworter hinterlassen hatte. Er hatte um dreiundzwanzig Uhr neun angerufen und sie gebeten, ihn bis Mitternacht zurückzurufen. Die Telefonzentrale im St. Joe's war zwar alles andere als begeistert von Petras Ansinnen, um diese Zeit noch zu ihm durchgestellt zu werden, doch schließlich hörte sie ihn sagen: »Petra?«

»Es tut mir schrecklich leid, daß ich nicht früher angerufen habe, bitte entschuldige. Wie geht's Kathy?«

»Prima«, sagte er. »Sie schläft.« Jemand, der ihn nicht kannte, hätte ihm das abgenommen.

»Alles glattgegangen?«

»Ganz glatt – sie haben eine Mastektomie durchgeführt. Eine Brust. Der Chirurg sagt, sie wird wieder ganz gesund.«

»Das ist toll.«

»Ich hab mich durch vier Jahrgänge vom *TV-Guide* gearbeitet –«

»Mach dir deshalb keine Gedanken, Stu. Wie kann ich dir helfen?«

»Das ist nett, aber wir kommen schon klar.«

»Sicher? Brauchen die Kinder vielleicht irgendwas?«

»Nur ihre Mutter«, sagte er, und seine Stimme klang mit einemmal anders. »Sie werden darüber hinwegkommen, Petra. Wir alle werden darüber hinwegkommen.«

»Da bin ich ganz sicher.« Eine Brust...

»Aber damit jetzt genug. Wie war *dein* Tag?«

Abgesehen davon, Mrs. Connor, wie hat Ihnen die Vorstellung gefallen? Er hielt sie auf Distanz. Er hatte einmal in ihren Armen geweint und sich vermutlich geschworen, daß ihm so was nie wieder passieren würde.

»Na ja, um genau zu sein, ist eine ganze Menge passiert.« Sie erzählte ihm von Estrella Flores, dem Lexus mit den Blutspuren, Balchs Versuch, sich per Charterflug aus dem Staub zu machen. Dann von William Bradley Straight, mittlerweile eindeutig identifiziert, aber immer noch nicht aufgespürt, und von dem sie wußten, daß er nicht einmal mehr eine Mutter hatte.

»Armer Junge«, sagte er. »Da lasse ich dich mal einen Tag allein, und schon hast du jede Menge Ärger am Hals.«

Alles fügte sich mit einemmal zusammen, und er hatte nicht den geringsten Anteil daran. Sie wollte ihm sagen, daß das schon in Ordnung war, aber das war's nun mal nicht.

»Balch«, sagte er. »Und er paßt wirklich?«

»Mindestens so gut wie Ramsey.«

Stu ging nicht darauf ein. Er war derjenige mit jahrelanger Erfahrung. Vielleicht sollte sie sich mehr auf einen der beiden konzentrieren.

»Also werden wir jetzt Balch aufspüren«, sagte sie.

»Irgendeine Idee, wo er sein könnte?«

»Ich würde ja drauf tippen, daß er entweder den Staat oder das Land verlassen hat, aber Mr. S. sagt, wir können damit noch nicht an die Öffentlichkeit gehen. Daß wir beinahe einen Unschuldigen verhaftet hätten, hat ihm einen Heidenschreck eingejagt. Aber es ist doch verrückt, oder? Mit dem kleinen Straight scheuchen wir die ganze Presse auf, aber bei Balch haben wir die Klappe zu halten. Ach so, und noch was: Karl-Heinz Lauch ist vor einem Jahr gestorben, aber die Ähnlichkeiten zwischen Lisa und Ilse Eggermann haben mir zu denken gegeben. Eggermann ist in Redondo aufgegabelt und in der Marina abgeladen worden. Balch wohnt in den Rolling Hills Estates, gleich an der Küste.«

»Ein Serientäter?«

»Stell dir das mal vor – wenn der Kerl wirklich ein völliger Irrer wäre und das hier ist nur die Spitze des Eisbergs?«

Schweigen. »Der ewige Zweite schlägt zu, um endlich nach oben zu kommen ... noch ein fehlgeleiteter Psychopath.«

»Haargenau.«

»Einen Augenblick mal«, sagte er, und Petra hörte, wie er mit jemandem sprach. »Das war die Nachtschwester. Also gut. Was kann ich tun?«

»Im Moment? Bleib einfach bei Kath-«

»Sie schläft«, sagte er barsch. »Ich will heute nacht noch was arbeiten, Petra. Welche Fluggesellschaften habt ihr bis jetzt überprüft?«

»Wil und ich haben sie untereinander aufgeteilt. Ein paar haben wir schon abgehakt, aber die wollen was Schriftliches. Ich dachte mir –«

»Was ist mit den internationalen Flügen?« fragte er. »Hat Balch einen Paß?«

»Keine Ahnung.«

»Ich habe schon im Fall Eggermann mit der Paßbehörde Kontakt aufgenommen. Ich kümmere mich um die Auslandsflüge – und um die Inlandsflüge, die ihr noch nicht erreicht habt. Du hörst dich ziemlich fertig an. Sie zu, daß du ein bißchen Schlaf bekommst, wir sprechen uns morgen früh wieder.«

66

Sollten sie doch denken, daß er sich nach Vegas abgesetzt hatte.

Sollten sie doch glauben, sie hätten es mit einem Einfaltspinsel zu tun.

Auf diese Art und Weise konnte er alles viel leichter unter Dach und Fach bringen. Er lieferte gern saubere Arbeit.

Nicht so krampfhaft wie Lisa. Bei ihr war es geradezu ein Zwang, sie wollte immer alles haargenau machen. Unregelmäßigkeiten trieben sie zur Weißglut. Und dann dieses fiese Mundwerk …

Sie haßte Überraschungen. Also hatte er ihr eine bereitet.

Genauso wie dem deutschen Mädchen. Und der kleinen doofen Sally.

Eine Überraschung stand noch aus, und die dämlichen Cops machten es ihm auch noch besonders leicht, indem sie »anonyme Hinweise« durchsickern ließen. Venice Beach. Ocean Front Walk. Konnte es sein, daß der Junge immer noch dort war? Möglich war's. Manchmal hatten diese Ausreißer ja einen festen Unterschlupf.

Wie weit würde so ein Straßenkind gehen? Wenn er tief genug abtauchte, war es dann noch möglich, ihn aufzuspüren?

Sollte er den Jungen vielleicht besser ganz vergessen? War das eine Überreaktion seinerseits? Manchmal neigte er zu so was, wie damals, als er den einen versteckten Pickel hatte und er so lange daran herumgedrückt hatte, bis er sich entzündete und richtig dick wurde, so daß ihm nichts anderes übriggeblieben war, als ihn selbst aufzustechen, ihn mit Neospirin abzudecken und mit dem Schmerz zu leben. Niemand kannte diesen Zug an ihm.

Vielleicht war der Junge ja noch nicht einmal im Park gewesen. Wenn er etwas gesehen hätte, hätte er sich da nicht von selbst gemeldet und versucht, das Geld zu kassieren?

Aber das hieß, daß er Zeitung las, Fernsehen schaute und wußte, was los war in der Welt. Manche von diesen Kids waren doch so zugedröhnt mit Drogen oder hirngeschädigt, daß sie überhaupt nichts mehr schnallten.

Als Zeuge würde er nicht viel hergeben. Sollte er es vielleicht einfach auf sich beruhen lassen? Und mit der Ungewißheit leben?

Er dachte lange Zeit darüber nach. Die Vorstellung irritierte ihn. Da lag ein großer Unsicherheitsfaktor.

Er könnte es ja zumindest überprüfen. Lange dachte er darüber nach, wie er das bewerkstelligen konnte, ohne sich selbst in Gefahr zu bringen, und faßte schließlich einen Plan.

Perfekt. Und voller Ironie. Das, was am schwersten rüberzubringen war, wenn man den Stuß glaubte, den diese Kunstheinis von Schauspiellehrern verzapften.

Was ist meine Motivation?

Selbsterhaltung.

67

Sams Haus hat ein Wohnzimmmer, eine Küche und zwei Schlafzimmer mit einem Badezimmer dazwischen. Ich habe ein richtiges Bett. Die Laken fühlen sich ganz neu an. Sam hat im anderen Zimmer geschlafen, und ich konnte ihn durch die Wand hindurch schnarchen hören.

Es liegt nur ein paar Blocks von der Schul entfernt an einer, wie Sam es nennt, Fußgängerstraße. Anstatt einer Straße, auf der man fahren kann, gibt es einen Gehsteig, der ungefähr doppelt so breit ist wie ein normaler Gehsteig.

»Ich sollte eigentlich zu Fuß gehen«, hatte Sam gesagt, als wir im Auto zu ihm fuhren. »Aber nachts sind zu viele Irre unterwegs.« Er parkt den Wagen in einer Gasse hinter dem Haus.

Er hat eine Alarmanlage mit einem Tastenfeld an der Vordertür und an der Tür zur Küche. Ich habe in die andere Richtung geschaut, als er die Codenummer eingetippt hat, damit er nicht denkt, ich wollte irgendwelchen Mist bauen. Er sagte: »Ich werde mich gleich aufs Ohr legen«, und zeigte mir mein Zimmer. Auf dem Bett lag eine neue Zahnbürste und Zahnpasta und ein Glas.

»Schlafanzug gibt's nicht, Bill, ich wußte nicht, welche Größe du hast.« Als wäre ihm das peinlich, stand er in der Tür und kam nicht herein.

Ich sagte: »Danke. Das hier ist prima. Ehrlich.«

Er klapperte kurz mit den Zähnen, als ob sein Gebiß nicht richtig passen würde. »Hör zu, ich will, daß du eines weißt, normalerweise habe ich keine Gäste – ich hatte noch nie welche, um genau zu sein.«

Ich wußte nicht, was ich sagen sollte.

»Ich will damit sagen, daß du dir keine Sorgen zu machen brauchst, daß hier irgendwas Komisches passiert. Ich mag Frauen, Bill, und wenn du lange genug bleibst, wirst du das sehen.«

»Ich glaube Ihnen«, sage ich.

»Okay, dann gehen wir jetzt besser schlafen.«

Das Schlafzimmer ist hellgrün angestrichen, die Möbel sind alt und dunkel, der Teppich ist grau, und an der Wand hängen zwei Bilder, allerdings hängen sie schief. Das eine ist ein Schwarzweißfoto von einer Frau mit hochgebundenen Haaren und einem Typen mit einem langen schwarzen Bart. Das andere ist ein Gemälde von ein paar Bäumen, das aussieht, als wäre es aus einer Zeitschrift ausgeschnitten. Das ganze Zimmer hat so einen Alte-Männer-Geruch, und es ist ein bißchen heiß.

Ich putze mir die Zähne und schaue in den Spiegel. Die Kratzer in meinem Gesicht sind nicht allzu schlimm, aber meine Brust tut weh, meine Augen sind ganz rosa, und meine Haare sehen eklig aus.

Ich ziehe mich bis auf die Unterhose aus, schlüpfe unter die Decke und mache die Augen zu. Zuerst ist alles still, dann höre ich Musik aus Sams Zimmer. Klingt wie eine Gitarre, nur höher. Eine Mandoline. Im »Sunnyside« gab's eine Bluegrass Band, die hatten auch so eine.

Er spielt immer wieder das gleiche Lied; es klingt alt und traurig.

Dann hört er auf und fängt an zu schnarchen. Ich denke an Mama. Das ist alles, woran ich mich bis zum nächsten Morgen erinnern kann.

Jetzt ist Samstag, und ich bin vor ihm wach und gehe ins Wohnzimmer. Die Vorhänge sind zu, und das Haus ist dunkel. Ich ziehe einen der Vorhänge auf und sehe zwei Metallstühle auf Sams Veranda vor dem Haus, dann eine niedrige Mauer und die Häuser auf der anderen Straßenseite. Der Himmel wird allmählich blau, und einige Möwen fliegen herum. Es ist seltsam, aber ich könnte schwören, daß ich das Salz durch die Fenster hindurch riechen kann.

Im Wohnzimmer stehen mehr Bücher herum, als ich je gesehen habe, außer in der Bibliothek. Drei Wände sind mit Bücherregalen vollgestellt, und man kann kaum laufen, weil überall auf dem Boden Zeitschriften herumliegen. In einer Ecke des Zimmers steht eine Couch mit einer gestrickten Decke, ein Fernseher und ein Notenständer mit einem Lied von einem Typen namens Smetana.

Ich setze mich auf die Couch, und um mich herum bildet sich eine Staubwolke. Keine Magenschmerzen wie sonst am Morgen. So gut habe ich noch nie in meinem Leben geschlafen, und ich beschließe, mich zu bedanken, indem ich Frühstück mache.

In einem Kasten auf dem Küchentresen finde ich ein Vollkornbrot, und davon toaste ich vier Scheiben. Eine Kaffeemaschine gibt es auch, aber ich weiß nicht, wie man die bedient, deshalb gieße ich einfach nur Milch und Orangensaft in Gläser und stelle sie auf den Tisch, den ich mit Papierservietten, Messern, Gabeln und Löffeln decke. Im Kühlschrank liegen Obst, Gemüse, Butter, Frischkäse, Eier und ein großes Glas mit irgendwas Silbrigem, das aussieht wie aus einem Laboratorium. Eingelegter Hering. Ich nehme die Eier und hoffe, daß Sam Rührei mag.

Die Eier brutzeln in der Pfanne, als ich ihn husten höre. In einem hellblauen Bademantel kommt er herein, reibt sich die Augen und drückt an seinen Zähnen herum.

»Ich dachte, ich hätte was gehört – oh, du bist ein Feinschmecker?«

»Sind Rühreier in Ordnung?«

Er dreht mir den Rücken zu, legt die Hand über den Mund und hustet noch ein paarmal. »Entschuldige. Ja, Rühreier sind prima. Normalerweise koche ich samstags nicht – für mich ist Sabbat. Ich bin zwar nicht *soo* religiös, aber ich koche halt nicht. Vielleicht, weil meine Mutter auch nie gekocht hat.«

»Entschuldigung –«

»Nein, nein, schon gut, für dich gilt das ja nicht.« Er kommt näher, wirft einen Blick in die Pfanne. »Riecht gut. Ich könnte was Warmes gut gebrauchen – weißt du, wie man Kaffee kocht?«

»Nein.«

Er erklärt mir die Kaffeemaschine und geht hinaus. Als er zurückkommt, ist der Kaffee eingeschenkt, und Sam trägt einen hellbeigen Anzug und ein weißes Hemd, das er oben nicht zugeknöpft hat. Seine Haare sind gekämmt, und rasiert ist er auch, allerdings sind die Eier mittlerweile kalt.

»Okay, dann mal los«, sagte er, faltet seine Serviette auseinander und legt sie auf seinen Schoß. »Bon appétit – das heißt ›laß dir's schmecken‹ auf französisch.« Er probiert die Eier. »Sehr gut.

Daß du das hier gemacht hast, zeugt von sehr guten Manieren, Bill. Vielleicht gibt es ja doch noch Hoffnung für die jüngere Generation.«

Er ißt seinen Teller leer, trinkt zwei Tassen Kaffee und stößt einen tiefen Seufzer aus. »Also gut, hier ist mein Plan für heute: Ich gehe zum Samstagsgottesdienst in die Schul und komme so gegen elf, halb zwölf zurück. Spätestens um zwölf bin ich wieder da. Wenn du rausgehen möchtest, stelle ich die Alarmanlage ab.«

»Nein, ich bleibe hier.«

»Bist du sicher?«

»Ja.« Mit einemmal hört meine Stimme sich ganz gequetscht an. »Ich lese.«

»Was denn?«

»Sie haben eine ganze Menge Bücher.«

Er schaut hinüber ins Wohnzimmer. »Du liest wohl gern, hm?«

»Sehr sogar.«

»Du arbeitest, und du liest... ich lese auch gern, Bill. Früher wollte ich mal Anwalt werden. Damals in Europa. In meiner Familie gab es keine Leute mit besseren Berufen. Wir waren Bauern, Bergleute, Arbeiter. Mein Vater kannte die ganze Bibel auswendig, aber eine richtige Bildung sollten wir nicht bekommen. Ich wollte unbedingt etwas lernen, aber dann kam der Krieg dazwischen. Viel Spaß mit den Büchern. Es ist nichts dabei, was ein Junge in deinem Alter nicht lesen sollte.«

Er wischt sich die Hände ab, trägt seinen Teller zur Spüle und betrachtet sich in dem kleinen Spiegel über dem Wasserhahn. »Bist du sicher, daß ich die Alarmanlage anlassen soll?«

»Ja.«

»Ich wollte nur nicht, daß du dich fühlst wie im Gefängnis.« Er richtet seinen Hemdkragen, streicht sich die Haare glatt. »Und jetzt gehe ich mal los. Bereit für Gott. Ich hoffe nur, er ist auch bereit für mich. Wenn du Hunger hast, nimm dir was zu essen. Ich bringe außerdem noch was mit, wenn ich zurückkomme. Dann bis elf, halb zwölf.«

Um elf Uhr siebenundzwanzig kommt er zurück. Er parkt den Lincoln hinter dem Haus und steigt eilig aus dem Wagen, unter dem

Arm hat er irgendwas, das in Aluminiumfolie eingewickelt ist. Er macht die Beifahrertür auf, und eine dürre alte Frau mit roten Haaren steigt aus. Die beiden unterhalten sich eine Weile, dann verschwinden sie.

Fünfzehn Minuten später kommt er zur Vordertür herein. »Ich habe noch eine Freundin nach Hause gebracht.« Er legt das Folienpaket auf den Tisch und packt es aus. Rosagesprenkelte Plätzchen. »Laß dir's schmecken.«

Ich knabbere eines an. »Danke.«

»Bitte sehr – paß auf, ich bin ein Freund guter Manieren, aber du mußt dich nicht wegen jeder Kleinigkeit bei mir bedanken. Sonst stehen wir hier rum wie Alphonse und Gaston – zwei ganz besonders höfliche Franzosen.« Er legt eine Hand auf den Rücken und eine auf seinen Bauch und verneigt sich.

»Nach *Ihnen* – nein, nach *Ihnen*. Das ist ein alter Witz – die beiden sind so höflich, daß sie den ganzen Tag an der Straße stehen und nie rüberkommen.«

Ich lächele.

Er sagt: »Und was hast du so gelesen?«

»Zeitschriften.«

Die meisten seiner Bücher waren irgendwelche Romane; das einzig Handfeste waren größtenteils Kataloge mit Waschbecken und Toiletten. Die Zeitschriften waren allerdings interessant, obwohl sie ziemlich alt waren, aus den Fünfzigern und Sechzigern. *Life, Look, Saturday Evening Post, Time, Popular Mechanics*. Von damals, als Eisenhower noch Präsident war, und mit Geschichten über den Koreakrieg, Filmstars, Tiere im Zoo, Familien, die glücklich aussahen, und seltsamen Anzeigen.

»Hungrig?«

»Nein, danke.«

»Was hast du gegessen?«

»Den Keks.«

»Sei kein Schlaumeier.«

»Ich habe ein Glas Milch getrunken.«

»Das ist alles?« Er geht zum Kühlschrank und nimmt das Glas mit dem Hering heraus. Fischstücke, die in einer trüben Flüssigkeit schwimmen. »Das hier sind Proteine, Bill.«

Ich schüttele meinen Kopf.

»Das ist Fisch. Magst du keinen Fisch?«

»Nicht besonders.«

Er macht das Glas auf, nimmt ein Stück heraus, ißt es, macht den Kühlschrank wieder auf, schaut hinein und sagt. »Wie wär's mit einem Salat?«

»Ich hab keinen Hunger, Mr. Ganzer. Wirklich.«

Er stellt den Hering zurück und zieht seine Jacke aus. »Ich gehe später noch mal raus und hole uns zwei Steaks – du bist doch nicht etwa Vegetarier, oder?«

»Fleisch ist in Ordnung.«

»Was für ein unkomplizierter Bursche – spielst du Schach?«

»Nein.«

»Dann lern's.«

Im Grunde genommen ist es Krieg, aber es gefällt mir. Nach sechs Spielen schlage ich ihn, und er sagt: »Sehr gut.« Aber ich bin nicht sicher, ob er wirklich glücklich ist.

»Noch eins, Mr. Ganzer?«

»Nein, ich werde mich jetzt mal aufs Ohr legen.« Er streckt die Hand nach meinem Kopf aus, hält sich dann aber doch zurück. »Du hast ein helles Köpfchen, Bill.«

Ich lese, während er schläft. Allmählich fühle ich mich auf der staubigen Couch mit der Strickdecke über meinen Beinen ganz wohl. Ein paarmal stehe ich auf, schaue nach draußen, sehe einen wunderschönen Himmel. Aber es macht mir nichts aus, hier drin zu sein.

Er wacht um Viertel nach sechs auf und duscht sich. Als er aus seinem Schlafzimmer kommt, trägt er einen anderen Anzug, dieser ist braun, dazu ein blaues Hemd und beige Schuhe.

»Ich gehe die Steaks holen«, sagte er. »Nein, warte mal –« Er macht das Tiefkühlfach auf und nimmt eine Packung Brathähnchen heraus. »Ist das auch gut?«

»Klar, Mr. Ganzer, aber ich habe keinen richtigen Hunger.«

»Wie kannst du nicht hungrig sein?«

»Bin ich halt nicht.«

»Du ißt normalerweise nicht besonders viel, stimmt's?«

»Es geht so.«

»Wie lange bist du eigentlich schon allein?«

»Eine Weile.«

»Okay, okay, ich will dich nicht aushorchen – ich werde das hier jetzt auftauen und grillen. Das ist nämlich gesund.«

Um zwanzig nach sieben ist das Hähnchen fertig, und ich esse mehr, als ich gedacht hätte. Dann fällt mir auf, daß Sam den Schenkel auf seinem Teller kaum angerührt hat.

»Sie brauchen Proteine, Mr. Ganzer.«

»Sehr komisch«, sagt er. Aber er lächelt. »Ich bekomme noch was zu essen heute abend. Ich habe eine Verabredung zum Abendessen – ist es in Ordnung, wenn du allein hier bist?«

»Sicher. Daran bin ich gewöhnt.«

Er runzelt die Stirn, legt den Schenkel auf meinen Teller und steht auf. »Ich weiß nicht, wann ich zurückkomme. Wahrscheinlich wird's zehn, halb elf. Normalerweise würde ich sie hierher einladen, aber ich dachte mir, du bist nicht so scharf drauf, wenn jemand vorbeikommt. Stimmt's?«

»Es ist Ihr Haus. Ich könnte im Schlafzimmer bleiben.«

»Was? Dich verstecken wie ein ... nein, ich gehe rüber. Wenn du mich brauchst, es ist gerade mal sechs Häuser weiter. Das weiße Haus mit den blauen Streifen. An der Klingel steht Kleinman. Mrs. Kleinman.«

»Viel Spaß«, sage ich.

Er läuft rot an. »Klar ... paß auf, Bill, ich habe nachgedacht. Diese Fünfundzwanzigtausend. Wenn sie dir zustehen, dann solltest du dich drum kümmern, daß du sie bekommst. Das ist eine Menge Geld. Ich kann dafür sorgen, daß niemand dich reinlegt und sie dir wegnimmt – genau gegenüber wohnt einer, der war früher Anwalt. Ist zwar Kommunist, aber er ist ein schlauer Bursche und kennt alle Tricks. Der würde nicht mal einen Penny von dir nehmen und dafür sorgen, daß du beschützt wirst –«

»Niemand kann mich beschützen.«

»Warum sagst du das?«

»Weil das noch nie jemand getan hat.«

»Aber sieh doch –«

»Nein«, sage ich. »Die lassen nie im Leben ein Kind all das Geld behalten. Und ich kann ihnen sowieso nicht helfen, ich habe das Gesicht von dem Kerl überhaupt nicht gesehen, nur das Nummernschild –«

»Das Nummernschild? Bill, das könnte der Polizei bestimmt weiterhelfen. Die können feststellen, wem der Wagen gehört –«

»Nein!« rufe ich. »Niemand hat jemals was für mich getan, und mir ist das alles egal – und wenn Sie denken, ich wäre deshalb ein schlechter Staatsbürger und Sie mich nicht hier haben wollen, auch gut, dann gehe ich halt!«

Ich stehe auf und renne zur Tür. Er packt meinen Arm. »Okay, okay, reg dich ab, immer mit der Ruhe –«

»Lassen Sie mich los!«

Er läßt los. Ich komme zur Tür, sehe das rote Alarmlicht, bleibe stehen. Schon gehen die Bauchschmerzen wieder los.

»Bitte, Bill, reg dich nicht auf.«

»Ich rege mich gar nicht auf.« Das ist gelogen. Ich atme rasend schnell, und meine Brust ist völlig verspannt.

»Sieh mal, es tut mir leid«, sagt er. »Vergiß es einfach, ich dachte nur ... du bist offensichtlich ein guter Kerl, und manchmal, wenn gute Kerle nicht das Richtige tun, dann denken sie – ach! Wer bin ich, daß ich *dir* so was erzähle? Du weißt selbst, was du zu tun hast.«

»Ich weiß überhaupt nichts«, murmele ich.

»Was hast du gesagt?«

»Jedesmal, wenn ich probiere etwas zu lernen, kommt irgendwas dazwischen – wie bei Ihnen und dem Krieg.«

»Aber sieh mal, du schaffst es doch. So wie ich es geschafft habe.«

Ich will schon wieder heulen, aber das kommt nicht in die Tüte – auf gar keinen Fall! Plötzlich sprudeln die Worte aus mir heraus: »Ich weiß nicht, was ich tun soll, Mr. Ganzer. Vielleicht sollte ich *wirklich* die Polizei anrufen – vielleicht von einer Telefonzelle aus – ich sage ihnen einfach nur das Nummernschild und lege auf.«

»Wenn du es so machst, wie willst du dann das Geld kassieren?«

»Vergessen Sie das Geld, die werden mir nie im Leben das Geld geben. Und selbst wenn, dann findet es meine Mutter raus und dann Moron – er ist der Kerl, mit dem sie zusammenlebt. Er ist der

Grund, warum ich abgehauen bin. Schließlich wird er es einsacken, glauben Sie mir, ich kriege von dem ganzen Geld keinen Penny und bin wieder genauso weit wie am Anfang.«

»Moron, hm? Ein kleines Licht?« Er tippt sich an die Stirn.

Ich lache. »Genau.«

Er lacht. Ich lache noch lauter. Ich bin nicht wirklich glücklich, aber so kann man wenigstens seine Gefühle rauslassen.

»Ein heller Kopf wie du und ein kleines Licht«, sagte er. »Ich kann verstehen, wie's da zu Problemen kommen kann. Okay, ich sage dir den Code für die Alarmanlage – nur für den Fall, daß du frische Luft schnappen willst. Eins, eins, fünfundzwanzig. Denk einfach an den ersten Januar neunzehnhundertfünfundzwanzig. Das ist mein Geburtstag – ich bin ein Neujahrsbaby.«

»Ich gehe nicht raus.«

»Nur für den Fall.« Er drückt die Nummern, das Licht schaltet auf Grün, und er macht die Tür auf. »Immer ganz ruhig bleiben, entspann dich einfach – und probier den Hering.«

»Nie im Leben«, sage ich, und er geht lächelnd aus dem Haus.

Das Schachbrett steht immer noch auf dem Küchentresen. Ich denke, ich werde mit ein paar anderen Zügen herumexperimentieren. Die Dinge von zwei Seiten betrachten.

68

Samstag morgen um sechs Uhr sechsundvierzig wurde Petra vom Telefon geweckt. Schoelkopfs Stimme fegte wie ein Orkan über ihre Hirnwellen.

»Wir haben richterliche Anordnungen für die Durchsuchung von Balchs Büro und seinem Haus. Sie und Fournier gehen beides bis ins kleinste Detail durch, bevor wir eine offizielle Bekanntmachung herausgeben. Die Papiere und die Schlüssel sind per Kurier zu Ihnen unterwegs und sollten jeden Moment dasein. Sehen Sie zu, daß Sie heute noch fertig werden, damit wir das Netz nach dem Bastard auswerfen können.«

»Warum müssen wir mit dem Netzauswerfen noch warten?«

»Weil die *oben* das so wollen, Barbie. Die Tatsache, daß wir uns beinahe auf Ramsey versteift hätten, ohne nach links und rechts zu sehen, hat denen eine Scheißangst eingejagt. Keine weiteren Fragen. Setzen Sie sich in Bewegung.«

»Weiß Fournier von dem Auftrag?«

»Sie werden's ihm sagen.«

Die Türklingel läutete just in dem Moment, als Petra aus der Dusche kam. Sie trocknete sich hastig ab, wickelte das Handtuch um sich und rannte zur Tür, wo sie einen Streifenpolizisten durch den Spion sah. Sie machte die Tür einen Spaltbreit auf und streckte die Hand nach dem Umschlag mit den Schlüsseln und den Durchsuchungsbefehlen aus. Der Streifenpolizist, ein hochgewachsener Kerl, musterte sie grinsend und sagte, sie müßte ein Formular unterschreiben.

»Schieben Sie's unter der Tür durch!« Nachdem ich sie dir ins Gesicht geknallt habe.

Sie weckte Wil um sieben Uhr fünfzehn. Er hörte sich an, als sei er halbtot, und Petra glaubte, eine Frau im Hintergrund zu hören.

»Na gut«, sagte er. »Und wo zuerst?«

»Kannst du dir aussuchen.«

»Balchs Büro ist näher. Wie wär's um ... neun? Oder besser halbzehn.«

»Soll ich dich abholen?«

Er antwortete nicht gleich. Es war in der Tat eine Frau bei ihm, die leise und klangvoll sprach, beinahe als würde sie singen. »Nein«, sagte er schließlich. »Wir treffen uns dort.«

Ohne den üblichen Verkehr dauerte die Fahrt nach Studio City gerade mal fünfzehn Minuten, in denen sie sich die Morgenluft um die Nase wehen ließ und sogar noch Zeit hatte, in der Nähe von Lauren bei »DuPars« anzuhalten und einen Kaffee und eine Apfeltasche zum Mitnehmen zu bestellen. Auf dem Parkplatz vor dem braunen Gebäude stand ein grauer Acura, doch von dem Fahrer fehlte jede Spur. Das Nummernschild lautete SHERRI. Petra parkte daneben und war gerade am Essen, als Wil in seinem Privatwagen ankam – ein schwarzer Toyota Supra. Er trug einen Leinenanzug in gebrochenem Weiß, ein schwarzes Polohemd, schwarze Schuhe mit Lochmuster und sah aus, als wollte er das Wochenende in Palm Springs verbringen. Petra trug wie immer einen Hosenanzug.

Er betrachtete das Gebäude. »Was für eine Bruchbude.«

»Ramsey wohnt wie ein König, aber ihn hat er behandelt wie einen Leibeigenen. Vielleicht ist der Kerl irgendwann einfach explodiert.«

»Ich wußte gar nicht, daß du das Zeug zum Seelenklempner hast«, sagte er. »Aber es ergibt durchaus einen Sinn.«

»Noch mehr gefällig? Das hier ist mir letzte Nacht eingefallen: Die Art und Weise, wie Lisas Leiche einfach liegengelassen wurde, ohne auch nur den geringsten Versuch zu machen, sie zu verstecken – das ist das gleiche wie bei Ilse Eggermann. Als ob er angeben wollte – seht nur, was ich mir erlauben kann. Sein ganzes Leben lang muß Balch vor Ramsey kriechen, Dreck fressen und sich blöde anmachen lassen. Wie kann man das psychologisch betrachtet besser abreagieren, als Ramseys Frau zu nehmen, sie wie ein Stück Dreck wegzuwerfen und das in die ganze Welt hinauszuposaunen?«

»*Sie nehmen*«, wiederholte Wil. »Glaubst du, Balch und Lisa hatten was miteinander?«

»Ich denke, Balch hätte es gern gehabt. Er ist kein Adonis, aber sie waren mal befreundet, und wir wissen, daß sie ein Faible für ältere Männer hatte. Ob sie eingewilligt hat, da wieder anzufangen, wo sie mal aufgehört hatten, weiß nur Balch. Es sei denn, wir finden was hier drinnen.«

Sie hielten ihre Pistolen in der Hand, als sie sich der Tür zum Büro näherten. Eine durchaus übliche Vorgehensweise: Detectives schossen zwar nur selten, aber wenn, dann geschah das in den meisten Fällen im Zusammenhang mit der Ausführung richterlicher Anordnungen.

Petra schloß die Tür auf und ging als erste hinein. Jemand saß am Schreibtisch des vorderen Zimmers, und Petra richtete die Pistole auf sie.

Eine junge Frau in einem billigen Kostüm Marke erfolgreiche Geschäftsfrau saß über das Kreuzworträtsel in der Morgenzeitung gebeugt. Der Anblick der Pistole trieb ihr das nackte Entsetzen ins Gesicht. Sie war hübsch, hatte brünette, sehr kurze Haare und dunkle Augen. Möglicherweise lateinamerikanischer Herkunft.

»Wer sind Sie?« sagte Petra. Wil stand hinter ihr. Sie konnte ihn atmen hören.

Die Frau brachte kaum ein Wort hervor. »Sherry Amerian«, stotterte sie nahezu unhörbar, »ich bin Anwältin.«

Der Acura auf dem Parkplatz.

»Mr. Balchs Anwältin?«

»Nein«, sagte Amerian. »Ich arbeite für Lawrence Schick.« Ihre Stimme gewann allmählich an Festigkeit, eine gewisse Feindseligkeit war nicht zu überhören, und ihre Augen bekamen einen kühlen Glanz. »Darf ich Ihnen meinen Ausweis zeigen? Er ist in der Handtasche da drüben. Ich meine, ich will währenddessen nicht erschossen werden.«

»Tun Sie das«, sagte Petra.

Amerian brachte einen Führerschein und ihre Visitenkarte mit dem Aufdruck Schick und Partner zum Vorschein. Dem Führerschein zufolge war sie siebenundzwanzig Jahre alt. Frisch von der

Rechtsfakultät. Um jetzt für Schick am Samstag die Knochenarbeit zu machen.

»Okay?« sagte sie gebieterisch. Juniorpartner, aber eine Körpersprache, als ob sie vor dem obersten Gerichtshof ein Plädoyer hielt. Die typische Anwaltsarroganz hatte sie jedenfalls schon drauf. »Würden Sie jetzt bitte die *Pistolen* wegtun?«

Ohne eine Antwort abzuwarten kam sie hinter dem Schreibtisch hervor. Großartige Figur.

Wil steckte seine Pistole in das Halfter. »Was machen Sie hier?«

»Die Interessen von Mr. H. Cart Ramsey vertreten, Officer ...«

»Detective Fournier. Und das ist Detective Connor.«

Amerian gab ihnen mit einem Achselzucken zu verstehen, daß ihre Namen für sie keine Rolle spielten. »Unsere Kanzlei ist darüber informiert worden, daß Sie beabsichtigen, in diesen Räumen eine Durchsuchung durchzuführen, um eventuelles Beweismaterial Mr. Gregory Balch betreffend sicherzustellen. Darf ich Ihren Durchsuchungsbefehl sehen?«

»Warum?« fragte Wil.

»Weil diese Räume Mr. Ramsey gehören, und wir vertreten seine –«

»Hier.« Petra steckte ihre Pistole wieder zurück in ihre Tasche und gab ihr das Formular für Studio City.

Die junge Anwältin las es gründlich durch. »Haargenau: Material Mr. Balch betreffend. Nicht Mr. Ramsey. Dieses Büro enthält zahlreiche Dokumente vertraulicher Natur, die Mr. Ramseys Finanzen betreffen, und wir bestehen darauf, daß diese nicht angerührt werden. Aus diesem Grund werde ich hierbleiben, während Sie Ihre Durchsuchung durchführen. Um dies zu gewährleisten, schlagen wir eine Vorgehensweise vor, bei der Sie auf eine gegebene Schublade und/oder Regalfach deuten und ich den Inhalt überprüfe, bevor Sie –«

»Wenn ich mir die Nase putzen muß«, sagte Wil, »werden Sie dann das Taschentuch überprüfen?«

Amerian verzog das Gesicht. »Ich sehe wirklich keinerlei Sinn darin –«

»Prima«, sagte Wil. »Also dann mal ran. Als erstes die oberste Schublade von diesem Schreibtisch. Und keine Kaffeepausen oder

Plauderstündchen. Falten Sie Ihr Kreuzworträtsel zusammen und packen Sie's ein.«

Es dauerte drei Stunden, bis sie jeden Zentimeter des Büros durchsucht hatten. Nach der ersten Stunde war Amerian ihrer Rolle als Wächterin überdrüssig und sagte nur noch »Sicher, klar doch«, wann immer Wil oder Petra auf ein Buch in einem der Regale oder einen Karton am Boden deuteten. Kurze Aufmerksamkeitsspanne bei der Sesamstraßengeneration.

Das einzige, was auf Balchs Anwesenheit hindeutete, waren Fastfood-Kartons, Speisekarten der Restaurants mit Bestellservice und eine Schublade mit den üblichen Büroutensilien. Keine Familienfotos – für Petra nicht unerwartet: Balch hatte zwei Ehen in den Sand gesetzt.

Ein Mann ohne Bindungen? Hatte er etwas, das Beziehungen erschwerte? Und wenn schon? Das gleiche konnte man von Millionen Leuten sagen, die niemanden umbrachten. Sie machte weiter. Die ganzen Papiere gehörten Ramsey. Amerian paßte wieder auf. Mieteinnahmen, Steuerrückzahlungen, Schnellhefter, in denen seine Abschreibungen aufgelistet waren, Geschäftsverträge. Dokumente, die Petra vor ein paar Tagen noch liebend gern durchgesehen hätte. Balch hatte jahrelang hier gearbeitet und nichts von sich selbst zurückgelassen.

Sagte das etwas darüber aus, wie er seine Arbeit betrachtete?

Sie nahm ein Steuerhandbuch des Staates Kalifornien von einem der Regale, blätterte es durch und hielt es nach unten. Nichts. Das gleiche mit den nächsten zehn Büchern. Der ganze Laden war noch mehr durcheinander als damals, als sie Balch vernommen hatte. Für einen Kerl, der so unorganisiert war, hatte er sich als ziemlich gerissener Killer erwiesen – so viele Schritte, die er mit solcher Bedachtsamkeit geplant hatte.

Wie kam es dann, daß er so schludrig gewesen war, bei Westward Charter anzurufen und der Polizei seinen Fluchtversuch groß anzukündigen?

Das übliche selbstzerstörerische Verhalten eines Psychopathen?

Oder eine falsche Fährte … wo *steckte* der Kerl?

Als sie gingen, war es ein Uhr mittags. Sie machten Pause in einem Fischrestaurant auf dem Ventura Boulevard. Keine großartige Konversation. Wil war ohnehin nicht in der allerbesten Laune angetreten, und vier Stunden vergebliche Liebesmüh hatten nicht dazu beigetragen, seine Laune zu verbessern. Er aß langsam sein Schollenfilet, trank eine Menge Eistee und schaute zum Fenster hinaus. Petras eingebackene Krabben waren so zart wie panierte Eishockeypucks, und um drei Uhr waren sie wieder in getrennten Wagen auf der Hunderteins unterwegs in Richtung der 405 und machten sich auf die einstündige Fahrt zu den Rolling Hills Estates, wo Balch in der Saddlewax Road wohnte.

Auf dem Imperial Highway überholte er sie, und sie hatte ihn schon aus den Augen verloren, als ihr etwas einfiel. Sie stieg aufs Gas, sah den Supra knapp hinter der Ausfahrt Hermosa Beach und winkte ihn an der Ausfahrt Redondo Beach zur Seite. Sie fuhren beide auf den Standstreifen. Petra lief zu seinem Wagen.

»Kannst du mir einen Gefallen tun«, sagte sie, »können wir uns die Stelle am Pier mal ansehen, wo Ilse Eggermann zum letzten Mal gesehen wurde, und dann erst zu Balch fahren?«

»Prima«, sagte er. »Gute Idee. Ich komme mit.«

Sie fuhren fünfzehn Minuten auf dem Redondo Beach Boulevard gemütlich in westliche Richtung, bis sie zu dem ehemaligen »Antoine's« kamen, das mittlerweile in ein »Dudley Jones Steakhaus« mit Aussicht auf den Hafen umgewandelt worden war. Der Innenraum war tiefrot, lärmig, vollbesetzt mit Brunchgästen und blonden Surfertypen, die als Kellner arbeiteten und mit Tellern voller halbrohem Fleisch und Kartoffeln so groß wie Melonen an ihnen vorbeiglitten.

Petra nahm sich eine Sekunde Zeit, um sich bildlich vorzustellen, wie Ilse Eggerman hier gesessen und mit Lauch gestritten hatte. Wie sie dann das Restaurant verließ, die Holztreppe hinabstieg – genauso wie sie in diesem Augenblick mit Wil. Dann weiterging zum Parkplatz. Spät nachts und völlig verlassen, war es hier garantiert unheimlich.

Die Fahrt zu den Rolling Hills Estates setzte dem ganzen dann die Krone auf.

Sechs Meilen geradeaus auf dem Hawthorne Boulevard, der sich zunächst wie eine Schneise durch das übliche Sammelsurium von Autohändlern, Einkaufszentren und Ladenketten für Bürobedarf schlug, bis er sich knapp vor dem Palos Verdes Drive verengte und ein begrünter Mittelstreifen auftauchte, der mit Eukalyptus, Kiefern und einer struppigen Baumart mit schwarzem Stamm bepflanzt war, die eine gewisse Ähnlichkeit mit Weiden hatte. Ein weißes Holzschild hieß sie in den Rolling Hills Estates willkommen, und niedrige weiße Gatterzäune tauchten zu beiden Seiten der Straße auf.

Zehn Minuten von Redondo, wenn man gemütlich fuhr. Dies war Balchs Revier.

Sie stellte sich vor, wie er nach einem langen Tag als Ramseys Sklave nach Hause fuhr, noch einmal haltmachte, um sich einen Drink zu genehmigen und dabei den Streit zwischen Ilse und Lauch mitbekam. Er folgt ihnen, sieht, wie Lauch wegfährt, lockt Ilse in seinen Wagen mit dem Versprechen, sie in ihr Hotel beim Jachthafen zu fahren, aber dort kommen sie nie an.

Er wirft sie einfach auf einem Parkplatz aus dem Auto.

Seht nur, was ich mir erlauben kann!

Dann zurück nach Hause. So einfach ist das.

Ein Tag am Strand.

69

Der Ozean ganz wunderbar, aber viel zu viele Leute.

Er trug einen hochwertigen falschen Bart aus Echthaar, ähnlich dem, den er damals bei dem deutschen Mädchen benutzt hatte, einen weißen Strohhut mit breiter Krempe, einen langen, abgetragenen braunen Regenmantel über einem zerschlissenen weißen Hemd und einer billigen grauen Baumwollhose. Seine Joggingschuhe waren relativ neu, aber mit Absicht dreckverschmiert, damit sie zum Rest paßten.

Der Gang, den er sich zugelegt hatte, war ein unbeholfenes, steifbeiniges Schlurfen. Beim Gehen tat er so, als würde er auf den Boden starren, doch er war durchaus in der Lage, nach vorn zu schauen, ohne daß er auffiel, denn er achtete peinlich darauf, daß seine Augen nicht zu sehen waren. Wenn doch jemand Blickkontakt mit ihm aufnahm, senkte er einfach die Lider und stierte ins Nichts.

Der typische geistig verwirrte Obdachlose. Am Ocean Front Walk wimmelte es von ihnen – sie saßen auf Bänken, ließen sich mit der Menge treiben, starrten auf den Strand oder die Palmen oder das Meer, als ob irgend etwas furchtbar Wichtiges dort passierte. Was denn? Eingebildete Wale? Meerjungfrauen mit Riesentitten, die am Strand entlangzappelten?

Seine Mutter war durchgedreht, als er vierzehn war. Er hatte sich nie Gedanken darüber gemacht, was in ihrem Kopf vorging, sondern hatte sich nur von ihr ferngehalten, als ob sie ansteckend wäre.

Sehr langsam ging er die Ocean Front auf und ab. In gewissen Abständen setzte er sich hin, tat so, als würde er einnicken, während er in Wirklichkeit die Passanten genau musterte.

Niemand beachtete ihn. Die Fahrradpolizisten hielten die Augen nach Gewaltverbrechen auf, und wenn man niemanden belästigte, ließen sie einen gar zu gern in Ruhe. Das gleiche galt für die Touristen – solange sie nicht angeschnorrt wurden, war ihnen alles egal.

Das Problem war die Masse von Menschen. An einem schönen, warmen Samstag wie diesem strömte alles zum Strand. Eine Riesenherde schob sich über den Ocean Front Walk, und man war kaum in der Lage, einzelne Gestalten auszumachen.

Kinder trieben sich haufenweise herum, aber nicht *der* Junge. Nach einer Stunde war er in der Lage, sie in zwei Kategorien einzuordnen: die ordentlich herausgeputzten Touristensprößlinge und die Horden von dunkelhäutigen, großmäuligen Braten aus der näheren Umgebung, die aus der Menge auf- und wieder in sie eintauchten, vermutlich auf der Suche nach lohnenden Opfern für ihre Taschendiebstähle.

Warum sollte *der* Junge sich am hellichten Tag hier herumtreiben?

Warum gerade hier, genau nach dem »anonymen Hinweis«?

Reine Zeitverschwendung, aber wenn er bedachte, was er alles erreicht hatte, fühlte er sich gar nicht mal schlecht.

Es war ein prachtvoller Tag; richtig zum Genießen. Und es war lange her, daß er zum letzten Mal hiergewesen war. Auf der Promenade war mittlerweile wesentlich mehr los, jede Menge Geschäfte, Imbißstände, Restaurants, selbst eine Synagoge gab es hier – das war seltsam. Manche der Gebäude reichten bis zu der Seitenstraße und zum Teil noch darüber hinaus bis zum Speedway. Andere bildeten das Erdgeschoß von den mehrstöckigen Apartmenthäusern aus der Zeit vor dem Krieg. Der Junge konnte in einem dieser Gebäude stecken. Wie sollte er ihn finden?

Der Junge konnte überall sein.

Ein paar Stunden würde er noch dranhängen. Unter dem Bart, dem Hut und dem Mantel wurde ihm allmählich ganz schön heiß. Etwas Kaltes zu trinken wäre ganz schön, und er hatte auch zehn Dollar in der Tasche – und noch mehr Geld in seinem Wagen, der sechs Blocks entfernt geparkt stand – doch ein verrückter Penner, der Geld aus seiner Tasche zog, würde Aufmerksamkeit erregen, und so beschränkte er sich auf einen Schluck Wasser aus einem der Trinkbrunnen.

Am anderen Ende der Promenade stand einer, in der Nähe der Synagoge. Er würde zum nördlichen Ende des Ocean Front Walk schlurfen, kehrtmachen, zurückkommen, trinken und das Ganze ein paarmal wiederholen, dann so tun, als würde er auf einer der Bänke ein Schläfchen halten, um danach die Zelte für heute abzubrechen.

Sich den Jungen aus dem Kopf schlagen. Er sagte sich immer wieder, daß das die beste Lösung wäre, doch die unhörbaren Worte blieben ihm im Halse stecken. Wie ein fetter, pochender Pickel voller Eiter, der nur darauf wartete, ausgedrückt zu werden.

Er gab seinen zwanghaften Regungen lieber nach, um zu vermeiden, daß sie zuviel Spannung aufbauten.

Bevor sie endgültig ausgetickt war, hatte seine Mutter unter unglaublichen Zwangsvorstellungen gelitten, hatte fünf Schachteln Zigaretten am Tag geraucht, unaufhörlich an ihrem Gesicht herumgedrückt, beim Nähen hin und her geschaukelt, Freßanfälle bekommen und dann tagelang nichts gegessen. Als sie ins Krankenhaus eingeliefert wurde, fing sie an, mit dem Kopf gegen die Wände zu hämmern, wie es autistische Kinder machen, und man hatte sie gezwungen, einen Footballhelm zu tragen. Ein geblümtes Kleid und ein Helm – auf welcher Position spielst du, Mama? Sie bot einen lächerlichen Anblick, und er tat alles, damit er sie nicht besuchen mußte.

Vor zehn Jahren war sie dann gestorben, und er war der einzige lebende Angehörige. Durch einen örtlichen Anwalt hatte er das Krankenhaus anweisen lassen, ihre Leiche zu verbrennen und auf dem Krankenhausgelände beizusetzen.

Der Gedanke an sie rief keine Emotionen in ihm wach. Ihm war heiß, er war enttäuscht und alles andere als begeistert darüber, eine Sache unerledigt zu lassen. Doch am meisten machte ihm die Hitze zu schaffen. Das war das stärkste Gefühl.

Er ließ sich eine Stunde Zeit, um die Promenade noch zweimal abzulaufen und wurde immer gereizter über seinen Mißerfolg.

Keiner der Jungs hier sah auch nur im entferntesten aus wie der Junge auf dem Bild. Er kam zu dem Trinkbrunnen, füllte seinen Bauch mit Wasser und wischte sich den Bart ab. Ein Tourist, der gerade auch den Brunnen hatte benutzen wollen, ließ von seinem

Vorhaben ab. Überzeugende Vorstellung, da konnte man nichts sagen.

Auf der Bank, die am nächsten war, saß ein junges Pärchen in Spandexklamotten. Er kam vor sich hin murmelnd herübergestolpert, klemmte seinen Hintern auf die eine Ecke der Bank, und das Pärchen stand auf und ging.

Das war vielleicht gut!

In der Synagoge mußte wohl gerade Schluß sein, denn er sah alte Leute vor der Tür herumstehen, die sich dann allmählich verzogen. Er hatte nichts gegen spezifische Bevölkerungsgruppen, auch nicht gegen Juden. Er wünschte einfach nur, daß diejenigen, die nicht für sich selbst sorgen konnten, starben und Platz für alle übrigen machten.

Allerdings gab es hier jemanden, der die Juden anscheinend gar nicht leiden konnte.

Der Kerl an dem Souvenirstand ein paar Läden weiter. Wie der zu ihnen herüberstarrte – voller Feindseligkeit.

Häßlich, der Kerl, Mitte Vierzig, lange, fettige blonde Haare, vermutlich gefärbt. Schlechte Haut, dürre Arme, die aus einem absolut grottenhäßlichen lila T-Shirt mit dem Aufdruck KALIFORNIEN ICH KOMME herausragten.

An dem Stand gab es T-Shirts in der gleichen Machart zu kaufen, außerdem Mützen, Sonnenbrillen, Spielzeug, Flaggen und Postkarten – ein kleiner Laden, vollgestopft mit Müll. Niemand kaufte irgendwas, vermutlich weil der Besitzer so einladend wie ein Piranha wirkte.

Feindselig *und* nervös.

Interessant.

Zwei Polizisten schoben ihre Fahrräder an dem Laden vorbei, und der häßliche Kerl bekam Glubschaugen, sein Körper schoß mit einem Ruck vorwärts, so daß er beinahe über den Tresen gekippt wäre.

Wollte er ihnen was sagen?

Aber dann riß er sich doch zusammen, nahm eine der Puppen von der Wand und tat so, als würde er das Preisschild überprüfen.

Seltsam …

Den Polizisten war es anscheinend auch aufgefallen, denn sie blieben stehen und sprachen mit dem häßlichen Typen. Der verzog das Gesicht zu einem Lächeln, das echt krank aussah, und schüttelte den Kopf. Die Polizisten gingen allerdings nicht gleich weiter, irgendwas an dem Kerl kam ihnen wohl komisch vor. Der Typ lächelte weiter, befingerte die Puppe, und schließlich gingen sie doch.

Der Typ stand eine ganze Weile da und schaute ihnen nach, bevor er wieder in seinen alten Rhythmus verfiel: Er schaute nach Norden, dann nach Süden, wieder nach Norden und dann nach Süden. Nicht ein einziger Blick in Richtung Strand.

Ob er wohl nach etwas Speziellem Ausschau hielt? Oder nach *jemand Speziellem*?

Ein anonymer Hinweis. War das möglich? War Gott so gut?

Er verbrachte noch zwanzig weitere Minuten damit, den Souvenirverkäufer eingehend zu beobachten, doch sein Verhaltensmuster blieb stets unverändert: Er lief rastlos hinter seinem Tresen hin und her, überprüfte die Promenade, nahm eine Puppe, quetschte sie zusammen, stellte sie wieder zurück, rannte hin und her ... Plötzlich jedoch brach der Kerl aus seiner Routine aus, verschwand hinter dem billigen Chintzvorhang, der den hinteren Teil des Souvenirladens abtrennte. Vermutlich ein Lagerraum, vielleicht ging er mal pinkeln.

Fünf Minuten lang blieb der Stand unbewacht, und einige Kinder aus der Umgebung kamen vorbeigeschlendert und klauten Ansichtskarten aus dem Ständer. Als der langhaarige Kerl wieder hervorkam, wischte er sich den Mund ab.

Er hatte sich wohl einen genehmigt. Und schon ging es wieder los. Hin und her hinter dem Ladentisch, hin und her. Der Kerl lag definitiv auf der Lauer.

War das wirklich möglich? Vielleicht wartete er auf einen Drogenhändler.

Andererseits mußte irgend jemand den anonymen Hinweis gegeben haben.

Für einen Versager wie diesen hier, der Mist verkaufte, den niemand haben wollte, wären fünfundzwanzig Riesen 'ne Menge freie Samstage. Der Kerl hatte allen Grund, nervös zu sein.

Er beobachtete ihn noch ein wenig länger. Wieder die gleiche

Routine wie zuvor. Noch eine Schnapspause. Der Kerl war wie ein Roboter, gesteuert von einem Autopiloten, genauso wie die Irren, die ihm über den Weg gelaufen waren, wenn er seine Mutter besucht hatte.

Da sollte man auf jeden Fall mal einen genaueren Blick drauf werfen – was hatte er schon zu verlieren?

Er stand auf, ging hundert Meter in südlicher Richtung, machte dann kehrt und arbeitete sich näher an die Ladenfronten heran. Als er bei dem Souvenirladen vorbeikam, war er so dicht dran, daß er das Schild mit den Öffnungszeiten lesen konnte:

ÖFFNUNGSZEITEN IM SOMMER: MO – FR 11 – 17 UHR, SA/SO 11 – 20 UHR.

Er würde erst mal wieder gehen und gegen acht Uhr zurückkommen; bis dahin wäre hoffentlich auch nicht mehr soviel Betrieb. Und hoffentlich würde der Kerl seinen Laden nicht früher dichtmachen. Und wenn doch, dann würde er es ein andermal probieren.

Ansonsten gab es ja nichts, woran er sich hätte halten können, und so beschloß er, einfach das Beste zu hoffen.

Optimismus, das war der Schlüssel. Solange man die Ironie dabei nicht verlor.

70

Saddlewax Road war einen halben Kilometer von der Abfahrt Palos Verdes entfernt. Auf dem Weg dorthin sah Petra zwei kleine Mädchen in voller Reitermontur auf zwei wunderbaren braunen Pferden, gefolgt von einer Frau auf einem schwarzen Pferd, die die Haltung der Mädchen oder der Pferde oder beides kritisch begutachtete.

Das Haus von Balch lag im hinteren Viertel der schattigen Straße, ein aprikosenfarbener Stuckbau im Ranchstil, der sich aus einem hohen Beet von Efeu erhob. Der weiße Gatterzaun säumte sowohl dieses wie alle anderen Nachbargrundstücke. Ein paar Jungen spielten Basketball; ein Mann in einem strahlendgrünen Polohemd spritzte mit einem Schlauch eine Corvette ab, die offensichtlich ein Sammlerstück war. Die ganze Nachbarschaft verströmte diese spezifische Aura von Familien mit großartiger Zukunft.

Eine seltsame Gegend für einen Mann, der allein lebte. Vielleicht noch das Überbleibsel einer seiner Ehen.

An der Frontseite von Balchs Garage war ebenfalls ein Basketballkorb angebracht. Es parkten keine Autos vor der Tür. Die wenigen Rosen vor dem Haus ließen die Köpfe hängen und welkten, die Dachrinne war zerbeult. Zusammengebunde Päckchen mit Briefen - die Post von vier Tagen - lagen vor der Fliegengittertür. Ein sehr kleiner Zettel, der an das Fliegengitter getackert war, besagte, daß die örtlichen Sheriffs das Anwesen versiegelt hatten und niemand es betreten durfte. Die Post hatten sie nicht hereingebracht.

Wil rief bei der Dienststelle an, und dort erklärte man ihm, daß sie sich gern Zutritt verschaffen sollten. Falls er und Petra irgend etwas mitnahmen, sollten sie dies auf einer Liste vermerken und dem örtlichen Sheriff eine Kopie zuschicken. Wil nahm die Formulare und Plastiktüten für Beweismaterial aus dem Kofferraum, Petra die Post, und sie gingen hinein.

Das Wohnzimmer war dunkel, es roch ranzig, und überall waren Zeitungen, schmutzige Kleider, leere Bier- und Pepsidosen und Orangensaft- und Wodkaflaschen verstreut. Der Mann stand wohl auf Screwdrivers.

Ein Schweinestall, genau wie das Büro. Und ganz anders als der Lexus. Während Petra die Post durchlas, machte sich Wil daran, die Sofas zu untersuchen. Er nahm die Kissen herunter, öffnete die Reißverschlüsse der Bezüge und zerrte den Schaumstoff heraus.

Die Post von vier Tagen enthielt nichts weiter als Stromrechnungen, Anzeigenblätter, Coupons. Vor drei Tagen war er in Montecito gesehen worden, als er den Wagen gewechselt hatte, nachdem er Estrella Flores vergraben hatte. Wo hatte er der Haushälterin die Kehle durchgeschnitten? Wahrscheinlich irgendwo in den Hügeln von RanchHaven. Petra konnte auch nur raten, aber sie vermutete, daß er Flores im Haus überwältigt hatte, dann mit ihr über die Notfallstraße vom Gelände gefahren war, um sich einen hübschen Platz zu suchen, wo er sie umbringen konnte. Danach hatte er sie in Plastikfolie eingewickelt, sie in den Kofferraum gepackt und sich auf den fünfundvierzig Minuten langen Weg nach Montecito gemacht, wo er die Leiche vergraben und den Lexus zurückgelassen hatte, weil er dachte, dieser sei sauber – und warum sollte die Polizei Ramseys Wochenendhaus überprüfen?

Den Jeep hatte er mitgenommen, weil dies das Fahrzeug war, das er für den Mord an Lisa benutzt hatte, und weil er sichergehen wollte, daß *dieses* Auto sauber war?

Sie erinnerte sich an sein Verhalten während der Vernehmung. Ein wenig niedergeschlagen, jemand, der wenig Aufhebens um sich selbst machte. Keine nervöse Gereiztheit, aber wenn er wirklich ein Psychopath war, warum sollte er nervös sein?

Die beiläufige Erwähnung von Lisas aufbrausendem Temperament, wie sie es an Cart ausgelassen hatte. Nagelneue Joggingschuhe. Ein cleverer Mistkerl, dieser Mr. Gregory Balch. Wie kam es, daß er ein ganzes Leben lang nur ein Handlanger geblieben war?

Hatte er das Geld seines Chefs unterschlagen und nur auf den richtigen Moment gewartet, um sich aus dem Staub zu machen? Nachdem er ursprünglich geplant hatte, das Ganze zusammen mit Lisa durchzuziehen, doch dann war etwas schiefgelaufen? War Balch vielleicht in Brasilien, mit Koffern voller Geld, und freute sich darüber, daß er Ramseys Leben gleich in mehrfacher Hinsicht zerstört hatte?

Sie ging in die Küche. Das Essen im Kühlschrank war das typische Junggesellentrauerspiel: Bier, Wein, Orangensaft und Smirnoff, Schachteln und Kartons von Restaurants mit Bestellservice. Rindfleisch und Rippchen von einem Chinarestaurant auf dem Hawthorne Boulevard, eine Schachtel Crispy Chicken von Kentucky Fried Chicken – keine Adresse, aber sie hatte auf dem Weg hierher eine Filiale davon gesehen, ebenfalls auf dem Hawthorne Boulevard. Eine halbe Riesenpizza von einem Laden namens »DeMona's« in Studio City. Auf dem Ventura Boulevard, gerade mal ein paar Blocks von seinem Büro entfernt. Das Essen war samt und sonders ungenießbar, total vergammelt. Die Pizza sah sogar aus, als sei sie versteinert.

Im Wohnzimmer ackerte Wil sich schlechtgelaunt und schweigend ab. Er stellte Sofas hochkant, schlitzte die Unterseiten auf, riß eine Uhr von der Wand und schüttelte sie so fest, daß sie zu Bruch ging, und inspizierte den Kamin.

Petra beschloß, sich einen Überblick über das gesamte Haus zu verschaffen. Sie fand drei Schlafzimmer – zwei davon völlig leer, eines ein ekelerregender Schweinestall – zwei Badezimmer, einen Eßbereich neben der Küche und neben dem Wohnzimmer ein weiteres holzverkleidetes Zimmer mit Glasschiebetüren zum Garten, in dem nichts weiter stand, als ein brauner Fernsehsessel aus Leder und ein Fernseher mit Großbildröhre. Auf dem Fernseher stand ein illegaler Decoder. Petra schaltete das Gerät ein, und augenblicklich ragte ihr ein meterlanger Penis entgegen, der in eine Vagina eindrang, das Ganze untermalt von seichten Synthesizerklängen, Stöhnen und Grunzen.

»Ach ja, diese Männer«, sagte Wil lachend.

Sie schaltete den Fernseher aus und zog die Vorhänge auf. Der Garten hinter dem Haus war recht großzügig bemessen. Verschiedene ausgewachsene Bäume standen um einen ovalen Swimmingpool herum, doch der Rasen war Heu, das gut dreißig Zentimeter hoch wucherte, und der Pool war ein trüber, algenverseuchter Tümpel. Hohe Mauern aus Blocksteinen und Buschwerk verstellten den Nachbarn die Sicht. Glückliche Nachbarn.

Dies hier war Lichtjahre entfernt von dem feudalen Lebensstil Ramseys. Die ganzen Jahre über hatte Balch ihm nicht im entferntesten das Wasser reichen können.

Petra beschloß, das widerliche Schlafzimmer als erstes in Angriff zu nehmen. Es verströmte den gleichen Geruch wie die unterste lage eines Wäschekorbs. Das Bett war zwei Meter breit, hatte ein billiges Kopfende, schwarze Laken und Kissenbezüge mit öligen grauen Flecken. Sie zog sich ein paar Handschuhe über und tütete die Bezüge ein. Die Matratze war ein mit Schimmelpilz übersätes Bild des Grauens. Selbst mit ihren Chirurgenhandschuhen ekelte sie sich davor, Balchs Bettwäsche anzufassen.

Gegenüber vom Bett standen ein weiteres Fernsehgerät in der gleichen Größe und ein zweiter Decoder. Auch hier der gleiche Pornokanal. Zusammengeknüllte Taschentücher und Pornohefte auf dem Nachttisch fügten dem Bild von Balchs einsamem Sexualleben ein weiteres Detail hinzu. Sie blätterte die Zeitschriften durch in der Hoffnung, auf ein paar wirklich üble SM-Nummern zu stoßen und so das Psychogramm des bösen Buben abzurunden, doch der Großteil waren ganz ordinäre Männerphantasien – das Schlimmste ein paar ziemlich zahme Bondagenummern.

Die Pornohefte landeten ebenfalls in einer Tüte, sorgsam registriert.

Schmutzige Unterwäsche und Socken türmten sich in dem Zwischenraum links neben dem Bett und der Wand. Balch schlief vermutlich auf der rechten Seite und warf seinen Müll einfach hinter sich. Der Kleiderschrank war voll mit Trainingsanzügen in allen möglichen Farben, Hosen mit Gummizug, Jeans, Hemden – alle mit Etiketten von Macy's. Eine Plastiktüte mit dem Etikett einer Reinigung – auf dem Hawthorne Boulevard – enthielt zwei Hosen und drei Hemden, einschließlich des hellblauen Seidenhemdes, das er an dem Tag getragen hatte, als sie Ramsey von Lisas Tod verständigt hatten.

Sie nahm die Kleider aus der Tüte. Er läßt überall auf dem Boden dreckige Wäsche herumliegen, aber ausgerechnet diese hier läßt er reinigen.

Wahrscheinlich die Sachen, die er getragen hatte, als er Lisa umbrachte. Zwei Hosen, drei Hemden.

Wenn Blutflecken darauf gewesen waren, warum hatte die Reinigung das nicht bemerkt? Sie verpaßte den Kleidern ein weiteres Etikett, tütete sie ein und untersuchte das Regal oberhalb des Schrankes. Dreizehn Kartons mit Akten. Balchs Steuererklärungen. Dafür nahm sie sich Zeit.

Außer dem Gehalt von Ramsey hatte er keine weiteren Einkünfte. Als er vor fünfundzwanzig Jahren bei Ramsey angefangen hatte, lag sein Gehalt bei fünfundzwanzigtausend Dollar pro Jahr. Mittlerweile brachte er es auf hundertsechzigtausend Dollar. Ein ganz hübsches Sümmchen, doch nichts im Vergleich zu den Millionen seines Arbeitgebers.

Großartige Investitionen waren in den Formularen nicht aufgelistet. Die Abschreibung für das Haus auf der Saddlewax Road, das er vor vierzehn Jahren gekauft hatte, darüber hinaus die Leasingraten für seine Autos – zuerst Buicks, dann Cadillacs und jetzt der Lexus –, doch ansonsten hatte er keine Immobilien. Dreizehn Jahre lang hatte er Helen Balch in Duluth, Minnesota, monatlich Ehegattenunterhalt überwiesen, in den letzten neun hatte er außerdem für Amber Leigh Balch aufkommen müssen.

Der Name Helen ließ an eine Frau mittleren Alters denken – die pflichtbewußte erste Ehefrau. Das Haus war vor vierzehn Jahren gekauft worden – gleich nach der Heirat? Wenn dem so war, dann war die Trennung gerade mal ein Jahr später vollzogen worden.

Amber Leigh klang wie ein Pseudonym aus der Traumfabrik. Petra sah sie bildlich vor sich: eine Frau, der die Ehe einer anderen nichts bedeutete, lange Beine, lange Haare, vermutlich blond, denn Lisa und Ilse deuteten beide darauf hin, daß er auf Blondinen stand. Ordentlich Holz vor der Hütte und tussimäßig. Ein Gesicht, das nicht wirklich hübsch war. Und vermutlich nicht lange so geblieben war.

Zweitausend im Monat an Helen, fünfzehnhundert an Amber.

Netto brachte er knapp über achttausend im Monat nach Hause, die Raten für den Lexus lagen bei sechshundert. Wenn man das abrechnete und die Unterhaltszahlungen dazunahm, blieben ihm knapp dreineun im Monat. In den letzten Jahren waren ihm knapp zwanzigtausend Dollar Steuerrückzahlungen gewährt worden. Nicht gerade ein Leben in Armut, aber ein Hühnerschiß gemessen an den Standards der *Industrie.* Gemessen an Ramseys Standards.

Keine offensichtlichen Anzeichen für teure Hobbies oder verdächtige Ausgaben. Pferdewetten? Kokain? Hatte er sein Geld irgendwohin beiseite geschafft? Vielleicht noch Extraeinkünfte, aus Unterschlagungen?

Sie durchsuchte jeden Winkel des Raumes, ohne Sparbücher oder andere Unterlagen über Geldanlagen zu finden. Im Gegensatz zu Lisa schien er keinerlei Pläne zu haben. War *sie* vielleicht seine Geldwaschanlage?

Und dann hatte sie mehr verlangt. Oder versucht, Balch zu erpressen. Geld und Leidenschaft; so mußte es sein.

Eine Tür wurde zugeknallt. Sie schaute aus dem Fenster und sah Wil auf dem Weg zur Garage. Er drückte die Fernbedienung, und die Tür glitt auf. Soweit sie sehen konnte, stand kein Wagen darin. Sie widmete sich wieder den Steuererklärungen und beschriftete jeden einzelnen Karton. Weiter im Text.

Das erste der Schlafzimmer war nichts weiter als ein leerer Raum. Im zweiten wurde sie allerdings fündig: Auf dem Regalbrett im Kleiderschrank fand sie drei Schuhkartons mit Fotos. Zunächst kamen dreißig Jahre alte professionelle Aufnahmen von Footballmannschaften – High School und College –, wobei die Gesichter zu klein waren, um jemanden erkennen zu können. Danach Amateuraufnahmen mit Ramsey und Balch in voller Sportmontur mit riesigen Schulterpolstern und schmalen Hüften.

Der große, dunkle Gutaussehende mit seinem flachsblonden Kumpel, beide grinsend, voller Selbstbewußtsein, bereit, die Welt zu erobern.

Danach kamen Schnappschüsse von der Hochzeit. Balch immer noch rank, schlank und sonnengebräunt in einem himmelblauen Frack mit Rüschenhemd und einem unsicher wirkenden Gesichtsausdruck. Helen war, wie sich nun herausstellte, schlank und attraktiv, hatte kurzes dunkles Haar und einen Mund, der ein wenig prüde wirkte. Auf späteren Fotos war zu sehen, daß sie sich mit zunehmendem Alter gut hielt und schlank blieb. Auf manchen trug sie eine Brille. Und hielt ein Baby im Arm.

Eingewickelt in eine rosa Decke. Eine Tochter. Balch hatte während der Vernehmung nie etwas von einem Kind erwähnt, aber warum sollte er auch, schließlich ging es um das Leben anderer Leute. Petra fiel nun wieder ein, wie er Fragen nach seiner Person ausgewichen war. Damals hatte es den Eindruck gemacht, als wollte er kein großes Aufheben darum machen. Jetzt verstand sie, warum.

Ungefähr zwanzig Fotos von dem Kind. Auf keinem einzigen Foto war auf der Rückseite ein Name notiert. Ein hübsches Mädchen mit dunklen Haaren, das eher nach seiner Mutter kam. Schnappschüsse bis zum Alter von acht Jahren, danach nichts mehr.

Die Scheidung, oder war es vielleicht etwas Schlimmeres gewesen – ein Todesfall? Noch ein Verlust in Balchs ohnehin schon ziemlich elendem Dasein?

Der Karton Nummer zwei enthielt die kleinformatigeren Versionen der Starfotos, die Petra bereits an den Wänden in Balchs Büro gesehen hatte. Die meisten zeigten Ramsey, nur wenige Balch. Verschiedene Fotografen aus Hollywood und dem Valley.

Der letzte Karton war nahezu leer. Nur ein Hochzeitsfoto mit dem Stempel eines Fotografen aus Las Vegas – also eine Vegas-Verbindung. Balch in einem dunklen Anzug und einem weißen Hemd mit Stehkragen. Das Gesicht rosa und aufgedunsen, stand er leicht angesäuselt über Amber Leigh gebeugt, eine zierliche Asiatin mit unglaublichen Wangenknochen und Brüsten, die so aufgeblasen wirkten, daß kein Zweifel an ihrer Künstlichkeit bestand. Nicht ganz das, was Petra sich vorgestellt hatte, doch unbestreitbar tussig.

Er heiratete dunkelhaarige Frauen und brachte blonde um.

Unter dem Foto lag ein Umschlag mit einem Poststempel von vor drei Jahren.

Gerichtet an die Adresse von Mr. G. Balch in der Saddlewax Road, abgefaßt in einer geschwungenen Kinderschrift. Der Absender war Caitlin Balch, keine Adresse, ein Poststempel aus Duluth, Minnesota.

Die gleiche Handschrift auf einem einzelnen Blatt liniertem Ringbuchpapier.

Lieber Papa!

Ich habe jetzt die Junior Highschool abgeschlossen und einen Preis gewonnen im Musizieren, aber ich glaube, das interessiert Dich nicht großartig. Du rufst nie an oder kommst mal vorbei, und den Unterhalt schickst Du auch nie pünktlich, was für uns ziemlich hart ist, weil Mama krank ist. Ich schreibe Dir das hier bloß, weil Mama gesagt hat, daß Du wissen solltest, daß Deine Tochter die Junior Highschool abgeschlossen hat.

Dich kümmert das nicht, habe ich recht?

Deine Tochter (glaube ich zumindest)
Caitlin Lauren Balch

Mitleiderregend. Hatte er je geantwortet? Wahrscheinlich nicht, denn es gab keine weiteren Briefe.

Keine Fotos von Lisa. Oder Ilse Eggermann. Darauf zu hoffen wäre auch vermessen gewesen.

Wenn er eine obsessive Leidenschaft für eine der beiden toten Frauen empfunden hatte, dann hatte er wahrscheinlich die Beweise dafür zerstört. Oder sie mitgenommen, um damit zu spielen.

Petra verschnürte alle drei Schuhkartons mit Gummiband und war gerade dabei, sie nach draußen zu tragen, als sie Wil rufen hörte.

Er hatte alles auf dem Garagenboden ausgebreitet.

Sechs Handfeuerwaffen – zwei Revolver und vier automatische Pistolen – drei Gewehre, zwei Schrotflinten, eine davon eine Mossler, die ziemlich viel Geld kostete. Schachteln mit Munition für sämtliche Waffen. Die ganze Garage roch nach Waffenöl.

Ein Werkzeugregal über einer leergeräumten Werkbank, zwei große Werkzeugkisten mit diversen Spezialgeräten, zwei Köderboxen zum Angeln, sechs Angelruten, sieben Kurbeln.

»Hochsee- und Süßwasserausrüstungen«, sagte Wil bewundernd. »Gute Köder hat er auch. Handgemacht. Und schau dir mal das hier an.«

Messer. Petra zählte zweiunddreißig Stück.

Jagdmesser, Nahkampfdolche, Messer mit langen Klingen zum Ausnehmen und Entbeinen, die Wil, wie er sagte, in den Köderboxen gefunden hatte.

»Der Kerl hat eine Schwäche fürs Schießen und Schneiden, Petra. An der Klinge des einen Fischmessers ist Blut. Kann sein, daß es von einer Forelle stammt, kann aber auch nicht sein.«

»Fischen und Jagen«, sagte Petra. »Vielleicht hat er eine kleine Hütte in den Wäldern.«

»Das ist genau das, was wir brauchen, einer von diesen Naturburschen auf dem Survivaltrip. Mit dem Kram hier lassen wir uns besser Zeit. Ich ziehe frische Handschuhe an und hole meine Videokamera.«

Es war zwanzig Uhr vierzehn, als sie fertig waren. Im Haus herrschte mittlerweile eine nahezu unerträgliche Hitze, und Petras Nase hatte sich an den Geruch gewöhnt.

Wil sagte: »Heute haben wir uns unsere Brötchen redlich verdient.« Er machte den Fernseher an, schaltete aber von dem Oralsexgeschmatze um zu einer Station mit den Lokalnachrichten. »Nur für den Fall, daß sich irgendwas ergeben hat, denn anscheinend erfahren wir sonst ja nichts.«

In den Nachrichten gab es nur Verbrechensmeldungen – ein neunjähriges Mädchen, das in Willow Glen entführt worden war, eine Drive-By-Schießerei in Florence, eine weitere draußen in Angeles Crest, aber nichts über Lisa oder William Bradley Straight.

»Arbeit, Arbeit und nichts als Arbeit«, sagte Wil gähnend und krempelte seine Ärmel herunter. Seine Jacke lag zusammengefaltet auf dem Kamin, den er vorher mit einer Lage Plastikfolie des LAPD abgedeckt hatte. Er sah so müde aus wie Petra sich fühlte.

Wieder gähnte er, und sie sagte: »Ich weiß, daß wir jetzt das Netz über Balch auswerfen sollten, aber was mich angeht, ich brauche erst was zu essen –«

Er hielt den Zeigefinger in die Höhe und brachte sie damit zum

Schweigen. Etwas im Fernsehen hatte seine Aufmerksamkeit erregt, und er war mit einemmal hellwach.

»... weiße Hautfarbe, männlich«, sagte der Reporter. »Bisher wurde noch kein Name bekanntgegeben, doch die Beamten des Sheriffs beschrieben ihn als ungewöhnlich groß, über einsachtzig und mindestens hundertfünfunddreißig Kilo schwer. Die Körperteile waren abgetrennt, aber noch nicht in dem ohnehin abgelegenen Teil des Waldgebietes verstreut worden. Die Jungen von der Pfadfindergruppe, die möglicherweise den Mörder bei seiner Arbeit aufgeschreckt haben, berichteten, daß sie ein Auto gesehen haben, das mit ausgeschaltetem Licht rasch davonfuhr. Und das ist im Augenblick alles, Chuck. Wir halten Sie auf dem laufenden.«

Fournier hielt die Fernbedienung wie eine Pistole und schaltete die übrigen Sender durch. Auf drei weiteren liefen ebenfalls Nachrichten, aber entweder war der Bericht über die zerstückelte Leiche schon vorbei, oder der Sender von eben war der einzige, der die Story schon reinbekommen hatte.

»Was ist?« fragte Petra.

»Einsachtzig, hundertfünfunddreißig Kilo«, sagte er. »Vielleicht ist es ja Zufall, aber von der Größe her paßt es ziemlich genau auf Buell Moron, den Spinner, der nach dem kleinen Straight herumgefragt hat. Außerdem hat er vermutlich die Mutter des Jungen umgebracht. Ich meine, mir ist klar, daß es in diesem Land viele Leute gibt, die an Fettleibigkeit leiden, aber ... Wir vermuten, daß er von dem anonymen Hinweis gehört hat und sich auf den Weg zum Strand gemacht hat. Falls ja, dann hat er unterwegs vielleicht jemanden getroffen, von dem er glaubte, daß er ihm helfen könnte, was sich dann aber als Irrtum herausgestellt hat. Ich sage nicht, daß er es *wirklich* ist – Angeles Crest ist so was wie 'n Abladeplatz für tote Biker, und viele von denen sind groß und dick – aber es wäre doch zu schön, wenn es passen würde.«

»Fast so wie 'n Chanelkostüm im Schlußverkauf«, sagte Petra.

»Und noch was, Petra. Zerstückelte Leichen im Angeles Crest – das erinnert mich an etwas, woran ich vor Jahren gearbeitet habe, als ich mit den ganzen Russengeschichten befaßt war. Die Russen haben eine Vorliebe dafür, Leichen zu zerstückeln. Bei einem sind wir mal in die Wohnung marschiert, als er gerade dabei war. Sie konzentrieren sich auf den Kopf und die Fingerspitzen, weil sie glauben, daß dies die Identifizierung erschwert. Und ihre Leichen haben sie immer im Angeles Crest abgeladen, da sind sie damals wohl gerade erst drauf gekommen. Der Typ, der mir den Hinweis auf den Jungen gegeben hat, ist Russe. Schon beim ersten Mal, als ich ihm begegnet bin, hatte ich ein seltsames Gefühl. Seine Augen, ein richtiger Verbrecherblick.«

»Warum sollte er Moron umbringen?«

»Weil er ihm die fünfundzwanzig Riesen streitig gemacht hat, wie wär's damit? Nehmen wir mal an, beide sind scharf aufs Geld, beide sind ziemliche Proltypen, kaum Kontrolle über ihre Impulse. Der Russe - Zhukanov heißt er - sieht Moron, der das Bild von dem Jungen in der Gegend herumzeigt, und fängt an, sich Sorgen zu machen. Oder vielleicht kommt Moron auch auf ihn zu, erklärt Zhukanov, er wäre der Vater des Kindes und hätte ja wohl einige Rechte. Zhukanov sagt, Schluß mit dem Gesabber. Diese Russen sind fies drauf, Petra. Der Kerl, den wir damals erwischt haben, als er menschliches Puzzle gespielt hat, hat gerade mal zweihundert Kröten dafür bekommen. Stell dir mal vor, was fünfundzwanzig Riesen da bewirken können.«

»Wenn Moron für Zhukanov eine solche Bedrohung dargestellt hat, daß er ihn umgebracht hat«, sagte Petra, »dann kann das bedeuten, daß er etwas Neues über den kleinen Straight in Erfahrung gebracht hat. Vielleicht weiß er, wo er sich aufhält, und hat es dir nicht gesagt. Ich werde mal im Büro anrufen und hören, ob's irgendwelche Nachrichten für uns gibt.«

Das Mädchen in der Zentrale sagte: »Sie haben diverse Nachrichten, aber hier unten ist die Hölle los; ich kann jetzt nicht rauf und sie holen.« Im Wachraum ging niemand ans Telefon. Sie legte auf, und Wil nahm sein Jackett vom Kamin. Seine Stirn war dunkel und glänzend wie Lakritze. Er wischte sie trocken und wählte eine Nummer, die Petra wiedererkannte: Das Downtown Revier der Sheriffs. Rons Hauptrevier.

»Die guten alten Beigen«, sagte er. »Die haben eine Aufklärungsquote, die doppelt so hoch ist wie unsere, aber sie müssen sich auch nicht mit der ganzen Bandenscheiße ohne Zeugen rumschla -

Hallo, hier ist Detective Fournier, Hollywood LAPD. Könnten Sie bitte –«

Petra trug die Schuhkartons in ihren Wagen. In der Dunkelheit wirkte die Straße, in der Balch wohnte, still und friedlich, glückliche Familien, die es sich vor dem großen Bildschirm gemütlich gemacht hatten. Wenn die wüßten. Sie atmete tief ein, und der warme Duft von Kiefern erfüllte ihre Nase. Wie war wohl das Wetter in Duluth, Minnesota? Was würde Helen Balch denken, wenn ihr Exmann über sämtliche Kanäle flimmerte?

Als sie zurückkam, stand Wil da und lächelte.

»Bisher ist die Leiche noch nicht identifiziert, aber sie haben den Kopf – danke, ihr braven Pfadfinder –, und die Beschreibung paßt bis aufs I-Tüpfelchen zu Moron. Ich weiß, daß wir unser Soll schon schwerstens übererfüllt haben, und ich würde auch nichts lieber tun, als mich ins Bett legen, Petra, aber ich denke, wir sollten diesem Russen zumindest mal einen Besuch abstatten. Vielleicht hilft er uns ja nicht direkt bei der Lösung von Lisas Fall, aber wäre es nicht schön, irgendwas anderes zu lösen?«

»Ganz putzig wäre das«, sagte Petra. »Können wir auf dem Weg noch was futtern gehen? Auf dem Hawthorne gibt's einen Chinesen, den Mr. Balch mit seiner Kundschaft beehrt hat. Ich bezweifle, daß er einen guten Geschmack hat, aber wer weiß?«

71

Um neun Uhr abends wachte Kathy Bishop auf. Sie schwitzte, fror und hatte schreckliche Schmerzen. Stu drückte den Notrufknopf und hielt ihre Hand. Sie schaute ihn an, aber an ihrem Gesichtsausdruck ließ sich nicht ablesen, was sie in Wirklichkeit sah. Wo, zum Teufel, blieben die Krankenschwestern – am liebsten wäre er zum Stationszimmer gerannt, doch andererseits wollte er Kathy nicht allein lassen.

Endlich kamen sie, und er mußte sich schwer zusammenreißen, um sie nicht anzubrüllen.

Nun war Kathy ruhiggestellt und schlief wieder, und ihm fiel auf, wie wenig Zeit vergangen war.

Reiß dich zusammen.

Das Zimmer war wie eine Zelle; nur einmal war er für eine Stunde weggegangen, als seine Mutter um halb sechs mit den ganzen Kindern im Familienvan vorbeigefahren kam und sie bei McDonald's Burger mit Pommes essen waren. Alle sechs waren stiller als sonst, selbst das Baby. Er versicherte ihnen, daß sie ihre Mama bald besuchen könnten, alberte herum, machte Scherze, dachte, sie würden ihm seine Alles-wie-immer-Masche abkaufen, doch ganz sicher war er sich nicht. Er fühlte sich abwesend, so als würde irgendein Schwindler von Daddys Körper Besitz ergreifen.

Die Kinder wurden unruhig, und Mutter sagte: »Abmarsch, alle zusammen.«

Auf dem Weg nach draußen bemerkte Stu, wie die anderen Gäste sie anstarrten, und Zorn stieg in ihm hoch.

Was ist los, ihr Deppen, noch nie 'ne große Familie gesehen?

Den ganzen Weg bis zu St. Joe's blieb die gereizte Stimmung. Seltsam, ansonsten hatte er nie einen so kurzen Geduldsfaden.

In der Zwischenzeit machten Petra und Wil Jagd nach einem –

wie es aussah – mehrfachen Mörder, während er dasaß und Fluggesellschaften anrief, sich mit Schwachsinn und Vorschriftenhuberei rumschlug und am Ende mit leeren Händen dastand. Nirgendwo ein Anzeichen dafür, daß Balch einen Flug gebucht hatte, doch bei all den Abfuhren, die er sich eingehandelt hatte, konnte das keiner mit Bestimmtheit sagen.

Früher war er in der Lage gewesen, Bürokraten die Würmer aus der Nase zu ziehen. Mormonencharme hatte Kathy das genannt und ihn bei solchen Gelegenheiten auf die Stirn geküßt und ihm verführerisch zugeblinzelt. Oh, wie er dieses Blinzeln liebte.

Heute abend war keine Spur von Charme in ihm. Er hielt Kathys Hand. Schlaff, leblos. Hätte sie sich nicht so warm angefühlt, wäre er in Panik verfallen.

Sie atmete gleichmäßig. Die Maschinen besagten, daß mit ihr alles in Ordnung war.

Keine Fluggesellschaften mehr, die er anrufen konnte. Nichts zu tun, außer zu warten. Warten worauf? Mehr Schmerzen?

Er war zu aufgedreht, um zu schlafen, stand auf und lief im Zimmer hin und her. Er mußte schlafen, mußte einigermaßen fit bleiben, schon wegen Kathy … der Stapel *TV Guides* lag auf dem Ende des Tisches. Vielleicht würde er ja von dämlichen, abgekupferten Zusammenfassungen von Dack-Price-Episoden müde werden.

Er war beim zweiten Band, als er spürte, wie er langsam zusammensackte und seine Lider immer schwerer wurden. Beim dritten wurde das Zimmer langsam dunkler.

Doch mit einemmal drang etwas durch seine Müdigkeit hindurch an sein Bewußtsein.

Worte, Sätze – aber noch etwas anderes.

Er richtete sich auf. Plötzlich war er hellwach.

Er las es noch einmal … überlegte … sollte er Petra anrufen?

Hochgradig seltsam – vielleicht war es ja nichts. Andererseits …

Er wußte nicht mal, wo Petra war. Hatte völlig den Kontakt verloren. Konnte man seinem Urteilsvermögen überhaupt trauen?

Er würde versuchen, sie aufzutreiben. Im schlechtesten Falle hätte er nur Zeit verschwendet.

Und wenn schon. Zeit zu verschwenden war sowieso sein neuestes Hobby.

72

Der weiße Polizist unterhielt sich ernsthaft mit ihm.

Wurde auch langsam Zeit. Und genau das sagte Zhukanov auch, als der Typ kurz vor Ladenschluß an seinem Tresen auftauchte, seine Marke zückte und ihm ein Bild von dem Jungen zeigte.

»Wurde ja auch Zeit.«

»Wie bitte, Sir?«

»Ich habe mit einem von euch geredet, aber er hat sich nicht wieder gemeldet. Ein Schwarzer.«

Der weiße Cop starrte ihn an. »Ja, Sir, das weiß ich.«

»Was wollen Sie?« fragte Zhukanov.

»Noch mal nachprüfen, ob es sich wirklich um den Jungen handelt, Sir.« Der Cop lehnte sich mit den Ellbogen auf den Tresen und breitete den Zeitungsausschnitt vor sich aus. Er war ein großer Kerl, blond, rötliche Gesichtsfarbe, dunkler Anzug, dunkle Krawatte. Er erinnerte Zhukanov an einen Oberst, mit dem er damals in der Heimat mal zusammengearbeitet hatte, als es darum ging, Massendemonstrationen unter Kontrolle zu halten. Der Kerl war ein richtiger Sadist, drehte den Leuten für sein Leben gern Arme und Beine herum, wußte ganz genau, wie man mit einer minimalen Drehung des Handgelenks maximalen Schaden anrichten konnte ... Borokovsky. Dieser Kerl hier sah Borokovsky mächtig ähnlich. War er etwa russischer Abstammung? Seiner Karte nach war er Detective D. A. Price, doch hier änderte ja jeder seinen Namen.

»Überprüfen? Ich habe Ihnen doch schon gesagt, er war hier, aber niemand ruft mich an, und dabei war's im Fernsehen.«

»Es handelt sich um eine Untersuchung der Mordkommission, Sir, da müssen wir besonders vorsichtig sein«, sagte der Cop und schaute über Zhukanovs Schultern auf die Regale voller Spielzeug.

Er nennt mich Sir, denkt aber wahrscheinlich, ich bin nichts weiter als 'ne Witzfigur, ein Clown. Genau wie der fette Typ, und was hat er davon gehabt?

Nachdem Zhukanov mehrere Stunden Zeit gehabt hatte, über seine Tat nachzudenken, erfüllte ihn der Gedanke daran mit großem Wohlgefühl. Wie er den fetten Kerl umgebracht hatte – großartig; der sibirische Wolf hatte seine Beute aufgespürt, sie zur Strecke gebracht, seine Nase in das Blut des Opfers getaucht und ein Geheul angestimmt. Als er den Kerl zerstückelt hatte, hätte Zhukanov am liebsten selbst geheult.

Ihn in den Wagen zu laden und ihn dann wieder aus dem Kofferraum herauszuwuchten war die reine Qual gewesen; Zhukanov taten jetzt noch der Rücken und die Arme weh. Den Mistkerl zu zerstückeln stellte sich ebenfalls als kein allzu leichtes Unterfangen heraus. Er hätte die Küchenmesser besser schleifen sollen; das Fleischerbeil hätte eigentlich die Gelenke durchtrennen sollen wie Butter anstatt steckenzubleiben.

Der Kopf hatte ihm allerdings weniger Probleme bereitet als erwartet. Er war davongerollt wie ein Fußball – mit offenen Augen. Ziemlich komisch. Am liebsten hätte er ihm noch einen satten Tritt verpaßt, aber man mußte nicht nur den Kopf, sondern auch die Finger loswerden, damit die Bullen sich mit dem restlichen Kadaver abmühen konnten. Ursprünglich hatte er geplant, den Kopf irgendwohin zu schaffen, wo er nie im Leben wieder gefunden worden wäre, aber die Pfadfinder hatten ihm die Tour vermasselt, als sie grölend wie eine Horde Besoffener durch den Wald gestiefelt kamen. Jetzt hatten die Bullen also den Kopf und würden irgendwann vielleicht herausbekommen, wer der fette Typ war. Und wenn schon. Zu ihm bestand keinerlei Verbindung, er hatte das ganze Blut abgewaschen. Und genau in diesem Augenblick stand ein Bulle vor ihm und lehnte sich völlig ahnungslos über haargenau denselben Tresen.

Zhukanov mußte sich ein Grinsen verkneifen. Er hatte die Messer auf dem Weg von Valencia bis Van Nuy in fünf verschiedene Gullys geworfen. Die Klamotten und der Geldbeutel des fetten Typs waren in diversen Müllcontainern in der Nähe von der Fairfax und der Melrose Avenue gelandet – sollten sie's doch den Juden anhängen.

In der Brieftasche war kein Geld gewesen, nur ein Führerschein und ein hübsches Bild von einem nackten Mädchen mit gespreizten Beinen, das Zhukanov selbst einsteckte. Der Führerschein landete in einem weiteren Gully. Der fette Kerl hieß Moron. Na und.

Als er nach Hause kam, wusch er seine blutverschmierten Kleider, duschte sich und aß etwas, um danach eine Weile an der defekten Pistole herumzuwerkeln, ohne jedoch herauszufinden, was damit nicht stimmte. Dann genehmigte er sich noch ein paar Gläser Wodka, bis gegen drei Uhr morgens die Lichter bei ihm ausgingen. Fünf Stunden später stand er wieder im Laden und wartete darauf, daß die Juden mit dem Jungen zurückkamen. Wenn nicht, würde er am Montag zur Kfz-Zulassungsstelle gehen.

Der Wagen tauchte dann allerdings doch auf und parkte gegen neun hinter der Judenkirche. Um diese Zeit hielten die Juden immer ihre Gebete ab, soviel wußte Zhukanov. Das Ganze würde bis gegen elf dauern. Er lief alle Viertelstunde zurück zur Seitenstraße, bis er schließlich den alten Kerl sah, der den Jungen versteckt hatte. Er trat aus der Tür, zusammen mit einer alten Frau. Sie fuhren davon, und er folgte ihnen in seinem Auto. Sie bemerkten ihn nicht – waren wohl viel zu beschäftigt mit ihrem Gelaber.

Und jetzt hatte er die Adresse, ohne dafür bezahlen zu müssen. Sunrise Court Nummer dreiundzwanzig.

Im Gegensatz zu dem Nummernschild hatte er die Adresse nicht aufgeschrieben, denn mittlerweile war er schlau geworden. Niemand würde sie bekommen, außer er bezahlte dafür.

Und wie ruhig und gelassen er nun war, jetzt, wo er dem weißen Cop gegenüberstand. Obwohl – hätte der Kerl ihm nur seine Marke gezeigt und nicht auch noch das Bild des Jungen, dann hätte er wohl doch geglaubt, daß es was mit diesem Moron zu tun gehabt hätte. Und was hätte er dann wohl gemacht?

»Ich sage alles dem Schwarzen«, erklärte er, »und er sich nie wieder bei mir gemeldet.«

»Das tut mir leid, Sir. Aber wir sind sehr beschäftigt –«

»Sie sehr beschäftigt mit der Suche nach dem Jungen«, sagte Zhukanov. »Aber ich ihn sehen.«

»Sie haben ihn vor ein paar Tagen gesehen, Sir.«

»Kann sein«, sagte Zhukanov lächelnd.

»Kann sein?«

»Kann sein, ich habe ihn noch mal gesehen.«

Der blonde Cop zog einen Notizblock hervor. »Wann, Sir?«

»Ich habe Ihrem schwarzen Kollegen gesagt beim ersten Mal; er sich nie wieder gemeldet.«

Der blonde Cop verzog das Gesicht und lehnte sich näher zu Zhukanov herüber. »Sir, wenn Sie Informationen haben, die –«

»Ich weiß nicht«, sagte Zhukanov achselzuckend. »Vielleicht ich vergessen. Genauso wie der schwarze Kerl vergessen, sich bei mir zu melden.«

Der Notizblock wurde zugeklappt. Der Cop war verärgert, aber er lächelte. »Sir, ich verstehe Ihre Enttäuschung, manchmal wächst uns die Arbeit über den Kopf, und wir können nicht darauf achten, daß auf jedem *i* ein Punkt ist. Wenn das in Ihrem Fall passiert sein sollte –«

»Sehr wichtig, daß auf jedem *i*, ein Punkt ist«, sagte Zhukanov, ohne genau zu wissen, was es bedeutete. »Aber auch Geld.«

»Geld?« sagte der Cop.

»Fünfundzwanzigtausend.«

»Ach das«, sagte der Cop. »Sicher. Wenn wir den Jungen finden und er uns helfen kann, gehört es Ihnen. Zumindest wurde mir das so erklärt.«

»Niemand erklärt *mir.*«

»Ich habe die Formulare selbst gesehen, Sir. Mein Captain hat sie unterzeichnet. Wenn Sie ihn anrufen möchten –«

»Nein, nein«, sagte Zhukanov. »Ich will nur, daß keine Mißverständnisse, verstehen Sie? Vielleicht ich weiß mehr, als ich dem schwarzen Kerl erzählt habe, aber was ist, wenn der Junge rennt weg und Sie ihn nicht finden?«

»Wenn Ihre Information stichhaltig ist, bekommen Sie einen Teilbetrag ausbezahlt«, sagte der Cop. »Einen Teil der fünfundzwanzigtausend. So wird das von uns jedenfalls für gewöhnlich gehandhabt. Ich sage nicht, daß Sie alles bekommen, aber –«

»Wieviel Teilbetrag?«

»Ich weiß nicht, Sir, aber im allgemeinen handelt es sich dabei um ein Drittel oder die Hälfte – ich würde mal sagen, zehn, zwölftausend. Und wenn der Junge da ist, bekommen Sie die gesamten fünfundzwanzigtausend – warum reden Sie nicht mit meinem Captain –«

»Nein, nein«, sagte Zhukanov nachdenklich. Wenn der alte Jude den Jungen mit nach Hause genommen hatte, konnte er immer noch abhauen; besser nicht mehr groß rumtrödeln. »Ich will, daß Sie das aufschreiben.«

»Was aufschreiben?«

»Was Sie sagen. Zwölf, fünfzehn für Zhukanov, nur für sagen, die ganzen fünfundzwanzigtausend, wenn der Junge auftaucht.«

»Sir«, sagte der blonde Cop und seufzte. »Ich bin nicht in der Position – ach was, Sie sollen Ihren Willen haben.«

Er riß ein Blatt Papier aus seinem Notizblock und fragte: »Wie buchstabiert man Ihren Namen?«

Zhukanov sagte es ihm.

Der blonde Cop schrieb in fein säuberlichen Druckbuchstaben:

Dieses Dokument bestätigt, daß nach meinem besten Wissen und Gewissen Mr. Zhukanov der Betrag von zwölftausend Dollar zusteht für Informationen bezüglich des Aufenthaltsortes eines vermißten Jungen, Identität ungeklärt, der im Zusammenhang mit dem Fall L. Ramsey, Polizeicode 187, gesucht wird. Sollten Mr. V. Zhukanovs Informationen direkt zu besagtem Jungen und die Informationen des Jungen zur Verhaftung eines Verdächtigen führen, so stehen ihm fünfundzwanzigtausend Dollar zu.

Det. D. A. Price, Dienstnummer 19823

»Hier«, sagte der Cop. »Aber um ehrlich zu sein, kann ich Ihnen nicht versprechen, daß es viel zu bedeuten hat –«

Zhukanov schnappte sich den Zettel, las ihn und stopfte ihn in seine Hosentasche. Nun hatte er einen Vertrag. Wenn die Schweine versuchen sollten, ihn aufs Kreuz zu legen, würde er Johnnie Cochran anheuern und sie verklagen, daß es nur so krachte.

»Ich weiß, wo er ist«, sagte er. »Reicht für fünfundzwanzigtausend.«

Der blonde Cop wartete, den Kugelschreiber im Anschlag.

»Die Juden – die Juden von da drüben, die haben ihn.« Zhukanov deutete nach Süden. »Die haben eine Kirche. Der alte Jude hat ihn da versteckt und dann mitgenommen nach Hause.«

»Das haben Sie gesehen?« fragte der Cop. Er richtete sich auf, und seine Schultern wirkten mit einemmal wesentlich breiter.

»Darauf können Sie wetten. Ich habe nach dem Wagen gesucht und ihm gefolgt zu dem Haus von dem alten Kerl, heute morgen.«

»Wie ein richtiger Detective, Mr. Zhukanov.«

»In Rußland ich war Polizist.«

»Wirklich? Nun ja, das hat sich ja dann bezahlt gemacht. Und glauben Sie mir, ich werde alles tun, was ich kann, um sicherzustellen, daß Sie die fünfundzwanzigtausend bis auf den letzten Penny bekommen.«

»Darauf können Sie wetten«, sagte Zhukanov. Der Wolf triumphierte.

»Wie lautet die Adresse?« fragte der blonde Cop.

»Sunrise Court Nummer dreiundzwanzig.« Eine Fünfundzwanzigtausenddollaradresse.

»Das ist hier in Venice?«

»Ja, klar, gleich hier.« Dieser Idiot, kannte sich nicht mal in seiner eigenen Stadt aus. Zhukanov deutete mit dem Daumen nach links. »Von Seitenstraße, Sie gehen zu Speedway, dann zu Pacific und dann fünf Blocks weiter.«

»Großartig«, sagte der Cop und klappte seinen Notizblock zu. »Sie waren eine unschätzbare Hilfe, Sir – wenn Sie Seitenstraße sagen, dann meinen Sie die hier hinten?«

»Ja, klar, ich zeige Ihnen.«

Er flankte über den Tresen – beflügelt von Adrenalin, trotz seiner schmerzenden Glieder. Dann führte Zhukanov den blonden Cop zur Rückseite des Ladens, vorbei an den Holzkisten mit dem Müll. Wenn der Kerl wüßte, was da gestern noch dringelegen hatte.

»Da drüben«, er deutete in die entsprechende Richtung, »ist die Judenkirche, wo ich das Auto gesehen. Okay?«

»Welche Marke, Sir?«

»Lincoln. Weiß mit braunem Dach.«

»Baujahr?«

»Egal. Ich habe was Besseres für Sie.« Grinsend sagte Zhukanov die Nummer des Nummernschildes herunter. Der Cop machte sich in der Dunkelheit kritzelnd Notizen. »Er ist gefahren in andere Richtung.«

»Nach Norden«, sagte der Cop.

»Ja, klar, hoch zu Speedway und dann Pacific und dann fünf Blocks.«

Der Cop wiederholte die Anweisungen. Besonders helle schien er wirklich nicht zu sein.

»Das ist alles«, sagte Zhukanov. Und jetzt mach dich auf den Weg und finde ihn, du blöder Arsch. Wo ich ihn dir doch schon auf einem silbernen Tablett serviere!

Der Cop steckte seinen Notizblock weg und streckte ihm ruckartig seine Hand entgegen. »Danke, Sir.«

Sie schüttelten einander die Hände. Ein fester, männlicher Händedruck. Wenn der Cop auch nur geahnt hätte, daß die Hand, die er da umfaßte, vor ein paar Stunden noch bis zum Ellbogen mit Blut verschmiert war. Zhukanov versuchte sich aus dem Griff seines Gegenüber zu lösen, damit der Kerl endlich in die Gänge kam, doch der ließ einfach nicht los – der Cop hielt ihn fest, zerrte ihn an sich heran – was, zum Teufel, sollte denn das? Der Cop grinste, als ob er ihn gleich küssen würde, hier stimmte was nicht, hier lief irgendwas ziemlich falsch.

Zhukanov versuchte sich zu wehren, holte zum Schlag aus.

Eine Hand packte sein Handgelenk, verdrehte es, irgend etwas brach, und ein stechender Schmerz durchzuckte ihn von den Fingerspitzen bis zu den Ohren. Eine blitzschnelle Bewegung, genau wie Oberst Borokovsky. Er stieß unwillkürlich einen Schrei aus, und etwas Großes, Fleischiges explodierte mitten in seinem Gesicht, und er ging zu Boden.

Dann noch mehr Schmerz, noch schlimmer, brennend und stechend, daß es durch Mark und Bein ging, als ob sich ein Feuer in seinem Gedärm entzündet hatte.

Es fing genau unterhalb seines Nabels an und breitete sich nach oben aus, wie ein brenndendes Tau. Dann fühlte er eine seltsame Kälte – kalte Luft, wie von einem Gebläse ... in seinem Inneren, *tief* in seinem Inneren, und er wußte, daß er aufgeschlitzt worden war wie ein Stück Vieh – genauso wie er es dem fetten Drecksack besorgt hatte, und jetzt passierte das gleiche mit ihm, und es gab nichts, das er tun konnte, außer dazuliegen und sich damit abzufinden.

Das letzte, was er spürte, war eine Hand, die seine Taschen durchsuchte.

Und den Vertrag herausfischte. Lügner! Betrüger! Das Geld gehörte ih–

73

Hier allein zu sein ist ganz anders als im Park. Anders als in Watson.

Ich habe all diese Zimmer, die Bücher, jemanden, der mir vertraut. Ab und zu höre ich jemand draußen auf dem Gehsteig vorbeigehen, oder Leute, die sich unterhalten oder lachen, oder ein Auto, das vorbeifährt. Aber das stört mich nicht; ich bin hier drin, hinter verschlossenen Türen. Ich kann schlafen, ohne aufzuwachen und zu sehen, was um mich herum vorgeht. Ich kann lesen, ohne daß ich eine Taschenlampe benutzen muß.

Ich habe viel darüber nachgedacht, und Sam hat recht. Morgen suche ich mir eine Telefonzelle und rufe bei der Polizei an, sage ihnen Bescheid wegen PLYR 1. Vielleicht kann ich auch Mama anrufen. Um ihr zu sagen, daß mit mir alles in Ordnung ist und sie sich keine Sorgen machen soll. Daß ich eines Tages zurückkomme und für sie sorgen werde.

Was würde sie wohl machen? Weinen? Wütend werden? Mich anbetteln, nach Hause zu kommen?

Oder noch schlimmer: mich *nicht* anbetteln. Sie muß mich doch zumindest ein bißchen vermissen.

Ich höre auf, mir darüber Gedanken zu machen, strecke die Beine auf der Couch aus, ziehe die Strickdecke über meine Knie und fange mit dem nächsten Heft von *Life* an. Die Titelgeschichte dreht sich um John F. Kennedy und seine Familie. Da liegen sie am Strand, sehen gut aus und sind glücklich.

Am Strand von Kalifornien, der gleiche Sand, nur ein kleines Stück weit weg von hier. Ich könnte zu Fuß hingehen, mir das Ganze ansehen und so tun, als wäre ich John Kennedy, und dann wieder zurückkommen. Aber ich habe Sam gesagt, ich würde hierbleiben, und er hat mir den Code für die Alarmanlage gegeben.

Eins, eins, fünfundzwanzig. Ich stehe auf und probiere es mal aus. Grünes Licht.

Rotes Licht. Grünes Licht. Rotes Licht.

Grünes Licht. Ich mache die Tür auf, rieche das Salz, die typische Strandluft. Niemand ist draußen; die meisten Häuser sind dunkel.

Ich gehe raus auf die Veranda. Mir ist kalt. Ich habe Angst.

Zurück ins Haus. Warum kriege ich Angst, sobald ich einen Fuß vor die Tür setze?

Ich werd's später noch mal probieren. Zurück zu den Kennedys.

74

Der Besitzer des Chinarestaurants konnte sich an Balch nicht erinnern. Petra und Wil bestellten ein paar Frühlingsrollen zum Mitnehmen, aßen sie im Auto und einigten sich darauf, in getrennten Wagen nach Venice zu fahren, wo sie sich an der Kreuzung Pacific und Rose Street treffen wollten, um dann gemeinsam zu Zhukanovs Laden zu gehen.

Petra war schon wieder auf dem Redondo Beach Boulevard, als sie einen Funkspruch von der Zentrale in Hollywood erhielt.

»Detective Bishop hat vor einer halben Stunde für Sie angerufen«, sagte die Vermittlung. Hatte Stu vielleicht bei den Fluggesellschaften etwas über Balch herausbekommen?

Die Vermittlung in der Telefonzentrale des Krankenhauses weigerte sich, Petra durchzustellen. »Keine Anrufe für Patienten der Chirurgie nach neun Uhr, Ma'am.«

»Ich bin bei der Polizei und melde mich auf den Anruf eines Kollegen. Stuart Bishop.«

»Ist Mr. Bishop der Patient?«

»Nein, seine Frau.«

»Dann tut es mir leid, Ma'am, ich kann Sie nicht durchstellen.«

»Kann ich bitte mit Ihrem Vorgesetzten reden?«

»Ich bin der Vorgesetzte hier. Diese Regeln dienen dem Wohlergehen unserer Patienten. Wenn Sie möchten, kann ich eine Nachricht notieren, daß Sie angerufen haben und zu ihm heraufschicken.«

»Gut, ich warte.«

»Das geht leider nicht, Ma'am, denn es wird eine Weile dauern. Wir sind unterbesetzt, und ich muß alle Leitungen freihalten. Wenn es wichtig ist, bin ich sicher, daß er Sie noch mal anrufen wird.«

»Sicher«, sagte Petra. »Schönen Abend noch.«

Sie fuhr weiter und hoffte, daß es nicht wichtig war. Selbst, wenn sie auf eine Flugreservierung stießen, hatte sie Zweifel, daß Balch auch wirklich auftauchen würde. Der Anruf bei Westward Charter war garantiert ein Ablenkungsmanöver gewesen. Balch war in allen anderen Belangen viel zu vorsichtig gewesen, um sich so einen Ausrutscher zu leisten.

Und das hieß?

Er war überall, nur nicht in Las Vegas. Da, wo seine zweite Hochzeit stattgefunden hatte. Morgen würde sie versuchen, Amber Leigh zu erreichen. Und Helen. Um herauszufinden, warum sie sich von dem Kerl hatten scheiden lassen. Seine Macken, schlechte Angewohnheiten, was immer ihn dazu gebracht haben mochte, Blondinen umzubringen.

Überall, nur nicht… die Hütte im Wald? Ein Thoreau mit Mordgelüsten? Wenn sich nicht bald irgendwelche Hinweise ergaben, würde Schoelkopf unter Umständen gleich zu *Americas Most Wanted* gehen. Vielleicht war das ja auch die beste Art und Weise, an die Sache heranzugehen. Dann wäre wenigstens der Druck von ihr und Wil genommen. Und von William Bradley Straight, der mittlerweile auch keine Mutter mehr hatte. Der arme, arme Junge.

Und nun war der Kerl, der ihn wahrscheinlich zu einem Waisen gemacht hatte, abgeschlachtet worden wie das elende Schwein, das er in Wirklichkeit auch war.

Jedenfalls einer, der nichts mehr ausfressen würde. Petra spürte eine grimmige Zufriedenheit angesichts dieser Tatsache.

Die sie allerdings nicht davon abhalten würde, den Schlächter zu jagen.

75

Ein schnuckeliges kleines Haus. Licht im vorderen Zimmer. Allerdings nicht besonders hell. Der Lincoln stand hinter dem Haus geparkt.

Also war der alte Mann mit dem Jungen zusammen zu Hause. War er verheiratet? Zhukanov hatte nichts davon erwähnt, daß er eine Frau gesehen hatte, aber das mußte nichts heißen; der alte Kerl konnte auch in den Tempel gegangen sein und sie zu Hause gelassen haben. Vielleicht war sie krank oder behindert.

Leichtes Spiel.

Alles in allem war die Fußgängerstraße vermutlich von Vorteil. Keine Autos, hinter denen man sich verstecken konnte, aber auch keine Autofahrer, die einem in die Quere kommen konnten. Und Fußgänger auch nicht, jedenfalls nicht in der halben Stunde, während der er das Haus von drei verschiedenen Punkten aus beobachtet hatte.

Auf Gummisohlen, die seine Schritte schluckten, schlich er durch die Gasse hinter dem Haus. Neue Joggingschuhe, in denen er so lange herumgelaufen war, bis er ganz sicher sein konnte, daß sie nicht mehr quietschten.

Heraus aus dem billigen Anzug, in dem er den Polizisten gespielt hatte, und statt dessen einen schwarzen Trainingsanzug und eine schwarze Windjacke mit Taschen angezogen. Der Lieferwagen, den er in der Nähe des Flughafens gemietet hatte, war eine perfekte Garderobe. Er hatte in bar bezahlt, keinen Ausweis oder Führerschein vorgezeigt und dem Kerl von der Autovermietung fünfhundert Dollar als Kaution hinterlegt. Fünfhundert, die er nie wiedersehen würde, doch das war es wert. Der Lieferwagen stand fünf Blocks entfernt östlich der Main Street in einer Wohnstraße.

Es war ein angenehmer Spaziergang zum Sunrise Court; die vom Strand her wehende Luft hatte einen durchdringenden, belebenden Geruch. Er hatte nie am Strand gewohnt. Vielleicht würde eines Tages …

Von der Rückseite des Hauses aus konnte er sehen, daß das Licht in der Küche immer noch brannte. Es war zweiundzwanzig Uhr achtunddreißig. War noch jemand wach, oder war es nur eine Sicherheitsmaßnahme? Vermutlich das letztere, denn drinnen schien sich nichts zu regen.

Warum hatte der Alte den Jungen bei sich aufgenommen? Ein Verwandter? Auf der Zeichnung wirkte er überhaupt nicht jüdisch, aber das ließ sich ja nie genau sagen. Nein, wenn es eine Familienangelegenheit wäre, dann würden sie doch den Jungen drängen, das Geld zu kassieren, oder?

Ein barmherziger Samariter? Religiöse Überzeugungen? So was wie Kirchenasyl im Tempel? Glaubten Juden an so was? Er hatte keine Ahnung. Er ging ums Haus herum zur Vorderseite, versteckte sich hinter einem Gebüsch und setzte seine Beobachtungsmission fort.

Wie sollte er vorgehen?

Blitzkrieg, etwas anderes kam nicht in Frage. Die Wohnung stürmen. Das machten Gangs neuerdings, besonders die Asiaten. Das Haus war ziemlich klein, wie viele Zimmer mochte es wohl haben?

Ein Messer wäre am besten, allein wegen des Lärmfaktors. Aber von Zimmer zu Zimmer zu rennen und mit dem Messer in der Gegend herumzustechen war auch riskant; selbst bei einer schwachen Beute gab es das Fluchtrisiko.

Als Alternative kam die Glock-Pistole in Frage, doch das bedeutete Lärm. Venice war eine Gegend mit hoher Kriminalitätsrate, er hatte schon von Gangs auf dem Ocean Front Walk gehört und während seiner heutigen Beobachtungstour diverse Typen gesehen, die aussahen, als würden sie zu irgendwelchen Gangs gehören. Die nachbarn waren also unter Umständen daran gewöhnt, nachts Pistolenschüsse zu hören. Aber in einer Straße wie dieser hier, wo die Häuser dicht beieinander standen – er mußte die Tür aufbrechen, das Ganze hinter sich bringen, die Pistole irgendwo loswerden und dann die vorher festgelegte Fluchtroute zum Lieferwagen nehmen.

Riskant.

Aber auch reizvoll – das mußte man zugeben. Das Risiko machte einen *Teil* des Reizes aus. Das und die einfache Tatsache, daß man überhaupt zu so etwas fähig war.

Okay, also dann das beidhändige Blitzkommando – eine Hand am Messer, die andere an der Pistole. Wenn nur der Junge und der alte Mann da drin und sie nicht weit voneinander weg waren, würde das Messer wahrscheinlich reichen. Also würde er mit dem Messer anfangen und die Pistole bereithalten für eventuelle Komplikationen.

Eines stand jedenfalls schon mal fest: Eindringen von hinten war am besten. Ha, ha.

Noch ein Vorteil der Fußgängerstraße: Alle parkten ihre Autos hinter den Häusern, da würde es nicht weiter auffallen, wenn er die Gasse entlangging. Wenn jemand ihn sah, würde er einfach in ein gemütliches Spaziergängertempo verfallen, so tun, als würde er hierher gehören, ein bißchen mit den Schlüsseln klappern und auf eines der Autos zugehen. So wie er aussah – weiß, männlich, Jogginganzug – würde er auf niemanden einen bedrohlichen Eindruck machen. Hoffte er jedenfalls.

Seine Knie schmerzten. Er hatte sich zuviel hingekniet. Die Percodans wirkten allmählich nicht mehr. Lisa hatte immer behauptet, Koks wäre ein gutes Schmerzmittel; Zahnärzte hatten früher das Zahnfleisch damit eingerieben. Immer wollte sie, daß er es mal probierte. Scheiß drauf. Er hatte es für sie gekauft, es ihr *löffelweise* in ihre süße kleine Nase geschaufelt, versucht, sich an ihrem Körper Befriedigung zu verschaffen, wenn sie high war, aber es selbst anzurühren kam überhaupt nicht in Frage – Percodan, weiter würde er nie gehen.

Immer die Kontrolle behalten.

Er wartete. Nichts. Okay, wieder zurück und dann bereit zum Blitzangriff.

Er wollte sich gerade auf den Weg machen, als die Vordertür aufging und jemand nach draußen kam.

Heraus auf die Veranda kam und sich umschaute.

Der Junge!

Perfekt! Er würde über den Gehweg sprinten, ihn schnappen,

seine Kehle durchschneiden und sich aus dem Staub machen – Gott war *wirklich* gut!

Doch gerade als er aufspringen wollte, lief der Junge zurück ins Haus.

Vor Angst?

Da hast du allen Grund zu, Kleiner.

76

»Das da ist es«, sagte Wil, der mit dem Telefonhörer am Ohr wartete.

Der Ocean Front Walk lag verlassen in der Dunkelheit. Petra konnte den Souvenirladen kaum ausmachen. Als sie näher kamen, sah sie, daß es eine winzige Bruchbude war, die Vorderfront mit einem Rolladen verschlossen.

»Okay«, sagte Wil ins Telefon. Und zu Petra: »Wir haben seine Adresse. In West Hollywood natürlich.«

Sie waren noch etwa sieben Meter von der Bude entfernt. Im Umkreis von mindestens hundert Metern war niemand auf dem Gehweg zu sehen. An der Ecke Paloma Street und Speedway hatten sie einen Obdachlosen gesehen, und Petra hatte einen weiteren auf einer Bank weiter nördlich sitzen sehen, doch der war aufgestanden und davongeschlurft. Die Meeresbrandung flüsterte, als ob sie irgendwelche Geheimnisse verraten wollte, und der Strand sah aus wie eine Eisfläche.

Sie wollten schon kehrtmachen, als Petra etwas bemerkte. Ein fünf Zentimeter breiter Spalt unter der Rolladenkante. Geschlossen, aber nicht abgeschlossen?

Die Pistole im Anschlag, rannte sie hin. Wil folgte ihr. An der rechten Unterkante des Rolladens waren Ösen für ein Schloß angeschweißt, und am Tresen war ein Ring angenietet. Aber von einem Schloß war nichts zu sehen. Sie spähte durch den Zwischenraum. Sie erkannte in Plastikfolie eingewickelte Sachen, die an den Regalen an der Wand hingen … Postkarten. Mützen. Genau die gleiche Sorte, wie sie William Straight trug.

Sie ging rückwärts zur anderen Seite des Gehweges zurück und behielt den Souvenirstand im Auge, während sie Wil zuflüsterte: »Klare Anzeichen für illegales Eindringen, wir haben die Pflicht, das zu untersuchen.«

»Absolut«, sagte er. »Aber was ist, wenn's irgendein Irrer ist, und der da drin rumlungert? Sehen wir uns erst mal die Rückseite an.«

Sie nahmen ihre Taschenlampen heraus und schlichen zur nördlichen Seite des Souvenirladens. Diese elende Dunkelheit und diese elende Stille. Petra zog es vor, mit ihrem Kopf zu arbeiten, um die bösen Buben psychisch in die Knie zu zwingen. Für Fernsehbullenkram hatte sie nichts übrig.

Hinter dem Gebäude standen zwei große Holzkisten, die an den Seiten mit zusätzlichen Latten verstärkt waren. Im Schein ihrer Taschenlampe sah sie, daß die Kisten von den Docks in Long Beach kamen.

Die Hintertür war verriegelt, ein schönes Vorhängeschloß hing genau da, wo es hingehörte. Hier stimmte etwas nicht. Außer, es handelte sich nicht um einen geplanten Raub, sondern einfach um eine Kurzschlußhandlung ... die Kisten stanken nach Müll. Die Gebäude in der Nachbarschaft hatten alle Müllcontainer. Vorschrift der Stadtverwaltung – wollte der Russe Geld sparen?

Das Gute an den Kisten war, daß die seitlichen Latten einen guten Halt boten. Petra kletterte die ersten hinauf, schaute hinein. Nichts.

Sie fand Zhukanov in der zweiten Kiste. Er lag rücklings auf einem Haufen Müll, den Mund weit offen mit dem typischen dämlichen Staunen eines Toten. Ein Arm davongestreckt, der andere in einem solchen Winkel unter seinen Kopf gedrückt, daß es grausam weh getan hätte, wäre der Mann noch am Leben.

In der Mitte aufgeschlitzt und ausgeweidet. Im Schein der Taschenlampe glänzten seine Gedärme wie vollgefressene Aale.

Die gleichen tödlichen Verletzungen wie bei Lisa.

Balch hatte überhaupt nicht die Stadt verlassen; der Anruf bei der Chartergesellschaft, nur eine Finte, wie sie vermutet hatte – weswegen hatte *Stu* dann angerufen?

Keine Zeit, darüber nachzudenken. Sei ließ den Lichtkegel der Taschenlampe über den Müll gleiten, und jetzt sah sie auch das Blut, ein großes scharlachrotes Rechteck, verteilt über Papiermüll.

Wil hatte ebenfalls Blut gefunden. Flecken und Streifen auf der ersten Kiste, eine große Lache auf dem Boden. Sie hatte mittendrin gestanden, verdammt! Wieso hatte sie das nicht gemerkt?

Sie meldeten den Fund bei der Pacific Division, wo man sie anwies, den Tatort zu bewachen – konnte sein, daß es eine Weile dauerte, bis sie jemanden schicken konnten, denn in Oakwood hatte es gerade eine Schießerei gegeben, und einige der Opfer atmeten noch.

Im Inneren des Souvenirladens fanden sie keine Hinweise auf ein illegales Eindringen. Nichts weiter als schrottiges Spielzeug, ein Lagerraum mit einem Stuhl und einem kleinen Tisch voller Quittungen und Rechnungen, die völlig ungeordnet durcheinanderflogen. Eine Planet-Hollywood-Jacke baumelte von einem Nagel in der Wand. An ein paar Nägeln daneben hingen chinesische Kampfhölzer, ein halber Baseballschläger mit Lederschlaufe und ein angelaufener Schlagring aus Messing.

Der Russe, bereit zur Schlacht. Jemand hatte ihn überrascht.

Mehrere Flaschen in der Ecke boten vielleicht eine Erklärung. Billig aussehende russische Etiketten, trüber Wodka. Eine der Flaschen war fast leer. Zhukanov betrunken, die Abwehr vernachlässigt? Aufgeputscht mit Schnaps, als er selbst Moron getötet hatte?

Falls er Moron getötet hatte. Vielleicht war er Morons Komplize gewesen, eine Drogengeschichte oder was auch immer, und die beiden hatten sich zusammengetan, um die fünfundzwanzigtausend zu kassieren.

Und Balch hatte es irgendwie herausbekommen und beide erledigt.

Doch warum hatte er sich dann die Mühe gemacht, Moron nach Angeles Crest herauszuschaffen und Zhukanov hiergelassen, wo er sicher sein konnte, daß er gefunden wurde?

Seht her, was ich mir erlauben kann!

Zhukanovs Bauchverletzung entsprach denen von Lisa und Ilse Eggerman. Aber Moron paßte einfach nicht ins Bild. Also hatte Zhukanov vielleicht *doch* Moron erledigt. Und Balch wiederum Zhukanov.

Es konnte nur einen einzigen Grund geben: Der Russe wußte etwas Bedeutsames über William Bradley Straight.

Alles, was Zhukanov Wil erzählt hatte, war, daß der Junge eine Mütze von ihm gekauft hatte.

Nicht genug, um deswegen jemanden umzubringen.

Hatte der Russe etwas zurückgehalten? Wußte er mehr, als er sagte?

Sie gab Wil eine Kurzfassung ihrer Theorien. Dieser war im vorderen Teil des Ladens und untersuchte die Wand unter dem Tresen nach weiteren Blutspuren.

Sie redete wie ein Maschinengewehr, konnte es selbst nicht fassen, wie aggressiv sie sich anhörte. Wil hörte zu und sagte: »Glaubst du, Zhukanov hat den Jungen noch mal wiedergesehen? Rausbekommen, wo er sich aufhält? Aber wie hat Balch das erfahren?«

»Ich weiß nicht – aber wenn er's gewesen ist, hat er Zhukanov überrascht. Vielleicht mit roher Gewalt. Oder Zhukanov war besoffen. Oder er hat ihn auf irgendeine Tour reingelegt. Zhukanov war doch ganz versessen auf die Belohnung, vielleicht hat das seine Urteilsfähigkeit getrübt.«

»Reingelegt«, sagte Wil. »Als jemand aufgetreten, der von Amts wegen nach dem Jungen Fragen stellt?«

»Ja«, sagte Petra. »Als Sozialarbeiter – als Polizist. Vielleicht ist Balch als Polizist aufgetreten.«

Wil dachte darüber nach. »Alles, was man dazu braucht, ist ein Anzug und eine falsche Marke. Genau, und so scharf wie Zhukanov aufs Geld war, würde das sogar hinhauen. Aber warum sollte Balch riskieren, Zhukanov jetzt umzubringen, wo er weiß, daß wir nach ihm suchen?«

»Wir haben ihn nicht erwischt. Er weiß unter Umständen noch nicht mal, daß wir hinter ihm her sind«, sagte Petra. »Und wenn ihn das zu dem Jungen führt, ist es unter Umständen die Sache wert. Das alles sagt mir, daß Zhukanov garantiert noch mehr über den Jungen herausbekommen hat.«

Sie ging zurück in den Lagerraum und suchte nervös und fieberhaft herum. Spielzeug, blödes Spielzeug – man mußte sich eine Vogelscheuche wie Zhukanov nur mal vorstellen, wie er versuchte, Kindern Spielzeug anzudrehen ... nichts in den Taschen der Planet-Hollywood-Jacke ... der kleine Tisch, die Quittungen – sie raffte sie zusammen und ging sie einzeln durch.

Nach zehn Quittungen stieß sie auf ein Rechnungsformular, auf dem kein Verkauf oder Datum eingetragen war. Nur eine einzelne Zeile in zittriger Handschrift:

2RTRM34

Ein Nummernschild? Hatte der Russe William Straight in einem Auto gesehen und die Nummer aufgeschrieben? Jeder wußte, daß man sich per Bestechung von der Zulassungsstelle Informationen besorgen konnte. Vor ein paar Monaten hatten die Zeitungen einen Bestechungsskandal aufgedeckt. Ein Kerl wie Zhukanov würde so was schon hinkriegen. Geld auf den Tisch und her mit der Adresse.

Sie schaute sich in dem Laden nach einem Telefon um. Keins da. Was für ein Gerümpel. Fournier suchte immer noch nach Blutspuren. Sie lieh sich sein Handy – was war noch mal die Nummer, die man um diese Zeit anrufen mußte, wenn man einen Fahrzeughalter feststellen wollte ... genau, genau, jetzt fiel's ihr wieder ein. Als sich die Beamtin am anderen Ende meldete, kostete es Petra einige Überwindung, der Frau nicht einfach ihre Befehle um die Ohren zu brüllen. Sie hatte es mit jemandem zu tun, der peinlich genau auf die Vorschriften achtete.

Gott bewahre mich vor Paragraphenreitern.

Schließlich konnte sie die Dame mit ein wenig gutem Zureden doch noch zur Kooperation bewegen, und ein paar Computerklicks später hatte Petra, was sie wollte: Samuel Morris Ganzer, Sunrise Court Nummer dreiundzwanzig, Venice.

Geboren neunzehnhundertfünfundzwanzig.

Ein alter Mann.

Hatte William endlich einen Beschützer gefunden?

77

Der Lincoln stand gerade mal ein paar Zentimeter von der Rückseite des Hauses entfernt, und auf der vorderen Stoßstange konnte er sich prima abstützen, um zum Fenster hineinzuschauen.

Auch hier Vorhänge, aber nicht ganz zugezogen; die Küche, erhellt von einer kleinen Lampe über dem Ofen, konnte er perfekt einsehen. Das Wohnzimmer ebenfalls, denn es war nur durch einen hüfthohen Tresen abgetrennt. Eine Stehlampe, die pechrabenschwarze Schatten auf den grauen Teppich warf. Genügend Licht, um die Vordertür zu erkennen. Ein rotes Schimmern rechts davon. Eine Alarmanlage. Nicht gut. Aber besser, wenn man's vorher wußte.

Drei Türen auf der linken Seite, vermutlich die Schlafzimmer und das Bad. Nicht viel Platz zwischen den Türen. Kleine Zimmer. Fürs Erstechen wie geschaffen.

Und das war auch schon der gesamte Grundriß. Hervorragend.

Keine Spur von dem Jungen, seit seinem ersten Ausflug auf die Veranda. Von dem Alten auch nicht. Beide Schlafzimmertüren geschlossen. Konnte es sein, daß der Junge und der alte Mann – mit oder ohne Frau – schon fest schliefen? Oder war der Alte vielleicht schwul, und der Junge schlief bei ihm?

Das würde erklären, warum er ihn zu sich nach Hause mitgenommen hatte.

Wenn sie schliefen, wurde die Sache jedenfalls viel einfacher: reinstürmen, die Schlafzimmertüren auftreten, bang, bang, bang, und schon wieder weg, bevor die Alarmanlage überhaupt losging.

Auf dem Weg nach draußen irgendwelchen Krempel umtreten, vielleicht sogar was klauen, damit's aussieht wie der Überfall einer Gang.

Er stieg von dem Auto herunter, warf prüfende Blicke die Gasse hinunter, um sicherzugehen, daß ihn niemand störte, und überprüfte die Hintertür. Zwei Riegel. Schlecht. Aber schon, als er sich leicht dagegenlehnte, spürte er, daß die Tür nachgab. Ein- oder zweimal kräftig dagegengerammt, und das Ding würde aus den Angeln fliegen. Und ihm die Schulter ruinieren, aber er war's gewöhnt, sich seinen Weg durch Hindernisse zu bahnen. Die Tür hier war nichts, verglichen mit einer Linie Angreifer beim Football.

Okay, dann also los. Auf zum Blitzangriff. Das Messer, wenn es hinhaute, die Pistole bereit, falls nicht. Egal wie, er würde nur Sekunden brauchen, zur Hintertür hinausrennen und in der Dunkelheit der Nacht verschwinden.

Ein letzter Blick durch das Küchenfenster.

Er hatte Angst, das mußte er zugeben. Das hier war etwas anderes, nicht so wie bei Lisa, dem deutschen Mädchen, Sally oder wie bei dem dämlichen Russen. Bei all diesen Gelegenheiten hatte er die Situation bestimmt.

Doch manchmal mußte man halt improvisieren.

Er stieg wieder auf die Stoßstange des Lincoln. Nichts hatte sich verändert, aber er zögerte trotzdem. Wieder rauf, wieder runter. Wie unter Zwang. Wenn seine Unruhe wuchs, verfiel er in Wiederholungen. Genau so wie seine Mutter, die mit dem Kopf gegen die Wand schlug. Die blöde Schlampe. Sie hatte es verdient, mit diesem dämlichen Helm auf dem Kopf zu sterben.

Okay, ein letzter Blick – dieses Mal sah er den Jungen – da sieht man's wieder: Gründlichkeit zahlt sich aus.

Er kam aus der mittleren Tür auf der linken Seite. Ein Badezimmer, genau wie er vermutet hatte.

Ein rappeldürrer kleiner Bursche, so leicht, daß man ihn glatt über's halbe Feld treten konnte. Er beobachtete, wie er zur Tür herauskam, in die Küche ging, den Kühlschrank öffnete und etwas herausnahm – eine Möhre.

Ob er sie wohl waschen würde? Das Spülbecken war genau unterhalb des Fensters. *Kopf runter.*

Vor der Hauswand kauernd, hörte er das Wasser laufen. Hygienischer kleiner Wichser.

Das Wasser verstummte. Er wartete, hob schließlich den Kopf, spähte nach innen. Der Junge stand im Wohnzimmer, den Rücken zum Küchenfenster, und aß die Möhre. Als er halb damit fertig war, ging er zur Vordertür, drückte auf das Tastenfeld – verdammt, zu weit weg, um den Code erkennen zu können.

Der Junge öffnete die Tür, trat wieder nach draußen. Doch nur für ein paar Sekunden, und schon war er wieder im Haus, machte die Tür zu, drehte sich um und würde jeden Moment mit dem Gesicht zum Küchenfenster stehen.

Konnte er irgendwas in der Dunkelheit hier draußen erkennen? Wahrscheinlich nicht, außer wenn es direkt vor der Scheibe war, aber nicht unvorsichtig werden, lieber noch mal Kopf runter.

Es vergingen dreißig Sekunden, bis er einen weiteren Blick riskierte. Der Junge stand immer noch im Wohnzimmer, kaute auf der Möhre herum. Er hielt ihm das Profil zugekehrt.

Nur ein weiteres Gesicht, mehr nicht.

Der Junge aß das letzte Stück Möhre, beugte sich herunter und hob irgend etwas auf. Eine Zeitschrift. Er ernährt sich gesund, ist reinlich und liest. Was für ein vorbildlicher kleiner Bürger.

Aber nicht vorsichtig. Denn das Lämpchen an der Alarmanlage leuchtete grün.

Er hatte vergessen, den gottverdammten Alarm einzuschalten.

Gott war *wundervoll*!

Und jetzt würde der Blitz einschlagen!

78

»Sunrise Court«, sagte Petra und blätterte durch ihren Stadtplan.

Wil nahm seine Taschenlampe aus dem Mund. »Das kenne ich. Das ist eine der Fußgängerstraßen.« Er war außerhalb des Souvenirladens und notierte die Details des Tatortes im Fall Zhukanov.

»In welcher Richtung?« fragte sie.

»Norden, fünf oder sechs Blocks.«

Er war von dem Nummernschild und Sam Ganzers Adresse nicht sonderlich beeindruckt. »Könnte Zhukanovs Boß sein, oder ein Kunde. Zhukanov könnte sich die Zulassung notiert haben, um einen Scheck einzulösen.«

»Könnte sein«, sagte Petra, die sich nur auf ihren Instinkt verließ. Sie klappte den Stadtplan zu. »Also, du bleibst hier und leistest Zhukanov Gesellschaft?«

»Klar, vielleicht bringt er mir Russisch bei.«

79

Es ist fast elf. Demnächst müßte Sam zurückkommen. Ich wollte eigentlich so lange wachbleiben, aber jetzt bin ich doch müde. Ich denke, ich gehe ins Bett.

Wahrscheinlich amüsiert er sich mit Mrs. Kleinman. Ich könnte noch eine Möhre essen, aber so richtig hungrig bin ich eigentlich nicht... vielleicht dusche ich mich noch mal. Nee, das habe ich ja schon gemacht, und ich will nicht soviel von Sams Wasser verschwenden.

Ich gehe rüber und schalte die Lampe im Wohnzimmer aus – vielleicht nehme ich mir ein paar von den Zeitschriften mit ins Bett – oh, oh, ich habe vergessen, die Alarmanlage wieder einzuschalten.

Ich stürme zu dem Tastenfeld, strecke die Finger nach den Tasten aus, und plötzlich gibt's hinter mir eine Explosion und dann ein Krachen – es kommt von hinten aus dem Haus. *O nein, hab ich den Herd angelassen oder so was?*

Ich rieche aber gar kein Gas und auch nichts, was brennt, und als ich mich umdrehe, sehe ich ein großes schwarzes Loch, da wo die Küchentür gewesen ist, und die Küchentür selbst liegt auf dem Boden, und ein Kerl kommt durch das Loch, jetzt ist er im Haus, sieht mich, reißt die Tür zu Sams Zimmer auf, schaut rein, kommt wieder raus –

Kommt auf mich zu.

Ganz in Schwarz gekleidet.

Seltsame orangerosa Haut und gelbe Haare.

Groß.

Er starrt mich an. Ich kenne ihn nicht, aber er kennt mich!

PLYR 1!

Woher?

O Gott, nein, o nein – er kommt auf mich zugestürzt, und er

hat ein Messer – ein großer rosa Mann mit einem Messer. Ich will schreien, aber mein Mund ist wie zugefroren. Ich greife nach dem Türknauf, fasse ins Leere, und er kommt schnell näher mit diesem riesigen Messer – ich renne nach links, aber damit sitze ich in der Klemme, ich kann nirgendwo hin, nur Bücherregale hinter mir. Ich muß irgendwas machen – irgendwas *werfen*, das hat doch schon mal geklappt – Bücher.

Ich ziehe sie aus den Regalen und schleudere sie in seine Richtung, so fest ich kann. Ein paar treffen ihn auch, aber er kommt weiter auf mich zu, geht jetzt langsamer, lächelt, läßt sich richtig Zeit, das Messer vor sich in der Hand, mit dem er vor und zurück wedelt.

Ich ziehe noch mehr Bücher heraus und werfe sie, sie treffen ihn im Gesicht, an der Brust, auf dem Bauch, er lacht nur, schiebt sie weg, kommt weiter auf mich zu, das Zimmer ist dunkel, aber er kann mich sehen, und er kommt genau auf mich zu.

Ich versuche, die staubige Couch auf ihn zu kippen, aber sie ist zu schwer.

Er lacht.

Ich nehme den Notenständer und werfe *den*.

Damit hat er nicht gerechnet. Er verliert das Gleichgewicht, und ich renne an ihm vorbei in die Küche, auf die Hintertür zu.

Plötzlich bin ich am Boden.

Irgendwas packt mich am Bein.

Er hat mich am Knöchel und zieht, ich sehe, wie er die Knie beugt, sehe die Unterseite seines Kinns, seinen Arm, das Messer, das sich senkt.

Ich zappele und winde mich wie eine Schlange, immer in Bewegung, hin und her, vielleicht erwischt er mich ja nicht, wenn ich mich bewege, und ich kann zur Hintertür hinaus. Er quetscht meinen Knöchel, das tut weh, ich schlage nach ihm, zappele weiter hin und her, komme nahe genug an den Arm, der meinen Knöchel hält, und beiße rein, beiße so fest zu, wie ich kann, Billy, die Schlange, Billy die Viper.

Er schreit und läßt los und ich will hinauslaufen, aber er versperrt mir den Weg – wohin wohin wohin – die einzige Möglichkeit ist, ihn auszutricksen, einen Haken schlagen, erst rechts, dann links, ins Badezimmer, und dann rein da und die Tür zuschließen.

Ich springe auf, renne schneller als je zuvor in meinem Leben durch die Küche, und er rennt auch, atmet schwer, ich schaffe es ins Badezimmer, knalle die Tür zu, schließe ab und klemme mich zwischen die Kloschüssel und die Badewanne, kalter Boden, schneller Atem, meine Brust tut so weh –

Kein Geräusch zu hören.

Dann lacht er wieder. Ich höre Schritte; er ist ganz ruhig. Ich versuche, langsamer zu atmen, aber jeder Atemzug macht ein quietschendes Geräusch.

Durch die Tür höre ich: »Du blödes Stück Scheiße. Bist von selbst in die Falle gerannt.«

Er hat recht.

Das Badezimmer hat kein Fenster.

Jetzt tritt er gegen die Tür, sie zittert, das Holz bläht sich auf wie ein Ballon, der genau in der Mitte platzt, ich springe auf, öffne den Arzneischrank, suche in der Dunkelheit nach irgendwas Scharfem, einem Rasiermesser, einer Schere, irgendwas, kein Rasiermesser, keine Scheren, da ist doch was Spitzes, eine Nagelfeile, glaube ich, sie ist nicht scharf, aber ich packe sie, und er tritt gegen die Tür, ein Stück von seinem Bein kommt durch, schwarze Jogginghose, schwarze Tennisschuhe, ich steche auf die Hose ein, die Feile trifft auf den Knochen, aber sie rutscht ab, bleibt nicht richtig stecken, er schreit auf, nennt mich einen kleinen Drecksack –

Noch eine Explosion, viel lauter.

Irgendwas kommt durch die Tür, fliegt an mir vorbei, der Spiegel an dem Schränkchen zerplatzt, ich spüre Schmerzen am Hinterkopf, fasse mit der Hand dran, warme klebrige Glasnadeln.

Eine Pistole – er hat auch noch eine Pistole.

Ich werfe mich in die Badewanne, er schießt wieder, und jetzt ist die Tür voller Löcher und Splitter, und jetzt kann ich ihn sehen, ein Stück von ihm, seine Beine und seine Schuhe auf der anderen Seite, und den Reißverschluß seiner Hose, und er steht da und schießt, ich liege mit dem Gesicht nach unten in der Badewanne, mache mich so klein wie's geht, aber eine Kugel trifft die Badewanne, und das Porzellan zerspringt, und ein Teil von der Wand kommt runter, das war's, ich sitze in der Falle, ich bin erledigt, ich habe mein Bestes versucht, aber es war nicht gut genug, ich hasse euch alle – noch eine Explosion, die Kugel geht in irgendwas über meinem Kopf, Zeug fällt auf mich runter, Staub, Kacheln, ich werde begraben.

Jetzt ist da keine Tür mehr, nur noch er, groß, riesig, das Messer in einer Hand, die Pistole in der anderen.

Er schaltet das Licht an.

Ich habe immer noch die Nagelfeile. Er sieht sie und lacht.

Steckt die Pistole in die Tasche.

O nein, nicht das Messer.

Ich rolle mich zusammen, will's nicht sehen, bitte mach, daß ich's nicht spüre.

Er packt mich an den Haaren, zerrt mich hoch auf meine Knie, zieht meinen Kopf zurück.

Ich pisse mir in die Hosen, und Scheiße rutscht mir raus, läuft mir am Bein runter, danke Gott für nichts, dich gibt's gar nicht, du Lügner –

Noch eine Explosion.

Und noch eine nocheinenocheinenocheine. Ich halte den Krach nicht mehr aus, kapiere nicht, was er da macht –

Er läßt mich los, und ich krache in die Badewanne.

Eine Frauenstimme sagt: »Mein Gott!«

Und dann: »Ist schon alles gut, Kleiner.«

Eine Hand berührt mich im Nacken.

Ich schreie.

80

Balchs Rücken, Nacken und Hinterkopf waren übersät mit roten Kratern. Später erfuhr Petra, daß sie ihn neunmal auf einer Fläche von einem halben Meter Durchmesser getroffen hatte. Jede einzelne Kugel tödlich, ein kleiner Kreis des Todes.

Er fiel neben der Badewanne auf die Knie, verharrte dort. Sie löste die Waffe aus seinen Fingern und kickte sie über den Boden. Ihm selbst versetzte sie auch einen Tritt, um sicherzugehen, daß er tot war, obwohl das vielleicht nicht der einzige Grund war. Das Messer war seitlich heruntergefallen. Ein großes, häßliches Nahkampfgerät mit einem schwarzen Hartgummigriff. Sie kickte auch dieses zur Seite und trat über den Leichnam im schwarzen Jogginganzug. Von Blut rosa gefärbte Knochensplitter übersäten den Kachelboden. Von der Badezimmertür war nur noch der zersplitterte Rahmen übrig, der gerade mal in einem Scharnier hing.

Der Junge lag in Embryonalstellung zusammengerollt in der Badewanne.

Oder in dem, was von der Badewanne noch übrig war. Das Porzellan war zersprungen und geborsten, Glasscherben, Staub und zerbrochene Kacheln lagen überall herum. Blut sickerte an Balchs Rücken herunter auf den Boden. Das Ganze sah aus wie im Krieg – wie hatte der Idiot nur annehmen können, daß er mit so was durchkam?

Er war jedenfalls knapp davor gewesen.

In Sichtweite des Hauses war kein Parkplatz zu finden gewesen, und obwohl sie keinerlei Anzeichen für ein gewaltsames Eindringen hatte ausmachen können, hatte sie, geleitet von einem Stechen in der Magengrube, in der zweiten Reihe geparkt.

Sie stieg aus dem Wagen, roch die Seeluft und rechnete schon damit, auf eine weitere Sackgasse zu stoßen.

Dann zerrissen Schüsse die Stille, und sie zog ihre Pistole, rannte ums Haus herum, fand die Tür eingetreten, hinter der Schwelle die schwachbeleuchtete Küche, sah seitlich links davon eine weitere demolierte Tür, eine massige Gestalt im schwarzen Joggingdress, die nahezu die ganze Lücke ausfüllte – ein Messer, das in die Höhe gehalten wurde und die schlaffen Beine eines Kindes.

»Stop!« schrie sie, doch es war keine Warnung, sie hatte schon abgedrückt.

Sie beugte sich zu dem Jungen hinab, doch er blieb zusammengerollt, weigerte sich, sich zu bewegen. Er jammerte, als sie ihn ansprach, schrie, als sie ihn berührte. So ein dünner kleiner Kerl! Seine langen Haare waren blutverschmiert und übersät mit Glassplittern. Zwölf Jahre alt, aber gerade mal so groß wie ein Zehnjähriger. Eine gelbe Pfütze hatte sich unter ihm ausgebreitet. Sie roch Kot und sah dann den Fleck auf seinem Hosenboden.

Das Bedürfnis ihn aufzuheben, festzuhalten, ihn in ihren Armen zu wiegen, war so stark, daß es ihr die Kehle zusammenschnürte. Sie ließ sich auf den Boden nieder, redete auf ihn ein und schaffte es schließlich, ihm über die Haare zu streichen, ohne daß er sich wehrte.

Er hörte auf zu zittern, erstarrte und erschlaffte dann. Sie hielt ihm den Kopf, und jetzt ließ er es zu. Sie wußte, wie man jemanden tröstete. In diesem Augenblick mußte sie – verrückterweise – an Nick denken. Du hast dich geirrt, du Arsch.

Als der Junge wieder gleichmäßig atmete, legte sie ihn sanft in die Wanne zurück und rief einen Krankenwagen und uniformierte Verstärkung, Code drei. Dann kam sie zu ihm zurück, blieb bei ihm und zupfte die Scherben aus seiner Kopfhaut. Sie zog sich selbst Splitter zu, aber was machte das schon? Sie nannte ihn William, redete besänftigend auf ihn ein, ohne wirklich zu wissen, was sie sagte, denn sie wollte ihn beruhigen, aber wie tröstete man ein Kind, das so etwas durchgemacht hatte?

Sie hörte Sirenen. Die Streifenbeamten von der Pacific Division kamen hereingestürmt, danach die Sanitäter. Erst als der Junge auf der Tragbahre lag, konnte sie sich von ihm lösen. Er hatte sich wieder zusammengekugelt und wirkte ganz winzig unter der Antischockdecke. Ein alter Mann kam hereingerannt und machte einen ganz verwirrten Eindruck. Die Sanitäter wirkten gequält, als sie den Jungen hinaustrugen.

Sie schaute zu, wie sie ihn abtransportierten, ignorierte die Fragen des alten Mannes ebenso wie die der Streifenbeamten und ging auf Balchs Leichnam zu. Sie drehte ihn herum.

Das war nicht Balch, sondern ein Fremder.

Der Schock durchzuckte ihre Brust. Sie brach in Schweiß aus.

Dann traf sie ein zweiter Schlag, der sie noch heftiger erschütterte. Sie erkannte ihn.

Ramsey.

Sein Schnurrbart war verschwunden, und seine Haut wirkte anders – eine lachsrosa Theaterschminke war über sein gesamtes Gesicht und den Halsansatz geschmiert und blätterte an den Nasenlöchern leicht ab. Dunkle Schatten unter den Augen – graues Make-up. Die buschige blonde Perücke war verrutscht, und darunter kamen schwarze Locken zum Vorschein. Blonder Puder in den Augenbrauen – selbst daran hatte er gedacht.

Blaue Augen, trübe wie Abwaschwasser.

Der Mund stand offen, wieder dieses Totengähnen. Sie schaute ihm in den Mund, sah die Zunge zurückgerollt und Blut, das sich in seiner Kehle sammelte.

Dann dachte sie daran, was er dem Jungen, Lisa, Ilse, und Estrella Flores angetan hatte, und sie hätte ihn am liebsten noch einmal umgebracht.

81

Am nächsten Tag fanden sie die Leiche von Gregory Balch begraben unter Sand, Heu und Pferdemist in der Scheune hinter dem Haus in Calabasas. Seine Kehle war durchgeschnitten, genau wie bei Estrella Flores.

Beerdigt im Mist. Man brauchte kein Psychologe zu sein, um da etwas hineinzuinterpretieren.

Nachdem sie den rosa Palast auf den Kopf gestellt hatten, war das einzige, das eventuell als Motiv herhalten konnte, ein einzelnes Blatt Notizpapier, das sie im Sekretär in Ramseys Schlafzimmer gefunden hatte. Eines dieser POST-IT-Zettelchen, in dessen Mitte er geschrieben hatte:

L und G?

Lisa und Greg. Ein Schweißfleck unter der Schrift deutete auf Streß hin, erklärte einer der Seelenklempner des Departments. Sehr tiefgründig. Der Psychologe handhabte Fakten eher lax, legte dafür großes Gewicht auf pompösen Ausdruck und schlug vor, daß er mit dem »Debriefing« von Billy Straight betraut werden sollte.

Petra war da anderer Meinung, und sie setzte sich durch.

Die Entdeckung, die Stu gemacht hatte, machte den Fall noch etwas komplexer: die Handlung einer zehn Jahre alten *Aufräumer*-Folge, zusammengefaßt im *TV-Guide.*

Ein Footballspieler versucht, seinem besten Freund einen Mord in die Schuhe zu schieben – Dack Price untersucht den Fall.

Vielleicht würde das Stu das Gefühl vermitteln, in diesem Fall auch eine Rolle gespielt zu haben; im Augenblick mußte er sich allerdings eher darum kümmern, daß Kathy wieder auf die Beine kam. Auch bei ihr hatte sich schließlich der Realismus durchgesetzt, und sie hatte zugestimmt, daß er sich für dreißig Tage beurlauben ließ.

L und G? Hatten Lisa und Balch wirklich etwas miteinander gehabt, oder war das alles nur ein Produkt von Ramseys paranoidem Geist? Oder vielleicht ging es doch um Geld – Lisa und Balch, die sich vorgenommen hatten, Ramsey auszunehmen. Darüber ließ sich nicht mal spekulieren, solange die Geschäftsbücher nicht aus Larry Schicks Krallen losgeeist waren. Vielleicht würden sie das niemals erfahren. Petra war es auch egal.

Das gleiche galt für die Details des Mordes an Lisa – jetzt nur noch Papierkram. Sie konnte nur vermuten, daß ihr erstes Szenario richtig war: Ramsey hatte Balch Sonntag nacht mit Drogen außer Gefecht gesetzt, sich heimlich davongeschlichen, war Lisa gefolgt und hatte sie entführt. Dabei den Mercedes benutzt und nicht den Jeep. Denn Billy hatte das Nummernschild gesehen: PLYR 1.

Wie sich herausstellte, war das alles, was er gesehen hatte. Nicht genug, um irgend jemanden für schuldig zu erklären – die Verfolgungsjagd, die auf den Jungen angezettelt worden war, war völlig sinnlos gewesen.

Vielleicht hatte Ramsey die Nummernschilder auch ausgetauscht und doch den Jeep benutzt. Oder irgendeine andere Karre aus seinem Stall. Er hatte ja genug. Sollten die Laborexperten das mal herausfinden.

Estrella Flores hatte er oben in den Hügeln umgebracht, weil sie gesehen hatte, wie er aus dem Haus geschlichen war. Oder es eventuell gesehen hatte. Für den Mord an Flores hatte er sich Balchs Lexus geborgt. Oder vielleicht hatte Balch ihm auch geholfen, treu ergeben bis ans Ende. Egal, Ramsey hatte ihn benutzt und dann weggeworfen.

Ein Footballspieler versucht, einem guten Freund einen Mord … geklaut aus einem Drehbuch, das an sich schon eher mäßig gewesen war. Keine Phantasie. Die *Industrie.*

Die Topleute in der Traumfabrik nannten sich »Players«.

Ramsey hatte sich selbst zu einem Player hochstilisiert, obwohl er wußte, daß er eigentlich keiner war. Weil seine Einschaltquoten niedrig waren, seine Schauspielerei ein Witz war und sein Penis nicht steif wurde.

Zur Hölle mit ihm. Was sie wirklich kümmerte, war Billy.

Für den Jungen begann gerade der sechste Tag im Western Pediatric Hospital, wo er sich zunächst als schwieriger Patient erwiesen hatte. Petra vernachlässigte ihren Papierkram, ignorierte die Anrufe von Schoelkopf und verbrachte den Großteil ihrer Zeit an seinem Bett. Wenn sie ging, löste ein Spieltherapeut des Kinderkrankenhauses sie ab. Zunächst ignorierte Billy sie beide. Am dritten Tag nahm er die Bücher und Zeitschriften an, die sie ihm mitgebracht hatte. Am vierten Tag kam Ron abends vorbei und führte sie ins Biltmore zum Essen aus.

Ein nettes Abendessen – großartig. Sie stellte fest, daß ihre Hand die seine suchte. Sie empfand es als überaus angenehm, wie er ihr zuhörte. Bis dahin hatte sie sich manchmal gefragt, ob das, was zwischen ihnen beiden passiert war, in erster Linie mit der Anspannung durch den Fall zusammenhing.

Zu ihrer großen Freude stellte sie fest, daß sie ihn nun, wo alles wieder etwas ruhiger zuging, noch öfter sehen wollte. Vielleicht würde sie demnächst mal seine Mädchen kennenlernen.

Schöne Phantasien ... sie machte sich keine Illusionen, daß sie es sein könnte, die die emotionalen Wunden des Jungen heilte, und hatte Alex Delaware angerufen, einen Psychologen, mit dem sie schon zusammengearbeitet hatte und dem sie vertraute. Doch er war mit seiner Freundin irgendwo außerhalb der Stadt unterwegs und würde erst heute wiederkommen.

In der Zwischenzeit blieb Billy in der Klinik, wo er mit Antibiotika und Nahrungszusätzen hochgepäppelt wurde und ein Polizist drei Meter von seinem Zimmer entfernt auf dem Flur Wache schob. Petra sah dafür zwar keinen Grund, aber Schoelkopf hatte es angeordnet. Vielleicht, weil er ein schlechtes Gewissen hatte, nun ja, warum auch nicht?

Der Streifenpolizist hatte nur einmal in Aktion treten müssen, als Sam Ganzer aufgetaucht war und darauf bestanden hatte, Billy zu besuchen. Ein stämmiger alter Knabe, der sich auf die Zehenspitzen gestellt hatte, keinen Zentimeter vor dem Streifenpolizisten zurückwich und mit erhobenem Zeigefinger gedroht hatte, bis die Sache so laut geworden war, daß Petra eingeschritten war und erklärt hatte, daß Ganzer Billy besuchen durfte. Vorher war sie allerdings noch einen Kaffee mit ihm trinken gegangen, damit er sich beruhigte.

Er wollte wissen, was mit Billy geschehen würde, wenn er aus dem Krankenhaus entlassen wurde. Er lobte Petra für ihre Tapferkeit, eine »richtige Heldin« nannte er sie, doch er würde auf gar keinen Fall zulassen, daß sie oder jemand anders Billy in ein »dämliches Kinderheim stecken würde – zum Teufel, ich werde ihn selbst adoptieren, bevor ich so was zulasse.«

Petra versprach ihm, daß sie sich um Billy kümmern würde. Adoptionsphantasien waren auch ihr schon im Kopf herumgegangen.

Billy mußte noch mindestens drei Wochen im Krankenhaus bleiben. Aus dem Alptraum, den er durchlebt hatte, war er zwar nur mit oberflächlichen Kratzern wiederaufgetaucht, doch die medizinischen Tests ergaben eine leichte Lungenentzündung, Fußpilz, leicht erhöhten Blutdruck und eine Magenschleimhaut, die kurz davor stand, Geschwüre zu entwickeln. Die Ärzte erklärten die beiden letzten Symptome als vermutlich streßbedingt. Kein Witz. Die Lungenentzündung war ihre Hauptsorge, und sie gaben ihm Antibiotika per Infusion. Niemand hatte ihm bis jetzt von seiner Mutter erzählt. Delaware sagte, er würde das übernehmen, und Petra war dankbar, daß sie es nicht tun mußte.

Der Fall Ilse Eggermann wurde nie offiziell für gelöst erklärt, doch Petra war sicher, daß Ramsey auch sie getötet hatte. Er hatte es beinahe geschafft, sie zu täuschen – aber na ja, Bescheidenheit war gut für die Seele. Und für ihre Karriere ebenso. In Zukunft würde sie größte Vorsicht walten lassen, bevor sie irgendwelche Vermutungen anstellte.

Sie überlegte, wie sich das Treffen von Ramsey und Ilse abgespielt haben könnte: Ramsey hatte Balch in den Rolling Hills Estates besucht, die beiden hatten ein paar Bierchen unter Freunden getrunken, und Ramsey hatte auf dem Heimweg in Hawthorne den Entschluß gefaßt, noch mal am Pier zu halten. Hatte er an diesem Abend auch eine Verkleidung getragen? Hatte er die ganze Zeit schon etwas geplant? Oder hatte die Tatsache, daß Ilse Ausländerin war, ihn davor bewahrt, erkannt zu werden? Der *Aufräumer* hatte es nie bis auf die europäischen Bildschirme geschafft.

Seine Vorgehensweise ließ vermuten, daß er unter Umständen noch mehr Frauen getötet hatte. Aber damit wollte sie nichts zu tun haben – sollten die von der Bundespolizei ihren Spaß damit haben, oder irgend jemand anders, der scharf auf den Ruhm war. Schoelkopf hielt jedenfalls schon Pressekonferenzen ab, in denen er von *seiner* Untersuchung redete.

Was die Belohnung betraf, gab es noch keine Nachrichten. Dr. und Mrs. Boehlinger waren nach Ohio zurückgekehrt, um die letzten Vorbereitungen für Lisas Beerdigung zu treffen, und auf Petras Anrufe hatten sie noch nicht reagiert. Ob Billy einen Rechtsanspruch auf die Belohnung hatte, war egal, aus moralischer Sicht hatte er sie auf jeden Fall verdient. Boehlinger würde vermutlich versuchen, sich vor der Zahlung zu drücken. Nach dem, was er Billy angetan hatte, wollte Petra ihm Druck machen. Aber was konnte sie schon groß tun? Vielleicht ein anonymer Hinweis an die Presse. Oder vielleicht setzte sich auch Mrs. B. durch.

Alles zweitrangig. Im Augenblick schlief Billy, vermutlich nicht zuletzt infolge eines großen Abendessens und der Beruhigungsmittel, die er bekam.

Ein wahres Engelsgesicht, weiß und sanft und so friedlich.

Sie beugte sich hinab, küßte ihn auf die Stirn und ging aus dem Zimmer, um den Spieltherapeuten zu holen.

Auf dem Weg nach draußen wurde sie von einem der leitenden Angestellten der Krankenhausverwaltung abgepaßt. Der Mann war mittleren Alters, trug Anzug und Krawatte und hieß Bancroft.

»Wie geht's unserem kleinen Helden, Detective Connor?«

»Prima.«

Bancroft griff nach ihrem Arm, ließ aber sofort los, als er sah, wie sie auf seine Hand starrte. »Wenn Sie einen Augenblick Zeit hätten, Detective, da wäre jemand, der Sie gern sprechen möchte.«

»Wer?«

»In meinem Büro, bitte.«

Sein Büro war groß, in blauem Tweed und Pseudokolonialstil gehalten. Zwei ältere Damen um die Sechzig saßen in Polstersesseln. Eine war stämmig, mit breiten Schultern und drahtigem grauen

Haar, das nur mühsam von einem schwarzen Pillboxhut gebändigt wurde. Sie trug ein altmodisches, schlichtes Tweedkostüm und hatte einen Blick, der Gletscher zum Schmelzen gebracht hätte. Die andere Frau war sehr dünn, ihr cognacfarbenes Haar war zurechtgemacht, sie trug geschmackvollen Schmuck und ein leichtes Make-up. Ein marineblaues Kostüm, das aussah wie von Chanel, mit passenden Schuhen. Ihr Gesicht war länglich und geradezu schmerzhaft kantig. Sie war wahrscheinlich einmal sehr schön gewesen. Nun sah sie verängstigt aus. Petra war verblüfft.

»Detective«, sagte Bancroft, »dies ist Mrs. Adamson. Sie und der verstorbene Mr. Adamson gehörten zu den großzügigsten Wohltätern unseres Krankenhauses.«

Bei der Vergangenheitsform senkte Bancroft die Stimme und zuckte zusammen. Die dünne Dame lächelte. Ihre Hände waren weiß, von blauen Venen überzogen, und hier und da waren ein paar Leberflecken. Petra bemerkte, daß sie mit dem Zeigefinger der einen Hand kleine Kreise auf ihrer Handtasche beschrieb. Tolle Schuhe, tolles Kostüm, doch ähnlich wie bei der stämmigen Frau wirkte auch ihre Aufmachung altmodisch und vermittelte den Eindruck, daß sie einer anderen Zeit entstammte.

Die andere Frau wurde ihr nicht vorgestellt, und so saß sie da und musterte Petra wie ein Fischweib, das seine Ware prüft.

»Nun, ich werde Sie jetzt allein lassen, damit Sie sich unterhalten können«, sagte Bancroft und ging.

Die stämmige Frau stand ebenfalls auf, sah aber gar nicht glücklich dabei aus.

»Danke, Mildred«, sagte Mrs. Adamson zu ihr. Mildred nickte grimmig, bevor sie die Tür schloß.

Mrs. Adamson wandte sich an Petra. Sie bewegte wortlos den Mund, bis sie schließlich sagte: »Bitte, nennen Sie mich Cora. Ich bedauere, daß ich Ihre Zeit in Anspruch nehme, aber ...« Anstatt weiterzureden nahm sie etwas aus ihrer Handtasche und hielt es Petra hin.

Ein Farbfoto von Billy. Er war noch ein wenig jünger – vielleicht elf. Er stand auf einem Bootspier und winkte.

»Wie sind Sie an dieses Bild gekommen, Ma'am?«

»Es gehört mir, ich habe es gemacht.«

»Sie kennen Billy Straight?«

Die untere Gesichtshälfte der Frau zitterte, und in ihren Augen stiegen Tränen auf. »Das da ist nicht Billy Straight, Detective Connor. Es ist Billy Adamson. William Bradley Adamson Jr. Mein Sohn. Mein verstorbener Sohn.«

Petra betrachtete die Rückseite des Fotos. Eine handgeschriebene Aufschrift: *Billy, Arrowhead 1971.* Die Farben waren ein wenig verblichen; das hätte ihr eigentlich auffallen sollen. Spitzendetective, der sie war.

Der Junge lächelte, aber irgend etwas stimmt nicht ganz – das Lächeln schien ihn Mühe zu kosten.

Vor Cora Adamsons Gesicht flatterte ein Taschentuch. Sie sagte: »Vielleicht hätte ich das ein oder andere anders machen sollen, aber ich war nicht – wie hätte ich mir denn sicher sein können?«

»Vergeben Sie mir, ich rede ungereimtes Zeug daher, lassen Sie mich meine Gedanken sortieren ... Billy – *mein* Billy – war ein Einzelkind. Aufgeweckt, er hat sich im Alter von vier das Lesen selbst beigebracht. Vor dreizehn Jahren hat er einen Abschluß an der juristischen Fakultät von Kalifornien gemacht, und gleich darauf fing er an, sich um die Rechtsangelegenheiten der Farmarbeitergewerkschaft zu kümmern. Mein verstorbener Gatte war der Auffassung, es würde sich nur um ein Übergangsstadium handeln, jugendliches Rebellentum, und früher oder später würde er sich schon der Geschäftswelt zuwenden. Ich wußte es jedoch besser: Billy war schon immer freundlich und voller Anteilnahme gewesen. Selbst als kleiner Junge hat er sich geweigert, irgendeinem Wesen weh zu tun. Er wollte nicht angeln. Bill Senior angelte für sein Leben gern, doch Billy weigerte sich. Am Tag, als ich dieses Foto machte, hatten er und Bill eine Auseinandersetzung darüber. Bill bestand darauf, daß er Billy ein für allemal zeigen würde, wie man angelt. Billy weinte und sagte, er würde erst gar nicht ins Boot steigen, er lehnte es ab, irgendein Lebewesen zu töten. Schließlich sagte Bill, wenn er kein Mann sein konnte, sollte er eben bei seiner Mutter an Land bleiben. Was er auch getan hat. Aber er war ganz außer sich – er liebte seinen Vater. Das Foto habe ich gemacht, um ihn aufzumuntern.«

Petra starrte auf das Foto. Die gleichen Augen, das gleiche Haar, das gleiche Grübchen am Kinn. Herrgott, selbst der Gesichtsausdruck war wie geklont.

»Mit zwölf wurde er Vegetarier«, sagte Cora Adamson. »Auch da dachte Bill, es wäre nur eine Phase, doch Billy hat seitdem nie wieder Fleisch oder Fisch angerührt. Aber ich schweife ab, verzeihen Sie bitte – wo war ich – die Farmarbeiter. Billy hätte bei jeder Firma im Land einen Job haben können, doch er zog lieber mit den Farmarbeitern durchs Land, auf der Suche nach Verletzungen der Vorschriften und Gesetze, und lebte genau wie sie. Er schien glücklich damit, bis er eines Tages zu Hause auftauchte und sagte, er würde aufhören und statt dessen in Zukunft als Pflichtverteidiger arbeiten. Aber da war er nach einiger Zeit auch nicht mehr glücklich und hat kurz danach wieder aufgehört.

Anschließend trieb er sich ziellos herum, fuhr mit einem alten Auto kreuz und quer durch den Staat, ließ sich die Haare lang wachsen und legte sich einen langen Bart zu und arbeitete als Rechtsberater für diverse freie Kliniken, ohne sich je niederzulassen. Ich wußte, daß ihn irgend etwas bedrückte, aber er wollte mir nicht sagen, was es war. Er war nie lange genug zu Hause, um es mir zu sagen. Sein Vater war so wütend auf ihn … doch er vagabundierte herum, ohne mir eine Telefonnummer zu hinterlassen oder eine Adresse – ich wußte, daß er verloren war, aber er setzte alles daran, nicht gefunden zu werden und keine Hilfe anzunehmen.«

Sie richtete sich ein wenig auf und drehte das Taschentuch in ihren Händen. »Dann tauchte er an einem Wochenende in unserem Haus in Arrowhead auf. Wir hatten Gäste – Geschäftsfreunde seines Vaters – und Bill war das Aussehen seines Sohnes peinlich. Billy kümmerte sich nicht darum, denn ich war es, mit der er reden wollte. Er kam spät in der Nacht in mein Zimmer, brachte eine Kerze mit und zündete sie an. Er sagte, es wäre Zeit für ein Geständnis. Dann erzählte er mir von einer Affäre mit einem Mädchen in Delano, der Tochter eines Wanderarbeiters, ein junges Mädchen, minderjährig. Und sie wurde schwanger. Oder zumindest hat sie das behauptet. Billy hat das Kind nie zu Gesicht bekommen, denn er brach in Panik aus, als sie ihm davon erzählte. Als Anwalt wußte er, was ihm bei ihrem Alter blühte: eine Anklage wegen Notzucht. Er war außerdem besorgt, daß einer der Großgrundbesitzer es herausfinden und gegen die Gewerkschaft verwenden würde. Anstatt die Verantwortung auf sich zu nehmen, gab er dem Mädchen alles Geld, das er bei sich hatte, und verließ die Stadt. Das war auch der Zeitpunkt, als er anfing, als Pflichtverteidiger zu arbeiten. Doch es ließ ihn nie los, und dann fing er an, mit dem Auto durch ganz Kalifornien zu fahren, um sie zu finden – er sagte, ihr Name wäre Sharla und sie hätte keine Bildung, aber ein gutes Herz. Er hat sie nie gefunden.

›Aber Mom, sehen wir den Fakten ins Auge‹, hat er mir erklärt, ›wenn ich es wirklich gewollt hätte, hätte ich es auch geschafft, oder? Ich bin nicht ganz sicher, ob ich's wirklich wissen will – Vater hat recht, ich bin ein Feigling, ohne Rückgrat und für nichts und niemanden nützlich.‹ Ich sagte ihm, daß allein die Tatsache, daß er mir all das erzählt hatte, schon zeigte, daß er großen Mut hatte – er hatte immer noch die Chance, sich auf die Hinterbeine zu stellen. Ich versprach ihm, daß ich alles tun würde, um ihm zu helfen, das Mädchen zu finden und finanzielle Regelungen für das Kind zu treffen. Falls es *überhaupt* ein Kind gab – denn ich war skeptisch, dachte, das Mädchen wäre nur auf unser Geld aus. Das versetzte ihn in Wut. Er fing an, gegen das Bett zu trommeln und rief, ich sei genau wie alle anderen, und alles, was zählte, sei Geld, Geld, Geld. Dann blies er die Kerze aus und stapfte hinaus. Ich hatte ihn noch nie so erlebt und war reichlich schockiert. Ich dachte, ich lasse ihm erst einmal Zeit, sich abzuregen. Am nächsten Morgen wurde er tot im Lake Arrowhead gefunden. Es hieß, daß es ein Unfall war. Ich habe mich nie bemüht, das Mädchen zu finden. Ich war mir nie sicher, ob wirklich alles stimmte. Manchmal habe ich mir darüber Gedanken gemacht ... und dann sah ich das Bild in der Zeitung. Und da wußte ich es. Und jetzt haben Sie ihn gefunden, Detective Connor.«

Petra betrachtete das Foto noch einmal und reichte es ihr zurück. Die Ähnlichkeit war zu groß, und der Zeitraum paßte auch. William Bradley Adamson. William Bradley Straight.

»Mrs. Adamson, was genau soll ich für Sie tun?«

»Detective, ich weiß, ich habe kein Recht, im juristischen Sinne vielleicht schon, aber moralisch ... doch dieses Kind, es muß mein

Enkel sein. Es gibt keine andere rationale Erklärung. Ich bin sicher, daß man es durch genetische Untersuchungen nachweisen kann. Aber nicht jetzt, nicht nach alldem, was er durchgemacht hat – ich möchte … ihm helfen.«

Plötzlich schaute sie hinab auf ihren Schoß.

»Ich habe nicht mehr die finanziellen Mittel, die mir früher zur Verfügung standen. Mein Gatte hatte ein gewisses … Pech, bevor er verstarb.«

Petra nickte ihr unbewußt mitfühlend zu.

»Tatsache ist«, sagte Cora Adamson mit noch immer abgewandtem Blick, daß ich jetzt zwar mehrere Jahre von meinen Ersparnissen gelebt habe, doch ich kann mein Geld einteilen, und ich bin alles andere als mittellos. Als ich von Billy – diesem Billy – erfahren habe, ist mir ein Gedanke gekommen, den ich schon länger mit mir herumtrage. Ich lebe in einem Haus, das in groteskem Maße überdimensioniert ist und das zu verkaufen ich mir schon seit einiger Zeit überlege. Bis jetzt hat mir der Ansporn dazu gefehlt, doch nun ist es klar. Auf dem Haus lastet keine Hypothek. Und wenn ich es verkaufe, sollte selbst nach Abzug der Steuern Geld genug übrigbleiben, um mich und meinen Enkel in einer vernünftigen Weise versorgt zu sehen.«

Ein flehender Ton hatte sich in die Stimme der Frau eingeschlichen. Hier saß sie nun, in ihrem Chanelkostüm und allem Drum und Dran und bewarb sich bei Petra um das Sorgerecht für ein Kind. Was sagte man auf so was?

Cora Adamson hob den Kopf. »Vielleicht ist es so am besten. Zu viele Privilegien können auch Schwierigkeiten mit sich bringen.«

Petra wollte eigentlich widersprechen, doch statt dessen nickte sie.

»Ich liebe Kinder, Detective Connor. Bevor ich geheiratet habe, war ich Lehrerin. Ich wollte immer *viele* Kinder, doch bei Billys Geburt gab es Komplikationen, und die Ärzte rieten mir von weiteren Kindern ab. Neben dem Verlust von Billy und Bill und meinen Eltern war es der traurigste Moment in meinem Leben, erfahren zu müssen, daß ich keine weiteren Kinder mehr haben durfte.«

Eine dürre weiße Hand berührte Petras Ärmel. »Was ich sagen will, ist, daß ich der aufrechten Meinung bin, daß ich etwas anzubieten habe. Ich möchte mich nicht dafür entschuldigen, daß ich nicht genügend – Detective Connor, glauben Sie, es steht in Ihrer Macht, mir zu helfen?«

Die Augen der Frau waren starr auf Petra gerichtet. Voller Hunger und Verzweiflung.

Delaware kam heute abend mit dem Flugzeug in die Stadt zurück. Warum konnte er nicht *jetzt* hier sein?

»Bitte«, sagte Cora Adamson.

»Wir werden uns darüber unterhalten«, erwiderte Petra.

82

Gestern hat mir Dr. Delaware von Mom erzählt. Mein Magen fing an zu brennen, und ich wollte mir die Infusion rausreißen und ihm in die Fresse schlagen.

Er saß da und schaute traurig aus der Wäsche. Welches Recht hat *er*, traurig zu sein?

Ich habe mich auf die andere Seite gerollt und ihn ignoriert. Nie im Leben wollte ich, daß er mich heulen sieht, doch in dem Augenblick, als er rausging, habe ich angefangen zu heulen und den ganzen Tag und die ganze Nacht geheult. Außer wenn jemand ins Zimmer kam, dann habe ich so getan, als würde ich schlafen.

Manchmal, wenn sie dachten, ich würde schlafen, sprachen sie über mich – die Schwestern und Pfleger.

Armer Junge.

Er hat so viel durchgemacht.

Zäher kleiner Typ.

Ich bin *nicht* zäh. Ich bin hier, weil ich keine andere Wahl habe.

Wenn ich an Mom gedacht habe, wäre ich am liebsten auch tot gewesen, aber dann dachte ich, was würde das nützen? Wahrscheinlich gibt's sowieso keinen Gott, das heißt, ich würde sie ohnehin nicht zu sehen kriegen.

In der ersten Nacht habe ich meine Fingernägel in die Hände eingegraben, daß sie geblutet haben. Ein bißchen Schmerz obendrauf tat richtig gut.

Und jetzt ist schon wieder ein Tag vergangen, und ich kann's immer noch nicht glauben, ich denke noch immer, gleich kommt sie zur Tür rein. Und dann sage ich, es tut mir leid, daß ich weggerannt bin, und sie entschuldigt sich auch, und wir nehmen uns in die Arme – und dann trifft es mich wie ein Schlag. Sie ist weg. Schluß. Aus. Sense. Nie wieder. *Nie mehr! Und das tut so weh!*

Ich heule ziemlich viel, dann schlafe ich wieder ein, wache auf und weine noch ein bißchen.

Jetzt habe ich schon eine Stunde nicht mehr geheult. Vielleicht bin ich ganz ausgetrocknet, einfach keine Tränen mehr da.

Hey, Doc, tu mir noch ein paar Tränen in die Infusion.

Ich spucke auf den Boden. Wenn ich doch meinen Kopf so leer machen könnte wie die Putzfrauen meinen Mülleimer! Raus mit dem Schrott.

Wenn ich allein bin, denke ich an sie. Selbst wenn es weh tut. Ich *will*, daß es weh tut.

Ans Alleinsein bin ich sowieso gewöhnt; ich kann gar nicht genug davon kriegen. Die ganzen Ärzte und Schwestern und Pfleger – manchmal kann ich all den Krach und das Mitgefühl einfach nicht ertragen und würde ihnen am liebsten eine reinhauen.

Sam allerdings nicht. Er kommt jeden Morgen, bringt mir Süßigkeiten und Zeitschriften mit, tätschelt mir die Hand und erzählt mir, wir wären aus einem Holz geschnitzt. Zäh. Überlebenskünstler. Erzählt mir, daß er nicht zulassen wird, daß irgendwer bei mir was »verbockt« – ich soll mir keine Gedanken machen, er hat Beziehungen. Er wiederholt sich manchmal, und manchmal macht seine Stimme mich ganz schläfrig. Ich gebe mir Mühe, wach zu bleiben, will nicht, daß er sich schlecht fühlt. Er war mein Freund, als ich sonst niemanden hatte. Einmal ist er mit Mrs. Kleinman zusammen gekommen, aber sie hat mich genervt, immer meine Wangen angefaßt, mir Essen mitgebracht, auf das ich keine Lust hatte, und versucht, mich damit zu füttern. Ich war höflich zu ihr, aber vielleicht hat Sam es gemerkt, denn er hat sie nie wieder mitgebracht.

Petra bringt mir Bücher. Sie ist sehr hübsch, nicht verheiratet, und Kinder hat sie auch nicht. Ich glaube manchmal, sie mag mich, weil sie an mir üben kann, wie es ist, Mutter zu sein. Oder es ist für sie wie Urlaub von ihrem Beruf als Detective.

Sie hat ihn umgebracht. Sie ist ein ernster Mensch, erzählt keine Witze, versucht nicht, mich aufzumuntern, wenn ich keine Lust habe. Selbst wenn sie lächelt, ist sie ernst.

Selbst wenn ich völlig erledigt bin, kann ich nicht anders, als nett zu ihr sein.

Sie ist in etwa so alt wie Mom – warum mußte Mom so einen Idioten wie Moron bei uns aufnehmen und von ihm einen Keil in unsere Familie treiben lassen?

Warum konnte Mom nicht lernen, *allein* zu sein?

Dr. Delaware sagte, es wäre vermutlich ein Unfall gewesen, er hätte sie gestoßen, und sie ist unglücklich gefallen, aber davon wird sie auch nicht wieder lebendig.

Ich denke immer: Wenn ich dagewesen wäre, hätte ich sie retten können.

Dr. Delaware hat mit mir über Schuld geredet, daß Schuldgefühle etwas Normales sind, aber daß das vorbeigeht. Daß es die Aufgabe der Eltern ist, auf ihre Kinder aufzupassen und nicht umgekehrt. Er sagte, daß Mom mich wirklich geliebt hat, daß sie es gut gemeint, aber einfach Pech gehabt hat. Er hat außerdem gesagt, daß es schrecklich ist, was mit ihr passiert ist – nie im Leben wollte er versuchen, mir zu erklären, daß alles wunderbar wäre. Denn so wäre es nun mal nicht.

Er war sich aber sicher, daß Mom stolz darauf gewesen wäre, wie gut ich mich allein durchgeschlagen hätte.

Vielleicht.

Er hält mich jedenfalls für sehr »beeindruckend«.

Zuerst habe ich gedacht, der Kerl wäre ein ziemlicher Versager, weil er nur rumgesessen und nicht viel gesagt hat. Zuerst habe ich gedacht, ihn kümmert das alles nicht. Mittlerweile glaube ich das nicht mehr. Er kommt jeden Morgen um sechs Uhr, bleibt zwei Stunden bei mir, und es macht ihm auch nichts aus, wenn wir überhaupt nichts tun.

Bevor er gegangen ist, hat er das Schachbrett bemerkt, das Sam mir mitgebracht hat, und gefragt, ob ich Lust hätte zu spielen. Er ist ungefähr so gut wie Sam – nur jedes dritte Mal schafft er's, mich zu schlagen. Er hat gesagt: »Okay, beim nächsten Mal«, und ich habe ergänzt: »Machen Sie sich drauf gefaßt zu verlieren.« Er hat gelacht, und ich habe ihn gefragt, wer ihn dafür bezahlt, Spiele zu spielen, und er sagte, die Polizei, aber ich soll mir keine Sorgen machen, er treibt sein Geld schon ein.

Manchmal erzählt er Witze. Manche davon sind komisch. Die Schwestern scheinen ihn zu mögen. Einmal habe ich gehört, wie eine der Schwestern eine andere gefragt hat, ob er verheiratet ist, und die andere sagte, sie wäre sich nicht sicher, aber sie glaubte nicht.

Er und Petra wären ein schönes Paar.

Ich kann mir richtig vorstellen, wie die beiden in einem hübschen Haus wohnen, mit einem tollen Auto, ein paar Kindern, einem Hund. Oder vielleicht auch nur mit einem Kind, damit sie sich auch richtig gut darum kümmern können.

Eine hübsche nette Familie, die Ausflüge macht, in Restaurants geht.

Vielleicht passiert es ja. Ich habe keine Ahnung. Ich werde nie aufhören, an Mom zu denken – die Tür geht auf, und einen Moment lang glaube ich, sie ist es.

Es ist Petra, und sie trägt einen roten Anzug.

Das ist was Neues, sonst trägt sie immer Schwarz. Sie hat eine Tüte dabei und gibt sie mir.

Darin ist ein Buch.

Das Präsidentenbuch. Nicht das aus der Bibliothek. Ein brandneues – mit glänzendem Umschlag, festen weißen Seiten. Es hat diesen typischen Geruch von neuen Büchern. Die Farben der Illustrationen sind ganz strahlend. Mann, das ist cool.

»Danke«, sage ich. »Vielen Dank.«

Sie zuckt die Achseln. »Viel Spaß damit, Billy, vielleicht stehst du irgendwann ja selbst drin.«

»Aber klar.« Die Vorstellung ist verrückt. Aber interessant.